Charlotte Kaufmann

Die Rose von York

»Und warum glaubte er, das Recht zu haben, König zu sein?« fragte Ann.
Isabella, ihre drei Jahre ältere Schwester, verzog den Mund. »Das weiß doch die ganze Welt«, meinte sie altklug. »Das Haus York hat Anspruch auf die Krone, denn König Richard II. starb kinderlos.«
Ann baumelte mit den Beinen. »Ich weiß das nicht«, erklärte sie trotzig. »Mir hat noch nie jemand etwas davon erzählt.«
Ankarette setzte sich zu den Kindern auf die Bank. Von draußen drang noch immer brausender Lärm zu ihnen hinauf und Ankarette fürchtete sich. Gut, daß die Mädchen nicht darauf achteten. »König Richard II., der vor sechzig Jahren starb, hatte keine Kinder«, begann sie rasch. »Und deshalb bestimmte er die Nachkommen seines ältesten Bruders zu seinen Erben. Doch dieser besaß als Nachkomme nur ein Mädchen, das Ann Mortimer hieß.«
»Und?« fragte Ann lebhaft. »Kann ein Mädchen nicht auf dem Thron sitzen?«
»Darüber sind die Ansichten geteilt«, erwiderte Ankarette. »Der zweite Bruder König Richards, der Herzog von Lancaster, war jedenfalls der Ansicht, daß Mädchen auf dem Thron nichts taugen und deshalb sein Sohn König werden müßte.«
»Das war der wilde Heinrich Bolingbroke«, warf Isabella ein.
»König Richard hat ihn verbannt«, fuhr Ankarette fort. »Als er keine Ruhe gab, mußte er nach Frankreich gehen.«
Ann triumphierte. »Nun konnte Ann Mortimer ungehindert auf den Thron kommen, nicht wahr?«
Ankarette schüttelte den Kopf. »König Richard hatte noch mehr Brüder«, erklärte sie, »und der dritte, der Herzog von York, war wahrscheinlich auch der Ansicht, daß Mädchen nichts taugen. Er war überzeugt, daß nach König Richards Tod sein Sohn an der Reihe wäre, den Thron zu besteigen.«
»Worauf König Richard diesen hoffentlich auch verbannt hat«, empörte sich Ann.

»Nein, das Haus York war schlau. Es wollte König Richard nicht verärgern, und kurzerhand heiratete der Sohn des Herzogs von York Ann Mortimer, und beide Ansprüche waren nun vereinigt.«

Isabella lachte.

»Aber warum sitzt das Haus York nun heute nicht auf dem Thron?« rief Ann erregt, »wenn es doch das zweifache Recht hat, darauf zu sitzen?«

»Weil der verbannte Heinrich Bolingbroke aus Frankreich zurückkehrte, König Richard vom Thron stieß und ihn selbst bestieg, noch ehe es ans Erben ging.«

Isabella kicherte. »Und darum, meine Liebe, sitzt das Haus Lancaster heute auf dem Thron, schon in der dritten Generation, obwohl das Unrecht ist. Denn Heinrich Bolingbroke hat König Richard II. nicht nur vom Thron gestoßen, sondern ihn auch ermordet, hörst du, Ann?«

Ann hatte die Augen weit aufgerissen, als spielte sich die Szene vor ihren Augen ab. Aber sie schien nicht entsetzt.

»Ist es denn so herrlich, König zu sein?« fragte sie, »daß man darum zum Sünder werden will? Wenn es so herrlich ist, Ankarette, dann will ich auch einmal auf dem Thron sitzen und Königin werden. Ja, das will ich. – Oh, Gott, was ist los, da draußen?«

Das Geschrei, das durch die Straßen brandete, hatte alle drei zusammenfahren lassen, und obwohl es verboten war, riß Ankarette das Fenster auf. Lieber Himmel, dachte sie dabei zitternd, warum mußte sie ausgrechnet im Dienst des Grafen Warwick stehen. Kindermädchen bei den beiden kleinen Töchtern des Grafen Warwick, der auf Seiten des Hauses York stand, mit ihnen verschwägert war. Nun, da der Herzog von York gefallen war und sein Kopf auf einem Spieß steckte, war doch der Aufstand, der das Haus Lancaster vom Thron fegen sollte, ohne Zweifel zusammengebrochen. Ankarette konnte nicht begreifen, daß die Gräfin Warwick London nicht verließ, um mit ihren beiden Mädchen hinter den festen Mauern eines ihrer Schlösser Schutz zu suchen. Das Geschrei auf der Straße war doch nicht zu verkennen. König Heinrich VI. aus dem Hause Lancaster, Enkel des wilden Heinrich Bolingbroke, näherte sich zweifellos mit seiner Gattin Margaret und allen seinen Truppen der Stadt, um den noch übriggebliebenen Rebellen und Anhängern des Hauses York, die in London versammelt waren, den Garaus zu machen.

Oh Gott, betete Ankarette bebend, rette uns vor der Rache der Königin Margaret. Rette Isabella und die kleine Ann. Was können die Kinder für die Taten der Eltern. Rette uns, Herr, rette uns!«

*

Zur selben Stunde lief die Herzogin von York über den Flur des großen Hauses in London, das ihrem Neffen, dem Grafen Warwick gehörte. Sie hatte gehofft, hier Zuflucht zu finden, aber nun sah es aus, als wäre sie geradewegs in die Falle gelaufen. Alle Einwohner von London schienen draußen auf den Straßen versammelt zu sein.

Lieber Himmel, was wollte sie nur? Fieberhaft versuchte sie ihre Gedanken zu ordnen. Richtig, sie suchte ihren kleinen Sohn Richard und ihre Schlüssel und die Kammerfrau. Sie hetzte weiter.

An der Treppe hielt sie an und legte die Hand aufs Herz. Wie das klopfte und tobte. Ich kann nicht mehr, dachte sie. Nein, ich kann nicht mehr. Gottes Wille geschehe. Sie schloß die Augen, weil ihr schwindlig wurde. Eines Tages brach eben auch der stärkste Baum zusammen.

Und sie war stark gewesen. Zwölf Kinder hatte sie geboren, fünf waren in der Wiege gestorben, nun war auch ihr Mann tot. Sein Kopf steckte hoch droben im Norden des Landes in York auf einem Pfahl über dem Micklegate-Tor, und die Raben hatten wohl schon längst alles Fleisch von seinem Schädel gefressen.

Die Herzogin von York zitterte. Kahl war inzwischen wohl auch der schmale Kopf von Edmund, ihrem Zweitältsten, und Krähen hatten seine blauen toten Augen ausgehackt.
Die Herzogin stockte und nahm die Hand vom Herzen, um sich auch mit der Rechten ans Stiegengeländer zu klammern. Jede Nacht sah sie den Jungen im Traum vor sich, sah ihn reiten an der Seite des Vaters und der Genossen, um dieses blutgierige Lancaster-Gesindel zu vertreiben, das nicht einmal in der heiligen Weihnachtszeit Ruhe halten konnte. Im Traum sah sie ihren Zweitältesten fechten, sah ihn fliehen, als der Vater gefallen war und eingeholt werden. Selbst seine Bitten um Gnade an den Feind hörte sie im Traum. Aber er hatte umsonst gebettelt. Kind, oh Kind – nur sechzehn Jahre waren ihm vergönnt gewesen. Herr, strafe seine Mörder! Die Herzogin von York fuhr zusammen.
»Da seid Ihr ja!« rief Lady Warwick, die über die Treppe heraufgeeilt kam. »Gütiger Gott, Cicely, nun faßt Euch. Im Fleischerviertel haben die Meister schon die jüngsten Lehrlinge mit Beilen bewaffnet, Ihr dürft jetzt doch nicht darüber nachdenken, was Ihr verloren habt. Jetzt gilt es nur zu denken, was man noch zu verlieren hat. Die Königin nähert sich der Stadt.«
»Ich kann nicht mehr«, flüsterte die Herzogin. »Ich kann nicht mehr. Ich bin so glücklich gewesen. Zwölf Kinder habe ich meinem Mann geboren in mehr als zwanzig Jahren Glück. Immer an seiner Seite bin ich gewesen, in Frankreich, in England, in Irland.« Sie schluchzte auf.
Lady Warwick hob die Brauen. Rose von Raby hatten die Sänger einst Cicely, Herzogin von York, genannt. Jetzt war wenig von ihrer einstigen Schönheit zu sehen. Doch war das ein Wunder angesichts der Schicksalsschläge, von denen das Haus York geschüttelt wurde, seit es sich gegen den König und die Königin gestellt hatte? Lady Warwick schüttelte den Kopf. – Gewiß, König Heinrich VI., unter dem zu leben sie das Unglück hatten, war ein Narr und wirr im Kopf, unfähig zu regieren. Und das

französische Frauenzimmer, mit dem man ihn verheiratet hatte, brachte mit ihren Machenschaften ganz England an den Rand des Abgrunds, so daß bald noch die letzten Besitzungen, die es auf dem Festland hatte, verloren waren. Doch wenn man auch die moralische Pflicht hatte, dagegen einzugreifen und sich an die Spitze der Unzufriedenen zu stellen, um den eigenen Anspruch und das viel ältere Recht auf den Thron geltend zu machen, dann mußte man äußerst klug und geschickt vorgehen.

Aber die Gräfin Warwick sah nicht viel Verstand in allem, was der Herzog von York in den letzten Jahren unternommen hatte. Ihr Mann, Graf Warwick, der seinem Oheim natürlich treu zur Seite stand... Ach, die Gräfin Warwick war wütend auf die ganze Verwandtschaft, durch die man in Abgründe gestoßen wurde, aus denen sich wieder hervorzuarbeiten eines Tages unmöglich sein würde. Doch sie schluckte ihre Erregung hinunter.

»Cicely«, flüsterte sie noch einmal, »nehmt Euch zusammen. Das Kriegsglück ist wandelbar. Euer Gatte hat gewonnen, verloren und wieder gewonnen. Er ist verraten worden, und er hat an anderen Tagen eine glückliche Hand gehabt. Solange man lebt...«

»Er ist doch tot!« rief Cicely verzweifelt schluchzend. »Er ist tot, tot, tot!«

»Ja, aber Eduard lebt!« rief Lady Warwick ärgerlich. »Seid nicht undankbar gegen Gott. Euer Ältester lebt. Er wird fortführen, was Euer Gemahl begann... Cicely, Ihr müßt fort. Wenn die Truppen der Königin die Stadt nehmen, wird der König nicht noch einmal gnädig sein und Euch ein Jahrgeld aussetzen wie das erstemal, als er Euch in die Hand bekam. Inzwischen hat ihm Euer Gemahl, Gott habe ihn selig, mehr angetan, als gut war, und jetzt stehen die Dinge auf des Messers Schneide. Seid vernünftig. Die Kaufleute verstecken bereits ihre Schätze. Das Unterhaus hat dem Magistrat befohlen, die Tore zu schließen. Im Hafen stechen die Schiffe in See. Eure Knaben müssen weg! Richard und Georg... so hört doch!«

Cicely, Herzogin von York, stand als wäre sie taub. Mit blauem Samt war der Wagen ausgeschlagen gewesen und mit acht Pferden bespannt, in dem sie vor einem halben Jahr zu ihrem Gatten geeilt war, als er gesiegt und den König in seiner Hand hatte. Und wie ein Rausch war das Glück gewesen, als sie an der Seite des Gemahls in London eingezogen war, fast wie eine Herrscherin. In der Sonne hatte das Schwert geblitzt, das man dem Herzog von York vorantrug. – Und dann war alles wieder zusammengebrochen.

Oh, ich hasse sie, dachte Cicely zähneknirschend. Ich hasse sie... hasse sie!

Und vor ihren geschlossenen Augen zog das Gesicht der Königin herauf, dieser französischen Hure, wie sie sie bei sich nannte, die noch ganz England verderben würde, ja, die ganze Welt. Und Cicely, Herzogin von York, hob plötzlich den Kopf. »Was sagt Ihr?« fragte sie.

Lady Warwick erwiderte heftig, daß sie von Burgund gesprochen hätte. Daß die Knaben weg müßten, Richard und Georg aufs Festland hinüber. In Sicherheit. Sie hätte schon zuverlässige Leute in den Hafen geschickt, um ein Schiff zu sichern.

»Cicely, Gott wird uns helfen. Euch und mir...« Nun zitterte auch Lady Warwick, so daß sie sich ihrerseits am Treppengeländer festhalten mußte. Gott, oh Gott, ganz London war ja von Truppen entblößt. Wenn auch die meisten Bürger zum Hause York hielten, falls sie die Stadt nicht verteidigen konnten, den Lockungen und Versprechungen der Königin nachgaben, dann würde man auch den Kopf des Grafen Warwick auf einen Pfahl stecken und sein Vermögen einziehen.

Heilige Mutter Gottes, was würde dann aus seinen Töchtern werden? Warum war sie mit Ann und Isabella bloß nicht in Middleham geblieben, hinter den starken Mauern ihres Schlosses? Warum war sie ihrem Mann nach London gefolgt? Sie hatte sich doch ausrechnen können, daß die Königin nicht hinnehmen würde, daß man ihren Sohn enterbte, um dafür ihren Feind, den

Herzog von York, zum Thronfolger zu machen. Lady Warwick richtete sich auf. Ihr Mann war einfach ein Trottel. Es würde gut sein, darüber nachzudenken, womit man sich am besten die Beine polsterte, wenn man in Kürze vor der Königin in die Knie fallen mußte. Margaret stand nicht im Ruf, gegen ihre Feinde besonders gnädig zu sein. Man würde also lange knien müssen. Außerdem war es fraglich, ob Isabella und die kleine Ann Schloß Warwick jemals wiedersehen würden.

In Cicelys Gesicht war auf seltsame Weise Leben zurückgekehrt. »Sie wird nicht siegen«, flüsterte sie, als hätte sie die Gedanken von Lady Warwick erraten. »Mein Ältester lebt. Ja, Eduard lebt! Euer Mann wird die Reste seiner Truppen mit denen von Eduard vereinigen, und sie werden sich auf die Stadt werfen. Gott vergißt die Verzweifelten nicht. Wir werden siegen, denn das Recht ist bei uns. Wir werden Margaret schlagen!«

»Aber ihre Horden plündern doch schon die Vorstädte!« schrie Lady Warwick schrill.

*

Dem kleinen Richard hingen die Tränen in den Wimpern, als er auf dem schaukelnden Schiff, auf das man ihn und seinen älteren Bruder Georg bei Einbruch der Dunkelheit hinausgebracht hatte, und das alsbald abgefahren war, in die Koje kletterte.

Er wußte nicht, stammten die Tränen noch von dem trostlosen Schluchzen, das ihn überfallen hatte, weil die wilde Ann den Tod seines Bruders verhöhnte, oder waren sie zurückgeblieben von dem erschrockenen Weinen, das in ihm hochgequollen war, als ihn die Mutter zu sich gerufen und ihm erklärt hatte, daß er mit Georg nach Burgund reisen müßte. Es wären Umstände eingetreten – aber er verstände das alles noch nicht. In Burgund, bei Herzog Philipp dem Guten, wäre es sehr schön. Baron Skelton würde ihn und Georg begleiten. Und wenn alle Gefahr vorüber sei, dürfe er wieder nach England zurückkehren. »Sei brav«, hatte die Mutter gesagt, »während du fort bist, und fleißig, und bete zu Gott, daß er uns allen gnädig sein möge.« Danach hatte sie sich Georg zugewandt und Georg gestreichelt, was sie bei Richard anscheinend vergessen hatte, und zu Georg dieselben Worte gesagt. Schließlich hatte sie zu weinen angefangen, wild, fast schreiend, und die Gräfin Warwick hatte die Knaben rasch hinausgeführt.

Der kleine Richard lag in der Koje des Schiffes, dessen Planken nach Teer stanken, das stampfte und schlingerte, daß einem schlecht werden konnte.

Nein, er verstand das alles nicht. Und doch wußte er eine Menge. Sein Vater war ein Rebell gegen den König gewesen, und nun war er tot. Richard hatte seinen Vater geliebt, obwohl er sich nicht erinnern konnte, daß dieser jemals viel mit ihm gesprochen hätte. Er, Richard, der Jüngste des Herzogs von York, war ja so klein und unscheinbar, schwach und ein bißchen verwachsen, daß er völlig verschwand neben seinen schönen Brüdern. Edmund war zweifellos der schönste gewesen. Lang war ihm das blonde Haar auf die Schultern gefallen, erinnerte sich Richard, und in der Rüstung hatte er ausgesehen wie ein Erzengel.

Richard begriff nicht, daß Edmund nun tot sein sollte, hingeschlachtet auf dem schneebedeckten, wäßrigen Feld, obwohl er den Sieger um Gnade angefleht hatte. Er knirschte mit den Zähnen. Ich werde ihn rächen, dachte er laut. Wenn ich groß bin, werde ich ihn rächen.

Georg, der am Tisch hockte, auf dem ein Windlicht stand, und noch in der Schüssel stocherte, in der man den Knaben eine Abendmahlzeit hereingebracht hatte, drehte sich um. »Wen willst du rächen?« fragte er spöttisch.

»Edmund«, flüsterte Richard erstickt.

Georg lachte kurz.

»Erstens«, sagte er, »besteht kein Anlaß, Edmund zu rächen, denn er ist im Kampf gefallen. Daß Lord Clifford ihn nicht schonte, versteht sich; sein Vater hat bei Sankt Albans gegen den unseren ins Gras beißen müssen. Und zweitens bist du viel zu klein und zu dumm, um jemand rächen zu können. Was du kannst, ist heulen, sonst nichts.«

Richard wurde ganz klein in der Koje unter diesen höhnischen Worten. Aber er antwortete nicht. Es hätte keinen Zweck gehabt. Gegen Georg kam er doch nicht auf, das hatte er längst erfahren. Georg war drei Jahre älter und hatte Kräfte wie ein junger Bär. Er würde einmal so groß und stattlich werden wie Eduard, der Erstgeborene.

Jetzt sind wir nur noch drei, dachte Richard, Eduard, Georg und ich. Die Schwestern zählten ja nicht. Und nun, da Edmund nicht mehr lebte, war Eduard der Schönste. Er war so groß, daß er sich immer bücken mußte, wenn er durch eine Tür hereinkam, und so stark, daß er Richard mit einer einzigen Hand hochheben und schütteln konnte wie einen jungen Hund. Seine Zähne waren weiß und breit, und er lachte den ganzen Tag. Ob er jetzt auch noch lachte, da er das Oberhaupt der Familie geworden war und das Erbe seines Vaters anzutreten hatte, das Erbe eines Rebellen gegen die Krone?

Wenn Königin Margaret Eduard erwischt, dachte Richard zitternd in seiner engen dunklen Koje, dann läßt sie ihm den Kopf abschlagen, denn jedem Rebellen wurde der Kopf abgeschlagen, seit urdenklichen Zeiten. Und dann fraßen die Raben auch die blauen Augen von Eduard. Was aber geschah mit ihnen? Mit Georg und mit ihm, Richard? Nichts, dachte Richard zitternd, denn uns beide kann sie nicht kriegen. Wir sind auf dem Weg nach Burgund.

Auf dem Weg nach Burgund, ja, das waren sie. Aber das Meer wimmelte von Schiffen der Königin. Richard konnte nicht einschlafen.

»Glaubst du, daß sie uns fangen wird?« fragte er, als der Bruder endlich gesättigt war und zu ihm in die Koje kroch. »Ist es dunkel draußen, oder scheint der Mond?«

Georg wußte es nicht. »Bete«, knurrte er, »dann erwischen sie uns nicht«.

»Und wenn sie uns erwischen, was geschieht dann?« fragte Richard voller Angst. Stecken sie uns dann in den Tower und bringen uns um? Heimlich, weil wir noch Kinder sind?«
»Ganz klar«, sagte Georg und zog die dünne Decke an sich. »Das sind sie ihrer Sicherheit schuldig. Denn wenn wir dann groß sind, würden wir ja unseren Vater und unsere Brüder rächen. Außerdem haben wir, solange wir leben, ein Recht auf den Thron. Wenn wir alle tot sind, ist es aus.«
Richard fror unter dem kleinen Zipfel Wolldecke, den ihm Georg noch gelassen hatte, und schob sich eng an den Bruder.
»Der Thronsessel ist kalt«, flüsterte er bibbernd. »Ich möchte gar nicht darauf sitzen. Eiskalt. Ich habe es gehört. Onkel Warwick hat es uns erzählt. Man spürt den Marmor noch durch das dickste Kissen.«
»Das vergißt du«, sagte Georg, »wenn alle vor dir knien und dir huldigen. Ich wollte, ich wäre an Eduards Stelle.«
»Eduard wird hingerichtet, wenn Königin Margaret ihn erwischt«, flüsterte Richard erstickt.
»Ja, aber wenn er sie besiegt, wird er König. Und dann muß ganz England tun, was Eduard befiehlt."
»Glaubst du, daß er sie besiegt?« fragte Richard. »Hat er überhaupt noch Soldaten? Und Anhänger? Kein Mensch sagt uns ein Wort.«
»Es sieht nicht sehr gut aus«, mußte Georg zugeben, »aber Graf Warwick ist noch da. Und wenn es Eduard und Warwick gelingt, sich zu vereinigen, sind sie auch wieder stark.«
»Und wenn es nicht gelingt?« fragte Richard schaudernd. »Dann muß Eduard eines Tages seinen Kopf auf einen Block legen und sie schlagen ihm das Haupt ab. Er ist noch nicht einmal neunzehn Jahre alt.«
»Ein Schlag mit dem Beil ist kurz«, sagte Georg verbissen. »Im Tower verhungern ist viel schlimmer.«
»Verhungern?« fragte Richard entsetzt. »Läßt man uns im Tower verhungern, wenn man uns fängt?«

»Wahrscheinlich«, erwiderte Georg kalt. »Und dann sagt man, wir wären an irgendeiner Krankheit gestorben. So hat es schon Heinrich Bolingbroke mit König Richard II. gemacht. Und König Johann mit seinem Neffen Arthur. Vielleicht läßt uns Königin Margaret aber auch so lange mißhandeln, bis wir sterben. Mit Humphrey von Gloucester, den sie nicht leiden konnte, hat sie es so getan. Sie ließ ihn quälen, daß er fünf Tage nach seiner Verhaftung tot war. Dann sagten sie, er hätte einen Schlaganfall erlitten. Vielleicht erdrosselt man uns aber auch. Das ginge schnell. In Schottland zum Beispiel ...«
Er konnte nicht weitersprechen, denn Baron Skelton steckte seinen Kopf durch die Tür, um nachzusehen, ob die Knaben schliefen. Da preßte Richard ganz fest seine Augen zu, als träume er tief, aber Georg richtete sich auf und wollte wissen, ob etwas geschehen sei.
»Nein«, sagte Skelton, »es ist finster draußen. Wir haben Glück. Wir kommen sicher nach Burgund.«
Aber Richard fürchtete sich auch vor Burgund, obwohl man ihm gesagt hatte, daß Herzog Philipp einen herrlichen Garten in Hesdin besitze, den sie vielleicht sehen dürften. Da gäbe es Brücken, die zusammenfielen, wenn man darüber ging und dann platschte man in einen Teich. Und im Haus drinnen hingen Wandteppiche mit Bildern darauf, auf denen es richtiggehend regnen würde. Ach, Richard wollte das alles gar nicht sehen. Er wollte heimkehren dürfen, heim nach England, und dort mit Ann und Isabella spielen.
Niemand konnte so herrlich spielen wie Ann. Aber vielleicht sah er sie nie wieder. Richard spürte schon wieder die Tränen an seinen Wimpern. Wie kalt es in der dunklen Kammer des schaukelnden Schiffes war. Er rückte noch enger an Georg, der jetzt die ganze Decke hatte, aber der schob ihn ärgerlich weg. »Mach dich um Himmels willen nicht so breit«, schimpfte er. »Du bist der Jüngste und hast dich zu bescheiden. Das weißt du ja.«
Richard wußte es und zog sich zurück. Einen Augenblick lang

haßte er Georg und das Verlangen überkam ihn, der große Eduard zu sein. Eduard, der Aussicht hatte, König zu werden. Wenn er, Richard, König wäre, würde ihn niemand so behandeln dürfen. Wenn er König wäre, müßte er nie mehr weinen, denn niemand würde ihm weh tun. Und selbst die ungebärdige Ann müßte sich vor ihm neigen. Aber Richard würde nicht König werden, niemals, und er war ja auch viel zu klein und zu häßlich. Häßlich war er, während Georg und Eduard schön waren. Warum war das so? Richard verstand es nicht. Er sank in Schlaf, während er darüber nachzugrübeln versuchte.
Schließlich gefiel ihm dann der Garten in Hesdin sehr gut. Die Knaben bekamen ihn allerdings erst zu sehen, nachdem sie schon ein paar Wochen in Burgund waren. Zuerst wußte Herzog Philipp nicht recht, ob er diese Sprößlinge des Hauses York überhaupt empfangen sollte. Aber als die Nachricht über das Meer kam, daß es ihrem Bruder Eduard gelungen war, sich mit seinem Verbündeten, dem Grafen Warwick, zu vereinigen, und daß beide in London einmarschiert wären, wurden Richard und Georg vom Herzog eingeladen. Nicht, daß Philipp schon an den endgültigen Sieg Eduards glaubte,. Auch wenn nun die Lords in London und das Parlament, das voll von Yorkanhängern war, König Heinrich VI. wegen Geisteskrankheit für abgesetzt und seinen Sohn zum Bastard erklärt hatten, worauf Eduard von York zum König ausgerufen wurde: Königin Margaret hatte sich nur zurückgezogen. Sie war noch nicht besiegt.

*

Ende März hatte das Wetter wieder umgeschlagen, und Schneestürme tobten über das Land. Sie warfen sich auf die Dörfer und die hinter ihre Mauern geduckten Städte. Der Wind pfiff, daß die Läden des langgesteckten Herrenhauses im Norden des Landes klapperten, als spielten die Teufel mit ihnen. Der junge Mann in dem großen Schlafgemach im oberen Stock, der am Fenster stand und hinausschauen wollte, konnte das Holz nur mit Mühe halten.

Auf dem nicht sehr breiten Baldachinbett hinter ihm an der Wand lag eine Frau: Lady Eleanor Butler, vierundzwanzig Jahre alt und seit kurzem Witwe.
»Ich liebe dich«, sagte sie leise. »Komm, ich liebe dich. Mach das Fenster zu. Es zieht. Du kannst draußen nichts sehen.«
Der junge Mann, der so groß war, daß er mit Leichtigkeit die Decke des Raumes greifen konnte, strengte seine Augen an. Aber nein, es war nichts zu sehen. Nur der Schnee, der von Westen daherjagte. Gleich dahinter war schon die undurchdringliche Nacht und nichts mehr zu erkennen – weder von den zerstörten Stallungen, wo Freund Hastings und der Reitknecht mit den Gäulen kaum Zuflucht finden konnten, noch von dem abgebrannten Ostflügel des Hauses. Die Nacht hatte die Schäden zugedeckt, als gäbe es sie nicht. Aber es gab sie, und der Tag würde sie wieder ans Licht zerren.
Der junge Mann fluchte. Erbärmliche Lancaster-Brut. Verheerte auf ihrem Zug zuerst nach Süden und dann wieder zurück nach Norden das ganze England, als wären die Menschen, die sie schändeten, nicht ihre Brüder und Landsleute, sondern Ungläubige einer fernen und schlechten Welt. Es war Zeit, daß man sie ausrottete mit Stumpf und Stiel.
»Ich liebe dich«, sagte Eleanor leise. »Mach das Fenster zu, und komm her. Ich will dir sagen, daß ich dich liebe.«
Eduard lachte und zog den Laden zu. »Warum liebst du mich?« fragte er. »Weil ich seit gut drei Wochen König bin?« Er schlenderte am Tisch vorbei, blieb aber dann stehen, um sich noch einmal Wein einzuschenken.
»König von England, König von Gottes Gnaden«, lachte Eleanor. »Vielleicht...«
»Von Parlaments Gnaden«, entgegnete Eduard. »Nicht von Gottes – das ist ein Unterschied. Den Segen Gottes muß ich mir erst holen.«
Lady Eleanor fuhr auf. »In der Schlacht?« fragte sie bebend. »Stellt sich die Königin?«

»Es bleibt ihr nichts anderes übrig. Wir verfolgen sie seit zwei Wochen. Wir sind ihr dicht auf den Fersen.«
»Oh, Eduard, ich habe Angst um dich.«
»Weshalb? Weil sie ein größeres Heer hat als wir? Das Recht ist bei uns, und Gott wird uns schützen.«
»Auch Margaret wird Gott bitten und ihm zurufen, sie sei im Recht.«
»Ja, manchmal denke ich auch, daß es Gott schwer fallen muß, sich zwischen den vielen Bittschriften auszukennen, die ihm zugehen. Immerhin ist das ganze Volk auf meiner Seite, und das gibt ein ziemliches Geschrei. Denn ich bin seine einzige Hoffnung, daß es besser wird, daß sich der Handel belebt, der Wohlstand hebt, das Verlorene wieder gewonnen wird – der Wein ist miserabel.«
»Das Verlorene wieder gewonnen ...? Du willst nach Frankreich ziehen?«
»Vorerst ziehe ich gegen Margaret, und an mehr zu denken, wäre Torheit. Vielleicht bin ich morgen tot.«
»Ed, um Gottes willen, komm her!«
Eduard lachte.
»Bitte, lach doch nicht ...«, flüsterte Eleanor voll Entsetzen, aber ihre Augen saugten sich gleichwohl fest an seiner jungen, kräftigen Gestalt. Lieber Gott, betete sie, laß ihn nicht umkommen. Laß ihn nicht umkommen! Das neunzehnte Jahr seines Lebens hat sich noch nicht einmal gerundet ... Ich liebe ihn doch.
Aber Eduard lachte und warf den Kopf zurück mit dem langen Haar, das ihm bis auf die Schultern fiel. »Keine Angst, Kind«, rief er und war mit drei Schritten bei ihr., »Sie wird nicht triumphieren über mich. Ich werde es sein, der ihr den Kopf zertritt wie einer Schlange.«
Eleanor reckte sich, als er so nah war. »Eigentlich ist es schade um sie. Sie ist eine so stolze und leidenschaftliche Frau.«
»Sie ist unnachgiebig und schlecht.«
»Sie kann kaum etwas dafür, daß man sie, noch nicht sechzehn-

jährig, verheiratet hat mit König Heinrich von England aus dem Hause Lancaster, der ein Idiot ist.«

»Ein Wahnsinniger ist er, ein geisteskranker Narr, unfähig, ein Land zu regieren.«

»Und da ist es doch eigentlich verständlich, daß seine Gemahlin Margaret die Dinge in die Hand nahm!« Eleanor lachte.

»Sie hat ganz England an den Rand des Abgrunds geführt mit ihren erbärmlichen Liebhabern...«, fauchte Eduard.

»Willst du sie in den Tower stecken? Den armen Heinrich ins Kloster? Und seinen kleinen Sohn...«

»Hör auf! Der Junge ist nicht sein Sohn. Das Haus der Lords hat ihn nicht umsonst Bastard genannt und enterbt.«

»Aber Heinrich hat seinen Sohn anerkannt...«

»Natürlich hat er ihn anerkannt. Dazu wird ihn schon sein Beichtvater überredet haben und auch Margaret. Aber ich weiß, daß Heinrich erklärt hat, das Kind müsse vom Heiligen Geist sein... warum ist deine Haut so weiß?«

Lady Eleanor zog fast erschreckt das Kleid über der Brust zusammen. »Von Suffolk kann es nicht sein, das Kind«, sagte sie hastig, und in einer plötzlich aufgebrochenen Scheu wehrte sie der zudringlichen Hand des Mannes.

»Natürlich nicht, der war schon tot, das war ihr Glück«, nickte Eduard. »Aber du wirst doch nicht glauben, daß sie nach dem Tod ihres ersten Liebhabers die Nächte allein im Bett verbracht hat. Heinrich ist ein Mönch!«

Lady Eleanor wich noch mehr zurück. Wie stark die Hand war, die nach ihr griff, wie braun von Sonne und Wind.

Eduard küßte sie. Und plötzlich war es still im Raum, in dem fünf Kerzen in einem Leuchter brannten, deren flackernder Schein über die Wandteppiche geisterte und über den Baldachin des Bettes, von dem ein rotsamtener Vorhang fiel.

Das erste Bett, in dem er gelegen hatte mit einem Weib im Arm, erinnerte sich Eduard, war aus Stroh gewesen. In einem Feldlager war es, und der Regen rann, daß die ganze Zeltleinwand davon durchnäßt war und die Fahnen und Wimpel wie Putzlumpen an den Stangen hingen. Es war der Vorabend vor seiner ersten Schlacht, und das Blut in seinen Adern fieberte. Er war sechzehn Jahre alt und hatte mit Kameraden, die nicht viel älter waren als er, zusammengehockt, die Umhänge über den Schultern, mit den Handschuhen spielend, die Waffen prüfend und zum hundertstenmal nach Knappen und Knechten schreiend, ob auch das Schlachtroß gefressen habe, der Harnisch geputzt sei, die Helmzier in Ordnung. Als die Nacht kam, die Nacht vor der Schlacht, hatten sie zu den Würfeln gegriffen, denn wie hätte man schlafen können in der Erregung. Und dazwischen hatten sie erzählt. Von Kämpfen natürlich, von Siegen.

»Azincourt!« schrie plötzlich sein Freund Hastings. »Ja, und wenn er auch ein Lancaster war, der fünfte Heinrich auf dem Thron, und wir seinen Sohn heute gegen uns haben, so hat er uns doch bei Azincourt gezeigt, wie man kämpfen muß und siegen, mit nichts als einem kühlen Kopf und einer tapferen Hand, auch wenn man umringt ist von Feinden!«

An dieser Stelle sprang Eduard auf und schrie, daß Azincourt gerade die rechte Erinnerung für ihn sei. »Denn ehe er übers Meer gezogen ist, zu seinem Sieg, hat der Lancaster noch eine Arbeit getan, meine Lieben, die ich nicht vergessen will. Er sah zu, wie der Vater meines Vaters vom Henker gerichtet wurde! Es war eine Torheit vom Hause York, immer wieder den Lancasters zu dienen und zu glauben, sie könnten sich je vertragen.«

Doch dann, mitten im Wort, taumelte er hinaus aus dem nassen Zelt. Draußen irrte er durch das Lager, bis er über ein Hindernis stolperte und gegen einen Troßwagen fiel, der im strömenden Regen stand. Verzweiflung erfaßte ihn, eine Verlorenheit ohnegleichen.

Da stand plötzlich das Weib vor ihm und kicherte. Eine der Huren, die auf den Gepäckwagen mitzogen und dem Heer anklebten wie Läuse. Klein war sie und üppig, und im Schein einer entfernten Fackel sah sie aus wie etwas Verwunschenes. Eine

Hexe, vom Satan geschickt. Sie war schwarzhaarig und schmutzig, und wahrscheinlich kannte sie ihn nicht. Sie hielt ihn wohl für einen der vielen Ritter, deren Gäule den Boden des Lagers zerstampften und deren Pracht und Glanz schon lange keinen Eindruck mehr auf sie machten, zahlten sie ihr doch sicher niemals genug, voller Schulden, wie die meisten waren.
Er wußte nicht mehr, was er alles mit ihr gesprochen hatte in jener seltsam aufgelösten Nacht, es war sicher sehr töricht gewesen. Hinterher fühlte er sich jedoch als Mann, erhoben und voller Kraft.
Allein – in den heißen Stunden der Umarmung waren die besten Söldner des Heeres unter einem verräterischen Führer über die Verschanzungen geklettert und zum Feind übergelaufen. Es wäre Selbstmord gewesen, sich jetzt noch zum Kampf zu stellen. Es blieb als einziges nur noch die Flucht. Als Eduard sich dessen erinnerte, mußte er lachen.
Lady Eleanor fuhr in sein Haar. »Wirst du ein guter König sein?« fragte sie in dem Verlangen, seinen Küssen zu entkommen.
»Ja«, flüsterte er und suchte ihren Hals. »Ja, weise und gerecht, milde und voll Großmut. Ich werde die Steuern senken, die Macht der Geistlichkeit beschneiden, und mir von den Lords nichts einreden lassen. Das heißt, die letzten Dinge müssen vorsichtig geschehen, so daß niemand es merkt. Und was die Steuern anlangt . . . im Augenblick weiß ich überhaupt noch gar nicht, wie hoch sich meine Einnahmen belaufen.«
Sie wühlte in seinem Haar. »Tollkopf, du. Und dann wirst du ein Weib heiraten, das dich beherrscht und nach deren Pfeife du tanzen mußt.«
Er fuhr auf und starrte ihr eine Weile ins Gesicht. Dann sprang er von der Bettstufe hoch und warf sich neben sie aufs Lager. »Ich werde dich heiraten«, rief er bestimmt, »und sonst keine.«
Eleanor schüttelte den Kopf. »Könige heiraten nicht aus Laune, sondern der Geschäfte wegen, das weißt du wohl. Geschäft und

Politik. Ich würde dir weder übermäßigen Reichtum bringen, noch größeres Ansehen, noch Verbündete...«

»Still!« sagte er. »Wenn ich die magere Mitgift bedenke, die meine große Feindin Margaret ihrem Gemahl mitbrachte – zwei Jahre Waffenstillstand in Frankreich und keinen Penny mehr, nicht einmal Frieden brachte sie mit, hast du gehört? Nicht einmal Frieden, den er damals so nötig hatte.«

»Ja, ja, ich weiß. Aber Graf Warwick, dein Freund und Ratgeber, wird dir schon sagen, wie er darüber denkt.«

»Graf Warwick?«

»Ja, er ist dein Freund.«

»Das ist er. Der Freund meines Vaters und mein väterlicher Freund. Ich wüßte nicht, welche Heirat er mir vorschlagen könnte, meine Liebe.«

»Eine französische wahrscheinlich, was sonst?«

»Aber ich denke nicht daran, eine dieser Katzen zu lieben, ihr abscheuliches Parfüm zu riechen und zum Hahnrei gemacht zu werden. Sie sind allesamt Huren.«

»Nun, dann wird Graf Warwick dir eine andere wissen. Da er dein Hauptverbündeter ist, wirst du wohl auf ihn hören müssen.«

»Was heißt ›hören müssen‹, Eleanor – Geliebte! Ich höre nur auf mich. Ich werde ihn belohnen für seine treuen Dienste. Lieber Himmel, meinst du vielleicht, daß er sich wünschen könnte, ich sollte eine seiner Töchter zur Königin machen?«

»Ich glaube nicht, daß er eine solche Belohnung zurückweisen würde«, erwiderte Lady Eleanor sanft.

»Grundgütiger Himmel, weißt du, wie dick Isabella ist?«

»Ich glaube, sein Liebling heißt Ann.«

»Ach so, die kleine Ann. Da müßte ich bald zehn Jahre warten, bis sie so weit wäre, daß ich sie die Liebe lehren könnte... Donnerwetter!«

»Es hatte mancher schon ein Kind zum Weib und in seinem Bett derweilen eine Buhlin.«

Eduard drehte sich mit einem Ruck zu ihr. »Du bist keine Buhlin«, sagte er hart. »Und ich liebe dich. Ich liebe dich und werde dich heiraten!«

Lady Eleanor schloß die Augen. Eine der Kerzen im Leuchter war heruntergebrannt und begann auf und ab zu flackern; Wachs tropfte und verbreitete einen sanften und süßen Duft. Lady Eleanor entsann sich vergangener Bilder, die gar nicht wichtig waren. Einer Wiese, auf der sie spielte als Kind. Eines Schiffes, mit dem sie nach Dover fuhr. Eines Ponys, das sie geliebt hatte. Eines Reitknechts ihres verstorbenen Gatten, der so groß und blond und wild gewesen war wie der Mann, an dessen Seite sie jetzt lag. Und da war plötzlich die Scheu vor dem eigenen Gefühl wie weggeblasen, und sie warf die Arme hoch, daß die Seide ihrer Ärmel zurückglitt, und schlang sie um den festen braunen Nakken des jungen Königs. »Ich liebe dich«, stöhnte sie. »Ich liebe dich, und wenn ich dir nur ein Leben lang die Buhlin bin!«

Er versank in ihren Küssen. Ein Leben lang, dachte er undeutlich. Wie lange währt ein Leben? Mein Leben? Drei Tage vielleicht noch oder vier? Denn fangen würden sie ihn nicht. Wenn er die Schlacht verlor, der er nachrannte, dann blieb er auf dem Feld, das wußte er. Und dann würde die große Aufgabe, England aus den Händen einer schlechten Regentin zu retten und das Haus York zu seinem Rechte zu führen, auf Georg übergehen. In fünf Jahren war Georg erwachsen genug, um sich an die Spitze derer zu stellen, die Margaret haßten. Dann wird mich Georg rächen, dachte Eduard verschwommen, während er in den Küssen des jungen Weibes halb ertrank. Aber plötzlich überfiel ihn Angst. Würde ihn Georg wirklich rächen können? Stark würde er einmal werden, der Bruder, und sicher auch ein Draufgänger. Und reden konnte er ebenfalls, um Gefolgsleute zu gewinnen. Aber hatte Georg Verstand? War er nicht leichtsinnig, genußsüchtig und oftmals töricht? Ich darf nicht sterben, dachte Eduard grimmig. Ich darf nicht. Ich muß am Leben bleiben!

*

Der Trupp, der am letzten Märztag nach Norden zu hielt, ritt ein scharfes Tempo. Eine halbe Stunde zuvor hatte man am Rand der Heide Späher bemerkt, und seitdem trieben die Reiter ihre Pferde unermüdlich an, um der Gefahr zu entrinnen, so nah vor dem rettenden Ziel noch gestellt zu werden.

Der vierzigjährige Mann, der an der Seite einer Frau, gleich hinter der Vorhut ritt, sah unzweifelhaft vornehm aus. Dennoch war nicht zu erkennen, daß er vor wenigen Tagen noch König von England gewesen war. Den schweren Plattenharnisch hatte er nach dieser entsetzlichen verlorenen Schlacht vor zwei Tagen abgelegt, den Kettenpanzer aber trug er noch unter seinem kostbaren Gewand.

Die Flucht hatte keine Zeit gelassen zur Besinnung und das zu reinigen, was man auf dem Leibe trug, und so rann seit dem letzten Regenguß, in den das Schneetreiben übergegangen war, rostiges Wasser aus seinen Ärmeln. Es bildete einen braunen Reifen um seine Handgelenke, so daß es aussah, als trüge er eine Kerkerkette.

Ja, das würde ihr so passen, dieser jungen Yorkbrut, ihn zu fesseln und dann im Tower verfaulen zu lassen. Aber in diesem Augenblick hatte sie ja wahrscheinlich das Glück, das ihr zuteil geworden war, noch nicht ganz verdaut, und vermutlich waren sie noch dabei, sich zu besaufen. Immerhin, diese Burschen da am Rand der Heide, die wollten sich wohl ein entsprechendes Kopfgeld verdienen.

Dumpf war der Laut der Pferdehufe, die die weiche Erde aufrissen. In der Ferne, so schien es, brannte ein Gehöft.

Bald vierzig Jahre war Heinrich alt, den sie den Sechsten seines Namens in England nannten, und fast ebensolange war er König. Da war es nicht ohne Reiz, fand er, nun zu erfahren, wie es sich lebte, wenn man kein König war. Der Gedanke machte ihn lachen. Sein Sattel saß schlecht. Seit zwei Stunden wollte er es schon sagen, daß diese erbärmliche Schnalle unter seinem Schenkel angezogen gehörte, aber er wagte es nicht. Margaret, die an

seiner Seite ritt, würde über den Aufenthalt eines schlechtsitzenden Sattels wegen ungehalten sein, besonders wenn es der Sattel ihres Gemahls war.
Was für eine phantastische Kopfbedeckung sie trug. Ihr Haar war ganz durcheinander vom Wind. Fast hing es ihr über die Ohren, die sie sonst immer so sorgsam freihielt. Und oben auf der Stirn, wo sie sich den Haaransatz auszurasieren pflegte, sproß der Flaum vorwitzig nach. Ja, es ging der guten Margaret nicht besser als ihm selbst. Die Flucht ließ ihr nicht einmal Zeit zur Toilette.
Sie schickte einen unfreundlichen Blick zu ihm her. »Was denkt Ihr, Mylord?« fragte sie trocken.
Heinrich erwiderte nichts. Der Feuerschein des brennenden Gehöfts war jetzt nicht mehr zu sehen, nur eine Rauchwolke wälzte sich noch am Horizont und brachte Heinrich zum Träumen. Neuneinhalb Jahre war er alt gewesen, als er zum erstenmal den nackten Körper einer Frau gesehen hatte, inmitten einer Wolke von gelbem Rauch. Es war in Rouen gewesen, wo er sich bei seinem Onkel Bedford aufgehalten und darauf gewartet hatte, in Paris auch noch zum König von Frankreich gekrönt zu werden. Nicht, daß ihm das sehr wichtig gewesen wäre, damals, aber die Männer, die ihn seinerzeit herumkommandierten, hatten derlei von ihm verlangt. Eigentlich, dachte Heinrich verschwommen, habe ich nie einen eigenen Willen gehabt. Johanna hatte es übrigens geheißen, das junge Weib damals, und man hatte sie die Jungfrau genannt. Bei Orléans hatte sie den Truppen des guten Onkels Bedford ziemlich Schwierigkeiten gemacht. Die ganze Trägheit der Franzosen hatte sie mit ihrem Gefasel von göttlicher Sendung weggeblasen, und so waren die alten Eroberungen auf dem Festland abgebröckelt wie Sand.
Die Tribünenbank war trotz der Sitzkissen darauf hart wie Eisen gewesen, und es hatte ihn geärgert, daß man die Reisighaufen so dicht und hoch um das verurteilte Weib herum geschichtet hatte, daß eben noch das Kinn herausragte, war sie doch so aufregend

anzuschauen. Bald hatte sie gebetet, bald geweint und dann wieder ihre Unschuld hinausgeschrien, daß die Menge ganz unruhig geworden war. Warum hatte sie auch nicht an den Lorbeeren Genüge gehabt, die sie zu Orléans geerntet? Das Einkommen war doch nicht schlecht gewesen, das sie danach von ihrem König bekam. Er hätte gern gewußt, ob der Rauch sie erstickt oder ob sie das Feuer noch lange an ihrem Körper gespürt hatte. Ihre Schreie waren spitz gewesen, jedoch das Reisig so trocken, daß es wie Zunder geprasselt und allen anderen Lärm übertönt hatte. Und plötzlich hatten die Henker mit Stangen das Holz auseinandergezerrt, als das Büßergewand der Ketzerin verkohlt war, auf daß die Menge sehen konnte, daß die Verurteilte in der Tat ein Weib gewesen, ein Weib, das gekämpft hatte mit den Kräften eines Mannes, was Zauberei war. Und man sah ihren Leib schwarz von Ruß und bedeckt mit Blasen, und es war der Körper eines Mädchens, rund und voll und schwer. Danach schoben die Henkersknechte das Reisig wieder zusammen und verbrannten das tote Fleisch bis zur Asche.

Neun Jahre war er damals alt, er, Heinrich, ein Kind, das auf das Leben wartete. Was war das Leben? Ein Schweben zwischen Wachen und Traum. Es gab Leute, die behaupteten, er wäre geistig unmündig. Aber lag es wirklich an ihm, daß alle die großen Taten seines Vaters zerfielen wie Staub? Wenn man die Chroniken las, mußte man doch sehen, daß alles ein Auf und Ab war. Wie die Wellen der schottischen Fjorde, denen sie im scharfen Trab entgegenritten, so blieb nichts auf dem gleichen Punkt. Jede Welle erhob sich nur, um wieder zu versinken. Und was ihn, Heinrich VI., anlangte, so war er nicht zu Recht an der Macht gewesen.

Die Pferde, deren Lungen schon keuchten, fielen plötzlich in Schritt und Heinrich fuhr zusammen.

»Ich möchte wissen«, sagte Margaret scharf, »was Mylord die ganze Zeit denken. Ich hoffe sehr, daß Ihr darüber nachsinnt, was nun zu tun ist. Wenn wir das rettende Schottland jemals

erreichen, so werdet Ihr nicht vorhaben, Euch dort zur Ruhe zu setzen.«
»Das wäre keine schlechte Idee«, Heinrich lachte. »In Schottland läßt sich gut fischen.« Verdammt, sein Sattel saß schlecht, aber wie konnte er darüber jammern, wenn Margaret nicht einmal anhalten ließ, obwohl ihr der Rocksaum in Fetzen hing, daß man fast ihr Strumpfband sah. Heinrich fühlte sich peinlich berührt. Im übrigen saß sie herrlich zu Pferde. Kein Wunder, wenn er unter ihrem Einfluß stand. Sie war durchaus ein Weib, das einen Mann regieren konnte. Außerdem war sie viel klüger als er.
Margarets Hand griff nach dem Schleier am Hut. Dann wischte sie sich damit über ihr schweißnasses Gesicht. Die Steine an ihren Ringen funkelten. Den großen blauen hatte sie acht Tage zuvor zu ihrem einunddreißigsten Geburtstag bekommen.
Großer Gott, dachte sie erhitzt, es kann doch jetzt noch nicht alles zu Ende sein. Der Glanz und der Reichtum, die Herrlichkeit und die Macht. »Was schaut Ihr, mein Gemahl?« fragte sie. »Kann man mein Strumpfband sehen?«
Er ging nicht auf ihren Ton ein. Sie waren nicht miteinander im Schlafgemach. »Nein«, entgegnete er, »ich denke darüber nach, daß jede Wirkung ihre Ursache hat. Und daß wir, im Grunde genommen, hier nur reiten, weil der dritte Eduard viel zu viel Kinder hatte.«
Die Königin warf ihren Kopf zurück. »Himmel, was bringt Eure Gedanken auf den längst verstorbenen Eduard. Heute, da ein Usurpator triumphiert, der sich Eduard IV. nennt?«
»Es war die Erwähnung des Strumpfbandes wahrscheinlich. Der dritte hat den Hosenbandorden gestiftet. Und er hatte viel zu viel Kinder. Hätte er nicht soviel Kinder gehabt, könnten sich heute seine Erben nicht um irgendwelche Rechte streiten.«
»Das Recht ist doch ohne Zweifel bei uns.«
»Diese Ansicht kann ich nicht teilen.«
»Heinrich!« Sie rief es, als wären sie in der Tat zusammen im Bettgemach, aber er ließ sich nicht beirren.

»Der dritte Eduard«, erklärte er, »hat ziemlich lange gelebt. Aber sein Enkel hat seine Vitalität nicht geerbt, und Richard II. war kinderlos, obwohl er zweimal verheiratet gewesen. Haben Madam eigentlich jemals das Diptychon richtig angesehen, das er sich von einem französischen Maler malen ließ und auf dem er umgeben von seinen drei Schutzheiligen kniet? Ziemlich rothaarig ist er darauf, und eine spitze Nase hat er. Aber die blaugekleideten Engel auf dem rechten Flügel sind recht hübsch. Hübsche englische Mädchen, nicht wahr? Lady Pembroke behauptete immer, für den zweiten Engel von links seinerzeit Modell gesessen zu haben, aber das ist ihr heute nicht mehr anzusehen. Es ist ja auch fünfundsechzig Jahre her, und sie ist achtzig.«

»Wie könnt Ihr scherzen am heutigen Tag!« Margaret holte ihren Schleier zum zweitenmal heran. Sie war vollkommen erschöpft und so zusammengeschüttelt auf dem Pferderücken, daß sie vor Schmerzen schreien würde, wenn man sie erst heruntergehob.

»Ich scherze nicht, sondern ich spreche von dem zweiten Richard. Weil er kinderlos war, reiten wir jetzt über die Heide.« Jemand hinter Heinrich lachte, aber er achtete nicht darauf.

»Vorhin sagtet Ihr, wir reiten hier, weil Eduard III. zu viel Kinder hatte und jetzt erklärt Ihr... Ach, laßt doch.«

»Aber nein, es ist kein Widersinn in meinen Worten. Weil Richard II. kinderlos war, streiten sich die vielen Nachkommen der vielen anderen Enkel von Eduard III. um seine Nachfolge, und wenn man es genau bedenkt...«

»Ist das Recht bei Euch!« rief Margaret, und sie sah aus wie jemand, der keinen Widerspruch mehr duldet, worauf Heinrich schwieg. Schließlich konnte der Mensch ja in der Tat nicht alle seine Gedanken sagen, zumal wenn er König war – oder im Bemühen, wieder König zu werden. Denn Margaret würde kaum damit zufrieden sein, das Brot des Exils zu essen und den Rest ihres Lebens von der Gnade irgendwelcher Verwandten zu leben. Ja, wenn er allein gewesen wäre und niemand seine Worte gehört hätte ... aber er war nicht allein. Noch nie in seinem Leben war er allein gewesen. Selbst auf dem Abtritt bewachte oder belauerte man ihn. Heinrich versank in Brüten. Nein, er war nicht rechtens König gewesen. Sein Großvater war ein Thronräuber, hatte den rothaarigen Richard von seinem Sitz gestoßen und zur Abdankung gezwungen mit keinem anderen Recht, als daß er auch ein Enkel des dritten Eduard war. Dabei war er der Enkel eines viel jüngeren Sohnes.

Margarets Stimme war heiser und rauh vom Wind. »Ich weiß, was Ihr denkt«, sagte sie leise. »Aber Ihr irrt. Das Volk war unzufrieden mit Richard, und außerdem hatte er Euerem Großvater Unrecht getan.«

»Er hat ihn seiner Streitereien wegen verbannt und seine Güter eingezogen. Im übrigen wißt Ihr, was später geschah.«

»Die Gerüchte des Volkes hat sich der Weise nicht zu eigen zu machen. Richard II. ist eines natürlichen Todes gestorben!«

Margaret feuchtete sich die Lippen mit der Zungenspitze an.

Heinrich lächelte, aber er antwortete nicht. Sein Vater war vielleicht dabei gewesen, damals – der erfolgreiche Vater, dessen Regierung so kriegerisch und glanzvoll für England war, seitdem er bei Azincourt dieses verdammte Glück gehabt hatte. Kunststück, daß seine Regierungszeit so herrlich war, dachte Heinrich plötzlich bitter, sie war kurz genug. Hätte sie länger gedauert, wären den Siegen Niederlagen gefolgt, unausbleiblich nach den Gesetzen der Natur. Gewiß, sein Vater war kaltblütig gewesen und hatte Feldherrentalent gehabt, aber hätte seinerzeit in Frankreich nicht ein Wahnsinniger auf dem Thron gesessen ... Heinrichs Gedanken stockten. Der Wahnsinnige! Der wahnsinnige Karl hatte Kinder! Der wahnsinnige Karl hatte eine Tochter. Die Tochter des Wahnsinnigen hieß Katharina. Katharina war seine, Heinrichs, Mutter! Das Blut des Wahnsinnigen war in ihm! Und wahrhaftig, wahnsinnig waren seine Gedanken, die von dem Mord des Großvaters nicht loskamen und die Rache Gottes sahen in allen Dingen ringsherum. Gottes Mühlen mahlen langsam, mahlen aber schrecklich fein. Ja, so war es! Weit entfernt war der Himmel, und wenn Gott sich in Bewegung setzte, dauerte es eine Weile, bis er ankam. Der Mörder war schon gestorben, der Sohn auch hinüber und nur den Enkel konnte er fassen. Ihn, Heinrich, den man vom Thron gestoßen wie einen räudigen Hund...

»He, was ist los?«

Margaret hatte einen Schrei ausgestoßen. »Dort!« rief sie. »Dort! Geharnischte! Reiter! Man hat uns eingeholt! Wir sind verloren!«

Aber was dort zwischen den Bäumen blitzte, war Wasser, war das Wasser eines schottischen Fjords. Sie waren gerettet.

Als man Margaret im Hof eines düsteren Schlosses vom Pferd hob, stöhnte sie laut. Die Dämmerung des Vorfrühlingstages senkte sich bereits über die Felder, deren Schollen auf den Samen warteten. Feucht waren sie und aufnahmebereit. Margaret ließ sich auf das Spannbett fallen und hatte das Gefühl, in die aufbruchbereite Erde selbst zu sinken. Draußen auf dem Vorplatz hörte sie den kleinen Edward lachen, ihren Jungen, ihren Sohn, den das Haus der Lords in London enterbt hatte. Acht Jahre war er alt. Er hatte sich wie ein Mann gehalten auf diesem irrsinnigen Ritt. Und wenn nicht für sich selbst, so würde sie für diesen kleinen Burschen, ihren Liebling, kämpfen um das Verlorengegangene mit Klauen und Zähnen, mit den Krallen einer Tigerin. Ah, wie das schmerzte in allen Gliedern. Sie würde nach Frankreich segeln. Der König von Frankreich war ihr Verwandter! Sie war eine Anjou, und der Vater in Nancy würde sie auch nicht im Stich lassen. Lothringen war reich. Hinter den geschlossenen Augen sah sie die Reichtümer Lothringens vorüberziehen, bis sich die Weinberge, Getreidefelder und Eisengruben zu einem wirren Knäuel vereinigten, aus dem plötzlich ein verschwommenes Gesicht auftauchte. Wer war das? Was war das für eine Erinnerung, dieses fünfzehnjährige stolze und gebildete Mädchen mit dem braunen Pelz auf dem hochgestellten Kleiderkragen? Bei allen Schutzengeln, das war sie selbst.

Ganz fest preßte Margaret die Augen zu, und dann sah sie ihn: Wilhelm, Wilhelm de la Pole. Ach, wie konnte sie nur an Lothringen denken!
Margaret öffnete die Augen und starrte im Zimmer umher. Im Winkel befand sich ein Hausaltar, und vor einer Truhe kramte ihre Zofe aus Nancy. Die war nicht steif vom Reiten mit ihrer Jugend. Warum vergingen die Jahre so schnell?
Wilhelm ritt wie ein junger Gott. Seine Soldaten hatten ihn angebetet, und als er an den lothringischen Hof kam als englischer Gesandter, um für seinen König die Hand der fünfzehnjährigen Margaret auszuhandeln – und ihre Mitgift natürlich, da schritt er durch die Gänge des Schlosses wie ein Held. War es ein Wunder, wenn sich die Phantasie der Halbwüchsigen ausgemalt hatte, der Mann, den sie heiraten sollte, gliche dem, der übers Meer gekommen war?
Das Schlagen des Truhendeckels griff in ihre Gedanken, und Margaret fuhr auf. »Jeanette, bring mir Wein!«
Vom Wein wurde Margaret noch müder, als sie ohnehin war. Warum hatte man es ihr zum Vorwurf gemacht, daß sie Wilhelm liebte? Sie war um der Politik willen an einen Mann verheiratet worden, der ein Mönch war. Sie aber eignete sich nicht zur Nonne. Heiß war ihr Blut, feurig wie der Wein.
»Jeanette«, stöhnte Margaret, »ich will allein sein. Geh hinaus.«
Aber als sie allein war, fürchtete sie sich. Es war so düster im Raum. Und von überall schienen sie die Augen von Wilhelm de la Pole, den sie zum Herzog von Suffolk gemacht hatte, anzustarren. Und sie begriff, daß sie ihn vielleicht hätte lieben, aber nie um Rat fragen dürfen. Doch ihr Mann war ja nicht nur ein Mönch, sondern auch ein Narr. Und sie brauchte in ihrer Jugend Rat bei soviel Gegnern. War Wilhelm nicht klug? Was sie wollte, war die ungeschmälerte Macht der Krone und der Frieden mit Frankreich, ihrer Heimat. Das war nichts Schlechtes. Die paar Provinzen auf dem Festland, die es dabei zu opfern galt, schienen ihr nicht wichtig.

Margaret wälzte sich auf dem Bett und stöhnte. Sie hatte ein Gefühl, als wäre ihr der Rücken zerbrochen. Warum hatte Gott sie so geprüft. Es war doch, trotz ihrer Liebe zu Wilhelm, nicht ihre Schuld, wenn er zusammen mit Somerset nichts als Torheiten in Frankreich beging, und beide schließlich das Pech hatten, dem Ansturm des französischen Heeres auf die Normandie nicht standhalten zu können! Ach, sie wollte schlafen.
Schlafen, dachte Margaret. Schlafen will ich und vergessen. Aber einem durcheinandergeratenen Wollknäuel gleich sah sie die Bilder der Vergangenheit, sah das Gesicht des Herzogs von Somerset, dem sein sicherer Abzug wichtiger gewesen war als Rouen und ein Dutzend anderer französischer Städte, sah die Fratzen des englischen Pöbels, der ein Opfer gefordert hatte für alle Verluste und Niederlagen. Oh, warum schlief sie nicht, so müde wie sie war.
Ein tropfendes Geräusch ließ sie auffahren. Hatte sie den Wein verschüttet? Nein, sie sank wieder zurück. Aber so tropfend und unaufhörlich, fiel ihr ein, war die Stimme ihres Beichtvaters gewesen, der auf sie eingeredet hatte, damals, der Verbannung des Herzogs von Suffolk zuzustimmen, um Volk und Parlament zu beruhigen. Nicht einmal verabschieden konnte sie sich von dem Geliebten, so rasch mußte er fliehen, um der rasenden Menge zu entgehen. Sie konnte nur auf den Steinfliesen der Kirche knien und beten, daß sie ihn einst wiedersehen würde. Aber bestochenes Schiffsvolk hatte ihn von dem rettenden Schiff in ein schwankendes Boot gezerrt, und ein pockennarbiger Kerl schlug ihm mit einem rostigen Schwert den Kopf ab, während sie ihn in Sicherheit wähnte.
Sechsmal hatte das Scheusal zugeschlagen, bis der Kopf zur Erde fiel: Hätte sie ihn nie geliebt, wäre er nicht anmaßend geworden, hätte er nicht nach Dingen gegriffen, die nicht für ihn bestimmt waren, hätte kein Mensch ihn gehaßt. Sie war schuld an seinem Tod, sie wußte es.
Herr, vergib mir, betete sie. Herr, vergib mir. Laß nicht leiden

an meinen Sünden meinen kleinen, unmündigen Sohn. Gib mir zurück, oh Herr, was du mir genommen. Das große, herrliche England!

*

Am selben Tag, als Königin Margaret in Schottland eintraf, herrschte zwischen den Gutsgebäuden von Grafton Regis ziemliche Aufregung. Die Scheunen waren überfüllt von Verwundeten, die sich aus der Schlacht bei Towton gerettet hatten, die Höfe voll von Männern, die ohne Waffen herumirrten und um ein Nachtlager oder wenigstens ein Stück Brot bettelten, ehe sie weiterfliehen mußten. Die große Familie der Woodvilles, denen der Herrenhof gehörte, rang die Hände. Die eine Hälfte war dafür, ebenfalls zu fliehen, die andere aber vertrat ebenso leidenschaftlich die Meinung, man müßte sich nun mit den Gegebenheiten abfinden und sich dem Sieger unterwerfen. Da das Oberhaupt der Familie nicht anwesend war, um sein Machtwort zu sprechen, geriet sich die Familie fast in die Haare. Lediglich Elisabeth Woodville beteiligte sich nicht an den Streitigkeiten. Sie saß in ihrem Gemach auf einem mit einem Polster belegten Hocker und rieb die Haut ihres Gesichts mit einem weißen Brei aus Eselsmilch und Mehl ein. Und darin ließ sie sich nicht stören, als ihre Schwester Katrin hereinstürmte.

»Elisabeth! Wie kannst du dich pflegen und dein Gesicht massieren, wenn die ganze Welt untergeht!« rief Katrin. »Soeben ist ein Mann auf den Hof gekommen, der schwört bei seiner Seele, daß er unseren Vater und unseren Bruder gesehen hat! Sie sind nicht mit König Heinrich auf dem Weg nach Schottland, sondern sie befinden sich in Eduards Hand. Elisabeth, hörst du! In Eduards Hand!«

»Du schreist laut genug, liebe Katrin. Kann ich was dafür, daß sie in der Hand Eduards sind?«

»Aber er wird sie hinrichten lassen! Elisabeth! Hinrichten wie Rebellen! Elisabeth, denkst du nicht an unseren Bruder Anthony?«

Aber Elisabeth war der Ansicht, daß sie ein ganzes Schock Geschwister hätte, und besonders Anthony war nicht übermäßig zu lieben, so spöttisch und überlegen, wie er immer war. Und sie fuhr fort, in den kleinen Spiegel zu starren, den ihre linke Hand hielt, während ihre Rechte den weißen Brei in die Haut rieb.
Katrin stürzte wieder hinaus. Man hörte das Wiehern von Pferden auf dem Hof, Rufe, Geschrei, und die Hunde bellten bald an der einen Ecke des Guts, bald an einer anderen.
Elisabeth behielt nicht lange ihre Ruhe. Alsbald erschien Katrin wieder. Es gehe das Gerücht, daß der siegreiche Eduard aus der Richtung von Leicester her käme, um in Grafton Regis Quartier zu nehmen!
»Um Gottes willen, Elisabeth, was sollen wir bloß tun? Mama ist vorhin in Ohnmacht gefallen, weil die Mägde verlangt haben, sie solle König Eduard verhexen, damit er nicht hierherfände – als ob Mama eine Hexe wäre!«
Elisabeth nahm ein Tuch aus rosenfarbener Seide und begann den weißen Teig wieder von ihrem Gesicht zu wischen. Vielleicht, dachte sie, ärgerlich über die dauernde Störung, ist sie eine Hexe.
»Hast du denn keine Angst?« schrie Katrin händeringend. »Nicht nur unser Vater und unser Bruder Anthony haben gegen Eduard gekämpft vor zwei Tagen, auch dein Gemahl war nicht auf Eduards Seite, sondern hat dem Grafen Warwick vor sechs Wochen eine Riesenschlappe beigebracht.«
»Wovon er nicht einen Deut hatte«, fuhr Elisabeth auf, denn das Jammern der Schwester ging ihr nun doch auf die Nerven. »Er ist bei dieser Gelegenheit gefallen, meine Liebe, und hat mich zur Witwe gemacht. Hat mich zurückgelassen mit zwei kleinen Buben ...« Sie brach ab, denn die Tür wurde aufgerissen und die übrigen Mitglieder der Familie stürmten herein.
»Der König kommt!« riefen sie. »König Eduard ist da! Seine Reiter sind schon auf dem Hügel!«
Das allerdings veranlaßte Elisabeth, ans Fenster zu eilen. In der

Tat, über die Brücke beim großen Tor ritten Männer, die schwer bewaffnet waren. Wimpel flatterten über ihren Köpfen. Sie trugen ihre Kettenhauben zurückgeschlagen und lange Schwerter an der Seite. Ein Wagen mit blitzenden Harnischen folgte. Zur Flucht war es zweifellos zu spät. Alsbald bekam die Familie Woodville auch einen Geschmack vom Los der Besiegten.

Ein Ritter erschien und machte den Damen, zwischen denen sich die verängstigten Kinder drängten, klar, daß die Räume des Herrenhauses beschlagnahmt seien für seinen sich nähernden Herrn und König. Er müsse die Damen bitten, das Gemach zu räumen. Soviel er wisse, sei im Schafstall Platz, nachdem man eben die verwundeten Lancaster-Rebellen dort hinausgeworfen und als Gefangene in den Keller gesperrt habe.

Elisabeth Woodville griff nach ihrem kleinen venezianischen Spiegel, raffte einen Umhang und drei Gewänder aus der Truhe und rauschte hinaus.

Der Schafstall gehörte zu den Gebäuden auf Grafton Regis, die Elisabeth Woodville noch nie von innen gesehen hatte. Selbst die Spiele der Kindheit hatten sie nicht hierher geführt. Da man die Schafe, die den Winter hier verbrachten, erst vor ein paar Wochen auf die Weiden getrieben hatte, stank es abscheulich. Aber draußen wehte jetzt ein bitterkalter Wind, der den April ankündigte, und man konnte nicht wissen, was den übermütigen Siegern, die mit dem König gekommen waren und sich überall breit machten, alles einfiel. Die Mägde waren schon in ihre Hände gefallen, und möglicherweise würde einer auf den Gedanken kommen, auch Elisabeth Woodville sei eine Magd – in dem abscheulichen Witwenkleid, das sie seit Wochen trug.

Elisabeth nagte an ihren Fingernägeln. Oh, sie haßte alles, was York hieß und die Unverschämtheit besaß, sie, Elisabeth Woodville aus der Sicherheit des Daseins zu reißen. Nicht, daß sie übermäßig glücklich gewesen wäre mit ihrem Gemahl, Lord Ferrers. Sie war ihm verheiratet worden, als sie knapp vierzehn war. Aber er hatte sie doch die Freuden der Liebe gelehrt. Im übrigen war sie Hofdame der Königin gewesen, die nun zwischen den Bergen Schottlands herumirren mochte. War das eine Art, die Familie von Richard Woodville, dem Grafen Rivers, in einen Schafstall zu sperren? Konnte man das Großmut nennen?

»Du wirst sehen«, stöhnte Katrin, die so häßlich war wie Elisabeth schön, »er ist nicht großmütig. Er wird Anthony hängen lassen und unserem armen Vater den Kopf abschlagen. Oh, Elisabeth, hilf uns. Hilf uns doch!«

Auch die anderen Familienmitglieder waren der Ansicht, daß Elisabeth dem König zu Füßen fallen müsse. Nicht, daß man versäumen würde, auch seinerseits zu Boden zu fallen, aber Elisabeth würde am besten den Anfang machen. Sie war schön, und der König war jung.

Es gelang Elisabeth jedoch zunächst nur, bis zum Grafen Warwick vorzustoßen. Überall standen Wachen, waren Bedienstete auf dem Wege, liefen Knappen und Köche. Elisabeth mußte einen ihrer Ringe opfern, die sie in ein Tuch gewickelt und in ihren Kleiderausschnitt gesteckt hatte. Übrigens ein nicht sehr sicherer Platz, wie sie merkte, als ein betrunkener Ritter ihr an den Busen greifen wollte. Sie stieß ihn zurück.

Graf Warwick hatte es sich im grünen Zimmer bequem gemacht. Er war galant und hob Elisabeth sofort auf, als sie vor ihm in die Knie ging. Er bot ihr Platz an. Ja, er bedauere selber, daß das schöne befestigte Gut im Augenblick so auf den Kopf gestellt würde. Aber schließlich müßte der König ja irgendwo die Nacht verbringen auf seinem Weg nach London, nach dieser blutigen Schlacht gegen Margaret bei Towton, aus der er als Sieger hervorgegangen war.

Elisabeth stammelte, daß Grafton Regis sich glücklich schätze und die Familie Woodville dem König einen angenehmen Aufenthalt wünsche.

»Für eine ungestörte Nachtruhe werden wir schon sorgen«, lachte Warwick polternd. »Über diesen Punkt können Mylady beruhigt sein.«

Sie erklärte, daß sie gekommen sei, ihren Wunsch auszudrücken, dem König huldigen zu dürfen ...

»... und um ihn zu bitten, das Leben von Lord Rivers und Anthony Woodville zu schonen.« Warwick lachte. Seine kleine Tochter Ann würde sicher einmal nicht weniger schön sein, wenn sie erwachsen war, wie dieses Weib, das nun in dem steiflehnigen Armstuhl saß.

Elisabeth lächelte verzerrt. »Mylord sind kein Freund langer Umschweife, wie ich bemerke«, erwiderte sie. »Mein Vater und mein Bruder haben geglaubt, dem Mann, der den Thron Englands innehatte, die Treue halten zu müssen. Sie haben geirrt und das Verlangen, ihren Irrtum gutzumachen. Tote aber können nicht mehr gutmachen. Und Anthonys Arm ist stark.«

»Ich weiß«, sagte Warwick unfreundlich, »auf dem Turnierplatz kann ihm kein Gegner standhalten. Aber das Blut auf dem Schlachtfeld schätzt er nicht so sehr.«

Elisabeth wollte aufbrausen, aber sie beherrschte sich. »Ich will nicht annehmen, Graf Warwick, daß Ihr meinen Bruder der Feigheit zeiht?«

»Nein, nein, das liegt mir fern. Von Feigheit kann keine Rede bei Anthony sein. Aber in gewisser Beziehung ist er vielleicht ein Ästhet. Und zerfetzte Leiber, blutige Köpfe, herausgeschnittenes Gedärm ... Was habt Ihr?«

»Nichts, Mylord. Die Bilder, die Ihr heraufbeschwört, sind schrecklich. Der Leib meines Ehegemahls war furchtbar zugerichtet, als man ihn mir brachte.«

Graf Warwick war unangenehm berührt. Er hatte den toten Lord Ferrers, den wahrscheinlich die Pferde halb zertrampelt hatten, vor sechs Wochen nicht gesehen. Er wollte auch an jenes Treffen bei Sankt Albans gar nicht erinnert werden. Er hatte es verloren und war so kopflos geflohen, daß sogar der arme Narr, der sich König Heinrich nannte und den er mitgenommen hatte, um ihn sicher in Händen zu haben, auf einem Baumstumpf zurückblieb und, Selbstgespräche führend, von seiner Margaret in die Arme

geschlossen werden konnte. Nein, er wollte nicht daran erinnert werden. Jetzt hatte man gesiegt.
Elisabeth schluchzte. »Mylord, Ihr seid in dieser Stunde von der Sonne des Glücks umstrahlt. Euer König ist ein Held. Aber Ihr wißt, wenn Ihr an Sankt Albans denkt, daß der Sieg nicht Menschenwerk ist, sondern ein Geschenk von Gott. Und für ein Geschenk Gottes sollte man danken.«
In diesem Augenblick ging die Tür auf. Im Rahmen stand ein junger Mann. Er war so hochgewachsen, daß er mit den Händen die Decke greifen konnte, und sein Gesicht glänzte in einem übermütigen Lachen.
Elisabeth begriff, daß es der König war, und glitt vom Stuhl. Noch während sie in die Knie sank, merkte sie, daß ihr weiter Rock an der Armlehne hängen blieb. Ihr hochsitzender, kostbarer Gürtel wurde verschoben, und als sie in die Knie sank, öffnete sich das von einer Goldborte gesäumte schwarze Mieder, daß ihr weiter Ausschnitt noch größer wurde.
Eduard, der hereingestürmt war, um mit dem Grafen Warwick zu reden, stutzte einen Augenblick. Dann drangen schon die schluchzenden Worte der Bittstellerin an sein Ohr. Ach so, das war die Herrin des Gutes. Nein, Irrtum, es war eine der Töchter. Die Witwe von Lord Ferrers, er erinnerte sich. Und er sah nicht uninteressiert auf das junge Weib herab. Was für eine herrliche Haut sie hatte. Was für ein Schimmer von Samt auf ihren Wangen lag. Und der Busen war vollkommen, man sah es bei ihrem halb aufgegangenen Kleid. König Heinrich hätte gesagt: Pfui, Schande, und hätte das Zimmer verlassen. Aber Eduard blieb. Er stand und dachte nicht daran, das Weib aufstehen zu heißen. Auch Königin Margaret pflegte ihre Bittsteller knien zu lassen, bis sie Schwielen bekamen. Es war so hübsch, diese weißen Hügel der Brust zu sehen. Vom dunklen Stoff des Witwenkleides umrahmt, waren sie weißer als Alabaster.
Elisabeth rang die Hände, stammelte von ihrem Vater, von Anthony, ihrem Bruder, und Eduard betrachtete sie, wie ein Händler

einen Gaul betrachtet. Die beiden Buben, die im Hof vor ihm niedergefallen waren, als er vom Abtritt kam und die er liegen ließ wie tote Fliegen, nachdem ihn schon zwischen Küche und Backhaus eine Schar Weiber um Gnade für ihren vor zwei Tagen gefangenen Herrn angefleht hatte, das waren wohl ihre Knaben. Sie mochten so alt gewesen sein wie sein kleiner Bruder Richard. Wenn Elisabeth Woodville so große Buben hatte, dann war sie nicht mehr so jung. Immerhin war sie wahrscheinlich mit fünfzehn verheiratet worden, wie üblich, und hatte mit sechzehn das erste Kind gehabt. Dann war sie jetzt so alt wie Lady Eleanor Butler, in deren Armen er lag in der Nacht vor der siegreichen Schlacht, und die für ihn gebetet hatte, während er focht. Er hatte es die ganzen Stunden hindurch gespürt, diesen schützenden Mantel ihrer Gebete.

Elisabeth Woodville hob das Haupt. Ihre Knie schmerzten. Und wenn sie es auch gewohnt war zu knien – liebte es doch Königin Margaret, ihre Hofdamen knien zu lassen, ehe sie das Wort an sie richten durften – dies hier dauerte entschieden zu lang. Ihre Augen begegneten denen des Königs, und vor seiner unverhohlenen Bewunderung stieg ihr die Röte ins Gesicht.

Eduard war verwirrt. In diesem Augenblick begriff er es plötzlich: Wahrhaftig, er hatte gesiegt, in diesem Kampf auf Leben und Tod zwischen York und Lancaster hatte er gesiegt wie kein anderer vor ihm. Nicht ein junges Weib lag hier vor ihm auf den Knien, nein, halb England lag da, verkörpert in Elisabeth Woodville. Und er hatte Macht über sie alle, die Macht zu strafen und zu belohnen, zu verurteilen und zu begnadigen. Er atmete tief, und während er einatmete, sah er in einem Regen von Empfindungen gleichsam alle Scheußlichkeiten dieses jahrelangen Streites noch einmal vor sich: die toten Krieger von Northampton, von Mortimer's Cross, von Sankt Albans. Die geschändeten Frauen von Ludlow, die verbrannten Dörfer und geplünderten Höfe in Yorkshire. Er hörte die Kreaturen der Königin das Todesurteil über York und seine Anhänger aussprechen, und er sah sich über struppige Heide flüchten und durch dunklen Wald. Er vernahm die murmelnden Gebete der Priester, die die Gefangenen zur Hinrichtung begleiteten, und die Schreie der gefolterten Spione gellten wieder in seinen Ohren. Er sah das zerstampfte Gesicht des Herzogs von Somerset, der der Günstling der Königin war und, wie das Volk sagte, der Nachfolger des Herzogs von Suffolk in ihrem Bett. Er hörte seinen Bruder Edmund um Gnade flehen und erblickte das blutige Haupt seines Vaters mit einer Krone aus Stroh. Unzählig waren die Toten, die für das Haus Lancaster gefallen waren und zahllos die Opfer auf Seiten Yorks. Und tausendmal in seinem Leben hatte Eduard Rache geschworen. Rache, Rache! Nun war sie da.

Das Gesicht Elisabeth Woodvilles, das sich gerötet hatte unter dem Blick des jungen Königs, wurde langsam bleich. Was dachte dieser Mann, der so groß vor ihr stand, daß sie den Kopf fast in den Nacken werfen mußte, um seinem Auge zu begegnen? Erinnerte er sich daran, wie nahe ihm ihr Vater im Auftrag der Königin vor einem Jahr auf den Fersen gewesen war, als er nach Calais fliehen mußte? Und daß ihr Bruder Anthony schon bei Sankt Albans gegen die Yorktruppen stand, nicht erst bei Towton, das wußte er bestimmt auch. Oh, sie mußte Demut in ihren Blick legen, Unterwürfigkeit und Zerknirschung. Nicht Koketterie war hier am Platze, nicht ein verführerisches Lächeln. Dieser junge Mensch hier hatte erst im Februar nach seinem Sieg bei Mortimer's Cross Pfützen von Blut auf dem Marktplatz von Hereford zurückgelassen, von Männern der Königin, die er zum Tode verurteilt hatte und die geköpft worden waren. Er mochte nie Mitleid erfahren haben, also hatte er auch kein Mitleid gelernt, und er schleppte nun den Zug der Gefangenen von Towton kaum hinter sich her nach Süden, um dort mit ihnen Feste zu feiern. Sie mußte niederstürzen, tiefer noch, als sie kniete, und seine Füße umfassen. Wie würde er sonst ihren Vater und ihren Bruder retten. Gott, oh Gott, warum fiel ihr Demut so schwer. Warum war sie erfüllt von soviel Stolz!

Eduard stand, und der Rausch in ihm fiel zusammen. Er verzog das Gesicht über sich selbst. Was hatte er eben geträumt? Halb England läge vor ihm im Staub, verkörpert in Elisabeth Woodville? Nun, wenn er wollte, konnte er den Fuß auf ihren Nacken setzen. Aber leider lag da nicht Königin Margaret. Und so groß sein Sieg gewesen war vor zwei Tagen bei Towton, und so blutig, daß keiner noch in Englands Geschichte so blutig war, er würde auf der Hut bleiben müssen in all seinem Glanz. Und die Gebete von Eleanor würde er noch weiterhin brauchen.

Eleanor – wie blaß und sanft sie war in der Erinnerung. Ein kleiner zärtlicher Vogel. Das Weib hier auf dem Boden war eine Katze. Wie sie sich wand! Liebte er Eleanor eigentlich wirklich?

»Mylord«, hauchte Elisabeth, »Mylord, ich flehe um Gnade . . .«

Liebe, dachte Eduard, ist ein so ungreifbares Ding. Wahrscheinlich brauchte man ein langes Leben dazu, um es zu erfassen.

»Mylord«, hauchte Elisabeth noch einmal, »Mylord, gebt Barmherzigkeit, wie Gott Euch barmherzig gewesen.«

Liebe, dachte Eduard, ist Trunkenheit. So schön wie dieses Weib hier auf dem Boden war Lady Eleanor Butler nicht.

»Mylord, das Leben meines Bruders ist mein Leben!« Elisabeth Woodville kam ins Stottern. »Sein Tod wäre auch mein Tod! Mylord, schenkt uns das Leben!« Was dachte bloß der junge Mensch? Lieber Himmel, wenn er sie nicht bald aufstehen hieß, dann stand sie auf ohne seine Einwilligung.

Eduard dachte: Wenn ich die Hand ausstrecke, berühre ich ihre nackten Brüste. Dann merkt sie, daß ihr Kleid aufgegangen ist. Oder hat sie es bereits gemerkt? Dann meint sie wohl, ich bin beeindruckt. Er war beeindruckt, aber das ging sie nichts an. Im übrigen konnte er wohl Weiber haben, soviel er wollte. Er, König über ganz England, der er nun war.

Schließlich gelang es ihm, hochmütig zu erklären, daß er nicht vorhabe, Lord Rivers und seinen Sohn Anthony zu töten. Er sei kein Ungeheuer. Und wer mit ihm zusammenarbeiten würde zum Wohle Englands . . .

Das schöne Weib versank in Dankbarkeit und Ergebenheit. Und schien in all ihrem Kummer und ihrer Angst nicht bemerkt zu haben, daß sich ihr Kleid geöffnet hatte.
Aber Elisabeth Woodville wußte es wohl.

*

Noch nie war Ann, die kleine Tochter des Grafen Warwick, so aufgeregt wie am Tag der Krönung. Sie hatte ein neues Kleid bekommen, und während das Kindermädchen Ankarette die Schließen befestigte, konnte sie nicht stillhalten.
»He...«, rief sie ihrer Schwester zu, die an den weitgeöffneten Fenstern des Stadthauses stand und auf die Straße schaute.
»He, Isabel, komm her! Mein Kleid ist tausendmal schöner als deins.«
Doch Isabella, die drei Jahre älter war als Ann, dachte nicht daran, sich umzudrehen. Auf der Straße gab es so viel zu sehen. Es wimmelte geradezu von Leuten, die auf dem Weg nach Westminster waren; Fahnen wurden vorbeigetragen und Heiligenbilder in riesiger Zahl. Leute in den aufregendsten Gewändern eilten vorbei, Ratsherren in Scharlach, Bürger in blauen Mänteln, um sich alle in den langen Krönungszug einzureihen. Ritter kamen vorüber mit wehenden Federn am Barett, Schärpen sah man, gestickt mit Gold, und Schleppen, die den Staub von der Straße kehrten.
Ann wehrte sich gegen die Hände des Kindermädchens. »Nicht, Anka, nicht! Ich will den Gürtel höher haben!«
Sie zog die Brust ein, daß der Gürtel Platz hatte, und streckte den Bauch vor, denn das war Mode. In dem nicht allzu großen Spiegel betrachtete sie dann ihre eigene Pracht. Ihr rotblondes Haar wurde nur mühsam von goldenen Schnüren zusammengehalten. Sie mußte den Handspiegel bald hierhin, bald dorthin halten, um alles der Reihe nach in Augenschein zu nehmen. Und selbst die spitzen Schuhe wollte sie im Spiegel bewundern. Bloß die Halskette fehlte jetzt noch und die Ringe an den Fingern.

»Man möchte tatsächlich meinen«, sagte Ankarette, die schon ganz erschöpft war, »du wärest selber der König und würdest heute gekrönt. Der Ring mit dem roten Stein ist viel zu groß für deinen Finger. Außerdem gehört er Isabella.«
Die kleine Ann wurde zornig. Der rote Ring gehörte ihr. »Ich weiß, was mein ist!« schrie sie. »Und was mir gehört, ziehe ich auch an, daß du es weißt.«
»Lieber Himmel«, stöhnte Ankarette, »du kannst dich ja überhaupt nicht mehr rühren vor lauter Gewand und Schmuck.«
»Ich muß dem König gefallen«, sagte Ann. »Ich weiß, warum!«
Ankarette grinste. »Der kennt dich doch schon. Und für gewöhnlich, wenn er dich sah, warst du schmutzig.«
»Eben!«, rief Ann. »Darum muß ich heute schön sein. Ich will von ihm geheiratet werden. Ach, das verstehst du nicht!«
Ankarette, die selbst noch ein halbes Kind war und einmal heiraten wollte, prustete vor Lachen. Nicht daß sie den Gedanken abwegig gefunden hätte, daß ein bald sechsjähriges Mädchen schon verheiratet wurde. Derlei kam in den reichen Häusern häufig vor. Verlobungen von Kindern waren sogar an der Tagesordnung, wenn auch das Beilager natürlich erst gehalten wurde, wenn die Ehegatten erwachsen waren. Ankarette war auch überzeugt davon, daß König Eduard über kurz oder lang eine der Töchter des Grafen Warwick heiraten würde. Königinmutter zu werden, war der Ehrgeiz der Gräfin schon seit langem, sonst hätte sie nach Ankarettes Meinung ihren Mann kaum so in den großen Streit gehetzt. Und da nun Eduard von York durch Warwicks Unterstützung König geworden war, würde er sich wohl dankbar erweisen. Indessen, wenn Graf Warwick dem König eine Tochter gab, dann zweifellos die Ältere. Immer kam die Älteste zuerst an die Reihe, wenn die Töchter eines Hauses verheiratet wurden. Und Ankarette sagte lachend: »Ich glaube, meine Liebe, wenn es darum geht, den König zu heiraten, da wäre es besser, deine Schwester trüge allen Schmuck aus der Schatulle. Isabella ist älter als du und schöner.«

Diese Worte verschlugen Ann die Sprache. Einen Augenblick stand sie da mit dem Spiegel in der Hand und starrte in Ankarettes lachendes Gesicht. Wie ein Teufel sah Ankarette aus, wenn sie lachte. Wie der Teufel, der auf dem Dach der Kirche von Middleham hockte, dicht über der Traufe. Ann wurde ganz kalt am Körper. Ich muß sie schlagen, dachte sie. Und sie hob schon die Hand.

Ankarette hörte zu lachen auf. »Laß deine Hand unten«, sagte sie böse. »Sonst reiße ich dich an den Haaren, wenn ich dich wieder kämmen muß. Wahrhaftig, du bist schlecht. Ich mag Isabella viel lieber.«

»Das weiß ich«, zischte Ann. »Und du betest auch nur für Isabella. Aber Isabella ist viel zu dumm, um Königin zu sein. Und das werde ich Eduard auch sagen!«

»Ja, tu das«, grinste Ankarette. »Der sieht ganz so aus, als brauche er deinen Rat. Gib den Ring schon her. Er rutscht dir doch nur vom Finger!«

Da begann Ann zu schreien, so gellend und ungebärdig, daß es durchs ganze Haus drang. Die Gräfin Warwick kam hereingestürzt und fragte, was denn um Himmels willen los wäre.

Ann schluchzte. Wie im größten Kummer warf sie sich gegen die Mutter, um alsbald in den weiten Falten eines kostbaren Gewandes zu versinken.

Gräfin Warwick war erst zur Hälfte angezogen. Der Schleier über der Frisur hing nur an einem Zipfel, und als Ankarette erzählt hatte, schüttelte sie ärgerlich den Kopf. »Aber Ann, wie kannst du so ungezogen sein. Selbst wenn du zehn rote Ringe an den Fingern trügest – wer Königin über England wird, bestimmt allein der liebe Gott. Außerdem ist es gar nicht so schön, Königin zu sein.«

»Doch«, sagte Ann leise. »Es muß schön sein. Es ist das Höchste, was man erreichen kann. Eine Königin kommt gleich nach den Heiligen, ich weiß es bestimmt.«

»Ach Kind!« Lady Warwick wischte die Tränen von Anns Gesicht. Der Mensch wird mit Bescheidenheit oder Ehrgeiz geboren, begriff sie. Und es ist das Erbteil irgendwelcher Vorfahren, das den Menschen dann durch sein ganzes Leben treibt. Ihr Mann war eitel und das Verlangen, hoch zu steigen, höher zu stehen als andere...

Oh, Gott, dachte sie, verführe mein Kind nicht. Führe uns nicht in Versuchung. Senke Frieden in unser Herz! Sie nahm einen Ring mit einem blitzenden grünen Stein von ihrem kleinen Finger und steckte ihn an Anns Daumen. »Hier«, sagte sie, »den verlierst du nicht. Es ist der kostbarste, den ich habe.« Dann rauschte sie hinaus.

Anns Tränen waren versiegt. Wie im Traum trippelte sie neben Isabella im Krönungszug bis zur Kathedrale, in der sich die Menschen drängten, und nahm auf ihrem Stuhl Platz. Das war ein Gewoge von Kerzen, Fahnen und Bildern. Orgelklänge brausten auf, Weihrauch stieg wie Nebel, und an den Altären bewegten sich die brokatenen Meßgewänder der Priester. Ann hatte Mühe, unter all dem Durcheinander den Thronsessel herauszufinden, auf dem der König saß. Der strahlende Eduard, Richards großer Bruder. Richard, der gestern mit einer Reihe von Edelleuten zum Ritter des Bathordens geschlagen worden war, obwohl er noch keine neun Jahre zählte, war so klein, daß Ann ihn von ihrem Sitz aus kaum sehen konnte. Jetzt weinte er nicht mehr wegen seines Vaters Kopf, der vor einem halben Jahr noch auf einer Stange stak, heute wärmte er sich am Glanz seines Namens. Bruder des Königs!

Glöcklein bimmelten am Altar, und die wilde Ann senkte ihren Blick zu Boden, schlug sich während der Heiligen Wandlung gegen die Brust. Gleich danach drehte sich alles vor ihren Augen. Es wurde ihr schlecht.

Unter den Damen ringsherum gab es eine kleine Aufregung, dann führte eine feste Hand das Kind hinaus. Als Ann wieder denken konnte, saß sie im Kreuzgang der Abtei und war allein. Nein, ein Mönch stand da, die Hände in den Ärmeln seiner Kutte versteckt, und betrachtete sie mitfühlend. Ob es ihr jetzt besser gehe? Ob er ihr noch einmal Wasser bringen solle! Lady Warwick sei wieder in die Kirche zurück, um nichts von der Zeremonie zu versäumen.

Ann wollte kein Wasser. Sie saß und blickte um sich. An der Wand war ein steinernes Kreuz mit einem Heiland daran. Der Heiland sah aus wie Richard, genauso mager und wie verwachsen hing er da. Ann drehte den Kopf. »Ich will in den Hof«, sagte sie. »Mir ist so heiß.«

Der Mönch meinte, im Kreuzgang wäre es doch viel schattiger. »Draußen sind überall Leute.« Aber als sie keine Ruhe gab, führte er sie hinaus und setzte sie auf eine Brüstung.

Der Hof der Abtei und die ganze Umgebung waren voll von Menschen, die keinen Platz mehr in der Kirche gefunden hatten. Knappen standen herum, die ihre Herren geleitet hatten, und junge Ritter, die lieber unter der warmen Sommersonne standen als im Nebel des Weihrauchs.

Dicht an der Wand, wo die Ringe befestigt waren, an denen man sonst die Halfter der Gäule festband, lehnte ein schlanker junger Mann. Er schien keine Scheu davor zu haben, daß hinter den Mauern der Kathedrale eine Handlung vor sich ging, die von großer Wichtigkeit für alle war. Er lachte in Abständen und wechselte Reden mit seinem Nebenmann. Ann hätte ihm zurufen mögen, er solle den Mund halten und beten wie die anderen, denn jetzt würde Eduard gesalbt.

Der Mann hatte jedoch keine Ehrfurcht. Da es ihm heiß wurde, öffnete er sogar sein Wams über der Brust. Ann sah, daß auf der braunen Haut dunkle Haare wuchsen. Das bestürzte sie. Das Hemd, so konnte sie deutlich sehen, war aus grobem und ungebleichtem Stoff, wie man ihn zu Säcken verwendete. Aber das Wams darüber war kostbar und schön. Die Ärmel aus grünem Samt, weit und geschlitzt und ausgeschlagen mit gelber Seide. Da drehte er den Kopf zu Ann.

»Verdammt!« rief sie ihm sofort zu im Ton der Knechte von

Schloß Middleham, »verdammt, du könntest wohl auch deinen Mund halten wie wir, wenn der große Eduard gesalbt wird.«
Der Mann war einen Moment überrascht. Dann mußte er lachen.
»Der Große, das stimmt, du Katze. Groß ist er und lang. So lang, daß es kein Wunder ist, wenn er versuchte, die Sterne zu greifen. Wem gehörst du denn, daß du so vorlaut bist?«
»Ich bin des Grafen Warwick Tochter«, entgegnete sie stolz.
Zunächst war er verblüfft. »Donnerwetter, da hast du dir einen vorteilhaften Vater ausgesucht. Bei dem kann es dir an nichts fehlen. Denn ein Königmacher, weißt du . . .« Er stockte, weil ihn sein Freund am Ärmel zog.
»Sei still, Anthony«, flüsterte der Freund. »Verscherz' dir nicht die Gnade des Königs. Sie hat noch keine sehr dicken Wurzeln.«
Zu einer Antwort kam Ann nicht mehr. Der Mönch erschien wieder und holte sie hinein, und für den Rest der langen Messe saß sie bewegungslos und still. Aber sie saß nur so still, weil sie über das Wort Königmacher nachdachte, das sie noch nie gehört hatte und das sie nicht verstand.
Am Abend dieses Tages wurde ihr dann noch einmal schlecht. Aber das kam nicht mehr vom Weihrauch in der Kirche, sondern von dem vielen Essen, das sie in sich hineingestopft hatte. Und das geschah ausgerechnet, als der Vater sie vom Tisch der Kinder hob und in den großen Bankettsaal hinüberbrachte, damit auch sie dem König huldigte. Wie schon in der Kirche drehte sich wieder alles vor ihren Augen. Schüsseln, Teller, Tische und Bänke. Kristallene Pokale glitzerten vor ihren Augen, silberne Humpen und die riesige goldene Kette auf des Königs Brust. Sie hörte Eduard lachen, fühlte seine Finger, die ihr Kinn kitzelten, und begriff undeutlich, daß er sie fragte, ob sie auch alles in der Kirche genau gesehen hätte. Wie man ihn gesalbt und ihm die Krone aufs Haupt gesetzt hatte.
Ann würgte und schluckte. Sie nickte und war plötzlich schüchtern, weil Eduard ganz anders aussah, als früher auf Schloß

Middleham, wenn er einmal alle heiligen Zeiten mit seinem Vater vorbeigekommen war. Gleich würde sie nun erbrechen. Aber dann wurde ihr einen Augenblick wieder besser, und sie platzte mit der Frage heraus, ob das Heilige Öl auf seiner Brust gekitzelt hätte.

Eduard lachte und erwiderte, daß die Sache auf der Brust tatsächlich ein wenig kitzelig gewesen wäre. Denn da hätte der Erzbischof ein bißchen zu viel erwischt, und da das Öl in der Hitze flüssig geworden war, sei es ihm über die ganze Brust geronnen. Graf Warwick rief, daß eine so ausgiebige Salbung auch ausgiebig haltbar wäre, und schob seine Tochter näher, damit der König sie küssen konnte.

Ann schloß die Augen unter dem Kuß. Er muß mich heiraten, dachte sie. Aber hinter ihren geschlossenen Lidern sah sie plötzlich die schwarzen Haare auf der Brust des lachenden Mannes im Hof der Abtei, der das Wort Königmacher gesagt hatte, und ein härenes Hemd unter dem kostbaren Wams trug, und da erschrak sie so, daß sie zurückfuhr.

Es sah aus, als wäre sie vor dem Kuß des Königs zurückgeschreckt, und die Umstehenden lachten.

»Was denn?« brummte Eduard heiter, »liebst du mich vielleicht nicht?«

Da wurde Ann gänzlich elend. Tränen stiegen ihr in die Augen, und sie stammelte verwirrt: »Königin will ich einmal werden ... und gesalbt werden auf der Brust ... genau wie du ...«, aber da hatte Graf Warwick sie schon hochgehoben, und unter dem dröhnenden Gebrüll der Höflinge trug er sein Kind hinaus.

Auch Cicely, Herzogin von York, die neben ihrem Sohn, dem König, saß, hatte einst davon geträumt, zur Königin gekrönt zu werden. Wenn ihrem Gatten dasselbe Glück zuteil geworden wäre wie nun Eduard, ihrem Ältesten, dann würde sie jetzt auch das Heilige Öl zwischen ihren Brüsten gespürt haben. So viel Kämpfe hatte sie mitgetragen, so viel Angst und auch Not, aber ihre eitlen Wünsche waren nicht erfüllt worden. Es waren eitle

Wünsche gewesen, ja, und ihrem Gatten hatten sie den Tod gebracht. Nein, sie mußte still sein und sich bescheiden. Sie lebte, und Eduard saß auf dem Thron. Und wenn einst Isabella, die Tochter des Grafen Warwick, Königin wurde, wollte Cicely glücklich sein. Nun konnte sie in Ruhe alt werden. Oder war sie schon alt?

*

Auch Richard fand die Krönungstage herrlich, wenn sie nur nicht so anstrengend gewesen wären. Und am anstrengendsten, fand er, war das Gefühl des Glücks.

Richard freute sich viel in diesen Tagen. Am liebsten hätte er den Heimatboden geküßt, als er ihn wieder unter den Füßen hatte, und zu wissen, daß nun alle Gefahr vorüber war, in der man geschwebt hatte, das machte ihn fast trunken. Eduard, sein großer Bruder, hatte das Wunder vollbracht. Keinen Gedanken brauchte er mehr daran zu verschwenden, wie er Edmund und den Vater rächen könnte. Eduard hatte die Sache in die Hand genommen. Richard liebte Eduard.

Die Feste rissen nicht ab. Es gab unentwegt irgendwelche Ehrungen. Der junge König mußte ja seine Anhänger belohnen und die Güter der vertriebenen Lancaster-Führer, die eingezogen worden waren, an seine Freunde verteilen. Richard wurde zum Ritter geschlagen, sollte den Hosenbandorden bekommen, und zum Herzog ernannt werden: Herzog von Gloucester – es war wie ein Traum.

Vor seiner Erhöhung hielt Richard, wie es vor einem Ritterschlag Brauch war, eine endlose lange Nacht Wache in der Kapelle, so daß er am Morgen vor Erschöpfung fast taumelte. Wenn er wenigstens nun etwas zu essen bekommen hätte, aber die ehrende Handlung des Ritterschlags mußte man nüchtern über sich ergehen lassen wie die Heilige Kommunion. Richard, den seine Knappen in ein festliches Gewand gekleidet hatten, kauerte sich mit geschlossenen Augen für ein paar Minuten auf die steinerne

Bank in der Fensternische. Neun Jahre war er alt, und die Knabenrüstung, die ihm nun gehörte, blitzte, als wäre sie nicht nur an den Nähten aus Silber. Er mußte zusehen, daß er in sie hineinwuchs. Vorerst war sie ihm noch viel zu groß.

Georg, der schon zum Herzog von Clarence ernannt worden war und hereinkam, als Richard nahe daran war, in der Fensternische einzuschlafen, fing gleich zu lachen an. »He, was hat man dir denn angezogen? Du siehst bei Gott aus wie ein Affe. Paß nur auf, daß dich nachher die goldenen Sporen nicht umreißen. Hahaha. Und bleib mir ein bißchen vom Leibe beim Bankett. Du bist kein Bruder, mit dem man Staat machen kann.«

Richard riß erschrocken die Augen auf. Dann verschloß sich sein Gesicht schon wieder. Das war ja nur Georg, und dessen Späße war er gewöhnt.

Trotzdem erschauerte Richards Herz, als er vor dem König kniete. Angst überfiel ihn, auch Eduard könnte über ihn lachen, auch Eduard könnte der Ansicht sein, mit einem so häßlichen, verwachsenen Bruder wäre kein Staat zu machen. Da spürte er den Schlag des flachen Schwertes auf seiner dünnen Schulter und hörte die Stimme des Königs: »Sei ein guter Ritter...« Der König lachte nicht.

Ein guter Ritter, das wollte Richard einmal sein. Noch war sein Arm schwach, aber er würde an sich arbeiten, eisern und verbissen und wachsen und kräftig werden. Lord Stanley kam über den Hof, auf dem Richard eben von seinem neuen Schlachtroß kletterte. Die anderen jungen Ritter waren, ehe sie die Ehrenrunde trabten, ohne den Steigbügel zu benützen, in voller Rüstung auf ihr Pferd gesprungen, aber von Richard hatte man das Gott sei Dank noch nicht verlangt. Die anderen waren fort, nur der Reitknecht stand da und half seinem Herrn aus dem Sattel.

Lord Stanley grinste. »Hör, mein Junge«, sagte er laut. »Sieh dich vor. Wenn du einmal deinen goldenen Sporen Unehre machst, hacke ich sie dir von den Fersen. Hast du schon einen Wahlspruch für dein Leben?«

Nein, den hatte Richard nicht, aber er würde einen finden und nach ihm handeln, ob Lord Stanley das glaubte oder nicht. So gab er dem hochmütigen Lord keine Antwort. Er war auch viel zu schüchtern und schwerfällig dazu. Reden, das konnte nur Georg. Richard hatte bisher nur schweigen gelernt.

Die Feste rissen nicht ab, den ganzen Sommer über nicht. Aber im November, als die schwarzen Wolken schwer von Westen her kamen, war die Herrlichkeit zu Ende. Da wurde Richard der Hofhaltung des Grafen Warwick zugeteilt, und es begann der Ernst des Lebens. Er mußte noch so viel lernen.

Die Gräfin Warwick schickte ihn zu seiner Mutter, damit er sich verabschiede, und Cicely zupfte sein Gewand zurecht: »Du wirst brav sein«, mahnte sie, »keinen Unfug treiben auf Schloß Middleham, und dich nicht ein einziges Mal mit Ann streiten. Hörst du?«

Richard wollte ein Mann werden, aber er war schon wieder den Tränen nahe. Er wollte fragen, warum er denn fort müsse, warum alle Eltern so grausam wären und ihre Kinder fortgaben in fremde Hände, um selbst die Kinder von irgendwelchen Verwandten zu sich zu nehmen, aber er schwieg natürlich. Er wußte die Antwort ja auch im voraus. Es war der Brauch, und im Elternhaus würde man bloß verzogen werden.

Auf dem langen Weg nach Norden ritt Richard neben einem Jungen, der nur wenig älter war als er. Henry hieß er. Henrys Vater und Großvater waren Lancaster-Anhänger gewesen und einer nach dem anderen gefallen, und nun war Henry der überlebende Herzog von Buckingham.

Ann fuhr den ganzen Weg bis Middleham im Wagen. Wenn man Halt machte, suchte sie Steinchen zusammen, und wenn man wieder weiterzog, warf sie damit nach den Knaben. Je weiter man kam, desto größer wurde Richards Angst vor dem dunklen Schloß im Norden.

Und wahrhaftig, es sah düster genug aus unter dem schwarzen Novemberhimmel, auf dem sich die Wolken jagten, daß ihre

Schatten wie Ungeheuer über den Mooren lagen. Die Schutzmauern des Kastells waren mindestens zwölf Fuß dick, und die Türme schienen so alt und verwittert, als stünden sie seit Anbeginn der Welt.

Ann schien nichts Düsteres an Schloß Middleham zu finden. Sie nahm jauchzend von ihrer Heimat Besitz, rannte über die Steintreppen und Söller, begrüßte die Mägde in den Wirtschaftsgebäuden, die Knechte in der Schmiede, die Burgbesatzung und den Kaplan, der aus der Kapelle kam.

Henry, Herzog von Buckingham, war offenbar beeindruckt von den Befestigungsanlagen, aber Richard meinte abschätzig, daß dieser ganze uralte Krempel doch heutzutage überhaupt keinen Wert mehr besäße. Die Büchsenmachergilde in Coventry habe jetzt mit Hilfe des Pulvers schon ein Katapult entwickelt, mit dem man die stärksten Mauern niederlegen könne, und in Burgund, wo er gewesen...

»Ah, bah...«, machte Henry und unterbrach Richards Erörterungen. »Und wenn du diesen Geheimniskrämern der Büchsenmacherzunft nicht viel genug in den Rachen schmeißt, dann lassen sie dich mit ihrer ganzen Artolerey im Stich. Es wird ewig so bleiben, daß nur der starke Arm siegt, und diese Mauern hier...«

Aber da rief man zum Essen, und die Knaben rannten zum Saal.

Der starke Arm! Das war es, was Richard quälte, denn sein Arm war schwach. Nicht nur daß er kleiner war als die gleichaltrigen Kameraden, die auf Schloß Middleham Pagendienste taten und in den Sieben Künsten unterrichtet wurden, er war auch viel schwächer. Der Kaplan, der den Buben Latein beibringen sollte, Rechnen und eine schöne Handschrift, sagte die ganzen Unterrichtsstunden hindurch dasselbe: »Halte dich gerade, Richard...«

Auch der Zuchtmeister, der die Jungen bei den körperlichen Übungen unter sich hatte und den Richard schon am zweiten Tag zu hassen begann, sagte dasselbe. »Halte dich gerade, Richard!

Du sitzt auf dem Gaul wie ein Affe. Glaubst du, daß ein Affe auf dem Gaul über den Wassergraben kommt?« Und dann lachten alle.
Richard strengte sich an. Er gab seinem Gaul die Sporen, schwang das hölzerne Schwert, mit dem sie übten, umklammerten die Streitaxt, damit sie ihm nicht aus der Hand fiel. Und danach war er so müde, daß er kaum die Augen aufhalten konnte, wenn nach der Abendmahlzeit das Leben im großen Saal begann und man zwischen den Damen und Rittern, die zur Burgbesatzung gehörten oder auf Besuch da waren, höfische Manieren lernen sollte, tanzen, zur Laute singen und Verse machen.
Viel zu kurz war der Schlaf. Henry, mit dem er das Bett teilte, schnarchte die halbe Nacht hindurch, daß Richard immer wacher wurde. Es schien, als wäre er zu müde, um schlafen zu können. Er starrte gegen die Fensteröffnungen, die kein Glas hatten in diesem alten Seitenflügel und durch Läden geschlossen wurden. Es war kalt im Raum, denn Kamine gab es nur im Palas, und Richard fröstelte unter der Decke. Er beneidete Ann und ihre Schwester Isabella, die in der Kinderstube wohnten, die sich über dem Backhaus befand. Fiel er endlich in Schlaf, mußte er schon wieder aufstehen. Stockfinster war noch die Nacht, wenn er hinter Henry her zur Morgenmesse taumelte. Wenn es anschließend das Frühmahl gab, Milchsuppe, Fleisch und Brot, brachte er immer noch nicht die Augen auf. Dann sollte er französische Vokabeln lernen, und der Kaplan sagte: »Halte dich gerade, Richard!«
Henry war kein schlechter Freund. Er sagte ein im Lateinischen, das er besser konnte, da er ja schon älter war, und einmal nahm er sogar eine Strafe auf sich, die Richard verdient hätte, einer zerschlagenen Schüssel wegen.
Oh, Richard haßte es, bei Tisch bedienen zu müssen, vor der Gräfin Warwick zu knien und die Wasserschüssel zu halten, damit sie sich die von Fleisch und Tunke fetten Finger waschen

und dann am Tischtuch trocknen konnte. Die Schüssel war so schwer. Aus rotem Glas war sie, und Gräfin Warwick hing an ihr. Richard ließ sie fallen im Gang, als Henry um die Ecke kam. Sie war ihm einfach aus der Hand geglitten, er hätte nicht sagen können warum. Wahrscheinlich war das fettige Wasser übergeschwappt und hatte sie glitschig gemacht. Richard sollte Hiebe bekommen vom Zuchtmeister und zitterte vor Angst, und da erklärte Henry ritterlich, er wäre es gewesen. Was machte ihm die Rute auf dem blanken Hintern schon aus. Und genau genommen war er ja auch gegen Richard gerannt. Er schlief den Schlaf des Gerechten hinterher, während Richard die halbe Nacht weinte in seiner elenden Verlassenheit.

Nein, Henry war kein schlechter Freund. Aber wenn die anderen Richard auslachten, weil er wie ein Affe auf dem Pferd saß, dann lachte Henry mit, denn er lachte nun einmal so gern.

Der einzige, der Richard schön tat, war Francis. Aber Richard zweifelte daran, daß Francis ihn liebte. Denn er stammte von allen Knaben auf dem Schloß aus dem ärmsten Hause. Er würde einmal nicht viel erben und mußte zusehen, sich reiche Freunde zu schaffen. Richard fand, daß es besser war, sich an die Tiere zu halten, und so erwarb er in York, wohin man gern zum Markt ritt, einen Falken mit weißem Gefieder. Er erprobte alle Künste, die er bei den anderen abschaute, um ihn zu zähmen. Richard liebte das Tier und widmete ihm seine ganze freie Zeit. Aber der undankbare Vogel hackte ihn in die Hand, und als er ihn beim ersten günstigen Jagdausflug in die Luft über der Heide warf, da entschwand er und kehrte nicht wieder. Darauf lachten ihn wieder alle aus, weil er auch von der Falknerei nichts verstand.

Trotzdem wuchs Richard, ohne es zu merken, in den drei Jahren auf Schloß Middleham mit dem dunklen Land im Norden zusammen. Die weiten Moore, die blühende Heide, die silbrigen Birken, über denen die schweren Wolken zogen, wuchsen ihm ans Herz. Er war einsam, und die Landschaft war einsam, und so gehörten sie wohl zueinander.

Draußen in der Welt ging diese Zeit nicht ganz so gleichmäßig und ruhig vorüber, aber die Wellen schlugen nicht bis Middleham. König Eduard saß sicher auf dem Thron, auch wenn Königin Margaret es noch nicht aufgegeben hatte, Pläne zur Rückeroberung zu schmieden. Von Frankreich aus, wohin sie geflüchtet war, versuchte sie nun seit drei Jahren bald über Wales, bald über Schottland und Northumberland den Aufstand gegen Eduard ins Land zu tragen. Aber Gott war nicht mit ihr, und Eduard war auf der Hut. Über die weiten Grafschaften hinweg fühlte Richard die starke Hand des Bruders, der in London die Macht hielt und sich nichts davon entwinden ließ. Nein, die Wellen schlugen nicht bis Middleham ... nur Geplänkel war dies alles gegen Margaret und bald würde es mit ihrer Macht endgültig vorbei sein.

Eines Tages kam Georg zu Besuch nach Schloß Middleham. Unerwartet ritt er an der Seite des Grafen Warwick über die Zugbrücke, und klirrend kam das Gefolge hinter ihnen her. Richard erkannte den Bruder kaum wieder. Lieber Himmel, war das möglich, daß man in drei Jahren so wachsen konnte? Georg, fünfzehn Jahre jetzt, war ohne Zweifel schon ein Mann. Fast so groß wie der König, erstrahlte er in jugendlicher Schönheit. Lang war sein Haar und breit seine Schultern, wiegend sein Gang, schmal die Hüften. Er kam von Hexham, wo er mitgekämpft hatte, diese letzten Toren zu unterwerfen, die Königin Margaret anhingen. Georg begann schon zu erzählen, während er noch vom Gaul sprang und die Zügel seines Rosses den Knechten zuwarf.

»Bei Gott, kleine Ann, du hast recht. Wenn ich mich recht entsinne, dann bin ich, seit wir uns in London sahen, nicht mehr aus meinem Harnisch herausgekommen. Aber jetzt haben wir sie wirklich unter den Füßen, die rachedurstende Margaret, und nun kann sie versuchen, soviel sie will, den französischen König um Geld anzubetteln. Die Schotten sind es leid, für sie zu sterben.« Er kitzelte Ann unter dem Kinn, wie es Eduard immer getan, aber von Georg wollte Ann es nicht leiden, und sie versetzte ihm einen Stoß vor die Brust, obwohl er der Herzog von Clarence war.

Georg lachte und wandte sich dem Becher mit dem Willkommenstrunk zu, den Isabella ihm reichte. Er trank ihn in einem langen Zug leer, und später im Saal wollte er nur Isabella neben sich haben.

Isabella hatte sich in den vergangenen drei Jahren zu ihrem Vorteil entwickelt. Sie war jetzt nicht mehr pummelig wie in der Kindheit, sondern schlank und fein und trotz ihrer zwölf Jahre schon eine Dame. Ann schaute die Schwester an, als hätte sie sie noch nie gesehen. Fürwahr, es war kein Zweifel, Isabella hatte schon einen Busen, und Ann hatte es bisher noch gar nicht bemerkt. Da würde König Eduard vielleicht bald um ihre Hand anhalten. Ann fröstelte bei diesem Gedanken.

Richard konnte sich nicht sattsehen an seinem strahlenden Bruder. Begierig nahm er jedes seiner Worte auf. Vergessen waren Spott und Hohn, den er einst von Georg erduldet. Das waren ja nur Kindereien gewesen, und nun war Georg ein Mann. Ein schimmernder Held war er, schön wie der griechische Gott Apoll! Und reden konnte er...

»Bei Hedgeley-Moor«, rief der Herzog von Clarence über die Runde, »da liefen sie wie die Hasen. Und bei Hexham haben wir ihnen dann den Garaus gemacht. Wer übrigblieb vor unseren Schwertern, ist hingerichtet worden. Der Konnetabel John Tiptoft hat Recht gesprochen: Aufstand und Aufruhr gegen den rechtmäßigen und gekrönten König Eduard – achtundzwanzig hat es getroffen, und nun frage ich euch: Wer ist jetzt noch übrig von der Lancaster-Brut?«

Richard hing an den Lippen des Bruders. Wie er erzählen konnte. Man sah alles vor sich. Die blitzenden Schwerter, den strengen Konnetabel John Tiptoft, den die Knechte in den Ställen den Schlächter von England nannten, den Block und die rollenden Köpfe der Rebellen. Einst hatte das Haus York rebelliert, aber das war vergessen. Der Konnetabel hatte Recht gesprochen, und Bruder Georg war dabei.

»Henry Beaufort hat es getroffen«, rief Georg über die begierig

Starrenden, »Hungerford und Roos, und ich frage euch noch einmal, wer ist nun noch übrig von der verfluchten Brut? Niemand!«

»Königin Margaret«, grinste einer, »und ihr Sohn, der Prinz von Wales.«

»Papperlapapp«, machte Georg. »Sie sitzen beide in Frankreich, und König Ludwig wird ihnen nun keinen Sou mehr geben für ein Heer. Es ist ja doch alles umsonst.«

»Und König Heinrich ist noch übrig«, sagte Francis. »Heinrich, der Narr.»

Georg lachte. »Bei Gottes Blut, ja, der lebt noch und ist sogar noch im Land. Und um ein Haar hätten wir ihn erwischt. Auf Schloß Bywell. Er muß so überstürzt vor uns davongelaufen sein, daß er sogar seine geliebte Samtmütze vergaß. Wir haben sie König Eduard nach London geschickt.«

Am Nachmittag zog der strahlende Herzog von Clarence mit den Knaben von Schloß Middleham auf die Übungswiese hinaus. Er wollte doch sehen, was sie alles konnten. Auf einem Stapel von Brettern saß er zwischen den Mädchen, erklärte, dies wäre ein Tribünenplatz und Isabella seine Herzogin. Ihre Gespielinnen aber wären Hofdamen, und für den Sieger des Turniers stiftete er zwei Becher roten Weins.

Den Anfang machten die Einzelkämpfe, und da sich die angehenden Knappen darum rissen, vor dem Herzog von Clarence zu glänzen, brauchte Richard sich nicht vorzudrängen. Er hockte mit untergeschlagenen Beinen in der Wiese und sah zu, wie Henry sich in seinen Knabenharnisch zwängte.

»Wetten, daß ich meinen Gegner aus dem Sattel werfe?« rief der junge Herzog von Buckingham.

Richard antwortete nicht. Es war keiner unter den Kameraden auf Schloß Middleham, der nicht schon zu irgendeiner Zeit irgendeinen seiner Gegner aus dem Sattel gebracht hätte. Nur er war noch nie Sieger gewesen. Er, Richard aus dem Hause York, Herzog von Gloucester. Und plötzlich haßte er sich selbst.

Wie üblich folgte auf die Einzelkämpfe der Buhurt. Da konnte Richard nicht abseits bleiben. Vor dem Buhurt hatte er auch nicht so viel Hemmungen. Im Haufen zu kämpfen war einfach. Da brauchte man nicht aufrecht sitzen auf seinem Gaul. Wie ein Affe konnte man darauf hängen, wenn man nur das Pferd richtig zwischen den Schenkeln hatte. Und sein rechter Arm war jetzt einigermaßen stark, nachdem er die Jahre hindurch an sich gearbeitet hatte wie ein Besessener. Aber bei der Auslosung des Feldes bekam Richards Partei die linke Seite und hatte, als sie sich aufstellte, die Spätnachmittagssonne im Gesicht. Sie blendete so, daß man blinzeln mußte. Zwar würde man nach dem ersten Gegeneinanderrennen umdrehen, aber es kam gar nicht so weit. Es gab ein furchtbares Durcheinander, bei dem Richard zwischen zwei Pferdeleiber geriet, nach links und rechts hieb, und vor lauter Sonne im Gesicht überhaupt nicht mehr sah, ob er sich zwischen Freund oder Feind befand. Und mit einemmal lag er drunten auf der Wiese. Richards Partei hatte verloren.
Das war weiter nicht so schlimm, denn einen Verlierer gab es ja immer. Aber als Richard sich aus dem Harnisch geschält und das Gesicht abgewischt hatte, den Roststreifen auf der Stirn und den Schweiß um die Nase, da hörte er Georg lauthals lachen. »Oh, Dickie, mein Dickie – wie eine bucklige Katze, die der Hund gestellt hat, kralltest du dich an deine Mähre. Und dann hast du deine eigenen Freunde vermöbelt und sie so durcheinandergebracht, daß sie den ganzen Sieg verschenkten. Richard, Herzog von Gloucester, Ihr seid die Schande unseres Hauses. Geht weg von mir!«
Richard ging. Er ging, als wäre er tot. Die rechte Schulter hochgezogen, mager, klein und schwächlich. Wie im Nebel sah er seinen Knecht Mike den Gaul nachführen und die Rüstung schleppen. Wie er auf die Burg gekommen war, wußte er nicht. Er verkroch sich im Backhaus. Dort war kein Mensch, denn die Brote wurden morgens gebacken. Nur der Teig stieg langsam und gemächlich im Trog.

Mehl stäubte auf den Brettern, auf den Borden lag Mehl. Der Schlund des Ofens, vor dem die großen Scheite geschichtet waren, gähnte grausig und schwarz. Die Nacht senkte sich, längst war die Abendmahlzeit vorüber, und im Saal herrschten Lautenspiel und Gesang, aber niemand kam auf den Gedanken, den Knaben zu suchen. Mochte er bocken, soviel er wollte. Und Richard kauerte auf dem Backtrog, als säße er auf seinem Sarg. Er wußte nicht, wie spät es war, als die Tür aufging und plötzlich Ann vor ihm stand. Auf dem Hof brannten zwei Pechkörbe, und ihr Schimmer fiel ins Backhaus.

»Nanu«, machte Ann, »was tust du hier?« Aber dann begriff sie schon und sagte: »Ach so . . .« Sie war gewachsen in den Jahren seit dem Krönungstag, aber noch immer zierlich genug.

Richard war trotzig und schämte sich auch. »Was du hier tust, das kann man wohl eher fragen«, knurrte er böse.

Da lachte sie. »Das errätst du nie, Richard, und ich sage es auch nicht.«

Er erwiderte, daß er es sich schon denken könnte. Ein Brot wollte sie stehlen um Mitternacht.

Sie starrte ihn an, als könnte er zaubern. »Woher weißt du das?« stammelte sie.

Er entgegnete, daß die Hündin Godiva das dickste Tier auf Schloß Middleham wäre. »Und das ist deine Dogge, meine Liebe!«

Ann kauerte sich auf das Ende des Backtrogs und versuchte zu erklären. Sir John, der Oberhofmeister, habe keinen Posten für Hundefutter in seinem Haushaltsplan, das wisse das ganze Schloß. Und das bißchen Abfall vom Tisch – bei soviel Hunden . . . »Godiva liebt mich. Da ist sie wohl eine Sünde wert!«

»Das weiß ich nicht«, erwiderte Richard spröde. »Mich hat noch niemand geliebt.« Aber als er es gesagt hatte, hätte er sich auf den Mund schlagen mögen, und vor Wut, sich so bloßgestellt zu haben, kamen ihm die Tränen.

Einen Augenblick war es ganz still. In der Stille hörte man das

Holz knistern. Vielleicht saß eine Maus darin. Danach krachte der Backtrog. Ann hatte sich erhoben. Sie war plötzlich ganz nah. »König müßtest du sein«, flüsterte sie. »Dann würde kein Mensch dir weh tun. König müßtest du sein, dann würde dich niemand mehr auslachen. Wenn man König ist, kann man sogar Brot für seine Hunde kaufen. Ein König kommt gleich nach Gott.«

»Blödsinn«, knurrte Richard und würgte die Tränen hinunter. »Ich möchte gar nicht König sein. Und ich werde auch keiner... Ich bin viel zu häßlich dazu.«

»Bist du häßlich?« fragte sie. »Aber nein, du hinkst nur ein bißchen. Das kommt davon, weil du zu lange im Mutterleib lagst. Zwei Jahre, sagen die Knechte. Und dann wolltest du noch nicht heraus auf die Welt. Da hat man deine Mutter aufgeschnitten und dich mit Zangen herausgezogen. Das hat dir nicht gut getan. Weine nicht, Richard, vielleicht hat Gott Großes mit dir vor. Etwas ganz Besonderes. Richard! Wenn du weinst, tut es mir weh!«

Wenn du weinst, tut es mir weh. Nie bisher hatte sich jemand darum gekümmert, ob er geweint hatte. Nie hatte ein Mensch Mitleid mit ihm gehabt. Richard saß ganz starr.

Und da knackte plötzlich wieder der Backtrog, und er fühlte zwei Hände an seinem Haar und auf dem Mund fühlte er Küsse, kleine, rasche Kinderküsse, wie man sie einer Katze gibt. »Weine nicht, Richard...«

Im nächsten Augenblick war Ann verschwunden; denn draußen über den Hof kam ein Licht gegeistert, und der Haushofmeister hatte es in der Hand.

Von dieser Stunde an liebte Richard die kleine Ann. Aber bald danach kam sie schon von Schloß Middleham fort. Sie war jetzt in einem Alter, da ihre Erziehung energisch in die Hand genommen werden mußte, und so schickte man sie zu den Benediktinerinnen nach Kent.

*

König Heinrich hatte wirklich Pech. Vier Jahre nach seiner Flucht nach Schottland saß er schon wieder in einem Sattel mit schlechtem Halt. Aber diesmal war es kein aufgegangener Gurt, der ihn ärgerte, sondern seine Füße waren an die Steigbügel gebunden, und seine Hände, die den Zügel führten, waren mit einem Strick zusammengeschnürt.
Wenn Heinrich gekonnt hätte, hätte er sich umgeblickt nach seinen gefangenen Leidensgefährten. Bei Gott, er hätte doch mehr Leute mitnehmen sollen als nur sechs Mann, während er sich in Lancashire herumtrieb, oder in Schottland bleiben. Oder, besser noch, mit seiner geliebten Margaret nach Frankreich fahren. Aber er hatte sich mit ihr gestritten. Alles, was sie tat, war so aufregend gewesen und irgendwie kopflos. Dieses Herumscharwenzeln in Paris bei dem schlauen Fuchs Ludwig. Es war doch bekannt, daß der einen Penny nur ausgab, wenn er einen Gulden dafür erwarten konnte. Er, Heinrich, hatte sich geärgert, als sie Calais verpfändete für ein paar Schiffe und eine Handvoll Söldner. – Calais, das ihr im Augenblick überhaupt nicht mehr gehörte. Heinrich lachte. Gott hatte sie gestraft und ihr einen Sturm auf den Hals geschickt, so daß ihre paar Soldaten ersoffen waren, und nur der Heldenmut eines Idioten sie mit ihrem kleinen Bastard auf den Strand gerettet hatte.
Fürwahr, es war besser gewesen, daß er, Heinrich, in England blieb. Wenn es auch nicht angenehm war, sich immer verstekken zu müssen und bei Leuten zu hausen, von denen man nicht wußte, ob sie einem noch anhingen oder schon mit Eduard liebäugelten. Die Luft über England war so gut, so frei und hoch und weit. Es kam Heinrich plötzlich ein unangenehmer Gedanke, und er wandte den Kopf zu dem Reiter an seiner Seite.
»Wohin bringt man mich, Graf Warwick?« fragte er heiser. »Nach London, nicht wahr? In den Tower?«
»Die Staatsgemächer im Tower wurden erst kürzlich renoviert«, entgegnete Graf Warwick gemütlich.

»Man wird mich kaum in die Staatsgemächer bringen«, rief Heinrich ärgerlich.
»Aber in ein durchaus respektables Zimmer, Mylord. Man wird Euch Diener stellen, soviel Ihr wollt, vier oder fünf...«
»Einer genügt...«
»Gut, einer genügt. Und Ihr könnt Besuche empfangen und sehen, wen Ihr zu sehen wünscht. Mit ein paar Ausnahmen natürlich.«
»Ich wünsche niemand zu sehen«, sagte Heinrich finster.
»Sehr wohl, Mylord«, machte Warwick. »Vielleicht ein paar Geistliche...«
»Ja, Geistliche sind interessant. Sie wissen soviel von Gott.«
»Von dem sie glauben, sie kennten ihn persönlich«, Warwick nickte.
»Haltet Ihr nichts von Gott?« fragte Heinrich stirnrunzelnd.
»Oh doch«, entgegnete Warwick. »Er war heute sehr gnädig zu mir«, und er warf einen Blick auf Heinrichs gefesselte Hände.
Heinrich nickte. »Das Leben der meisten Menschen hat eine Zeit, da sie die Gnade Gottes geradezu heimsucht. Aber keine Woge, Graf Warwick, bleibt auf der höchsten Spitze, eine jede sinkt wieder ins Wellental. Ich habe schon die ganze Zeit gegrübelt, welcher Tag meines Lebens eigentlich meine Spitze gewesen ist, aber vierzig Jahre und mehr sind eine lange Zeit, und die Erinnerungen gehen durcheinander. Auf keinen Fall habe ich diesen herrlichen Tag, als er da war, erkannt. Denn der Mensch auf dem Weg nach oben meint immer, es gehe noch höher hinauf – bis sein Absturz so schmerzlich wird, daß er begreift.«
»Ich verstehe Euch nicht, Mylord«, sagte Graf Warwick in nachsichtigem Ton, worauf Heinrich mit leisem Lächeln erwiderte, daß er sich das denken könne. Dann war die Unterhaltung schon verstummt. Sie lebte auch nicht wieder auf, als der Trupp Reiter in die Stadt einzog und die Bürger Londons mit offenen Mäulern auf die Straße stürzten und staunten. –
Im Westminster-Palast rieb sich Eduard die Hände. »Das habt

Ihr gut gemacht, Graf Warwick!« rief er und schlug dem Mann auf die Schulter, den die Leute den Königmacher nannten. Eine prächtig gekleidete Schulter und ein geschmeichelt lächelnder Mann mit einem ehrlichen, aber ein bißchen naiven Gesicht. Eduard hatte Warwick nicht in dem großen Audienzsaal, sondern in seinen Privaträumen empfangen und ging lachend in dem hohen Zimmer mit der dunklen Kassettendecke hin und her. »Jetzt liegt sie endgültig am Boden, die Lancaster-Brut!«

»Sehr richtig, Euer Gnaden. Und wenn König Ludwig in Frankreich auch noch den letzten Finger von Margaret abgezogen hat...«

»Das tut er nicht«, sagte Eduard und ließ sich auf die breite Sitzbank mit der steifen Lehne fallen. »Das tut er nicht. Es gibt keinen Stein auf dem Schachbrett der Politik, den Ludwig für immer zur Seite legt, es sei denn, es handle sich um einen Toten.«

»Ihr haltet Ludwig für einen Hexenmeister, mein königlicher Gebieter. Ich finde, er ist ein liebenswürdiger Herr.«

»Weil er einen Hund bei Euch gekauft hat und seitdem süße Briefe an Euch schreibt?« Eduard lachte. »Das sind alte Kunstgriffe, Graf Warwick, mit Geld oder bewundernden Worten Leute auf seine Seite zu ziehen. Obwohl ihr selbstverständlich ein großer Staatsmann seid.« Er grinste flüchtig.

»Ich weiß, auf welcher Seite ich stehe«, entgegnete Warwick gekränkt. Er konnte Eduards Grinsen nicht leiden, dieses überlegene Lächeln junger Männer, die ihre Kraft überschätzen. Wo wäre er heute, dachte Warwick grimmig, ohne meine Hilfe und ohne die Treue meines Hauses Neville in all den Jahren, da es soviel Mut gekostet hat, treu zu sein. Seine ganze Wohlfahrt hatte man einst aufs Spiel gesetzt, verdammt, und nun erhielt man ein Grinsen zum Lohn. Lady Warwick hatte schon recht, wenn sie ihrem Mann dauernd erklärte, daß Eduard nicht dankbar sei. Zwar hatte der König im Trubel der Krönungstage seinen väterlichen Freund mit Gütern, Titeln und Ämtern überhäuft,

aber den Grafen von Warwick wirklich über alle anderen zu erhöhen, indem er sich seinem Haus durch eine Ehe verband, dieser Gedanke schien Eduard nicht zu kommen.
Zuerst hatte Warwick sich damit getröstet, daß der König noch jung war und erst seine Jugend genießen wollte. Er tat es ausgiebig, und durch die Gassen von London schwirrten die Namen der Weiber, denen er seine Gunst schenkte. Mochte er seine Jugend vertun, die Töchter des Grafen Warwick waren noch Kinder. Aber dann kam Isabella in das Alter, da man daran denken mußte, sie zu verheiraten. Graf Warwick hatte seine Älteste vor zwei Monaten nach London geholt und sie dem König vorgestellt. Er war sich bei dieser Audienz vorgekommen, als biete er seine Tochter gleich einer Kuh an. Aber Eduard hatte kaum Notiz von Isabella genommen.
Warwick schnaubte in der Erinnerung, und der Schweiß brach ihm aus. Er hatte seine Enttäuschung hinuntergefressen, und er wollte sie auch nicht wieder hochsteigen lassen. Wenn Eduard Isabella nicht mochte, dann sollte er es bleiben lassen. Aber wenn er nicht willens war, eine der Töchter des Landes, die es verdiente, an seine Seite zu heben, dann sollte er wenigstens eine Heirat eingehen, die dem Lande nützte.
Warwick holte tief Luft. Dann wiederholte er rauh: »Ich weiß, auf welcher Seite ich stehe, Mylord, und ich nehme an, daß Ihr auch keinen Grund habt, an meiner Loyalität zu zweifeln. Das Wohl Englands und meines königlichen Herrn«, er verneigte sich ein wenig vor Eduard, »geht mir über alles. Und hinter den freundlichen Briefen von Ludwig sehe ich nur die Realitäten. Ihr müßt zugeben, ein Friedensvertrag mit Frankreich ist die einzige Möglichkeit, den Lancasters das Sprungbrett unter den Füßen auf Dauer wegzuziehen.«
»Ich denke nicht daran, auf meine Ansprüche in Frankreich zu verzichten, nur um ein Sprungbrett wegzuschlagen. Ich bin doch kein Narr.« Eduard räkelte sich.
Graf Warwick erwiderte, daß dies allein natürlich zu wenig wäre.

Das hätte er auch dem König von Frankreich schon klargemacht. Aber so engherzig wäre Ludwig gar nicht. Im Gegenteil, er habe ein Übereinkommen mit dem König von England vorgeschlagen, auf Grund dessen sie Waffenbrüder werden sollten gegen Burgund. »Ludwigs Schwägerin, Bona von Savoyen, mein königlicher Herr, ist schön wie die heilige Cäcilie, abgesehen von ihrer Mitgift, und eine eheliche Verbindung zwischen ihr und Euch – und weiterhin etwa zwischen Euerem Bruder Richard und der zweiten Tochter von Ludwig – er würde ihr Holland zur Mitgift geben, Brabant und Seeland...«
Eduard fuhr vom Sitz hoch. »Wie kann er Holland, Seeland und Brabant als Mitgift anbieten, wenn er es überhaupt nicht hat!«
»Er wird es haben, wenn Burgund besiegt ist!«
»Mit meiner Hilfe! Phantastisch!« Eduard nahm wieder Platz. »Und was wäre Eure Belohnung, Graf Warwick, nach dem Gelingen dieses Plans?«
»Meine Belohnung liegt darin, meinen Herrn und König groß und mächtig zu sehen – glücklich.«
»Papperlapapp«, machte Eduard. »Eure Töchter wollt Ihr doch auch verheiraten und möglichst gut, damit sie einmal ein Haus führen können, so groß wie Ihr.«
Da war es, das Wort von der Verheiratung seiner Töchter! Warwick hatte es erwartet wie eine Heilsbotschaft. Aber Eduard sah nicht aus, als würde er jetzt um die Hand von Isabella anhalten, und Warwick senkte den Kopf.
»Das ist die Pflicht eines Vaters«, erwiderte er rauh. »Aber Ann ist ja noch ein Kind. Was Isabella betrifft, so ist mir allerdings aufgefallen, daß der Herzog von Clarence, Euer Bruder... ich glaube, sie gefällt ihm sehr. Im übrigen, Mylord, führe ich mein Haus nicht größer, als es meinem Ansehen und meinen Ämtern entspricht.«
Eduard spielte mit seiner Halskette. Eleanor Butler, erinnerte er sich, war die erste gewesen, die einst davon gesprochen hatte, es könnte der Wunsch Warwicks sein, eine seiner Töchter mit dem

König zu verheiraten. Wie lange das schon her war! So lange, daß ihm Eleanor inzwischen fast zum Traum geworden war. Bei Gott, er hatte sie seitdem nicht mehr gesehen. Übrigens hatte er später den Wunsch Warwicks in allen möglichen Handlungen und Worten des Grafen gespürt, aber bei allen Teufeln, er mußte diesem Mann, auch wenn die Welt ihn den Königmacher nannte, doch nicht bis in die Ewigkeit und sogar bis in sein Bett hinein dankbar sein. Das Bett war ein wichtiges Möbelstück im Leben eines Menschen, und Isabella hatte überhaupt kein Temperament! Eduard warf unter den halbgesenkten Lidern einen Blick auf den Grafen. Seit kurzem hatte es ihm geschienen, als hätte Warwick die Aussichtslosigkeit seiner Wünsche eingesehen und sich beschieden. Eben hatte er von Isabella und Georg gesprochen. Das war Bescheidung. Aber es war immer noch eine Verbindung mit dem Königshaus. Solange Eduard keine Kinder hatte, war Georg Thronfolger. Eduard hatte nicht vor, seinen sechzehnjährigen Bruder und Thronfolger schon zu verheiraten und damit Chancen aus der Hand zu geben, die sich möglicherweise in späterer Zeit einmal bieten mochten. Er wischte kaum merklich durch die Luft. »Georg«, entgegnete er kühl, »ist noch nicht erwachsen. Was im übrigen Eure Hofhaltung betrifft, so ist es jedermanns eigene Sache, wie er sein Geld ausgibt. Und wenn Ihr allein zum Frühmahl schon sechs Ochsen braten müßt, um Eure Leute in London satt zu kriegen – meinetwegen.«

»Das entspricht nicht ganz den Tatsachen, Mylord. Ich habe meiner Dienerschaft erlaubt, aus den Küchen soviel Fleisch mitzunehmen, wie sie auf einem Dolch tragen können, und es sind geschickte Leute darunter, die Balancieren gelernt haben.« Warwick bemühte sich sichtlich um Beherrschung.

Eduard lachte. Dann meinte er, daß Frankreich, wenn es mit Englands Hilfe Burgund gewänne, zu mächtig würde. Er halte es für viel besser, sich mit Burgund gegen Frankreich zu verbünden. Frankreich sei der Erzfeind. »Und nur ein Bündnis mit Burgund kann einen neuen Angriff auf die Normandie ermögli-

chen, Graf Warwick, daß wißt Ihr! Und das Volk in England wünscht zurückzugewinnen, was es unter dem Narren Heinrich verloren hat. Der Gesandte von Burgund . . .«
». . . ist seit Eurer Thronbesteigung, Euer Gnaden, geradezu verzweifelt darum bemüht, dieses Bündnis unter Dach und Fach zu bringen, ich weiß«, platzte Warwick los. »Aber vergeßt nicht, daß sein Herr erst vor einem Jahr verboten hat, unser gutes englisches Tuch in sein Land einzuführen!«
». . . was man verstehen kann, denn Brügge hat selbst Weber genug«, warf Eduard ein.
Warwick ließ sich nicht beirren. »Und der kühne Karl von Burgund, der nach dem Tod seines Vaters regieren wird, hat aus seiner Sympathie für das Haus Lancaster, das Euer Feind ist, noch nie ein Hehl gemacht. Da ist eine Verbindung mit Frankreich und eine Heirat zwischen Euch und Bona von Savoyen . . .«
»Sie ist nicht möglich!« unterbrach Eduard so heftig, daß Warwick für einen Moment den Faden verlor. »Sie ist nicht möglich, so glaubt es doch! Und selbst, wenn der schlaue Fuchs in Paris mir seine älteste Tochter und damit ganz Frankreich böte – ich kann diese französischen Katzen nicht leiden. Sie sind weder schön noch tugendhaft!«
»Aber wollt Ihr denn überhaupt nicht heiraten?« fragte Warwick und sah einen Augenblick lang ziemlich ratlos aus. »Eine Heirat mit einer dieser französischen Katzen, wie Ihr sie nennt, haben die meisten Eurer Vorgänger auf dem Thron für günstig gehalten, und Bona von Savoyen . . .«
Eduard hob wie in Verzweiflung die Hände. »Graf Warwick!« rief er, »nun hört um Gottes willen auf damit. Ich will sie nicht. Und damit Ihr endlich Ruhe gebt und es wißt: Ich bin schon verheiratet. Selbst wenn Ludwigs Schwägerin aus purem Gold bestünde – ich kann nicht!«
Aus Graf Warwicks Gesicht wich die Farbe. »Verheiratet?« stammelte er. »Wieso . . .?«
»Mein Gott, ich habe geheiratet! Was heißt da: wieso? Als ich

zuletzt auf dem Weg nach Leicester war, habe ich einen kleinen Abstecher gemacht und geheiratet.«
»Einen Abstecher gemacht?« fragte Graf Warwick verwirrt. »Wohin, wenn ich fragen darf, Euer Gnaden?«
»Das dürft Ihr, Graf Warwick. Einen Abstecher nach Grafton Regis.«
»Ich verstehe noch immer nicht.«
»Aber was ist daran nicht zu verstehen«, rief Eduard unwillig, als müßte er etwas in sich unterdrücken, was aufsteigen wollte. »Ich habe Elisabeth Woodville geheiratet. Ihr seid doch sonst nicht so schwer von Begriff!«
»Elisabeth Woodville ... das ist doch nicht möglich!« stotterte Warwick. »Geheiratet? Mit Zeugen?«
»Natürlich mit Zeugen. Zwei ihrer Damen waren dabei, Freund Hastings und ihre Mutter, und sonst noch ein paar. Das ist doch einerlei. Und außerdem geht diese Sache nur mich etwas an.«
Warwick stand da wie vor den Kopf geschlagen. Seine Hände, die er über dem Schoß geöffnet hatte, als biete er darin Bona von Savoyen dar, fielen herunter. Lieber Gott, er fand Bona ja selbst nicht allzu begehrenswert, aber der König von Frankreich pflegte Bündnisse nun einmal mit Wechselheiraten zu siegeln, das war der Brauch der Zeit. Und ein Bündnis mit Frankreich war das einzige Richtige für England, davon ging Warwick nicht ab. Da mußte man Bona eben in Kauf nehmen. Sie konnte ja bald sterben. Viele Frauen starben früh. Aber warum gerade Elisabeth Woodville, eine Witwe mit zwei Kindern? Sie war fünf Jahre älter als der König! Wie stand er, Warwick, nun vor Ludwig von Frankreich, der ihm so freundliche Briefe geschrieben hatte, daß seine Hoffnungen aufgegangen waren wie Lichter. Wenn er ein Bündnis zwischen Ludwig und Eduard zustandebrachte, wenn Ludwig dem Grafen von Warwick dankbar sein mußte ...
Was hatte der König gesagt? Geheiratet? Elisabeth Woodville? Ohne Warwick zu fragen?

Eduard war aufgestanden. Er ging jetzt hin und her in dem weiten Gemach, dessen Boden mit weißen und schwarzen Fliesen belegt war. Seine langen Schnabelschuhe bogen sich nach oben. Plötzlich sagte Warwick kalt: »Anders hat sie wohl ihre Tugend nicht verkauft, die schöne Witwe?«
Eduard blieb ruckartig stehen. »Graf Warwick«, sagte er eisig, »Ihr sprecht von der Königin. Ihr werdet sie mit dem ganzen Hof ehren – an Michaeli oder zuvor – in der Kirche von Reading!« Plötzlich lachte er laut. »Bis dahin hat sie nämlich ihre neue Garderobe beisammen, und vorher will sie sich nicht huldigen lassen.«
Graf Warwick erwiderte nichts. Er hatte begriffen, daß er in diesem kleinen, winzigen Augenblick von seinem Platz als Erster im Reich gestoßen war. Nicht er regierte mehr. Ein anderer tat es jetzt. Ein junger, lachender Mann, von dem er es nie erwartet hätte: der König selbst!
Wie Warwick in das Haus der Herzogin von York kam, hätte er später nicht sagen können. Seine Beine waren schwer wie Blei, so daß er kaum seinen Wagen besteigen konnte.
Cicely war damit beschäftigt, mit ihrer Tochter Marga in Truhen zu kramen. Als Warwick erschien, schickte sie das Mädchen fort. Nein, das konnte sie nicht glauben, was ihr Neffe da berichtete. Das war nicht möglich! Eduard verheiratet, ohne große Zeremonie, und die Huldigung der Königin sollte alsbald folgen! Unmöglich! Kein Wort davon hatte Eduard seiner Mutter gesagt. Doch wie sollte er auch. Seit zwei Jahren redete Eduard kaum mehr mit seiner Mutter. Ein paar höfliche Worte bei Feierlichkeiten, das war alles. Die Mutter war für ihn eine alte Frau, die er am liebsten im Kloster gesehen hätte.
Cicely kannte Elisabeth Woodville, die Witwe von Lord Ferrers. Elisabeth war einst Hofdame bei Königin Margaret gewesen. Ein schönes Weib, gewiß, aber fünf Jahre älter als Eduard. Langsam ging sie wahrscheinlich auf die Dreißig zu. Und zwei Söhne hatte sie auch aus erster Ehe. Es war töricht, ein solches Weib zu

heiraten, wenn man König von England war. Die Herzogin von York schnaubte vor Zorn. »Das lasse ich nicht zu«, stieß sie hervor. »Niemals lasse ich das zu!«
»Aber was willst du machen, Tante?« fragte Warwick.
Er wirkte dabei töricht wie ein Kind, obwohl er so reich war und mit Ämtern gesegnet, daß das Volk ihn umjubelte, wenn er nur durch die Straßen ritt.
Während sie ihre Finger ineinander verschlang, flüsterte sie: »Ich werde ... ich werde vor aller Welt erklären, daß Eduard nicht der Sohn des Herzogs von York ist, nicht der Sohn meines Mannes. Er ist ein Bastard! Ich habe ihn im Ehebruch empfangen! Nur Georg ist der rechtmäßige Erbe des Hauses York, Georg, Herzog von Clarence ...« Mitten im Wort erstickte die Stimme und Cicely weinte. »Wenn ich das vor aller Welt verkünde, kann sich Eduard mit seiner Metze zum Teufel scheren!«
Warwick schnaubte durch die Nase. Wie klein sie plötzlich aussah, die Schwester seines Vaters, die einst von den Sängern und Barden ihrer Schönheit wegen Rose von Raby genannt wurde. Sie wurde bald fünfzig, aber bis zu diesem Augenblick hatte man ihr das nicht angesehen. Auch nicht, daß sie ihrem Gatten zwölf Kinder geboren hatte, von denen sieben am Leben geblieben waren.
Warwick hustete. Nein, ihre Jahre hatte man der Herzogin von York nie angesehen. Denn obwohl sie doch ihrem Gatten einst durch dick und dünn gefolgt und immer unterwegs gewesen war all die vielen Jahre, so war doch ihr Teint frisch geblieben, ihr Haar voll, ihre Figur schlank und ihr Wille hart. Aber was sie da gesagt hatte, war natürlich Unsinn. »Eduard«, versetzte Warwick schnaubend, »sieht seinem verstorbenen Vater leider zum Verwechseln ähnlich. Mit einem solchen Märchen wird man dem Parlament nicht kommen können. Da wird uns schon etwas anderes einfallen müssen.«

*

Auf den grauen Klostermauern lag der Schnee. Weiß und kalt hüllte er die weitläufigen Gebäude ein: die Kirche, die Stallungen, den Garten, das Refektorium, das Äbtissinnenhaus und den Kapitelsaal. Weiß und still, als es Nacht geworden war und die Menschen auf ihre Lager sanken. Nur durch das Chorfenster der Kirche konnte man einen winzigen Lichtschimmer erkennen. Dort drinnen brannten ein paar Kerzen zu Seiten eines Katafalks, auf dem eine tote Nonne lag. Gekleidet in ihre Kutte mit schwarzem Schleier und Mantel lag sie da, die Hände auf der Brust gefaltet, schmal, und wie alle Toten ein wenig klein. Die beiden Schwestern und die beiden Zöglinge, die Wache hielten und Gebete murmelten, sah man kaum.
Als die Uhr Mitternacht schlug, flüsterte im Dormitorium der Klosterschülerinnen eine aufgeregte Stimme: »Ann! Hallo, Ann, wach auf! Schwester Richildis war da und hat uns geweckt. Hast du es nicht gemerkt? Wir müssen in die Kirche!«
Ann fuhr hoch. Sie war jetzt zwölf Jahre alt, hatte den Ansatz eines Busens, und in Kürze würde sie fähig sein, Kinder zu empfangen und zu gebären. Im ersten Augenblick wußte sie nicht, wo sie war. Ach so, das war ja Jane. Jane, mein Gott, war es schon so weit?
Jane, Anns Bettgenossin, schwitzte. »Ich fürchte mich«, flüsterte sie. »Fürchtest du dich nicht?«
Ann glitt aus dem Bett. Sie hatte ein graues Hemd an, das bis auf den Boden reichte und den Kutten der Schwestern ähnelte. Sie verließ den Schlafraum auf spitzen Zehen, denn sie wollte nicht feige sein.
»So warte doch«, jammerte Jane, als sie nachkam. »Ich fürchte mich doch so. Ausgerechnet die Wache nach Mitternacht hat sie uns aufgehalst, dieses Biest.« Damit meinte sie die neue Äbtissin.
Auf dem Dach des Brunnenhauses lag dick der Schnee, als die Mädchen über den Klosterhof hasteten. Nur ein schmales Band bis zur Kirchentür war freigekehrt. »Du weißt doch, daß sie uns

nicht leiden kann«, zischte Ann. Auch sie hatte Angst, aber sie wollte es nicht zeigen.

Jane seufzte, aber als sie zusammen die Kirche betraten, erstarb der dünne Laut aus ihrer Brust. Die Schwester, die zu Häupten des Katafalks kniete, warf ihnen einen mißbilligenden Blick zu, weil sie so spät kamen. Ann schürzte ihren Mund. Sie war, genau wie Jane, barfuß, und die Kälte des Steinbodens kroch ihr bis unter den Rock hoch.

Sie knieten zu Füßen der Leiche, und alsbald wechselten ihre Stimmen mit denen der Schwester im Gebet der Litanei für Abgestorbene. Da lag sie nun, die Nonne Gertrudis, und war tot. Totgeärgert von ihren Schülerinnen, hatte die neue Äbtissin gesagt, die vor kurzem das Kloster übernommen hatte. Jane war der Ansicht, daß ein Mensch mit solcher Lust zum Fabulieren niemals das Oberhaupt eines so ausgedehnten Klosters hätte werden dürfen. »Aber natürlich – bei den Beziehungen, die sie hat als Base der Königin...« Jane behauptete, daß selbst sie Äbtissin werden würde, wenn sie nur eine Verwandte der Familie Woodville wäre.

Ann war freilich der Meinung, daß Jane zu viel redete. Zuerst hatte sie die Bettgenossin, die man ihr zugeteilt hatte, überhaupt nicht leiden können. Jane stammte aus einem Bürgerhaus und war damit der Tochter des Grafen Warwick keinesfalls ebenbürtig. Aber die Äbtissin redete von Hochmut, der gebrochen werden müsse, und schließlich hatte Ann die muntere Jane sogar ganz gern.

Es hatte einige Zeit gedauert, bis Ann sich an das Kloster gewöhnt hatte. Sie, die so lebhaft war, hatte nun stillsitzen müssen vor dem Stickrahmen, langsam durch die Gänge wandeln und demütig sein, statt aufzubrausen, wenn man ihr nahe trat. Im ersten Jahr hatte sie zweimal im Karzer gesessen, weil sie unbändig war, und einmal war sie sogar mit der Geißel geschlagen worden. Wenn sie daran dachte, zitterte sie noch heute. Seitdem war sie ziemlich gehorsam, verängstigt und ein bißchen verstockt. Tief hielt sie den Kopf gesenkt, wenn sie vor ihrem Teller im Refektorium saß. Steil faltete sie die Hände bei der Morgenmesse, bei der Abendandacht und den mitternächtlichen Gebeten, und leise war ihre Stimme, wenn sie den Schwestern Antwort gab.

Es waren nicht alle Schwestern streng, aber was sie vorlebten und auch von Ann forderten, war Entsagung. Als Ann sich endlich eingewöhnt hatte, war sie entsetzt über sich selbst. Was für eine Sünderin war sie doch gewesen! Brot hatte sie für ihre Hündin Godiva gestohlen! Nicht ein einziges Mal hatte sie freiwillig gefastet und wenn Fastenspeisen aufgetragen worden waren, hatte sie gemurrt! In der Kapelle von Schloß Middleham hatte sie mit Puppen gespielt, und die brave Ankarette war von ihr geschlagen worden. Ann versank in Zerknirschung und Reue.

Der Beichtvater der Zöglinge war ein kahlköpfiger Mensch mit finsterem Gesicht. Wenn Ann vor ihm kauerte, redete er von Hoffart und Eitelkeit, die sie abtun müsse, und vom sündigen Verlangen nach Glanz und Reichtum. Jedes zweite Wort war Demut, und er nannte alle Freuden der Welt verwerflich für das Heil der Seele. Ann fürchtete ihn. Deshalb unterschlug sie ihm bei der Beichte auch gelegentlich eine läßliche Sünde, denn die Bußen, die er ihr aufgab, waren hart.

Kein Wunder, daß Ann in dieser Zeit ihren törichten Traum Königin zu werden, fast vergaß. Und inzwischen hatte ja auch Eduard schon geheiratet. Als Ann es erfuhr, und das Kloster Geschenke für Elisabeth Woodville anfertigte – zierliche Babywäsche und Kinderkleidchen – war ihr zuerst gewesen, als verlöre sie den Boden unter den Füßen. Das war die Strafe für ihre Sünden! Nun hatte der König eine andere geheiratet. Sie hatte sich ins Gebet geflüchtet wie in die Arme ihrer Mutter und schließlich sogar ihre Verwirrung Schwester Gertrudis gestanden, die aber ihre stammelnden Worte nicht begriff. Wochen später begriff Ann sich selber nicht mehr. Und Jane hatte ihr

dabei geholfen. Ein Thron? hatte Jane gelacht. Was ist denn schon ein Thron, wenn man ihn mit einem Mann teilt, den man nicht mag. Eduard, so ein alter Kerl gegen dich!
Ann war dumm gewesen. Und sie war nur froh, daß Schwester Gertrudis nun tot war. Wenn sie Anns törichten Wunsch und das sündige Verlangen weitererzählt hätte... Nicht auszudenken! Wie still der Körper nun dalag!
Die Klosterkirche war groß, und unter dem Fächergewölbe sammelte sich die Finsternis. Wenn Ann rascher atmete, kam die Kerze vor ihr ins Flackern, und der Schatten, der dann über das Gesicht der Leiche huschte, ließ Gertrudis' Gesicht wieder lebendig erscheinen. Die kleine Gertrudis, die den Schülerinnen lateinische Konversation beigebracht hatte, und mit der sie den Plutarch lasen. Vielleicht war sie gar nicht tot. Schon einmal sollte eine Nonne begraben worden sein, obwohl sie nicht tot war. Man hatte sie hinterher gegen den Sargdeckel pochen hören! Oh, das Kloster war voll von unheimlichen Erzählungen und Gerüchten. Sie wuchsen und wucherten in den dunklen Gewölben, den schlechterleuchteten Sälen und engen Zellen.
Jane zitterte ganz deutlich. »Hast du gesehen«, flüsterte sie geduckt hinter dem Katafalk. »Sie lebt noch. Sie ist gar nicht tot. Sie kann sich nur nicht rühren.«
Ann hielt den Atem an. Sie hatte Schwester Gertrudis gern gehabt, die immer so ungeschickt war trotz ihrer Gelehrtheit, und so harmlos, daß sie auf jeden Streich hereinfiel, den man ihr spielte. Die Äbtissin war jedoch unwillig über die Schwester gewesen, die mit den Schülerinnen nicht fertig wurde und bei der die Mädchen infolgedessen nichts lernten. Was würden da die Edelleute und Patrizier sagen, die ihre Töchter zur Ausbildung schickten und gutes Geld dafür bezahlten, wenn dann die Mädchen nicht einmal wußten, wer Cäsar war. Und Schwester Gertrudis bekam Fastenbrot zu essen und mußte in der Kirche knien, um die Sünde der Nachlässigkeit zu büßen. Im Herbst war sie schließlich kränklich geworden, und jetzt war sie gestorben.

»Sie hat nie einen Kuß gekriegt von einem Mann«, flüsterte Jane mit einemmal hinter der vorgehaltenen Hand. »Sie hat nie mit einem Mann im Bett gelegen, Ann, hörst du?«
Ann hörte. Die Lüsternheit in der Stimme der anderen erregte sie. Jane war ein Luder und wußte soviel. Von Jane hatte Ann erfahren, wie das genau war, wenn man Kinder bekam. Und seitdem schlug sie die Augen nieder, wenn ihr die Pächter des Klosters begegneten oder irgendein Knecht.
»Sie wird in den Himmel kommen«, flüsterte Jane mitten im Bittgebet. »Glaubst du, daß es sehr schön ist dort oben?«
Ann glaubte es. Sie war ganz sicher.
Jane dagegen schien Zweifel zu haben. Sie seufzte so komisch, und nach einer Pause sagte sie plötzlich: »Ich will nie sterben. Im Himmel ist es langweilig.«
Die Stimme der Vorbeterin klang durch die Halle der Kirche. »Alle Heiligen und Auserwählten Gottes ...«
»... bittet für sie!« antworteten die Mädchen.
»Von aller Sünde und Strafe ...«
»... erlöse sie, oh Herr«, beteten die Mädchen. Heiliger Schutzengel, wenn die Äbtissin das gehört hätte, was Jane eben gesagt hatte! Durch Wochen hindurch würde sie Buße tun müssen.
»Von dem nagenden Wurm des Gewissens ...«, klang die Stimme der Schwester.
»... erlöse sie, oh Herr!« betete Ann. Aber vielleicht war es wirklich langweilig im Himmel. Ganz bestimmt wurde man dort nicht von einem Mann geküßt, und wenn man, wie Schwester Gertrudis, auch auf Erden nicht ... Wie das wohl war, wenn man von einem Mann umarmt wurde, um dann hinterher ein Kind zu bekommen? Schön würde es sein, hatte Jane behauptet. Wenn Gott bloß nicht ihre sündigen Gedanken las!
»Von den grausamen Flammen ...«
»... erlöse sie, oh Herr!« Ann merkte, daß die Schwester auf der anderen Seite des Katafalks zu ihnen hersah, streng und böse. Heilige Maria, wenn sie etwas gehört hatte von dem, was Jane

sagte! Wenn sie wußte, was Ann dachte und es der Äbtissin erzählte! Sofort war die Angst da, diese schlotternde Angst. Denn die Äbtissin war ja viel mehr zu fürchten als Gott.
Auch Jane sah den finsteren Blick und duckte sich nieder, während sich droben von dem hohen Fächergewölbe eine Fledermaus löste und in dem unruhigen Kerzenschimmer hin und her zu huschen begann, lautlos und wie ein Spuk.
»Von der schrecklichen Finsternis . . .«
». . . erlöse sie, oh Herr!«
Ein Schatten geisterte über das Gesicht der Toten, daß es aussah, als öffnete sie den Mund, um mitzubeten. Die aufgestaute Furcht löste sich zum Schrei, und Ann fuhr auf.
»Sie lebt ja noch!«
Die Schwester hob den Kopf. »Die Tochter des Grafen Warwick«, sagte sie tadelnd, »sollte keine Angst kennen. Gott hat Gertrudis zu sich genommen. Komm her und schau sie dir an.«
Ann wollte nicht. Sie wollte die Tote nicht anrühren und fühlen, wie steif sie war. Sie zitterte an allen Gliedern.
Jane weinte fast. »Ich habe es auch gesehen«, jammerte sie. »Ich habe es genau gesehen. Sie hat sich gerührt. Sie ist nicht tot. Sie ist bloß verhext, und der Teufel ist in ihr!«
Die Schwester schickte die Mädchen hinaus. Sie sollten in den Schlafraum zurückkehren, wenn sie so feige wären. Schwester Gertrudis habe ein Gott wohlgefälliges Leben geführt und in Demut ihre Gelübde erfüllt, so daß der Teufel jetzt keine Gewalt über sie habe.
Ann zitterte. Sie fürchtete sich, und sie schämte sich gleichzeitig. Aber Jane zog sie am Ärmel und schob sie hinaus. »Komm doch, komm. Im Bett ist es warm.«
Am nächsten Tag wurden die Mädchen zur Äbtissin gerufen. Sie war groß, mager und hatte ein scharfes Gesicht. »Ein richtiges Woodville-Gesicht«, behauptete Jane. »Sag selbst, Ann, sieht sie nicht genau aus wie Katrin, die häßliche Schwester der Königin, die mit dem Herzog von Buckingham verheiratet worden ist?«

Die Zöglinge des Klosters hatten seinerzeit im Chor singen dürfen, und alle hatten sie den kleinen Henry bedauert, der mit seinen knapp fünfzehn Jahren die Fünfundzwanzigjährige hatte heiraten müssen, weil sein Vormund, der König, es so bestimmte. Richards armer Freund Henry! Er war ganz blaß gewesen bei der Zeremonie.
Ja, die Königin war darauf aus, ihre Familie zu versorgen, darüber redete das ganze Kloster, seitdem die neue Äbtissin da war. Der Titel der Herzogin von Buckingham war der Königin gerade recht gewesen für ihre häßliche Schwester Katrin.
»Stell dir vor«, flüsterte Jane, »wenn sie achtzig Jahre alt wird, dann hat er immer die alte Frau neben sich.«
Ann wollte einwenden, daß die Königin auch einen ihrer Brüder mit einer älteren Frau verheiratet hätte: John Woodville mit der alten Herzogin von Norfolk, die seine Großmutter sein könnte, aber da fuhr Jane auf. Das wäre ganz etwas anderes! Die Herzogin wäre ja schon sechzig Jahre alt und mit einem Fuß im Grab, und in Kürze würde der zwanzigjährige Johnny Witwer sein und der Erbe eines großen Vermögens ... »Nein, nein, meine Liebe, was eine Woodville tut, das hat sie genau überlegt. Und das werden wir beide jetzt bald zu spüren kriegen, und ganz besonders du!«
Warum gerade sie? Ann begriff nicht. Aber Jane machte es ihr klar. Das sei doch leicht zu verstehen. Graf Warwick sei ein Feind der Königin, die der König geheiratet hatte, ohne Warwick auch nur zu informieren. Und infolgedessen sei die Königin nun logischerweise eine Feindin Warwicks. Und da die Äbtissin eine Base der Königin war und Ann Warwicks Tochter ... ach, man wurde schwindlig, über all das nachzudenken. Aber es verhielt sich so.
Als Ann neben Jane vor der Äbtissin stand, klopfte ihr Herz. Aber die Äbtissin sah die Mädchen kaum an. Sie schalt Jane eine Schwätzerin und Ann ein feiges Ding. Und sie bestrafte die beiden, weil sie die Totenwache nicht durchgehalten hatten, mit

vier Wochen Fasten und zwölf mitternächtlichen Gebeten, damit sie sich an die dunkle Kirche gewöhnten.
Ann brauchte jedoch nur einen Teil ihrer Strafe zu verbüßen, denn acht Tage später kam ihr Vater und holte sie ab.
Als Graf Warwick erfahren hatte, daß die neue Äbtissin des Klosters eine Verwandte der Königin sei, nahm er seine Tochter wieder zu sich. Und Ann warf sich an seinen Hals wie eine Schiffbrüchige, die schon geglaubt hatte, in Angst und Furcht zu ertrinken.

*

Ann liebte ihren Vater. Sie liebte ihn gleich nach Gott. Immer war er zärtlich zu ihr, niemals hatte er sie gescholten. An sich war das ja kein Wunder, denn sie sah ihren Vater sehr wenig. Schon bald, nachdem Ann in das große Londoner Stadthaus zurückgekehrt war, verreiste er schon wieder: nach Paris an der Spitze einer Gesandtschaft, die ihm der König gnädig bewilligt hatte. Er war voller Erwartung, nun endlich Ludwig von Frankreich persönlich kennenzulernen und mit ihm über alle die Pläne sprechen zu können, die ihn erfüllten. Er hatte keine Ahnung, daß Eduard währenddessen eine Abordnung aus Burgund erwartete, mit der er seinerseits Verhandlungen pflegen wollte über die Pläne, die ihm, dem König, am Herzen lagen: ein Bündnis gegen den französischen Erzfeind und selbstverständlich eine Wiederbelebung des Handels mit Burgund. Karl der Kühne hatte erkannt, daß der französische König Burgund wieder zu seiner Vasallenpflicht gegenüber Frankreich zurückführen wollte, und Karl, der danach strebte, Burgund zu einem unabhängigen Königreich zu machen, hatte sich bereitgefunden, das Einfuhrverbot für englische Tuche wieder aufzuheben. Wenn England ihm beistand gegen den gierigen König von Frankreich, wollte er auch Eduards Schwester Marga heiraten.
Als an Pfingsten die Flotte der Burgunder die Themse herauffuhr, geschmückt mit Wimpeln und Bannern, war ganz London

am Hafen. Aus den Fenstern der Häuser hingen Teppiche zur Begrüßung, und in die Straßenfluchten waren Birkenbäumchen gesteckt wie bei einer Prozession.

Ann war ständig zwei Schritte vor Isabella, als sie mit ihrer Schwester und gefolgt von der Dienerin Ankarette durch die Straßen schlenderte. Oh, es gab soviel zu schauen, sie war ganz aufgeregt. Und sie war todunglücklich über das Verbot der Mutter, einer der Festlichkeiten beizuwohnen. Aber es war ja auch etwas Furchtbares geschehen: Onkel Neville, Erzbischof und Kanzler des Reiches, hatte gestern dem König das Großsiegel zurückgeben müssen, und ein anderer hatte es erhalten. Er hatte es zurückgeben müssen, nur weil er erklärt hatte, krank zu sein und am Empfang der Burgunder nicht teilnehmen zu können.

»Aber ich bitte dich«, flüsterte Isabella ihrer Schwester zu. »Als Bruder unseres Vaters mußte er sich doch krank stellen. Diese Burgunder sind eine unglaubliche Beleidigung für uns. Schau nicht dauernd umher. Wir gehen nur einmal ganz rasch herum.«

In der Tower Street konnte man kaum durchkommen. Die Kleiderläden links und rechts wimmelten von Leuten, und in der Thames Street, in der Wein, Honig, Wachs und Getreide feilgeboten wurden, war es nicht besser. Am unteren Ende, wo man Fisch kaufen konnte, stank es zudem entsetzlich.

Als sie Cheapside erreichten, wußte Ann gar nicht mehr, wie sie den Kopf drehen sollte, denn links und rechts waren die Hauseingänge voll von kostbaren Dingen, Geschmeiden, Silberbechern, gefärbten Stoffen und Wandbehängen. Im Kloster hatte sie beinahe vergessen, wie groß die Herrlichkeiten der Welt waren. Ann wollte wenigstens eine Brosche erstehen von dem Geld, das ihr der Vater zum Abschied geschenkt hatte. Die goldene dort mit den blauen Steinen, »was meinst du, Isabell?«

Die Häuser, die sich eng aneinander drängten und deren Obergeschoße überstanden, warfen Schatten in die ebenerdigen Gewölbe. Als Ann den Kopf zu ihrer Schwester hob, sah sie, daß Isabella errötete. Da stand ein junger Mann, umgeben von ein paar Begleitern. Freundlich begrüßte er die Mädchen. Es war Georg, Herzog von Clarence.

»So ein Zufall, Base Isabella. Schaust du dir auch den Trubel an? Ganz London ist auf den Beinen. Der Teufel soll die ganzen Burgunder holen.«

»Nanu«, machte Isabella und drehte sich geziert. »Du bist doch ein Bruder des Königs, und die Aussicht, daß deine Schwester bald nach Burgund heiratet, sollte dich doch freudig stimmen.« Dabei warf sie ihrer Schwester einen drohenden Blick zu, der sagen sollte: »Komm her und benimm dich.«

Ann hatte Georg lange nicht mehr gesehen, und sie staunte, was für ein kräftiger Mann er geworden war. Groß und blond, mit blauen Augen und einem starken Nacken sah er aus wie das Idealbild eines Ritters.

Freimütig berichtete er den Mädchen von der Ursache seines Grolls: Das teuerste Turnierpferd Englands hatte er sich gekauft, um gegen den Führer der burgundischen Gesandtschaft anzutreten, der als bester Turnierkämpfer des Festlandes bekannt sei. Sein königlicher Bruder aber sei der Ansicht, daß Anthony Woodville mit dem Burgunder kämpfen und die Ehre gewinnen solle, ihn zu besiegen. Doch er, der Bruder des Königs und immerhin Thronfolger, denke nicht daran, gegen einen zweitrangigen Gegner anzutreten. Deshalb werde er dem Turnier fernbleiben.

Isabella bemerkte spitz, daß diese Bevorzugung eines Bruders der Königin schließlich kein Wunder wäre. Und schließlich müßte doch auch Georg wissen, daß im Land nur noch zur Geltung käme, was Woodville heiße. »Tröste dich, Georg, es geht auch anderen so.«

Der jedoch knurrte, daß Elisabeth Woodville den König behext haben müsse. Dann verabschiedete er sich, um klirrenden Schrittes die Straße hinunterzugehen mit goldenen Sporen an den Füßen, einem tiefhängenden, kostbaren Gürtel um die Hüfte und mit einem Samtbarett auf dem Kopf, wie es die allerneueste

Mode war. Am Ende der Straße fiel er mit seinen Begleitern in eine Weinschenke ein und Isabella meinte: »Jetzt ersäuft er seinen Kummer in Malvasier. Das ist sein Lieblingswein.«
Ann schlenderte weiter. Aber nach einer Weile fragte sie: »Glaubst du wirklich, daß sie eine Hexe ist, die Königin?«
»Das ist doch klar. Meinst du, daß Eduard die alte Ziege sonst geheiratet hätte? Sie hat ihn verhext.«
»Und woher hat sie ihre Hexenkünste?«
»Das weiß ich doch nicht. Wahrscheinlich von ihrer Mutter. Die hat man doch vor drei Monaten wegen Hexerei angeklagt, hast du das nicht gehört? Die Mägde von Grafton Regis und die Leute von Stony Stratford haben die Klage eingereicht.«
»Und?« fragte Ann erregt, denn sie mußte an die Äbtissin des Klosters denken, die eine Woodville war und dann gewiß auch hexen konnte. »Rasch, rasch, Isabella, sag, ob sie verurteilt wurde.«
»Was denkst du bloß? Der König hat natürlich den Prozeß niedergeschlagen.«
Jetzt hatten sie London-Bridge erreicht und drängten sich durch das steinerne Tor. Auf dem Turm in der Mitte gleißte die Sonne und unter den neunzehn Bogen aus weißen Quadern brausten die Wasser des Stromes hindurch. Isabella strebte einem der Läden zu, denn Ann hatte beinahe das Verlangen, ihr Geld auszugeben, vergessen. Wenn alle hexen und zaubern konnten, die zur Familie Woodville gehörten – sie hatte es auch schon von Jane gehört –, dann würde Sir Anthony in dem bevorstehenden Turnier zweifellos siegen. Anthony Woodville, Bruder der Königin und vom König zum Lord Scales ernannt – Ann fühlte ganz deutlich ihr Herz schlagen. Und in Gedanken sah sie den Mann vor sich, von dem ganz England sprach und der das Idol der Jugend war: Sieger in allen Turnieren! Schön und stattlich! Er konnte dichten wie ein Troubadour, trotz seiner Jugend hatte er schon die ganze Welt bereist. Übrigens sollte er auf Grund irgendeines Gelübdes ein härenes Hemd unter seiner kostbaren

Kleidung tragen. Manche behaupteten ja, das wäre bloß eine Mär, mit der Anthony sich interessant mache. Aber sie, Ann, hatte das Hemd aus Sackleinwand gesehen, als ihr bei König Eduards Krönung so schlecht geworden war, daß sie eine ganze Weile im Hof der Westminsterabtei hatte sitzen müssen. Sie hatte das noch nicht vergessen.

Als die Königin ihre häßliche Schwester Katrin mit dem jungen Herzog von Buckingham verheiratete und Ann mit den Klosterschülerinnen im Chor singen durfte, hatte sie Anthony zum zweiten Mal gesehen. Als er im langen Hochzeitszug vorbeischritt, fingen alle Mädchen an zu wispern und benahmen sich so aufgeregt wie Hühner: »Da ist er! Da ist er!«

Ann war wütend gewesen auf die dummen Gänse, die ihre Augen auf den Mann heften durften, den sie am liebsten für sich allein gehabt hätte, obwohl sie nicht wußte, mit welchem Recht und wozu.

Auf dem ganzen Heimweg von der London Bridge war Ann schweigsam und beinahe in sich gekehrt.

Denn in ihr arbeitete und bohrte ein Gedanke – ein ungeheurer Gedanke und doch weder abwegig noch phantastisch. Es war guter, alter Brauch, daß die Ritter zur Ehre einer Dame in die Schranken ritten. Zum Zeichen trugen sie ein Tuch, ein seidenes Band ihrer Favoritin im Gürtel. Anthony freilich, so ging die Sage, kam nie dazu, eine Dame zu wählen, ihm wurden Bänder und Samtärmel zu Dutzenden angetragen, und meistens, so hieß es, wähle er mit geschlossenen Augen. Denn die Dame, für die er in die Schranken reiten wollte, habe er noch nicht gefunden. Natürlich war auch er in jungen Jahren von seinem Vater verheiratet worden, und irgendwo draußen auf seinen Gütern wartete ein Eheweib auf ihn.

Ann konnte nicht schlafen in den zwei Nächten bis zum Turnier. Sie lag, und Schauer eines noch nie gekannten Verlangens durchbebten sie. Was war nur los mit ihr?

Als der Tag der Kampfspiele heraufdämmerte, war sie jedoch

entschlossen. Sie nahm zwei Knappen ihres Vaters mit und erklärte ihnen, sie hätte einen wichtigen Auftrag. Der Haushalt war so groß, daß nicht auffiel, was sie tat. Es wimmelte ja in den Höfen von Knechten, Dienstleuten und Mägden.

Ann kam ungehindert bis nach Smithfield hinaus. Sie hatte ihren schönsten Gürtel ausgewählt und barg ihn in ihren weiten Ärmeln. Er war mit Gold gestickt und mit schimmernden roten Seidenfäden durchzogen, und sie hatte die neue Brosche mit den blauen Steinen daran gesteckt, so daß sie selbst ganz hingerissen war von dem schönen Geschenk.

Rings um den Turnierplatz herrschte ein fürchterliches Gewühl, obwohl erst die Knappen ihre Waffenspiele zeigten. Die jungen Burschen, die Ann mitgebracht hatte, blieben gern an einer der Schranken zurück, und Ann lief zu den Zelten der Kämpfer.

In den letzten Jahren im Kloster war Ann sehr gewachsen. In dem langen Schleppkleid, das sie trug, mit dem Goldnetz auf den Haaren, sah sie älter aus, als sie war. Kein Mensch hinderte sie, ins Lager der Kämpfer zu gehen.

Das Zelt von Lord Scales war nicht zu verkennen. Es war von Wimpeln umstellt, die seine Farben trugen, die Knappen, die hin und her liefen, trugen sein Wappen auf ihren Kitteln, und die herrlichen Turnierpferde, die an einem Balken angehalftert waren, entsprechende Schabracken. Ann wurde ganz schwach unter seinen Zeichen.

Und dann sah sie ihn selbst. Er stand unter dem offenen Zelt und redete mit einem seiner Ritter. Offenbar war er im Begriff, sich für den Kampf zu rüsten. Sein Oberkörper war nackt. Er trug nur seine hautengen Beinlinge, und man sah seine ganze kraftvolle Männlichkeit.

Ann war stehengeblieben. Sie hätte etwas darum gegeben, jetzt von der Wache des Lords abgewiesen zu werden. Aber sie war eine Dame, kostbar gekleidet, und kein Mensch wies sie vom Platz. Sie wußte nicht, was sie nun tun sollte.

Da sah er sie. Er drehte den Kopf, blickte sie an, und merkwürdigerweise erkannte er sie sofort. Mit zwei Schritten war er da. »Was führt Euch zu mir?« fragte er fast hastig und vergaß die Anrede. »Kommt ins Zelt, wenn ich bitten darf.« Ein Wink, und der Ritter, mit dem er eben noch gesprochen hatte, war verschwunden. Ann stand im nächsten Augenblick eingeklemmt zwischen einer hölzernen Bank und einem Lager aus Decken. Auf dem Lager mochte er sich ausruhen zwischen den einzelnen Gängen des Turniers. Ann stand und starrte ins Leere. Sie schämte sich entsetzlich.

»Redet«, sagte Lord Scales fast rauh. »Bitte, sprecht! Wer schickt Euch?«

Da zog sie ihr Geschenk hervor, zitternd, und hielt es ihm hin, wie ein Kind, das ein zerbrochenes Spielzeug hält.

Er stutzte ein wenig. Dann glitt ein Lächeln über sein Gesicht. »Für mich?« fragte er.

»Für Sieg und Triumph«, stammelte sie. »Es möge Euch Segen bringen!«

»Von wem?« fragte er dunkel und nahm den Gürtel entgegen. »Von Euch?«

Aber da wagte sie nicht ja zu sagen und schüttelte wild den Kopf. Und im nächsten Augenblick lief sie davon, als jagten die Furien hinter ihr her.

Als Ann die Knappen erreichte, rannte sie fast in einen schmächtigen jungen Mann hinein. Lieber Himmel, jetzt war es Zeit, daß sie wegkam. Da war schon der Hof eingetroffen, und vor ihr stand doch tatsächlich Richard. Ann hatte ihn nun drei Jahre nicht mehr gesehen, und er war, wie sie in der Eile feststellen konnte, in der Zwischenzeit gewachsen. Aber immer noch schien er reichlich dünn zu sein in seinen anliegenden Hosen und dem dunkelgrünen Samtwams, dessen geschlitzte und mit gelber Seide gefütterten Ärmel nur schlecht verhüllten, daß die eine Schulter höher war als die andere. Ann war so rasch an ihm vorbei, daß Richard nicht einmal grüßen konnte. Und dann ging sie daheim mit klopfendem Herzen herum, bis sie mit viel Fragen herausbekam, daß Lord Scales beim Turnier einen goldgestickten Gürtel über der Prunkrüstung getragen hätte mit einer Brosche daran aus blauen Steinen, die einem Vergißmeinnicht glichen. Im übrigen war sein Sieg über den Bastard von Burgund nicht eindeutig gewesen. Beim Lanzenstechen hatte keiner den anderen aus dem Sattel heben können, und beim anschließenden Schwertkampf hatte der in Purpur gekleidete König seinen Stab zum Zeichen des Endes gehoben, noch ehe einer die Oberhand gewinnen konnte.

Als Ann alles erfuhr, war sie zutiefst enttäuscht. Aber ihrem heißen Flehen um Anthonys Sieg hatte wohl der böse Wunsch von Georg, Herzog von Clarence, entgegengestanden. In ihrem Bett sah Ann noch immer die braungebrannte Haut des Lords vor sich und seine sehnige, biegsame Gestalt. Und Ann schauderte zusammen, denn das, was sie für Anthony Woodville empfand, mußte wohl Liebe sein – die Liebe, von der Jane soviel erzählt hatte.

*

Ein Jahr nach diesem glänzenden Turnier hatte sich die Lage im Reich nicht wesentlich geändert, jedenfalls nicht nach außen hin. Als Graf Warwick von Paris zurückgekommen war, hatte er seine Wut verbissen und gute Miene zum bösen Spiel gemacht. Als dann der Zeitpunkt herankam, da Eduards Schwester dem Herzog von Burgund vermählt werden sollte und eine riesige Schar von Edelleuten sich bereit machte, Marga bis zur Küste zu begleiten, nahm Warwick ohne Zögern die Einladung Eduards an, mitzukommen.

Während des Abschiedsbanketts, das man in den großen Räumen des Klosters von Stratford Langthorne hielt, mußte König Eduard immer wieder einen Blick auf Warwick werfen. Was war der Mann für ein Schauspieler! Lächelnd unterhielt er sich mit der Königin, immer wieder verneigte er sich vor ihr und klatschte donnernd Applaus, wenn sie einen Spaß machte. Dabei mußte er

Elisabeth Woodville doch hassen. Aber nicht ein Blinzeln in den Augen Warwicks verriet, was er dachte. Sogar dem König sah er voller Liebenswürdigkeit ins Gesicht, dabei hatte ihn Eduard vor aller Welt blamiert, hatte ein Bündnis mit Burgund geschlossen, während Warwick eifrig mit Ludwig von Frankreich verhandelte. In seinem Inneren mußte er auf Rache sinnen. Eduard war überzeugt davon.

Es war ein nebliger Tag. Von der See her zogen die dicken Schwaden in das Land herein und legten sich so dicht auf die Gebäude des Klosters, daß man kaum die Pagen in den Höfen sah und die vielen Laienbrüder, wenn sie die Schüsseln mit den Speisen ins Refektorium schleppten. Der Abt hatte sich nicht lumpen lassen.

Man konnte sehen, wie es allen schmeckte. Nur Cicely, die Herzogin von York, stocherte in ihrer Schüssel herum. Eduard schickte einen Blick zu seiner Mutter hinüber. Sie saß ziemlich abseits, denn Elisabeth Woodville hatte auch die Platzverteilung vorgenommen. Zum Teufel, dachte Eduard. Warum in aller Welt vertrugen sich Schwiegermütter niemals mit ihren Schwiegertöchtern. Immer waren die jungen Weiber den alten nicht gut genug für ihre Söhne. Dabei war Elisabeth doch so begehrenswert. Wenn Eduard sie nur ansah, durchzuckte ihn das Verlangen.

Eitel war sie natürlich auch, aber stand einer Königin der Luxus nicht zu, mit dem sie sich umgab? Warum sollte der Hof von England keinen Luxus zeigen? In Italien prunkten sie noch ganz anders, hörte man allenthalben, und das waren nur kleine Fürstenhöfe.

Cicely schob Brot und Schüsseln von sich. Wenn sie könnte, dachte Eduard, würde sie mein Weib ermorden. Und dann würde er eine der Töchter Warwicks heiraten müssen. Unsinn, er mußte gar nichts. Er war König, und alte Weiber sollten beten und sonst nichts. Er brauchte keine Ratschläge von seiner Mutter. Und wenn die Mutter der Meinung war, Warwick wäre der

fähigste Ratgeber des Reiches – Eduard hatte ihn schon früher für untauglich gehalten. Eduard trank seinen Humpen leer. Einen Trottel brauchte man ja nicht zu fürchten, dachte er, auch wenn es Elisabeth nicht gern sah, daß Warwick so viel bei der Herzogin von York ein und ausging. Weil überhaupt die ganze große Familie Neville dauernd bei Cicely zu Besuch weilte. Die brüteten doch etwas aus. Aber was sollten sie schon ausbrüten. Sie hörten sich halt die Klagen von Cicely an, und möglicherweise hatte sie recht damit. Er hätte die Mutter nicht so oft abweisen sollen, wenn sie um Audienz bei ihm bat. Aber er fand alles so lächerlich, was sie vorbrachte, diese Beschwerden über Elisabeth, daß sie ihre Hofdamen schikaniere, daß Marga vor der Königin knien müsse. Wenn schon, dachte Eduard ärgerlich, jetzt heiratete Marga den Herzog von Burgund, und die Mutter konnte wahrlich zufrieden sein. Ohne seine kluge Politik hätte die Schwester nie eine so gute Partie gemacht.
Der erste, der in den Kreuzgang hinaustrat, nachdem der König die Tafel aufgehoben hatte, war Richard Herzog von Gloucester. Er war noch sehr jung, aber er war doch schon ein Mann. Seit er Schloß Middleham verlassen hatte, stand er im Dienst des Königs und hatte Ämter, die er ausfüllen mußte. Im Palast Eduards zu London bewohnte er mehrere Räume und hatte seine eigene Dienerschaft. Ob er von seinen Gefolgsleuten geliebt wurde, wußte Richard nicht. Er hatte Francis zu sich genommen, der mit ihm auf Schloß Middleham gewesen war und einen Herrn gesucht hatte, und andere, und er bezahlte sie alle sehr gut aus Furcht, sie könnten ihn sonst vielleicht nicht lieben.
Der Übergang von seinem Leben in Middleham zum neuen Dasein im Dienst des Königs war Richard nicht leicht gefallen, obwohl er sich über den Ruf Eduards über alle Maßen gefreut hatte. Nun war er erwachsen und wurde gebraucht! Erst später kam Richard dahinter, daß Eduard möglicherweise auch der Ansicht gewesen sein mochte, es wäre nicht gut, den Bruder länger unter dem Einfluß des Grafen Warwick zu lassen. Denn das

Gestrüpp der Politik und der Intrigen, mit denen diese geführt wurde, lichtete sich für Richard erst mit der Zeit.
Nein, der Übergang war ihm nicht leicht gefallen. Obwohl Richard sich gefreut hatte, nun bei seinem Bruder leben zu dürfen, so sah er doch bald, daß er überhaupt nicht in dessen Nähe kam. Gewiß, Richard hatte seinen Platz im Haus der Lords und im Rat – wo er für gewöhnlich schweigend saß – und er befand sich im Saal bei jeder Audienz, stand auch nicht allzu tief unten vor dem Thron, aber so kurz auch der räumliche Abstand zwischen Richard und Eduard war – es erhob sich eine Mauer darauf, eine Mauer von Menschen, die voller Zähigkeit damit beschäftigt waren, den König von ihrer Wichtigkeit zu überzeugen. Richard hatte Mühe, sie alle kennenzulernen und auseinanderzuhalten. Sie glichen sich so in der Betriebsamkeit und Brutalität, mit der sie sich auf ihrem Platz unter der Sonne der königlichen Gunst zu behaupten suchten. Wie Richard jedoch alsbald feststellen konnte, gehörten sie alle zur Familie Woodville, waren mehr oder weniger weitläufig damit verwandt oder mit ihr befreundet. Selbst Georg mit seinen starken Armen geriet vor ihrer Ausdauer schon langsam ins Hintertreffen, obwohl er doch der Thronfolger war, denn Elisabeth Woodville hatte ihrem Gemahl erst zwei Töchter geboren.
Elisabeth war sehr schön, das mußte Richard zugeben, wenn sie auch fünf Jahre älter war als der König und man anfing, diesen Altersunterschied langsam unter ihrer Schminke zu bemerken. Richard bemühte sich, der Frau seines Bruders Ehrfurcht zu erweisen. Da er schwerfällig war, schweigsam und seine Gefühle nicht zeigen konnte, schien sie seine Ehrerbietung nicht allzu sehr zu bemerken. Für gewöhnlich war Elisabeth Woodville beschäftigt, und fast immer redete sie: entweder mit dem König, mit ihren Hofdamen, den vielen Gästen, die sie ständig einlud, oder mit den zahllosen Herren, die ihr den Hof machten. Richard war für sie zweifellos noch ein halbes Kind mit seinen sechzehn Jahren, obwohl sein Bruder Edmund in diesem Alter schon im

Kampf gefallen war. Wenn Richard sein Herz genau erforschte, dann mußte er zugeben, daß er die Königin nicht sonderlich liebte. Vielleicht war es eine Art Eifersucht, die ihn erfüllte, weil sie mit all den Ihren das Herz des Königs so völlig in Anspruch nahm. Möglicherweise konnte Richard aber auch nur nicht vergessen, daß sie über ihn gelacht hatte, als er einmal über sein Schwert gestolpert war.

Vom Kreuzgang aus konnte Richard in das Refektorium des Klosters sehen und auf die mit Speisen beladene Tafel. Die Königin war mit Schmuck behangen. Die Damen trugen Kirchturmhüte mit Schleiern in allen Farben, und man sah den Ansatz ihrer Brüste. Die Herren trugen große Ketten um die Schultern, zusammengesetzt aus goldenen Sonnen, Kreuzen, Wappen und den Emblemen ihrer Würde. Lord Scales sah zweifellos am besten aus, aber auch Lord Hastings, der sich näherte, um in den Hof hinauszugehen, war kaum weniger aufwendig gekleidet, und Richard wunderte sich, daß Hastings soviel Geld hatte, bei all den Weibergeschichten, die man von ihm hörte.

Hastings, der Freund des Königs, blieb einen Moment im Kreuzgang stehen und schlug Richard auf die Schulter. »Na, Gloucester, was denkt Ihr. Denkt Ihr darüber nach, wer die Schönste dort drinnen ist? Doch zweifellos die Königin.« Er lachte laut, und ohne auf eine Antwort zu warten, die er von dem schweigsamen Richard ohnehin nicht erwartete, ging er weiter.

Richard konnte Hastings nicht leiden. Er verleitete den König zum Trinken und, wie gemunkelt wurde, auch zu Liebesaffären, war Eduard doch so überaus empfänglich für Weiberschönheit. Übrigens war er ein Gegner der Königin, die ihrerseits alle Anstrengungen machte, ihn bei Eduard anzuschwärzen. Richard bewunderte Hastings, daß er so guter Laune sein konnte, obwohl er doch wissen mußte, daß die Woodvilles gegen ihn intrigierten. Er, Richard, würde nicht die Kraft haben, so gleichmütig einherzugehen, wenn er wüßte, daß man ihn haßte. Oder haßte man ihn bereits? Es bestand kein Anlaß dazu, fand er.

Lord Scales erzählte an der Tafel Witze. »Was tun die Männer«, fragte er mit unschuldigem Gesichtsausdruck, »nachdem sie bei einem Weibe gewesen sind?«
Ein Kichern lief um die Tafel. Man konnte es durch die geöffneten Türen bis auf den Kreuzgang hören.
Lord Scales lächelte flüchtig. »Nehmen wir hundert«, sagte er rasch. »Zehn davon greifen zum Bierkrug ...«
Das Kichern ringsum verstärkte sich. Richard preßte die Lippen aufeinander. Er war noch nicht bei einem Weibe gewesen – so wie der Lord das meinte.
»Zwanzig«, sagte Lord Scales in das Kichern hinein, »drehen sich um und schnarchen.«
Die Hofdamen der Königin versteckten ihr Prusten hinter der vorgehaltenen Hand.
»Und siebzig«, vollendete Lord Scales mit hochgezogenen Brauen, »reiten nach Hause ...«
Ein knapper Atemzug, und das Gebrüll ging los. Nur eine einzige war tief errötet und wußte nicht, wo sie hinsehen sollte. Aber da alles Tränen lachte, übersah man sie. Es war Isabella, deren Verwirrung in einem Hustenanfall unterging. Lord Scales schaute in ihr Gesicht. Flüchtig und kaum einen Herzschlag lang. Nun hustet sie schon wieder, dachte er. Beim Satan, wer sie auch kriegt, der wird sie nicht lange haben.
Die Schalmeien und Stockfiedeln der Spielleute fielen ein, Lauten und Posaunen erklangen, und Ann, die hinter der Königin an der Wand stand, fuhr fast zusammen.
Ann trug ein überlanges rotes Kleid, das auf dem Boden schleppte und das sie nicht leiden konnte, das sie aber tragen mußte, weil alle Hofdamen der Königin an diesem Tag in Rot zu erscheinen hatten, und Ann befand sich seit einem halben Jahr im Dienst der Königin.
Ann wußte, daß ihre ehemaligen Mitschülerinnen sie beneideten über den Vorzug, der Königin aufwarten, ihr Geschichten von Heiligen vorlesen und bei der Frisur helfen zu dürfen. Ann selbst

hielt diese Dinge für ein zweifelhaftes Vergnügen, das zudem sehr anstrengend sein konnte. Heute war die Königin ja gnädig, und die Mädchen, die ihr dienten, durften die Wand entlang stehen. Das war nicht immer so. Bei den Feierlichkeiten anläßlich der Taufe ihrer ersten Tochter hatte die Königin ihre Hofdamen während der Dauer des ganzen Banketts, volle drei Stunden lang, knien lassen. Aber da war Ann noch nicht am Hof gewesen. Gott sei Dank, dachte sie, denn da wäre ich aufgesprungen und ihr ins Gesicht gefahren, dieser Hexe, und wenn man mich hinterher geköpft hätte.

Ann haßte die Königin. Seitdem sie begriffen hatte, was ihrem Vater angetan worden war, haßte sie sowohl Eduard, für den sie als Kind so geschwärmt hatte, als auch ganz besonders Elisabeth Woodville. Sie war eine Hexe und ein böses Weib, eitel, aufgeblasen und dumm. Um die Leute vergessen zu machen, daß sie keine Prinzessin gewesen war, die dem Land Vorteile gebracht hätte, hielt sie um so verschwenderischer Hof. Sie trieb einen Luxus, daß Gott darüber zornig sein mußte. Aber er strafte sie schon. Bis jetzt hatte sie ihrem Eduard nur Töchter geboren.

Ann wandte den Blick von Elisabeths Rücken, und langsam glitt er zum Bruder der Königin hinüber. Lord Scales war nicht dumm. Er hatte die Klugheit der ganzen Familie Woodville allein geerbt. Aber schlecht war er auch. Sein Lachen war immer spöttisch und hochmütig, und nichts war ihm heilig. Als kürzlich die Priester in der Kirche verkündeten, daß der Papst eine Bulle nach England gesandt habe, wonach jeder Schuhmacher, der lange Schuhspitzen anfertigte, mit dem Kirchenbann belegt würde, hatte Anthony unbekümmert erklärt, der päpstliche Bann könnte nicht einmal eine Fliege krank machen.

Ann zog ihre Stirn in Falten. Seine Seele mußte schwarz wie die Nacht sein, und er würde ganz gewiß einmal in die Hölle kommen. Das ganze Jahr über, seit dem glänzenden Turnier in Smithfield, hatte Ann übrigens nichts mehr von ihrem Gürtel und der blauen Brosche an Lord Scales bemerkt. Dabei sah sie

ihn, seit sie am Hof war, ziemlich oft. Er nahm auch keine Notiz von ihr und schien ihr Geschenk vergessen zu haben.
Ann hatte sich leichter an das Leben bei Hof gewöhnt als Richard. Sie war so froh, nicht mehr im Kloster bei der strengen Äbtissin zu sein, daß sie sogar die Launen der Königin in Kauf nahm. Ewig würde sie nicht in ihrem Dienst bleiben. Sie war heiratsfähig, und eines Tages würde der Vater sie einem Mann geben. Allerdings war die Reihe zuerst an Isabella.
Ann konnte den Blick nicht von Lord Scales wenden. Wenn sie nur gewußt hätte, was in seinem Kopf wirklich vorging. Einmal hatte sie ihn überrascht, wie er in einem Winkel des Schloßhofes mit Isabella sprach und war bebend vor Verlegenheit zurückgefahren, überzeugt davon, daß Anthony Woodville Isabella nur nach ihrer Schwester Ann ausfragen konnte. Aber das war nicht der Fall gewesen. Er hatte ganz etwas Nebensächliches gefragt, wie Isabella erklärte, und langsam mußte Ann einsehen, daß sie für Lord Scales ein Kind war, nicht mehr als ein kleines, dummes Ding. Und sie dachte trotzig: Ich mag ihn ja gar nicht. Seine Seele ist schwarz wie die Nacht und so schlecht wie seine Witze. Siebzig reiten nach Hause . . . Pah, das war schon möglich. Wenn man sich umsah an der Tafel und sich all des Getuschels entsann, das man jeden Tag zu Ohren bekam – fürwahr, das Treiben am Hof war liederlich. Aber es war ja kein Wunder, daß sich die jungen Weiber Liebhaber nahmen, wenn man die alten, bärtigen Männer betrachtete, mit denen sie meistens verheiratet waren. Daß der König eine ältere Frau geheiratet hatte, war eine Ausnahme. Das Übliche war, daß ein Mann, dem zwei- und dreimal ein Weib im Kindbett gestorben war, sich eine ganz Junge nahm. Und jäh überfiel Ann ein eisiges Erschrecken. Wenn sie auch einmal so einen alten Mann bekäme? Oder einen, der häßlich war und den sie nicht mochte?
Unwillkürlich wandte sie den Kopf. Ein Augenpaar starrte sie vom Kreuzgang her an. Wer hockte da draußen im Nebel, verwunschen und klein wie ein Kobold? Ach so, das war Richard,

Herzog von Gloucester. Hatte er immer noch nicht begriffen, daß die Zeit der Kindheit vorüber war und sie keine Lust mehr hatte, ihn zu trösten? Er war erwachsen jetzt, der Bruder des Königs und brauchte kein Mitleid mehr. Gott sei Dank, dachte Ann aufatmend, mit Richard würde der Vater sie nie verheiraten. Richard stand viel zu weit vom Thron für ihres Vaters Ehrgeiz. Da gab es sicher viel bessere Möglichkeiten für Ann. In Frankreich vielleicht, hatte sie reden hören. Ann erschauderte bei dem Gedanken, daß der Mann, den sie einmal bekommen würde, schon längst auf der Welt war. Irgendwo lebte er, und sie kannte ihn nicht. Vielleicht war er viel viel schöner als Anthony Woodville.

Richard hatte den Unmut auf Anns Gesicht bemerkt und drehte sich um. Sie mochte ihn nicht. Er wußte es.

Als Richard Ann in London wiedergetroffen hatte, nachdem sie nun beide, trotz ihrer Jugend, zu den Erwachsenen zählten, war er verlegen gewesen. In den teuren Kleidern, die ihr der stolze Warwick kaufte, sah sie in all ihrer aufblühenden Jugend aus wie etwas Kostbares, obwohl sie nicht besonders hübsch war. Und über Richard, der sie in der Erinnerung liebte wie eine Heilige, zu der man betete und die sich einem neigte in der Verlassenheit, schlug ein Begehren zusammen, das er bisher noch nicht gekannt hatte. Von einem Tag auf den anderen hatte er ein Gefühl völliger Verwandlung.

Alsbald kam er natürlich dahinter, daß er für Ann keineswegs das Ziel aller Wünsche war. Kaum daß sie hochmütig Antwort gab, wenn er sie grüßte. Meistens übersah sie ihn ganz, wenn er ihr über den Weg lief. Richard begriff, daß er wenig anziehend auf ein Mädchen wirken mußte. Er war weder schön noch stattlich, wenn er auch inzwischen gewachsen war, noch hatte er Geistesgaben, mit denen er andere überragte. Im Turnier konnte er nicht glänzen wie Anthony Woodville. Er hatte es nie geübt, denn er konnte ja nur wie ein Affe auf dem Pferd hocken. Wenn er Verse machte, so gelangen sie ihm nicht. Versuchte er aber zu

scherzen und gar kluge Reden zu halten, um Ansehen zu erhalten, dann hörte ihm niemand zu.
Doch Richard gab nicht auf. Er kleidete sich sorgfältig und immer sorgfältiger und hüllte auch seine Knappen in teure Gewänder. Er vergrößerte sein Gefolge, kaufte teure Pferde und Waffen, so daß die Leute den Kopf hoben, wenn er klirrend durch die Straßen ritt, aber es machte keinen Eindruck auf Ann, obwohl er sich um ihretwillen fast in Schulden stürzte. Ihr Vater trieb einen weit höheren Aufwand.
Richard betete in der Kirche zu Gott, daß er einen Krieg schicken möge. Im Kampf wollte er sich auszeichnen und vom König belohnt werden, damit seine Einnahmen stiegen und das Volk seinen Namen nannte. Aber es war kein Krieg in Sicht, und die Anstrengungen, die Richard machte, ließen langsam nach. Es nützte nichts. Ann mochte ihn nicht, und auch Gott liebte ihn nicht. Er hatte nichts Besonderes mit ihm vor. Richard ging in den Nebel des Klosterhofes hinaus.
»Hallo, Richard«, sagte plötzlich eine heisere Stimme neben ihm. »Warum läufst du denn davon, wenn ich herauskomme? Und warum schaust du so finster? Will Ann nichts von dir wissen? Man soll die Weiber nicht so verwöhnen mit schmachtenden Blicken. Davon werden sie bloß hochmütig.« Es war Georg, der herankam, und Richard blieb stehen.
»Ich habe dich gar nicht bemerkt«, entgegnete er steif. Im Klosterhof lag der Nebel dicker als Wolle.
»Weil deine Augen an Ann klebten wie Kletten. Ja, ja, ich habe es schon gesehen. Warum heiratest du sie nicht einfach. Dann hast du sie.«
»Ich halte es durchaus für möglich, daß ich Warwick nicht gut genug für seine Tochter wäre.« Richard versuchte zu lachen. »Ich bin weder Thronfolger noch König. Er würde erklären, ich sei zu jung, und außerdem wären Ann und ich miteinander verwandt.«
»Als ob das eine Schwierigkeit wäre«, winkte Georg ab. »Pah!

Unserem Bruder hätte er gleich beide Töchter gegeben, wenn Eduard sie gewollt hätte. Gegen entsprechende Bezahlung pflegt die Kurie in Rom Dispens zu geben bei Ehehindernissen infolge von Verwandtschaft. Ich werde sie übrigens auch in Anspruch nehmen, denn ich gedenke Isabella zu heiraten, egal wie die Stimmung im Augenblick ist. Und ich habe auch keine Angst, daß Warwick nein sagen könnte. Allerdings – ich bin Thronfolger und du nicht. Das stimmt.«

Richard war nicht allzu überrascht. Daß Georg etwas für Isabella übrig hatte, das wußte er schon lange. Ob auch Isabella Georg mochte, das wußte er weniger. Aber wenn ihr Vater sie Georg gab, dann mußte sie wohl ja dazu sagen. Richard zuckte nur die Achseln. »Und glaubst du auch, daß der König dir die Erlaubnis geben wird, Isabella zu heiraten?« fragte er. »Wenn ich mir sein Gesicht vorstelle – ich habe das Gefühl, als ob er Warwick zur Zeit nicht besonders schätze.«

»Pah, Eduard wird versuchen, die Sache zu verhindern.« Georg grinste. »Ich wäre immerhin mit all den Mannen, den starken Schlössern und befestigten Städten, die mir gehören, ein gewisser Verlust für ihn und für Warwick ein Gewinn – wenn es zu einer Auseinandersetzung zwischen den beiden käme, meine ich. Und dieser Gefahr wird sich Eduard nicht aussetzen wollen, jedenfalls im Augenblick.« Georg lachte laut. Aber plötzlich senkte er den Ton und blickte sich rasch um. »Hör', Richard, du solltest dich auf Warwicks Seite schlagen, so wie ich, was meinst du?«

Richard wich kaum merklich zurück. Wenn Georg so nah war, roch man seinen Atem, und der roch nach Malvasier.

Georg flüsterte. »Auf unsere Seite, Richard, du verstehst mich doch!«

Richard hatte sich schon wieder gefaßt. »Ich wollte«, sagte er finster, »ich verstünde dich nicht.«

»Mein Gott, nun stell dich doch nicht so an.« Georg prustete. »Wie die Dinge im Augenblick stehen, wird Warwick über kurz oder lang vom König völlig kaltgestellt sein. Ich halte das für verhängnisvoll.«

»Was hat Warwick vor?« fragte Richard rauh.

»Ach, nichts Böses, mein Lieber. Du kannst ganz beruhigt sein.« Georg streckte sich im Nebel. »Er sammelt Anhänger, ganz einfach, und schafft um sich eine Partei. Und ich versichere dir, Richard, sie wird so groß werden, daß der König sie nicht mehr übersehen kann. Und dann wird er seine schlechten Ratgeber entlassen.«

»Wen nennst du schlechte Ratgeber?« fragte Richard hohl.

Georg pfiff durch die Zähne. »Das weißt du doch, Bruderherz. Wer umringt den König die ganze Zeit, leckt seine Sohlen wie ein Hund und schnappt nach den Knochen seiner Belohnung? Oder weißt du nicht, wer das Schatzmeisteramt inne hat, wer Konnetabel ist, wer Lordkanzler und Großsiegelbewahrer? Soll ich dir wirklich alle aufzählen? Wer ist oberster Feldherr des Heeres? Wer darf sich alle Ehren auf dem Turnierplatz holen? Wer ist Herr in Essex und Herr in Kent und Befehlshaber in Calais und Erzbischof in Salisbury? Wer ist Gouverneur von Wight? Ach, laß mich nicht den Mund fusselig reden. Es ist die Sippschaft von Elisabeth Woodville, und eines Tages werden die Ihren auch noch Herzog von Clarence sein und Herzog von Gloucester. Aber nicht, solange ich lebe. Und du solltest dich auch vorsehen beizeiten.«

»Das ist doch lächerlich ...« sagte Richard matt.

»Für mich ist das nicht lächerlich!« Georg hob die Stimme. »Ich lasse mir nicht eines Tages den Kopf abhauen, nur weil ich nicht tief genug vor Elisabeth Woodville in die Knie gegangen bin, wie es Desmond geschah, gegen den sie dauernd gehetzt hat. Oder glaubst du, daß Eduard so gegen Warwick und alle seine Ratschläge eingestellt wäre, wenn ihn die Königin nicht dauernd schlecht machen würde? Warwick kann sie nicht sonderlich leiden, das ist verständlich, aber weil er sie nicht leiden kann, haßt ihn Elisabeth. Und ihr Haß ist tödlich, mein Guter. Wenn

Warwick sich nicht vorsieht, sitzt er eines Tages im Tower. Aber er wird sich vorsehen und ich helfe ihm.«

Im dichten Nebel sah Richard nur das erregte Gesicht Georgs vor sich. Es war von hellem Haar umrahmt und stark gerötet. Richard kam zum Bewußtsein, daß Georg früher nie Bruderherz zu ihm gesagt hatte. Idiot hatte er ihn genannt, bucklige Katze, häßlicher Kerl. Bleibe mir um Gottes willen vom Leib, mit dir ist kein Staat zu machen! Richard erwiderte nichts.

Georg schob sein Kinn vor. »Richard«, flüsterte er, »Dickie, ich meine es gut mit dir. Es ist nicht so, daß wir dich brauchen. Aber ich sehe doch, daß du dich nach Ann verzehrst. Wer die Tochter von Warwick liebt, der muß die Königin hassen.«

»Die Königin ist nicht der König«, preßte Richard hervor.

Da reckte Georg verzweifelt die Hände in die Luft: »Lieber Himmel, du bleibst doch wirklich ein Idiot. Habe ich dir nicht eben aufgezählt... Aber ich sage dir, du Dummkopf, sie ist der König. Ihr Wille ist seiner, ihr Verlangen ist seines, ihre Gedanken sind die seinen, und selbst ihre Träume redet sie ihm solange vor, bis er meint sie selbst geträumt zu haben.«

»Ich habe dem König die Treue geschworen«, sprach Richard steif. »Du tatest es auch.«

Georg spuckte. »Treueid, oh Treueid, heiliger Strohsack. Das ist doch eine Sache der Zeremonie. Heutzutage, mein Gott, das ist doch längst überholt. Früher, ja, da ließ man sich in Stücke hauen für seinen Herrn – aber ich nicht, wenn der Herr einem Frauenzimmer hörig ist.«

Richard fuhr auf. »Er ist ihr nicht hörig!« stieß er hervor. »Ich glaube es nicht!«

Da wurde Georg ganz sanft. »Nicht, Bruderherz? Nun, dann laß es bleiben. Aber halte dich fest an deinem Schwert, wenn es zum Ziehen kommt, ganz fest, das rate ich dir. Und denk daran, daß ich den Nebel heute nicht vergessen werde und dein dummes Gesicht darin – wenn ich eines Tages vielleicht dort sitze, wo heute ein Mann sitzt mit dem Willen seines Weibes!«

Georg drehte sich um und ging. Richard stand, als hätte er die Welt unter den Füßen verloren. Ganz allein. Halte dich fest an deinem Schwert! Er tat es. Es war groß an seiner Seite und schleppte im Sand. Am silbernen Griff war sein Wahlspruch eingegraben: ›Loyaulté me lie‹ Treue bindet mich. Richard erinnerte sich des Tages, an dem ihn Eduard zum Ritter geschlagen hatte. Eduard, der das Haus York zu seinem Recht geführt und seine Brüder erhöht hatte. Ich kann nicht, dachte Richard. Ich kann nicht. Er stand und wartete. Aber Georg kam nicht mehr.

*

Zwölf Monate nach jener Unterhaltung stand König Eduard auf dem Söller von Fotheringhay. Es herrschte schon wieder Nebel. Er hing im Efeu, der die Mauern des Schlosses emporkletterte, und legte sich auf das Gemüt des Mannes, der in die Schwaden starrte. Kein guter Tag, heute, mußte Eduard denken, bei Gott. Es war ihm eingefallen, daß um diese Stunde in der Kapelle eines entfernten Herrenhofes ein Trauergottesdienst abgehalten werden mochte, ein Gottesdienst zum Jahrestag des Todes von Lady Eleanor Butler, die ihrem Gesinde und ihren Dienstmannen eine gute Herrin gewesen war.

Eduard starrte in den nassen Nebel hinaus. Mitten in all den Ärgerlichkeiten, die das letzte Jahr gebracht hatte, hatte er es erfahren, daß sie gestorben war – still und abseits und ohne daß er sie noch einmal gesehen hatte nach jener verliebten Nacht, als er ausgezogen war, um die von Parlamentes Gnaden erhaltene Krone Englands zu erkämpfen. Wie eingehüllt in ihre Schutzgebete hatte er bei Towton gekämpft und den Sieg errungen über Margaret von Anjou und Heinrich den Narren. Und dann hatte er keine Zeit mehr gefunden, Eleanor dafür zu danken. Die Krone, dachte er spöttisch, bringt zu viel Arbeit mit sich. Oder war es nur das Spiel mit Elisabeth Woodville gewesen, das ihn Eleanor vergessen ließ? Dieses aufregende Spiel, bis sich Elisabeth ergab – nicht ehe er sie geheiratet hatte natürlich. Hahaha!

Im übrigen war Lady Eleanor Butler anscheinend der einzige Mensch gewesen, der ihn, Eduard, wirklich geliebt hatte. Denn wie sonst konnten die Schwierigkeiten so wachsen, seit ihre Gebete für ihn verstummt waren.

In der ersten Zeit, als die Aufstände im Land ausbrachen, hatte sich Eduard nicht viel dabei gedacht. Unzufriedene gab es zu allen Zeiten, Leute, die ihre Steuern nicht zahlen wollten, oder an den Richtern und Herren, die ihnen gesetzt waren, herummäkelten. Aber im letzten Jahr wurde es offensichtlich, daß diesmal ein System in all den Bränden steckte. Die Schmähschriften, die nächtlicherweise an die Kirchentüren geschlagen wurden, richteten sich so offen gegen den König und gegen Männer, die den Woodvilles nahestanden, daß kein Zweifel mehr sein konnte, wer dahinter steckte. Als man einen Agenten erwischte und mit heißen Eisen brannte, gestand er auch, was man schon ahnte: daß er vom Grafen Warwick bezahlt worden war.

Die Unruhen hatten sich im Frühjahr so vermehrt, daß Eduard sich endlich entschließen mußte, persönlich nach Norden zu ziehen, um die Unruhestifter zu bestrafen. In Fotheringhay wartete er nur noch auf Verstärkungen. Aber die Zeit war nicht gut. Der Nebel legte sich aufs Gemüt. Vielleicht war doch etwas Wahres daran an den umlaufenden Gerüchten, daß es in Bedfordshire Blut geregnet hätte. Und in Hentingdon sollte es eine Frau geben, deren Kind geweint hätte, noch ehe es geboren war. Im Mutterleib drinnen schluchzte es – die Frau hatte es deutlich gehört.

Blödsinn, dachte Eduard und starrte in den Nebel hinaus. Mit dem Grafen Warwick würde man doch wohl fertig werden, ohne daß dabei die Welt unterging und die Kinder schon im Mutterleib verzweifeln mußten. Hoffentlich kamen die Männer bald, die er gerufen hatte und auf die er wartete. Der Earl of Pembroke und der Graf von Devon. Auch Richard könnte schon wieder da sein, den er zu Lord Hastings geschickt hatte mit dem Auftrag, noch mehr Truppen auszuheben. Wenn es stimmte, daß Warwicks Vetter Robin of Redesdale ein Riesenheer heranführte, dann galt es Vorkehrungen zu treffen, auch wenn sie teuer waren. Es war besser, Geld für Söldner auszugeben, auch wenn es nicht sicher war, daß man sie brauchte, als möglicherweise entblößt von Truppen im Gelände zu stehen. Eduard spuckte über die Brüstung.

Der Nebel war naß und kalt. Im Efeu glitzerten die Wasserperlen, und auf dem Lederkoller, das Eduard trug, lagen die Tropfen so dicht wie eine Haut. Er schüttelte die breiten Schultern und entschloß sich hineinzugehen. Aber als er hinter der Tür des Rittersaales die aufgeregte Unterhaltung vernahm, verlor er die Lust, daran teilzunehmen. Dieser ganze Woodville-Klüngel hing ihm selbst schon zum Hals heraus, aber irgendwelche Freunde mußte der Mensch schließlich haben. Es war sicher besser, Leute um sich zu scharen, denen gar nichts anderes übrigblieb, als ihm bis zum letzten Blutstropfen anzuhängen, statt von Freunden umgeben zu sein, die unabhängig waren, und denen es nur gerade beliebte, treu zu sein. Treue war ein verdammt leerer Wahn, das sah man an Georg. Ein Mann dagegen, der Woodville hieß, der mußte dem König treu bleiben, ob es ihm gefiel oder nicht – wenn er am Leben bleiben wollte. Eduard lachte schon wieder. Dann ließ er den Rittersaal links liegen und begab sich in sein Schlafgemach. Vielleicht war es das beste, sich ein bißchen hinzulegen. Nachts kamen doch nur wieder die Kuriere.

Das Bett stand in einem Alkoven, vor dem ein blausamtener Vorhang herunterhing. Vom Bettantritt sprang ein kleiner Hund, als Eduard eintrat. Auf den Decken lag Elisabeth.

Eduard krauste die Stirn. »Was tust du hier?« fragte er unwillig, und der Ärger, der ihn schon am Nachmittag überfallen hatte, als sie ungerufen auf dem Schloß eingetroffen war, stieg erneut in ihm hoch.

Die Königin lächelte leicht. »Habt Ihr es noch nicht verwunden, daß ich gekommen bin, Euch zu besuchen?«

»Ich sehe nicht ein, was dich hierhergetrieben hat. Du kannst doch sonst das Schloß meiner Väter nicht leiden. Und wenn Warwicks Vetter Robin bis hierher vorstößt und uns in Fotheringhay belagert, dann muß ich mich auch noch um dich sorgen.«

Elisabeth erwiderte, daß sie nicht glaube, Sir Robin könne so weit nach Süden vordrängen. »Er ist noch viel zu weit weg, und Ihr habt vor, ihm entgegenzuziehen.«

»Das kommt ganz darauf an, wann Pembroke und Devon eintreffen, und wieviel Leute sie bei sich haben. Es ist einfach lächerlich, mir nachzurennen.«

»Ich habe Sehnsucht nach dir gehabt.«

Eduard lachte kurz. »Du hast geglaubt, Hastings sei bei mir, und gefürchtet, er könnte mir ein nettes, kleines Mädchen mitgebracht haben. Ich weiß doch, was du denkst.«

»Und darf ich das nicht denken?« fragte sie gekränkt.

Er zuckte die Achseln. »Denk, was du willst. Aber laß mich in Frieden. Ich habe Ärger genug mit dir!«

»Mit mir? Aber Mylord!« Sie richtete sich vom Lager hoch, stellte die Füße auf den Bettantritt und stieg herunter.

»Ja, mit dir. Denn die Ursache für die Schwierigkeiten, die sich da ringsherum zusammenbrauen, bist du.«

Sie verzog das Gesicht. »Ich habe keine andere Schuld auf mich geladen, als daß ich dich liebte – und du mich zu deinem Weib gemacht hast.« Sie setzte sich auf den geschnitzten Faltstuhl und nahm den Hund auf den Schoß. Es war dunkel im Zimmer, und bald würde der Page erscheinen und Licht bringen.

Eduard knurrte. Dann meinte er, daß die Menschen sie auch noch um anderer Dinge willen nicht leiden könnten. Er müsse da an Desmond denken, den John Tiptoft, kaum daß er stellvertretender Statthalter von Irland geworden war, einer Lappalie wegen zum Tod verurteilte und hinrichten ließ. »Eine Sache, Elisabeth, die Tiptoft nur tat, um dir gefällig zu sein, wie die Leute sagen, wobei er das Todesurteil mit meinem Siegel versah, nachdem du es mir zu diesem Zweck entwendet hattest.«

Elisabeth streichelte den Hund. Nur ihre Hand bewegte sich. Nach einer Weile sagte sie leise: »Desmond hat mich immer schlecht gemacht bei dir, das weißt du. Ich denke, wir haben genug darüber gesprochen. Ich war voller Angst, du könntest auf ihn hören und glauben, daß ich nicht die richtige Frau sei auf Englands Thron. Krank vor Angst bin ich gewesen, du könntest mich wegschicken. Ich liebe dich doch.«

Eduard erklärte kalt lächelnd, daß der Fall Desmond nicht der einzige wäre. Es fiele ihm nur im Augenblick nicht alles ein, was in den Jahren, in denen sie nunmehr verheiratet waren, geeignet gewesen war, das Volk aufzubringen. »Aber Warwick hat nichts vergessen, meine Liebe. Und jetzt gehen seine Agenten damit im Land hausieren. Auch mit der Sache Cook.«

»Cook war doch ein Verräter«, fuhr Elisabeth auf. »Ein heimlicher Lancaster-Verehrer. Sein Diener hat gestanden, daß er Briefe seines Herrn zu Margaret von Anjou nach Frankreich brachte.«

»Unter der Folter gestanden, gewiß. Aber Cook hat erklärt, es wäre nur von geschäftlichen Dingen darin die Rede gewesen. Er ist Großkaufmann und handelt mit allen Waren der Welt. Dein Vater aber zwang den Oberrichter von London, Cook einzusperren und um ein Vermögen zu strafen – eine Strafe, von der du als Königin einen Anteil bekamst. Und außerdem plünderte dein Vater bei einer Haussuchung Cooks große Wohnung – und das alles nur, weil du einen Wandteppich haben wolltest, den Cook besaß, auf den die Belagerung von Jerusalem aufgestickt war, in Gold und bunten Fäden und was weiß ich noch.«

Elisabeth unterbrach ihn heftig. »Den Teppich wollte meine Mutter haben – was gehen mich die Wünsche dieser Dame an und die Machenschaften meines Vaters!«

»Sie gehen Euch sehr wohl etwas an, Madam«, entgegnete Eduard ernst und ließ den vertraulichen Ton fallen. »Euer Vater sitzt in Würden, die ihm einst zuteil wurden, um Euch einen Gefallen zu erweisen. Und mithin seid Ihr für ihn und seine Taten verantwortlich. Ich weiß nicht, ob Ihr die letzten Schmähschriften, die man in Yorkshire fand, gelesen habt. Sie sprechen von Unterschlagungen, die sich Euer Vater zuschulden kommen läßt, am Vermögen des Volkes. Er mißbraucht sein Amt als Schatzmeister.«

»Aber das ist doch Lüge!« fuhr Elisabeth auf. »Schamlose Lügen, die Warwick ausstreut, um das Volk aufzuhetzen und Söldner zu gewinnen.«

»Ich hoffe, daß es Lügen sind«, sagte Eduard scharf. »Aber Lügen hin oder her, die Schwierigkeiten, die mir Warwick auf den Hals lädt, haben Euch, Madam, zur Ursache. Es wäre mir angenehm, wenn Ihr wieder packen ließet.«

Elisabeth blieb sitzen. Ihre Hände, die mit dem Hund spielten, zitterten ein wenig. Es waren weiße Hände mit blauen Adern unter der Haut. Sie war schon wieder schwanger. Zum drittenmal nun seit ihrer Hochzeit mit Eduard. Aber sie hatte nicht das Gefühl, daß es diesmal ein Sohn werden würde. Ihre Beschwerden waren genau die gleichen, wie sie sie bei den Mädchen gehabt hatte. Dabei hatte sie schon so viel geopfert und alle möglichen weisen Frauen gefragt. Auch ihre Mutter beschworen, die im Ruf stand, eine Hexe zu sein und von der sie es manchmal selbst glaubte. Lieber Gott, dachte Elisabeth, laß mich einen Sohn bekommen. Sie hatte doch schon einmal Knaben zur Welt gebracht und geboren. Zwei sogar. Ihrem ersten Mann. Eduard hatte ihnen hohe Stellungen gegeben trotz ihrer Jugend. Wenn sie nun nichts als Töchter gebar, dann mußte das Eduards Schuld sein. Indes – sie wußte gleichzeitig, daß es nicht Eduards Schuld war. Vor einem halben Jahr hatte die dralle Tochter eines Wollhändlers von London einen Knaben geboren, und ganz London sprach davon, daß das Kind vom König wäre.

Eduard war ärgerlich, weil Elisabeth sich nicht bewegte. »Nun, bitte, geht«, wiederholte er ungeduldig. »Oder wünscht Ihr, daß wir uns noch weiter streiten? Ich liebe eheliche Auseinandersetzungen nicht.«

Elisabeth feuchtete ihre Lippen mit der Zungenspitze an. »An allem, was geschieht, und was dir Schwierigkeiten bereitet, trägt deine Mutter die Schuld. Das weißt du besser als ich. Dieser Anschlag in Exeter, daß du der Sohn eines Knechts wärest und ohne Recht auf Englands Thron, dieser Anschlag steht doch nicht ohne ihre Zustimmung dort. Oder in Canterbury, wo man Georg in den Himmel hebt und hinausschreit, er wäre der einzige rechtmäßige Thronerbe, und ich, Elisabeth Woodville, verwandle England in ein Armenhaus durch meinen Luxus ...«

»Hör auf«, unterbrach Eduard und wedelte mit der Hand, »du weißt genau: Wenn der Herr einer Grafschaft nichts gegen solche Anschläge unternimmt und Reden gegen den König zuläßt, in seinem Land, dann kann der König kaum was tun. Es sei denn, er zöge mit einem Heer gegen den unbotmäßigen Edelmann und brächte ihn wieder zur Räson. Im Augenblick müßte ich fast für sämtliche Ecken und Winkel in England Truppen haben, um Ruhe zu schaffen, aber ich habe nur eben soviel, um gegen die Haufen von Warwicks Vetter vorzugehen. Bete zu Gott, daß wir mit diesen unzufriedenen Bauern fertig werden, und daß wir so damit fertig werden, daß andere Unzufriedene erst einmal den Kopf einziehen vor Schrecken.«

»Außer Sensen und Dreschflegeln werden Robins Leute nicht viel bei sich tragen«, erwiderte Elisabeth spöttisch.

»Vielleicht. Aber auch mit Sensen und Dreschflegeln kann man einen König fangen. Denk an Eduard II., dem man einen glühenden Bratspieß in den Darm stoßen ließ, als man seiner habhaft wurde. Wenn ich in die Hände Warwicks fallen sollte, wäre es jedenfalls besser für dich, du könntest dich retten und ins Asyl von Westminster flüchten.«

»Um dann dort zu bleiben bis ans Ende meiner Tage, während Georg, Herzog von Clarence, auf Englands Thron sitzt?« versetzte Elisabeth spitz. »Da sterbe ich lieber zusammen mit dir.«

Eduard verzog das Gesicht. »Und du meinst, ich lege großen Wert darauf. Hoffentlich irrst du dich nicht.«

Elisabeth preßte die Lippen aufeinander. Er liebte sie nicht mehr. Er begehrte sie noch manche Nacht mit ihren Künsten, aber er liebte sie nicht mehr. Sie hatte diesen Tag kommen sehen, und sie gebar bloß Töchter. Sie schluchzte plötzlich auf, und ihre Tränen waren sogar echt. »Es ist deine Mutter, die uns verhext. Sie hat hexen gelernt, selbst um den Preis ihres Seelenheils, nur um mich zu verderben. Und du denkst nicht eine Minute daran, ihr das Handwerk zu legen. Im Gegenteil, gegen mich gehst du an. Mich beginnst du zu treten wie einen Hund. Du glaubst nicht einmal mehr, daß ich dich liebe!«

»Elisabeth«, sagte Eduard rauh, »ich habe Liebe schon anders kennengelernt als bei dir. Heute ist der Todestag einer Frau, die mir alles geschenkt hat und nichts dafür verlangte, weder Heirat, noch Ämter für Verwandte, noch Güter und Belohnungen. Sie schwieg, als ich ging, und wartete, und starb, als ich nicht wieder kam. Und dabei hatte ich ihr ein Heiratsversprechen gegeben.«

Elisabeths Gesicht wurde um eine Nuance bleicher. Ihre Hände glitten durch das Fell des Schoßhundes, wurden starr und streichelten dann wieder. »Und wie hieß dieser seltene Engel?« fragte sie nach einer Pause spitz.

»Es war Lady Eleanor Butler, und wenn mir dieser Narr Warwick noch genügend Zeit läßt, werde ich eine Kirche stiften für ihr Seelenheil. Und du tust am besten dasselbe. Wenn Eleanor mich beim Wort genommen hätte ... wärst du heute nicht Königin.«

Elisabeth war der Ansicht, daß sie für ihr Geld eine bessere Verwendung hätte als Stiftungen zu machen für eine unbekannte Frau, die wohl gewußt hatte, warum sie so im Hintergrund blieb, bei den wirksamen Giften, die man jetzt aus Italien bezog, aber sie sprach es nicht aus. Und da in diesem Augenblick draußen ein Hornruf ertönte, war es auch nicht nötig, daß sie noch eine Antwort gab. Eduard rannte schon auf den Söller hinaus, um zu schauen, was es gäbe. Es wurden Rufe laut im Burghof, das Fallgitter ging rasselnd hoch, und der Herzog von Gloucester kam mit seinen Leuten über die Zugbrücke geritten.

»Eduard ging dem Bruder bis auf die Freitreppe entgegen. »Was ist los im Land?« rief er, noch ehe Richard zur Begrüßung das Knie beugen konnte. »Was hat Hastings gesagt? Was gibt es für Neuigkeiten? Rede! Wie siehst du bloß aus?«
»Warwick und Georg sind in Calais gewesen!« stieß Richard hervor. »Der Erzbischof von York hat Georg und Isabella getraut! Der Papst hat Dispens erteilt wegen der Verwandtschaft. Und Euer eigener Vertreter beim päpstlichen Stuhl hat sich von Georg bestechen lassen, um die Verhandlungen in Eurem Namen zu führen!«
Der König lachte. Dann fluchte er wie ein Fuhrknecht. Nun stand sein Bruder Georg endgültig auf der Seite Warwicks! Der arme Tor! Er glaubte wohl, Warwick könne nicht nur einen, sondern auch noch einen zweiten König machen!
Aber, zum Teufel, da würden sie sich irren.

*

Die Zeit war nicht gut für Eduard. Der Graf von Pembroke und der Graf von Devon, auf die Eduard in Fotheringhay wartete, stritten sich in Banbury wegen der Nachtquartiere. Es regnete in Strömen. Devon, der von Woodstock aus Quartiermacher vorausgesandt und gehofft hatte, seinen erschöpften Truppen ein trockenes Lager bieten zu können, fand, als er spät in der Nacht ankam, sämtliche Häuser und Scheunen in Banbury bereits mit den Leuten des Grafen Pembroke besetzt. Pembroke behauptete, nichts davon gewußt zu haben, daß die Ortschaft schon belegt sei. An keinem Haus sei ein Zeichen vorgefunden worden, und niemand von den Einwohnern hätte etwas gesagt. Er sei nun bereits eingerichtet, seine Leute schliefen schon, und er denke nicht daran, sie zu wecken und von ihren Lagern zu treiben.
Natürlich hatte die Bande Pembrokes die aufgepflanzten Wimpel der Devonschen Quartiermacher einfach in den Dreck geworfen. Man fand nach einigem Suchen die Zeichen von Devon in den Straßengräben und unter den Hecken. Wutschnaubend klirrte

Devon zu Pembroke zurück, aber es nützte nichts. Gegen Pembroke kam er nicht an. Der Graf hatte ein Mundwerk, das einer Bordellwirtin alle Ehre gemacht hätte. Kein Wunder, daß Warwick bei den Staatsratsitzungen so oft mit Pembroke aneinandergeraten war. Pembroke konnte einen Mann beleidigen wie kein anderer. Allein die Art, wie er seine Sätze betonte. Devon stürmte schließlich mit hochrotem Gesicht davon. Er sah ja ein, daß Pembroke seine Leute nicht aus dem Schlaf reißen wollte, in den sie nach einem endlos langen Marsch durch strömenden Regen gesunken waren, aber er hätte das Devon etwas höflicher klarmachen sollen, abgesehen davon, daß man die Quartiere auch hätte teilen können. Dann hätte Devon wenigstens den Teil seiner Leute untergebracht, deren viele müde und krank waren. Aber es war nichts zu machen, und aufgebracht kehrte Devon zu seinen Bogenschützen zurück. Die Männer, die sich im aufgeweichten Straßenkot lagerten, mußten wieder hoch und weiterziehen. Rings um die Ortschaft stand das Wasser in den tiefliegenden Wiesen, und erst nach fast zehn Meilen über triefende Äcker fanden sie eine Anhöhe, von der das Wasser ablief, so daß sie die Zelte aufschlagen konnten.
Devon warf sich auf das Lager, das ihm seine Knappen richteten, ohne sich zu entkleiden. Die Burschen zogen ihm die Stiefel aus und zerrten ihm das nasse Wams vom Leib, das über und über mit Rostflecken bedeckt war. Der letzte Kundschafter hatte am Nachmittag gemeldet, daß der Rebellenhaufen des Robin of Redesdale noch zwei Tagesmärsche weit entfernt sei. Ob Pembroke inzwischen etwas erfahren hatte, wußte Devon nicht. Er war in dem Streit mit dem Lord nicht dazu gekommen, ihn zu fragen. Aber morgen würde man auf alle Fälle noch Ruhe haben. Hoffentlich ließ der Regen bald nach.
Der Regen strömte. Selten hatte Devon eine solch finstere Nacht erlebt. Alle Knochen taten ihm weh von dem langen Reiten. Er war sofort aufgebrochen, als der König ihm einen Boten geschickt hatte mit einem Brief, er möge alle verfügbaren Truppen

sammeln und zum König stoßen, Pembroke befinde sich schon auf dem Weg, und er, der König, würde ihnen beiden entgegenkommen. Erst einmal vereint, dachte Devon, wird uns dieser erbärmliche Redesdale nicht durch die Lappen gehen. Wo Warwick selbst war, wußte anscheinend kein Mensch. Allem Anschein nach hielt er sich persönlich noch zurück. Dann würde er, wenn Redesdale geschlagen wurde, sagen können, er sei an diesem Aufruhr nicht beteiligt gewesen. Siegte aber Redesdale... Unmöglich, dachte Devon. Die Kundschafter hatten hinterbracht, daß der zusammengewürfelte Haufen, der da in der Hoffnung auf irgendwelche Beute nach Süden strömte, geradezu erbärmlich bewaffnet sei. Wenn Warwick nicht mehr hinter sich hatte, dann war er nicht zu fürchten. Devon, der mit einer Kusine Elisabeth Woodvilles verheiratet war und erst vor kurzem die Grafschaft Devon vom König erhalten hatte, horchte auf den niederströmenden Regen. Verdammt, das hörte nicht auf zu regnen. Unablässig prasselte es auf das Zeltdach, so daß die Kälte durch die Leinwand drang. Und ein großer Teil seiner Bogenschützen, so wußte Devon, hatte nicht einmal ein nasses Zelt über dem Kopf, obwohl er Befehl gegeben hatte, daß alle Offiziere Mannschaft bei sich aufnehmen müßten. Am Fußende von Devons Bett lagen auch seine Knappen und Ordonnanzen.

Devon fuhr plötzlich auf. Er mußte geschlafen haben, ohne es zu merken. Was war los? Dämmerte schon der Morgen? Grau schimmerte es durch die schlechtgeflickten Ritzen des alten Zeltes. Ein Mann stand da mit wirrem Haar und zerrissenem Wams, Blut im Gesicht und an den Händen. »Redesdale hat uns in Banbury überfallen!« schrie er verstört. »Die ganze Ortschaft steht in Flammen! Pembroke kämpft wie ein Löwe! Die Feinde sind zahllos wie der Sand am Meer!«

Devon wußte nicht, wie er in seine Rüstung gekommen war. Er dachte nur immer dasselbe: Er hat keine Bogenschützen. Pembroke hat überhaupt keine Bogenschützen! Um Himmels willen, ich muß mich beeilen.

Jedoch das Schicksal Pembrokes war schon besiegelt. Als Devon mitten auf dem Gelände anhalten ließ, um zu wenden und sich in Sicherheit zu bringen, nachdem es keinen Zweck mehr hatte, in den Kampf einzugreifen, tauchten plötzlich Reiter hinter einem Gehölz auf. Wimpel flatterten und Gebrüll stob auf. Devon erkannte die Zeichen: Das war Warwick selbst mit seinen Reitern. Die Hölle mußte sie ausgespien haben. Devon war gefangengenommen, ehe er es sich versah.

Warwick triumphierte. Zwei Feinde in der Hand, die er haßte wie die Sünde. Er ließ zwischen den brennenden Häusern von Banbury unverzüglich das Schafott aufschlagen, ein paar Bretter über Fässern. Wer weg war von dieser Woodville-Brut, war weg. Warwick hatte lange genug Schlachten geschlagen und Politik getrieben, um zu wissen, wie man im gegebenen Augenblick handeln mußte. Es war allgemeiner Brauch, Feinde, die immer Feinde bleiben würden, einfach köpfen zu lassen, wenn sie einem in die Hände fielen. Bei einigen konnte man ja Überlegungen anstellen, ob man sie nach Ableistung eines Treueides großmütig begnadigen sollte, vielleicht auch nach Entrichtung eines gewissen Lösegeldes. Dabei hatte Warwick jedoch oft erlebt, daß Großmut Dummheit gewesen war und der Treueid eines Besiegten ein Meineid. Im Falle des Grafen von Pembroke, der ihn so oft beleidigt hatte, war Warwick nicht im Zweifel. Der Mann mußte sterben, so tapfer er auch gewesen war. Er hatte Warwick fürwahr oft genug beim König verleumdet, und es war nicht schwer, einen Rechtsgrund gegen Pembroke zu finden. Was Devon anlangte, diesen habgierigen Günstling der Königin, der sich seine Grafschaft mit soviel unlauteren Machenschaften erschlichen hatte – beim Himmel, Pembroke und Devon erwarteten sicher gar nichts anderes als den Tod. Sie waren sich ja wohl klar darüber, was sie ihrerseits mit Warwick getan hätten, wenn Gott auf den Gedanken gekommen wäre, den Sieg an Pembroke zu verschenken.

Die beiden Verurteilten sprachen kein Wort miteinander, als sie im Keller des halb abgebrannten Rathauses auf ihre Hinrichtung warten mußten. Pembroke war gestattet worden, einen Abschiedsbrief an seine Frau zu schreiben, und Devon stand am vergitterten Fenster und starrte auf die Straße hinaus. Das Fenster lag hoch, und er konnte nur die Füße der Vorübergehenden sehen. Der ganze Raum war von Brandgeruch erfüllt, und immer noch hörte man Schreie irgendwo in der Gegend. Die Sieger tobten sich aus und plünderten, was ihnen in die Hände fiel. Was konnte Banbury dafür, daß Pembroke in seinen Häusern übernachtet hatte.

Pembroke schrieb. Devon drehte ihm den Rücken zu. Hätten sie sich nicht gestern um die Quartiere gestritten und so weit voneinander entfernt gelagert, wäre dieses Unglück heute wahrscheinlich nicht geschehen. An welch dünnem Faden hing doch das Leben eines Menschen! Wie langsam Pembroke schrieb. Er war so glücklich verheiratet gewesen. Alle wußten es, daß Pembroke glücklich verheiratet war. Was würde Lady Pembroke sagen, wenn sie den Abschiedsbrief ihres Gatten erhielt?

Devon kaute auf einem Fetzen Leder, den er sich vom Koller abgerissen hatte. Der Priester war schon dagewesen und Devon hatte gebeichtet und die Heilige Kommunion empfangen. Schweigend ging er zehn Minuten später an der Seite Pembrokes zum Richtplatz hinaus.

König Eduard befand sich um diese Zeit in der Nähe von Olney. Er hatte Elisabeth auf Schloß Fotheringhay zurückgelassen und hoffte spätestens morgen mit Pembroke und Devon zusammenzutreffen. Da die Aussagen der verschiedenen Kundschafter, die er ausgeschickt hatte, so widersprüchlich waren, wußte er im Augenblick nicht, wo sich der Rebellenhaufen wirklich aufhielt, bis in Olney erschrockene und entsetzte Flüchtlinge eintrafen und von der Niederlage bei Banbury berichteten. Pembroke und Devon geschlagen! Bei allen Teufeln der Hölle, das gab es doch nicht! Und der Haufen unter Robin of Redesdale, der sich nun dem König entgegenwälzte, war so groß, daß man ihn nicht

zählen konnte! Eduard blickte sich um. Die Herren seiner Begleitung waren ein wenig erbleicht. Lord Rivers, sein Schwiegervater, Johnny und Anthony Woodville, Elisabeths Brüder, Hastings, und alle die anderen bis hinunter zu Richard, Richard sah am gleichmütigsten aus. Er war vom Glück nicht allzu verwöhnt.
Eduard dachte nicht lange nach. Er hatte keine Lust, sein kleines Heer, das unweigerlich geschlagen würde, in den Kampf zu führen. Dinge, die sinnlos waren, tat Eduard nicht. Er befahl seinen Begleitern, mit ihren Abteilungen abzuziehen und sich eiligst zu zerstreuen. Wenn sie heimliche Wege gingen, würden sie in ihren eigenen Ländern oder bei Freunden Zuflucht finden, und dann konnte man abwarten, wie sich die Dinge weiter entwickelten. Eduard selbst wollte zunächst einmal versuchen, sich nach London durchzuschlagen, um die Stadt gegen Warwick zu halten. Richard sollte bei ihm bleiben.
Aber der König kam nicht weit über Olney hinaus. Zwischen Morast und Wald wurde er plötzlich von Reitern umringt. Sie trugen die Farben des Erzbischofs von York. Und da stand er schon selbst, groß und im Gewand des Kriegers: der Bruder Warwicks, ehemals Lordkanzler und Großsiegelbewahrer, und lächelte höflich. »Mylord«, sagte er, »dieser Weg, den Euer Gnaden da reiten, ist ganz und gar abscheulich. Er verliert sich am Ende in Sumpf und Gestrüpp. Ich würde Mylord sehr empfehlen, sich meiner Führung anzuvertrauen. Wahrhaftig, ich glaube, der Regen hört jetzt auf.«
Eduard war gefangen, er war sich klar darüber. Und da es schnell ging, hatten sie auch von seinen Begleitern sicher noch den einen oder anderen erwischt. Eduard fluchte durch die Zähne. Aber er machte gute Miene zum bösen Spiel, und an einem heißen Augusttag, an dem die Sonne vom Himmel brannte, stand er im Ratsaal von Coventry, wo Warwick mit seinen Anhängern sein vorübergehendes Hauptquartier aufgeschlagen hatte.
Warwick wirkte wie ein Rächer in dem großen Audienzsaal von Sankt Marys Hall, während Georg, Herzog von Clarence, aufge-

regt hin und her lief. Die anderen Freunde Warwicks und der Erzbischof von York, der den König hierhergebracht hatte, setzten sich. Man bot auch dem König Platz an.

Eduard war nach außen hin ziemlich gelassen. »Darf ich wissen, meine Herren«, fragte er, »wer außer mir sich in Eurer Hand befindet? Pembroke wahrscheinlich... und Devon. Wo sind sie?«

»Pembroke ist tot«, erwiderte Warwick kalt, »und Devon auch. Sir Thomas Herbert wird in Bristol zum Richtblock gehen. Und für Graf Rivers und dessen Sohn ist draußen vor dem Tor der letzte Weg geebnet. Sie werden in einer Stunde sterben, und wir wollen Eurer Hoheit den Anblick des Schauspiels nicht vorenthalten. Über die anderen Herren in unserer Hand haben wir noch nicht entschieden.«

Eduard verzog keinen Muskel in seinem glatten Gesicht. Über die anderen hatte er noch nicht entschieden, dieser lächerliche Sieger. Denn natürlich hatte er keine anderen Herren mehr in seiner Hand, das war doch klar. Eduard tat, als durchschaue er Warwick nicht. »Für Graf Rivers«, sagte er höflich, »bitte ich um Gnade. Er ist mein Schwiegervater. Und welchen seiner Söhne habt Ihr in der Hand? Lord Scales?«

»Leider nein, es ist Sir John.«

»Der arme Johnny!« rief Eduard und vergaß seine Haltung. »Lieber Warwick, Ihr könnt doch meinen Schwiegervater nicht ermorden und noch weniger Elisabeths Lieblingsbruder John!«

»Ich kann«, erwiderte Warwick kühl, »und ich muß. Es ist ein Erfordernis der Stunde. Außerdem haben sie den Tod verdient.«

»Und was habt Ihr mit mir vor?« fragte Eduard und senkte den Blick auf seine Fingernägel.

Warwick erwiderte, darüber könnte man verhandeln, wenn sie sich durch das kleine Vergnügen vor dem Tor gestärkt hätten. Wenn der König bereit wäre, könnte man vielleicht schon auf der Tribüne Platz nehmen.

Eduard wurde ärgerlich. »Laßt das, Warwick. Ihr könnt mich

nicht zwingen, der Hinrichtung von Elisabeths Vater zuzusehen.«
»Vielleicht würde die Königin später einmal gern über die letzten Augenblicke ihres Vaters von Euch erfahren.«
»Ich gehe nicht!«
»Gut, wie Ihr wollt. Es hätte nur – unter Umständen – die Verhandlungen zwischen Euch und uns ein wenig erleichtert.«
»Denkt Ihr vielleicht, Ihr könnt mich einschüchtern, weil ein alter Mann sterben muß, oder der arme Johnny, der immer darauf gewartet hat, daß sein Weib, das so alt ist, daß es seine Großmutter hätte sein können, zum Himmel fährt. Solche Dinge sind Gottes Wille. Und an Blut bin ich gewöhnt. Bei Towton war die blutigste Schlacht der Geschichte Englands, und ich habe sie und damit die Krone gewonnen ... Großer Gott, Warwick, wollt Ihr jetzt statt meiner auf dem Samtkissen des Thrones sitzen? Es ist nicht ganz so weich, wie die Danebenstehenden glauben. Wir waren einst Kameraden ...«
Warwick erwiderte beherrscht, daß er sich dessen bewußt wäre, trotz seiner Vorfahren kein Anrecht auf die Krone zu haben. Zwar hätte sein Eidam, der Herzog von Clarence, ein solches Recht, aber sie wären keine Thronräuber. Und besonders er, Graf Warwick, denke nicht daran, König Eduard, für dessen Erhebung er einmal soviel Opfer gebracht hätte, Schlachten geschlagen, Freunde verloren, Geld hingegeben, nun von seinem Platz zu verdrängen.
»Was wollt Ihr dann?« rief Eduard.
Graf Warwick erwiderte, daß es genau genommen um das Herz des Königs ginge.
»Papperlapapp«, winkte Eduard ab.
Warwick erklärte, daß es nicht gut wäre für das Land, wenn sich gewisse Rechte in den Händen von Leuten befänden, die nicht geeignet waren, von diesen Rechten Gebrauch zu machen. Derartige Dinge schufen Unzufriedenheit im Land und schadeten dem König.

»Ich verstehe«, sagte Eduard heiter.
»Wir haben aufgeschrieben, welche Verschiebung von Ämtern wir uns vorstellen, welche Privilegien in falschen Händen sind und welche schädlichen Einflüsse unserer Meinung nach zurückgedrängt werden müssen, um die Regierung beim Volk beliebt zu machen – zum Wohl des Königs.«
»Sehr gut«, knurrte Eduard. »Zeigt her!«
»Wir haben uns erlaubt«, sagte Warwick, »gewisse Ernennungen aufzusetzen und Urkunden vorzubereiten über eine Anzahl von Entlassungen ...«
»Ich unterschreibe«, erklärte Eduard.
»Euer Gnaden können sich Zeit lassen mit dem Durchlesen«, meinte Warwick, aber Eduard unterbrach ihn lachend.
»Nicht nötig. Ich unterschreibe. Ich unterschreibe alles, nur nicht mein Todesurteil.«
Dann las er doch jede Zeile sehr sorgfältig durch. Unter der holzgetäfelten Decke des Rathauses flog die ganze Zeit eine Wespe hin und her, und Georg, der das Fenster geöffnet hatte, damit sie hinausfliegen sollte, was sie jedoch nicht tat, platzte fast vor Erregung. Waren sie jetzt bald fertig dort am Tisch? Keines Blickes hatte der König ihn gewürdigt die ganze Zeit. Er hatte getan, als wäre Georg Luft für ihn. Aber der Hochmut war ja die einzige Waffe des Besiegten. Gott sei Dank, dachte Georg, daß es so schnell gegangen war. Er befand sich ja zur Zeit in den Flitterwochen, ohne daß er bisher so recht in deren Genuß gekommen wäre. Denn gleich nach der Rückkehr von Calais hatte er zulassen müssen, daß sein junges Weib nach Middleham gebracht wurde. Hinter den dicken Mauern seines Schlosses glaubte Warwick seine Töchter am sichersten, konnte doch kein Mensch ahnen, wie bald das Glück ihnen schon hold sein würde. Georg hatte vor, schnurstracks in Isabellas Arme zu reiten, wenn die Dinge hier günstig geregelt waren. Allerdings, fand er, sahen sie nun nicht ganz so günstig aus, wie er erwartet hatte.
Als König Eduard in ein Zimmer gebracht wurde, wo er ruhen

konnte, und vor dem Wachen aufgestellt wurden, suchte Georg seinen Schwiegervater auf.

Warwick stand in dem Raum, den ihm der Bürgermeister von Coventry zur Verfügung gestellt hatte, am Fenster und starrte auf die Spitzbogen der Kirche. Hier, in dieser Stadt, dachte Warwick und versuchte den zitternden Triumph in seinem Inneren zu unterdrücken, ritt einst Lady Godiva nackt auf einem Pferd durch die Straßen und erfüllte damit die Bedingung, die ihr harter Gemahl gestellt hatte, damit er die Bedingungen streichen würde, die er der Stadt auferlegt hatte. Und die ganze Bevölkerung schloß die Läden der Häuser und starrte in einen dunklen Winkel, während die Nackte vorüberritt. Nur ein einziger Mann begaffte die Schönheit. Zur Strafe erblindete er. Wahrscheinlich, dachte Warwick, stachen ihm ein paar Eiferer hinterher die Augen aus. Da trat Georg ins Zimmer, und Warwick drehte sich zu seinem Eidam um. »Was gibts?« fragte er. »Setz dich... nimm Platz.«

Georg hockte sich auf den Tisch und ließ das eine Bein baumeln. »Ich will nur wissen«, sagte er, »wie die Sache weitergeht. So höflich, wie ihr alle zu Eduard gewesen seid, sieht es beinahe aus, als würde er in Kürze schon wieder in London sein. Eigentlich habe ich mir das alles anders vorgestellt.«

Warwick erwiderte, daß man einen König, der mit Zustimmung des Parlaments auf dem Thron säße, nicht herunterstoßen könnte, um einen anderen hinaufzusetzen, wenn man nicht mehr hinter sich hätte als sie zur Zeit. Daß der König in ihrer Hand war, sei ein Glücksfall.

»Du hattest mir zugesagt«, versetzte Georg heftig, »daß ich als Bruder Eduards... und da Eduard bisher keinen Sohn...« Aber er konnte nicht weiterreden, denn Warwick unterbrach ihn schon.

»Zum Teufel, wir können doch nichts über das Knie brechen«, rief er unwillig, und Georg duckte sich unwillkürlich. »Zunächst müssen wir abwarten.« Und Warwick führte aus, daß man, nachdem Eduard in ihren Händen, war ja bald sehen würde, wer gewillt war, sich auf Warwicks Seite zu schlagen, und wer dem König die Treue hielt. Ehe man nicht wußte, was das Haus der Lords und der Gemeinen in London angesichts der geschaffenen Tatsachen tun würde, und ehe man nicht mehr Truppen hatte als nur die paar eigenen Leute und den Rebellenhaufen von Robin of Redesdale, mußte man mit aller Vorsicht operieren. »Keiner von uns will als Hochverräter am Galgen hängen!« rief Warwick, und seine Stimme war so laut, daß Georg den Kopf einzog und in die Ecke ging, wo auf einer Anrichte ein Krug mit Wein stand. Er trank ihn aus, ohne abzusetzen. Dann rannte er hinaus und warf die Tür hinter sich zu.

Erst auf dem Marktplatz, wo das Gerüst aufgebaut war, auf dem der ehemalige Schatzmeister des Reiches, Lord Rivers, und sein Sohn, John Woodville, hingerichtet werden sollten, beruhigte sich Georg. Die Bänke waren schon ziemlich besetzt, und er nahm auf der vordersten Reihe Platz. Neben dem Erzbischof von York saß Richard. Der Erzbischof, der den König gefangengenommen hatte und mit diesem auch den Herzog von Gloucester, hatte Richard mit auf den Marktplatz genommen. Auf dem Kopfsteinpflaster drängte sich das Volk von Coventry.

Richard wußte nicht recht, ob er nun auch ein Gefangener war, oder gehen konnte, wohin er wollte. Das Zimmer, in dem er die letzten Stunden verbracht hatte, war nicht versperrt gewesen. Anscheinend hatte Warwick den Auftrag gegeben, Richard gut zuzureden und zu versuchen, ihn auf seine Seite zu ziehen, was Georg allerdings schon einmal vergeblich versucht hatte.

Richard hatte bisher noch keiner Hinrichtung beigewohnt. In der Erwartung spürte er ein seltsames Prickeln, dessen er sich schämte. Nicht daß er noch keine Toten gesehen hätte. Den ersten hatte man ihm gezeigt, als er fünf Jahre alt gewesen war. Es war auf Schloß Fotheringhay gewesen, wo er geboren war und die ersten Jahre seiner Kindheit verbracht hatte. Es war irgendein alter Verwandter gewesen, den man in der Kapelle aufgebahrt

hatte und dessen Gesicht ausgesehen hatte wie Wachs. Richard hatte geglaubt, es müßte anfangen zu schmelzen unter den vielen heißen Kerzen. Später häuften sich diese Anblicke, und auf Schloß Ludlow sah er auch Tote aus den Scharmützeln seines Vaters. Die Verwundeten, die sich damals hinter den Mauern des Schlosses in Sicherheit brachten, starben ja wie die Fliegen am Wundfieber. Die jungen Burschen, verwegenen Männer und abgearbeiteten Bauern, die da hinter den Ställen lagen, sahen alle aus, als schliefen sie nur, und Richard war entsetzt, als man auf dem Friedhof Erde über ihre Gesichter schaufelte. Sie mußten doch jeden Augenblick wieder erwachen. Tote also hatte er bereits genug gesehen, aber noch keinen Menschen auf dem Schafott sterben.
Rivers wurde zuerst gebracht. Der Vater der Königin, dem man die Hände auf den Rücken gebunden hatte und dessen graues Haar verfilzt wirkte seit seiner Gefangennahme, schritt rasch heran. Er sah aus, als beiße er die Zähne aufeinander, so verkrampft wirkten seine Backenmuskeln. Offensichtlich kämpfte er um Fassung, nachdem ganz Coventry seinem Tode zusah. Richard hatte ein Gefühl der Schwäche in seinen Beinen und ärgerte sich darüber. Kein Mensch ringsum sah aus, als wäre er schwach, und Georg wirkte geradezu aufgeräumt. Er hatte derlei ja auch schon öfter gesehen, als er gegen die letzten Reste der Lancasters gekämpft hatte. Allein in Hexham waren damals achtundzwanzig hintereinander auf König Eduards Befehl geköpft worden. Georg hatte davon auf Schloß Middleham erzählt. John Tiptoft, der Schlächter von England, hatte ihnen das Urteil gesprochen. Diesmal hieß der Richter Warwick.
Die Sache ging im übrigen sehr schnell. Man riß dem Verurteilten den Kragen vom Wams, öffnete ihm das Hemd und zwang ihn niederzuknien. Dann zischte schon das Schwert des Scharfrichters durch die Luft. Es sang fast ein bißchen. Zweimal schlug der Scharfrichter zu. Er war ein kräftiger Kerl, und beim zweiten Hieb fiel schon der Kopf auf die Planken. Das Volk

murmelte Beifall. Rivers' Körper war umgekippt, und die Knechte rollten ihn zur Seite. Dann schoben sie John Woodville nach vorn.

Richard preßte die Lippen aufeinander. Wie sah Johnny bloß aus! Weiß wie ein Ziegenkäse war sein Gesicht, und er schlotterte in seinem Gewand. Johnny Woodville war der Lieblingsbruder der Königin und ähnelte Elisabeth bis aufs Haar. Er war dreiundzwanzig, und seit vier Jahren wartete er darauf, daß die sechsundfünfzigjährige Herzogin, mit der man ihn verheiratet hatte, damit er einst ihr riesiges Vermögen erbe, sterben würde. Sie hatte ihm den Gefallen jedoch nicht getan, sondern stets eifersüchtig darauf geachtet, daß er niemals zu einem Seitensprung kam, war sie doch in ihn verliebt. Johnny stand da auf den Bohlen des Gerüsts und schien es nicht glauben zu wollen, daß sein Leben zu Ende war, noch ehe er es überhaupt gelebt hatte. Als ihn die Knechte nach vorn schoben und sein Fuß in die Blutlache geriet, die von seinem Vater stammte, stieß er einen Schrei aus, »Warwick!« schrie er. Als er jedoch Warwick nicht gleich sah, irrte sein Blick zu Georg. »Clarence!« stammelte er. »Gnade, Clarence!« Es sah aus, als wollte er seine Hände flehentlich erheben, aber sie waren zusammengebunden.

Die Knechte zwangen ihn in die Knie. Er wehrte sich mit seinem ganzen Körper und biß um sich. »Gnade!« schrie er. »Gnade! Was habe ich getan? Welches Verbrechen habe ich begangen? Kein anderes, als daß ich ein Bruder der Königin bin!« Man zerrte ihm den Kittel vom Hals und entblößte seine Schultern. Sie waren weiß wie bei einem Mädchen. »Clarence«, schluchzte er, »Warwick!«

Aus den Augenwinkeln sah Richard die Gesichter der Zuschauer. Aufgerissen waren ihre Lider, offen die Mäuler, als könnten sie die Tränen des Verurteilten trinken. Und Richard erfaßte ein Schauer. Sah er auch so aus? Lieber Himmel, sah er auch so aus, erfüllt von der Lust am Grauen?

Johnny Woodville weinte. Ein Priester hob das Kreuz vor ihm, murmelte von Gott und der Seligkeit des Paradieses. Der Scharfrichter schob mit einer lässigen Bewegung den Körper des Verurteilten zurecht. Dann zischte das Schwert. Es verfing sich in Johnnys langem Haar und glitt ab. Der zweite Hieb brachte ihm eine Wunde bei. Rot klaffte sie im Nacken. Aber Johnny schien sie nicht zu spüren. Mit aufgerissenen Augen, aus denen die Tränen rannen, kniete er im Blut seines Vaters. Der dritte Schlag vergrößerte die Wunde am Hals. Blut stürzte hervor, mischte sich mit dem auf dem Boden. Johnnys Augen weinten. Warum fällt er nur nicht, dachte Richard entsetzt. Der vierte Hieb zerschlug die Wirbel. Der Kopf sank zur Seite. An einem Fleischlappen hing er noch. Der fünfte Hieb trennte ihn endlich vom Rumpf. Da ging ein Aufatmen über den Platz.

Richard taumelte hoch. Es war ihm übel. Zum Teufel, wenn er sich übergab, würde Georg über ihn lachen. War er denn noch immer kein Mann? Johnny Woodvilles Kopf wurde auf einen Spieß gesteckt. Der Wind fuhr darüber hin und trocknete die Tränen. Das Gesicht ähnelte noch immer dem von Elisabeth Woodville. Johnny war ihr Liebling gewesen. Großer Sankt Patrick, dachte Richard erschreckt, was wird die Königin tun, wenn sie dies hier erfährt. Der Schlag muß sie treffen. Aber nein, sie war zäh! Doch der Haß würde sie von nun an beherrschen. Und wenn sie das Leben behielt, würde sie es der Aufgabe weihen, die Ihren zu rächen, zu rächen an Warwick und seiner ganzen Familie. Gott, oh Gott, betete Richard verstört, beschütze Ann! Beschütze sie!

*

Über die Türme und Wehrgänge von Burg Middleham zogen die Stürme des Herbstes, legte sich der Schnee eines kalten Winters, glitzerte die Märzsonne. Die Zugbrücke ging häufig nieder, die Tore öffneten sich, und dann zogen Reiter unter dem steinernen Wappen hindurch, das über dem Eingang prangte. Immerzu wurden neue Nachrichten ins Schloß gebracht. Ann kam nicht

dazu, die Altardecke fertigzumachen, die sie auf dem Stickrahmen hatte.
Als Warwick darangegangen war, seine Pläne gegen König Eduard in die Tat umzusetzen, hatte er Ann vom Hof genommen, und seitdem rissen die Ereignisse nicht mehr ab. Ann hatte das Gefühl, als stünde die Welt kopf. Als wenige Wochen nach Ann auch Isabella auf Schloß Middleham eintraf, war sie schon verheiratet, und Ann war untröstlich, daß sie nicht hatte dabei sein können bei der Festlichkeit.
»Sag, Isabella, wie war es? Erzähl', wie es gewesen ist! Fünf Hosenbandritter waren Zeugen, ich habe es schon gehört. Und der Onkel Erzbischof hat einen puterroten Kopf gehabt vor Aufregung, und der Earl von Oxford hat geschwitzt, daß ihm das Wasser herunterlief, weil es so heiß war. Und weiter, weiter!«
Es war Nacht, und sie lag im Bett neben der Schwester.
»Weiter, weiter«, bohrte Ann. »Bist du jetzt glücklich?« Sie lag nackt im Bett, denn es war Sommer, und die kleine Öllampe, die in einem Ring unter der Balkendecke der Kemenate hing, war gelöscht worden.
»Was heißt glücklich . . .«, entgegnete Isabella und reckte ihren Körper, daß sich ihr blondes Haar auf dem Kopfpolster ausbreitete.
»Aber Isabella, nun bist du Herzogin! Und bald, bald wirst du Königin sein. Da mußt du dich doch glücklich fühlen!« Anns Stimme zitterte ein wenig. Ja, Königin würde Isabella sein. Wenn Eduard besiegt und zur Abdankung gezwungen war und man die Hexe Elisabeth Woodville mitsamt ihrem Anhang zum Teufel gejagt hatte, dann würde Clarence König werden und Isabella Königin. Ann fühlte Neid in sich aufsteigen und schluckte ihn hinunter. Wie konnte sie neidisch sein. Sie liebte doch ihre Schwester. Ann bemühte sich eilig, etwas anderes zu denken. »Sag'«, flüsterte sie, »wie war es. Du hast es immer noch nicht genau erzählt.«
»Was denn? Was?«

»Die Hochzeit in Calais . . . !« rief Ann und richtete sich auf dem Ellenbogen hoch, und ihre Glieder schimmerten unter dem Mondlicht, das ins Zimmer drang.
Isabella erwiderte, daß sie es doch schon gesagt hätte. Es wäre ein fürchterlich heißer Tag gewesen. Und Georg hätte so Durst gehabt, daß er unentwegt getrunken habe. Den ganzen Tag Malvasier.
»Und dann?« fragte Ann erregt. »Und dann?«
»Dann war er so betrunken, daß er kaum mehr stehen konnte«, erzählte Isabella. Als sie unter den erhobenen Schwertern der Ritter zum Brautgemach geleitet worden waren, hätte man ihn ziehen müssen.
Ann schauderte und kroch unter die Bettdecke zurück. »Und dann?« fragte sie fröstelnd.
»Dann nahm er mir den Kopfschmuck ab«, erwiderte Isabella, und der Ärger, den sie damals empfunden haben mochte, schien wieder hochzusteigen. »Und das Diadem fiel ihm fast aus der Hand.«
»Und dann?« bohrte Ann.
Aber Isabella erzählte jetzt von dem juwelengeschmückten Reif, den sie getragen und der einer Krone geglichen hätte, als wäre sie schon Königin.
Ann drängte weiter: »Und dann? Erzähl, wie es weiterging.«
»Mein Gott, dann hat er gespien!« erwiderte Isabella heftig, »und die seidene Bettdecke beschmutzt, und ich habe mich vor den zwei Knappen der Wache geschämt, die er hereinrief, um sauber zu machen.«
»Und dann?« Anns Lippen standen halb offen.
»Dann habe ich ihn ein Schwein genannt und geweint.«
»Und dann?«
»Ach, sei nicht so neugierig. Du bist ja schrecklich.«
»Dann hat er dich geküßt, nicht wahr?« Ann kroch wieder unter der Bettdecke hervor. »Dann hat er dich versöhnt und getröstet. Sag', wie das war. Bitte, sag es mir doch.«

Aber Isabella wollte es nicht sagen und schwieg. Und in der nächsten Nacht schliefen sie nicht mehr zusammen. Denn Georg war auf Schloß Middleham eingetroffen und hatte den König mitgebracht, der zwar verschiedene Unterschriften in Coventry geleistet hatte, aber sich in Middleham wohl nach den Verhandlungen am besten erholen konnte.

Eduard tat jedenfalls, als wäre er kein Gefangener, sondern hoher Besuch. Er kitzelte Ann unter dem Kinn, meinte, sie würde immer schöner werden, und begab sich in die Räume, die man ihm zuwies. Er wartete. Er ging auf den Söller hinaus, blickte über die Moore, trat wieder ins Zimmer zurück und wartete. Und allzulange mußte er nicht warten. Das englische Volk war empört über die Festnahme des Königs, in London schlug der Pöbel die Fenster von Warwicks Stadthaus ein, und Herzog Karl der Kühne von Burgund schickte eine Botschaft, daß er hoffe, bald wieder gute Nachrichten von seinem Schwager zu erhalten. Als zuletzt auch noch die lange Zeit niedergehaltenen Lancasters die Wirren benützen wollten, um Boden zu gewinnen, Warwick aber keine Truppen dagegen fand, ehe der König nicht frei war, mußte er sich entschließen, Eduard nach London zurückkehren zu lassen, obwohl Georg nichts davon wissen wollte. Aber Warwick machte seinem Eidam klar, daß die Äpfel eben noch nicht reif genug wären. Vorerst müßte man sich mit den Zugeständnissen von Coventry begnügen.

Als der Winter kam, lag Middleham still und wie verlassen. Nur die Frauen waren noch dort und die Burgbesatzung. Aber die schweren Ketten der Zugbrücke standen nicht still. Immer wieder kam ein Kurier, der eine Nachricht brachte. Und Ann konnte nicht stillsitzen vor ihrem Stickrahmen.

Es waren harmlose Nachrichten zuerst, die eintrafen. König Eduard sei sehr freundlich zu Warwick und Clarence. König Eduard habe seinen Bruder Richard geehrt und trotz dessen Jugend auf Lebenszeit zum Konnetabel von England ernannt.

»Donnerwetter«, rief Ann erstaunt. »Dieses Amt hat doch Graf

Rivers innegehabt, der Vater der Königin. Und soviel ich weiß, sollte es nach dessen Tod sein Sohn Anthony, Lord Scales, erhalten.«

Die Gräfin Warwick klärte Ann darüber auf, daß der König sich in Coventry bereit erklärt hätte, den Einfluß der Familie Woodville zu verkleinern. Und der Kurier, der die Nachricht gebracht hatte, ein schmaler Ritter mit braunem Gesicht, erzählte, daß Lord Scales entschädigt und zum Gouverneur von Calais ernannt worden sei. Im übrigen hätte Anthony ja nach dem Tode seines Vaters dessen Titel geerbt und heiße nun Graf Rivers.

Isabella meinte, wenn der neue Graf Rivers im letzten Jahr schon Gouverneur von Calais gewesen wäre, hätte sie anderswo Hochzeit halten müssen. Sie wollte wissen, was die Königin zum Tod ihres Vaters gesagt hätte und zum Tod ihres Bruders Johnny? Aber der braungesichtige Ritter wußte es nicht.

»Das kannst du dir doch denken«, zischte Ann, die jetzt in den Nächten wieder bei Isabella im Bett lag. »Sie hat unserem Vater Rache geschworen und deinem Gemahl Georg auch. Und wenn sie ihren Vater so geliebt hat wie wir den unseren ...«

»Ihren Bruder Johnny hat sie bestimmt geliebt«, flüsterte Isabella. »Das weiß ich. Sie hat ihn immer so zärtlich geküßt, wenn er sie besucht hat. Ich habe es ein paarmal gesehen, als ich bei Hof war.« Isabella lag auf dem Rücken, und es war ihr nicht sonderlich gut. Die Schwangerschaft machte ihr Beschwerden. Sie war so rasch nach der Hochzeit in andere Umstände gekommen, daß Georg sie ein gutes Weib genannt hatte. Er wünschte sich natürlich einen Sohn.

»Ich weiß es auch«, erklärte Ann. »Und da kannst du dir doch denken, daß Elisabeth Woodville krank sein muß vor Haß auf uns alle.«

»Vater hätte das nicht tun dürfen«, klagte Isabella leise. »So hart zu sein. Johnny soll geweint haben, als er sterben mußte. Er war erst dreiundzwanzig Jahre alt.« Isabella dachte, daß Georg ärgerlich sein würde, wenn sie keinen Sohn, sondern eine Tochter bekam. Und wenn er ärgerlich war, pflegte er sich zu betrinken. Das heißt, er betrank sich auch, wenn er sich freute, und von ihm würde sie nie einen Pergamentstreifen zugesteckt erhalten mit einem zärtlichen Lied über die Minne. Ob er ihr noch einmal eine Ballade schenken würde, die er selbst gedichtet hatte, Lord Scales, der jetzt Graf Rivers geworden war? Niemals, denn ihr Vater hatte seinen Vater getötet und seinen Bruder. Es war so furchtbar! Dank dem Himmel, daß sie nie leichtsinnig gewesen war und getan hatte, wonach es sie eigentlich verlangte. Wo sie so rasch in andere Umstände kam!

Ann nickte. »Eigentlich sah Johnny immer aus wie ein Mädchen«, sagte sie. »Findest du nicht? Ganz anders als Anthony. Mein Gott, und er hatte noch nicht das geringste Liebesglück erlebt. Schrecklich, nicht wahr? Aber Vater wird gewußt haben, was er tat. Du darfst ihm keine Vorwürfe machen, das leide ich nicht. Was verstehen wir von Männersachen? Seiner Feinde muß man sich entledigen. Das ist eine alte Gepflogenheit. Stell dir doch vor, wenn die anderen unseren Vater gefangen hätten. Hieltest du es aus, seinen Kopf irgendwo aufgespießt zu sehen? Ich ginge zugrunde. Oh, Isabella, was wird noch alles geschehen? Nun ist Eduard wieder in London, und der Vater hat sich mit ihm versöhnt. Aber ich glaube nicht, daß die Versöhnung echt ist. Du wirst noch eine Weile warten müssen, bis du Königin wirst!«

»Ich will gar nicht Königin werden!« sagte Isabella gepreßt, »wenn lauter Blut an der Krone klebt.«

»Aber Isabella, es klebt doch kein Blut daran. Sie ist aus Gold und mit Juwelen besetzt und sehr kostbar. Wenn man Königin ist, hat man die Macht, allen, die man liebt, Gutes zu tun. Und niemals braucht man mehr im Gedränge zu gehen. Man kann sich alle Wünsche erfüllen und essen, was man will. Und diese Kleider, die man tragen darf – mit riesigen Schleppen! Ach, und Smaragde habe ich so gern! Ich verstehe dich nicht, daß du nicht Königin werden willst. Wegen Johnny Woodville? Ach, eigentlich war er doch gar nichts wert.«

»Du bist noch ein solches Kind, Ann« sagte Isabella tadelnd. »Weißt du nicht, daß es sündhaft ist, so viele Wünsche zu haben? Das mußt du deinem Beichtvater gestehen.«
»Aber ich kann doch nichts dafür, wenn ich Wünsche habe!« rief Ann. »Sie fliegen mich an, als kämen sie aus der Luft!«
»Sie kommen vom Teufel«, sagte Isabella still. »Der Teufel versucht uns, dich und mich.«
Ann schürzte die Lippen und lag einen Moment erschrocken still. Dann kam ihr ein Gedanke und sie fuhr schon wieder hoch. »Mein Gott, Isabella, hast du schon darüber nachgedacht, was geschieht, wenn Elisabeth Woodville nun an Vater und uns allen Rache nimmt, indem sie uns einfach verhext – nachdem sie doch eine Hexe ist, wie die Leute sagen!«
»Ich möchte wissen, wie sie das tun will, nachdem wir in Middleham sind«, meinte Isabella und legte sich die Hände auf den Leib. Es rührte sich schon ganz deutlich, das Kind, das sie erwartete.
Ann erklärte, daß man nur einen gewissen Spruch kennen müsse. Und wenn man dann eine Puppe anfertige, die aussähe wie der Mensch, den man verhexen wolle ...«
»Woher hast du denn das?«
»Ich habe es gehört. Ich weiß nicht, von wem.«
»Ich kann mir's schon denken: von Ankarette. Aber Anka ist doch dumm wie ein Esel.«
»Das ist sie nicht. Und was sie gesagt hat, wissen noch mehr. Man muß nur eine Puppe haben. Und wenn man den Zauberspruch kennt und den Teufel hinter sich hat, dann braucht man die Puppe bloß zu stechen: in den Leib und ins Herz. Dann stirbt der Mensch, an den man denkt. Sticht man sie ins Gesicht, wird der Mensch blind. Aber man muß den Zauberspruch wissen und den Teufel hinter sich haben. Isabella, ich will nicht blind werden!«
»Du bist ja verrückt«, sagte Isabella zornig, aber sie hielt die Hand auf den Leib und zitterte vor Angst. Es gab soviel unheimliche Dinge auf der Welt!

Als der Winter ins Land kam, waren die Nachrichten nicht mehr ganz so harmlos. Der König hatte seinem Bruder Richard Ämter in Wales übertragen und ihm große Schenkungen an Grundbesitz gemacht, und die Titel, die Richard erhielt, waren in Coventry dem Grafen Warwick zugesagt worden.

»Jetzt besitzt er schon bald mehr als Georg, dein Richard«, bemerkte Isabella sanft. Die Nachrichten, die sonst noch eingetroffen waren, zeigten ganz deutlich, daß der König anfing, die Versprechungen an Warwick und Clarence Zug um Zug wieder zurückzunehmen.

»Was heißt ›mein Richard‹!« fauchte Ann. Sie war mit Isabella im Burggarten, um die paar Rosensträucher zuzudecken.

»Er ist doch dein Troubadour. Wenn er dichten könnte wie Graf Rivers, würde er dir Minnelieder zu Füßen legen. Er ist verliebt in dich.«

»Ich will ihn nicht«, sagte Ann. »Er hält nicht einmal zu uns.« Und bei sich dachte sie, daß ihr davor grauen würde, von ihm berührt zu werden. Er war so hager und klein. Und die eine Schulter ließ er hängen, als wäre sein Rückgrat krumm.

In der Mitte des Winters wurden die Nachrichten allmählich unangenehm. In Lincolnshire waren erneut Unruhen ausgebrochen. Lord Welles, unterstützt von seinem Schwager Dymmock, hatte eine Fehde gegen einen Mann vom Zaun gebrochen, der dem König nahestand, und Eduard war sofort aufgebrochen mit einem Heer und hatte Welles und Dymmock in Haft genommen. Lady Warwick regte sich über die Mitteilung so auf, daß sie sich zwei Tage ins Bett legte, obwohl Ann meinte, die Sache ginge sie doch gar nichts an. Isabella mußte die Schwester aufklären, daß Welles und Dymmock Freunde ihres Vaters wären.

Die nächsten Nachrichten und Gerüchte, die über die Höfe der Burg hinsickerten, verwirrten Ann noch mehr. Was waren das alles für Geschehnisse, draußen in der Welt, und was hatten sie für eine Bedeutung? Der Sohn von Lord Welles warb Truppen an, redeten sie in den Ställen, um seinen Vater zu befreien. In der Backstube erzählte man von Anschlägen an allen Kirchentüren von Lincolnshire, in denen der junge Welles den König verleumde und die Männer zu den Waffen riefe. Weshalb tuschelte man darüber? War es nicht verständlich, wenn der junge Welles seinen Vater befreien wollte? Man erfuhr natürlich bald, daß der König den jungen Welles aufgefordert hätte, sich unverzüglich mit allen seinen Leuten zu unterwerfen, sonst würde er seinen Vater und Dymmock ohne Gnade hinrichten lassen.

Das Frühjahr war selten schön. Die weiten Moore von Middleham blühten bereits in einer verschwenderischen, stillen Pracht. Isabella ging schwer durch die Räume. Manchmal legte sie sich die Hände auf den Leib und wünschte, es möge ein Sohn sein, der sich da bewegte. Aber dann hatte sie wieder Angst davor, es könnte ein Sohn werden. Männer kamen doch nur auf die Welt, um bald zu sterben. »Oder glaubst du, Ann, daß der junge Welles sich nun unterwerfen wird?«

Ann hoffte es. Die Leute erzählten, daß Lord Welles einen flehentlichen Brief an seinen Sohn geschrieben hätte, sich zu ergeben. Der Alte wollte natürlich leben. Ankarette meinte spitz, daß mancher Sohn nichts dagegen hätte, wenn der Vater sterben würde. »Denn die Erbschaft ist einen toten Vater wert.«

Auch in der Schmiede hörte Ann davon reden, daß der junge Welles sich kaum unterwerfen würde, nachdem er mit Hilfe von Warwicks Geld soviel Truppen angeworben hätte, daß er den König mit Leichtigkeit besiegen könnte. »Wartet nur«, grinste einer, »nun dauert es vielleicht doch nicht mehr lange, bis unsere Isabella Königin wird.«

Jeden Tag kamen Boten mit den Farben Warwicks oder einem seiner Freunde. Bald stiegen Hoffnungen auf, bald fiel man in Verwirrung. Ann geriet ganz durcheinander. Der junge Welles unterwarf sich nicht, sondern stürzte sich auf das Heer des Königs, um seinen Vater mit dem Schwert zu befreien, und Eduard ließ den alten Welles und Dymmock hinrichten, noch ehe er zum Gegenangriff blies.

Ann war außer sich, als die Nachricht eintraf. Sie fluchte, wie sie es von den Knechten hörte, bald auf Eduard, der so grausam war, bald auf den jungen Welles. Und Isabella kauerte in einer Ecke und weinte. Schon wieder Blut, dachte sie. Schon wieder...
Lady Warwick rief ihre Töchter zu sich und machte ihnen klar, daß sie nun für den Sieg des jungen Welles beten müßten. Und sie kauerten unter dem Schimmer der Kerzen auf der Betbank, knieten, beteten und warteten die ganze Nacht. Gegen Morgen konnte Ann einfach nicht mehr. Es fielen ihr die Augen zu, und sie rutschte zu Boden. Als man sie wachrüttelte, war schon wieder ein Reiter gekommen, der Botschaft brachte: Der junge Welles habe dem König nicht standhalten können und sei gefangen worden. Man habe ihn noch gestern abend auf dem Schlachtfeld zum Block geführt. Und auf dem Schafott habe er sein Geständnis herausgeschrien, daß Warwick und Clarence die Urheber seines Widerstandes seien.
Ann klammerte sich an Isabella. »Habe ich dir nicht gesagt, daß Elisabeth Woodville uns verhexen wird! Wie soll da einer von uns Glück haben!«
Eines Abends erschien überraschenderweise die Herzogin von York auf dem Schloß. Man mußte Cicely fast aus ihrem Wagen heben, so steif war sie und solche Schmerzen hatte sie im Rükken.
»Kein Wunder«, schalt Lady Warwick ärgerlich, »wenn Ihr seit bald einem Jahr durch ganz England zieht und alle vierzehn Tage in einem anderen Schloß kampiert in dem unsere Verwandtschaft die Wände verschimmeln läßt vor Feuchtigkeit.«
Das mochte seine Richtigkeit haben, aber Cicely hatte es nicht mehr in London ausgehalten. Wenn sie zuerst geglaubt hatte, daß nach der Gefangennahme und anschließenden Freilassung Eduards und nach der Einigung der Parteien auch das Verhältnis des Königs zu seiner Mutter sich bessern würde, so sah sie sich getäuscht. Elisabeth Woodville, die wieder ein Fest nach dem anderen gab, dachte nicht daran, ihre Schwiegermutter jemals

einzuladen. Und dann war Cicely auch noch krank geworden. Der Arzt, den sie hatte, ließ sie zur Ader, was sie auf den Tod nicht leiden konnte, hatte ein alter Mensch doch ohnedies kaum mehr Blut in sich. Die Prozedur half auch nichts. Und dann meinte der Arzt geheimnisvoll, die Herzogin habe möglicherweise Feinde, die gewisse Künste verstünden, mit denen er sich seinerseits nie abgeben würde. Es wäre vielleicht gut, wenn die Herzogin auf Reisen ginge – weit weg von London und den bösen Einflüssen dort.

Das ließ sich Cicely nicht zweimal sagen. Aber die Dinge, die man unterwegs erfuhr, waren nicht angetan, um gesund zu werden. Das Volk hing ganz offensichtlich mehr an König Eduard als an Warwick und Georg. Und wenn auch Eduard den Einfluß der Familie Woodville nach außen hin etwas zurückzudrängen schien, so hörte er in Wahrheit mehr denn je auf seines Weibes Wort. Die Demütigung, die ihm durch Warwick und Georg zuteil wurde, vergaß er nicht. Er würde sie nie vergessen. Nicht daß Cicely sehr traurig war über den Tod des dummen Johnny Woodville. Auch Elisabeths Vater hatte den Tod verdient. Aber es war nicht klug gewesen, Elisabeths Lieblingsbruder um einen Kopf kürzer zu machen. Hier waren Warwick die Leidenschaften durchgegangen. Manchmal war Warwick wirklich ein Trottel. Wenn Cicely gefragt worden wäre, hätte sie überhaupt von der Hinrichtung in Coventry abgeraten, aber Warwick hatte nicht gefragt. Er machte sich immer selbständiger, als wäre er eine Lawine, die, einmal ausgelöst, nun haltlos bergab donnerte.

Nach den Geschehnissen in Coventry hatte sich Cicely sehr schlecht gefühlt. Und ihr Arzt hatte ihr geraten, nach Burgund zu reisen. Dort wäre doch ihre Tochter Marga mit Herzog Karl dem Kühnen verheiratet, dort wäre das Klima gut, und dort wäre sie, was auch in England immer geschähe, in Sicherheit. Er hatte ein bißchen undurchsichtig gelächelt, und sie hatte ihn gut bezahlt für diesen Rat. Ja, auf dem Kontinent war man weit weg von allem.

Die Hinrichtung des jungen Welles veranlaßte Cicely, ihre Reise zu beschleunigen. Sie machte nur eine Nacht lang Rast auf Schloß Middleham, streichelte Isabella und deren Bauch, in dem ihr Enkel schon strampelte, und bedauerte, daß sie bei der Hochzeit von Georg und Isabella nicht dabei gewesen war. Sie ließ sich die Festlichkeit genau schildern und schlug vor, Isabella nach Burgund mitzunehmen.

Aber Isabella wollte nicht. Was würde Georg sagen, wenn er vielleicht in den nächsten Tagen erschien und sein Weib nicht vorfand. Fragen konnte man ihn ja nicht, da man nicht wußte, wo er war. Ob Cicely nicht warten wolle, bis Georg kam?

Cicely wollte nicht. Wenn sie nach den letzten Vorkommnissen nicht rechtzeitig an die Küste kam, würde man sie vielleicht daran hindern, das Land zu verlassen. Cicely umarmte ihre Schwiegertochter und schenkte ihr ein Schmuckstück, das Ann fast neidisch machte, so glitzerten die Diamanten und Edelsteine an dem Diadem. Und dann verschwand Cicely im dünnen Dunst des frühen Morgens, als wäre sie bloß ein Spuk gewesen.

Kurz danach erschien ein Herold des Königs vor der Burg mit der Aufforderung, Graf Warwick und der Herzog von Clarence hätten sich unverzüglich auf Gnade und Ungnade zu unterwerfen. Aber kein Mensch auf dem Schloß wußte, wo Warwick war, und so mußte man den Herold weiterschicken. Es schien Ann in der Turbulenz dieser Tage, als ränne ihr die Kraft aus den Gliedern. Isabella weinte Tag und Nacht. Sie war jetzt so hochschwanger, daß sie kaum mehr von der Bank aufstehen konnte. Aber Lady Warwick, an ein Leben voller Wechselfälle gewöhnt, wurde plötzlich immer gesünder und tatkräftiger. Lieber Himmel, als man noch mit Eduards Vater, dem Herzog von York, Gott habe ihn selig, um Leben und Krone gerungen hatte, waren die Situationen oft nicht weniger gefährlich gewesen. Lady Warwick ließ für alle Fälle Wäsche packen und das Silber verstecken, und den Mädchen gebot sie, sie sollten ihren Schmuck am Leibe bergen. Sie hielten ihn drei Wochen verborgen, in denen man nichts

hörte und nichts erfuhr, drei Wochen, in denen hinter den Mooren irgend etwas geschah. Und dann kamen an einem kalten Apriltag in der Dämmerung Warwick, Georg und sechs Begleiter dreckbespritzt auf das Schloß geritten. Ann rannte nach Brot, Fleisch und Wein. Isabella schluchzte: »Oh, Georg, oh Georg!« Georg preßte sie an sich und fluchte in Ausdrücken, die Ann noch nie gehört hatte. Lord Stanley, dieser Schuft, habe sie im Stich gelassen. »In die Hand hinein versprach er uns Hilfe!« Aber als mein krummer Bruder Richard mit seinen Leuten an einer Stelle auftauchte, wo wir ihn nicht vermuteten, verlor Stanley sofort den Kopf. Und weil der Idiot glaubte, verloren zu sein, lief er ohne Schwertstreich mit fliegenden Fahnen in Eduards Lager über. Isabella, bring mir Wein, Wein, Wein. Ich habe Durst, als wäre ich zehn Tage lang durch die Wüsten des Heiligen Landes geritten.«
In der Nacht noch brachen sie alle auf. Ann ritt einen braunen Wallach, und sie nahm sich vor, den geheimnisvollen Zauberspruch zu ergründen, mit dem man Rache nehmen konnte. Und dann würde sie der Puppe mit den Gliedern von Lord Stanley die Augen ausstechen für seinen Verrat.
Graf Warwick strich seiner erregten Tochter über das Haar. »Es gehört eine gewisse Fertigkeit dazu, sich in der Schwebe zu halten, mein Kind. In der Schwebe, bis man genau sieht, wohin die Waage sich senkt. Lord Stanley hat die Fähigkeiten eines Gauklers. Aber fürchte dich nicht. Er wird uns nicht fangen.«

*

Es regnete. Es regnete in Strömen. Ann hatte die Kapuze ihres Umhangs über den Kopf hochgeschlagen und starrte die schmutzige Hafenstraße von Exeter hinunter. Kam denn der Vater immer noch nicht? Es mußte doch möglich sein, mit Geld ein Schiff aufzutreiben.
Durch das schmutzige Fenster der Herberge wurde sie belauert. Ann fühlte es im Rücken, daß die Matrosen, die dort drinnen

würfelten und tranken, abwechselnd Blicke zu ihr herüber warfen. Sah man ihr vielleicht an, daß sie nicht in diese Gegend gehörte und nicht in die schmutzige Herberge im Hafenviertel? Ann huschte in den Hof zurück und in die Kammer hinauf, in der die Mutter und Isabella mit der Dienerin Ankarette warteten. Aus einer offenen Fäkalgrube drang Gestank ins Haus.

»Immer noch nichts zu sehen von den Männern?« fragte Lady Warwick und hob den Kopf aus dem Stundenbuch, in dem sie las.

Ann schüttelte den Kopf.

Isabella stöhnte. »Ich halte es nicht mehr aus. Jetzt kriege ich schon wieder Schmerzen.«

»Das kommt von dem tagelangen Fahren und Reiten, mein Kind. Wenn wir erst drüben auf dem Festland sind, wird alles gut.«

»Das sind bestimmt schon Wehen, Frau Mutter.«

»Aber nein, mein Kind, es ist doch noch nicht so weit. Du hast dir vielleicht den Magen verdorben, heute früh, mit dem ekligen Fisch.«

Ann ging gleich wieder hinaus. Der Gestank, der von der Grube hochstieg und durch das schlecht schließende Fenster drang, war nicht zu ertragen. Lieber wollte sie von den glotzäugigen Matrosen in der Kneipe angestarrt werden.

Sie war jetzt gut vierzehn und voll entwickelt. Im Gegensatz zu dem rotblonden Haar hatte sie dunkle Brauen und Wimpern über Augen von graugrüner Farbe, die an Meerwasser erinnerten. Ihre Nase war schmal und klein und ihr Mund ein wenig zu breit, voll und mit einem Ausdruck von Verlangen.

Im Hof prallte sie mit ihrem Vater und ihrem Schwager zusammen. Sowohl Warwick als auch Georg hatten dunkle Mäntel an, die ihre teuren Kleider möglichst verbergen sollten. Aber bei Georg glitzerte der silberne Dolch an der Hüfte, und Graf Warwick trug sein kostbares Schwert bei sich.

Noch auf der Stiege erklärte Georg flüsternd, daß sie ein Schiff gefunden hätten, das sie alle über das Wasser nach Frankreich

bringen würde. Ein altes Fischerboot. »Der Hund von Kapitän hat so viel von uns verlangt, wie sein ganzer Kasten wert ist.« Isabella fiel Georg schluchzend um den Hals. »Gott sei Dank, daß wir hier wegkommen. Mir ist ganz übel von dem schrecklichen Gestank.«
Warwick schlang einen Bissen Brot hinunter und erklärte seiner Gemahlin, daß zur Zeit wieder einmal Piraten die See unsicher machten, und da man gestern an der Küste von Devonshire eine der Seeräuberflaggen gesichtet hatte, wollte heute keines der Kauffahrteischiffe aus dem Hafen laufen.
»Dabei können wir doch keine Stunde länger warten, verflucht!« rief Georg. Sie hatten erfahren, daß Eduard und sein Bruder Richard alle Truppen in den Midlands zusammengezogen hätten. Spätestens morgen würde der König in Exeter sein.
Es regnete in Strömen, als Warwick mit seiner Familie und den wenigen Gefolgsleuten, die er bei sich hatte, im Schutz der Dämmerung über eine glitschige Planke das Deck des rettenden Schiffes bestiegen. Ann führte Isabella, die kaum laufen konnte.
»Ich sage dir«, stöhnte Isabella in einem fort, »ich kriege das Kind!«
Ankarette schleppte vier Bündel und der Diener John Thuresby den kleinen Rest. Ann warf ihm einen unwilligen Blick zu. Dieser faule Kerl, der in den Nächten zu Anka in die Kammer schlich, ließ das Mädchen schleppen und ging fast ohne Bürde hinterher. Aber Ann hatte keine Zeit, ihn auszuschimpfen. Denn Isabella fing schon wieder zu stöhnen an. Sie hielt sich an der Reling fest und wollte nicht weitergehen.
»Isabella, nimm dich zusammen«, mahnte Ann. »In der Kajüte kannst du dich hinlegen. Die ganze Schiffsbesatzung schaut uns zu.«
Die Kajüte, die der Kapitän des Schiffes seinen unbekannten, aber zweifellos reichen und einstmals angesehenen Fahrgästen abgetreten hatte, war so niedrig, daß Georg mit seiner Größe nicht aufrecht darin stehen konnte. Ann half Isabella auf die

einzige Lagerstatt, die zu sehen war: die Koje des Kapitäns. Sie wimmelte von Wanzen, aber Isabella war so mit ihren Schmerzen beschäftigt, daß sie es gar nicht merkte. Der Gestank in der Kammer war im übrigen nicht weniger penetrant als in der schmutzigen Herberge von Exeter, nur daß es hier nach Teer und fauligen Fischen roch. Als Lady Warwick sich so weit eingerichtet hatte, daß sie wieder ihr Stundenbuch hervorziehen konnte, und Anka sich ans Bett zu Isabella setzte, schlich Ann hinaus. Luft, Luft, nur frische Luft!

Die Seeleute an Deck warfen die Taue los, die das Schiff am Kai festhielten. Die langen Ruder glitten ins Wasser, patschten, wenn sie sich senkten und warfen dicke Tropfen empor, wenn sie sich hoben. Als die Häuser des Hafens zu verschwimmen begannen, wurden die Segel gesetzt. Es regnete jetzt, als käme eine neue Sintflut über die Welt. Anns Mantel war ganz durchnäßt. Der Vater stand bei der Ruderpinne, die der Kapitän hielt, und oben im Mastkorb kauerte ein Ausguck. Ann hörte nur Fetzen der Unterhaltung. An der Küste der Bretagne wolle der Herr nicht landen, meinte der krumme Schiffseigner. Ja, ja, er verstünde schon. Es gäbe da Gründe. Herzog Francis war gut Freund mit König Eduard, haha. Nun, da würde man am besten Kurs nach Osten halten. Es war nur so verflucht diesig bei dem Regen. Und was die Küste der Normandie anging: die französischen Piraten jagten jedes englische Schiff, ohne erst nachzusehen, wer sich darauf befand. Aber er würde sein Bestes tun.

Georg hatte sich mit den Männern der Begleitung in den Schutz des Vorderdecks zurückgezogen, und nach einer Weile holte er gegen die Langeweile der Seefahrt die Würfel hervor. Vor kurzem hatte er noch vom Strahlenkranz einer Krone geträumt, jetzt hingen ihm Wassertropfen im Haar, die bitter waren vom Salz des Meeres, des Grolles und der Enttäuschung. Aber, zum Teufel, er war erst einundzwanzig Jahre alt, und bis er grau wurde, konnte sich das Blatt noch zehnmal wenden. Er schüttelte den Becher so grimmig, daß die Würfel darin fast zersprangen.

Ann stand an der Reling, während die Heimat in Dunst und Regen entschwand, und ihr Herz krampfte sich zusammen in einem fremden neuen Schmerz. Würde sie England je wiedersehen? Erst als sie so naß war, daß ihr das Gewand auf dem Leib klebte, ging sie hinunter.
Lady Warwick hatte das Stundenbuch weggelegt und empfing Ann mit Scheltworten: »Wo treibst du dich herum? Es ist dir wohl gleichgültig, daß deine Schwester krank ist? Das Wasser läuft dir ja aus den Schuhen. Du willst wohl auch noch ein Krankenlager für dich. Das Stroh hier reicht nicht mal für die Flöhe.«
Isabella stöhnte. Es gab keinen Zweifel mehr, daß sie in den Wehen lag. Auch Lady Warwick hatte es jetzt begriffen. Und kein Mensch war da, der helfen konnte, keine Wehmutter. Ankarette kauerte in der Ecke und war ganz käsig im Gesicht.
Das kleine Schiff schlingerte entsetzlich. Da es kaum mehr Ladung an Bord hatte als das Gepäck von Warwick und seinen Leuten, lag es hoch im Wasser, und wenn auch nicht viel Wind war, so schaukelte es doch auf der weiten Dünung aus dem Atlantik wie eine Nußschale. Ankarette mußte hinaus und sich übergeben, und Isabella würgte so schrecklich, daß man es nicht mit ansehen konnte.
Ann hielt der Schwester den Kopf. »Jetzt wird es gleich besser, Isabella«, tröstete sie. »Wenn du den Fisch von heute früh aus dem Magen hast, wird alles besser.«
Isabella klammerte sich an Anns Arm fest. »Ich muß sterben«, stöhnte sie. »Du wirst sehen, ich muß sterben. Wo ist bloß Georg?«
Aber als Lady Warwick Ankarette schickte, um den Herzog von Clarence zu suchen, und Georg erschien, wollte Isabella schon nichts mehr von ihm wissen. »Nein, nein, er soll draußen bleiben! Ah, diese Schmerzen! Oh, Ann, das tut so weh. Ich halte es nicht aus. Er ist schuld daran. Ann, schick' ihn weg!«
Georg hatte nichts dagegen, wieder zu den Würfeln zurückkeh-

ren zu können. Es war für keinen Mann ein Vergnügen, wenn sein Weib ein Kind bekam. Aber Isabella würde schon nicht daran sterben. Seine Mutter Cicely hatte zwölf Kinder geboren, und seine Großmutter noch mehr als ein Dutzend. Da würde Isabella doch wenigstens ein einziges auf die Welt bringen, auch wenn die Umstände nicht gerade sehr günstig waren.

Lady Warwick stellte das Licht in der Kajüte bald hierhin, bald dorthin. Es war eine armselige Ölfunzel, die kaum einen Winkel in dem dumpfen Raum erhellte. An den Wänden hingen die schmutzigen Kleider des Kapitäns und ein paar rostige Waffen, und auf einem schmalen Bord waren zwei Schüsseln eingeklemmt und ein Krug. Aber der Krug war leer.

»Oh, Ann, hilf mir. Hilf mir Ann. Jetzt kommt es schon wieder« stöhnte Isabella, und Lady Warwick schickte Ankarette hinaus, um den Kapitän nach Wein zu fragen. Wenn Isabella Wein bekam, schlief sie vielleicht ein bißchen.

Aber Ankarette kam mit der Nachricht zurück, es wäre kein Wein an Bord. Der Kapitän habe gesagt, er wäre nicht so reich, Wein trinken zu können, und seine Besatzung bekäme nur Wasser. Wein mache nur den Kopf dumm. Im übrigen wäre schon ein Leuchtfeuer in Sicht.

Aber das Leuchtfeuer war nur ein Trost. Es befand sich auf der Höhe von Southampton, und dort konnte man natürlich nicht landen. Und die Nacht verging in einer Sturzflut von Regen, Angst und Qual. Als der Tag heraufdämmerte, fiel Ann auf der Truhe des Kapitäns in Schlaf, und Isabella war so erschöpft, daß sie zwischen den einzelnen Wehen in die Arme Lady Warwicks zurücksank, als wäre sie tot.

Als es hell wurde, ließ der Regen nach, doch der Dunst hob sich nicht vom Wasser. Graf Warwick kam, ermunterte sein Weib, streichelte Isabella und meinte, sie müßten auf Gott vertrauen. Auch Georg erschien und erklärte, daß der Kapitän ein Trottel wäre. Er wage nicht, auf Südkurs zu gehen, wittere Weststurm und weiß Gott was. »Unentwegt dümpelt der Dummkopf an der

Küste entlang, und erst an der engen Stelle bei Dover will er den Sprung zum Festland wagen. Na, mir wäre es ja egal, aber Isabella muß an Land.«

Warwick erwiderte, daß sie in Calais nicht an Land könnten, das wäre doch wohl klar, wenn auch der neue Gouverneur, Anthony Graf Rivers, sicher einen Stellvertreter dort sitzen hätte.

Isabella stöhnte. »Ich will sterben«, flüsterte sie mit trockenen Lippen. »Bitte, laßt mich sterben.«

Lady Warwick erwiderte ärgerlich, daß man am Kinder-Kriegen nicht sterben müsse, und sie solle sich zusammennehmen. So eine Geburt dauere eben ihre Zeit. Isabella wäre nur so empfindlich. Vor dem Abend würde ihr Kind kaum da sein. Die Pausen zwischen den Wehen seien noch viel zu lang. Das Schlimme wäre bloß die Seekrankheit.

»Das halte ich nicht aus bis zum Abend!« schrie Isabella gequält, und Georg zog sich eilig zu seinen Soldaten zurück. Warwick blieb eine Stunde bei seiner Tochter. Aber dann hatte er vom Stöhnen und Jammern auch genug. Sein Gemüt war ohnehin aufs heftigste strapaziert. In seinem Innern stritten die Vorwürfe, die er sich machte, mit den Entschuldigungen, die er dagegen hielt. Aber sich Eduard, der ihn so gekränkt hatte, auf Gnade oder Ungnade ergeben – niemals!

Ann schwitzte bald mehr als die Schwester, der das Haar an Stirn und Schläfen klebte. Lieber Gott, betete Ann, laß mich nie im Leben ein Kind kriegen. Nie, nie, nie!

Am Nachmittag setzte der Regen wieder ein. Als die Dämmerung sich senkte, zerrte Lady Warwick ihre Tochter aus dem Bett. »Nun geh wieder ein wenig herum, Isabella. Versuch zu gehen. Und dann knie dich nieder. Hier auf die Decken.«

Ann stützte die Schwester. Lieber Gott, betete Ann, laß mich nie ein Kind haben, wenn es so schrecklich ist.

Isabella schrie jetzt bei jeder Wehe so, daß man es durchs ganze Schiff hörte. Die Männer unter dem Vordeck hatten aufgehört zu würfeln, und Graf Warwick zerbiß sich die Lippen.

»Was meinen der Herr?« fragte der Kapitän mit einem Blick von unten herauf. »Sollen wir doch bei Calais an Land?«

»Ja«, stieß Warwick hervor. »Halte Kurs darauf zu.« Nur an Land, dachte er, nur an Land, ehe sein Kind starb.

Georg kam angeschossen. Ob Warwick verrückt wäre. »Rivers ist Gouverneur in Calais, und sein Kommandeur ist seinem Herrn ergeben und treu!«

»Aber er muß doch Barmherzigkeit kennen – wenigstens für ein Weib!« rief Warwick.

Man beschloß draußen vor dem Hafen liegen zu bleiben. Wenn das Schiff Anker geworfen hatte und nicht mehr so schlingerte, würde es für die Kreißende vielleicht besser sein.

Das Schiff hatte noch nicht festgemacht, als sich das Wachboot näherte. Mitten aus dem Dunst tauchte es auf mit klatschenden Ruderschlägen. Warwick und Georg retteten sich mit einem Sprung ins Kabelgatt.

Der Hafenbeamte ging durchs Schiff, hörte sich die Beteuerungen des Kapitäns an, daß man nur einer Kranken wegen verhole, die Ladung sei nach Honfleur bestimmt, und man würde bald weitersegeln. Er warf einen kurzen Blick in die Kajüte. Dann verschwand er wieder, verfolgt von den Schreien Isabellas.

»Nur ein wenig Wein wenn sie hätte«, jammerte Lady Warwick immer wieder. »Nur ein bißchen Wein, Ann, das würde ihr gut tun. Ich bin überzeugt, daß welcher da war, aber den hat Georg natürlich schon in der ersten halben Stunde ausgetrunken.« Das ganze Trinkwasser an Bord war schon dahingegangen, um Isabellas trockene Lippen zu netzen und ihr den Schweiß vom Gesicht zu waschen.

Als es dunkel geworden war, näherten sich wieder Ruderschläge. Der Hafenbeamte erschien und gab bekannt, daß das Schiff keine Erlaubnis zum Festmachen bekommen könne. Es hätte unverzüglich wieder auszulaufen. Widrigenfalls würden die Geschütze sprechen.

Der Kapitän, der über die Reling lehnte, um den Spruch zu

hören, spuckte ins Wasser, dicht neben die Ruder der Schaluppe. »Wir sind doch Engländer!« schrie er. »Und ihr auch!«
Lady Warwick, die heraufgestürzt war in ihrer Angst um die Tochter, wimmerte. »Nur ein bißchen Wein. Wenigstens ein bißchen Wein für mein Kind. Ein bißchen Wein für eine Kranke muß man doch bekommen!«
Der Beamte in seinem Boot erwiderte, daß er über den Kopf des Gouverneurs hinweg nichts tun könnte. Er wolle ihm jedoch die Bitte der Lady unterbreiten. Seinetwegen könne jemand vom Schiff gleich mitkommen, um den Entscheid des Gouverneurs und auch den Wein in Empfang zu nehmen. Lady Warwick sah, daß der Mann sie kannte.
»Ich gehe!«, sagte Ann heiser. »Ich gehe selbst.« Es war ihr klar, daß keiner der Männer ins Boot und an Land durfte. Er würde niemals wiederkommen. Sie lief nach ihrem Mantel.
Isabella keuchte jetzt. Sie hing so schwer in den Armen Ankarettes, daß Lady Warwick schleunigst zugreifen mußte. Das Schiff schlingerte, obwohl es vor Anker lag, immer noch in der Dünung.
Als Isabella hörte, daß Ann gehen wolle, den Gouverneur um Hilfe zu bitten, glitt ein Hoffnungsschimmer über ihr Gesicht. »Oh Gott, gib, daß er mich an Land läßt. Er wird mich an Land lassen. Dann ist alles gut.« Ann hastete mit ihrem Mantel wieder hinaus.
Derbe Männerfäuste halfen ihr draußen ins Boot. Der Kahn schaukelte noch mehr als das Schiff. Ann taumelte über die Planken. Die Ruder klatschten. Einen Augenblick ragten die Masten des Seglers hoch über Anns Kopf, dann glitt der Schiffsrumpf vorüber und die Lampe im Topp versank im Dunst des Regens. Vor kurzem hatte Ann noch gehofft, wenn schon nicht selbst Königin zu werden, so doch wenigstens die Schwester einer Königin zu sein. Jetzt fuhr sie, bei einem fremden Mann um Wein zu betteln.
Indessen es war kein Fremder, zu dem sie fuhr, sondern Anthony

Woodville, Graf Rivers, einst Lord Scales und seit kurzem Gouverneur von Calais, persönlich. Rivers residierte seit etwa acht Tagen in dem Palast, den König Eduard III. von England hundert Jahre zuvor erbaut hatte. Nicht daß Rivers Calais sehr hübsch fand, aber er hatte es einfach in London nicht mehr ausgehalten. Die ständigen Racheschwüre seiner Schwester Elisabeth waren ihm auf die Nerven gegangen. Gott im Himmel, ihr Vater war doch alt gewesen, und was Johnny anging – er, Rivers, beklagte dessen Schicksal, aber mancher biß in noch jüngeren Jahren ins Gras. Und wer wußte schon, wie lange er selber noch auf der herrlichen Welt war. Um ein Haar hätte Rivers den König nach Norden begleiten müssen, um Warwick einzukreisen, der nicht Frieden halten wollte und seine sanfte Isabella dem Säufer Clarence gab, um sie zur Königin zu machen.

Rivers hatte einen siebenarmigen Leuchter vor sich auf der dikken Tischplatte stehen mit frischen Kerzen und ein Buch vor sich liegen in einem ledernen Einband. Seitdem er gehört hatte, daß ein englisches Schiff landen wollte, das offensichtlich Flüchtlinge an Bord hatte, die zu den Rebellen unter Warwick gehörten, hatte er aufgehört zu lesen. Als ein Mann seiner Leibwache ins Zimmer trat und meldete, eine Dame, die an Bord war, wolle ihn sprechen, sagte er kalt: »Bring sie rein!«

Ann schlug ihren Mantel zurück. Er war schon wieder klamm von Feuchtigkeit. Ihr Haar, das sie vergessen hatte zu kämmen, war dunkel und strähnig wie Stroh. Den ganzen Weg hatte Ann sich die Worte zurechtgelegt, die sie dem stellvertretenden Gouverneur sagen wollte, aber als sie vor Rivers selbst stand, war ihr alles entfallen.

Rivers bot ihr Platz an. »Ich habe mir schon gedacht«, sagte er frostig, »wer da auf diesem englischen Schiff verreist. Es ist leichtsinnig von Eurem Vater, in Calais an Land gehen zu wollen. Dachte er, er könnte mit drei Dutzend Leuten einen Handstreich auf die Stadt machen? Calais in Warwicks Händen – das wäre keine schlechte Idee.«

»Ihr irrt, Mylord. Wir sind hier, weil meine Schwester krank ist«, flüsterte Ann erstickt. »Isabella stirbt! Sie kann ihr Kind nicht gebären, und sie ist so schrecklich seekrank.«
Er habe es gehört, erwiderte Rivers ungerührt. Es sei der Lauf der Welt, daß das Schicksal der Weiber untrennbar mit dem ihrer Männer verknüpft sei. Er bedauere die Beschwerden von Lady Isabella sehr.
Ann schluckte trocken. Der Teufel selbst mußte ihr diesen Streich gespielt haben, Anthony Woodville selbst nach Calais zu führen, während sie einen Stellvertreter vorzufinden wähnte. Die Worte, die sie sich zurechtgelegt hatte und die zerstoben waren wie Spreu im Sturm, fanden sich nicht wieder. Wie ein kleines Mädchen saß sie auf dem hohen, steiflehnigen Stuhl und fühlte den nassen Rock an ihren Beinen kleben. Schließlich konnte sie ihre Erregung nicht länger bezähmen und platzte los wie ein unbeherrschtes Kind. Wenn Graf Rivers die Beschwerden von Isabella bedauere, so sprudelte sie heraus, dann sollte er doch helfen, um Gottes willen! Es sei doch nur diese verdammte Schaukelei daran schuld, daß Isabella sich so elend fühle. Das Boot, auf dem sie liege, sei reif zum Abwracken, und wenn er, Rivers, die Kranke nur vierundzwanzig Stunden lang an Land ließe, wäre alles gut.
Rivers lächelte unmerklich. Es sei angenehm für ihn zu hören, daß nur das Schaukeln Lady Isabella Beschwerden mache. Seekrankheit wäre ein Übel, das verginge. Er wünsche Lady Isabella von Herzen gute Besserung.
»Ist das alles, was Ihr mir sagen könnt?« fragte Ann fassungslos. »Das ist doch nicht Euer Ernst, Mylord.«
Rivers verbeugte sich leicht. »Es ist mein Ernst. Und es tut mir aufrichtig leid, nicht weiter helfen zu können.«
»Aber Ihr könnt doch helfen!« rief Ann erregt. »Wenn meine Schwester an Land darf und in die Hände erfahrener Wehmütter kommt... Was ist denn schon dabei, wenn Isabella an Land geht?«

Das Lächeln auf dem Gesicht des Lords gefror: »Sehr viel, kleine Ann. Graf Warwick ist ein Feind des Königs, und der Herzog von Clarence hat sich gegen seinen Bruder gestellt. Ich kann nicht Feinde meines Herrn an Land lassen, es sei denn, ich steckte sie ins Verlies.«
»Es geht doch nicht um meinen Vater und Georg. Es geht um Isabella – und ihr Kind!«
»Um das Kind des Herzogs von Clarence... möglicherweise wird es ein Sohn.«
»Aber seid Ihr denn überhaupt nicht menschlich?«
»Ich glaube, ich bin es. Ich bin es sogar sehr.« Rivers verzog abermals den Mund zu einem harten Lachen. »Die vorstechendste Eigenschaft des Menschen ist sein Egoismus. Er ist das wichtigste seiner Gefühle. Nur durch seine Eigensucht besteht er überhaupt. Und ich bin der eigensüchtigste Mensch der Welt. Aus Egoismus kann ich aber nicht gegen die Interessen meines Herrn handeln und mich selbst dadurch in die Nesseln setzen. Was nützt es Eurer Schwester und Eurer Mutter, wenn ich sie an Land lasse und dann in Obhut nehmen muß – mit einer Wache vor der Tür?«
Ann starrte ihn an. Wie er aussah – trotz dieses Lachens. Im Licht der Kerzen glich sein Gesicht einem Traum. Schmal war es und seltsam kühn und durchzogen von unbekannten Gedanken. Sie senkte den Blick. »Das kann nicht Euer Ernst sein, Mylord«, sagte sie leise. »Dann müßtet Ihr ja auch mich verhaften.«
»Das müßte ich, Tochter des Grafen Warwick. Und wenn ich es nicht anordne, so ist das das Äußerste, was ich für Euch tun kann. Der Besuch einer jungen Dame ist zu vertuschen, und ich hoffe, daß ich dadurch nicht in Ungelegenheiten komme. Aber das An-Land-Gehen einer halben Familie und die Geburt des Sohnes des Herzogs von Clarence in Calais wären unmöglich zu verheimlichen.«
»Ihr seid hartherzig!« stammelte Ann.
»Mitnichten bin ich das«, erwiderte Rivers, und sein Lächeln

wurde freundlicher. »Wäre ich hartherzig, ließe ich das Schiff Eures Vaters kapern und erränge mir Dank und Anerkennung von meinem Herrn. Aber ich lasse es abziehen wie etwas, das ich nicht gesehen haben. Lady Isabella sollte mir dankbar sein.«
War das sein letztes Wort? Er konnte doch nicht so grausam sein. Sie sah ihn an. Er trug ein kurzes Wams aus rotem Samt. Der Ausschnitt war weit und rund, und man sah die teure Borte des Hemdes. Das Untergewand war blau und von feinem Leinen. Ann fragte sich, ob er das härene Hemd noch darunter trug. Oh, ihr Heiligen im Himmel, warum konnte sie nicht aussprechen, was sie empfand! Plötzlich begann auch sie zu lächeln. Es brach gleichsam aus ihr heraus, befangen zuerst, scheu, dann hingebungsvoll, zärtlich und uferlos, wie sie noch nie gelächelt hatte.
»Und wenn es sich lohnte für Euch, eine Gefahr auf Euch zu nehmen? Ich liebe Isabella. Für Isabellas Leben gebe ich alles.«
Graf Rivers begann in seinem Buch zu blättern. »Wollt Ihr mir Geld anbieten?« fragte er verächtlich, »oder Vorteile für die Zukunft, für den Fall, daß die Sonne wieder über Warwick scheint? Leider bin ich treu, auch ohne den Wahlspruch des Herzogs von Gloucester. Treu mir selbst und meinen Erkenntnissen.« Er klappte das Buch zu.
Ann starrte ihn an. Die Kerzen flackerten. Die Gedanken in ihr überschlugen sich. Hatte er sie nicht begriffen? Oh, doch! Er hatte begriffen – und sie zurückgewiesen. Die Tränen stiegen ihr hoch. »Ihr seid ein Feigling«, stieß sie hervor. »Um Euerer Sicherheit willen, laßt Ihr ein junges Weib sterben. Ein Feigling, Graf Rivers!«
»Vielleicht«, erwiderte er kühl. »Vielleicht auch nicht. Im übrigen darf ich Euch daran erinnern, daß Graf Warwick meinen Vater gemordet hat – und meinen Bruder Johnny!«
»Oh«, hauchte Ann erschreckt, denn das hatte sie vollkommen vergessen gehabt. »Dann muß ich gehen.«
Er neigte den Kopf.
Ann weinte. Das hingebungsvolle Lächeln, mit dem sie ihre

Jugend angeboten hatte, war von ihrem Gesicht gefallen. Sie war wieder das hilflose kleine Mädchen. Und wie bei einem kleinen Mädchen flatterten ihre Gedanken. Wenn ich Königin wäre, würde er zu meinen Füßen knien. Wenn ich Königin wäre, hätte ich Macht über ihn. Aber sie war nicht Königin und würde nie Königin werden. Arm war sie und ein Flüchtling im fremden Land. Sie erhob sich mit zitternden Knien. »Der Tod Eures Vaters, Mylord«, schluchzte sie, »hat uns erschüttert. Wir Frauen sind unschuldig am Kampf und Tod. Isabella ist unschuldig.« Und plötzlich schrie sie. »Isabella ist unschuldig. Oh, seid doch gnädig! Gott hat dem Schächer am Kreuz verziehen!«

»Ihr meint Jesus«, erwiderte Graf Rivers hohl, »Gott ist nach der Meinung des römischen Dichters Lucrez, den ich hier lese, ein Begriff ohne Realität. Ich will damit nicht behaupten, daß er recht hat. Wenn Lady Isabella mit einer Gallone Wein gedient ist, bin ich gern bereit, einen Mann damit zu schicken. Es ist ohnedies nötig, glaube ich, daß ich ein Boot beordere, für Eure Rückkehr. Mehr kann ich nicht tun.«

Ann hätte nicht sagen können, wie sie an Bord zurückgekommen war. Immerhin hatte Rivers Wort gehalten und einen Krug Wein geschickt. Der erfrischte Isabella ein wenig, und als das Schiff wieder auf See war, gebar sie ihr Kind. Es war ein Sohn. Er war tot. Die Matrosen warfen die in ein Leinenbündel gewickelte kleine Leiche ins Meer. Warwick, Georg und ihre Männer standen an Deck. Lady Warwick betete: »Oh, du Lamm Gottes, das du hinwegnimmst die Sünden der Welt, gib ihm die ewige Ruhe ...«

Ann starrte ins Wasser. In dieser Nacht hatte sie ihre Kindheit begraben, aber sie wußte es nicht.

*

Weiße Wolken zogen am blauen Himmel über Frankreich, und die Sommersonne glitzerte auf den Schieferdächern von Angers, daß die Augen der Frau fast geblendet wurden, die am Fenster des auf einem niedrigen Felsen gelegenen Schlosses stand. Sie starrte zu den Türmen der Kathedrale von Saint Maurice hinüber und bemühte sich, ihre Gedanken zusammenzuhalten. Der Mann, der so unerwartet zu Besuch gekommen war und nun hinter ihr auf dem Sitzkissen der Truhenbank saß, war kaum aus Besorgnis um ihr Wohlergehen gekommen. Oh nein, Ludwig, König von Frankreich, und der elfte seines Namens, war bekannt dafür, daß er sich nur in Bewegung setzte, wenn es sich für ihn lohnte. Man mußte also vorsichtig sein. Es war jetzt bald zehn Jahre her, daß sie, Margarete von Anjou, vom Thron Englands gestoßen nach Schottland hatte fliehen müssen, und in diesen vielen Jahren des Exils war sie Gott sei Dank nicht weniger mißtrauisch geworden.

Und auch nicht weniger stolz, dachte Ludwig, als könnte er ihre Gedanken lesen. Er ließ seine Blicke durch den großen Raum gleiten. Dem schweren Tisch gegenüber befand sich ein Hausaltar. Vier hohe Flügel waren auf modische Art mit Szenen aus der biblischen Geschichte bemalt. Da gab es kein Gold mehr als Hintergrund, wie in der hohen Kunst der Antike. Der Hügel von Golgatha war in eine Ferne gerückt, als hätte das bemalte Holz eine unendliche Tiefe. Unten, auf der linken Tafel, kniete sie übrigens selbst, die Stifterin, einst Königin von England, demütig und mit erhobenen Händen. Ludwig konnte nicht umhin, das Bild mit dem Original zu vergleichen. Der Maler hatte ihr nicht geschmeichelt. Das war ihr harter Mund und der Hochmut ihrer Augen. Sie war noch nicht müde geworden, schien ihm, obwohl sie doch jetzt schon vierzig Jahre zählte. Ludwig sagte laut: »Übrigens wollte ich Euch sagen, Madame, daß es Eurem Gemahl in London gut geht. Das freut Euch sicher.«

»Wem geht es gut?« fragte Margaret und drehte sich um. »Heinrich? Ach so . . .«

»Er fühlt sich wohl, ißt gut, wenn er nicht gerade fastet, betet und hält Betrachtungen. Er wohnt auch ganz hübsch im Tower.«

»Worum betet er?«

»Das weiß ich nicht, Madame. Vermutlich, daß es Euch und Eurem Sohn ebenfalls gut geht.«
»Dann kann er nicht sehr andächtig beten, Sire, denn es geht uns nicht gut.«
Ludwig meinte, daß es sich doch durchaus leben ließe, in dem Schloß der Herzöge von Anjou. Die ganze Welt widerhallte vom Ruhm der Hoffeste, die ihr Vater Renée hier gab, seitdem er sich aus Lothringen zurückgezogen hatte, das er sich, der Glückliche, zu seinen übrigen Besitztümern erheiratet hatte.
Margaret horchte der Stimme des Königs nach. Sie war glatt und geschmeidig. Ganz sicher überlegte der schlaue Fuchs längst, wie er auch die Besitzungen ihres Vaters an sich bringen konnte. Denn alles, was Ludwig dachte, galt allein seiner Bereicherung und der Ausdehnung Frankreichs, das seine Leidenschaft war. Margaret verbarg die Hände in ihren Ärmeln, die so weit waren, daß die Zipfel bis auf den Boden reichten.
»Woher habt Ihr die Nachricht, daß es meinem Gemahl in London gut geht?« fragte sie.
Ludwig erwiderte freundlich, daß Graf Warwick ihm die Neuigkeiten erzählt hätte. Sie habe sicher gehört...
»Ja, ich habe gehört, daß er in Honfleur gelandet ist«, warf Margaret ein. »Ihr habt ihn empfangen wie einen Fürsten. War das nicht ein bißchen zuviel?«
»Ich weiß, Ihr könnt ihn nicht leiden«, erwiderte Ludwig und ließ seine Blicke prüfend über ihr dunkles Gewand gleiten und über die weiße Frauenhaube aus gefälteltem Leinen. Manchmal gefiel sie sich darin, einer Nonne zu ähneln, und an anderen Tagen umgab sie sich mit einem Prunk, als wäre sie immer noch Königin von England.
»Er ist mein Todfeind«, sagte Margaret scharf, »der Mann, dem ich den Tod wünsche in tausenderlei Gestalt. Ohne seine Machenschaften und seine Hilfe für das verfluchte Haus York...«
»Gewiß, gewiß«, unterbrach Ludwig gelangweilt. »Ohne seine Hilfe für das Haus York würdet Ihr noch auf dem Thron von

England sitzen. Es ist bekannt. Nun, Eduard hat den Königmacher schlecht belohnt. Was mich betrifft, so finde ich Warwick allerdings reizend. Er ist der gleichen Meinung wie ich, daß Burgund zu Frankreich gehört, und daß ...«

»Ein Mann ...«, warf Margaret höhnisch ein, »der die Meinung vertritt, auch die übrige Welt samt England gehöre eigentlich zu Frankreich, muß Euch wie ein Engel erscheinen, Sire. Warwick ist doch ein ehrgeiziger Narr.«

»Weniger ehrgeizig als eitel, Madame.«

»Meinetwegen mag seine Haupteigenschaft die Eitelkeit sein. Sie hat einen ziemlichen Schlag bekommen. Ich gönne es ihm. Er wird sich kaum davon erholen.«

»Das will ich nicht sagen, Madame. Er hat noch Anhänger genug, und das sollten wir nicht außer acht lassen.«

»Wir?« fragte Margaret. »Was habe ich damit zu tun?«

Ludwig erwiderte, daß er das Gefühl habe, als zerfiele die Front des Hauses Lancaster. »Fast zehn Jahre Kampf, um Eduard wieder vom Thron zu stoßen – die sind natürlich nicht spurlos vorübergegangen. Auch nicht an Euch, Madame ... Und es waren teure Jahre. Ich glaube, Ihr habt Schulden bei mir, ziemlich hohe sogar.«

»Ohne Englands Hilfe könnt Ihr Burgund nicht kriegen, Sire«, entgegnete Margaret kühl. »Und wenn nicht ich und mein Gemahl dort sitzen ... Es lag in Eurem eigenen Interesse, mir Geld zu geben für meine Unternehmungen.«

»Gewiß, Madame. Nur, Eure Unternehmungen sind immer wieder fehlgeschlagen, wenn ich erinnern darf.«

»Ihr braucht mich nicht zu erinnern, Sire«, fuhr ihn Margaret an. »Meine Enttäuschungen ruhen in meiner Brust. Aber mit den paar Schiffen und Söldnern, die Ihr bisher zu finanzieren geruhtet, hätte auch der heilige Mauritius in England nicht Fuß fassen können!«

Ludwig entgegnete gelassen, daß der Grund für die Niederlagen wohl mehr in der geschlossenen Front der Gegner zu sehen wäre.

»Und eben in dieser Hinsicht, Madame, sollte man bedenken, daß Eduard im Augenblick ein wenig geschwächt ist.«
»Geschwächt? Wieso?« fragte Margaret und warf einen flüchtigen Blick über das schäbige Gewand des Königs. Nicht einmal wenn er nach Angers kam, das doch bekannt war für die Eleganz seiner Besucher, zog er ein neues Wams an. Kleider waren für ihn Firlefanz. Aber sie hatte sich seinetwegen ja auch nicht schön gemacht. Wozu auch. Sie war alt, und langsam wurde sie müde. Wenn nicht das Kind wäre, ihr Sohn ...
»Geschwächt durch die Flucht Warwicks, Madame. Ihr seid doch sonst nicht so schwer von Begriff. Alles, was Warwick anhängt, wird keine Hand für Eduard rühren – wenn er in Nöte geraten sollte, die Ihr ihm bereitet.«
»Ich verstehe. Wieviel Truppen gebt Ihr mir?«
Ludwig erwiderte, daß er zur Zeit von Feinden umringt sei. »Aber Madame, in England sind Leute genug. Alles, was Warwick anhängt und gegen Eduard ist, wird Euch helfen.«
Sie starrte den König an. »Sire, wofür haltet Ihr mich? Ich verbinde mich doch nicht mit Warwick!«
Das wäre aber keine schlechte Idee, meinte Ludwig gelassen. Genau betrachtet sogar der einzige Weg, auf dem ihr und auch Warwick geholfen werden könne. »Es ist doch der Wunsch Eures Lebens, daß Euer Sohn in seine ehemaligen Rechte wieder eingesetzt wird und eines Tages den Thron von England erhält!«
Während Ludwig sprach, fiel ihm ein, daß er wohl gern gewußt hätte, von wem sie den Burschen in Wirklichkeit hatte. Aber es war müßig, darüber nachzudenken. Auch wenn der Narr Heinrich tatsächlich erklärt haben sollte, das Kind seiner Gattin müßte vom Heiligen Geist stammen, so waren doch Margaret und Heinrich und ihr Sohn die einzigen Garanten für Frankreich, zu einem vorteilhaften Bündnis mit England zu gelangen. Und das war ihm, Ludwig, sehr wichtig.
»Nein!« sagte Margaret scharf. »Es gibt auch noch andere Wege. Ich bete Tag und Nacht, damit Gott sie mir zeigt.«

»Gott wird sehr in Anspruch genommen, Madame, und die Heiligen um ihn sind teuer. Ich habe kürzlich Sankt Martin einen silbernen Schrein gestiftet, aber es war ihm zu wenig, und er hat mich in meinem Anliegen nicht erhört. Und die Heiligen drei Könige, deren Gebeine in Köln liegen ... na, reden wir nicht darüber. Glaubt mir, so billig kommt Ihr nicht wieder auf den Thron, als wenn Ihr dem Grafen von Warwick Euere Hand reicht.«

Margaret zitterte vor Wut. Dieser infame Fuchs mit seinen Plänen, die so gerissen waren, daß sie ihm der Teufel eingegeben haben mußte. Gefühle kannte er nicht, und der Gedanke, ein Mensch könnte so hassen, daß er darüber selbst seinen Vorteil vergäße ...

»Was den Grafen Warwick betrifft«, sagte der König friedlich, »so ist er durchaus gewillt, jede Art von Feindschaft zu begraben – und Ihr habt immerhin seinen Vater und seinen Freund, den Herzog von York, hinrichten lassen. Er würde Euch die Hand zum Bund reichen, selbst wenn er zehn Minuten lang vor Euch knien und um Verzeihung bitten müßte.«

»Zehn Minuten?« rief Margaret erbost. »Nicht unter einer halben Stunde!«

»Nehmen wir eine Viertelstunde«, schmunzelte Ludwig. »Aber ganz wie Ihr wollt.«

»Und was habt Ihr dem Mann zugesagt als Belohnung, wenn es ihm gelingt, vereint mit meinen Anhängern nach England zurückzukehren? Denn was hat er davon, wenn er Heinrich und mich wieder auf den Thron gesetzt hat?«

»Er hat den Triumph der Rache«, erwiderte Ludwig kühl. »Und außerdem will er natürlich seine Tochter gut verheiraten.«

»Seine Tochter? Aber Isabella ist doch schon mit Clarence verheiratet.«

»Ich erinnere Madame daran, daß Warwick noch eine zweite Tochter zu verheiraten hat, die kleine Ann.«

»Und mit wem will er sie verheiraten, wenn ich fragen darf?«

Ludwig erwiderte mit hinterlistigem Lächeln, daß ein Königmacher darauf aus sein müsse, mit dem König, den er macht, in eine verwandtschaftliche Beziehung zu treten. Denn nur dann hätte sich seine Arbeit gelohnt. »Wenn Euer Gemahl Heinrich wieder die Krone trägt, Madame, dann sind die Hoffnungen für Warwicks Tochter Isabella natürlich verflogen. Aber es ist ja gut, daß er noch eine zweite hat.«
»Das habt Ihr doch eben schon gesagt, daß er noch eine zweite hat. Ich verstehe Euch nicht.« Margaret zitterte vor Zorn.
Ludwig erwiderte genüßlich, daß seine Erläuterungen doch leicht zu verstehen wären. »Ann ist ein sehr nettes Mädchen – und Euer Sohn, Madame, gerade im rechten Alter. Siebzehn, wenn ich nicht irre. Wir könnten drunten in Eurer großen Kathedrale, die ja ein Stück Holz vom Wahren Kreuz Christi besitzt, Bund und Verlobung beschwören. Warwick wartet schon nebenan.«
»Sire!« schrie Margaret außer sich, »Ihr schlagt mir ins Gesicht. Mit der Not und Verlassenheit eines unglücklichen Weibes macht Ihr Geschäfte. Mein einziger Sohn, den ich mehr liebe als mich selbst ... und die Tochter dieses Menschen!«
Ludwig erwiderte, daß Richard Neville, der Graf von Warwick, Sohn des Grafen von Salisbury, den Häusern Lothringen und Lancaster durchaus ebenbürtig sei. Aber er könne natürlich ihre Erregung verstehen. »Allein, Madame, es ist falsch, mit dem Herzen zu denken. Die kleine Ann ist recht hübsch. Ich glaube nicht, daß Euer geliebter Sohn mit ihr den Thron von England zu teuer erkauft – abgesehen davon kann sie ja schon im ersten Kindbett sterben.«
Margaret bebte. »Und wenn es Warwick nicht gelingt, Fuß zu fassen an Englands Küste, um mich und die meinen zurückzuführen nach London, was dann?«
Ludwig erwiderte, daß man für diesen Fall selbstverständlich eine Klausel in den Vertrag einfügen könnte, daß die Hochzeit zwischen Ann und dem Prinzen erst zu vollziehen sei, wenn Warwick in England gesiegt hatte.

Die Sonne blendete am blauen Himmel, und die Schieferdächer von Angers glitzerten unter ihrem Licht. Die achtzehn dicken, schwarzen Rundtürme des Schlosses ragten empor wie Bastionen der Unvergänglichkeit. Aber es war nichts unvergänglich auf der Welt, und Margaret wußte das. In ihrer Unschlüssigkeit warf sie sich über das Betpult. »Herr, rate mir! Rate deiner Dienerin! Herr, gib mir ein Zeichen! Nur ein einziges Zeichen!«
Aber Gott antwortete nicht.

*

Richard fuhr in seinem Zelt hoch. Er mußte geschlafen haben, aber nur ein paar Atemzüge lang. Die Geräusche des Lagers waren noch nicht anders geworden, und nichts von dem Lärm war abgeebbt. Nebenan im Zelt des Königs zupfte noch der Spielmann auf der Laute, und man hörte die Zechkumpane des Königs lachen.
Richard sank wieder zurück auf sein Fell. Warum nur war er schon wieder wachgeworden, damit die Gedanken in seinem Kopf weiterkreisen konnten wie ein Mühlrad. Denn seit jener schrecklichen Hinrichtung von Johnny Woodville in Coventry fand er keine Ruhe mehr. Er hatte ja geahnt, daß die Königin sich für den Tod ihres Vaters und Bruders rächen würde, und wie eine Furie hatte Elisabeth Woodville den König dazu getrieben, alle seine Zusagen an Warwick wieder zurückzunehmen, den Grafen von neuem auf die Seite zu schieben, und gegen ihn zu ziehen, als er sich, wie zu erwarten war, erhob. Richard hatte manchmal das Gefühl, als wären die zwei Jahre, seitdem er im Kreuzgang von Stratford Langthorne mit Georg gesprochen hatte wie in einem wirren Traum vergangen. Er focht auf der Seite des Königs, während sein Herz zwischen den Linien stand, ratlos wie eine verlorene Seele.
Richard war jetzt achtzehn Jahre alt, aber er sah älter aus. Er fühlte sich auch sehr viel älter. Vor einem halben Jahr waren Warwick und Georg mit den Ihren nach Frankreich geflohen.

Frühjahr war es gewesen, ein kalter, regennasser April. Elisabeth Woodville hatte triumphiert, und der König aufgeatmet. Nun würde wohl Ruhe werden im Land. Eduard zog die Güter der geflohenen Rebellen ein, und Richard stand eines Tages auf dem Söller des verlassenen Schlosses in Middleham und suchte zwischen den kahlen Mauern eine längst vergangene Zeit. Aber sie kam nicht wieder.

Allerdings sah man sich in der Hoffnung auf Ruhe im Land bald getäuscht. Es kamen Nachrichten über den Kanal, die selbst das triumphierende Lächeln vom Gesicht der Königin wischten: Warwick hatte sich mit der entthronten Margaret geeinigt: Ludwig von Frankreich finanzierte eine Flotte, Clarence warb Truppen, und alles, was einst zu Margaret und den Lancasters gehalten, was Eduard in zehn Jahren mühsam niedergerungen und zu Boden geduckt hatte, hob den Kopf gleich einer züngelnden Schlange. Wer Warwick für dumm gehalten hatte, war ein Narr. Richard kam den ganzen Sommer über kaum aus dem Sattel, um alle Befehle Eduards auszuführen, der sein Land in Verteidigungsbereitschaft brachte. Im Kanal kreuzten seine Schiffe, um Invasoren abzufangen.

Mitte September gelang es Warwick jedoch, mit der von Ludwig gestellten Flotte die Blockade zu durchbrechen. Am dreizehnten landeten seine Schiffe in Dartmouth und Plymouth. Mit Georg und den in Frankreich geworbenen Söldnern marschierte er auf London, und ganz Devonshire, das von jeher den Lancasters anhing, schloß sich ihm jubelnd an. Verdammt, da würde wohl bald Hochzeit sein zwischen Ann und Margarets Sohn!

Als Richard von Anns Verlobung mit dem ehemaligen Prinzen von Wales erfahren hatte, war ihm das Blut gestockt. »Na, was sagt Ihr dazu?« hatte Hastings gebrüllt.

»Hut ab vor Warwick. Er macht nur Geschäfte mit Königen. Und kein Verlust schreckt ihn ab. Ob es sich leicht stirbt unter Anns lebhaften Augen? Was meint Ihr?«

»Sterben?« hatte Richard töricht gestammelt. »Wieso?«

Da wollte sich Hastings ausschütten vor Lachen. Was war dieser Richard nur dumm. Vergaß in zehn seligen Jahren, daß man einst die Lancasters vom Thron vertrieben hatte. »Wenn Gott sie jetzt wieder hinaufhebt, mein Lieber«, grinste Hastings mit flekkigen Zähnen, »mit Hilfe von Warwicks Schwert und Hand, dann sind wir alten Yorks wieder Rebellen. Ich weiß schon, Ihr habt Margaret kaum gekannt, seid noch ein Kind gewesen, als sie die Köpfe ihrer Feinde rollen ließ. Aber vielleicht geht Ihr ganz gern unter den Blicken ihres fischäugigen Sohnes in den Tod, wenn nur Ann neben ihm sitzt. Die magere, wilde Ann – wer hätte jemals gedacht, daß sie Aussicht hat, Königin zu werden?«

Noch ist es nicht so weit, dachte Richard und wälzte sich auf dem Lager in seinem Zelt. Und es wird auch nicht so weit kommen. Warwick wird mitsamt seinen französischen Söldnern und dem ganzen Lancaster-Anhang untergehen, und dann wird auch die Hochzeit zwischen Ann und Margarets Sohn nicht stattfinden. Niemals wird sie stattfinden, denn Eduard war auf der Hut.

Der König hatte allerdings nicht so rasch mit der Landung Warwicks gerechnet. Er baute auf seine Schiffe im Kanal und auf die Schiffe des Herzogs von Burgund, die wachsam waren wie Hunde. Denn Karl der Kühne hatte kein Verlangen, die Freunde Frankreichs auf Englands Thron zurückkehren zu sehen. Jedoch ein Sturm zerstreute die Wächter auf dem Meer, und Warwick nahm seine Chance wahr.

Eduard hatte ziemlich lange mit seinen Lords beratschlagt, wo er am besten den Feind erwarten würde. Sollte er sich in London verschanzen oder mit dem Gros seiner Truppen Yorkshire und damit den Norden im Zaum halten. In Yorkshire hatte Warwick einst geherrscht, und die Leute dort oben hingen an ihm. Wenn dem Grafen zu all dem Lancaster-Anhang in Devonshire und Somersetshire auch noch der Norden zulief, dann konnte die Lage für Eduard unangenehm werden, und so entschloß er sich, zunächst einmal nach Yorkshire zu ziehen. Dort hielt er sich auf, als ihn die Nachricht von Warwicks Landung erreichte.

Eduard war nicht überrascht. Er sammelte seine Leute und zog mit dreitausend Mann dem Feind entgegen. Bei Doncaster sollte der Marquis von Montagu mit weiteren fünftausend Mann zu ihm stoßen. Und bei Leicester erwartete Eduard noch einmal Verstärkung.

Nein, dachte Richard und sah auf die Wand seines Zeltes, Warwick wird nicht siegen, sondern untergehen. Und die schlaue, mißtrauische Margaret schien das auch zu fühlen. Weshalb blieb sie sonst in Frankreich zurück und behielt auch ihren Sohn bei sich?

Richard hatte sich mit dem König auf den Weg gemacht mit dem ingrimmigen Verlangen, zwischen Warwicks Rittern auch Margarets Sohn zu finden. Richard wollte ihn suchen im Getümmel der Schlacht und mit ihm kämpfen: den uralten Zweikampf der Männer um das Weib, auch wenn er Ann damit noch lange nicht erringen würde. Aber der Prinz von Wales sollte sie auch nicht haben, dieser erbärmliche Tropf. Richard wußte nicht, ob Margarets Sohn kräftig war. Sie waren ungefähr gleich alt. Sicher war er so geübt wie Richard. Das Schwert war ja das Handwerkszeug des Edelmannes, und der Nebenbuhler würde keine schlechteren Lehrer und Zuchtmeister gehabt haben. Aber er kam nicht! Heute hatte Richard es durch einen der ausgesandten Kundschafter erfahren. Heute, da das Heer von König Eduard kurz vor Doncaster lag, wo der Marquis von Montagu mit seinen fünftausend Mann zum König stoßen sollte. Nein, Warwick wird nicht siegen, dachte Richard dumpf, und dies war die einzige Hoffnung für ihn. Wenn Warwick geschlagen wurde, würde Margaret ihren Sohn nicht mit Ann verheiraten.

Ein winziges Pflänzchen war diese Hoffnung. Manchmal sah Richard sie im Traum, in einem dieser vielen Träume, die er träumte in den kurzen Stunden der Nacht, die er schlafen konnte. Oft wunderte sich Richard, daß seine Kameraden alle so gut schlafen konnten. König Eduard klagte nie über eine schlechte Nacht, und seinen Freund Hastings hörte man manchmal durch zwei Zelte hindurch schnarchen. Freund Francis war immer kaum zu wecken, und der junge James Tyrell, den Richard zu seinem Knappen gemacht hatte, behauptete sogar, er könne auch am Tag noch schlafen, wenn man ihm nur Zeit dazu gäbe. Richard würde das nie gelingen. Die quälenden Gedanken hielten ihn wach.

Aus dem Zelt des Königs nebenan klang die Laute des Spielmanns. Dazwischen hörte man Eduards Zechkumpane lachen: Hastings, Rivers und den jungen Lord Grey. Richard wälzte sich auf seinem Lager. Wenn er doch nicht schlafen konnte, hätte er auch drüben bleiben können bei ihnen, aber ihre derben Späße hatten ihn verscheucht, so Hastings' brüllende Anspielung, daß der Herzog von Gloucester noch immer kein Weib besessen habe. Hastings hatte sich fast vor Lachen gekrümmt, und auch Eduard hatte gelacht. »Es fragt sich«, hatte der König gemeint, »ob er nun wirklich etwas damit versäumt hat... wenn es ihn treffen sollte in Kürze.« Möglicherweise redeten sie drüben jetzt immer noch über dasselbe Thema. Dem Gegröle nach mußten inzwischen alle betrunken sein. Empfanden sie Angst vor der Schlacht, der sie entgegenzogen? Sie hatten doch alle, die da um den König hockten, schon Schlachten genug geschlagen!

Richard selbst hatte bisher nur Scharmützel erlebt. Das große Treffen stand ihm noch bevor, und er war erfüllt von einer rätselhaften Erwartung, als würde ihm im Kommenden etwas offenbar.

Richard schloß die Augen. Unvermittelt fiel er in Schlaf, und der Traum, der abgerissen war durch das Lachen im Zelt des Königs, glitt heran wie etwas Lebendiges. Richard sah es aufsteigen wie Bäume. Sie wurden zum Wald, undurchdringlich, verknotet. Dann waren es mit einem Mal ineinander verfilzte Leiber und Schwerter.

Spieße sah er glitzern im Licht, Hellebarden tauchten in Blut. Pfeile schwirrten wie Hagel. Mittendrin Georgs Gesicht. Georg, der Bruder! Der Treulose! Abtrünnige! Seit einem halben Jahr

nannte ihn König Eduard nur noch den Verräter. Richard stieß ihm das Schwert in die Brust.
Danach fuhr er hoch. Schweißnaß war sein Kragen. Er fürchtete sich doch nicht! Nein, nicht die Furcht war es, das Gesicht von Georg hatte ihn so erschreckt. Richard legte die Hand auf sein Herz. Es pochte wie ein Hammer. Nie war ihm der Gedanke gekommen, daß das Schicksal ihm im Trubel der Schlacht den Bruder vor das blanke Schwert treiben könnte... Georg! Was würde er dann tun?
Richard sank in sich zusammen. Die Laute des Spielmanns im Zelt des Königs war jetzt verstummt, das Scharren der Pferdehufe erlahmt, die letzten Hornrufe der Wachen verklungen. Es war spät, und wer am Morgen frisch sein wollte, mußte schlafen. Schlafen die ganze Nacht. Georg! Was für ein verzerrtes Gesicht hatte er im Traum! Wenn er fiel in der Schlacht, in der man Warwick besiegte... dann würde Richard Thronfolger werden. Denn Elisabeth Woodville, ewig schwanger zwar, gebar nur Töchter. Thronfolger, er, der bucklige Gloucester. Richard schüttelte den Kopf. Schlafen mußte er, schlafen, so tief und fest wie James Tyrell, sein Knappe, den man durch die Zeltwand hindurch schnarchen hörte. Sie blähte sich vom Luftzug. Es mußte Wind aufgekommen sein.
Richard fielen wieder die Lider zu. Jetzt träumte er, daß er über eine Heide ritt, am Waldrand entlang. Frühling war es, und der Ginster blühte. Er brach einen der gelben Zweige, um ihn an seinen Helm zu binden. Nun ritt er daher wie einst Graf Gottfried vor dreihundert Jahren, den man Plantagenet nannte, von Planta-Genista, Ginsterbusch. Und Plantagenets nannte man seither alle seine Nachkommen, die Yorks und die Lancasters, und wenn sie sich zerfleischten, so zerfleischten sie den eigenen Leib – aber wie kam er bloß auf den alten Ginsterbusch? Richard fuhr auf. Ach so, er hatte einen Strauch blühen sehen gleich hinter dem Lager, in einer Waldschneise versteckt, jetzt im September... es war ganz unnatürlich.

Er hatte einen Zweig in sein Schwertgehenk gesteckt. Richard begriff plötzlich, daß sein Knappe ihn schüttelte.
»Herr, steht auf!« schrie der Bursche. »Das Lager wird umzingelt! Der König ist schon auf dem Gaul!«
Umzingelt? Das Lager? War der Kerl verrückt? Richard taumelte hoch. Der Wind war stärker geworden, das vernahm er sofort, und Geschrei brandete durch die Nacht. Pferde wieherten, Trompeten ertönten.
Hastings stürzte ins Zelt.
»Gloucester, rasch! Um Gottes willen, macht rasch! Wir müssen weg!«
Richard begriff kein Wort. Er stürzte zu seinem Pferd. Wie ein Bild von der Hölle, so wirkte das aufgestörte Lager im Schein der Fackeln. Flüchtlinge rannten hierhin und dorthin, Knechte fluchten, Soldaten schwangen die Waffen, warteten auf Befehle, die nicht kamen, und rannten schließlich kopflos davon. Beim Troß waren ganze Wagenzüge ineinander verkeilt, und Gebrüll wütender Männer erfüllte die Luft. Dazu wurde der Wind immer stärker, daß er Banner und Zelte fast umriß.
Richard schwang sich auf sein Pferd, ohne darauf zu achten, daß ihm sein Knappe James den Steigbügel hielt. Er hatte seinen Kettenpanzer an, ein Waffenhemd darüber und den Brustharnisch nur lose darübergehängt. Der Helm baumelte ihm am Sattel, obwohl ihn sonst der Knappe zu tragen pflegte. Den unteren Teil der Rüstung, die Beinschienen und all das andere ließ er zurück. An Waffen hatte er nur das Schwert bei sich und die kurze Streitaxt. Das Schwert schlug ihm gegen das Knie, als er davon sprengte.
Erst nach einer Viertelstunde sah Richard genauer, wer mit ihm ritt. Eduard, der König, war vor ihm. Hastings war da, Rivers und der junge Lord Grey. Ein paar Knappen, darunter der seine, ein Spielmann, dann acht Ritter aus dem Gefolge von Rivers und zwei Leute von Hastings. Das war alles.
Erst langsam begriff Richard, was geschehen war. Sie hatten

gewartet mit dreitausend Mann, daß der Marquis von Montagu zu ihnen stoßen sollte mit etwa fünftausend Mann. Und er kam auch. Aber als er kam, kam er als Feind. Er hatte sich, ohne daß jemand es ahnte, auf die Seite Warwicks geschlagen.

Der junge Lord Grey, Elisabeths Sohn aus erster Ehe, war außer sich vor Wut. »Dieser Schuft, dieser Schuft«, keuchte er in einem fort.

Aber Rivers wollte sich halb tot lachen über den Zorn seines Neffen. »Mein Junge, merk dir eins«, rief er durch die Nacht. »Nur eines ist beständig auf der Welt. Die Unbeständigkeit des Menschen!«

Eduard hatte die Zähne aufeinandergebissen während des scharfen Ritts. Es war gut, daß man auf den Gaul achten mußte. Sonst hätte auch ihn der kalte Zorn übermannt – aber der Zorn auf sich selbst. Wie hatte er so dumm sein können, auf den Marquis zu vertrauen, der doch ein Bruder Warwicks und des Erzbischofs von York war. Eduard nannte sich einen Idioten. Diesen Mann, der seinen Brüdern vor einem Jahr nicht gefolgt war, hätte er ganz anders belohnen müssen für seine Treue. Aber er hatte gerade das Gegenteil getan. Da die Aufstände im Norden nicht abrissen, hatte Eduard geglaubt, das käme davon, weil die Leute von Northumberland das angestammte Haus Percy nicht vergessen könnten. Sir Henry Percy war abgesetzt worden, weil er ein Lancaster war. Als nun keine Ruhe wurde, und der junge Percy schwor, dem Hause York zu dienen, hatte Eduard ihn wieder zum Grafen von Northumberland gemacht und den treuen John Neville, der eine Weile dort Herr gewesen war, fortgeschickt. Er hatte ihn zwar mit dem Titel des Marquis von Montagu und einem Jahrgeld für das Entgangene entschädigt, aber jetzt sah Eduard selbst ein, daß das zu wenig gewesen war. Daß falsche Entscheidungen so teuer werden konnten! Wenn es ihnen nur gelang, Norfolk zu erreichen und Schiffe in der Bucht von Wash zu finden, dann waren sie gerettet.

Die Nacht war dunkel, und riesige schwarze Wolken zogen von

Westen her über den Himmel gleich Ungeheuern. Immer wieder fuhr der Sturm in die Fackeln, die die Knechte trugen, daß das Pech spritzte und feurige Fontänen zur Erde fielen.
»Dieser Schuft, dieser Schuft!« fluchte Lord Grey. »Dieser Schuft, dieser Schuft. Und zweimal Schuft Henry Percy, der auf dem Stuhl hocken bleibt und die Hände in den Schoß legt, obwohl uns Montagu nur seinetwegen verraten hat.«
Graf Rivers erwiderte lachend, daß das Haus Percy soviele Männer verloren hätte in diesem Kampf der Lancaster gegen York und des Hauses York gegen das Haus Lancaster, daß Sir Henry Percy eben genug davon hätte. »Das Haus Percy kämpft jetzt nur noch für das Haus Percy selbst. Und das ist kein schlechter Standpunkt.«
Richard ritt mit zusammengebissenen Zähnen. Auch er war voll Zorn. Aber seltsamerweise richtete sich sein Zorn nur gegen Anthony Woodville, den Grafen Rivers. Der ritt dicht neben ihm, und jedesmal, wenn er lachte, ging es Richard wie ein Stich durch die Brust. Wie konnte man lachen in dieser erbärmlichen Situation! Und wie konnte man das Verhalten von Sir Henry Percy, der unentschlossen auf seinen Gütern blieb, einen Standpunkt nennen, der nicht schlecht sei. Aber Richard sprach nicht aus, was er dachte. Der Wind hätte ihm auch die Worte vom Mund gerissen.
Als sie mit keuchenden Lungen und abgehetzten Gäulen von Norden her den Washbusen erreichten und die Häuser eines Dorfes sahen, hatte sich der Wind zum Sturm gesteigert. Er fuhr über die Dächer der Katen hinweg, daß es aussah, als würden sich die Giebel biegen. Kein Mast war zu sehen, nur kleine Boote lagen am Strand.
»Hinein!« rief Rivers. »In Lynn drüben werden wir eine Karavelle kriegen!«
Sie mußten die Pferde zurücklassen bei den Fischern, die von den Knappen herausgetrommelt wurden, damit sie die Boote flottmachen sollten. Herbstregen fiel prasselnd vom Himmel, setzte aus, um wieder zu kommen, waagrecht über das Meer gepeitscht.

Die Fischer stießen die Boote ins Wasser, wo sie alsbald herumtanzten wie wildgewordene Gäule. Kaum, daß sie zu halten waren. Die Männer fluchten. Der Schlick unter ihren Füßen schien davonzugleiten, aber sie kämpften sich verbissen, bis zu den Schenkeln im Wasser, in die Kähne hinein.
Richard hätte sich gern in der Nähe des Bruders gehalten, aber dann merkte er, daß er in dem Durcheinander und der Finsternis Rivers bei sich hatte und Hastings, dazu seinen Knecht James Tyrell und einen alten Fischer, der die Pinne hielt. Sie griffen vereint zu den Riemen. Bis Lynn konnte es ja nicht weit sein.
Der Fischer wiegte den Kopf. »Fünfzehn Meilen, mein Herr. Bei gutem Wetter nicht viel.«
Hastings schimpfte, daß sie natürlich ausgerechnet im schwerfälligsten Kahn säßen. »He, Gloucester, sag deinem Knappen, er soll das Wasser ausschöpfen. Die salzige See läuft mir schon in die Stiefel.«
Die hohen Wellen schlugen ins offene Boot. Es war stockfinster. Längst waren die Fackeln und auch das Windlicht des Fischers erloschen. Der Sturm brauste. Von den anderen Booten war schon nichts mehr zu sehen.
»Wenn wir ersaufen in dieser Nacht«, schrie Hastings, »wird Mister Warwick, von Kopf bis Fuß mit Gold umgeben, zur Trauung seiner Tochter schreiten. Und dann wird er die kleine Ann auf den Thron setzen mit drei Kissen unter dem Po . . . Du großer Gott im Himmel, und alle Heiligen, die es gibt, wie könnt ihr nur so rasch mit den Würfeln der Gunst spielen. Was sagt Ihr, Rivers?«
Rivers erwiderte, daß er auch eben an Ann gedacht hätte, deren Zukunft mit einem Mal so rosig sei, wie ihre eigene düster. »Aber beneiden wir sie nicht. Das werden schon andere zur Genüge tun.«
»Meinst du Isabella, die Schwester?«
»Clarence meine ich auf jeden Fall«, lachte Rivers.
»Ihm sind die Felle davongeschwommen, noch ehe er sie in der

Hand hatte. Es gibt Toren, Gloucester, hört Ihr, die greifen das ganze Leben lang daneben! Ihr habt doch nicht Angst?«
»Ich wüßte nicht wovor«, erwiderte Richard kalt, und er dachte, daß es ihm einerlei wäre, in dem wirbelnden Gischt zu ertrinken. Was verlor er denn schon auf der Welt? Was ließ er zurück, wenn er hinunterstieg in den Hades, um zu warten auf Gottes Gericht? Zwei Brüder, von denen der eine über ihn lachte und der andere ihn zwar mit Ämtern und Würden bedachte, aber nur weil er ihn brauchte. Dickie, pflegte Eduard immer zu sagen, wenn sie allein waren. »Dickie, du könntest mir einen Gefallen tun. Dickie, du bist der einzige, auf den ich mich verlassen kann, kein Mensch sonst ist treu. Dickie, heute habe ich keine Zeit für dich, ich will mit Elisabeth nach Greenwich hinaus. Du könntest mitkommen, aber du machst dir ja nichts aus Possenspielen. Hör, Dickie, in Wales ist schon wieder was los, du mußt härter durchgreifen. Ah, da kommt Mabel, meine Konkubine. Ist sie nicht hübsch?«
Zwei Brüder hatte Richard und ein paar Schwestern. Aber die Schwestern kannte er eigentlich nur vom Sehen. In der Kindheit waren sie auf irgendwelchen Schlössern bei Verwandten oder im Kloster zur Erziehung gewesen, und jetzt waren sie verheiratet. Niemand würde eine Träne vergießen, wenn er ertrank. Selbst seine Mutter Cicely nicht. Manchmal, soll sie gesagt haben, kann ich gar nicht glauben, daß Richard mein Sohn ist, so häßlich und so schweigsam, wie er ist.
Der Sturm griff ins Boot. Eine Kreuzsee erfaßte es und brachte es beinahe zum Kentern. Der Fischer stemmte das Ruder so heftig, daß es knirschte und brach. Rivers fluchte auf alle Heiligen des Himmels: »Heilige Maria, Mutter und Hure, die du doch warst, ich will nicht ersaufen in dieser Nacht. Das wenigstens will ich noch erfahren, was Clarence jetzt tut, in seiner großen Enttäuschung.«
»Was soll er denn tun!« brüllte Hastings zu ihm hinüber, »als bleiben auf der Seite, auf der er ist.«

»Mitnichten«, entgegnete Rivers und lachte schallend. »Er ist doch der Eckstein der ganzen Geschichte. Wenn es uns gelingt, ihn nur wieder ein bißchen zu verrücken...« Das Boot machte einen Satz, als hätte eine Faust es gepackt, und fiel wieder zurück in den kochenden Gischt. Längst ging das Wasser bis über die Duchten, so daß Hastings schrie, jetzt säße er schon mit dem Hintern in der salzigen See, und wenn der dreimal verfluchte erbärmlichste Knecht aller Knechte James Tyrell nicht rascher schöpfe, dann würde er ihn Gott Neptun opfern. »Mit dem Schwert durchbohre ich dich und schmeiß dich ins Meer!«

»Ich kann nicht mehr«, stöhnte der Bursche. »Stoßt zu, Herr, dann ist es aus.«

Richard schob seinen Knappen hinter sich. »Laß gut sein, James, das Boot schwimmt auch noch, wenn das Wasser bis zum Dollbord reicht. Wir haben ohnehin kein Steuer mehr.«

Der Fischer rief, sie sollten beten. Der Weststurm triebe sie aufs Meer hinaus.

»Beten?« fragte Rivers rauh. »Zu wem, mein Lieber. Ich wüßte nicht, bei wem wir im Augenblick gut angeschrieben wären.«

»Bereut Eure Sünden, Herr!«

Welche Sünden habe ich, dachte Richard. Ist es Sünde, daß ich die Menschen nicht liebe, die mich nicht lieben? Ist es Sünde, daß ich Ann begehre und immer begehren werde, auch wenn sie das Weib eines anderen ist?

Rivers dachte, ich hätte die schwangere Isabella an Land lassen sollen und dann gleich drüben bleiben in Calais. Ich hätte nicht Lukretius lesen dürfen, der ein Epikuräer ist. Und ich habe an Gott gezweifelt, aber zum Teufel, ich zweifle noch!

Hastings versprach dem Himmel, nicht mehr in die Tower Street zu gehen, in den Laden des Schnittwarenhändlers Shore, der vor kurzem geheiratet hatte, ein blutjunges Ding. Die hätte dem König zugesagt! Nein, er würde nicht mehr hingehen zu der kleinen Jane. Nein, oh Gott! Hilf, oh Gott, deinem bedrängten Diener.

Sie warfen alles Gepäck über Bord, das sie bei sich hatten, rissen sich die Panzer vom Leib für den Fall, daß sie schwimmen mußten, und versuchten das Boot mit den Rudern auf Kurs zu halten. Der Schweiß troff ihnen vom Gesicht, mischte sich mit dem Wasser der See und den klatschenden Tropfen des Regens, und in der letzten Anstrengung verging ihnen Angst und Gebet. Als der Kiel des Bootes auf Sand lief, fielen sie zusammen, als wären sie tot. Dann taumelten sie an Land. Sie mußten zwei Stunden suchen, bis sie die Gefährten fanden, denen es nicht anders ergangen war. »Wir sehen alle aus wie ersoffene Ratten«, sagte Eduard. »Aber niemand fehlt. Das ist ein Zeichen von Gott. Dort drüben sind die Lichter von Lynn, und ich sehe die Masten von Segelschiffen. Nächste Woche sind wir bei meinem Schwager in Burgund.«

Rivers wollte wissen, mit welchen Schätzen beladen sie zum reichsten Fürsten Europas kämen, und sie zeigten einer nach dem anderen vor, was sie noch hatten: Eduard die von seinem Helm gebrochene goldene Zier in Form einer Krone, der junge Lord Grey das Gebetbuch seiner Mutter und Lord Hastings einen Armreif, den ihm ein Weib geschenkt. Rivers selbst hatte eine durchweichte Rolle Pergament an seiner Brust geborgen mit der letzten Ballade, die er geschrieben hatte, und nur Richard hatte außer seinen Waffen nichts.

»Nichts?« rief Rivers. »Dann seid Ihr der Ärmste.«

»Nein, nichts«, wiederholte Richard. »Es sei denn dies.« Und er holte den Ginsterzweig hervor, den er gestern im Wald gebrochen hatte, und der seit dem turbulenten Aufbruch im Lager noch in seinem Schwertgehenk steckte. Richard hielt ihn hoch. Zwei zerzauste Blüten waren noch daran – es war ein Wunder.

*

Die Glocken läuteten. Sie läuteten von allen Kirchen der Stadt. Man schrieb den dreizehnten Tag im Dezember des Jahres 1470. Der Großvikar von Bayeux traute Anna Neville, Tochter des

Grafen Warwick, mit Eduard, Prinz von Wales, Sohn Heinrichs VI. und der Margarete von Anjou.
Der Tag war trübe und kalt, und dies dämpfte die Stimmung der Hochzeitsgäste.
Es waren ihrer ohnehin nicht allzu viele. Margaret, wieder Königin von England, seitdem drüben in London vor neun Wochen ihr Gemahl Heinrich von Warwick und Clarence aus dem Tower geholt und in seine alten Rechte eingesetzt worden war, fand, daß trotz der Gunst der Zeit eine aufwendige Hochzeit für Anna Neville nicht nötig wäre. Der Zug nach London hatte Geld gekostet, und noch mehr Geld würde es kosten, das Erreichte zu sichern.
Margaret ging in ihrem Zimmer herum. Hätte der Himmel Eduard nicht ertrinken lassen können im salzigen Wasser der Bucht von Wash? dachte sie. Es hätte auch genügt, wenn die kleine Flotte Eduards, die von Lynn aus in See gestochen war, den Schiffen der Hanse ins Garn gegangen wäre. Aber Eduard war sicher in Burgund am Hof seines Schwagers gelandet.
Seit Margaret erfahren hatte, daß ihr Narr von Gemahl, den sie nun an die zehn Jahre nicht mehr gesehen hatte, wieder in London auf dem Thronsessel saß, suchte sie nach einem Gefühl des Triumphes, einem Gefühl der Erlösung nach all den gehabten Enttäuschungen. Aber was sie in ihrem Herzen fand, war die Furcht vor der Wankelmütigkeit des Schicksals und ein Nicht-Glauben-Wollen an das Glück. Nein, nein, sie wollte noch nicht hinüber nach England, so sehr ihre Freunde auch drängten. Im Frühjahr vielleicht, nicht eher. Sie war gar nicht so scharf darauf, Heinrich wiederzusehen. Er war jetzt fünfzig und ein alter Mann.
Von ihren Verpflichtungen, die sie gegenüber Warwick eingegangen war, konnte sie sich nicht drücken. Aber es war wohl nicht nötig, bei dieser Hochzeit, die ihr widerwärtig war, mehr Aufwand zu treiben als unumgänglich. Der Prinz von Wales war kein König und Warwicks Tochter Ann noch nicht Königin. Am

Tag nach der Trauung würde man nach Paris fahren in samtbeschlagenen Wagen. Das war Fest genug.
Margaret sprach mit ihrem Sohn. »Am liebsten«, erklärte sie mürrisch, »wäre mir, das Beilager fiele überhaupt ins Wasser. Solange Eduard York lebt und Hilfe von seinem Schwager in Burgund erwarten kann, müssen wir mit allerlei bösen Überraschungen rechnen. Wenn das Beilager nicht vollzogen ist, etwa weil das Brautpaar noch zu jung ist, dann besteht jeden Tag die Möglichkeit, eine Ehe für ungültig zu erklären. Aber ist erst das Bett beschritten, ist das Recht erstritten, heißt es im Sprichwort, und das weißt du ja, mein Junge.«
Der Prinz lächelte befangen. Er erwiderte, daß man in seinem Falle nicht von einem kindlichen Brautpaar sprechen könne. Er sei bald achtzehn Jahre alt und wolle sich auf gar keinen Fall nachsagen lassen... »Ich lasse mich doch nicht auslachen von meinen Leuten, Frau Mutter«, brauste er auf. »Außerdem sehe ich nicht ein... Ich bin Euch ohnedies dauernd gehorsam. Ich bin hier geblieben, obwohl ich mit Warwick ziehen wollte. In meinem Alter können andere schon von Siegen sprechen, während ich Tag für Tag an Eurem Rockzipfel hänge. Aber auf das Vergnügen, das die Trauung dem Mann bietet, verzichte ich nicht. Es genügt, daß ich der Wahl meiner Braut zugestimmt habe.«
»Wenn du jemals auf Englands Thron sitzen willst, mein Junge, dann bleibt dir gar nichts anderes übrig. Aber gut, wenn du deinem Kopf folgen willst, dann geh wieder. Sie gefällt dir wohl, die kleine Ann?«
»Das kann ich noch nicht sagen, Frau Mutter. Ich habe meine Zukünftige ja erst gestern kurz gesehen. Aber ein Weib ist sie auf jeden Fall.« Er bekam einen roten Kopf und ging hinaus.
Während der ganzen Zeremonie hatte Ann mit ihrem Kleid zu tun. Es war so steif und weit und saß nicht. Diese Schneiderin aus Paris hatte nicht das geringste verstanden. Ann war wütend und unglücklich zugleich. Die ganze Kirche war voll von Men-

schen, und kaum einen einzigen davon kannte sie. Alle, die Ann liebte, waren fortgezogen über das Meer. Der Vater war in London und Isabella mit ihrem Gatten Georg auch. Das ganze Gefolge hatte Warwick mitgenommen, nur sie, seinen Liebling, hatte er zurückgelassen in dem fremden Land. Und Lady Warwick war bei ihrer Tochter geblieben.

Zuerst hatte Ann gehofft, dem Vater bald nachfolgen zu dürfen, aber jetzt hieß es, man reise nicht vor dem Frühjahr. Das war eine verdammt lange Zeit, wenn die neue Verwandtschaft einen nicht leiden konnte.

Ann setzte ihr trotzigstes Gesicht auf, als Königin Margaret nach der Kirche ihre Schwiegertochter zu sich befahl und ihr Vorhaltungen machte. »Du hast dich aufgeführt in deinem Kleid, als hättest du ein Schock Flöhe auf der Haut. Und den Kopf hast du gedreht wie ein loses Frauenzimmer. Es war dir wohl nicht festlich genug, und daß dir das Kleid nicht gefiel, hast du ja der Schneiderin schon gesagt, wie ich hörte. Es lag an deinem Vater, wenn er dir kein teureres bezahlte.«

»Es lag an der Schneiderin, daß es nicht saß«, erwiderte Ann patzig. »Und an dem Schnitt, den Ihr ausgewählt habt. Ich hätte zehnmal hineingepaßt.«

»Die Französinnen sind nicht so mager«, erwiderte Margaret scharf. »Geh jetzt und nimm dich zusammen für das Bankett. Mach deinem Gemahl keine Schande!«

Ann ging hinaus. Sie streckte den Bauch vor und die junge, feste Brust. Sie war nicht mager. Und was den Gemahl betraf, dem sie keine Schande machen sollte – es war so komisch, plötzlich einen Gemahl zu haben.

Als Ann von ihrem Vater erfahren hatte, daß sie heiraten sollte, war sie aufs äußerste bestürzt gewesen. Heiraten? Jetzt schon? So bald? Sie war noch nicht fünfzehn.

An Isabella hatte sie allerdings gesehen, wie schnell es gehen konnte: Aber Isabella war immerhin siebzehn gewesen, als sie heiratete, und Ann hatte gedacht, es würde bei ihr noch eine

Weile dauern. Der Vater würde doch sicher sehr sorgfältig wählen.
»Ich habe sorgfältig gewählt«, hatte er ihr erklärt, ehe er fortfuhr, »und dir eine Stufe geschlagen zu Englands Thron. Kein Vater kann mehr für seine Tochter tun.« Als Ann begriffen hatte, wie gut der Vater für sie sorgte, war sie ein paar Minuten lang außer sich gewesen. Heilige Mutter Gottes, sie würde einmal Königin werden. Der Traum ihrer Kindheit, den man im Kloster unterdrückt, und dessen sie sich manchmal geschämt hatte, sollte Wirklichkeit werden! Heinrich war ja nicht fähig zu regieren, Margaret alt und müde. In absehbarer Zeit würde sie ihren Sohn für mündig erklären und krönen lassen. Und dann war Ann Königin! Beim heiligen Patrick, was würde sie da alles tun! Ein Goldbrokat-Kleid würde sie sich zulegen und einen Mantel aus allerfeinstem grünem Samt mit großen Perlen besetzt. Und den Schleier über ihrem Hennin wollte sie in einer Farbe haben wie Rauch mit Diamanten bestickt. Wahrhaftig, gut hatte der Vater für sie gesorgt! Denn man heiratete ja nicht zum Vergnügen, sondern damit man für das Leben versorgt war. Die Liebe kam immer erst hinterher, das hatte man ihr nicht anders erzählt. Wenn man mit einem Mann Kinder hatte, dann liebte man ihn. Die Mutter liebte den Vater, und sie hatte ihn vor der Hochzeit nur einmal gesehen. Königin Margaret liebte ihren Gatten Heinrich und hatte ihn nicht einmal zur Hochzeit gesehen, sondern mit einem Stellvertreter in voller Kleidung das Beilager bestiegen. Aber da stockten schon Anns Gedanken. Margaret liebte ihren Heinrich ja gar nicht. Das wußte schließlich die ganze Welt.
Was dann, dachte Ann voll Entsetzen, wenn sie den Gemahl, den ihr der Vater erwählt hatte, nicht lieben konnte?
Sie hatte gezittert, bis sie den Prinzen von Wales zum erstenmal gesehen hatte. Es war gestern gewesen, und er hatte sie ganz kurz begrüßt. Er war groß, das hatte er von seiner Mutter. Und schwarzhaarig, das hatte er von seinen französischen Vorfahren.

Seine Nase war ein bißchen lang, aber sein Kinn war rund. Alles in allem sah er nicht schlecht aus. Vor allem war er sehr prächtig gekleidet und trug sogar einen Hermelinkragen um den Hals. Ann stand vor ihm, schmal und höfisch-geziert, aber beinahe hätte sie gekichert. Es war zu komisch, daß sie mit diesem fremden jungen Mann verlobt war und morgen sein Weib werden würde. Sie schauderte ein bißchen. Wenn sie erst sein Eheweib war, würde er sie umarmen. Nein, dachte sie entsetzt, das will ich nicht.

Lady Warwick war glücklich, als es endlich ernst wurde mit Anns Hochzeit.

»Kind, oh Kind, du mußt zu Gott beten und ihm danken für dein großes Glück«, rief sie immer wieder aus, als Ann zum Kirchgang angekleidet wurde, bis diese schließlich ganz ärgerlich wurde. Aber ja, sie dankte dem Himmel, daß er ihren Vater so gnädig nach London zurückgeführt und Eduard über das Meer gejagt hatte, aber ob es wirklich das große Glück für sie war, den Prinzen von Wales zu bekommen, das wußte doch noch kein Mensch.

Ann erinnerte sich an Isabella, deren Hoffnungen auf die Krone nun zunichte geworden waren. Isabella war ja Gott sei Dank nicht neidisch, und sie hatte Ann lange an sich gedrückt, ehe sie mit Georg und Ankarette auf das Schiff gegangen war, um nach England zurückzukehren. »Liebste Ann«, hatte sie geflüstert, »ich bin froh, daß es so gekommen ist. Wirklich. Du sehnst dich nach der hohen Stellung, ich hätte bloß Angst davor. Bitte Gott, daß Vater Glück in England hat. Und wenn du einst auf dem Platz von Elisabeth Woodville sitzen darfst, sei mir eine gute Königin.«

Georg jedoch hatte beim Abschied von Ann alle Mühe gehabt, ein freundliches Gesicht zu machen. Und das kam nicht nur daher, weil man noch nicht wußte, was ihm in England alles bevorstand und ob es gelingen würde, Eduard zu vertreiben. Ann dachte erschreckt: Er wünscht mir und dem Prinzen von Wales den Tod. Bei Gott, er wünscht uns den Tod! Sie sah es in Georgs Blick, in seinen unsteten, verschwommenen Augen.

Ach was, hatte Lady Warwick ihre Tochter getröstet, als die Segel der Schiffe längst am Horizont verschwunden waren. Georg hat sich zum Abschied vom Festland bloß eben mal wieder ein bißchen betrunken. Es ist nicht unsere Schuld, wenn wir Margaret und die Lancasters brauchen. Aber nachdem wir sie brauchen, ist es doch klar, daß Vater das Beste aus der Sache macht. Hätte Georg mehr Freunde in England gehabt, hätten sie ihm auf den Thron helfen können, aber er hatte ja kaum welche. Und solltest du keinen Sohn bekommen, ist Georg immer noch Thronfolger.

Während der Trauungszeremonie mußte Ann an die Worte der Mutter denken und an die Möglichkeit, einmal Kinder zu kriegen. Sie konnte nicht vergessen, wie schrecklich Isabella bei ihrer ersten Geburt gelitten hatte. Ann verstand nicht mehr, daß sie gestern noch fröhlich gekichert hatte beim Anblick ihres Verlobten. Wie ein schwarzer Schatten schien die Zukunft jetzt vor ihr zu stehen.

Sie warf aus dem hochgestellten Kragen ihres Gewandes heraus einen Blick auf ihren Gemahl, um zu sehen, ob er dasselbe dachte. Aber der Prinz wirkte gelassen. Steif stand er da, hochmütig, mit einem Ausdruck von Verachtung im Gesicht. Wahrscheinlich war ihm Ann nicht gut genug! Sie hatte plötzlich das Gefühl, als drehe sich alles. Um Himmels willen, nun fiel sie auch noch in Ohnmacht. Nein, es ging vorüber. Im aufsteigenden Weihrauch sah sie das faltige Gesicht des Großvikars von Bayeux. Seine Augen wirkten wie Glas. Mit diesen gläsernen Augen blickte er sie an und hob die Hand, um sie zu segnen. Am Abend würde er auch noch das Hochzeitsbett mit Weihwasser besprengen. Angst überfiel Ann, die Angst vor der kommenden Nacht. Sie verging auch nicht während der ganzen Dauer des Banketts. Es war eine Angst, die von Stunde zu Stunde noch wuchs, eine unverständliche und törichte Angst, so daß sie beim

Essen das kostbare goldene Messer fallen ließ. Das steife Kleid war ihr längst einerlei, und die zahllosen Gänge mit allen Köstlichkeiten der französischen Küche verursachten ihr Übelkeit. Nur die Pokale und Humpen mit Wein hätte sie gern alle leergetrunken. Wenn doch nur die Nacht schon vorüber wäre! Wenn sie das Unbekannte doch nur schon hinter sich hätte!

Ihr Gemahl, der Prinz, saß in Samt und Seide neben ihr. Seine Beinlinge waren so eng, daß man die einzelnen Muskeln der Schenkel erkannte, und das goldbestickte Wams reichte kaum über den Gürtel. Er redete und redete, aber er redete nur mit den Leuten, die er kannte, und Ann kannte er noch nicht. Großer Gott, auch sie kannte ihn nicht. Was war er für ein Mensch? Lachte er gern? War er oft traurig? Würde er lieb zu Ann sein, wenn sie weinte? Würde er sie trösten, wenn sie Kummer hatte? Würde er poltern, wenn er ärgerlich war oder trinken wie Georg? Würde sie sich nach ihm sehnen, wenn er fort war, oder froh sein, wenn sie ihn nicht sah? Wenn nur die Nacht schon vorüber wäre, diese lange Nacht...

Jäh merkte Ann, daß der Prinz ausgesprochen böse sein konnte. Denn als der blonde Vorschneider, der vor ihm kniete, einen Tropfen Brühe auf die Finger des Prinzen laufen ließ, stieß der unter dem Tisch mit dem Fuß nach ihm und traf ihn schmerzhaft ans Schienbein. »Paß auf, du Hund, sonst lasse ich dich rädern!« knurrte er.

Der Page senkte erschreckt und ergeben den Kopf. Er verbiß den Schmerz und stammelte eine Entschuldigung. Ann sah ihn an. Er mochte so alt sein wie der Prinz. Gewiß war er ein nachgeborener Sohn einer guten Familie, der kein Erbe zu erwarten hatte. Da mußte er natürlich zusehen, daß man ihn in Dienst behielt, eines Tages zum Ritter schlug, ihm Brot und Gewand und, wenn er älter war, ein kleines Lehen gab. Seltsamerweise sah er aus wie Richard, nur daß er nicht so krumm war. Nein, groß war er und schlank. Aber verloren sah er aus, verlassen und einsam wie Richard.

Ann zischte ihrem Gemahl das erste Wort dieses Abends zu. »Ihr seid gemein! Er hat es doch nicht mit Absicht getan!«
Der Prinz drehte erstaunt den Kopf. Er war so überrascht, daß er gar nicht gleich antworten konnte. »Ich dachte schon«, sagte er eisig nach einer Pause, »es wäre Euch schlecht. Weil Ihr den ganzen Tag so schweigsam seid. Es freut mich, Euch wohlauf zu sehen. Was meine Diener anlangt, so sind sie die meinen. Ich kann mit Ihnen tun, was ich will.«
Sie erwiderte nichts. Einen Augenblick wollten ihr die Tränen hochsteigen, aber sie schluckte sie hinunter. Und dann verging auf eine seltsame Weise die Angst. Sie war eine Tochter des Grafen Warwick, und ohne Warwick wäre der Prinz von Wales noch immer ein Prinz ohne Land. Sie brauchte sich, bei allen Heiligen, doch nichts gefallen zu lassen von diesem hochmütigen Affen!
Obwohl die Schwiegermutter jeden Schluck Wein verfolgte, den sie trank, bestieg Ann, als die Nacht gesunken war, das große Bett im Schlafgemach in einem seltsamen Schwebezustand. Sie mußte angetrunken sein. Wie durch Nebel sah sie das Feuer im Kamin brennen und die Kerzen in den Leuchtern flackern. Es war warm im Raum, und dies brachte Ann zum Bewußtsein, wie kalt es den ganzen Tag über gewesen war. Im Festestrubel hatte sie es nur nicht gemerkt. Ihre Schultern fühlten sich an wie Eis. Das Kleid war auch sehr tief ausgeschnitten.
Ann schwankte und schloß die Augen. Wie die Hände der geschäftigen Hofdamen kitzelten, die sie in das lange, kostbare Brauthemd hüllten. Beinahe hätte Ann losgeprustet. Dann lag sie im Bett und hatte das Gefühl zu sinken, irgendwohin in einen endlosen Abgrund. Der große Raum war erfüllt von Menschen, und Ann vernahm ihre Stimmen, aber sie machte die Augen nicht auf. Züchtig lag sie da und fühlte sich ganz und gar betrunken.
Als der Prinz, den hochgestellte Herren seiner Kleider entledigt hatten, neben Ann das Lager bestieg, ächzte die Bettstatt. Er ist

schwer, dachte Ann entsetzt, als wäre dies etwas Schlimmes. Sie spürte einen Augenblick seinen Arm. Dann lag auch der Prinz steif und still, während die Decke über sie beide gebreitet wurde und der Großvikar den Segen über sie sprach. Ein Spritzer des Weihwassers traf Ann ins Gesicht. Es war ein dicker Tropfen. Wie eine Träne glitt er an ihrer Nase entlang.

Während die Herren und Damen aus Margarets Hofhaltung, die geladen waren, das Brautbett zu besichtigen, in einer langen Reihe vorüberzogen, wagte Ann kaum zu atmen. Ganz deutlich konnte sie das Schleifen der langen Kleider auf dem Fußboden von den patschenden Tritten der Schnabelschuhe unterscheiden. Die Kerzen am Kopfende züngelten im Luftzug, so daß Ann die Wärme der Flammen auf ihrer Wange spürte. Draußen auf dem Flur hörte sie die vornehme Gesellschaft lachen. Wahrscheinlich machte man Witze über sie und den Prinzen, anzügliche Bemerkungen. Einer meckerte ganz deutlich. Ann hätte ihn erschlagen mögen.

Plötzlich fiel die Tür zu, und es war still. Kein Schleifen von Schleppen mehr auf den Fliesen, kein Lachen. Ann zitterte. Als die Stille dauerte, öffnete sie einen Spalt ihre Lider. Bei Gott, sie waren allein!

Der Prinz bewegte sich. Er drehte sich zu ihr. »Nun sind wir allein«, sagte er.

Natürlich waren sie allein. Als ob sie das nicht gemerkt hätte.

»Soll ich die Kerzen löschen?« fragte der Prinz.

Sie erwiderte nichts. Sie war ja auch noch gekränkt. Außerdem war nun die Angst wieder da, die flatternde Angst.

Der Prinz löschte die Kerzen, ohne auf ihre Antwort zu warten. Mit der Hand schlug er sie aus. »In London«, fuhr er ein wenig heiser fort, »werden wir wahrscheinlich im Westminster-Palast wohnen. Ich glaube, da zieht es.«

Sie antwortete nicht.

»Eduard von York soll ja einiges umgebaut haben. Aber ich glaube nicht, daß er viel Geschmack hat. Na, wir werden sehen.«

Sie rührte sich nicht.
»Im Frühjahr wird er vielleicht kommen«, sprach der Prinz weiter, »um uns Westminster Hall und den goldenen Thron streitig zu machen. Aber dann wird er schon sehen, was mit ihm geschieht.«
Ann mußte daran denken, daß Eduard sie am Kinn zu kitzeln pflegte und daß sie ihn einmal angebetet hatte. Aber das war lange her.
»Weißt du eigentlich, wie man Hochverräter bestraft?«
Der vertrauliche Ton war Ann unangenehm. Sie wollte erwidern, daß Eduard doch kein Hochverräter sei, wenn er seine Krone zurückhaben wollte, aber sie unterließ es.
Der Prinz erklärte, daß man sie zu hängen pflege, wenn es sich nicht um einen Edelmann handle, und Eduard sei für ihn kein Edelmann mehr. »Zu hängen, jawohl. Aber nicht, bis sie tot sind, meine Liebe. Man schneidet sie rechtzeitig ab. Und dann reißt man ihnen bei lebendigem Leib die Eingeweide heraus, damit man an das verräterische Herz kommt ... und wenn man es hat, wirft man es ins Feuer!«
Ann lag ganz starr.
»Hast du gehört? Dann wirft man das Ganze ins Feuer.« Er rückte ein wenig näher und lag nun dicht neben ihr. »Nun mußt du mich küssen!«
Sie rührte sich nicht.
»Hast du gehört? Du sollst mich küssen!«
»Geh weg«, sagte sie bebend und schrie plötzlich ganz wild: »Geh weg, du Schinder!«
Einen Augenblick war er verblüfft und grinste dumm. Doch dann begriff er. Zorn und Wut schwemmten die Scheu seiner Jugend hinweg. Er war ja auch schon einmal in einem Bordell gewesen. Mit hartem Griff zwang er Ann zu sich, und unter ihrem hilflosen Schluchzen wuchs seine Lust.

*

Um diese Zeit befand sich Richard in Brügge, und alles, was seine Zukunft betraf, schien ihm dunkler zu sein als die dunkelste Nacht. Er wohnte zusammen mit Eduard im schönen Haus des Gouverneurs Gruthuyse, der sie nach ihrer Flucht aus England gastfreundlich aufnahm, aber der Herzog von Burgund hatte sie noch nicht empfangen.

»Das ist doch verständlich«, Rivers zuckte die Achseln. »Der Gute rechnet scharf. Eine Abordnung nach London und eine Verhandlung mit Warwick kosten nicht allzu viel. Und wenn das Parlament unter Warwick das Bündnis mit Burgund aufrechterhält, dann braucht er sich ja weiter nicht anzustrengen.«

»Aber das tut Warwick gewiß nicht«, rief Hastings.

Rivers erwiderte lachend, daß Warwick wohl in der Tat zu töricht sei, das Naheliegende zu tun. Und der Herzog von Burgund würde schon aufwachen, wenn ihm Ludwig von Frankreich, unterstützt von Warwick, erst den Krieg erklärte. »Und dann wird er uns schon Geld, Schiffe und Leute geben. Wir müssen nur warten.«

Sie blieben also in Brügge, empfingen Besucher, schrieben Briefe und warteten. Wenn Richard Zeit hatte, schlenderte er durch die Stadt. Er bewunderte das Stadthaus mit den Bildsäulen der flandrischen Grafen und Gräfinnen und die Liebfrauenkirche. Wenn er beten wollte, kniete er in der Kapelle des Heiligen Blutes, in der einige Tropfen vom Blut Christi aufbewahrt wurden, die Kreuzritter aus dem Heiligen Land mitgebracht hatten. Aber als Rivers einmal meinte, so ein paar winzige Tropfen müßten doch im Laufe von dreihundert Jahren vertrocknet sein, müßten eigentlich in den elfhundert Jahren, bis man sie bekam, schon längst vertrocknet gewesen sein, ging Richard nicht mehr zur Kapelle. Rivers zog aber auch alles Heilige in den Schmutz!

Der Hafen der Stadt lag voll von Schiffen. Burgundische Koggen drängten sich an englische, hansische an dänische, und man sah Galeeren aus Genua und aus Venetien. Wenn es zur Vesper läutete, war das wie ein riesiges Rauschen über der Stadt, und die

Läden barsten vor Waren. Es gab auch Armenviertel, aber die gab es überall auf der Welt. Und aus den Spitälern stank es genauso wie in London.
Hastings war sehr betriebsam. Er nahm Richard in die Badestuben mit, und man hockte zwischen Weibern und Männern in einem der großen Zuber, eine Schambinde um die Hüfte, während die Weiber nur einen Turban auf dem Kopf hatten, um das Haar zu schonen. Man aß und trank von Brettern, die auf die Zuber gelegt wurden, und die Bademägde schütteten warmes Wasser nach. Im Oberstock konnte man Zimmer auf Stunden mieten, und manche der Weiber waren ganz hübsch. Aber so nackt zwischen den anderen schämte sich Richard. Obwohl ihn das Begehren seit langem drängte, wußte er nicht mit seinen Hemmungen fertig zu werden. Als eines Tages eines der Weiber ihn auf die nasse Schulter patschte und fragte: »Na, Kleiner, warum lachst du nicht mit? Weil du einen Buckel hast?« da ging er nicht mehr hin.
Er hatte keinen Höcker. Die Muskeln seiner Brust waren fest und die Oberarme stark. Aber er hielt sich krumm, seine Hüften waren zu schmal, die Beine zu dünn. Es war gut, daß er Ann nicht geheiratet hatte und nicht in Gefahr gekommen war, daß sie ihn auslachen konnte.
Vier Wochen vor Anns Hochzeit war eine Nachricht über den Kanal geflogen, die die Männer im Hause des Gouverneurs Gruthuyse zu Brügge in einen Freudentaumel versetzte: Elisabeth Woodville war niedergekommen. Im Asyl von Westminster, wohin sie sich geflüchtet hatte, als Warwick und Clarence in London einzogen, hatte sie einen Sohn geboren. Eduard war wie närrisch vor Glück.
»Richard, Richard, ich habe einen Sohn! Hast du gehört? Einen Sohn! Ich bin Vater eines Sohnes! Jetzt hat sie es endlich fertiggebracht, meine gute Elisabeth, Gott segne sie dafür. Richard, wir müssen nach Hause!«
Eduard ritt mit seinem Bruder und seinen Gefährten nach Lille,

um die Schwester zu besuchen und ihr das freudige Ereignis mitzuteilen. Diese versicherte, daß ihr Mann, der Herzog von Burgund, seine Schwäger nun bald empfangen würde. Sie habe jetzt oft genug mit ihm gesprochen, und Ludwig von Frankreich sei sehr angriffslustig.

»Fünfzigtausend Kronen brauche ich«, erklärte Eduard. »Schiffe und ein paar hundert flandrische Kanoniere mit Feldschlangen.«

Die Schwester wiegte den Kopf. »Das ist viel. Aber ich denke, der Herzog wird euch unterstützen. Ihr werdet zurückkehren nach England, und wenn Eure Freunde herbeieilen und sich um euch scharen – verstärkt vielleicht noch um Georg und seine Männer...«

»Clarence?« unterbrach Eduard scharf. »Georg? Unser erbärmlicher Bruder?«

»Warum nicht Georg«, nickte die Schwester heiter. »Im Rausch kommen auch anderen verschwommene Träume, aber inzwischen ist Georg doch sicher nüchtern geworden. Er hat gemerkt, daß ihm die Felle davonschwimmen. Er kann nicht wünschen, daß die Lancasters triumphieren! Niemals! So dumm ist Georg nicht.«

Eduard ging mit langen Schritten im Zimmer umher. »Ein paar tausend Mann könnte er wohl auf die Beine bringen«, sagte er kalt. »Die wären nicht schlecht, und sie zählen doppelt, wenn sie Warwick fehlen.« Er lachte böse. »Aber er müßte eine Viertelstunde vor Elisabeth knien und um Verzeihung bitten. Sie hat jetzt einen Sohn von mir. Wer redet mit Georg und sagt ihm das? Wer zieht ihn auf unsere Seite? Ich nicht!«

»Warum nicht unsere Mutter?« fragte die Schwester sanft. »Georg hört auf sie, er hat schon immer auf sie gehört. Und es bleibt ihm ja auch gar nichts anderes übrig...«

»Ich spreche nicht mit ihr.«

Es war schließlich Richard, der sich auf den Weg machte.

Cicely saß im Garten auf einer weißgestrichenen Bank, Richard begrüßte sie höflich, und sie umarmte ihn.

Wie sie aussah! Richard war ganz steif, als er sich niederließ. Auch ihre Umarmung hatte ihn verwirrt. Hatte er sie in der Kindheit zu sehen bekommen, was ja selten vorgekommen war, war sie doch immer mit dem Vater und den älteren Brüdern unterwegs gewesen, hatte sie ihn eigentlich immer weggeschoben. Richard, du stehst mir vor den Füßen, hörte er sie in der Erinnerung sagen. Richard, bitte geh spielen, du störst mich jetzt. Umarmt hatte sie immer Georg. Georg, Darling, pflegte sie zu sagen, dein Haar glänzt wie Gold. Als er noch jung war, hatte Richard manchmal Zweifel gehabt, ob er wirklich Cicelys Sohn war. Nun saß sie da, auf der weißen Gartenbank, und war selbst häßlich geworden. Ja, sie war häßlich, ohne Zweifel. Das Haar grau und nur oberflächlich gepflegt, die Augen flackernd und die Hände zittrig. »Das alles ist über mich einfach hinweggerollt«, flüsterte sie und versuchte über Richards Ärmel zu streicheln. »Niemals habe ich gewollt, daß du dich als Flüchtling in Burgund herumtreiben mußt. Das glaubst du doch?«
Natürlich glaubte er das.
»Die Vorstellung, daß der Narr Heinrich aus seinen Gemächern im Tower geholt wurde, wo es ihm Eduard so gut gehen ließ, und daß er wieder auf dem Thron hockt, wo er nur blöde in die Sonne glotzt, die Vorstellung, daß Margaret in Kürze ebenfalls in London eintreffen wird, um neben ihm zu sitzen – Richard, ich kann nicht mehr schlafen. Ich gehe zugrunde daran. Es ist mir, als würde dein Vater aus dem Grab nach mir greifen und mir die Luft abschnüren. Ich habe das doch alles nicht gewollt!«
Nein, das hatte sie natürlich nicht gewollt. Sie hatte Elisabeth Woodville zertreten und ihren Liebling Georg erhöht sehen wollen. Aber was will der Mensch nicht alles, und wie wenig gelingt ihm.
Richard räusperte sich und meinte, man könnte die Dinge ja wieder ändern. Georg wäre sicher auch sehr unwillig über die eingetretene Entwicklung. »Ich bin sicher, daß Georg wieder an die Seite Eduards eilen würde, wenn der seine Arme offen hielte.

Und er hält sie offen, Frau Mutter. Ihr müßt es Georg nur sagen. Euch würde er glauben, daß Eduard verzeiht. Wir geben Euch eine Begleitung mit auf die Reise. Ihr seid eine der wenigen, die ohne Gefahr in Dover landen können. Warwick wird Euch noch eine Bedeckung entgegenschicken.«

Cicely wollte nicht. Nein, sie war jetzt alt und grau. Ihre Hände zitterten. Die Kreuzschmerzen hatten zwar nachgelassen, aber immer noch fühlte sie sich krank. Die Vorstellung, daß sie möglicherweise in London vor Margaret würde knien müssen, war ihr unerträglich.

»Ja«, nickte Richard, »Margaret trifft bereits ihre Reisevorbereitungen. Aber wenn Ihr morgen schon fahrt, seid Ihr schneller als sie. Denkt daran, daß Eduard zu guter Letzt doch siegen und auf den Thron zurückkehren wird, auch ganz ohne Georg. Und dann wird Georg zum Richtblock geschleift.«

»Hör auf!« schrie Cicely, »ich reise!«

Eduard schnaubte zufrieden, als Richard von der Mutter zurückkam, und die Schwester überlegte, wen man der Mutter auf die Reise mitgeben könnte. Sie dächte da an eine ihrer Hofdamen, die gewandt und robust zugleich war. Vivian wäre wohl die Richtige, meinte sie. »Du kennst sie, Eduard, und du auch, Richard. Sie war bei uns auf Schloß Fotheringhay und in Ludlow, als wir noch Kinder waren.«

Richard erinnerte sich sehr undeutlich. Da war ein junges Ding gewesen, zehn Jahre älter als er. Uneheliche Tochter eines Verwandten, die von Cicely in ihren Haushalt aufgenommen worden war. Aber das Mädchen hatte nicht gut getan, sich mit einem der Knechte eingelassen und war schwanger geworden. Richard erinnerte sich, daß sie geschlagen worden war und geschrien hatte, daß man es bis ins Dorf hinunter gehört haben mußte. Und ohne diese Szene hätte er sich wahrscheinlich gar nicht mehr an sie entsinnen können. Später war dann das Mädchen an irgend einen Bürgerlichen verheiratet worden.

»An einen Ratsherren in Hereford«, bestätigte die Herzogin von

Burgund. »Aber der Mann starb nach zwei Jahren. Sie kam in den Verdacht, ihn vergiftet zu haben, und in ihrer Not wandte sie sich an unsere Mutter.

Eduard meinte lachend, das wäre dann gewiß die Richtige.

Die Herzogin von Burgund erwiderte, daß Vivian sicher besser wäre als ihr Ruf. Natürlich hätte sie Liebschaften am laufenden Band, indes, am Hof von Burgund blühten derartige Tändeleien von jeher, und sie tränke auch ein bißchen viel. »Aber sie ist keine Mörderin. Und sie hält mit ihren Mägden meine Garderobe so in Ordnung, daß ich zufrieden bin. Darum habe ich sie auch aus England mitgenommen.«

Richard wurde beauftragt, die Damen zur Küste zu bringen und eine Gelegenheit zur Überfahrt für sie zu finden, was er erledigte. Er fand Vivian sehr fremd und mußte sich eingestehen, daß er sie nicht mehr erkannt hätte. Sie war häßlich, aber ihre Augen flackerten in einem unruhigen, gefährlichen Licht. Er wurde ganz verwirrt unter ihrem Blick und war froh, als sie abgefahren war.

Nach Weihnachten wurde Eduard endlich vom Herzog von Burgund empfangen, und Ende Januar schickte der König seinen Bruder nach Vlissingen, damit er sich um die Ausrüstung der zugestandenen Schiffe kümmere. Nun war Ann schon viele Wochen verheiratet und schlief Nacht für Nacht in den Armen eines anderen.

Mitte Februar erwartete Richard Madame Vivian Pomfret in Sluis, wohin sie um diese Zeit mit einer gemieteten Kogge zurückkehren sollte, um über Erfolg oder Mißerfolg der Herzogin von York zu berichten.

Richard wartete zehn Tage. Es war kalt, und es schneite oft. Die Bucht von Zwin lag wie gefrorenes Blei unter dem trüben Winterlicht, und auf den Pollern im Hafen hockten starr und reglos die Möwen. Richard war in der vereinbarten Herberge abgestiegen. Es war ein einfaches Haus, das ein Herzog für gewöhnlich nicht betrat, aber es würde ihn niemand dort vermuten. Die

Mitteilungen von Spionen und Agenten nahm man am besten heimlich entgegen.
Richard war ungeduldig, weil das Schiff so lange nicht kam. Aber bei dem Wetter war es ja nicht zu verwundern. Er machte ausgedehnte Spaziergänge und ging jeden Abend früh zu Bett, auch wenn er nicht schlafen konnte und nur auf das Grölen randalierender Matrosen lauschte. Schließlich betrank er sich aus einem Gefühl der Hoffnungslosigkeit heraus, und anschließend träumte er, er segle mit dem heiligen Brandanus gen Westen. Er sah Meeresungeheuer, Judas Ischarioth an einen einsamen Felsen angeschmiedet und endlich die Insel des Paradieses. Aber über dem Eiland der Verheißung lag Nebel, sie konnten nicht landen, und der Bug ihres Bootes zerschellte in zischender Brandung. Da wurde er wach. Er merkte, daß er das Licht hatte brennen lassen, und hörte, daß an die Tür gepocht wurde. Wer war da? Er sprang auf und warf seinen Mantel über.
Als er geöffnet hatte, huschte Madame Vivian herein und zog die Tür hinter sich zu. »Mein Gott, Mylord, es tut mir leid, daß Ihr so lange warten mußtet. Ich habe eine entsetzliche Seefahrt hinter mir.« Sie ließ sich unaufgefordert auf den einzigen Stuhl in der Kammer fallen und riß ihren Umhang auf. »Entschuldigt, aber mir ist heiß.«
»Was könnt Ihr erzählen?« fragte Richard erregt und setzte sich auf sein Bett. Sein Haar war zerwühlt, und er war noch nicht richtig wach.
Vivian erzählte, daß die Aussichten nicht schlecht stünden. Clarence hätte mit Interesse zugehört, was ihm die Mutter zu sagen hatte.
»Und? Hat er sich entschieden? Wie?«
Zu einer Entscheidung könnte Clarence natürlich erst kommen, erwiderte Madame Vivian, wenn seine Brüder wieder im Lande wären.
»Ach so, er will erst sehen, wie unsere Aussichten sind.«
»Das könnt Ihr ihm nicht verdenken, Mylord.«

Richard fuhr mit den Fingern durch sein Haar. »Habt Ihr getan, was Ihr konntet?«
»Euer Lordschaft, ich habe mich aufgeopfert«, rief Vivian. »Ihr seht, daß ich krank bin und bis zum letzten erschöpft.«
Richard erwiderte, daß der Wagen seit Tagen bereitstünde. Sie könnten noch in der selben Nacht nach Brügge weiterfahren, damit sie seinem Bruder alles berichte.
Sie erwiderte, daß man in der Nacht besser nicht mehr reisen würde. Die Tore wären ja schon geschlossen. Sie müsse erst einmal schlafen. Die Seefahrt wäre furchtbar gewesen. Keine Sicht bei dem Wetter, und fast hätte der Kapitän das Land nicht gefunden. Ob Richard etwas zu trinken hätte?
Er hatte nichts mehr, aber er ging höflich hinunter in die Schenke, um einen Krug Wein für sie zu holen. Die Schankstube war noch geöffnet, aber bald würde zum Löschen des Herdfeuers geblasen werden, und der Wirt würde schließen. Richard erklärte dem Herbergsvater, daß er noch eine Kammer brauche für einen Besuch, und er bekam den Schlüssel für ein Gelaß am Ende des Flurs.
»Ich danke Euch«, sagte Vivian, als Richard zurückkam und ihr den Krug hinstellte, aber als sie hineinsah, meinte sie, das wäre nicht viel Wein. Sie hätte Durst wie ein Mann.
Richard wollte wissen, wie es seiner Mutter ergangen sei und Elisabeth Woodville und all den anderen.
Vivian setzte den Krug ab und machte eine weitausholende Gebärde. »Die Ächtung der Lancasters ist aufgehoben worden vom Parlament, und alles, was einst geflohen ist, sitzt wieder in Amt und Würden. Dafür sind jetzt die Kerker im Tower voll von Yorkanhängern, und die Asyle wimmeln von ihnen. Es herrscht ein entsetzliches Elend unter den Menschen, die König Eduard treu geblieben sind.«
Richard knirschte mit den Zähnen. »Das wird sich ändern«, stieß er hervor.
Vivian nickte. »Gott gebe es, Mylord. In der Westminsterabtei

ist das ganze Stroh verfault, auf dem sie liegen, und in Sankt Bartholomäus ist die Pest ausgebrochen. Aber Elisabeth Woodville ist gut untergebracht, der Abt sorgt rührend für sie, und ihrem Baby geht es gut.«

»Das ist erfreulich«, erwiderte Richard.

»Ja, das ist erfreulich«, wiederholte sie und griff wieder nach dem Krug.

»Es ist am besten«, meinte Richard, »Ihr legt Euch gleich hin. Dann können wir morgen früh losfahren. Mein Bruder in Brügge wartet auf Eure Nachrichten.«

Sie nickte und starrte vor sich hin. »Ja, das tut er. Das kann ich mir denken. Aber für mich, Richard, wäre es besser gewesen, wenn ich nicht gefahren wäre.«

Richard zog die Brauen hoch. Wie kam sie dazu, ihn so vertraulich anzureden, als wäre er noch das Kind in Schloß Fotheringhay. War sie von dem bißchen Wein schon betrunken? Wie sie aussah! Unter der Haube hing ihr das zottelige Haar hervor. Wahrscheinlich hatte sie schon getrunken, ehe sie ankam. Ihre Augen flackerten und tasteten über ihn hin. Er sagte nichts.

Sie warf sich plötzlich über den Tisch und weinte. »Oh, wäre ich nicht gefahren, wäre ich nicht gefahren. Richard, warum habt Ihr mich hinübergeschickt?«

»Ich sehe, daß Ihr übermüdet seid, Madame«, sagte Richard betreten. »Ich nehme an, daß Ihr Bekannte getroffen habt, denen es nicht gut ging. Schlaf kräftigt, und man wird widerstandsfähiger gegen die Ereignisse. Darf ich Euch Euer Zimmer zeigen?«

Sie erwiderte, daß der Mann noch nicht bezahlt sei, der sie vom Hafen hierher gebracht hätte. Er warte noch auf der Straße.

»Ich erledige es.«

Sie ließ sich in ihre Kammer führen und wünschte ihm eine gute Nacht, dabei schwankte sie. Schrecklich, was es für Weiber gab. Als Richard wieder auf seinem Bett lag, konnte er nicht mehr einschlafen. Sein Rausch war verflogen, er fühlte sich nüchtern wie ein Fisch. Aber eine quälende Unruhe war in ihm. Die kurze

Erzählung von den Zuständen zu Hause hatten das Heimweh in ihm erweckt, und es bohrte in ihm wie ein körperlicher Schmerz. Er konnte nicht schlafen. Er stand auf und warf seinen Mantel um sich. Es war bitterkalt in der ungeheizten Kammer, und draußen vor dem mit trübem Pergament bespannten Fenster fiel unablässig der Schnee.

Ein Geräusch ließ ihn herumfahren. Hatte er den Riegel nicht vorgeschoben? In der Tür stand Vivian. Sie war voll bekleidet wie zuvor, nur die Haube hatte sie abgenommen. »Richard«, flüsterte sie, »ich fürchte mich. Sag' mir, haben die Wünsche von Sterbenden Kraft? Die Flüche der Todgeweihten?«

Richard ärgerte sich wiederum, daß sie ihn mit seinem Vornamen ansprach, obwohl sie natürlich irgendwie miteinander verwandt waren, wenn er auch nicht wußte wie. Er entgegnete ärgerlich, sie solle endlich versuchen, zu schlafen.

»Du hast ihn gekannt, Richard«, flüsterte sie, »den schwarzen Thomas von Schloß Fotheringhay. In der Schmiede hat er gearbeitet, und er war so stark wie ein Pferd.«

Richard erwiderte, daß er sich nicht erinnern könnte. Er sei damals noch zu klein gewesen.

»Ich hatte mich in ihn verliebt«, sagte sie flackernd und betrunken. »Die Gefühle, Richard, kommen von Gott. Wenn man mich nicht so geprügelt hätte, als man mir die Schande ansah, hätte ich das Kind nicht tot geboren. Wußtest du, wohin Thomas geflohen war, als man ihn wegen Verführung bestrafen wollte?«

»Aber ich entsinne mich überhaupt nicht mehr, Madame.« Richard lehnte sich steif gegen das Fensterkreuz.

»Ich habe ihn nie wiedergesehen«, flüsterte das Weib und kam näher, »nie wiedergesehen bis zur letzten Woche. Da kam ich in London über den Towerhügel, und da hing er im Rad.«

»Wenn der Richter ihn aufs Rad flechten ließ«, meinte Richard, »dann kann man daran sehen, daß er ein Taugenichts war.«

»Ja, vielleicht«, flüsterte sie mit gesprungenen Lippen. »Aber er war noch nicht tot, Richard, hörst du? Er hing wohl seit dem

Morgen, und als ich vorüberkam, war es Nachmittag. Aus seinen zerhackten Armen und Beinen troff das Blut, und er starrte mich an, als ich vorüberging, und er erkannte mich.«
Richard hob die Schultern. Er spürte plötzlich die Kälte im Zimmer wie etwas Böses. Vom Fenster her zog es, als habe die dünne Pergamenthaut Risse.
»Und da hat er mich verflucht«, flüsterte Vivian. »Da hat er mich verflucht, Richard, als wäre ich schuld daran, daß er so verkommen ist in den Jahren und Verbrechen begangen hat, ich weiß nicht welche.«
Richard konnte nicht antworten.
»Aber ich kann doch nichts dafür, Richard, daß er verkommen ist! Ich kann doch nichts dafür, daß er seine Arbeit verlor, daß er vielleicht nichts mehr fand ohne die Empfehlung seines Herrn. Das liegt doch alles am Menschen selbst... Richard, darf ich mich setzen?«
Richard erwiderte nichts. Da setzte sie sich ohne seine Antwort aufs Bett. »Ich habe nicht geglaubt, heil wieder über das Wasser zu kommen«, sagte sie hektisch, »und ich weiß nicht, ob wir morgen heil nach Brügge kommen werden.«
»Warum sollen wir nicht heil nach Brügge kommen?« Richard fand seine Sprache wieder. »Ich habe einen guten Wagen und drei zuverlässige Knechte da. Wenn alle Flüche in Erfüllung gehen sollen, die Menschen auszustoßen belieben... Das ist doch Unsinn, Madame.«
Sie starrte vor sich hin. Es wäre gefährlich gewesen, in London, erzählte sie nach einer Pause. Man hätte Verdacht gegen sie geschöpft. Sie wäre zweimal nahe daran gewesen, verhaftet und verhört zu werden. »Das geht einem an den Körper, Richard. Aber der sterbende Thomas hat mir den Rest gegeben. Hast du nicht noch etwas zu trinken da?«
»Nein«, erwiderte Richard grob, »und ich glaube, es ist das Beste, Ihr geht wieder zu Bett. Auch ich werde mich hinlegen. Es ist kalt im Zimmer.«

Sie erwiderte, daß sie sich fürchte. »Du kannst dich doch hinlegen, Richard. Ich störe dich nicht. Ich kann nicht allein sein diese Nacht. Seit meinem Weg über den Towerhügel kann ich nicht mehr allein sein. Wenn ich allein bin, verfolgt mich der Teufel.« Richard fragte, ob sie auf dem Schiff etwa nicht allein gewesen wäre.

Sie schüttelte den Kopf. Der Kapitän habe sein Weib an Bord gehabt. »Die schlief bei mir. Und daheim habe ich meine Kammerfrau.«

Richard zuckte die Schultern.

»Wäre ich nicht so häßlich gewesen, hätte ich mich dem Knecht nicht an den Hals geschmissen«, sagte Vivian plötzlich. »Damals ... verstehst du, Richard? Aber niemand wollte mich haben von den feinen Herren. Und ich hatte ein solches Verlangen danach, umarmt zu werden und geliebt.«

Richard wurde steif.

Sie hob den Kopf und sah ihn an. »Verstehst du mich, Richard? Du müßtest es doch verstehen, wie das ist, nicht wahr? Dem Thomas war ich nicht zu häßlich, für den war ich ein feines Fräulein. Aber alle anderen haben mich ausgelacht, denn reich war ich ja auch nicht, ausgelacht, wie sie dich ausgelacht haben, wenn du dahergestolpert kamst mit deinen krummen Beinchen.«

»Hört auf«, wollte Richard erwidern, aber er sprach es nicht aus. Er wußte es ja, daß man ihn ausgelacht hatte, immerzu. Wahrscheinlich lachte man auch heute noch hinter ihm her. Er stieß sich vom Fensterkreuz ab. »Ich friere«, sagte er. »Wenn Ihr nicht gehen wollt, dann müßt Ihr sitzen bleiben. Ich lege mich ins Bett.«

»Ja, schlaf ein bißchen, Richard«, sagte sie wehmütig. »Früher hast du in meinen Armen geschlafen, weißt du es nicht mehr? Da habe ich dich gewiegt.«

»Daran kann ich mich nicht mehr entsinnen.« Wenn sie wenigstens rücken wollte auf seinem Lager.

»Du warst der einzige Mensch, den ich leiden konnte«, erzählte sie weiter, »weil es dir nicht besser erging als mir. Der einzige Mensch, an den ich denken wollte, wenn mir die Zeit in Fotheringhay einfiel. Ich habe immer gebetet für dich.«

Er wußte nicht, was er erwidern sollte. Ihre Worte riefen die längst vergangene Kindheit herbei, und in Erinnerungen konnte man ertrinken.

»Vielleicht«, sagte sie und begann ihm mit beiden Händen seine Bettdecke zurechtzuziehen. »Vielleicht haben meine Gebete nicht viel genützt. Ich bin eine Sünderin – obwohl ich manchmal darüber nachdenken muß, ob wir wirklich schuldig sind an unseren Sünden. Hat Gott uns nicht erschaffen, wie wir sind? Da, leg dich hin, Richard. Ich sehe dir an, wie du frierst.«

Er warf sich mit dem Mantel aufs Bett, und sie deckte ihn zu.

»Ich glaube, ich könnte deine Mutter sein. Nein, nicht ganz ...« Sie lachte traurig.

Eine Weile war es still. Die Kerze war ziemlich heruntergebrannt, aber auch wenn sie erlosch, würde es nicht ganz dunkel sein im Zimmer. Denn die Nacht war hell.

»Manchmal«, sagte Vivian, »habe ich darüber nachgedacht, ob es dir auch einmal so geht wie mir: daß niemand dich liebt – obwohl ich natürlich Männer genug gehabt habe. Aber die wollten nur ihre Lust an mir stillen, und so oft ich es auch versucht habe, geliebt hat mich keiner.«

»Hört auf damit«, sagte Richard rauh. »Liebe ist Einbildung.«

»Glaubst du? Dann bist du noch nie geliebt worden. Wie ich es mir gedacht habe. Und niemals wird dich eine lieben, es sei denn, sie ist so häßlich wie ich. Und dafür bedankst du dich wahrscheinlich.«

»Ja, dafür bedanke ich mich«, erwiderte er kalt.

Sie lachte wieder ihr trauriges Lachen und betrachtete ihn. »Wenn du so daliegst, siehst du gut aus. Dein Gesicht ist schön.«

Er hätte sie am liebsten geschlagen. Besoffenes Weib, das sie war. Was wollte sie von ihm?

Sie schien seine Gedanken zu erraten: »Nichts«, sagte sie. »Ein

bißchen mit dir reden. Wir zwei gehören zusammen. Ich bin betrunken, ich weiß. Aber wir zwei gehören zusammen. Das mußte ich immer denken, wenn ich dich sah. Ich habe dich öfter gesehen, als du weißt. Wenn du daheim durch die Straßen rittest – der Herzog von Gloucester. Wenn man mich nicht so rasch an den Ratsherren von Hereford verheiratet hätte, wäre ich vielleicht doch noch eine Lady geworden. Ach, nein ...«
»Geh jetzt!« herrschte er sie an. »Was du redest, ist Unsinn. Ich will allein sein.«
»Das willst du gar nicht, Richard. Du bist immer allein, aber du willst nicht allein sein. Hast du gehört, was ich gesagt habe? Warum küßt du mich nicht?«
Weil du eine Hure bist, wollte er antworten. Weil du dir nur einen Geliebten zulegen willst, der sich Herzog nennt, und wenn es ein Herzog ist ohne Land. Er wollte sie wegschieben, aber er ließ es sein. Es wärmte, wenn sie so halb auf ihm lag. Es wärmte ...

*

Auch in Frankreich war es noch kalt. Erst Anfang März verging der Schnee. Da wehte ein warmer, trockener Wind vom Meer her, daß die Erde unter ihm zu dampfen begann. Am Fuß des Schlosses von Angers schossen die Veilchen hervor, und im Burggarten begannen die Gärtner zu harken.
Ann war jetzt zehn Wochen verheiratet und hatte sich an diesen Zustand gewöhnt. Gleich nach der Hochzeit hätte sie allerdings am liebsten jeden Tag geweint. Da haßte sie diesen brutalen Prinzen, der ihr Mann war. Erst zu Weihnachten fand sie ihn zum erstenmal ein bißchen netter. Als sie von der mitternächtlichen Mette heimkamen, sagte er ihr, sie habe hübsch ausgesehen in der dunklen Kirche unter den Kerzen. Ann merkte, daß er stolz darauf war, mit ihr verheiratet zu sein. Aber so rasch wollte sie sich nicht ergeben, und abends mimte sie die Müde. Sie tat,

als schliefe sie schon oder als wäre sie krank. Da wurde er wieder ärgerlich und beschimpfte sie. Ob sie noch nichts gehört hätte von ehelichen Pflichten? Wenn sie so weitermache, würde er ihrer bald überdrüssig werden. Dann könnte sie die Hoffnung begraben, einst Königin von England zu werden. Oder ob sie nicht Königin werden wolle? Doch, natürlich wollte sie. Sie schloß also die Augen und ließ sich küssen.

Dann kam die Zeit des Karnevals. Die Feste am Hof von Angers rissen nicht ab, und außerdem fuhr man noch nach Paris. König Ludwig hatte eine Einladung geschickt. In England stand alles zum Besten, und Margaret machte kein Geheimnis daraus. Sie verstand es, Glanz um sich zu verbreiten. Gnädig und herablassend erlaubte sie ihrer Schwiegertochter sogar ein aufregendes Kostüm. Im Trubel des Mummenschanzes war einer, der Ann am meisten verfolgte. Es war der Prinz. Das machte Ann weich. Sie sagte ihm, daß er hübsche Beine hätte. Er wurde verlegen, und nachts war er ganz sanft. Er legte ihr das Kissen zurecht und flüsterte, daß sie ihm gefiele. Ja, wirklich! Erst jetzt fiele ihm auf wie schön sie sei, ihre Haut so zart und weiß. Er legte seine Hand auf ihre Brüste. »Laß' mich«, flüsterte er, als sie ihn wegschieben wollte. »Bitte laß mich. Das ist so schön.« Es war komisch, aber sie empfand es mit einemmal selbst als schön, seine Hand dort zu spüren.

Ann begann damit, den Prinzen nach ihrem kleinen Kopf zu formen. Das war nicht einfach, denn vorerst war er noch seiner Mutter hörig. Und Margaret hatte ihn seit Jahren mit Haß gefüttert. Er erfreute sich daran, seine Feinde zu verfluchen, und er brüstete sich mit den Taten, die er einmal vollbringen wollte. Er war noch so jung. Aber als Ann anfing, sich seinen Zärtlichkeiten hinzugeben, spürte sie, wie er ihr entgegenkam. Und langsam erfuhr sie, wie das war mit der Liebe und ihren trunkenen Schauern. Jedoch am Aschermittwoch begannen die großen Fasten, und der Prinz zog sich zurück.

Ann hörte die Gärtner im Burghof harken. Die Glocken, die zur

Morgenmesse riefen, waren verstummt. Sie mußte aufstehen. Ihre französische Kammerfrau hatte schon den Vorhang am Bett zurückgeschlagen und goß das Waschwasser in die kupferne Schüssel. Gleich würde sie die Bettdecke wegziehen. Ann konnte die Zofe nicht leiden. Sie war ihr von der Schwiegermutter beigeordnet worden, und natürlich hinterbrachte das Mädchen dieser alles über ihre junge Herrin. Aber Ann tat ja nichts Schlimmes, sie hatte einen Bericht an Königin Margaret nicht zu fürchten. Wenn sie manchmal nicht aus dem Bett fand, dann lag das nicht an ihr, sondern allein daran, daß man so spät erst schlafen ging in Angers. Wenn man bis Mitternacht noch Homer vorgelesen bekam, dann konnte man einfach nicht ausgeschlafen sein am Morgen.

Im großen und ganzen vertrug sich Ann mit ihrer Schwiegermutter ganz gut. Sie war noch zu jung, um sich gegen deren Bevormundung aufzulehnen, war sie doch bisher immer von irgendeiner Seite bevormundet worden. Und Margaret war klug genug, nicht allzu unfreundlich zu Ann zu sein. Vorerst brauchte man Warwick noch. Später, wenn sie, die Königin, wieder in England war und selbst alle Fäden in der Hand hielt, konnte man ja darüber nachdenken, wie man sich seiner entledigte. Margaret hatte noch nicht vergessen, daß Warwick einst ihr Feind gewesen war.

Manchmal allerdings stach die Eifersucht wie ein Schmerz durch ihre Brust, wenn sie bemerken mußte, wie rasch ihr geliebter Prinz den Audienzen seiner Mutter entfloh, um zu seiner kleinen Ann zurückkehren zu können. Aber wäre es anders gewesen, und hätte der Junge einen Widerwillen gegen sein Weib gehabt, dann hätte man darüber auch nicht glücklich sein können. Ann zeigte Gott sei Dank Ehrfurcht vor ihrer Schwiegermutter, die wieder Königin von England war, Regentin für den geistesschwachen Heinrich und ihren vorerst noch nicht gekrönten Sohn. Margaret hatte auch nicht vor, diese Stellung sehr rasch aufzugeben. Der Prinz war noch viel zu jung.

Ann fand ihrerseits ihren Gemahl alt genug, um eine Krone zu tragen. Eduard III. war einst nicht älter gewesen, als er die Geschicke Englands so kraftvoll in die Hände genommen, den Günstling seiner Mutter hingerichtet und seine herrschsüchtige Frau Mama vom Hof verbannt hatte. Ann, die darauf wartete, daß ihr die Kammerfrau die Decke wegzog, verschränkte die Arme im Nacken. Was hatte sie eigentlich für einen verrückten Traum gehabt, ehe sie erwachte? Sie war ihrem Schwiegervater, dem Narren Heinrich, vorgestellt worden. Er trug ein Gewand aus Flicken, während er so groß vor ihr stand wie ein Baum. Dabei war Heinrich doch gar nicht groß. Seine Ärmel, so erinnerte sich Ann, waren gepufft, und er trug eine goldene Kette um den Hals, die so schwer war, daß sie ihm den Nacken beugte. Er kicherte, als sie vor ihm niederkniete. Er kicherte anhaltend und kullernd, wobei er wie ein Mädchen die Hand vor den Mund hielt. Warum kicherte er nur so abscheulich? Während Ann auf das Harken der Gärtner im Burghof horchte, mußte sie noch darüber nachdenken. Kicherte er etwa darüber, weil die Leute davon redeten, der Prinz von Wales wäre gar nicht sein Sohn, sondern stamme von einem Günstling und Liebhaber Margarets ab? Ann fühlte, wie ihr Körper bei diesem Gedanken ganz starr wurde. Der Prinz war möglicherweise gar nicht Heinrichs Sohn! Hatte vielleicht gar nicht das Blut der Plantagenets in seinen Adern! Wen hatte er dann zum Vater? Einen Stallknecht etwa oder einen der Sekretäre, von denen Margaret ständig umgeben war?

Die Kammerfrau hüstelte. »Madame«, flüsterte sie unterwürfig, »ich glaube, die Morgenandacht hat schon begonnen. Es ist peinlich, zu seinem Kirchenstuhl zu hasten, wenn alle schon knien.«

Ann fuhr hoch. Ja, das war peinlich. Das Mädchen hatte recht. Als Ann schon mit einem Fuß aus dem Bett war, ging die Tür auf, und ihr Gemahl stürmte herein. »Ann!« Als er die Kammerzofe erblickte, wurde er förmlich. »Madame«, fuhr er gemessen

fort, »werden packen müssen. Wir fahren noch diese Woche nach England. Ich bin soeben bei meiner Frau Mutter gewesen.«
Die Zofe zog sich zurück, und der Prinz umschlang Ann mit den Armen. »Liebling«, flüsterte er, »endlich geht es los. Endlich Schluß mit dem Faulenzerleben in Angers. Ob Mama will oder nicht, wir müssen nach England. Es ist höchste Zeit. In Vlissingen hat Eduard zwanzig Schiffe verproviantiert. Er wartet nur noch auf günstigen Wind. Dann wird er abfahren und Kurs auf England nehmen, um zurückzuerobern, was er durch seine Flucht im Herbst verloren hat. Wir müssen hinüber und deinem Vater bei der Verteidigung unserer Rechte helfen!«
Ann hielt sich an ihrem jungen Gemahl fest. Lieber Himmel, begann denn der Thron schon zu wanken, noch ehe man überhaupt darauf saß?

*

Von den zwanzig Schiffen, die Eduard mit dem Geld des Herzogs von Burgund ausgerüstet hatte, befehligte Richard fünf. Das Wetter war schlecht, als sie in See gingen. Der Frühlingswind stieß gegen die Segel, daß die schwerfälligen Koggen rollten und schlingerten, und die meisten flandrischen Söldner, die man an Bord hatte, seekrank wurden. Richard, der in der Kajüte am Tisch saß, hörte den ganzen Tag ihr Stöhnen durch den Niedergang herunter.
Auf der Koje lag eine Frau in Männerkleidern. Es war Vivian Pomfret, die darauf bestanden hatte, daß Richard sie mitnahm. Seit vier Wochen, seit jener Nacht in Sluis, war sie seine Geliebte.
Richard hatte eine Seekarte vor sich liegen. Es war mit Eduard vereinbart, daß sie versuchen sollten, an der Küste von Norfolk zu landen. Nach Möglichkeit würde man auf See beisammen bleiben, aber ein Sturm konnte die Schiffe auch auseinandertreiben. Hastings hatte dauernd gestöhnt, man sollte besseres Wetter abwarten, aber nur bei schlechtem hatte man Aussicht, unge-

sehen über den Kanal zu kommen. Im Osten Englands hatte Eduard viele Freunde, darum wollte er versuchen, dort Fuß zu fassen. Vivian, die sich auf der Koje räkelte, hielt dies für einen Fehler. »Warwick weiß auch, wo Eduards Freunde sitzen. Also wird er diese Küste besonders im Auge behalten.«

Richard erwiderte, daß Englands Küste viele Buchten habe. Es könne nicht überall ein Wächter stehen. »Es geht nur darum, die richtige Ecke zu finden.«

»Natürlich, darum geht es«, nickte Vivian. »Aber weißt du ein Mittel, sie herauszubekommen, ohne ein Zauberer zu sein?«

»Man muß beten«, sagte Richard rauh. »Damit uns die Erleuchtung kommt.«

»Hör auf«, sagte Vivian. »Gebete helfen auch nicht. Glück ist Zufall. Komm her zu mir.«

Richard schob die Seekarte zurück, aber er blieb am Tisch sitzen. Man hörte die Masten und Rahen ächzen. Die Öllampe, die an einem Ring über dem Tisch hing, pendelte hin und her. Richard dachte nach.

»Was denkst du?« fragte Vivian und öffnete das Wams. Es war eng und spannte über ihrer Brust. »Hast du Furcht vor dem Kommenden? Solange ich bei dir bin, geschieht dir nichts.«

»Wenn Georg es sich inzwischen überlegt hat und auf unsere Seite schwenkt«, entgegnete Richard stirnrunzelnd, »dann sind wir kein so kleiner Haufen mehr wie im Augenblick. Was meinst du?«

»Ich meine, daß du dir eine Versöhnung zwischen Clarence und Eduard nicht so unbedingt wünschen solltest.«

»Wieso?«

»Wenn Clarence wieder am Herzen seines Bruders ruht, fällst du eine Stufe zurück auf dem Weg zum Thron.«

Auf Richards Stirn erschien eine steile Falte. »Wer sagt dir, daß ich ihn überhaupt ersehne. Ich würde komisch aussehen zwischen den marmornen Pranken.«

»Du bist der einzige« fuhr Vivian gelassen fort, »den ich mir als

König wünschen würde, und der einzige, den sich das Volk von England wählen sollte.«
Richard lachte. »Seit wann erwählen sich die Menschen das Häßliche, um es zu verehren?«
Vivian winkte ab. »Du bist nicht häßlich. Du bist nüchtern und klug, besonnen und still, tapfer und treu, fromm und freigebig.«
»Hör auf!« rief er. »Das sind andere auch.«
Sie schüttelte den Kopf. »Eduard«, erklärte sie ruhig, »ist genußsüchtig. Heinrich ist ein Narr. Elisabeth Woodville ist eitel. Ihr Sohn wird einst herrschsüchtig sein wie sie. Margaret ist eine Hure. Der Prinz von Wales ist grausam. Clarence ist ein Säufer. Die Töchter Warwicks sind dumme kleine Mädchen und werden es ewig bleiben. Nein, Richard, du solltest nicht wünschen, daß Clarence sich mit Eduard versöhnt. Denn solange er sich nicht mit ihm versöhnt, stehst du dicht am Thron.«
»Eduard hat einen Sohn!« rief Richard ärgerlich. »Außerdem sind die Lancasters im Augenblick am Zug. Diese Spekulation auf den Thron – ich fülle doch nicht meine Tage mit Träumen aus.«
»Eduards Sohn kann sterben«, sagte Vivian ungerührt.
»Elisabeth Woodvilles Kinder sterben nicht«, rief Richard ärgerlich. »Sie sind kräftig. Und Elisabeth kann noch fünf Söhne kriegen. Außerdem wird Eduard einmal uralt. Er ist gesund wie in der Jugend und stark wie ein Pferd. Er wird so alt werden, daß er seine Söhne einst grau werden sieht. Mit seinem Tod zu rechnen, wäre Dummheit. Und du sagtest eben, ich sei klug.«
»Ja«, erwiderte sie leise. »Aber vielleicht bist du zu Dingen berufen, von denen du heute noch nichts ahnst. Ich höre den Kapitän schreien. Es ist etwas los draußen.«
Man hörte Segel flattern und Rahen schlagen. Richard stürzte hinaus.
An Deck war es stockdunkel. Matrosen standen auf den Rahen und bargen die Segel. Die Kogge wiegte sich in der schweren Dünung. Die flandrischen Kanoniere hatten sich aufgerichtet.

Draußen auf dem unruhigen Wasser glomm hier und da ein Licht. Das waren die Kameraden. Sie lagen vereint vor der Küste von Norfolk.
Richard hatte ein Boot für die Landung der ersten Truppen zu stellen. Es war vorbereitet, und er gab seine Befehle. Taue dehnten sich, Blöcke knirschten, Rollen knarrten. Die eingeteilten Männer kletterten über das Schanzkleid. Auf dem Wasser lag Dunst. Wie Rauch huschte es über die Wellen. Richard, der auf dem Achterkastell stand, starrte in die Tiefe. Wie schwarz das Wasser war, wenn das Licht der Tranlampen und Fackeln es traf. Tiefschwarz quirlte es, warf Blasen neben dem Rumpf des Schiffes und zog sich auseinander zu verzerrten Linien. Eine seltsame Anziehungskraft ging von dieser schwarzen Tiefe aus. »Man bekommt das Verlangen, sich hineingleiten zu lassen«, sagte Vivian, die neben Richard getreten war. Er gab keine Antwort. Die Ruderschläge des Bootes entfernten sich. Ein kurzes Feuerzeichen und ein langgezogener Ruf zeigten an, daß es sich mit den drei anderen Booten getroffen hatte. Dann wurde es still.
Die Männer, die auf den Schiffen geblieben waren, warteten. Sie hatten ihre Waffen in der Hand, den Harnisch am Körper und den Helm neben sich. Der Wind spielte in ihrem Haar. Sie warteten. Angestrengt starrten ihre Augen in die Dunkelheit voraus, wo das Land liegen mußte. Wenn das Lichtzeichen kam, daß die Küste unbewacht war und die Männer in den Booten an Land gehen konnten, würden die Segel wieder gesetzt werden. Fünfzehnhundert Mann waren sie alles in allem – ein verlorener Haufen, der England erobern wollte.
Vivian hatte sich in die Kammer zurückgezogen. Es war ihr nicht gut, und sie holte den Krug aus dem Schrank, um sich Wein einzuschenken. Sie würde doch nicht schwanger werden? Richard fuhr inzwischen mit dem kleinen Beiboot zum Flaggschiff des Königs hinüber.
Die Männer warteten. Vivian warf sich auf die Koje und schlief. Vor dem Einschlafen dachte sie noch, daß sie in der Tat wenig

Aussicht hatte, die Geliebte eines Königs zu werden. Denn wahrhaftig, Eduard war gesund wie ein Pferd, er würde uralt werden, und es war müßig, Menschen zum Teufel zu wünschen, die zwischen Richard und Eduards Thron standen. Der glitzernde Thron – als wäre er das goldene Kalb, so tanzten alle um ihn.
Vivian erwachte wieder, als Richard in die Kajüte stürmte. Die Männer in den Landungsbooten waren auf eine Küstenwache gestoßen. Sie hatten versucht, diese zu überwältigen, waren aber zurückgetrieben worden. Klatschend schlugen draußen die Segel gegen die Masten, Vivian hörte die Flüche der Besatzung bis in ihr Bett. Die Schiffe gingen hastig wieder in See.
»Ich habe es ja gleich gesagt«, bemerkte Vivian, »daß Norfolk nicht günstig ist.«
Richard erklärte, daß er Eduard vorgeschlagen hätte, es in Yorkshire zu versuchen. Yorkshire hing dem Grafen von Warwick an. Dort lag Schloß Middleham. Es gab im Augenblick keine feindseligere Küste für Eduard als Yorkshire. »Daß wir dort an Land zu gehen versuchen, wird niemand glauben. Also werden sie die Küste auch nur notdürftig bewachen.«
Vivian nickte. Das hätte sie doch gleich gesagt. Sie zog Richard an sich. Draußen dämmerte es schon. Aber die Sonne, die aufging, zeigte sich in wässerigem Rot. Und als sie sich am Abend wieder senkte, kam der Sturm.
Wie eine Riesenfaust fuhr er zwischen die Schiffe und zerstreute sie wie vom Baum gerissene Blätter. Fluchend sprang Richard vom Lager und rannte an Deck. Da war die Hölle los. Sturzseen begruben das Vorkastell, in Fetzen flogen die Segel, krachend barsten Schoten und Stagen. Richard erkannte ein Knäuel brüllender Männer, das an Tauen hing, während er sich bis zum Kapitän durchkämpfte, der an die Ruderpinne festgebunden stand. Schäumend wuchsen die Wogen zu Bergen und brachen sich in weißem Gischt. Graupeln fielen vom Himmel, hart wie Kiesel, peitschten Richards Kopf und Hände. Die Welt ging unter.

Vivian, die zurückgeblieben war, klammerte sich in der Koje fest, bis sie nicht mehr konnte und herausflog. Wasser drang in den Niedergang, sammelte sich auf dem Teppich mit dem verschlungenen Muster. Die Lampe im Ring baumelte, bis sie gegen die Decke stieß und ihr Öl verlor. Da war es finster. Vivian schrie. Sie hörte Luken krachen. Das Wasser ging ihr an die Knie. »Richard!« schrie sie. Sie wollte hinaus, aber die Tür klemmte. Um Gottes willen, mußte sie hier unten sterben! Endlich erschien Richards Knappe James Tyrell. Keuchend berichtete er, daß das Schiff gleich stranden würde. »Den Besan hat es weggefegt! Mindestens die Hälfte der flandrischen Kanoniere ist über Bord!«

Als Vivian nach oben kam, lief die Kogge mit heftigem Stoß auf den Strand. Krachend ging der Großmast über Bord. Sie bückte sich, wimmerte. Jemand riß sie aus einer kreiselnden Wasserflut. Es war Francis Lovell, Richards Freund. Wo befanden sie sich? War das die Brandung, die so schauerlich durch die Nacht brüllte, daß es wie das Heulen der Verdammten klang? Oh, verdammt waren sie alle ob ihrer Sünden. Am Fuß der Leiter zum Achterkastell fiel Vivian nieder. Sie hörte Richard Befehle schreien, sie unterschied die Stimme des Kapitäns. Das Deck des Schiffes lag so schräg, daß sie trotz Festklammern zum Schanzkleid rutschte. Dort blieb Vivian liegen, von immer neuen Wogen überspült. Sie hatte die Hoffnung aufgegeben, noch einmal lebend an Land zu kommen. Doch plötzlich fühlte sie sich hochgehoben, gezerrt und von einer Hand gehalten. Sie schluckte Wasser und noch mehr Wasser, keuchte, spuckte und schwamm, bis sie Boden unter den Füßen spürte, glitschigen, rutschenden Schlick.

Richard sammelte seine Leute. Es waren weit weniger ertrunken, als er gefürchtet hatte. Die flandrischen Söldner waren fast vollzählig da. James, sein Knappe, war leicht verletzt und Vivian so erschöpft, daß sie sich in das flach an die Erde gedrückte Strandgras warf.

Der Kapitän versuchte zu erkunden, wo sie waren. Francis Lovell erkannte die Gegend nach einer Weile wieder: »Hier ...«, brüllte er durch die Hände, »ist vor zweiundsiebzig Jahren Heinrich Bolingbroke der Wilde gelandet, um Richard II. vom Thron zu stoßen und das Haus Lancaster hinaufzusetzen! Und von hier werden wir es für immer vertreiben!«
Richard wischte sich die Nässe aus dem Haar. Es war ihm nicht nach Pathos zumute. Wo waren die Kameraden geblieben, die anderen Schiffe, die er befehligte? Eduard, Hastings, Rivers? Manche seiner Leute hatten ihre Handwaffen verloren. Richard begann mit seinem erschöpften Haufen durch die finstere Nacht nach Süden zu stolpern. Die Ortschaften umgingen sie, bis sie nach Ravenspur gelangten. Dort fanden sie Eduard und die anderen. Ihnen war es gelungen, sich mit ihren Schiffen in den kleinen Hafen zu flüchten, und die überraschten Bürger leisteten keinen Widerstand.
Eduard gönnte seinen Leuten kaum eine Ruhepause. Dann marschierten sie auf York zu, eng geschlossen, waffenstarrend, nicht willens, sich jemandem zu ergeben, und wenn es der Teufel wäre.
Die Ratsherren in York glichen aufgeschreckten Hühnern, als sie von der anrückenden Schar erfuhren. Man beschloß eilends die Tore zu schließen. Aber eine kleine Gruppe nannte das gefährlich. Hatte nicht Eduard noch eine Menge Anhänger im Land? Wenn es ihm gelang, Warwick zu besiegen und seine Rechte wieder zurückzuerobern? Was dann? Dann würde er York, das sich feindlich gezeigt, empfindlich bestrafen und mit furchtbaren Steuern belegen. Man mußte genau überlegen, denn natürlich durfte man es auch nicht mit den Lancasters verderben. Der Bürgermeister kam auf den genialen Gedanken, Eduard einzulassen, falls dieser versicherte, daß er nicht mit bösen Absichten käme und nur in sein ererbtes Herzogtum zurückkehren wolle. Mit einem solchen Dokument war man nach allen Seiten hin gesichert, auch wenn es nicht ganz stimmte.
Der Sturm hatte sich gelegt, und ein blauer Frühlingshimmel

spannte sich über der Stadt, als Eduard mit seiner kleinen Schar in York einzog. Hastings rannte in den nächsten Laden, um Straußenfedern zu kaufen, die das Abzeichen der Lancasters waren, und Eduard schmückte sich und seine Freunde damit. Lachend und mit Hochrufen auf den Narren Heinrich zogen sie durch die Straßen, und die Bürger der Stadt lagen in den Fenstern und winkten. Denn mutige Männer bekommen Zulauf. Außerdem waren Eduard und Richard überall bekannt.

Nahe dem Micklegate-Tor blieb Eduard einen Augenblick stehen. Die eisernen Spitzen auf den Zinnen waren leer, aber Richard war es, als sähe er die abgeschlagenen Köpfe seines Vaters und seines Bruders Edmund immer noch dort oben hängen, von Krähen umflattert, vom Wind umweht. Schon als Knabe hatte er vor dieser Stelle ein Grauen gespürt.

Eduard stieß seinen Bruder in die Seite. »He, Richard«, flüsterte er vergnügt, »sieh sie dir genau an, die Ecke. Vielleicht starren wir beide in Kürze nebeneinander von dort droben hinauf in die blaue Luft. Der Graf von Northumberland und der Marquis von Montagu sind ausgezogen, um uns zu fangen. Jeder von ihnen hat mehr Soldaten bei sich als wir. Warwick kommt uns aus London entgegen. Wie üblich hat er sein Hauptquartier in Coventry. Den Herzog von Exeter und den Grafen von Oxford werden wir in die Flanke kriegen. Ich habe mich erkundigt, die Leute hier wissen Bescheid. Georg steht mit seinem Heer bei Malmesbury. Und Margaret ist auf dem Weg nach England. Sieh' gut hinauf, zu der Spitze über dem Tor. Man hat, glaube ich, keinen schlechten Blick von dort droben!«

Richard nickte.

*

Heinrich stöhnte. Heiliger Sankt Patrick, noch nie in seinem Leben hatte er eine solche Karwoche erlebt. Er lag eingehüllt in drei Mäntel auf einem feuchtkalten Wiesenboden, während im Osten ein dünner, roter Schimmer das Heraufdämmern des

Ostersonntags ankündigte. Dicht neben Heinrich kauerte der Erzbischof von York, dem Eduard einst das Großsiegel aberkannt hatte, das er freilich vor einem halben Jahr von Warwick wieder erhalten hatte, um es in der vergangenen Woche erneut zu verlieren. Rings um sie beide standen schwerbewaffnete Wachen. Heinrich stöhnte. Jahrelang hatte er nun so still und friedlich in seinen beiden Räumen im Tower gelebt. Er hatte Bücher gelesen, Glas bemalt und war voll und ganz zufrieden gewesen. Gewiß, es war ihm nicht viel Bewegungsfreiheit vergönnt gewesen, aber es verlangte ihn gar nicht nach mehr. Wäre er Mönch gewesen in einem Kloster, hätte er kein anderes Leben gehabt.
Er hatte die Gesellschaft seiner Gemahlin Margaret in all diesen Jahren keineswegs vermißt. Es gab so viele Probleme, über die man nachdenken konnte. Allein, wenn man die Schriften der Scholastiker las – manchmal stritt er sich stundenlang mit seinem Beichtvater herum, ohne daß seine Fragen bis heute alle gelöst worden wären, vor allem seit er – Heinrich – die englische Bibelübersetzung dieses Oxforder Theologieprofessors Wiclif in die Hand bekommen hatte. Früher, als er noch jünger gewesen war, hatte er viel zu wenig über diesen Ketzer nachgedacht, dessen Gebeine ausgegraben und verbrannt worden waren, als er eben lesen lernte. Wiclif war natürlich ein Narr gewesen, daß er die päpstliche Oberhoheit über die Welt, den Zölibat, die Transsubstantiation und die Notwendigkeit der Ohrenbeichte bestritten hatte, aber wenn man darüber nachdachte, daß die Erde bebte, als die Kirchenversammlung seine Lehren verbot ... Warum hatte Gott die Stühle gerüttelt? Das heißt, es konnte natürlich auch der Teufel gewesen sein aus Wut, daß man die Schriften seines Schützlings verdammte.
Soviel gab es zu denken, und da hatte man ihn, Heinrich, plötzlich aus seiner Ruhe gezerrt, hatte ihn nach Westminster Hall geschleppt und auf den Thron gesetzt. Das war im vergangenen Herbst gewesen. Er hatte Warwick kaum wiedererkannt. Der Mann hatte sich verändert in den Jahren. Was für tiefe Furchen

ihm von der Nase zum Mund liefen. Nichts als Haß und Verbitterung.
Gott sei Dank kam Heinrich bald wieder in den Tower zurück und sogar in die Staatsgemächer. Er fand sie schrecklich ungemütlich, und die Aussicht, Margaret wiederzusehen, verursachte ihm ein Frösteln. Sie war sicher nicht jünger geworden inzwischen, und gewiß war ihre Stimme nicht weniger scharf als früher. Als man ihm erzählte, daß sein Sohn, der Prinz von Wales, geheiratet habe, freute er sich. Wenn die Schwiegertochter hübsch war, wollte er ihr über das Haar streichen.
Als das Frühjahr kam, überstürzten sich die Ereignisse. Vor vier Wochen war dieser Eduard wieder in England gelandet, mit ganzen fünfzehnhundert Mann. Nun, das fand Heinrich nicht viel. Aber wie vor einem halben Jahr, als Warwick zurückkam, würden nun auch Eduard unterwegs Anhänger zulaufen. Der Erzbischof von York, von Warwick wieder zum Großsiegelbewahrer und Kanzler ernannt, war zu Beginn der Karwoche mit puterrotem Kopf in Heinrichs Zimmer gestürzt.
»Clarence ist zu seinem Bruder übergelaufen!« zeterte er, und Heinrich, der noch im Bett lag, eine Wollmütze auf dem Kopf, fand, daß der Mann viel mehr fasten müsse, dann hätte er nicht so viel Blut im Kopf. Es war doch Karwoche. Am Gründonnerstag wollte er, Heinrich, nur Kräutersuppe essen. Das war verdienstvoll vor Gott und gut für die Gesundheit. Vielleicht aß er schon am Mittwoch eine. Aber am Mittwoch erschien der aufgeregte Kanzler schon wieder. Jetzt wäre keine Zeit für grüne Suppen, erklärte er, Heinrich müsse nun handeln. Und Heinrich sah sich alsbald auf ein Pferd gesetzt und, von einem Dutzend Soldaten begleitet, durch die Straßen von London geführt. An der Spitze des Zuges trug man zwei Fuchsschwänze an einer Stange. Sie baumelten hin und her, als wären die Motten darin. Heinrich brauchte eine Weile, bis ihm einfiel, daß Fuchsschwänze einst das Abzeichen seines mächtigen Vaters gewesen waren, und die Erinnerung daran sollte wohl das Volk von

London auf die Beine bringen. Es war so aufgeregt ringsum, daß es keinen Zweifel geben konnte; Eduard stand vor den Toren. War denn der Bürgermeister von London nicht da, daß er den Widerstand organisierte?
Nein, der sei seit gestern bettlägerig, wurde Heinrich von seinem linken Begleiter beschieden, einem jungen, prallen Burschen, der kaum in den Soldatenkittel paßte. Der Brave müßte auch mehr fasten, dachte Heinrich stumm. Kräutersuppe ist etwas Gutes.
Er bekam jedoch auch am Gründonnerstag keine. Da vergaß man überhaupt, ihm etwas zu essen zu bringen. Statt dessen kamen Wachen und stießen ihn in den alten Gewahrsam zurück, in dem er so viele Jahre friedlich gelebt hatte. Heinrich hatte nichts dagegen, nur daß man ihm den Kanzler beigesellte, fand er ärgerlich. Der Kopf des Erzbischofs war jetzt blaß und bleich. Bis in die Winkel des Zimmers hinein hörte man die Hochrufe auf den Straßen Londons, und der Kanzler knirschte.
»Kein Wunder, wenn sie schreien, daß Eduard wieder da ist. Bei den vielen Schulden, die er zurückgelassen hat bei Wein- und Tuchhändlern und bei den Goldschmieden der Stadt. Und am meisten kreischen die Weiber, könnt Ihr es hören, Mylord? Die haben auch genug Ursache. Es lagen ja noch nicht alle in seinem Bett. Aber die Hoffnung wird ihnen im Schoß steckenbleiben. Spätestens bis Ostersonntag sind wir wieder heraus.«
»Glaubt Ihr?« fragte Heinrich und nagte an seinen Fingernägeln, als könnte ihm dies den Hunger stillen.
»Ganz ohne Zweifel. Warwick ist auf dem Weg hierher. Er hat den Marquis von Montagu mit seinem Heer bei sich, den Grafen von Oxford und den Herzog von Exeter. Und spätestens am Ostersonntag muß Eure Gemahlin in England landen. Wenn sie die Truppen, die sie mitbringt, mit denen Warwicks vereinigt, dann werden wir das bißchen Eduard, seinen Bruder Richard, Hastings und den verräterischen Clarence zerquetschen wie Winterfliegen. Wahrscheinlich laufen sie aber schon vorher davon und schiffen eilig zurück nach Burgund.«

Heinrich erwiderte, daß er beim Dankgottesdienst keine Fuchsschwänze mehr zu sehen wünsche.
Leider war jedoch Eduard nicht davongelaufen, und als der Ostersonntag heraufdämmerte, hatte er sein Heer aus London herausgeführt und so dicht an das von Warwick herangeschoben, daß der Graf die Schlacht würde annehmen müssen, noch ehe Margaret herankommen konnte.
Heinrich und der Erzbischof, die Eduard mitschleppte, um sie in seinem Gewahrsam zu wissen, fröstelten in der feuchtkalten Luft des frühen Morgens. Noch nie hatte Heinrich einen solchen Ostersonntag erlebt. Die Männer von ganz England schienen sich Harnische gekauft zu haben, so viele Rüstungen hörte er klirren, als sich das Lager erhob. Ein Bogenschütze in einem wattierten Lederwams brachte Heinrich zum Morgenmahl ein Stück kaltes Fleisch, das jedoch so zäh war, daß man es kaum kauen konnte. Heinrich stand mit steifen Gliedern. Es konnte nicht später als vier Uhr sein. Der Morgennebel lag so dick über der Heide, daß man nicht die Hand vor Augen sah.
Heinrich vertrat sich die Beine. Wenn er sich nicht irrte, mußte dort hinter ihnen das Dorf Barnet sein, und verborgen von dicken Hecken vor ihnen, zu beiden Seiten der Straße nach Sankt Albans, lag Warwicks Heer. Warum hob sich der Nebel nicht? Man sah kein Banner in dem milchigen Brei, und nahezu lautlos formierte Eduard in dieser Watte seine Truppen zum Angriff. Heinrich ergriff eine fiebrige Erregung. So lange hatte er nichts mehr von Kampf und Schlachten gesehen, und er wußte, daß es um ihn ging an diesem Morgen, um ihn und Margaret und ihren Sohn. Wie unangenehm verbissen Warwick ausgesehen hatte! Jetzt hörte er allerdings nur seine Feldschlangen, die blindlings den Geschützen Eduards antworteten. Der dumpfe Laut lief die Front entlang, kaum daß Eduards Trompeter zum Angriff bliesen. Heinrich hüllte sich in seine Mäntel. Er wunderte sich, daß Eduard und seine Ritter abgesessen waren und offensichtlich zu Fuß kämpfen wollten. Die Reiter sollten anscheinend nur der

Aufklärung und der Verfolgung dienen. Wahrscheinlich hatte er nicht viel.
Heinrich stand hinter dem rechten Flügel, den Richard befehligte. Der kleine Richard, dachte Heinrich, und er erinnerte sich, daß er ihn einmal in den Windeln gesehen hatte. Mitleid überkam ihn, ohne daß er wußte, warum. »Richard hat überhaupt keine Erfahrung in einer großen Schlacht, Mylord«, sagte der Erzbischof. »Was er bisher geleistet hat in seinen wenigen Jahren, war nur Geplänkel.«
Eduard befehligte das Zentrum. Heinrich sah einen Moment sein Banner mit der strahlenden Sonne durch den Nebel geistern. Er hatte Clarence bei sich, und der Kanzler knurrte verächtlich, daß Eduard wohl ein Auge auf seinen Bruder haben wolle, »diesen Schuft und Verräter!«
Am linken Flügel stand Hastings. »Der wird nicht sehr guter Laune sein«, meinte der Erzbischof. »Eine kalte Nacht hinter sich und kein Weib im Bett.«
Vor Heinrich schmetterten die Trompeten das Angriffssignal, und Richards Bogenschützen schickten ihre ersten Salven in den Nebel. Das Schwirren der Sehnen verursachte ein Kribbeln auf Heinrichs Haut. Es kam keine Antwort von der Gegenseite, was darauf schließen ließ, daß der kleine Richard keinen Feind vor sich hatte.
Der Kanzler grinste. Aber Richard ließ abermals die Trompeten blasen, und die königliche Vorhut, die er führte, stieß in den Nebel hinein, um den Feind zu suchen.
In diesem Augenblick hörte Heinrich das Aufeinanderkrachen von Stahl. Aha, jetzt war das Zentrum mit Eduard an den Feind geraten. Wenn Richard flink war, konnte er Warwick in die Flanke stoßen.
»Keine Angst«, sagte der Erzbischof. »Da drüben kommt er erst einmal in die Niederung und den Sumpf. Bis er sich wieder auf die Anhöhe kämpft mit seinen gepanzerten Leuten...« Aber Richard schien schon oben zu sein. Heinrich hörte das Feldge-

schrei der Truppen von Exeter, in die Richard gefahren sein mußte wie der Teufel. Das Geschrei klang nach Verwirrung.
Heinrich ging auf dem Hügel hin und her. Der Nebel drückte auf seine Brust und erschwerte das Atmen. Er hatte das Gefühl, keuchen zu müssen wie die Kämpfenden. Der Kanzler war jedoch ganz Ohr. »Oxford!« rief er. »Horcht nur, Mylord, das ist Oxfords Geschrei. Er hat Hastings ins Wanken gebracht. Dort drüben, rechts, Ihr schaut ja in die Luft!«
Man sah Flüchtende durch den Nebel jagen. Wie Staubwolken, die der Sturmwind peitscht, kamen sie Heinrich vor. Sie tauchten auf und waren verschwunden. »Der halbe Flügel von Hastings ist weggefegt«, frohlockte der Kanzler und rieb sich die Hände.
Heinrich hüllte sich in seine Mäntel. Schweigend umstanden ihn die Wachen, und reglos sah man aus dem Nebel die Lanzenspitzen von Eduards Reserve ragen. Reserve, kostbarstes Requisit einer Schlacht. Hoffentlich hatte Warwick keine kleinere.
Warwick hatte in diesem Augenblick den größten Teil seiner Reserve dem Herzog von Exeter zu Hilfe geschickt, der von Richard so hart bedrängt wurde, daß er sich sonst nicht mehr halten konnte. Jetzt stand Exeter wieder und machte Richard zu schaffen. Warwick schürzte skeptisch die Lippen. Er hatte seinen Befehlsstand an der Straße nach Hatfield. Es war schlecht, daß er die Reserve so bald nach Beginn des Kampfes schon ins Treffen führen mußte, aber Eduard hatte vielleicht überhaupt keine Reserve. Was Eduard gestern nacht aus London herausgeführt hatte auf die Heide von Barnet, konnten höchstens zwölftausend Mann sein, und wenn ihm sein Überraschungsangriff am heiligen Ostersonntag früh gelingen sollte, mußte er alle seine Kräfte auf einmal einsetzen. Warum nur hob sich der Nebel nicht? Langsam verschob sich die Front zur Straße hinüber.
Warwick hatte nicht eigentlich Angst, nur das dumpfe Gefühl im ganzen Körper, das ihn immer überfiel, wenn er im Kampf stand, und das war oft gewesen. Im übrigen war sein Heer bestimmt

um ein Drittel stärker als das Eduards. Aber trotzdem war jede Schlacht offen bis zum Schluß. Der Abfall Georgs hatte Warwick getroffen. Er konnte sich ausrechnen, daß viele seiner Leute in dieser Stunde an Clarence dachten. Und was in seinem Bruder, dem Marquis von Montagu, vorging, wußte ohnehin nie ein Mensch. Vor einem halben Jahr hatte er in seinem Ärger über den undankbaren Eduard den König zur Flucht über die Bucht von Wash gezwungen, aber jetzt stand er so lahm in der Mitte zwischen Oxford und Exeter, als erinnerte er sich daran, daß er einst Eduard Treue geschworen hatte. Warum konnte man die Gedanken anderer nicht lesen?

Die Kundschafter und Melder kamen und gingen. Exeter war dabei, Richard wieder in den Sumpf hinunterzudrängen, aus dem er heraufgekommen war, und Oxfords Leute verfolgten die fliehenden Truppen von Hastings. Wenn sie nur nicht gleich bis Barnet rannten und dort zu plündern begannen, ehe der Sieg gesichert war. Natürlich, da kam schon die Meldung. Diese windige Lancaster-Brut! Wie konnte er, Warwick, sich nur mit den Lancasters verbinden!

Oxford schickte Meldung, daß er seine Leute in Barnet sammle und dem Zentrum des Feindes damit in den Rücken falle. Hoffentlich, knurrte Warwick. Dann war Eduard zerquetscht.

Eduard hatte sich zu dieser Stunde mit seinem Zentrum in die Truppen des Marquis von Montagu verbissen. Dieser Hund, dachte Eduard unaufhörlich, der mich mit seinem Verrat über die Bucht von Wash getrieben hat, daß ich beinahe ersoffen wäre. Jetzt soll er büßen. Er schlug mit dem Schwert um sich, daß die Funken von den getroffenen Rüstungen sprühten. Umgeben von seiner Leibwache, war er so eingekeilt in den Feind, daß die Nachricht gar nicht zu ihm dringen konnte, daß der Flügel von Hastings ins Weichen gekommen war, und der Nebel versperrte glücklicherweise die Sicht. Er dachte nur immer an Richard. Wenn bloß Richard gegen Exeter hielt. Richard, halt aus, dachte er. Ich kann die Reserve nicht antasten. Ich brauche sie noch.

Heinrich, eingehüllt in seine Mäntel, ging im nassen Gras hin und her. Schweigend umstanden ihn die Wachen, während im milchigen Nebel der Tod umging. In einem zerfetzten Gewand über dem Gerippe glaubte Heinrich ihn übers Schlachtfeld huschen zu sehen. Hierhin, dorthin. Wahllos nach Heiterkeit und Laune. Die Sense hielt er in der Hand und senkte sie in rauchendes, dampfendes Blut. Nein, seine Hände waren nackt. Aber sie griffen in Schwerter und Keulen und Streitäxte und fingen den Pfeil in der Luft. Und es gefiel ihm, damit die Ritzen der Rüstungen zu suchen, eine unbedeckte Weiche, einen Kopf, von dem die Sturmhaube gefallen, das Scharnier an der Achselhöhle unter dem erhobenen Arm, das verschobene Kettenhemd am Bauch, das gestürzte Knie, den Schlitz des Visiers. Und in Grauen und beklommener Lust hörte Heinrich auf die Schreie, die aus der Watte des Nebels aufstiegen, aber der Schmerz war nicht zu unterscheiden von Zorn und Wut.

Eduards Arme erlahmten, so kräftig sie waren. Er konnte nicht mehr. Drei Stunden lang konnte nicht einmal Herkules immerzu kämpfen. Umgeben von seiner Leibwache hieb er sich aus dem Knäuel, um zu verschnaufen. Da stand ein Melder von Hastings. Aus den Trümmern des Flügels habe er eine neue Front gebildet. Ja, bring ihn um, den Hund, dachte Eduard und schüttete Wasser in sich hinein, das ihm sein Knappe in einem Helm anbot. Es schmeckte nach Blut. War es sein eigenes? Wenn nur Richard hielt! Aber er hielt ja, zum Teufel, er hielt. Warum ging der Nebel nicht weg? Und wo war der Feind unter Oxford geblieben?

Der Erzbischof stieß Heinrich in die Seite. »Mylord, schaut nach Barnet. Seht Ihr das Banner? Ein strahlender Stern. Gleich fällt Oxford in Eduards Rücken. Oxford, Mylord, war Eurer Sache ein Leben lang treu!«

Oxford jagte daher in wilder Wut. Dieses Söldnerpack in seiner unbezähmbaren Gier! Als ob man in Barnet den Kampflärm nicht hörte. Die hatten sich doch noch in der Nacht mit all ihren Habseligkeiten davongemacht – abgesehen davon, daß sie in

Barnet kaum Schätze hatten. Aber losrasen und plündern noch vor dem Sieg. Er würde sie stäupen lassen, wenn er erst die Zeit hatte dazu, allesamt, und die diebischen Hände abschneiden. Ach nein, natürlich nicht. Plündern war das Recht des Soldaten und sein zusätzlicher Lohn. Er trug ja seine Haut nicht zu Markte um eines Dankeschöns willen oder weil ein hoher Herr wie Oxford hübsche Augen hatte. Wenn nur der verfluchte Nebel nicht wäre. Aber das mußte der Rücken von Eduards Zentrum sein. Vorhin stand es genau an dieser Stelle. Oxford stieß wuchtig in die Flanke der Kämpfenden, als er plötzlich erkannte, daß es Montagus Leute waren. Zum Teufel, die Front war herumgeschwenkt, so daß sie nun von Norden nach Süden stand, und er griff seine eigenen Bundesgenossen an. Oxford rief dem Hornisten zu, abzublasen.
Montagu war von dem Flankenangriff überrascht. Zum Satan, hatte die Hölle diese Kerle ausgespien? Jetzt hatte er Eduard vor sich und den tapferen Rest von Hastings Flügel, und Exeter hielt gegen Gloucester. Woher kamen denn diese Hunde plötzlich?
»Die flammende Sonne ist auf dem Banner!« schrie jemand. »Das ist die Reserve von Eduard.«
Hatte er doch eine Reserve gehabt, der große König? Alle gefallenen Engel sollten ihn schinden. Montagu rief den Bogenschützen einen Befehl zu, und hageldicht schwirrten die Pfeile. Aber nein, haltet ein! Was da emporsteigt im Nebel wie Schatten und Traum, ist ein strahlender Stern, keine flammende Sonne. Nicht Eduards Reserve, Oxfords Leute sind das!
Als Oxford sich mit den Seinen unter dem Pfeilhagel der Schützen Montagus in Deckung werfen mußte, hörte er eine Lerche hoch oben in der Luft. Über dem Bodennebel mochte sie stehen, ganz in der Nähe bei Gott. Dort droben mußten auch ihre Schutzengel zurückgeblieben sein, weil ihnen die Erde zu feucht war. Ein Ritter, der sich neben Oxford hinter seinen Schild duckte, sagte laut: »Verrat!«
Oxford fuhr auf. »Verrat? Wieso Verrat?«

»Aber sie schießen doch auf uns! Montagu läßt schießen auf uns!«
Auch bei Montagu schrien sie Verrat, und in einer jähen Verwirrung flohen sie hüben wie drüben.
Auf dem nassen Hügel ging Heinrich zwischen seinen Wachen hin und her. Welchen Kopf, dachte er dumpf, muß ein Mensch haben, um Sieg oder Niederlage einer Schlacht im Voraus berechnen zu können. Einen Kopf, so groß wie die Welt, wenn es denn stimmen sollte, daß die Welt eine Kugel war. Aber auch dann würde er sich noch verrechnen. Was war denn jetzt los? Die Speerspitzen um Heinrich kamen in Bewegung. Es sah aus, als zitterten sie. Aber sie formierten sich in einer breiten, geschlossenen Front, und mit lautem Gebrüll stürzten sie sich in den Nebel.
»Eduard setzt seine Reserve ein!« schrie der Erzbischof entsetzt. »Seine Reserve, um Gottes willen, jetzt, wo alles durcheinander ist!«
Heinrich lächelte versonnen. Natürlich, dachte er. Wenn alles durcheinander ist, ist der richtige Zeitpunkt.
»Er wirft sie gegen Montagu!« schrie der Kanzler. »Mitten ins Zentrum hinein gegen Montagu!«
»Und zersplittert es . . .«, dachte Heinrich. Wenn man nur Zuschauer ist bei einer Schlacht, ist man gar nicht so dumm.
Unter der höhersteigenden Sonne hob sich der Nebel wie mit einem Schlag. Heinrich sah zurückflutende Truppen, das Banner Yorks und die verschobene und bucklig wirkende Rüstung des Herzogs von Gloucester, der mit seinen Leuten nach Westen stieß, mitten durch die Lancaster-Nachhut, und sich mit seinem Bruder vereinigte.
»Aus!« sagte der Erzbischof von York, und seine Beine wankten, daß er sich setzen mußte, mitten ins Gras. »Aus, Bruder Warwick, nun bring dich in Sicherheit!«
Warwick stand noch an der Straßenecke. Jemand zerrte ihn. »Euer Gnaden, bringt Euch in Sicherheit. Montagu ist gefallen.

Habt Ihr nicht den Melder gehört? Euer Bruder John, Marquis von Montagu. Der Graf von Oxford ist schon hinter der Heide.«
Warwick rührte sich nicht. Das war der Tod, er wußte es. Nie in seinem Leben hatte er etwas so genau gewußt. Man würde ihn auf einen Marktplatz zerren, zwingen, den Kopf zu neigen, und dann hörte er vielleicht noch das Zischen des Schwertes. Möglicherweise hatten sie auch einen Block da und nahmen das Beil. Das Beil war besser. Das Holz unter dem Hals gab eine feste Unterlage. Wenn dagegen das Schwert nicht ganz scharf war und nicht gleich schnitt ... das war, wie wenn man am Waldrand Blumen köpfte, mit seinem Messer.
Warwick fühlte sich gezerrt. »Herr, hört Ihr denn nicht? Am Waldrand von Wrotham stehen die Pferde. So setzt Euch doch in Bewegung, um Gottes willen.«
Er würde schwanken auf seinen Knien. Aber nicht aus Angst, oh nein. Und wenn er weinte, würde er nicht weinen wie einst Johnny Woodville, um ein nichtgelebtes Leben. Aber er würde sich krümmen im Schmerz, um des Schmerzes seiner Kinder willen. Isabella, die er dem falschen Clarence gegeben, und der sie schlagen würde in seinem ständigen Rausch, wenn er sich nicht mehr vor ihrem Vater fürchten mußte. Ann, das süße, das phantasievolle Kind! Was würde die Schwiegermutter mit ihr tun, wenn sie erkannte, daß der Prinz sie umsonst geehelicht hatte? Gott, oh Gott, meine Kinder!
Warwick setzte sich in Bewegung, als hätte ihn die zerrende Hand dem Wald zu gestoßen. Wo waren die Pferde? Dort? Umgeben von einem Gewimmel Flüchtender hastete Warwick den Birken zu. Sein Harnisch klirrte. Das Visier hatte er hochgeklappt, wie der Unterlegene im Turnier es hochklappt, wenn er aufgibt. Die eiserne Schiene am rechten Bein klemmte und bog sich nicht ab. Er mußte hinken, als wäre er verletzt. Oder war er verletzt? Er wußte es nicht. Die Flüchtenden um ihn spritzten auseinander, und Yorksche Reiter tauchten auf. Sechs, acht. Sie umzingelten Warwick, und schwangen die Waffen.

Warwick hob sein Schwert. Es blitzte in der Sonne. Wie Frauenschleier wehten die Nebel davon. Wie das dünne Taufkleidchen von Ann. Königinnen wollte er aus ihnen machen. Aus Isabella und dann aus Ann. Königinnen des Glücks! Gott sei mir gnädig. Der Tod auf dem Schlachtfeld ist besser als das Beil.
Acht Männer erschlugen ihn wie einen räudigen Hund.

*

Margaret hatte sich beeilt, wie nur irgend möglich, um mit ihren zusammengerafften Truppen über den Kanal zu setzen. Sie hatte Geld bei Ludwig von Frankreich aufgenommen, und sie erwartete zuversichtlich, daß es ihr, vereint mit Warwick, gelingen würde, Eduard den Garaus zu machen, der so verwegen in England gelandet und mit soviel Glück bis nach London vorgestoßen war. Daß Clarence zu seinem Bruder übergelaufen war, erfuhr Margaret noch vor der Einschiffung. Obwohl sie wütend darüber war, bereitete ihr diese Angelegenheit keine Sorge. Sie verzog höhnisch das Gesicht über die wiedervereinte Familie York.
Am Ostersonntag landete Margarets Flotte in Weymouth. Der Wind war nicht besonders günstig gewesen, aber Margaret hoffte, rechtzeitig zu Warwick zu stoßen, daß Eduard die Lust verging, sich den vereinten Streitkräften Lancasters zu stellen. Wie vor einem halben Jahr würde man ihn nach Burgund jagen. In der Stadt, die voll von Lancaster-Freunden war, wehten Wimpel und Fahnen. Margaret, umgeben von ihrem Gefolge, betrat die Kirche und hörte die Messe an. Endlich wieder auf englischem Boden! Sie hatte schon gefürchtet, nie mehr hierher zurückkehren zu dürfen. Ihr Herz schlug.
Doch dann kamen die ersten Gerüchte geflogen. Kuriere folgten. Der Herzog von Somerset, der sich zur Begrüßung der Königin am Ostermontag in Weymouth einfand und in dem hellen, großen Raum, den Margaret bewohnte, vor der Königin das Knie beugte, wußte schon alles.
Margaret starrte den kräftigen Mann an, als könne sie seine

Umrisse nicht erfassen. Was für blaue Augen er hatte! Blau und starr wie Email. Sein Vater hatte genau dieselben gehabt, erinnerte sie sich, der schöne Edmund, der ihr soviel Schwierigkeiten gemacht hatte ... Ach, es war lange her, und sie wollte gar nicht an ihn erinnert werden. Um sich und seine Familie zu retten, hatte er einst Rouen aufgegeben und ein Gebiet in Frankreich, das England heute noch nicht zurückerobert hatte, und vielleicht nie wieder zurückbekommen würde. Ein Freund Williams, den sie geliebt hatte, war Somerset gewesen, und in diesem verbissenen Ringen mit dem Herzog von York war er gefallen. Für mich, dachte Margaret entrückt, für mich ist er gefallen. Aber was hatte er eben gesagt? Barnet? »Barnet?« stammelte sie. »Barnet? Wo liegt das?«
»Gar nicht so weit von der Themse, Mylady. Es war ein verdammtes Pech«, berichtete Somerset.
»Und er ist tot, sagt Ihr?« fragte Margaret zitternd.
»Graf Warwick ist tot. Man hat seinen Leichnam und den seines gefallenen Bruders, des Marquis von Montagu, nach London geschleppt, und dort liegen ihre Körper zur Stunde noch auf dem Pflaster der Sankt Pauls-Kathedrale, nackt, mit einem Lendentuch um die Hüften, damit das Volk den Untergang des Hauses Neville zur Kenntnis nehmen kann.«
Margaret schauderte. Halb hinter ihr stand ihr Sohn. Der Prinz schien völlig ungerührt. Durchs Fenster schien die Sonne, und aus ihren Winterverstecken schienen alle Fliegen hervorzukommen, die es überhaupt gab. Sie schwirrten durchs Zimmer. »Entsetzlich«, flüsterte Margaret endlich. »Da bleibt mir nichts anderes übrig, als wieder umzukehren.«
»Mylady, das wäre das schlechteste, was Ihr tun könntet«, widersprach Somerset. »Ich spreche jetzt nicht für mich und alle die, die zu Euren Fahnen liefen und denen es nicht gut gehen wird, wenn Eduard bleibt. Ich denke an Euch selbst. Oder glaubt Ihr, daß Ihr noch einmal in Eurem Leben in England Fuß fassen könnt, wenn Ihr jetzt wieder abzieht? In Tounton und Wells

wird man Euch mit offenen Armen empfangen. Ganz Devon und Cornwall wird zu Eurem Banner strömen. Was bedeutet schon eine einzige verlorene Schlacht!«
»Und wo soll ich meine Getreuen sammeln?«
»In Wales seid Ihr so sicher wie in Abrahams Schoß.«
»Und Ihr meint, daß Eduard mich ungehindert nach Wales ziehen läßt?«
»Er ist in London und weit weg. Außerdem zittern ihm von Barnet her noch die Beine. Er hat schwere Verluste gehabt, Madame.«
»Um von hier nach Wales zu kommen, muß man über den Severn.«
»Gewiß, bei Gloucester geht die große Brücke über den Fluß.«
Margaret zögerte. Die liebestollen Fliegen machten sie ganz krank. Da stand der Prinz neben ihr.
»Auf nach Gloucester!« rief er. »Frau Mutter, Ihr seid doch kein altes Weib, das sich vor der glatten Straße fürchtet! Sollen wir ewig in Frankreich hocken, verlacht von der Welt ob unserer Feigheit? Frau Mutter, mein Arm ist stark. Ich will gegen die Männer antreten, die Ihr mich hassen gelehrt habt, und nicht in der letzten Verzweiflung in die Dienste des schlauen Ludwig treten und sterben für Frankreich!«
Margaret fuhr herum. »Denk an Warwick!« zischte sie.
»Ich denke an ihn, Frau Mutter«, rief der Prinz. »Er liegt auf einem Kirchenboden in London, und ich will ihn rächen! Er ist der Vater meines Weibes. Somerset, wir ziehen nach Wales!«
Aber draußen auf dem Gang verging seine Begeisterung. Es schlotterten ihm die Knie bei dem Gedanken, vor Ann treten und ihr den Tod des Vaters mitteilen zu müssen. Doch als er sie traf, sah er, daß sie es bereits wußte. Der Prinz erstarrte vor dem Anblick seines jungen Weibes, vor dem aufgerissenen Mund, der keinen Ton von sich gab. Vor dem verzerrten Gesicht, dem gekrümmten Körper, der sich wand in einem lautlosen Schmerz. Er konnte es nicht mit ansehen. Er rannte davon.

Margaret war nicht zufrieden mit sich selbst, daß sie dem Drängen ihres Sohnes nachgegeben hatte. Aber vielleicht hatte er recht. Wenn man alt wurde, wurde man überängstlich. Auf dem ganzen Zug nach Norden strömten ihr Leute zu. Als Margaret Bristol erreichte, erreichte sie jedoch auch die Nachricht, daß Eduard sich von London aufgemacht hätte, um ihr den Weg abzuschneiden.

»Der Hund«, sagte Somerset, »aber so schnell wird er nicht laufen können, um uns noch vor der Brücke bei Gloucester einzuholen.« Man beschleunigte jedoch vorsichtshalber das Tempo.

Der Mai hatte sich auf das Land geworfen mit sommerlicher Hitze. Die Troßwagen holperten über die trockenen Wegfurchen, daß ihre Planen schwankten. Auf den eisernen Harnischen der Ritter, die an den Sätteln ihrer Knappen baumelten, hätte man Eier braten können. Von den Spitzen der Hellebarden und Spieße blitzte der Widerschein der Sonne. Der Staub lag dicht wie eine zweite Haut auf den Männern des Fußvolks, und selbst der Prinz von Wales konnte seinen Durst nicht löschen bei der Hetze des Vormarsches, nachdem man erfahren hatte, daß Eduard sich in Eilmärschen näherte.

Ann ritt einen Apfelschimmel. Sie trug Trauerkleider um ihren Vater, und obwohl ihr darunter der Schweiß über die Haut lief, wollte sie kein Stück davon ablegen.

Lady Warwick hatte sie getröstet. Ann mußte sich immer noch wundern über die Fassung der Mutter. Aber Lady Warwick hatte so oft den Tod ihres Gatten befürchtet, so oft auf die schreckliche Nachricht gewartet, so viele Träume geträumt, in denen er vor ihr lag, zermalmt in all den Gefahren, daß sie jetzt kaum mehr weinen konnte. Lady Warwick streichelte Ann. »Er ist im Himmel, Kind, sei still. Dereinst werden wir ihn wiedersehen.«

Ann klammerte sich an die Mutter. »Georg ist schuld«, schluchzte sie. »Georg, der Verräter, ist schuld an Vaters Tod!«

»Sei still«, flüsterte Lady Warwick sanft. »Gott hat es gefallen, deinen Vater zu sich zu nehmen, und da hätte er es auch getan, wenn Georg auf unserer Seite geblieben wäre. Gottes Wege sind unerforschlich.«

Ann konnte sich nicht zu dieser Ansicht bekehren, und sie erklärte zähneknirschend, daß sie zusehen wolle, wenn Georg hingerichtet würde ... bald! Hoffentlich bald! Gleich, nachdem man gegen Eduard siegreich war. »Und auf der höchsten Spitze soll sein Kopf stecken«, schluchzte Ann, »und der von Eduard daneben! Oh, Frau Mutter, laßt mich nicht allein!«

Aber Lady Warwick hatte schon beschlossen, Königin Margaret nicht auf ihrem Zug nach Wales zu begleiten. Nein, sie war müde. Hinter den Mauern des Klosters von Beaulieu wollte sie beten für das Seelenheil ihres toten Mannes – und für den Sieg Margarets, die sie in früheren Jahren so oft verflucht hatte.

»... und wenn es schief geht«, hörte Ann am nächsten Tag zwei Ritter miteinander reden, »dann sitzt Lady Warwick in Beaulieu Abbey in einem guten Asyl.«

Bestand denn Gefahr, daß etwas schief ging? Natürlich, Gefahr bestand immer, wenn man einer Schlacht entgegenging, aber Eduard würde sie doch nicht einholen, ehe sie in Wales Unterstützung und Hilfe bekamen. »... soviel«, hatte der Prinz gesagt, »daß Eduard stehenden Fußes kehrt machen muß, wenn ihm sein Leben lieb ist.«

Ann fuhr mit der Zunge über ihre gesprungenen Lippen. Auf der höchsten Spitze der Zinnen sollte Georgs Kopf stecken und der von Eduard nicht tiefer. »Und den buckligen Richard«, sagte der Prinz, »hängen wir dazwischen. Wenn er auf dem Gaul hockt in seinem Panzer, soll er aussehen wie eine Schildkröte, hahaha. Eduards kleinen Sohn aber sperren wir in den Tower. Da ist es feucht im Winter, und da stirbt er schon. Dann ist das Haus York in der Hölle.«

Gleich einer Herde von Hammeln, hinter denen der Wolf her ist, so wälzte sich das Heer Margarets nach Norden. Gebeugt waren die Nacken, geknickt die Beine in den engen Hosen mit den prallen Lätzen, gesenkt die staubigen Köpfe mit dem ungekämmten Haar. Beim Troß stöhnten die Weiber, schrien die Kinder und stießen die Marketenderinnen die leeren Fässer in den Straßengraben, um die Fußkranken auf die Wagen zu lassen. Immer näher kam Eduard – sein Heer mußte Flügel besitzen!

»Ich habe es ja gewußt, daß es besser gewesen wäre, wieder nach Frankreich zurückzukehren, ich habe es ja gewußt«, stöhnte Margaret immerzu, so daß der Herzog von Somerset sie schließlich anfuhr, als wäre sie eine Dienstmagd. Der Mann war unbeherrscht wie ein Hahn.

Als sie vor Gloucester eintrafen, schien es jedoch, als hätte Margaret vollkommen recht gehabt mit ihren Befürchtungen. Die Stadt hatte ihre Tore geschlossen. Gewappnete Bürger standen auf den Mauern, und man erklärte, durch Eilkurier von Eduard bei Androhung strengster Strafe aufgefordert worden zu sein, keine Rebellen einzulassen. Margaret weinte fast, als sich die Führer zur Beratschlagung um sie versammelten. Die Überlegungen waren kurz. Zur Belagerung und zur Erstürmung der Stadt hatte man keine Zeit. Der nächste Übergang über den Severn und in das rettende Wales war bei Tewkesbury. Auf, und weiter nach Norden!

Der Prinz konnte kaum mehr denken bei der Hitze. Er erschöpfte sich darin, Somerset und die anderen Männer zu verfluchen, die sich über die Schnelligkeit Eduards so getäuscht hatten. Das waren ja Idioten. Den Herzog von Somerset konnte der Prinz überhaupt nicht leiden. Der Mann mit seinem Jähzorn und seiner riesigen Kraft kam ihm vor wie ein Stier. Und alle diese anderen Engländer, die ihm vorgestellt wurden, seit er seinen Fuß wieder auf den Heimatboden gesetzt hatte, fand er undurchsichtig wie Nebelschwaden. Was veranlaßte sie, mit ihm kämpfen zu wollen? Was trieb die Männer unter seine Fahne? Der eine hatte wohl Angst vor Eduards Zorn, der andere witterte Beute. Das staubbedeckte Fußvolk sah den Prinzen unfreundlich an. Aber das konnte am Durst liegen und an der Hast, mit der es von Feldhauptleuten und Obristen vorwärtsgetrieben wurde. Die Sturmhauben im Nacken drückten natürlich, und das schlechte Schuhwerk auch. Denen, die barfuß liefen in der Qual, rissen die vielen Steine Wunden. Und Armbrust, Spieße und Morgenstern waren schwer. Was hatte, beim Himmel, diese hastende Hammelherde veranlaßt, unter Margarets Banner zu treten? Der Sold natürlich, den sie versprach, und die Aussicht aufs Plündern. Manch einer hatte sich werben lassen im Rausch, und manch einer war verpflichtet, einem Herrn und Ritter zu folgen, weil dieser sein Lehnsherr war. Wenn es nur Wasser gegeben hätte auf diesem widerlichen Fleck Erde. Das war doch kläglich! Warum blieb man nicht endlich stehen und stellte sich.

Als man am Nachmittag den schweren Turm der Abteikirche von Tewkesbury durch den Staub schimmern sah, warfen sich die Fußknechte einfach zu Boden. Sie waren am Ende ihrer Kraft. Selbst die Pferde unter den Rittern konnten nicht weiter. Und Eduard war nur noch neun Meilen entfernt. Neun Meilen! Beim Übergang über den Fluß würde man von ihm ins Wasser geworfen werden, daran war kein Zweifel. Jetzt blieb nichts anderes mehr übrig, als sich zum Kampf zu stellen und ihn zu vernichten. Der Prinz betete ein Dankgebet.

Die Nacht vor der Schlacht war warm. Von Gärten, die man nicht sah, wehte Blütenduft. In den Hecken reckten sich die Blätter. Drei Meilen vor Margarets Heer lagerte Eduard. Der Prinz von Wales kam aus dem Zelt der Mutter, wo man über die Aufstellung für den morgigen Tag beratschlagt hatte. Er würde das Zentrum übernehmen, und Lord Wenlock mit seinen Leuten und seiner Erfahrung sollte ihm zur Seite stehen. Somerset übernahm den rechten Flügel, Devonshire den linken. Einen Augenblick blieb der Prinz im Licht der Sterne und des Mondes stehen. Nichts war so schön wie eine Liebesnacht im Mai. Morgen würde er sie zu Gesicht kriegen, die Menschen, die er haßte: Eduard und seinen Bruder Richard, an die er sich nicht mehr erinnern konnte seit seiner Kindheit, und den Herzog von Cla-

rence, den er in Angers kennengelernt hatte, diesen Verräter und Saufaus. Der Prinz war mit drei Schritten in seinem Zelt und warf sich auf das Lager dicht neben Ann. »Ich werde ihm das Herz ausreißen«, stöhnte er vor Haß, »die Augen ausstechen und die Hände abhacken. Ann, endlich ist es soweit!«
Sie lag ganz klein zwischen den Decken, schmal und dünn wie eine Kerze.
»Ich werde ihn rächen«, flüsterte der Prinz. »Ich werde deinen Vater rächen. Und die Metze aus dem Hause Woodville werde ich in den Kerker werfen und dich auf den kostbaren Thron setzen. Und jeder, der dir weh getan hat, soll dir die Füße küssen, als wärest du der Papst.«
Sie schlang die Arme um seinen Hals. »Gott schütze dich! Gott schütze dich!«
»Ich werde schon wiederkommen. Mein Arm ist stark. Fühl nur, wie stark er ist. Du wirst morgen mit dem Boot über das Wasser fahren und im Kloster auf mich warten. Streite dich dort nicht mit meiner Mutter. Wenn ich als Sieger zurückkehre, darfst du mich mit Blütenzweigen empfangen. Apfelblüten liebe ich und die weißen von Kirschen. Die gibts jetzt überall. Horch, das muß eine Nachtigall sein. Die ganze Gegend ist voll von Hecken, hast du gesehen? Und Dickichte sind da und Wald auf einem Hügel. Und Gräben, daß man sie nicht zählen kann. Der Feind wird nicht leicht herankommen an uns. Und meine Armbrustschützen sind gut.«
»Gott segne dich...«, flüsterte Ann. »Gott segne dich!« Und wie eine Ertrinkende warf sie sich an ihn, als könnte sie auch ihn noch verlieren.
Als man dem Prinzen am nächsten Morgen in die glitzernde Rüstung half, lachte er. Als er unter dem flatternden Banner stand, lachte er. Und über seinen lachenden Mund klappte das Visier, als die Trommeln zum Sturm schlugen.
Wenn später jemand die Möglichkeit gehabt hätte, mit ihm zu reden, dann hätte der Prinz wahrscheinlich nicht genau schildern

können, wie die Schlacht verlief. Er stand im Zentrum und hatte Eduard vor sich. Richard an dem einen Flügel hatte wohl zuerst angegriffen. Indes, die Hecken und Dickichte boten vor ihm Schutz. Das veranlaßte Somerset, gegen Richard auszufallen. Das Dröhnen der Feldschlangen übertönte das Schwirren der Pfeile. Aus einem Hinterhalt stürzten plötzlich Eduards Speerwerfer über den Hang, wandten sich gegen Somerset mit einem Geschrei, als wären sie ein ganzes Heer, und dessen Leute rannten wie Hasen. Gleichzeitig griff Eduards Zentrum an, und der Prinz sah sich mit seiner Leibwache in einen Knäuel von Spießen verstrickt, die gegen ihn anbrandeten. Über eine Wiese hinweg wurden die flüchtenden Leute aus Somerset von Gloucester verfolgt, und durch den schmalen Schlitz seines Visiers sah der Prinz wie sich das Gras unter ihnen blutig färbte. Er hieb um sich. Blut war merkwürdig rot. Dick und klebrig war es. Sein Knappe neben ihm fiel. Hierher, schrie Lord Wenlock. »Hierher, Prinz, erholt Euch!«

Sein Arm war so lahm, als hätte ihn jemand zerschmettert. Mit puterrotem Gesicht kam der Herzog von Somerset herangaloppiert. Er hatte das Visier hochgeklappt und brüllte, warum ihm kein Hurensohn zu Hilfe käme. Sein Flankenangriff auf den buckligen Richard hätte die ganze Schlacht entschieden, wenn man ihm geholfen hätte, jetzt müßten seine Männer rennen wie die Kaninchen.

»Mylord«, entgegnete Wenlock würdevoll, »bitte mäßigt Euch. Was hier steht, sind keine Hurensöhne!«

»Mehr noch seid Ihr«, schrie Somerset, daß ihm beinahe die Stimme kippte. »Ein Verräter bist du! Hast wohl noch nicht vergessen, was ein Günstling von Woodvilles Gnaden ist! Und willst dir Verzeihung erringen, du Hund. Aber nicht auf meine Kosten!«

Der Prinz schluckte. Er wollte etwas sagen, aber er war außer Atem. Zudem war ihm plötzlich eingefallen, was er in Frankreich reden hörte: daß seine Mutter es einst mit dem alten Herzog von

Somerset gehabt hätte. Der Nachfolger von William de la Pole in ihrer Gunst wäre Somerset gewesen, und Somerset wäre der Vater ihres Sohnes. Diese Lügner! Aber wenn die Verleumdungen stimmten, dann war dieser brüllende, grobschlächtige Kerl mit den emailblauen Augen sein Halbbruder! Der Prinz fühlte, wie ihm der Schweiß in die Augen tropfte, salzig wie Tränen.
»Du Hund!« schrie Somerset. Und mit einem puterroten Kopf hob er die Streitaxt und spaltete Lord Wenlock den Kopf.
»Bitte, mäßigt Euch«, wollte der Prinz endlich sagen. Ganz ruhig wollte er es sagen, um den Aufgeregten zu beschwichtigen, aber die Stimme brach ihm. Das Entsetzen hatte ihn gepackt. Wie klebrig rot war das Blut, das aus Wenlocks Schädel floß. Und überall floß es in Strömen. Wie laut war der Lärm der Schlacht und wie furchtbar die Schreie der Wut und des Schmerzes. Und was für ein Durcheinander herrschte! Wo war der Feind und wo der Freund? Helmzieren wehten, die Erkennungszeichen der Gepanzerten, aber der Prinz wußte nicht mehr ihre Bedeutung. Das Entsetzen über die Führer, die sich gegenseitig umbrachten, fuhr aber nicht nur in ihn, sondern auch in andere. Und der Prinz sah sich von Flüchtenden umgeben, ehe er seine Gedanken fassen konnte. »Fort, fort!« schrie jemand. Das Banner von York wälzte sich über den Hügel. In einem Strudel von Menschen, die ihre Waffen wegwarfen und um ihr Leben rannten, wollte der Prinz davon, da wurde ihm der Gaul unter dem Leib weggeschossen. Mit einem Pfeil im Bauch wälzte sich das Tier auf dem Boden. Der Prinz kam in der schweren Rüstung kaum auf. Nach Tewkesbury, schoß es ihm durch den Kopf, nach Tewkesbury! In der Abtei war man gerettet. Klöster sind Freistätten für Verfolgte, Asyle für jede Not. Der Prinz warf seine gepanzerten Handschuhe weg, den schweren Helm, versuchte die Beinschienen zu lösen. Da waren die Verfolger heran. Zwischen Gestrüpp wurde der Prinz gestellt. Er sah die Feldzeichen von Clarence und schrie. »Bringt mich zu Eurem Herrn! Ich zahle Lösegeld! Lösegeld! Laßt mich um Gottes Barmherzigkeit willen leben!«

Einer lachte. Ein anderer rief, daß Thronfolger mehr als genug auf Erden wären. Einer meinte, ihr Herr habe verboten, Pardon zu geben, und der Vierte feixte: »Weg mit ihm!«

Der Prinz hob die Arme. Sein Kopf wurde getroffen, sein Körper. Er stammelte verstört. »Pardon, Pardon ... Ich zahle doch Lösegeld. Lösegeld ... Um Gottes Barmherzigkeit willen ... laßt mich doch leben!« Dann wurde es dunkel um ihn.

Als der Prinz wieder zu sich kam, war es Nacht. Warme, blütenschwere Maiennacht. Er lag unter Gestrüpp, und der Mond war so nah, als hinge er mit ihm in der verwilderten Hecke. Wo war er nur? Ach so. Da bohrte ein Schmerz an der Seite. Und die linke Hand konnte er nicht bewegen. Rechts am Kopf war alles ganz naß, als ob man ihm das Ohr abgeschlagen hätte. Oh, Mutter.

In der Hecke rührte sich etwas. Im Mondlicht sah der Prinz ein Amselnest. Es hing da wie der Traum vom Leben. Die Jungen piepsten im Schlaf.

Der Schmerz im Leib war der schlimmste, fand der Prinz. Als hätte man ihm die Gedärme zerrissen. Seine Rechte hatte noch ein wenig Kraft. Sie tastete, aber was sie tastete, war Blut. Nein, da war noch etwas: der Griff eines Soldatenmessers.

Es war nur der Griff, die Klinge fehlte. Und seine Rüstung fehlte, und die Fußkleidung war ihm ausgezogen worden, sein Lederkoller und sein teures Wams. Er lag fast nackt. Lag in seinem Blut und hielt den Griff ohne Klinge. Misericordia nannten die Soldaten dieses Messer, das sie an ihrer Seite zu tragen pflegten. Misericordia – Erbarmen, wenn sie dem verwundeten Kameraden und Freund, den kein Feldscher mehr retten konnte, die Qualen nahmen.

»Misericordia ...«, flüsterte der Prinz. »Mutter, wo bist du? Mutter, hilf! Mutter, oh Mutter ...«

*

»Etwa um dieselbe Stunde, als der Prinz starb«, berichtete die Stimme eines sorgfältig gekleideten Dieners, »schlug König Eduard die verdienstvollen Knappen seines Heeres zu Rittern. Der letzte in der Reihe soll der Bursche des Herzogs von Gloucester gewesen sein, James Tyrell.«

»So«, sagte Heinrich. »Das hat den Jungen gefreut.«

»Zweifellos, Euer Gnaden. Wie üblich, hat er seinem Herrn ewige Treue geschworen und das Leben geweiht.«

»Und was tat Eduard danach?« fragte Heinrich, der wieder in seinen kahlen zwei Gefängnisräumen im Tower saß seit jener schrecklichen Schlacht bei Barnet. »Und was geschah dann?« Denn er hatte vergessen, daß ihm schon zweimal alles erzählt worden war. »Dann begab er sich wohl zur Abtei von Tewkesbury, König Eduard, meine ich, der Siegreiche, denn hinter den Mauern des Klosters waren gewiß soviel Flüchtlinge versteckt, daß sie sich fast die Füße abtraten. Hast du das nicht gesagt?«

Der Diener zündete die Kerzen für die Nacht an und nickte. »Ja, Euer Gnaden, aber der Abt trat dem König entgegen und bat ihn, den frommen Ort zu schonen.«

»Und war er großzügig?«

»Am ersten Tag schon. Da erklärte er alle, die sich in den Schutz der Kirche geflüchtet hatten, für begnadigt. Aber als er erfuhr, daß nicht nur arme Hunde von Soldaten hinter den Mauern steckten, sondern auch der Herzog von Somerset und andere hohe Herren, fiel ihm ein, daß Tewkesbury weder ein königliches Privileg als Asylstätte besitze noch eine besondere päpstliche Bulle, und er schickte Bewaffnete hinein, damit sie Somerset und seine Hauptleute herausholten.«

»Nun«, meinte Heinrich gelassen, »er wollte eben aufräumen mit der Bande.«

»Das Verhör dauerte nicht sehr lange«, berichtete der Diener.

»Wer saß dem Kriegsgericht vor?«

»Der Herzog von Gloucester als Konnetabel von England.«

»Aber Konnetabel ist doch John Tiptoft!« rief Heinrich.

»Das war einmal«, entgegnete der Diener mit Nachsicht. »John Tiptoft ist im vergangenen Winter hingerichtet worden. Euer Gnaden haben das Todesurteil selbst unterzeichnet.«

»Ich?« fragte Heinrich entsetzt. »Ich kann mich nicht entsinnen.« Aber dann fiel ihm ein, daß es schon möglich war. Als er von Warwick wieder auf den Thron gesetzt worden war, hatte er alle möglichen Dinge unterschrieben im Auftrag von Margaret oder auf Wunsch des Parlaments.

»John Tiptoft«, erklärte der Diener gemessen, »hat den Tod verdient, Euer Gnaden. Er hat so viele Freunde des Hauses Lancaster hinrichten lassen, daß ihn das Volk den Schlächter von England nannte.«

Heinrich brütete einen Moment vor sich hin. Dann lachte er. »Und du sagst, der Herzog von Gloucester ist sein Nachfolger?«

»König Eduard hat seinen Bruder zum Konnetabel ernannt.«

»Armer Richard. Das wird ihn nicht beliebter machen. Der Junge kann doch überhaupt nicht reden!«

Der Diener erwiderte, daß das Verhör in Tewkesbury der Herzog von Norfolk geführt hätte.

»Und das Urteil?«

»Für über ein Dutzend der Tod.«

»Böser Richard!«

Der Diener erklärte, daß die Urteile selbstverständlich vom König festgesetzt gewesen wären, ehe das Gericht unter dem Herzog zusammentrat.

»Ein Schauprozeß also? Was sagte der Herzog von Somerset, als man ihn zum Marktplatz von Tewkesbury führte?«

»Nichts, Euer Gnaden.«

»Er war stark wie ein Bär, wenn ich mich recht entsinne.«

»Ja, Euer Gnaden. Er konnte mit einem einzigen Hieb den Schädel eines Mannes spalten.«

»Bewundernswert. Er hatte ein Genick wie ein Stier. Wie lange brauchte der Scharfrichter bei ihm?«

»Drei Hiebe, Euer Gnaden.«

Heinrich hielt seine Hand über die Kerzenflamme. Der Mai war jetzt, da er sich dem Juni näherte, kalt geworden. Vor allem die Nächte waren kalt. Da würden die Baumblüten erfrieren. Von irgendwoher drangen Jubel und Geschrei.
»Was ist das?« fragte Heinrich.
Aber als der Diener ihn daran erinnerte, daß London den Sieg König Eduards feiere, erinnerte sich Heinrich wieder. Ach ja, am Morgen war er doch eingezogen mit großem Gepränge, flatternden Fahnen und schmetternden Fanfaren, huldvollst lächelnd und herabwinkend von seinem tänzelnden Gaul. Richard war an der Spitze des Triumphzuges geritten, hatte der Diener berichtet, denn der hatte ja großen Anteil gehabt an den Siegen der letzten Zeit. Na, dachte Heinrich, einmal werden sie auch alt werden und lahm. Aber dann drang eine unangenehme Vorstellung in sein Bewußtsein. »Und du sagst, der König hätte auch Margaret mitgebracht?« fragte er.
Der Diener erwiderte, daß Margaret von Anjou in einem Wagen mitgekommen sei. Aber sie habe darin gelegen wie eine Tote. Seit man ihr mitgeteilt hatte, daß ihr Sohn gefallen war, schien sich ihr Geist verwirrt zu haben. Sie murmle nur unablässig den Namen des Prinzen zwischen Gebeten, die gar keinen Sinn hätten.
Heinrich starrte den Diener an. »Ach ja, du hast es gesagt. Ja, so ist das. Nun, weiß sie, wie das ist. Hör zu, ich will sie nicht sehen. Wenn jemand auf den Gedanken kommen sollte, sie könnte bei mir wohnen – ich habe keinen Platz.«
Der Diener erwiderte, daß er glaube, Königin Margaret habe schon in einem Kloster Zuflucht gefunden.
Heinrich nickte. »Dann ist es gut.« Aber als der Diener hinausgegangen war, überkam ihn doch der Wunsch, sie zu sehen. Das war töricht. Sie war sicher alt geworden. Und wahrscheinlich würde sie ihm auch jetzt noch nicht sagen wollen, von wem das Kind war, obwohl das dem Prinzen nun nicht mehr schaden konnte. Toten konnte man kein Recht mehr streitig machen aus

Gründen der Geburt. Tote hatten ihr eigenes Recht. Wie das wohl war, wenn man tot war? Nun, er, Heinrich, hatte noch Zeit. Er war jetzt fünfzig Jahre alt, und wenn er sich auch auf der feuchtkalten Heide von Barnet einen Schnupfen geholt hatte, so war er doch im übrigen gesund. Das ruhige Leben im Tower tat ihm gut.

Heinrich hielt die Hände über die Kerzen. Wie ein fernes Brausen hörte man den Jubel in der Stadt. Jetzt feierten sie, fraßen und soffen und begatteten sich nach den Wochen der Not. Und sie stießen die Gefangenen in die Kerker, aus denen sie eben selbst gekrochen waren. Heiliger Himmel, jetzt waren die Asyle sicher wieder voll von Lancaster- und Warwick-Anhängern. Es war wie ein Tanz von Irrsinnigen. Ein Wechsel-das-Bäumchen-Spiel. Wenn Eduard es nicht fertigbrachte, die Fäden dieses Spiels endgültig und ein für alle Mal zu knüpfen oder zu zerschneiden, dann starb noch ganz England daran.

Ein Luftzug ließ die Kerzen unter Heinrichs Händen flackern, und er drehte sich um. Unter der Tür, die sich geöffnet hatte und wieder schloß, standen vier Männer. Vorn der Herzog von Gloucester, halb hinter ihm Lord Dudley, der Kommandant des Tower, und hinter diesen beiden zwei Knechte in roten, armlosen Kitteln. Heinrich starrte sie an.

Richard verbeugte sich leicht. »Ich hoffe, Mylord wollten noch nicht zu Bett«, sagte er heiser.

Heinrich maß ihn mit Blicken. »Wie ihr seht, bin ich noch auf«, erwiderte er würdevoll. Jetzt werden sie mir doch Margaret bringen, dachte er. Und nun wollte er sie wieder nicht mehr.

Richard hatte eine Rolle Papier in der Hand, an der ein Siegel hing, ein großes, rundes Siegel aus Wachs. Er setzte zweimal an, aber dann sprach er geläufig, obwohl es Leute gab, die behaupteten, der Herzog von Gloucester könnte nur stottern. Der Rat unter dem Vorsitz des Königs habe sich am Abend des heutigen Tages, da man siegreich in London einzog und den einundzwanzigsten Mai des Jahres vierzehnhundertundeinundsiebenzig zählte, veranlaßt gesehen, einen Beschluß zu fassen. Angesichts der Tatsache, daß sich Margarete von Anjou angemaßt habe, im Namen Heinrichs und ihres Sohnes, den Gott gestraft habe für seinen Hochmut, und im Verein mit anderen Rebellen gegen den König von England zu ziehen mit dem Vorhaben, ihn zu töten, und angesichts der Tatsache...«

»Hört auf!« rief Heinrich. Er zitterte, daß seine Hände flogen. »Hört auf, Gloucester, es wäre Lüge, was Ihr da sprecht!«

Richard brach ab. Er hielt das Schriftstück über die Kerzenflamme, bis es verkohlte. »Mylord«, sagte er leise, »es ist der Wille des Königs und seiner Ratgeber, den Bürgerkrieg, der das Land zerfleischt, zu beenden. Restlos und ganz und vollkommen. Existiert kein Prätendent aus dem Hause Lancaster mehr ... Mylord, mit Eurem Leben schenkt Ihr dem Land den Frieden.«

Heinrich wich zurück. Das konnte doch nicht Wirklichkeit sein. Er war doch erst fünfzig. Er wollte noch nicht sterben. »Ihr könnt mich doch nicht ermorden!« schrie er.

Richard erwiderte höflich, daß sie keine Mörder seien. »Mylord, die Aufstände der letzten Jahre sind geführt worden in Eurem Namen. Tausende sind gestorben dabei. Es würde einem Gericht ein leichtes sein, die entsprechenden Punkte zusammenzustellen, die eine Verurteilung zum Tode rechtfertigen. Ich nehme an, Ihr versteht, was ich sage.«

Heinrich wich zurück bis zur Wand. Nun konnte er nicht weiter. Aber die Wand gab ihm Halt. »Gewiß, ich verstehe«, erwiderte er. »Bin ich nicht wert, daß sich ein Gericht die Mühe macht, diese Punkte zu fixieren?«

»Natürlich, Mylord«, erwiderte Richard leise. »Aber König Eduard und seine Ratgeber sind zu dem Ergebnis gekommen, daß es nicht gut ist, dem Volk das Schauspiel eines Gerichts und der Verurteilung eines Mannes vorzuführen, der einmal auf dem Thron saß. Es könnte...« Er brach ab und hob nur die Hand.

Heinrich lächelte verzerrt. »Es könnte seltsame Gedanken bekommen, meint Ihr? Welche denn?«

»Es würde den Thron beflecken«, sagte Richard leise, »wenn ein Mann, der ihn einst innehatte, nun das Schafott besteigen und sich vor einem Henker neigen müßte.«
»Dann laßt mich doch leben, bis ich krank werde«, rief Heinrich schrill.
Richard erwiderte, daß Mylord belieben, das eben Gesagte zu ignorieren und sozusagen wieder von vorn zu beginnen. Aber Krankheit wäre durchaus eine Ursache, an der man sterben könnte. Und über einen an Krankheit gestorbenen ehemaligen König würde sich niemand aufregen. Über einem infolge von Krankheit von Gott abberufenen König würden auch die Leidenschaften seiner Anhänger zur Ruhe kommen. »Es ist beschlossen worden, Mylord, ein entsprechendes Bulletin zu veröffentlichen und anschließend Eure Leiche von Fackeln und einer Ehrenwache begleitet zur Sankt-Pauls-Kathedrale zu bringen und auf einem geschmückten Katafalk aufzubahren, damit das Volk in einem langen Zuge vorüberpilgern und für Euch beten kann. Die Bestattung erfolgt dann, wo Mylord es wünschen.«
»In der Kapelle des Klosters von Chertsey!« rief Heinrich, denn dies hatte er sich seit Jahren gewünscht, aber dann schlug er sich auf den Mund. »Ich will nicht sterben«, stammelte er. »Oh, Richard, ich will nicht sterben!«
Richard nickte. »Gewiß, Mylord. Es ist jedoch beschlossene Sache. Und ich bin beauftragt, den Entschluß des Königs und seiner Ratgeber in die Tat umzusetzen. Es ist kein angenehmer Auftrag, das könnt Ihr mir glauben. Und während ich hier stehe, begreife ich, daß Herrschen-Müssen schrecklich ist. Es zwingt zu Taten, die man verabscheut und doch tun muß, zum Wohl anderer. Doch wir halten uns nur auf mit Reden.«
Heinrich zitterte. Er spürte, daß ihm der Speichel den Mund ausfüllte, und er schluckte krampfhaft, ehe er über die Lippen floß. »Aber Ihr könnt mir doch nicht den Kopf abschlagen«, jammerte er.
»Natürlich nicht, Mylord. Ihr sollt mit unbedecktem Gesicht auf

blumengeschmücktem und von Kandelabern umgebenem Katafalk ruhen.«

»Ich will nicht in Sankt Paul liegen«, schrie Heinrich gellend, »wo Warwick liegt und Montagu, auf dem schmutzigen Pflaster.«

»Sie liegen nicht mehr dort«, erwiderte Richard sanft. »Man hat sie der Erde übergeben.«

»Weil sie schon anfingen zu stinken«, warf plötzlich Lord Dudley ein, dem das Hinundhergerede allmählich zu lang wurde.

Heinrich, der bisher nur Richard angestarrt hatte, wandte den Kopf. Und wenn er bisher noch einen Funken Hoffnung gehegt, solange er in das gequälte Gesicht des Herzogs sah, so zerstob sie beim Anblick Dudleys. Vor ihm gab es keine Gnade. Und da fiel ihm ein, daß er ja auch gar nicht der einzige war, der in einer nächtlichen Stunde derartiges erlebte, und nicht der erste! Und gespenstergleich erinnerte er sich an Namen und Schicksale, die ihm Schauder der Angst über den Rücken gejagt hatten, als er noch jung gewesen war. Richard II. ... oh, er erinnerte sich. Sein Großvater hatte ihn wahrscheinlich verhungern lassen, vielleicht in diesem selben Raum, in dem er, Heinrich, nun schon so lange saß. Nein, es war in Schloß Pontefract gewesen. Aber schließlich war das egal. Und Eduard II. hatte man einen rotglühenden Bratspieß in den Darm gestoßen, hatte er gehört, ein Verfahren, das nach außen hin bestimmt keine Spuren zurückläßt. Heinrich schrie wie ein Tier. Heilige Mutter Maria, wie würde man ihn schlachten, jetzt, in dieser Minute. Heilige Maria, Heilige Maria ... bitt für mich!

Richard trat einen Schritt näher. »Mylord«, sagte er sanft, »beruhigt Euch. Es geht sehr schnell. Wir haben geübte Knechte da. Es wird nicht weh tun. Und im Himmel wartet die Seligkeit auf Euch.«

»Aber ich muß doch beichten«, stammelte Heinrich, und unter der leisen, gequälten Stimme verstummte sein Schreien. »Ich muß doch noch beichten, Richard. Ihr könnt mich doch nicht aus dem Leben in die Hölle stoßen.«

Richard erwiderte, daß Mylord an Ostern gebeichtet und die Heilige Kommunion empfangen habe. Seitdem hätte er kaum Gelegenheit gehabt zu sündigen – hier in dieser abgeschlossenen Zelle.

»Aber ich habe in Gedanken gesündigt«, stotterte Heinrich. »Ich habe den Koch verflucht, weil er mir die Suppe versalzen hat. Ich habe in den Schriften von Ketzern gelesen. Ich habe vergessen, für meinen gefallenen Sohn zu beten, weil ich dachte, das hat noch Zeit, und ich konnte ihn seltsamerweise nie leiden. Ich habe ... ich habe ... ich weiß nicht mehr alles. Ihr laßt mir ja keine Zeit zum Nachdenken!«

»Gott ist groß«, sagte Richard leise. »Er wird Euch vergeben. Habt Ihr testamentarische Bestimmungen zu treffen?«

»Aber ich besitze ja nichts«, rief Heinrich. »Doch, dieses hier.« Und er griff nach der englischen Bibelübersetzung des Wiclif.

»Für wen?« fragte Richard.

»Für Euch, Herzog von Gloucester!«

»Für mich?«

»Ja, denn ich glaube, daß sonst kein Mensch am Hof Zeit hat, über Gott nachzudenken.«

Richard nahm das Buch entgegen. Von der fernen Straße her hörte man immer noch das Branden des Festtrubels. Irgendwo schrien Begeisterte, vielleicht weil eine Eskorte vorüberritt oder eine Fahne vorbeigetragen wurde. »Lang lebe der König!« Das Echo brach sich zwischen den Mauern und drang bis in die Winkel der Zelle. Und Heinrich erinnerte sich eines fernen Tages, da man diese Worte ihm zugejubelt hatte. »Lang lebe der König!«

Da gab Lord Dudley seinen Knechten einen Wink, daß sie vorstürzten.

Heinrich schrie auf. Er sah den Strick in ihrer Hand und fiel in die Knie. Gott, Vater im Himmel, warum hast du mich verlassen! Gott, Vater im Himmel, was habe ich dir getan, daß du mich so verlassen hast! Der Strick schnürte ihm den Hals zu. Jemand hielt seine Arme. Er ächzte entsetzlich. Dann war er still.

Lord Dudley sagte: »Vorbei. Aber halt noch zu, Mike, daß er nicht wieder zu sich kommt.«
»Der kommt nicht mehr«, erwiderte der Henkersknecht. »Das Genick ist ab. Ich habe den Knebel hinten gerade richtig gedreht. In Spanien machen sie das so. Da habe ich es gelernt.«
Richard lehnte sich draußen gegen die Wand. Die Bibel preßte er gegen den Magen. Aber die Übelkeit ging vorüber, und er eilte den Gang hinunter. Im Hof bestieg er sein Pferd, und gefolgt von James Tyrell ritt er durch die jubelnde Stadt bis nach Westminster-Hall, wo er früher gewohnt und nun die alten Räume wieder bezogen hatte. In dem schmalen Alkovenzimmer verlor sich seine Hast. Er blieb vor dem gerahmten venezianischen Spiegel stehen.
Das Bild, das er darin erblickte, war ihm nur zu genau bekannt. Er wirkte nicht anders als sonst. Unter dem Barett, das mit einer Perlenagraffe besteckt war, fiel sein dunkles Haar herab. Die Aufschläge seines Samtwamses waren mit Pelz besetzt, und über dem Streifen Hemd am Hals sah man den Adamsapfel. Sein Mund war sehr schmal und sein Kinn stark. Die Wangen ein bißchen hohl, die Nase gerade. Er sah nicht aus wie ein Mörder, und er war kein Mörder. Siebzehn Männer, die um den Ratstisch saßen, an dem König Eduard den Vorsitz führte, hatten den Tod des Narren Heinrich bestimmt, und Richard als Konnetabel hatte den Beschluß ausgeführt. Er war jetzt bald neunzehn Jahre alt. Am Ratstisch hatte er keine andere Meinung gehabt als die anderen. Es war nötig gewesen, und es war vorbei. Wie sollte England groß und mächtig werden nach außen, wenn es sich im Innern zerfleischte. Jetzt gab es keinen Grund mehr dazu. Die Ansprüche des Hauses Lancaster waren zertreten. Heinrich tot und sein Sohn desgleichen.
Richard riß sich das Barett vom Kopf. Er hatte den Prinzen von Wales auf dem Pflaster der Abteikirche von Tewkesbury liegen sehen, als man die Leiche eingebracht hatte. In der Erinnerung sah Richard den schmutzigen Körper vor sich, als wäre er auf den

Spiegel gemalt. Richard hatte dem Prinzen den Tod gewünscht und vor Tewkesbury nur ein Verlangen gehabt, ihn während der Schlacht vor die Klinge zu kriegen. Aber Margarets Sohn hatte im Zentrum der Front gestanden, während Richard einen Flügel befehligte. Es waren andere gewesen, die dem ungeschickten Burschen den Garaus machten. Aber am Ende war das gleich. Richard gestand sich ein, daß er Margarets Sohn kaum Pardon gegeben hätte, wenn er ihn vor sich und in seiner Hand gehabt hätte. Auch sein Bruder Edmund hatte einst keine Gnade erfahren. Die Welt war voller Gewalttaten, und nur mit Gewalt gelang es, sich zu behaupten. Richard kannte nichts anderes, seit er lebte. Nicht einmal die Männer im geistlichen Gewand hielten sich fern davon und verbrannten um ihrer Existenz willen jeden als Ketzer auf dem Scheiterhaufen, der ihren Machtanspruch bezweifelte. Im Spiegel starrten Richard plötzlich zwei Augen an. Grau waren sie, blaß und flirrend. Es waren die Augen Vivians, die auf dem Bett im Alkoven lag und sich aufgerichtet hatte.

»Von nun an«, sagte sie langsam, »wird niemand mehr über Euch lachen . . . Richard, Herzog von Gloucester.« Sie erhob sich und kam näher.

Richard warf sein Barett weg und drehte sich um. »Wir beide müssen uns trennen«, sagte er rauh.

Sie verstand nicht und erschrak. »Trennen?« fragte sie entgeistert. »Ich bin in der Hoffnung von dir!«

Er erwiderte, daß er für das Kind sorgen würde und für sie auch. »Aber wir werden uns nicht mehr sehen – von heute an.«

*

Ann hatte die Augen geschlossen. Sie lag im Bett, aber sie schlief nicht. Mit geschlossenen Augen horchte sie auf ein Geräusch, das sie beunruhigte. War das immer noch das Rumpeln der Karren über den endlosen Landstraßen bis London?

Aber nein, sie lag nicht mehr unter der Plane, sie lag in einem

Bett in Isabellas Haus, im Haus des Herzogs von Clarence zu London, und was da herumschlurfte, waren die Pantoffeln von Ankarette. Was tat sie nur dauernd an der Truhe? Staubte sie vielleicht die Scharniere ab? Wenn Ann blinzelte, dann sah sie zuerst die dicke Ampel unter der Decke, die mit Öl gefüllt war, und dann den Bogen des Fensters sowie die Felder der Butzenscheiben darin.

Ann schloß die Augen. Sie wollte nichts sehen und nichts hören. Nun ließ sie schon wieder die Tür offen, die dusselige Ankarette. Wie hatte sie, Ann, sich nur ärgern können, daß Ankarette mit Isabella gezogen war, als sich die Wege der Schwestern in Frankreich trennten. Was hätte Ankarette schon gehabt als Dienerin der Witwe eines aufrührerischen Prinzen, der jetzt unter den Steinen des Chores der Abteikirche zu Tewkesbury begraben war. Ob sie sehr drückten, die Steine, auf seinem jungen Körper? Und ob er wirklich nichts mehr fühlte von der Kälte seines Grabes?

Ann preßte die Hände auf die Brust. Sie wußte nicht, wie lange sie nun schon hier lag. Waren es nur Tage oder Wochen? In der Brust schmerzte es, und manchmal mußte sie husten. Dann stopfte sie die Decke gegen den Mund, denn niemand sollte es hören. Niemand sollte überhaupt wissen, daß sie da war. Warum konnte man sich nicht unsichtbar machen? Dann wäre sie aufgestanden und fortgegangen, weit weg. Wohin, das wußte sie allerdings nicht, denn Middleham gehörte ja nun der Krone.

Diesmal mußte Ankarette die Tür zum Wohnzimmer einen großen Spalt offengelassen haben. Man hörte die Unterhaltung, die drüben losging, ganz deutlich. Ann sah hinter den geschlossenen Lidern das große Zimmer mit der getäfelten Decke und den getäfelten Wänden vor sich. Über dem Kamin war ein runder Rauchfang. Und die Sitzbank, die an den Wänden entlanglief, war voll von Kissen mit Troddeln. Isabella saß wahrscheinlich am Tisch und nähte immer noch die Goldborte an die Brokatdecke, mit der sie gestern schon auf Anns Bettantritt gehockt

hatte. Isabella war ein bißchen langsam. Außerdem war sie schon wieder in anderen Umständen und fühlte sich nicht wohl.
»Wo bist du gewesen?« fragte Isabella und senkte den Kopf auf ihre Arbeit, denn es war nicht sehr hell im Raum. Das grünliche Glas des Fensters war undurchsichtig und der Tag trübe.
Georg fragte unfreundlich, wo er denn schon gewesen sein solle. Am Hof natürlich.
»Gibt es was Neues?«
»Was soll es geben? Mein hoher Bruder ist noch damit beschäftigt, die Güter zu verteilen, die der Krone durch seine Siege zugefallen sind, und vergißt dabei wie üblich, daß auch ich auf der Welt bin. Richard ist jetzt noch Großkämmerer geworden mit allen Einnahmen dieses Amts und hat die Verwaltung des Herzogtums von Lancaster bekommen. Außerdem hat er in Yorkshire alle Ländereien erhalten, die einst dein Vater Warwick besaß. Und zu allem hat er jetzt auch noch die Befehlsgewalt über Northumberland in den Fingern, so daß er die Percys treten kann, wenn er will. Bald hat er die größte Macht im Reich, dabei bin ich der Ältere.«
»Aber dafür hat er doch seine Güter in Wales abgegeben«, beschwichtigte Isabella. »Ich verstehe gar nicht, daß du immer neidisch bist.«
»Gestern ist ihm Middleham zugeschrieben worden!« rief Georg wütend. »Und die Besitzungen deines Vaters in Sheriff Hutton und Penrith, und alles, was dein Vater in Cumberland besaß, haben sie ihm auch in den Rachen geschmissen.«
Isabella sah gequält aus. »Es ist mir lieber«, sagte sie leise, »die der Krone anheimgefallenen Güter meines armen Vaters bekommt Richard, der das Land rings um Middleham seit seiner Kindheit liebt, als irgendein anderer, der es nur ausbeuten würde.«
»Was heißt ein anderer! Man hätte ja auch mir etwas davon geben können!« rief Georg. »Aber du bist natürlich auch der Ansicht, daß ich nichts verdiene, nur weil ich ein paar Monate

auf Warwicks Seite stand. Verdammt, wenn ich gewußt hätte, wie undankbar Eduard jetzt ist, hätte ich es mir wohl anders überlegt, als ich kurz vor Ostern von Malmesburg aus gegen ihn loszog. Ich hatte soviel Truppen ausgehoben, und Warwick war so fest der Meinung, daß ich Eduard damit schlagen würde. Statt dessen bin ich vorgeritten und habe mich meinem hohen Bruder zu Füßen geworfen.«

»Er hat dich sofort aufgehoben und geküßt, Georg.«

»Aber jetzt bezahlt er mich nicht dafür!« fuhr Georg auf. »Ich hätte nicht hören sollen auf das Gerede meiner Mutter. Aber sie hat mich geradezu taub geredet, daß ich schließlich nicht mehr hören, nicht mehr sehen und vor allem nicht mehr denken konnte. Aber jetzt sehe ich wieder deutlich, und ich habe begriffen, daß Eduard ohne meine Hilfe und meine Bogenschützen niemals gegen Warwick gesiegt hätte. Und dafür will ich bezahlt werden, zum Teufel!«

»Aber Georg, du hast doch die Ländereien meiner Mutter alle an dich genommen. Es reicht doch, was wir haben.«

»Geld hat man nie genug, meine Liebe, und als Herzog von Clarence bin ich verpflichtet, ein großes Haus zu führen. Die Güter deiner Mutter stehen mir rechtlich zu. Das ist keine Sache der Belohnung. Der Besitz deines Vaters fiel der Krone zu, weil er ein Rebell gewesen ist, aber das Vermögen deiner Mutter, das ihr entzogen wurde, weil sie die Gemahlin eines Rebellen war, gehört ihren Erben. Ihr Erbe bist du. Und was dir gehört, gehört mir.«

»Ihr Erbe gehört nicht nur mir, sondern auch Ann«, sagte Isabella leise.

»Ann hat kein Anrecht darauf«, erklärte Clarence heftig. »Auch sie ist die Gemahlin eines Rebellen gewesen und hat ihr Vermögen verwirkt.«

»Das würde ja heißen, daß Ann nun arm wie eine Küchenmagd ist?«

»Ärmer noch. Wie eine Kirchenmaus.«

»Wie willst du sie dann wieder verheiraten, wenn sie nichts mehr hat. Du bist ihr nächster männlicher Verwandter.«

»Ich habe nicht vor, sie wieder zu verheiraten, meine Liebe. Sie kann ins Kloster gehen.«

»Auch für das Kloster braucht sie Geld. Sie kann keine Laienschwester machen und Böden schrubben.«

»Sie braucht auch nicht den Ehrgeiz haben, Priorin zu werden – vorausgesetzt, daß Ann überhaupt wieder von ihrem Bett aufsteht, meine Liebe.«

»Es geht ihr schon besser«, erklärte Isabella. »Ich hätte Richard ruhig zu ihr führen können, als er kam.«

»Richard? War er vielleicht schon wieder da?«

»Heute morgen.«

»Ich habe dir gesagt, daß du ihn nicht zu Ann lassen sollst!«

»Ich habe ihn ja auch wieder weggeschickt. Warum willst du nicht haben, daß er sie sieht? Er mag sie gern, und sie wäre so gut versorgt bei ihm.«

»Er nimmt sie nicht ohne Geld.«

»Du kannst ihr doch geben, was ihr zusteht. Ich wäre so glücklich, wenn sie nach allem, was sie durchgemacht hat, wieder in annehmbare Verhältnisse käme.«

»Ich denke nicht daran, das Vermögen deiner Mutter mit Richard zu teilen. Er hat schon den ganzen Norden von England geschluckt und den Rachen so voll. Außerdem habe ich Feinde genug am Hof. Ich will nicht auch noch Richard zum Feind. Er kann mich ohnedies nicht besonders leiden seit unserer Kinderzeit.«

»Du redest, daß kein Mensch dich versteht, Georg. Wieso wird er dein Feind, wenn er Ann zu seinem Weib macht?«

»Weil Ann mich haßt, und weil alle Männer die Gefühle ihrer Weiber mit der Zeit teilen.«

»Weshalb soll sie dich hassen?«

»Weil sie der Ansicht ist, ich wäre schuld am Tod ihres Vaters.«

»Dann müßte ja auch ich dich hassen.«

»Vielleicht tust du es. Aber ich bin natürlich dein Gemahl und liege bei dir im Bett. Vielleicht liebst du mich, und dann kannst du mich nicht hassen. Liebst du mich?« Er war mit drei Schritten bei ihr und hob ihren Kopf.

Sie senkte die Lider. »Natürlich liebe ich dich«, sagte sie unwillig.

Er ließ sie los. Das Lächeln, das über sein Gesicht huschte, war unfreundlich. »Du wirst mich wohl oder übel lieben müssen«, meinte er, als er wieder zur Sitzbank hinüberging. »Andere Helden sind nicht verfügbar. Graf Rivers beispielsweise hat sich zu einer Reise nach Rom und einer Wallfahrt nach Compostela aufgemacht.«

Isabella erwiderte nichts.

»Mein hoher Bruder war übrigens nicht sehr erfreut darüber«, fuhr Georg fort. »Er hat den guten Anthony angebrüllt und einen Feigling genannt, wenn er jetzt davonlaufe, ehe das Land vollkommen befriedet ist. Aber nachdem Heinrich tot ist, wird Richard den Rest mit der linken Hand erledigen, und das bißchen aufgeregte Schottland – was hätte Rivers da genützt. Der brilliert am liebsten auf Turnierplätzen, wo es nur gelegentlich mal einen Toten gibt.«

Isabella beugte sich über ihre Handarbeit. »Ist es wahr, daß die Schotten wieder rüsten?« fragte sie, als könnte sie damit vom Thema ablenken.

Georg erwiderte, daß die Sache nicht tragisch wäre. Die Toren dächten wahrscheinlich, Eduard wäre ein bißchen geschwächt.

»Wenn Richard nach Schottland zieht«, sagte Isabella, »wird er vorher unbedingt mit Ann sprechen wollen. Er hat heute morgen gesagt, ich sollte ihm Nachricht schicken, wenn es ihr besser geht. Und es geht ihr doch besser.«

»Meine Liebe«, sagte Georg, »jetzt fängst du wieder von vorne an. Ich habe dir gesagt, daß ich sie nicht mit Richard verheiraten werde. Wenn sie sich mit Händen und Füßen sträubt gegen das Kloster, dann soll sie als Küchenmagd arbeiten, bis ich einen

Mann finde, der mir für sie genehm ist. Aber den weiß ich heute noch nicht. In der Politik ändern sich die Dinge jeden Tag. Und da ich nicht bereit bin, Elisabeth Woodville, meine Schwägerin, anzubeten, brauche ich wahrscheinlich eines Tages Anhänger. Als ich sie heute nach ihrem Söhnchen fragte, gab sie mir nicht einmal eine Antwort. In ihren Augen bin ich neben Warwick der Mörder ihres Vaters und des blöden Johnny.«

»Was soll ich denn tun, wenn Richard wiederkommt, und Ann ist bis dahin auf?«

»Wenn sie aufstehen kann, muß sie aus dem Haus. Ich werde sie zu einem meiner Freunde stecken – in die Küche. Da findet Richard sie nicht. Und bis er aus Schottland zurückkommt, ist sie im Kloster.«

»Du kannst sie nicht wegtragen, wenn sie nicht einverstanden ist.«

»Ich werde ihr schon so zureden, daß sie mit dem einverstanden ist, was ich gut für sie finde«, rief Georg.

Aber Georg brauchte sich gar nicht anzustrengen. »Ja, bringt mich weg«, flüsterte Ann, als Isabella an ihr Bett trat. »Bringt mich weg. Ich will niemand sehen, keinen Menschen. Ich möchte sterben.« Warum starb sie denn nicht?

Mit einer Küchenschürze angetan, fand sich Ann alsbald in einem fremden Haus. Sie arbeitete nichts, sie war viel zu schwach dazu. Sie hockte nur so herum. Nachts lag sie in einer versteckten Kammer und dachte darüber nach, was sie tun sollte, um sterben zu können. Sich selbst den Tod geben war eine schwere Sünde, aber wenn man ganz wenig aß, starb man vielleicht, ohne daß es eine Sünde war.

Nie hatte sich Ann vorstellen können, was es hieß, allein zu sein. Vollkommen allein inmitten von Menschen. Wenn sie wenigstens Tränen gehabt hätte in ihrer Verlassenheit, aber sie war zu schwach, um zu weinen. Vater, oh Vater, warum holst du mich nicht zu dir?

Eines Abends stahl sich Ann aus dem fremden Haus. Im Gewand

einer Magd rannte sie durch die dämmerigen Straßen bis zur Kathedrale von Sankt Paul. Dort, wo der nackte, tote Körper des Vaters vor einem Vierteljahr auf den Fliesen gelegen hatte, wollte sie schreien zu ihm. Vielleicht irrte seine Seele noch an der Stelle. Wenn sie nur seine Nähe spürte, würde es ein Trost für sie sein.

Die Kirche war dunkel. Das bunte Glas der Fenster, matt in der Dämmerung, sah auf sie herab wie tote Augen. Holz knackte, und hoch unter der Kuppel flog eine Schwalbe umher, die durch ein schadhaftes Fenster hereingekommen sein mochte und nicht mehr hinausfand. Nie mehr würde sie hinausfinden, so unermüdlich sie trotz der hereinbrechenden Nacht noch durch das Kirchenschiff flog in weiten und unruhigen Bögen.

Ann kniete auf dem Pflaster. Sie rutschte den Boden entlang, da sie den Fleck nicht wußte, wo der Vater gelegen hatte, und küßte die einzelnen Fliesen. Die Schwalbe ruhte sich auf einem steinernen Sockel über der Kanzel aus. Dann flog sie wieder.

Ann rutschte, bis sie erschöpft war, und sie war bald erschöpft. Neben einem Pfeiler blieb sie kauern. Langsam wurde der Boden unter ihrem Körper warm. Vielleicht war es hier, wo der Vater lag. Es tat so gut, da zu sitzen. Auch die Schwalbe hatte sich wieder einen Platz gesucht: hoch über dem Tabernakel am Altar. Vielleicht war es gar keine Schwalbe. Vielleicht trug sie auf ihren spitzen Flügeln die Seelen von Toten. Ann hatte ja gewußt, daß der Vater noch da sein mußte in der Kirche.

Holz knackte. Öffnete sich die Kirchentür? Ann rührte sich nicht. Ihr Blick war auf den Vogel gerichtet, der sekundenlang über dem ewigen Licht flatterte, als wollte er darin verbrennen. Jetzt würde der Vater kommen. Ann glaubte es fest. Ihre Gedanken schrien so laut nach ihm, daß er es hören mußte, selbst wenn er in der Hölle war.

Nun vernahm sie schon seine Schritte. Die dünnen Sohlen seiner Schnabelschuhe patschten auf dem Stein des Kirchenbodens, und kaum hörbar klirrten die Sporen. Jetzt war er hinter ihr. Sie

spürte seinen Körper, roch sein ledernes Wams. Da warf sie sich ihm entgegen.
Es war Richard, der sie auffing und sanft auf die Altarstufen setzte. Er habe es sich gedacht, sagte er leise, daß sie eines Tages hierherkommen würde, um zu beten. Und als man ihm im Hause von Georg erklärt hatte, man wüßte nicht, wo sie sei, da habe er einen Knecht vor die Kirche postiert, damit der ihm melde, wenn Anna Neville das Gotteshaus betrat. »Denn eines Tages, habe ich gewußt, würdest du hierher kommen, Ann. Und ich wollte mit dir sprechen. Mit dir und ganz allein mit dir.«
Sie rührte sich nicht. Es war, als hätte die getrogene Erwartung sie stumm gemacht für alle Zeiten.
Richards Stimme war dunkel und sachlich. »Du weißt, Ann, was ich seit Jahren für dich empfinde. Wir kennen uns seit unserer Kinderzeit. Und so glaube ich mehr als Georg, das Recht zu haben, für dich zu sorgen. Das Recht und auch die Pflicht, denn Georg meint es nicht gut mit dir.«
Sie rührte sich nicht.
»Seit ich weiß, daß du elend bist, ist es mir jeden Tag, als riefe mich dein Vater.«
»Ich will sterben«, flüsterte Ann.
Er erwiderte, daß sie zu jung wäre für den Tod. Das Leben wäre köstlich, auch wenn es Schmerzen brächte. »Es ist der uralte Vergleich von Nacht und Tag, und du weißt, daß alles sich immerfort ändert. Gib mir deine Hand. Ich bin der reichste Pair des Landes.«
Sie rührte sich nicht. Sie horchte nach der Schwalbe, aber der Vogel rührte sich nicht mehr. Vielleicht war er fort.
»Ich habe bereits mit meinem hohen Bruder Eduard gesprochen«, erzählte Richard sachlich. »Da du seine Gefangene bist, hat er ein Recht über dich. Er ist bereit, dich mir zu geben, wenn Georg damit einverstanden ist. Das ist Georg zwar im Augenblick nicht, ich weiß aber, daß es mir gelingen wird, ihn umzustimmen.«

»Ich besitze nichts«, flüsterte Ann.
Richard erwiderte kurz, daß er nicht hier sei, um mit ihrer Person ein Geschäft zu machen. »Aber das weißt du ja ohnehin.«
»Du bist nicht frei«, sagte sie schwach, und sie wunderte sich, daß sie überhaupt antwortete.
Er erwiderte, daß er sich von Vivian getrennt habe, wenn sie das meine.
»Ich liebe dich nicht«, sagte Ann erstickt.
Richard sagte, das wüßte er. Aus Liebe würden nirgendwo Ehen geschlossen. Sie habe ja auch ihren ersten Gemahl nicht aus Liebe geheiratet, sondern weil ihr Vater es so bestimmt hat.
Sie sah vor sich hin. Die Liebe, hatte man ihr gesagt, kommt, wenn man mit einem Mann verheiratet ist. Sie hatte eben angefangen, den Prinzen zu lieben. Warum starb sie nun nicht? Warum hatte der Vater den Schrei seiner verzweifelten Tochter nicht gehört? Oh Gott, dachte Ann flatternd, vielleicht hat er Richard geschickt?
Richard erklärte, daß er es nicht für gut hielte, wenn Ann in Georgs Haus zurückkehrte. »Georg ist unberechenbar. Und du gehörst nicht ins Kloster mit deiner Jugend. Oder willst du dorthin?«
»Nein! Oh nein!« Sie schauderte.
»Und du bist auch keine Küchenmagd. Ich werde dich, wenn du nichts anderes willst, ins Asyl von Sankt Martin le Grand bringen. Dort bist du sicher, denn ich muß nach Schottland. Bis ich zurückkomme, kannst du dich entscheiden, ob du mir folgen willst. Einverstanden?«
Ja, in das Haus des Heiligen Martin wollte sie. Zu den Schwestern, die den Kranken halfen und ihnen das Sterben erleichterten. Sie war auch krank. An Leib und Seele. Vielleicht starb sie dort. Sie nickte heftig.

*

Im Kloster von Sankt Martin le Grand erholte sich Ann jedoch zunächst von ihrem Husten. Sie wohnte in einer Zelle, deren Fenster nach Süden ging, und fast den ganzen Tag schien die Sonne auf ihr Lager. Da wurde es ihr trotz ihres Kummers bald langweilig.

Das Kloster beherbergte ein Spital und ein Krankenhaus, und Ann begann den Klosterschwestern bei der Arbeit zu helfen. Zuerst ließ man sie zu den Alten, die für jede ihrer Handreichungen dankbar waren, aber dann wollte sie zu den Kranken. Der Beichtvater hatte ihr gesagt, daß sie von Gott bestraft worden sei wegen ihrer Sünden. Sie sei hochmütig gewesen und habe nach irdischem Glanz gestrebt. Nun müsse sie Buße tun. Ann hatte die unbestimmte Erwartung, angesteckt zu werden und doch noch zu sterben. Es gab ein paar Pestkranke in dem großen kahlen Raum, in dem die Betten standen, aber die Schwestern ließen Ann nicht dorthin. Nur die ungefährlichen Fälle durfte sie betreuen. Und allmählich vergaß Ann über den Pflichten, die sie auf sich nahm, ihren Schmerz um die Toten. Hier war so viel anderes Leid zu sehen.

Am zutraulichsten war ein junger Bursche, der eine eitrige Wunde hatte, die sich nicht schließen wollte. Immer wieder berichtete er Ann, daß er seine Verletzung von einem dieser schottischen Hundesöhne empfangen hätte, die aus ihren Fjorden in See gestochen waren und geglaubt hatten, London einnehmen zu können, während König Eduard in Tewkesbury mit der verrückten Margaret beschäftigt war. »Aber wir haben sie zurückgetrieben vor den Toren!« rief er fiebernd und schweißnaß im Gesicht. Dicht neben dem Grafen von Essex habe er gekämpft, und Graf Rivers hätte ihn gelobt.

Ann wollte nicht gern an Schottland erinnert werden, das seit ewigen Zeiten Händel mit England hatte. Richard befand sich dort droben, und an Richard wollte Ann nicht denken.

Als sie ein Kind war, hatte sie manchmal mit ihm Mitleid gehabt. Später hatte sie sich über ihn geärgert, weil er seinem Bruder

Eduard die Treue hielt und nicht auf die Seite ihres Vaters trat, aber schließlich verstand sie seinen Standpunkt. Er war jedenfalls kein Verräter wie Georg. Aber sein Weib zu werden, daran hatte Ann nicht einmal im Schlafe gedacht.

Wie mager er gewesen war in der Kirche von Sankt Paul! Sie mußte ihn viele Jahre nicht mehr gesehen haben. Ann erinnerte sich nicht genau, es war zuviel geschehen seither. Seine Augen hatten geglüht wie Kohlen, und er hatte eine Kraft in den Armen gehabt, als er sie zu den Stufen des Altares getragen hatte, die sie in dem schmächtigen Körper nie vermutet hätte. Früher war er doch immer so schwach gewesen.

Eines Tages erschien ein Mönch im Kloster von Sankt Martin le Grand und verlangte Ann Neville zu sprechen. Er kam mit einer Mitteilung aus Beaulieu Abbey, und Lady Warwick hatte ihn geschickt.

»Die Mutter«, stammelte Ann in dem kleinen Sprechraum mit dem Kruzifix über der Bank. »Die Mutter, oh Gott, wie geht es ihr?«

Der Mönch erwiderte, daß es Lady Warwick gesundheitlich nicht sehr gut ginge. Die Aufregungen der vergangenen Zeit... nun, es wäre verständlich. Sie hätte den König wiederholt um Begnadigung gebeten, aber Eduard hätte abgelehnt. »Ihre Güter bleiben konfisziert«, berichtete der Mönch. »Der König ist der Ansicht, Lady Warwick sei nicht unschuldig an den Torheiten ihres Gatten und am Haß des Hauses Neville gegen die Königin.«

Elisabeth Woodville, die gab es ja auch noch! Ann starrte dem Mönch in das fleischige Gesicht. Die Mutter saß klagend im Asyl. Wie hatte Ann das vergessen können!

Der Mönch erzählte von ihrem Oheim, dem Erzbischof von York. Er hatte keine Aussicht, die Gnade des Königs zu erlangen. Unerbittlich war Eduard gegen ihn. Und die Familie Montagus, der bei Barnet gefallen war und dessen Leiche neben Warwick auf dem Pflaster der Kirche gelegen hatte... »Mylady, sie sitzen im Elend!«

Ann starrte dem Mönch in das glatte Gesicht. Wie sich sein Mund vorstülpte, wenn er sprach. Unaufhörlich sprach er von Menschen, die in Nöten waren, bis sie langsam begriff.
Der Mönch hob die Hände. Lady Warwick, berichtete er, halte es für ein großes Glück, daß Richard, Herzog von Gloucester, soviel Interesse an Ann zeige. Sie wollte ihrer Tochter schon selbst schreiben, aber Geschriebenes kommt manchmal nicht an oder in unrechte Hände.« Der Mönch lächelte und zeigte spitze Zähne. Richard, führte er aus, stehe an der Seite des Königs. »Er ist hoch belohnt worden für seine Treue, und Eduard hört auf ihn. Er wird zweifellos auch auf ihn hören, wenn Gloucester den Fürsprecher machten sollte für das arme, gefallene Haus Neville.«
Ann starrte dem Mönch ins fette Gesicht. Der redete und redete. Von allen Baronen des Landes, so führte er aus, würde außer Richard im Augenblick wohl keiner auf den Gedanken kommen, ein Weib zu ehelichen, das einer Familie angehöre, die so in Ungnade war wie die Familie Neville. Wer wollte sich schon in die Nesseln setzen und sich die Königin zum Feind machen, weil er sich Ann Neville zur Gattin erkor, deren Vater Johnny Woodville ermordet hatte? Wer suchte sich ein Weib für sein Haus, das nicht mehr mitbrachte als das Hemd auf dem Leib? Und wer wollte eine Witwe in sein Bett holen, die mit einem Mann verheiratet war, der wahrscheinlich im Ehebruch gezeugt worden und ein Rebell gegen den König gewesen war?
Ann hielt sich die Ohren zu. »Ich weiß es«, stöhnte sie. »Ich weiß es, und ich bin froh, daß keiner mich will!«
Der Mönch überhörte es und begann wieder von Lady Warwick zu reden. Die Luft in Beaulieu sei nicht gut für sie. Man hielte sie, obwohl die Abtei eine Asylstätte sei, auf Eduards Befehl wie eine Gefangene. Der Erzbischof könne kaum einen Diener bezahlen. Und Georg, der kleine Sohn von Montagus ...
»Hört auf!« schrie Ann. »Ich kann nicht! Ich kann doch nicht!«
Der Mönch redete weiter von den Pflichten der Kinder gegenüber den Eltern, und er redete von Gott. Er sprach von Entsa-

gung, die verdienstvoll sei, und vom Verzicht auf das irdische Glück um des Himmels und der Seligkeit willen. Lady Warwick, sagte er, bitte um eine Nachricht von ihrer Tochter. Der Herzog von Gloucester sei nüchtern und fromm. Er sei angesehen und reich. Seine Gefolgsleute hingen an ihm, was darauf schließen ließ, daß man es bei ihm aushalten konnte, und seiner Mutter Cicely sei er ein aufmerksamer Sohn. Er würde auch seinem Weibe einmal ein aufmerksamer Gatte werden, freigebig und treu.

Als der Mann endlich gegangen war, hatte Ann ein Gefühl, als hätte er sie geschlagen, solange er dagewesen war. Sie war so matt, daß sie sich kaum mehr auf den Beinen halten konnte. Im übrigen schien er die Äbtissin instruiert zu haben und auch den Beichtvater des Klosters. Ann hörte Wochen hindurch nichts anderes, als daß der Mensch sich seiner Träume und Wünsche entäußern müßte. Nicht an sich dürfe man denken, nur an andere, wenn man dereinst zu den Seligen eingehen wollte. Hatte sie nicht den Dienst der Nonnen und deren Aufopferung Tag für Tag vor Augen? Ihnen würde einmal die Krone des ewigen Lebens winken.

Ann wurde ganz verängstigt unter dem Fordern und Drängen. Sie flüchtete sich in den Krankensaal, saß am Bett des jungen Burschen mit seiner eitrigen Wunde, der im Fieber von dem schönen Lord Rivers erzählte, der ihn gelobt hatte, weil sein Geschoß um ein Haar den Bastard von Fauconberg getroffen hätte. Aber Ann wollte auch von Rivers nichts hören, denn sie war ja kein Kind mehr.

»Der Bastard«, flüsterte der Bursche, »haben die Lady es vernommen? Der Herzog hat ihn gefangen und hingerichtet, den losen Hund! Jetzt sterbe ich leicht!«

Ann weinte. Sie wußte nicht, weinte sie über den jungen, hübschen Burschen oder über sich selbst. Dann ließ sie sich Schreibgerät bringen und schrieb an Richard. »Ich habe von dem großen Sieg Eurer Lordschaft gehört«, schrieb sie mit steilen Buchsta-

ben. »Wenn Eure Lordschaft nach London zurückkehren und Zeit finden sollten, nach Sankt Martin le Grand hinauszureiten, würde ich mich sehr freuen, Nähreres darüber zu hören. Vielleicht sind Eure Lordschaft auf dem Weg zur schottischen Grenze auch über Middleham gekommen und über die Moore von Wensleydale. Sind sie schon braun vom Herbst? Einst jagten wir dort mit Falken. Man bekommt Sehnsucht nach der weiten, freien Luft in den engen Mauern von Sankt Martin.«
Als keine Antwort kam, ärgerte sie sich ein wenig. Aber als Weihnachten sich näherte, erfuhr sie, daß der Herzog von Gloucester sich mit dem Herzog von Clarence stritt. Gloucester hätte den Rat des Königs angerufen, damit er erkläre, die Vormundschaft von Clarence über Ann Neville bestünde nicht zu Recht. Da wußte sie, daß Georg mit ihrer Verheiratung noch immer nicht einverstanden war. Dieser Saufaus und Verräter! Was hatte er für ein Recht auf sie? Im Februar erfuhr Ann jedoch, daß sich die Brüder auf gutes Zureden des Königs endlich geeinigt hätten. Richard habe an Georg das Amt des Großkämmerers abgetreten und alle Ländereien Warwicks in Yorkshire bis auf Middleham. Außerdem habe Richard zugestimmt, daß der Titel des Grafen Warwick auf Georg übergehe und auch der Titel des Grafen von Salisbury. Das Vermögen Lady Warwicks blieb ungeteilt bei Clarence. Die Leute auf der Straße lachten darüber, was der Herzog von Gloucester für ein schlechter Geschäftsmann sei. Nicht nur, daß er keine Mitgift bekam von seinem Weib, er hatte gar noch für sie bezahlt! Ann wurde ganz verwirrt und unruhig. Der Winter war auch so dunkel und lang. Sie hielt es bald nicht mehr aus im Kloster.
Im Frühjahr erschien Richard endlich. Ann kehrte gerade ihre Zelle. Sie hatte ihn nicht erwartet und war schlecht gekämmt. Das Ordenskleid, das sie trug, war zerknittert und schlotterte um ihren Körper. Alles in allem sah sie wahrscheinlich nicht besser aus als alle die armen Weiber im Spital. Verlegen versuchte sie sich ein wenig in Ordnung zu bringen, da sie schon so teuer war.

Aber Richard sah sie kaum an. Er erklärte, daß auf Grund der Vereinbarungen zwischen ihren Vormündern und ihm sie beide nun verheiratet wären. Er habe ihrem Brief vom vergangenen Herbst die Zustimmung zu seinen Schritten entnommen und um den kirchlichen Ehedispens eingegeben, da sie ja miteinander verwandt waren. Er nehme an, daß sie in Middleham zu wohnen wünsche, auf das er bei dem widerlichen Streit mit Georg nicht verzichtet hätte und auf das er auch nie verzichten würde. Denn es sei Anns Heimat und die seine eigentlich auch. Wenn sie damit einverstanden wäre, würde er sie nun, nachdem ihr Verbleiben im Asyl nicht mehr notwendig war, zu seiner Mutter bringen. In Baynard's Castle stünden seine Leute bereit, die Pferde für die Reise und das Gepäck. Die Brautmesse wolle er in der Kapelle von Middleham lesen lassen. Eine große Hochzeitsfeierlichkeit in London erwarte sie ja sicher nicht. So, wie die Dinge lagen und da sie die Tochter Warwicks war, würden kaum Gäste kommen. Falls sie noch einige Besorgungen machen wolle vor der Abreise, könne sie im Haus seiner Mutter ihre Anordnungen treffen.

Ann zitterte. Warum küßt er mich nun nicht, dachte sie atemlos, wenn wir doch schon miteinander verheiratet sind?

Doch Richard küßte sie nicht – nicht jetzt und nicht auf dem ganzen weiten Weg. Es war, als wollte er ihr Zeit lassen, sich an ihn zu gewöhnen. Und so oft sie halt machten in einer Ortschaft, um für die Nacht Quartier zu nehmen, grub Ann ihren Kopf in das Kissen. War er denn kein Mann? Sie kannte ihn doch. Sie brauchte sich doch nicht erst mit ihm vertraut machen. Nun würde sie ihn immer neben sich haben! Was er für Augen hatte! Braun waren sie wie Moorwasser, durch das die Sonne scheint. Kein Grund war darin zu finden.

Erst in Middleham nach der Brautmesse nahm Richard sein Weib in die Arme.

*

Als Anthony Graf Rivers von seiner Reise nach dem Süden in die Heimat zurückkehrte, zählte man das Jahr 1475 nach der Geburt des Herrn. Rivers fand es unterhaltsam festzustellen, wie sich London in den paar Jahren, die er fort gewesen war, verändert hatte. Das heißt, wahrscheinlich hatte nur er sich verändert und sah die Dinge nun mit anderen Augen an. Wenn man in Rom, Mailand und Florenz gewesen war, in Genua, Venedig und Siena und anschließend eine Wallfahrt gemacht hatte zu den Gebeinen des heiligen Jakob in Santiago de Compostela, das in Spanien lag, fand man den Gestank in London jedenfalls ganz manierlich.

König Eduard war dick geworden. Er empfing Rivers huldvoll und vergnügt und schien vergessen zu haben, daß er sich über die Reise seines Schwagers einst geärgert hatte. »Na«, meinte er, »hast du nun den Stein der Weisen entdeckt?«

»Nein, Mylord«, erwiderte Rivers, »aber ich habe meine Erkenntnis bestätigt gefunden, daß es den Stein der Weisen nicht gibt.«

»Hört, hört, Sir Thomas«, Eduard drehte sich zu seinem bejahrten Kämmerer Vaughan um, »Euer Verwandter hat noch nichts von seinem geistigen Hochmut verloren.« Er wollte wissen, ob Rivers den Papst gesehen hätte.

Rivers erwiderte: »Er war sehr freundlich zu mir, Mylord, und hat mich zum Leiter der päpstlichen Angelegenheiten in England ernannt.«

»Ausgerechnet dich«, lachte Eduard. »Hatte er sonst noch liebenswürdige Eigenschaften, der Heilige Vater?«

»Durchaus«, erwiderte Rivers. »Er tut, was er kann, um das Vordringen der Türken zu verhindern. Und er hat in Spanien die Inquisition wieder aufgebaut, die in Frankreich und Deutschland schon fast in Vergessenheit gerät.«

»England hat sich seit jeher gegen die Inquisition gesträubt«, sagte Eduard lebhaft. »Und wir hoffen nicht, daß du als Leiter der päpstlichen Angelegenheiten ... Was hat dich überhaupt auf

den Gedanken gebracht, dem Papst deine Dienste anzubieten, du kluger Schwager?«
Rivers erwiderte, daß Sixtus eine herrliche Kapelle baue und die vatikanische Bibliothek sehr erweitert habe.
»Aha«, knurrte Eduard, »ich verstehe. Und die Bücher ließen dich nicht los. Hast du darin nicht gefunden, wie man Blei in Gold verwandelt? Dann könntest du es Sir John Howard gleichtun, der uns vorgestern das Geld zur Ausrüstung von hundertzwanzig Reitern geschenkt hat und ein Darlehen anbot zur Werbung von fünfhundert Fußknechten. Die Pastons waren übrigens auch sehr großzügig. Und Stanley erst!«
Rivers erwiderte, daß er schon gehört habe, König Eduard trage sich mit dem Gedanken, gegen Frankreich zu ziehen, um die alten Ansprüche zu verfechten und ein paar der verlorenen Provinzen dort drüben wiederzugewinnen. Sir John Howard könnte leicht zahlen, angesichts der vielen Schiffe, die unter seiner Flagge über die Meere segelten, aber seine, Rivers, Reise sei leider sehr kostspielig gewesen.
Eduard sah ihn mit halbgeschlossenen Augen an. »Aber Rivers, du kannst dich doch nicht lumpen lassen, wenn alle Uns Geschenke machen. Wenn Wir Ludwig besiegen, wirst du reich wie noch nie. Ich habe mit Schottland Frieden geschlossen und mit den Hansestädten auch, und der Herzog der Bretagne ist auf meiner Seite, der Herzog von Burgund nimmt ja ohnedies an meinen Unternehmungen teil. Zweifelst du an Unserem Sieg?«
»Nicht im geringsten, Euer Gnaden«, erwiderte Rivers. »Ihr habt neun große Siege errungen in Eurem Leben, und die Idee, den Kampfeseifer der jungen Leute und Ritter, deren Handwerkszeug das Schwert und deren Zukunftserwartung die Siegesbeute ist, auf Frankreich zu lenken, finde ich gut. Was mich betrifft, so war meine Reise sehr teuer.«
»Aber Rivers, du wirst doch Geld haben, so klug wie du bist. Während du fort warst, ist deine Gemahlin gestorben, und du hast sie beerbt.«

Rivers mußte zugeben, daß er diese Angelegenheit erst noch ordnen müsse.
»Na, dann ordne sie. Und dann hoffe ich, daß du nicht hinter unseren Freunden zurückstehst.«
Am Abend, als Rivers auf der Polsterbank in seinem Arbeitszimmer lag, ärgerte er sich noch immer über Eduard. Aber dann mußte er lachen. Es war immerhin neu, mit Schmeicheleien und Erzählungen von der Großzügigkeit anderer den Leuten Geld aus der Tasche zu ziehen. Er hatte schon gehört von den Wohltaten, die sich Eduard von allen Seiten erweisen ließ. Der Mann war raffiniert wie ein Makler der Tower Street, und die Fürsten der Lombardei, die auf ihren Leidenschaften ritten statt auf einem festen Gaul, hätten sich ein Beispiel an ihm nehmen können. Obwohl er dicker geworden war, sprühte Eduard offenbar von Tatendurst. Elisabeth neben ihm auf dem steifen Stuhl des Audienzsaales hatte dagegen sehr alt ausgesehen. Sie thronte auf dem Podium unter dem Baldachin wie eine angemalte Puppe.
Rivers hatte die Beine angezogen und die Arme unter dem Kopf verschränkt. Die Läden seines Londoner Hauses waren geschlossen, und in seinem Arbeitszimmer brannten Kerzen in vier Leuchtern. Er hatte es gern hell, wenn er schreiben wollte. Und das französische Manuskript, das ihm Louis de Bretaylle in Santiago de Compostela geschenkt hatte, wollte er unbedingt ins Englische übersetzen. Jetzt schrieben sie in Deutschland die Bücher übrigens nicht mehr mit der Hand, sondern druckten sie mit beweglichen Lettern. Aber als Besuch gemeldet wurde, mußte er die Gedanken über seine Arbeit beiseiteschieben.
Obwohl es schon spät am Abend war, kam die Königin in sein Haus. Rivers beugte erstaunt das Knie vor der Schwester. Sie war fast ohne Begleitung und in der Kerzenbeleuchtung sah sie noch schlechter aus als im Audienzsaal. Man sah ihr an, daß sie neun Kinder geboren hatte: ihrem ersten Mann zwei Knaben und dem König fünf Töchter und zwei Söhne. Während Rivers im Süden gewesen war, hatte sie den zweiten Sohn von Eduard

bekommen. Nein, von ihrer ehemaligen Schönheit war nicht mehr viel zu bemerken. Ihre schmalen, langen Mundwinkel, die einst so verführerisch wirkten, waren jetzt nur noch verkniffen wie bei einem alten Weib. Sie war ja auch bald Vierzig.

Elisabeth ließ sich ohne Umstände auf der Polsterbank nieder. Ihre zwei Hofdamen hatte sie in der Halle unten gelassen.

»Warum bist du so lange weggeblieben?« fragte sie vorwurfsvoll.

»Aber Elisabeth, willst du mir Vorwürfe machen? Ich habe nicht gewußt, daß du mich vermissen würdest.« Rivers zog die Brauen hoch.

»Du bist seit dem Tod unseres Vaters das Oberhaupt der Familie. Du bist der einzige von allen Woodville-Männern, der Verstand hat. Wie konntest du mich so lange allein lassen!«

»Aber Elisabeth, um Gottes willen, wer hat dir etwas getan? Du saßest an der Seite des Königs heute, wie du an seiner Seite saßest, als ich wegging. Ich dachte, ich ließe dich zurück in völliger Sicherheit.«

»Du dachtest nur an dich«, entgegnete sie. »Deine Sehnsucht, alles zu wissen, alles zu sehen, alles kennzulernen, treibt dich umher. Daß du Pflichten hast gegenüber deiner Familie, ist dir gleichgültig. Dein Weib hat dir vergeben, ehe es starb, obwohl du es seit mehr als zehn Jahren vernachlässigt hast wie einen lahmen Hund. Aber wenn du glaubst, auch ich bedürfe deines Schutzes nicht, so schneidest du dich ins eigene Fleisch.«

Rivers versuchte zu lachen. »Willst du damit vielleicht sagen, daß dem Haus Woodville ein neuer Feind erstanden sei? Warwick ist doch tot!«

»Ja, er ist tot«, rief Elisabeth, »aber seine Töchter leben. Ann lebt!«

»Aber Ann ist doch ein Kind«, erwidert Rivers erstaunt.

Elisabeth entgegnete ärgerlich, daß Ann kein Kind mehr wäre. »Seitdem sie das Asyl von Sankt Martin le Grand verließ, um Herzogin zu werden, ist sie ein junges Weib. Sie hat einen Sohn

geboren und sich darauf besonnen, daß sie Warwicks Tochter ist. Und ihren verliebten Richard hat sie in der Hand wie einen treuen Knecht.«
Rivers lachte. »Man sieht, daß man alt wird. Ein junges Weib, sagst du? Natürlich! Und einen Sohn! Ich habe es erfahren. Soll eine schwere Geburt gewesen sein. Aber sie ist doch, seitdem sie sich in die weiten Moore zurückzog, überhaupt nicht mehr in London gewesen!«
»Ja, sie hat London gemieden, solange die Erinnerung an Warwick wach war. Aber die Ereignisse beginnen zu verblassen, und eines Tages wird sie hier sein, ganz in der Nähe. Richard hat in Bishopsgate-Street das große Haus Crosbys gekauft und läßt es so verschwenderisch herrichten, daß alle Leute davon reden.«
»Aber was kann dir die kleine Ann denn antun?« fragte Rivers sanft. »Ob sie nun in Middleham ist oder in London ... ich verstehe dich nicht.«
Elisabeth wiegte den Kopf. »Zunächst hat sie Richard zu meinem Feind gemacht«, berichtete sie.
»Richard? Wieso?«
Elisabeth führte aus, daß der Herzog sie vielleicht auch früher nicht besonders geliebt habe – aus Eifersucht, weil sie das Herz Eduards besaß. Aber trotzdem habe er sich damals loyal verhalten. »Er hat mich als Königin geehrt und als die Gemahlin seines Bruders. Aber seit er verheiratet ist, fängt er an, gegen mich zu intrigieren. Wenn mein Ältester, von Ferrers, meinem ersten Mann, im Rat nur den Mund aufmacht, ist Richard sofort anderer Meinung und stellt den Marquis von Dorset als Dummkopf hin. Geschieht etwas in unserer Familie, das besser ungeschehen geblieben wäre, und Richard erfährt davon; gleich hinterbringt er es dem König. Wenn unser Bruder Lionel, Bischof von Salisbury, einen Schützling protegieren will wie kürzlich, und den König bittet, diesem ein Amt zu geben, ist Richard unverzüglich der Meinung, der Mann tauge nichts. Und so geht es am laufenden Band!«

»Ich glaube nicht, daß Ann hinter diesen Dingen steckt«, entgegnete Rivers. »Wenn Richard früher schwieg, so lag das an seiner Jugend. Mit Achtzehn hält man sich am Ratstisch zurück. Aber inzwischen hat Richard seinem Bruder soviel geholfen in hundert Schwierigkeiten, und ihm so viel Siege beschert, daß er eben anfängt, den Mund aufzumachen. Offen gesagt, deine beiden Buben von Ferrers sind ja auch wirklich keine Geistesgrößen. Vom Leichtsinn Dorsets erzählt man sich sogar in der Fremde.«
Elisabeth zuckte die Schultern. »Bisher«, sagte sie ärgerlich, »kam Richard nur zu den Parlamentssitzungen nach London oder wenn Eduard ihn ausdrücklich rief. Aber wenn Crosby-Haus erst fertig ist, wird Ann nach London ziehen, und was dann geschieht, das weiß nur Gott. Sie hat einmal Aussicht gehabt, Königin von England zu werden.«
»Aber Elisabeth!« Rivers krauste die Stirn. »Wenn Ann den Wunsch hatte, Königin zu werden, so lockte nicht die Macht, sondern der Glanz sie wie das Kind, das nach dem Flitter greift. Wenn sie einmal träumte, auf dem Thron zu sitzen, dann nur, um alle Welt ringsherum mit ihren Gnaden zu überhäufen. Inzwischen ist sie doch vernünftig geworden.«
Elisabeth winkte ab. »Du scheinst sie für einen dummen Engel zu halten, aber du irrst dich. Sie kann hassen, und sie haßt mich nicht weniger, als Warwick es tat.«
»Elisabeth«, sagte Rivers rauh, »auch du empfindest Haß gegen sie, da sie Warwicks Tochter ist. Kann man denn die Toten nicht vergessen?«
»Nein«, sagte Elisabeth heftig, »ich vergesse nichts! Ich bin nachtragend, ich weiß. Auch Ann trägt nach, und wir hassen uns beide. Wenn zwei sich hassen, Anthony, gilt es, der Stärkere zu bleiben. Ann führt ihren Mann ins Treffen – und gut, sage ich dir. Es dauerte kaum ein paar Monate, bis Richard den König so weit hatte, den Erzbischof von York zu begnadigen und Lady Warwick aus der Klosterhaft zu entlassen. Und Ann hat noch andere Helfer als nur Richard ...«

»Das bildest du dir doch alles ein, Elisabeth.«
Die Königin schüttelte heftig den Kopf. »Das ist keine Einbildung, Anthony. Ich weiß nicht, ob du Eduards neue Buhlin schon kennst. Hastings hat sie ihm zugebracht, wie üblich. Jane heißt sie, und die Gattin eines Schnittwarenhändlers ist sie, aus der Tower Street. Hast du sie gesehen?«
Rivers erwiderte, daß er sie gesehen habe im Palast – ein Weib, das den Männern gefiel. »Nicht viel dahinter sonst.«
»Ein Luder ist sie«, schrie Elisabeth unbeherrscht. »Kein Mann ist am Hof, dem sie nicht schöne Augen macht, wenn sie vorüberkommt. Hastings bereut schon, daß er sie dem König gegeben hat, und selbst mein Ältester aus der Ehe mit Ferrers ist hinter ihr her. Sie bekommt von Eduard was sie will, und seit sie ihre Zimmer so nah bei den meinen hat, sind meine beiden kleinen Söhne unentwegt krank, vor allem der arme Eduard. Er klagt dauernd über Schmerzen im Kiefer.«
»Und was hat das mit der Herzogin von Gloucester zu tun?«
»Jane Shore«, erklärte Elisabeth, »ist eine Jugendfreundin Anns! Sie waren zusammen in der Klosterschule.«
»Aber Elisabeth«, sagte Rivers beherrscht, um nicht laut zu werden, »wenn Jane deinen Söhnen etwas angetan hat – warum sollte da Ann dahinterstecken?«
»Weil jemand dahinterstecken muß«, rief Elisabeth. »Noch keine der Weiber, die mit Eduard in Buhlschaft das Bett teilten, hat mir etwas Böses getan. Und auch Jane Shore hätte keinen Grund dazu. Ich habe mich abgefunden damit, daß sie da ist, denn ich weiß, daß sie eines Tages einer anderen Platz machen muß, während ich auf dem Thron neben ihm bleibe, wenn ... wenn nicht etwas Schreckliches passiert. Anthony, warum hast du mich so lange allein gelassen?«
»Elisabeth, du siehst Gespenster. Kleine Buben sind immer mal krank, und sie werden auch immer wieder gesund. Du hast doch Ärzte am Hof.«
Elisabeth erwiderte, daß sie alles getan habe, auch Mittel gegen

jede Art von Zauberei hingen an den Bettchen. Doch das wäre nicht alles. »Die dunklen Wolken rings um mich steigen, Anthony. Du siehst sie nur nicht. Denk an Clarence!«

»Aber Elisabeth, Clarence ist doch ein Narr. Seine Fähigkeiten erschöpfen sich darin zu wissen, welche Sorte Wein in einem Faß ist, und das ist alles.«

»Er hat auch noch das Können, gefährliche Träume zu träumen, Anthony. Seitdem das Parlament in den kurzen Wochen von Warwicks Reigerung ein Gesetz verabschiedet hat, das Georg, Herzog von Clarence, zum Thronfolger nach Heinrichs und dessen Sohnes Tod erklärte, seitdem träumt er in seinen trunkenen Nächten einen phantastischen Traum. Denn Heinrich und sein Sohn sind ja tot. Außerdem fürchtet mich Clarence. Er weiß, daß ich Johnny nie vergessen werde.«

»Mein Gott, Elisabeth«, warf Rivers ein, »nun nimm doch die Phantastereien eines Trunkenbolds nicht so wichtig!«

»Sie sind aber wichtig zu nehmen. Clarence ist jeden Tag in Baynards Castle bei seiner Mutter. Sie hält dort Hof wie eine Fürstin. Aber die Gäste, die zu ihr kommen, sind lauter Leute, die bei Eduard in Ungnade gefallen sind, und solche, die mich nicht leiden können. Und nachts kommen Boten zu Cicely. Ich habe meine Späher.«

»Boten?«

»Ja, von Oxford zum Beispiel, der einst der treueste Anhänger der Lancasters gewesen ist. Oder meinst du etwa, die wären alle ausgestorben?«

»Aber sie sind tot, Elisabeth, sie sind tot!«

»Ihre Anhänger leben. Eduard ist viel zu großmütig mit ihnen gewesen. Und es kamen auch schon Boten aus Frankreich in Cicelys Haus. Von Ludwig ...«

Rivers hob die Schultern. »Ludwig von Frankreich spielt von früh bis spät mit allen Steinchen, die er zu fassen kriegt, Schach. Er wird nie aufhören, nach dem Besitz von Burgund zu trachten, aber er bemüht sich doch umsonst.«

»Das kann man nicht wissen, Anthony. Jedenfalls unterstützt er nach wie vor jeden Feind Eduards. Und da er mit der gebrochenen Margaret nichts mehr anfangen kann, denkt Ludwig nun an Clarence.«

»Unmöglich, daß der schlaue Ludwig Clarence ernst nimmt«, rief Anthony.

»Er nimmt ihn ernst, ich sage es dir. Wen könnte er sonst auf den Thron setzen in England, wenn es ihm gelingen sollte, Eduard wegzufegen, der seinen Plänen mit Burgund im Weg steht?«

»Vielleicht träumt er davon«, sagte Rivers verdrossen. »Aber wenn er wach ist, muß er doch einsehen, daß Clarence ein Popanz ist. Oder glaubst du, daß Georg jemals eine Schlacht gegen Eduard gewinnen könnte?«

»Wahrscheinlich nicht. Aber der Graf von Oxford, den der Teufel bei Barnet entkommen ließ, ist ein hervorragender Feldherr! Eines Tages wird man Eduard vergiften und meine Söhne ... oh, Anthony, ... und da bist du in die Welt hinausgeritten!«

Rivers setzte sich auf die Kante eines Stuhles. Er schlug die Fingerspitzen gegeneinander und war plötzlich so müde, als wäre er den ganzen Weg von Rom bis London an einem Tag gelaufen. Was für Gedanken doch in den Gehirnen der Menschen kreisten. Verfilzt wie Wollknäuel mußten sie sein. »Du hast doch Leibwachen«, sagte er matt. »Ammen und Lakaien, die die Suppe deiner Kinder probieren. Es ist nicht jeder Mensch ein Mörder, Elisabeth, auch wenn viele in ihren Gedanken gern morden möchten. Clarence ist fromm und beichtet. Seine kleinen Komplotte – lieber Himmel, die fegen nicht mal den Staub von deinem Thron.«

»Du sprichst immer von mir, Anthony. Es geht aber auch um dich und um alle, die uns nahe stehen. Nur Eduard und mein kleiner Sohn auf dem Thorn halten euch auf den Plätzen, auf die ich euch gebracht habe. Du wirst mir also wohl oder übel helfen müssen, zu beseitigen, was Gefahr bedeutet.«

»Eine wirkliche Gefahr, Elisabeth, gewiß. Aber Clarence ist doch keine Gefahr. Wenn er mit Oxford und Ludwig konspiriert hat, dann doch nur, weil er über Eduard wütend war wegen dieser erbärmlichen Warwick-Ländereien, die er Richard nicht gönnt. Das ist doch behoben. Du bist seit mehr als zehn Jahren Königin und wirst dich behaupten bis ans Lebensende.«
»Aber nicht mit den Händen im Schoß. Auch du mußt dich anstrengen, mein Lieber. Ich weiß, daß du gestern Nacht im Hause von Clarence warst – ich habe meine Spione. Bitte sei still und heb' nicht die Hand. Ich weiß, daß du kein Freund von Clarence bist, er war auch gar nicht da. Ich nehme an, du hast der blassen Isabella deine neuen Balladen von den sieben Todsünden vorgelesen. Oh, Anthony, du liebst sie doch nicht etwa?«
»Nein, ich liebe nur mich«, erwiderte Rivers rauh. »Und ich habe der Herzogin von Clarence nicht meine Balladen über die sieben Todsünden vorgelesen, wie du meinst, sondern ich habe sie um Verzeihung gebeten, weil ich sie in ihrer ersten schweren Stunde im Stiche ließ. In Rom habe ich diese Sünde gebeichtet und Absolution dafür erhalten. Aber ich wollte auch noch von ihr Vergebung haben, nun, nachdem die Jahre darüber hingegangen sind. Ich habe ihr eine Reliquie mitgebracht aus Rom. Das war alles.«
»Es ist schon gut, Anthony. Aber wenn du noch einmal hingehen solltest ... irgendwann ... dann wäre es gut, du könntest von ihr erfahren, was Robert Stillington, der Bischof von Bath und Wells, dem Herzog von Clarence erzählt hat, als sie das letztemal bei Cicely zusammen waren.«
Rivers war erstaunt und unwillig. Stillington war nach dem Sieg über Warwick Lordkanzler geworden, hatte aber vor kurzem das Großsiegel abgeben müssen zu Gunsten von Thomas Rotherdam, den Elisabeth Woodville sehr begünstigte. Was wollte sie denn mit Stillington? »Meinst du, er ärgert sich über den Verlust seines Amtes und zettelt nun mit Clarence eine Verschwörung an? Du ziehst die Dinge allmählich an den Haaren herbei. Ich

habe nicht vor, noch einmal in das Haus von Clarence zu gehen. Es war teuer genug, heimlich hineinzukommen. Isabella gehört nicht zu den Weibern, die ihren Mann betrügen.«

»Ich will wissen, was Stillington zu Clarence gesagt hat, sonst nichts«, erklärte Elisabeth scharf.

»Aber was soll er ihm denn gesagt haben? Wirklich, Elisabeth, es war herrlich, drei Jahre nichts von Intrigen zu wissen, beziehungsweise in der Fremde zu leben, wo einem die Intrigen nichts angingen. Stillington ist ein Mann im Dienst Gottes, auch wenn er dich nicht sonderlich mag.«

»Er war ein guter Bekannter von Lady Eleanor Butler«, sagte Elisabeth finster. »Und seit er sein Amt verloren hat, erinnert er sich vielleicht daran.«

»Eleanor Butler?« fragte Rivers betroffen. »Meine liebe Elisabeth, nun verstehe ich dich nicht mehr. Meinst du die Tochter des alten Talbot, der einmal der Schrecken der Franzosen war? Der ist seit zwanzig Jahren tot, und seine Tochter Eleanor fault auch schon weiß Gott wie lange im Grab.«

»Seit sieben Jahren«, entgegnete Elisabeth starr. »Aber Stillington weiß, daß sie einmal mit Eduard verlobt gewesen ist.«

»Verlobt? Verlobt mit Eduard? Er war verlobt?«

»Er war mit Lady Eleanor verlobt. Er hat es mir selbst gesagt. Er hat ihr die Ehe versprochen, und der Austausch von Gelübden und das gemeinsam bestiegene Bett hinterher, ach Gott, du kennst doch das Spiel. In den Augen der Kirche ist das eine rechtsgültige Bindung. Die Brautmesse ist nicht wichtig. Ich habe auch keine gehabt, als Eduard in Grafton Regis einst vor Zeugen meine Hand ergriff – zu einer Zeit, da er eigentlich schon als verheiratet gelten mußte.«

Rivers starrte sie an. »Aber das ist doch ... Das sind doch Hirngespinste.«

»Vielleicht«, murmelte Elisabeth düster. »Aber du siehst, daß die Gefahren sich türmen.«

*

Gelb waren die Blätter und braun vom Herbst die Moore, als Ann über die Freitreppe rannte. »Sir James! Sir James!« rief sie. »Sir James!« Wo war denn nur der Burghauptmann.
James Tyrell kam angerannt. »Mylady?«
»Sir James, das gefällt mir nicht! Wie sieht das nur aus: die Knappen in den grünen Kitteln, und die Pagen in Blau. Und dann sollen sie nicht im inneren Hof stehen, sondern im äußeren. Und warum hängt der Willkommensgruß noch nicht auf der Zitadelle.«
Sie redete und redete und ordnete an und verwarf, bis James Tyrell der Kopf ganz schwirrte.
Ann eilte in ihr Ankleidegemach hinauf. Sie war ja selbst noch nicht richtig gekleidet. Vielleicht gab sie doch ein bißchen Farbe auf die Wangen. Das rote Brokatkleid wollte sie auf alle Fälle anziehen, wenn es auch viel zu festlich war. In Middleham gab es nicht viele Gelegenheiten zum Feiern, so daß man die Heimkehr des Gatten von einem großen Kriegszug ruhig zu einem Fest gestalten durfte. Wo war denn nur die Kammerfrau?
Ann war jetzt dreieinhalb Jahre verheiratet und bald zwanzig Winter alt. Sie sah besser aus in der letzten Zeit. Ihr Haar schimmerte in einem rötlich-gelben Ton, daß das goldene Haarnetz fast darin unterging. Ihr Mund war immer noch zu groß, und in ihren meergrünen Augen unter den dunklen Brauen und Wimpern lag ein Ausdruck von Erwartung. Dabei war sie so lebhaft, daß die meisten Menschen sie mochten.
Nie hatte Ann gedacht, daß sie es an der Seite Richards so gut haben würde. Er verwöhnte sie sehr. Ob er aus London zurückkam oder von der Verfolgung der Feinde in Schottland, immer brachte er ihr Geschenke mit, so daß Ann bald nicht mehr wußte, wohin damit.
In der ersten Zeit waren Ann seine Zärtlichkeiten unangenehm gewesen, aber dann hatte sie sich an ihn gewöhnt. Wenn er neben ihr lag, sah sie die Haut über seinen Muskeln gespannt, sie war kühl und glatt. Er hatte Kraft in den Händen. Sein Mund

war schmal und hart, und er konnte sie küssen mit einer Leidenschaft, daß Ann der Atem wegblieb.
Sie war bald schwanger geworden, und ihre Gedanken kreisten von diesem Augenblick an um das Kind. Sie fürchtete sich vor der Geburt, aber sie erfuhr von guten Mitteln, legte sich zerriebene Lorbeerblätter auf den Nabel und auf die linke Hüfte Bilsenkraut. Ann hätte gern Isabella zur Seite gehabt bei ihrer Niederkunft, aber Georg ließ sein Weib nicht fort. Doch Richard gelang es, die Freilassung Lady Warwicks zu erwirken, und James Tyrell brachte die Mutter seiner Herrin nach Middleham, so daß Ann in ihrer schweren Stunde nicht allein war.
Ann gebar einen Sohn. Es erschien ihr wie ein Wunder, und sie war ganz außer sich vor Glück. Richard wünschte, daß der Junge Eduard heißen sollte nach dem König und nach den großen Vorfahren. Ann gefiel der Name nicht. Alle Männer in der Familie hießen schon Eduard. Sie wollte auch nicht mehr an ihren ersten Gemahl erinnert werden, den Prinzen von Wales. Aber sie war so schwach nach der Geburt, daß es ihr schließlich einerlei war, wie man das Kind taufte. Sie würde dann schon einen Kosenamen für den Kleinen finden.
Als das Kind zum erstenmal krank wurde und ein heiseres Krächzen von sich gab, so daß der Arzt verordnete, man solle dem Säugling einen Beutel mit getrockneter Pimpinelle an die Wiege hängen, mit dem das Kind alsbald zu spielen begann, nannte Ann den Kleinen Pimpinell. »Spielst du schon wieder mit deiner Pimpinelle, du süßer Pimpinell!«
Ann liebte das Kind. Nie im Leben würde sie etwas so lieben wie ihren kleinen Sohn. Ihren Vater hatte sie einst gleich nach Gott geliebt, aber ihren Pimpinell liebte sie noch vor Gott. Und Gott würde es ihr verzeihen.
Wenn der Kleine nur nicht so zart gewesen wäre und immer ein bißchen anfällig. Aber Ann tröstete sich damit, daß auch Richard einst ein schwaches Kind gewesen war, und jetzt war er doch ausdauernd und zäh.

Da kam ihr Liebling ja zur Tür herein, an der Hand der Kammerfrau. Er hatte goldblonde Locken wie ein Engel. »Oh, mein Pimpinell«, sagte Ann zärtlich, »willst du deiner Frau Mutter das Kleid zuknöpfen?« Sie tändelte mit dem Kind, bis draußen die Hörner ertönten. Da fuhr sie zusammen. Lieber Himmel, sie war ja noch gar nicht angezogen!

Als Richard nach achtmonatiger Abwesenheit mit seinem strahlenden Gefolge über die Zugbrücke ritt, ein vom Wald gestreiftes gelbes Blatt an der Schulter, die blinkende Sonne auf den goldenen Sporen, die Stulpenhandschuhe aufgeschlagen und das Schwert an der Seite, da lachte er. Der kleine Pimpinell krähte, Ann stolperte über ihre Schleppe, als sie dem Gatten entgegenlief, und Richard sprang, ohne den Steigbügel zu benützen, zu Boden.

»Ann, oh Ann!« Mehr sagte er nicht. Der Burghof wimmelte von Menschen, und das Geschrei der Begrüßung und das Hufgeklapper der Pferde, von denen die Reiter sprangen, erfüllte die Luft. Erst droben in der Kemenate riß Richard sein Weib in die Arme.

»Erzähl'«, sagte Ann und half ihm beim Ausziehen des Reisegewandes. Den Kämmerer hatte sie hinausgeschickt. »Erzähl! Es war ein ganz großer Sieg über Ludwig. Ich weiß schon.«

»Gar kein Sieg«, erklärte Richard lachend. »Wir haben doch überhaupt nicht gekämpft.«

»Ja, ja, ich weiß. Aber trotzdem ein Sieg. Fang ganz von vorne an. Oh, was ist das?«

Er hatte sich ihren Händen, die ihm das Gewand über den Kopf streifen halfen, entzogen und begann Geschenke auszupacken: Kleinodien und Juwelen. Die Gewänder wären noch drunten in den Ballen. »Das da ist von mir. Und das hat mir meine Schwester für dich mitgegeben. Sie kam von Burgund nach Calais.«

»Oh, wunderbar!« Ann sah aus wie ein glückliches Kind. »Wie geht es ihr denn? Ich habe sie ja nicht mehr gesehen seit dem nebligen Tag, da wir sie alle zur Küste begleiteten und du im

Kloster von Stratford Langthorne dauernd im Kreuzgang hocktest.«

»Na, so einigermaßen geht es ihr schon. Sie beneidet dich, weil du einen Sohn hast. Sie hätte gern auch einen. Aber so wird das ganze reiche Burgund einmal ihre Stieftochter erben. Bloß gut, daß sich Marga mit Maria verträgt.«

»Hoffentlich verträgt sie sich auch mit ihrem Gemahl, dem kühnen Karl.«

Richard erwiderte, daß Karl der Kühne eigentlich Karl der Unbesonnene heißen müßte. »Stell dir vor, wir kommen mit dem schönsten Heer über den Kanal und wollen Ludwig den Garaus machen, und Karl, dessen Erzfeind Ludwig ist, erscheint nur von einer Leibwache begleitet in unserem Lager. Seine Truppen hätte er zur Belagerung von Neuss verwenden müssen, und du kannst es glauben oder nicht: Ich weiß heute noch nicht, warum er sich vor Neuss seit Monaten verzettelt. Aber wahrscheinlich wirft Karl seine Soldaten auch gegen ein Wespennest, wenn er sich darüber geärgert hat. Eduard war jedenfalls wütend.«

Ann lachte. »Hattet ihr nicht Kräfte genug, um allein mit Ludwig fertig zu werden?«

»Doch, die hatten wir«, erwiderte Richard, und sein Gesicht verfinsterte sich ein wenig. »Wir wären mit ihm fertig geworden, obwohl der Graf von Saint Pol, der sich zuerst erbot, uns Sankt Quentin zu übergeben, wieder abfiel und mit Geschützen auf uns schoß, als wir darangehen wollten, uns bei ihm einzuquartieren. Ich komme allmählich zu der Erkenntnis, daß kein Mensch auf der Welt seinem Wort treu bleibt.«

»Doch«, lächelte Ann leicht, »du!«

Richard zuckte die Achseln. »Wahrscheinlich bin ich ein Tor. Na, Karl ließ sich nach seinem dritten Besuch überzeugen, daß er seine Streitkräfte von Neuss abziehen müßte, aber inzwischen erhielten wir schon Nachricht, daß Ludwig an der Spitze eines mächtigen Heeres von Beauvais nach Compiègne vorrücke. Und die Hälfte unserer Leute machte in die Hosen. Es war natürlich gar nicht so mächtig, das Heer. Mächtig sind nur immer die Gerüchte.«

Ann lachte und behängte sich mit ihren Geschenken. »Aber Eduard hatte doch keine Angst?«

»Nein, Eduard nicht. Aber er erklärte unentwegt, daß Ludwig niemals in eine solche Katastrophe zu treiben wäre, wie einst dessen Großvater bei Azincourt, und obwohl wir fünfzehnhundert Ritter bei uns hatten, elftausend Bogenschützen, einen Troß von Artolarey und sogar fünfzehn Wundärzte und den unbesonnenen Karl gar nicht gebraucht hätten, war Eduard nicht davon abzuhalten, einem französischen Edelmann, der uns bei Sankt Quentin in die Hände fiel und den Eduard freiließ, Andeutungen zu machen, daß man sich mit Ludwig natürlich auch friedlich einigen könne, wenn ... Es war einfach eine Schande.«

Ann fand das jedoch großartig. »Ein Waffenstillstand ohne Tote zuvor, das ist doch herrlich, Richard.«

»Wir hätten Ludwig so klein gemacht wie eine Laus«, erklärte der mürrisch. »Er hat der Mutter Gottes vierzehnhundert Kronen gestiftet, daß sie uns davon abhalten sollte, in Frankreich zu landen. Er griff mit seinen zehn Fingern nach dem Friedensangebot. Ich war nicht einverstanden mit Eduard. Aber der größte Teil des Rats war seiner Meinung.«

»Und was hat Eduard herausgeschlagen?«

»Für einen siebenjährigen Waffenstillstand zahlt ihm Ludwig 75 000 Goldkronen sofort und fünfzigtausend Kronen jährlich, und er ist bereit, den Dauphin später einmal mit Eduards ältester Tochter zu verehelichen. Auf der Brücke von Picquigny trafen sich die beiden Könige, um den Vertrag zu unterzeichnen und über einem Splitter vom Kreuz Christi zu beschwören. Eduard sah aus wie ein siegreicher Gott, die schwarze Samtkappe auf dem Haar, herausfordernd mit einer französischen Lilie aus Diamanten besteckt, und ein ganz neues Gewand hatte er an. Aus Goldgewebe mit rotem Atlas gefüttert. Ich habe dir etwas Ähnliches mitgebracht.«

»Und was trug Ludwig?« wollte Ann wissen.
»Ludwig war angezogen wie ein Bänkelsänger in York«, lachte Richard. »Bunt wie die Gaukler auf einem Jahrmarkt. Und sein Kanzler hatte dieselben Hosen und das gleiche Wams an.«
»Warum dasselbe Gewand?«
»Um einen möglichen Mörder zu täuschen. Aber es kam keiner. Und danach öffnete Ludwig die Tore von Amiens, und vor den Mauern ließ er Tafeln aufstellen mit Pasteten und Wein und bewirtete unser ganzes Heer. Anschließend bewilligte er Eduards besten Freunden eine jährliche Pension von zweitausend Kronen oder weniger, je nach Rang und Wichtigkeit, so daß jetzt alle in seinem Sold stehen, und wenn sie ihre schönen Gelder nicht verlieren wollen, müssen sie für Frieden mit Frankreich wirken. Was sagst du dazu?«
»Wieviel hast du gekriegt?« fragte Ann.
Richard erwiderte, daß Ludwig ihn eingeladen hätte. »Er machte mir ein Gastgeschenk von zwei Pferden und etwas Silbergeschirr, das entspricht meiner Stellung. Aber bestechen ließ ich mich nicht. Ich habe kein Hehl daraus gemacht, daß ich mit dem Waffenstillstand und allem Drum und Dran nicht einverstanden bin. Man kann es drehen, wie man will. Im Sinne Burgunds war Eduards Abkommen nicht.«
»Mein Vater hätte sich sicher gefreut.«
»Schon möglich«, antworte Richard. »Vielleicht habe ich mit meiner Ansicht unrecht. Doch auch die Soldaten haben gemurrt, als wir heimkehrten. Der französische Wein war ja gut, aber Beute brachten sie nicht mit aus Frankreich, und manch einer hat Weib und Kinder daheim, die darauf gewartet haben in Armut und Not. Übrigens hat Eduard auch noch einen Batzen Lösegeld von Ludwig herausgeschunden für Königin Margaret.«
»Die arme Margaret? Was hat Ludwig mit ihr vor?«
»Nichts. Was sollte er schon mit ihr anfangen? Da sie ihm einiges Geld schuldig ist, wird er versuchen, die Erbrechte von ihr zu erhalten, die sie ihrem Vater gegenüber hat. Aber Anjou

und Lothringen bekümmern uns nicht. Ah, da kommt Pimpinell.«

Das Kind ließ sich hochheben und jauchzte, und Ann begann zu erzählen, was der Kleine alles reden gelernt hätte, während der Vater weg war, und sie erzählte noch an der Abendtafel davon. An drei Seiten des Saales entlang liefen die großen Tische mit den weißen Decken und den silbernen Kannen und Schüsseln. Die Tafelnden saßen an der Wandseite, und vor ihnen warteten die Vorschneider. Auf dem großen Geviert zwischen den Tischen stand der Spielmann und sang seine Lieder. Es war wie in den alten Zeiten, und Richard war froh, wieder daheim zu sein, weg von dem Trubel der Städte und der Feldlager, daheim zwischen seinen eigenen Wänden. Richard ließ seine Augen über die Fackeln gleiten, die in eisernen Ringen an der Mauer staken und er fühlte, wie sich eine tiefe Zufriedenheit in ihm ausbreitete.

Erst als Richard schon mit Ann im Bett lag, fiel ihm ein, daß er sie von Isabella grüßen sollte. »Sie ist böse, weil du nie nach London kommst. Jetzt hat sie schon zwei Kinder, und du hast noch keines davon gesehen. Aber ich habe sie beschwichtigt und ihr erklärt, daß du sie im kommenden Frühjahr besuchen wirst. Crosby-Haus ist jetzt fertig.«

»Ist es fertig?« fragte Ann. »Oh, wunderbar!« Sie schob die Bettdecke von sich. Es war Herbst, und sie trug noch kein Hemd des nachts. Ihre Haut schimmerte wie Elfenbein. Ach, sie freute sich schon so auf die Stadt. Es war ja schön in Middleham inmitten der Moore, aber das große Leben herrschte eben doch nur in London. Es gab Leute, die reisten jedes Jahr einmal für ein paar Monate dorthin. Ann war manchmal schon ganz ungeduldig gewesen, weil sie so lange nicht mehr aus Middleham weggekommen war. Im ersten Jahr ihrer Ehe hatten sie sich erst einrichten müssen. Richard hatte eine Menge im Schloß umbauen lassen, und sie war auch schwanger gewesen. Im zweiten Jahr litt Ann noch unter der schweren Geburt von Pimpinell, und Lady Warwick ließ ihre Tochter nicht fort. Das Jahr darauf sah es

aus, als könnte Ann bestimmt mit Richard ziehen. Zwar war das Haus, das er in London erstanden hatte, noch nicht fertig, aber Ann konnte bei ihrer Schwiegermutter, der Herzogin von York, in Baynard's Castle wohnen, wenn auch Lady Warwick erklärte, Cicely wäre herrschsüchtig und würde Ann sicher dauernd bei der Kinderpflege dreinreden. Aber da war Pimpinell so krank geworden, daß aus der Reise nichts wurde. Er bekam lauter rote Flecken auf der Haut und war ganz heiß vom Fieber. In diesem Frühjahr war es nichts mit der Fahrt nach London, weil der König seinen Zug nach Frankreich machte, aber im nächsten Jahr wenn es wieder nicht klappte, würde Ann ärgerlich werden. »Hoffentlich, hoffentlich ist Pimpinell im kommenden Frühjahr gesund!« betete sie laut und zog die Bettdecke wieder hoch, denn es wurde ihr kalt.
»Das wird er sicher«, meinte Richard. »Er geht doch jetzt ins dritte Jahr.«
»Er hat wieder schrecklich gehustet die ganze Zeit, während du fort warst«, erzählte Ann. »Richtig gekeucht hat er. Erst seit vierzehn Tagen ist es besser. Ich wollte dir eigentlich gar nichts davon sagen. Er muß verhext gewesen sein. Pater Willibrord meinte es beinahe auch. Ich weiß es ja nicht sicher, aber vielleicht steckt Henry Percy dahinter. Pater Willibrord behauptet, der Graf von Northumberland könnte sich nicht damit abfinden, daß du über ihn gestellt bist, und er sei falsch, so freundlich er auch täte.«
Richard spielte mit einer von Anns Haarlocken. »Das glaube ich nicht, Kind. Das Haus Percy ist nicht erfreut über meine Machtbefugnisse, das ist klar, aber der Graf ist kein Zauberer und froh, daß er in Northumberland sitzt. Vielleicht kann überhaupt kein Mensch hexen.«
Da fuhr Ann auf. »Der Papst selbst sagt, daß es Hexen und Zauberer gibt, und daß sie verbrannt werden müssen! Wenn bloß in London keine Hexe ein Auge auf Pimpinell wirft!«
Richard hegte keine Befürchtungen deswegen, und Ann ließ sich

wieder zurückgleiten. Hinter ihren geschlossenen Lidern zogen die Straßen von London vorüber und alle Freunde und Bekannten aus der alten Zeit: Isabella, Georg, der König, die Herzogin von York – und Elisabeth Woodville. Bei der Erinnerung an die Königin klopfte Ann das Herz. Würde die Königin den Grafen Warwick immer noch nicht vergessen haben und hinter der Herzogin von Gloucester ewig seinen Schatten sehen? Die Königin war doch Siegerin geblieben. Auch die Woodvilles würde Ann alle wiedersehen: den Marquis von Dorset und seinen Bruder, Lord Grey. Ach, und wie lange hatte sie kein großes Fest mehr mitgemacht, wie lange kein Turnier gesehen. Ihr Herz flatterte. Sie würde auch den Grafen Rivers treffen, Anthony Woodville ...

Ann lag mit geschlossenen Lidern und vermeinte den Regen wieder zu hören, den klatschenden Regen, unter dem die Schiffe im Hafen ertranken und ganz Calais samt dem Palast, in dem der Gouverneur residierte. Vor ihren Augen züngelten wieder die Kerzenflammen, und sie sah die dunklen, kühnen Augen des Mannes. »Eigensucht«, hatte er gesagt, »ist die hervorstehendste Eigenschaft des Menschen und das wichtigste seiner Gefühle. Nur durch seinen Egoismus besteht er.« Ann wußte noch jedes Wort, das Rivers zu ihr gesagt hatte, früher, als sie noch ein Kind war. Aber jetzt war sie kein Kind mehr.

Sie spürte plötzlich Richards Hand an ihrem Körper und schob sie hastig weg. »Bitte nicht«, preßte sie hervor. »Heute nicht. Ich bin so schrecklich müde von dem vielen Erzählen.«

Drunten im Burghof hörte man einen Hund bellen, und Richards Hand glitt langsam wieder fort.

*

Der Winter war sehr milde, es gab kaum Schnee, und infolgedessen ließ das Frühjahr auf sich warten. Fast den ganzen März über stürmte es, und Graupelschauer warfen sich über die Moore. Das Wetter tat Pimpinell nicht gut. Er hustete wieder, und an manchen Tagen hatte er Fieber. Ganz durchsichtig sah er aus, und so mager war sein kleiner Körper, daß Lady Warwick manchmal Angst hatte, das Kindermädchen könnte ihn zerbrechen. Sie war ganz und gar dagegen, daß Ann den Jungen mit nach London nahm.

Ann freilich hatte schon bald nach Weihnachten begonnen zu packen und für alle Freunde in London Geschenke auszusuchen. Wenn Richard auf dampfendem Gaul von der Jagd oder seinen Geschäften heimkam, mußte er immer lachen über ihren Eifer. Vor April wollte er nicht reisen. Aber Pimpinell sah nicht so aus, als würde er sich bis zum April völlig erholen.

»Am besten«, sagte Lady Warwick zu ihrer Tochter, »ist es doch, du läßt den Knaben hier. Das Gerumpel in dem Wagen kann seinem Husten unmöglich gut tun. Und ihn aufs Pferd zu setzen, wenn es windet, ist geradezu Gift. Auch die kalten Betten unterwegs sind gefährlich. Nein, nein, es ist am einfachsten, du läßt ihn hier.«

Ann fühlte sich hin und her gerissen. Sie wollte so gern nach London, aber von Pimpinell konnte sie sich auch nicht trennen. Richard erklärte, daß er dem Vorschlag seiner Schwiegermutter beipflichten müsse. »Es wäre wirklich am besten, Pimpinell daheim zu lassen.«

»Aber dann kann ich doch nicht weg!« rief Ann.

Richard entgegnete, daß sie ohne weiteres reiten könnte. Anlaß zur Besorgnis, wie zwei Jahre zuvor, bestehe nicht. Pimpinell sei ja nicht krank, sondern nur ein wenig mitgenommen vom Winter, daß ihm die lange Reise nach London möglicherweise nicht gut tun würde. In Middleham hatte das Kind seine Pflege, und in ein paar Monaten war man wieder zurück.

Ann konnte nicht aufhören, den kleinen Pimpinell zum Abschied zu küssen und sich immer wieder von allen Zurückbleibenden schwören zu lassen, daß man auf ihn aufpassen würde wie auf das köstlichste Kleinod der Erde. Und sofort Nachricht nach London zu schicken, wenn etwas los war.

»Mein guter Pimpinell, mein kleiner, guter Pimpinell, mein Liebling!« Er machte sich schließlich strampelnd aus ihren Händen los, und Ann ritt nach dem großen wimmelnden London mit den vielen engen Häusern, den Schiffen im Hafen, den vollgestopften Läden, den großen Kirchen und dem prächtigen Königshof, den es barg. Und Wagen voll mit Kleidern für sie selbst und mit Geschenken für alle möglichen Verwandten und Bekannten folgten ihr nach.

Die meiste Zeit saß Ann zu Pferde. Sie ritt einen Falben mit ganz hellem Fell, den sie Denny nannte. Nur wenn es regnete oder sehr windig war, bestieg sie ihren Wagen.

Das Gefolge, das Richard mitnahm, war nicht allzu groß. Viele Begleiter verzögerten nur die Reise. Wenn er sonst dem Ruf des Königs folgte, pflegte Richard fast ohne Bedeckung zu reiten. Dann preschte er mit seinen Rittern im Eiltempo von Kurieren daher. Diesmal genoß er die Reise, und da die vielen Wagen das Tempo angaben, machte er unterwegs mit seinem Pferd Abstecher. Ann sah sich bald hier, bald dort einen Besuch machen, der zuerst gar nicht vorgesehen war. Mal war es ein Pfarrer, bei dem Richard Jahre zuvor Unterkunft gefunden hatte bei schlechtem Wetter und an den er sich nun wieder erinnerte, bald ein kleiner Landedelmann, mit dem er eine halbe Nacht lang Karten gespielt hatte, während seine Leute die Werbetrommel geschlagen hatten. Allen wollte er seine junge Frau zeigen, und Ann bemühte sich, so schön als möglich auszusehen. Francis, der kürzlich vom König auf Richards Fürsprache hin zum Viscount Lovell ernannt worden war, sah Ann manchmal mit so merkwürdig glitzernden Augen an, wenn sie sich geschmückt hatte. Als Kind hatte Ann Francis, der in Middleham Pagendienste tat, nie leiden können. Da er aus einem unbegüterten Hause stammte, war er ständig darauf aus, Karriere zu machen. Ratcliffe, der ebenfalls zu Richards Ratgebern gehörte, gefiel Ann viel besser. Er war lustig und unkompliziert. Aber auch Ratcliffe bekam einen seltsamen Blick, wenn sie vorüberging. Einzig James Tyrell war der Alte.

Seine treuen Hundeaugen, mit denen er alle Bewegungen seines Herrn verfolgte, zeigten auch vor Ann nichts anderes als Ergebenheit. Aufmerksam ritt er hinter ihr her auf diesen kleinen Abstechern über Hügel oder kahle Ebenen, auf denen Schafe weideten. Er war ängstlich, weil die Wachen so wenig waren. Streiften nicht immer noch seit dem Zug des Königs nach Frankreich, der nur Eduard und seinen Freunden Pensionen gebracht hatte, nicht aber dem Kriegsvolk, herrenlose Söldnerscharen durch das Land? Sie überfielen Reisende und brandschatzen die kleinen Dörfer, die nur wenig gesichert waren, obwohl Eduard eine ganze Zeit während des Winters unterwegs gewesen war, um ihrem Treiben Einhalt zu gebieten. Die Skelette der Gehängten baumelten noch an den Balken der Hochgerichte.
Als man den Gutshof von Dudey erreichte, wo man Quartier nehmen wollte, war Ann zum erstenmal müde. Es war so schwül gewesen den ganzen Tag, daß es am Nachmittag das erste Gewitter des Jahres gab. Ann ließ sich voll bekleidet aufs Bett fallen, obwohl es noch nicht Abend war. Für heute hatte sie genug. Nein, sie würde heute nicht mehr aufs Pferd steigen, wenn auch eine halbe Stunde querab ein Kloster lag, in dem die Mönche eine Werkstätte für Buchmalerei unterhielten. Wenn Richard einen Psalter zu erstehen wünschte, dann sollte er nur allein hinreiten.
Nachdem Ann einen Imbiß eingenommen hatte, fühlte sie sich jedoch wieder besser, und vom Fenster ihres Zimmers aus sah sie, wie Richard sich auf den Weg machte. Der Gutsbesitzer selbst hielt ihm den Steigbügel, und Richard dankte ihm mit einem Kopfnicken. Ann fiel auf, daß Richard mit Fremden eigentlich nie lachte. Kein Wunder, daß alle Welt ihn den finsteren Gloucester nannte. Als Richard zum Tor hinausritt, drehte er sich einen Augenblick auf dem Pferderücken um und suchte Anns Zimmerfenster. Er winkte mit der behandschuhten Rechten, und Ann winkte zurück. Dann ließ sie sich wieder auf die Bettstatt fallen. Der Gutsbesitzer Dudey war Witwer, und das Haus war nicht sonderlich geführt. Die Mägde machten sich wohl die

meiste Zeit einen guten Tag. Der Betthimmel war zerrissen, in den Quasten hing Staub, und zwischen den Streben des Baldachins spannte sich ein Spinnennetz. Der finstere Gloucester... Wahrhaftig, er hatte sich sehr verändert seit jener dunklen Stunde in der Backstube von Middleham, als sie den kleinen Richard getröstet hatte. Von Hilflosigkeit war an ihm nichts mehr zu erkennen. Aber immer noch bezahlte Richard seinen Leuten mehr als üblich, und in den Ländereien, die ihm untertan waren, war er ständig darauf bedacht, daß es den Menschen gut ging. Er will geliebt werden, dachte Ann. Aber sie hatte nicht das Gefühl, als gelänge ihm dies immer. Mehr Glück hatte er in dem Bestreben, seine Machtbefugnisse zu erweitern, sein Vermögen zu mehren und seinen Landbesitz zu vergrößern. Denn der König konnte nicht umhin, die ständigen, treuen Dienste seines Bruders angemessen zu belohnen. Ann, die auf dem Bett lag und zu dem Spinngewebe unter dem Baldachin emporsah, war sich bewußt, daß sie die Frau eines reichen Mannes war. Sie würde in London ein großes Haus führen und sich so teuer und prächtig kleiden, daß alle über sie reden sollten. Hoffentlich hatte der blaue Atlas nicht gelitten, den Richard ihr aus Frankreich mitgebracht. Ann rief nach der Kammerfrau.
Florence erschien erst, als Ann wiederholt gerufen hatte und schon ganz ungeduldig war.
»Wo treibst du dich bloß herum?« zankte Ann.
Das Mädchen ging in die Knie. »Verzeiht, Herrin, verzeiht«, japste Florence. Außer Atem berichtete sie, daß die Plane eines der Gepäckwagen undicht sei. Die schwere Truhe sei bei dem Wolkenbruch heute nachmittag an einer Ecke naß geworden. Zum Glück sei nur Alltagsgewand darin gewesen. Sie habe die Sachen zum Trocknen ausbreiten wollen, und Mister Dudey habe ihr dazu die Kleiderkammer zur Verfügung gestellt. »Aber wie ich da hinein bin, rennt ein Kerl an mir vorbei! Hatte sich doch tatsächlich ein Dieb darin versteckt!«
Ann schüttelte den Kopf. Florence steckte immer voll von Ge-

schichten, selbsterlebten oder gehörten. Sie erzählte so leidenschaftlich gern.
Vielleicht, lenkte Florence ein, wäre es auch kein Dieb gewesen. »Aber dann gehörte er zu der Bande von Mordbrennern, die vorgestern Gut Dudey heimsuchen wollten, aber von den Knechten mit blutigen Köpfen vertrieben wurden!« Die Köchin habe es ihr erzählt, teilte Florence mit. Zwei der Banditen habe man erwischt und gleich neben der Scheune an einen Baum geknüpft. »Sie hängen noch dort.«
Ann runzelte die Stirn. Das Haus Dudey hatte ihr von Anfang an nicht gefallen. Es lag in einer kahlen Gegend, in der nichts wuchs als spärliches Gras auf steinigem Boden. Zwischen langen Einfriedungen und lose geschichteten Brocken weideten Schafe. Hoffentlich kam Richard bald wieder. Ann fürchtete, die Geister der Gehängten könnten in der Nacht die Schlafenden im Haus heimsuchen. Richard sollte dafür sorgen, daß Mister Dudey die Toten rasch irgendwo begrub.
Sie war noch mit dieser Überlegung beschäftigt, als draußen ein fürchterlicher Lärm losging. Pferdegetrappel erscholl, eine Männerstimme brüllte, und Knechte schrien durcheinander. Ann fuhr auf. »Was ist da los?«
Florence war ganz bleich und zitterte. »Die Marodeure!« stöhnte sie. »Um Gottes willen, sie sind wieder zurückgekommen!«
Ann stürzte ans Fenster. Aber der Lärm kam von der anderen Ecke des Hofes. Von ihren eigenen Leuten war keiner zu sehen. Florence fing an zu heulen. »Heilige Mutter Gottes«, begann sie zu beten, »bitt' für uns.«
Ann lief hinaus. Das Stiegenhaus war breit und die Treppe abgetreten. Sie hastete hinunter. Richard hatte doch nur Francis Lovell mit zum Kloster genommen und Ratcliffe. James Tyrell mußte auf dem Hof sein und alle seine Männer. Als Ann drunten aus der Haustür trat, stand sie vor Rivers. Da sie in diesem Augenblick an alles eher gedacht hätte, erschrak sie. Aber sie faßte sich gleich. Der Graf war vom Pferd gesprungen und

umringt von Männern, die auf ihn einredeten. Er erkannte Ann sofort.
»Oh, Lady Ann ...« rief er und verbeugte sich. »Verzeiht, Mylady, wenn wir gestört haben.«
»Was gibts?« fragte Ann und bemühte sich so hochmütig wie möglich zu wirken.
Graf Rivers entgegnete, daß seinen Leuten auf Dudey Farm ein guter Fang geglückt wäre. Auf Grund eines Hinweises von Gewährsmännern aus Oxford hätten sie eben Mister Burdett verhaften können. »Da der Kerl anscheinend Wind bekommen hat, wäre er uns beinahe durch die Lappen gegangen. Aber im Stall haben wir ihn entdeckt. Leider ging die Sache ein bißchen laut vonstatten.«
Ann runzelte die Stirn. »Seit wann seid Ihr Sheriff, Graf Rivers?« fragte sie. Sie hatte den Gefangenen entdeckt, der zwischen Rivers Männern stand. Es war ein älterer, aber kräftiger Mensch, dem man die Hände auf den Rücken gebunden hatte. Seine Kleidung war aus gutem Stoff, aber sie war verschmutzt und in Unordnung geraten. Anscheinend war dies der Mann, der schon Florence in der Kleiderkammer erschreckt hatte. Er sah jedoch nicht aus wie ein Verbrecher.
Rivers lachte kurz. Er wäre keineswegs Sheriff, entgegnete er, wohl aber habe er vom König die undankbare Aufgabe erhalten, Mittelengland von herumstreunenden Söldnerbanden zu säubern. »Eine Sache, Mylady, die mir nicht unbedingt Freude bereitet. Aber ich glaube sie in Kürze erfüllt zu haben. Dann hoffe ich meine Kräfte für etwas Besseres einsetzen zu können. Was Mister Burdett anlangt, so weiß ich, daß König Eduard auf seine Ergreifung großen Wert legt, seit John Stacey, ein Geistlicher aus Oxford, der der Hexerei überführt wurde, ihn zur Anzeige gebracht hat. Mylady müssen wissen, daß dieser Burdett die Königin töten wollte.«
Unter Rivers Worten wurde Ann ganz verwirrt. Wie er aussah! Genau wie sie ihn in ihren Träumen geträumt hatte: hochge-

wachsen, schlank, geschmeidig und ein Lachen in den kühnen Augen, daß ihr schier das Herz stehenblieb. »Die Königin?« stammelte sie. »Wie ist eine solche Schurkerei möglich?«
Rivers entgegnete mit einem versteckten Lächeln in den Mundwinkeln, daß Mister Burdett sich der Schwarzen Kunst ergeben habe. John Stacey hätte ausgesagt, Burdett versuche seit zwei Monaten, durch Zauberei den Tod von Königin Elisabeth herbeizuführen. »Er wollte, daß sie sich durch seine Hexerei verzehrt, wie sich eine Kerze beim Brennen verzehrt. Ihr versteht mich, Mylady. Seit zwei Monaten ist meine hohe Schwester krank. Ihr könnt Euch vorstellen, daß ich froh bin, Burdett erwischt zu haben.«
»Entsetzlich«, flüsterte Ann, aber sie konnte nicht verhindern, daß sie gleichzeitig dachte: Wenn er sie nur verzehrt hätte durch seine Kunst. Es gelang ihr jedoch, unschuldig dreinzuschauen. »Weshalb haßt er denn Elisabeth so?«
Rivers erwiderte, daß dies der Prozeß sicher enthüllen würde. Ihm selbst seien die Beweggründe Mister Burdetts völlig unklar. Er wisse lediglich, daß Burdett in Diensten des Herzogs von Clarence gestanden habe: »Ich glaube, er war sogar eine Art Vertrauensperson von ihm.«
Ann schickte einen Blick zu dem Gefangenen hinüber, aber er wurde eben weggeführt. In Georgs Diensten? Sie wußte nicht, was sie dazu sagen sollte.
Rivers lächelte undurchsichtig. »Womit ich nicht behaupten will«, erklärte er, »daß der Herzog von Clarence von den bösen Absichten des Mister Burdett gewußt hat.«
»Ganz sicher nicht!« rief Ann lebhaft, aber in ihrem Inneren glaubte sie es sehr wohl, denn Georg hatte ja allen Grund, der Königin Böses zu wünschen. Wenn er ihr nichts antat, tat sie möglicherweise ihm etwas. Ann hatte plötzlich das Gefühl, als könne der Graf ihre Gedanken lesen.
Aber Rivers lächelte verbindlich. »Es gibt zuviel Nebel in England, Lady Ann. Der zieht sich bisweilen auch in das Gehirn der

Menschen hinein. Ich bin wahrhaftig froh, in Kürze wieder fortzukommen.«

»Ihr wollt von neuem verreisen?« Ann konnte nicht verbergen, daß dies wenig erfreulich für sie war.

Er verzog den Mund. »Nur nach Burgund, Lady Ann. Herzog Karl der Kühne will gegen die Schweizer ziehen. Da möchte ich mir Ruhm erwerben. Gesindel aufzuhängen ist keine Tätigkeit für mich.« Er machte eine kleine Kopfbewegung zur Scheune hinüber, und Ann sah die beiden Gehängten, von denen Florence erzählt hatte. Sie wurde blaß.

»Die beiden da habe ich zwar nicht auf dem Gewissen«, lächelte Rivers leicht, »dafür aber ein paar andere. Sicherheit muß herrschen im Land. Sonst fragt sich das Volk, wozu es Steuern zahlt.«

Ann lächelte beklommen. »Die Schweizer sollen sehr tapfer sein«, sagte sie und schluckte ihre Erregung hinunter. »Ich hoffe, daß Herzog Karl von Burgund noch mehr kühne Ritter findet als nur Euch, Graf Rivers.«

Er warf den Kopf hoch und lachte. Allzuviel Konkurrenz wünsche er sich gar nicht, meinte er. »Wenn ich meine Dienste dem Herzog von Burgund anbiete, Lady Ann, so tue ich das natürlich nicht aus einem selbstlosen Grund, so wenig wie andere. Die Belohnung, die wir uns erwarten, ist die Hand der Maria von Burgund. Karl der Kühne kann seine Tochter aber nur an einen verheiraten – leider.«

»Ach so.« Ann schürzte die Lippen.

Rivers erklärte gelassen, daß er sich ja seit einiger Zeit auf Freiersfüßen befände. Er sei Witwer, wie Lady Ann sicher gehört habe. Maria, Erbin von Burgund, wäre eine außerordentlich gute Partie. »Dieser Ansicht ist jedenfalls König Eduard – und die Königin auch. Sonst hätten mir beide nicht Urlaub gegeben für die nächste Zeit.« Er lachte erneut.

»Ach so ...« wiederholte Ann und lächelte mühsam.

Rivers bemerkte, daß er Maria zwar erst einmal gesehen habe,

aber sie sei in der Tat sehr schön. Allerdings gefielen ihm für gewöhnlich englische Frauen besser. Er warf Ann einen raschen Blick zu, unter dem sie errötete. Prüfte er ihr Aussehen? Sie war doch nicht schön. Unruhig nestelte sie am Aufschlag ihres Gewandes.
Rivers bemerkte ironisch, daß die Ehe für den Mann ein notwendiges Übel sei – eine Meinung, mit der er jedoch die Gefühle von Lady Ann nicht verletzen wolle.
Sie erwiderte leichthin, daß auch für manche Frau Liebe und Heirat nicht unbedingt zusammengehörten – womit sie jedoch nicht sich selber meine.
»Natürlich nicht«, stimmte Rivers zu. »In ganz London spricht man von der glücklichen Ehe des Herzogs von Gloucester.«
Machte er sich über Richard lustig? Einen Moment sahen sie sich in die Augen, und Ann fühlte sich durchschaut. Dann beherrschte sie sich und fragte, ob er nicht ins Haus kommen wolle, einen kleinen Trunk zu sich nehmen. Er sei sicher schon den ganzen Tag unterwegs gewesen.
Rivers verbeugte sich leicht. Etwas zu rasch erwiderte er, daß er leider keine Zeit habe. Er danke jedoch sehr für die Liebenswürdigkeit. Wenn Lady Ann nach London käme, so möge sie ihn Lady Isabella empfehlen. »Ihr dürft mir glauben, Mylady«, sagte er dunkel, »es freut mich sehr, daß die Jahre jene schrecklichen Umstände, unter denen wir uns zum letztenmal begegneten, zum Besten gewendet haben – und daß ich Euch, Lady Ann, heute in guten Verhältnissen sehe.«
Sie wollte erwidern, daß sie hoffe, ihn in London öfter in ihrem Haus begrüßen zu dürfen, aber er hatte sich schon nach einer tiefen Verneigung umgedreht, seinen Leuten einen Befehl zugerufen und sich aufs Pferd geschwungen. Er drehte sich nicht um, als er davongaloppierte, und er war kaum aus dem Tor hinaus, als schon Richard mit seiner kleinen Kavalkade zurückkam. Ann stand noch immer unter der Tür, als die Männer von den Gäulen sprangen.

»Das war doch eben Rivers?« fragte Richard scharf. »Was wollte er?«
James Tyrell, der sofort angerannt kam, erstattete Bericht. Richard hörte ihn schweigend an.
Lovell pfiff durch die Zähne. »Da scheint sich was zusammenzubrauen gegen den guten Clarence.« Richard schwieg.
Ratcliffe meinte, daß das zu erwarten gewesen wäre. Clarence spinne zu viele Fäden. »Aber weshalb ist er denn so rasch davon, der kühne Rivers?«
Lovell spottete, daß Anthony Woodville wahrscheinlich befürchtet habe, der Herzog könne ihm seinen Fang zuständigkeitshalber wieder abnehmen, hahaha!
James Tyrell jedoch erklärte ruhig, daß die Herren aus der Familie Woodville noch nie großen Wert darauf gelegt hätten, mit dem Herzog von Gloucester zusammenzutreffen.
Aber auch hierauf erwiderte Richard nichts, und schweigend ging er neben Ann ins Haus. Auf der Treppe fing sie einen Blick von ihm auf, mit dem er sie von der Seite betrachtete. Und da begriff sie plötzlich, daß er sie töten würde, wenn sie ihn jemals betrog.

*

Es war kurz vor Ostern, als Ann in London einritt und Crosby-Haus bezog. Ihr erster Weg führte sie zur Schwester, bei deren Anblick sie erschrak. Ganz hager war Isabella geworden und so eingefallen, als sauge ihr ein Vampir das Mark aus den Knochen.
»Liebste, liebste Isabella, was ist mit dir?«
Isabella erwiderte, daß sie sich seit ein paar Wochen wieder in anderen Umständen fühle und Beschwerden habe. »Das ist alles, Liebling. Es wird vorübergehen.«
»Ist das wahr, Isabella? Oh, du Arme, schon wieder ein Kind. Kinder sind so lieb, aber es ist schrecklich, bis sie geboren sind. Es ging mir bei Pimpinell nicht besser als dir bei der schrecklichen Überfahrt nach Frankreich. Ich dachte auch, ich müßte sterben. Vielleicht bekomme ich nie mehr ein Kind.«

»Das wäre schade«, meinte Isabella. »Man gewöhnt sich mit der Zeit ans Kinderkriegen.«
»Du siehst nicht so aus, Liebste«, lächelte Ann. »Es sei denn, du wärest nur Georgs wegen so blaß.«
Isabella lächelte traurig. »Laß ihn in Frieden! Wenn er sich ärgert, säuft er noch mehr.«
Clarence war etwas verlegen, als er seine Schwägerin wiedersah. Er wußte nicht recht, wie er sich verhalten sollte. Aber Ann tat, als hätte sie sowohl die ganzen Streitigkeiten um ihre Mitgift und die Warwickschen Ländereien vergessen als auch den Umstand, daß nur der Verrat Georgs ihrem Vater und ihrem ersten Gatten den Tod gebracht hatte. Da freute er sich und wurde sehr zugänglich.
»Siehst du«, sagte Ann zu Isabella, »du bist nur nicht nett genug zu ihm.«
Isabella lächelte. »Ja, ja, er hat auch gute Tage«, gab sie zu. »Aber manchmal ist der Teufel in ihm. Geht es dir wenigstens gut? Ist es nicht schrecklich langweilig in Middleham, wenn man kein Kind mehr ist?«
Nun ja, London wäre es nicht, gestand Ann. Aber das Dorf hätte jetzt das Recht, zweimal im Jahr Markt zu halten. Die Stadt York sei auch nicht weit. Die Verwaltung des Herzogtums Lancaster führte Richard oft nach Schloß Pontefract ... »da begleite ich ihn immer«, sagte Ann. »Oder Richard hat auf unserem Gut Sheriff Hutton zu tun, da gefällt es Pimpinell besonders.« Sie redete und redete.
Isabella, blaß zwischen den Kissen der Bank, mit zwei unnatürlich roten Flecken auf den Wangen, hing mit den Augen an der Schwester. »Es tut so gut, daß du da bist.«
»Ja, ich bin auch froh, daß ich hier bin. Wenn ich nur gewußt hätte, daß du so elend bist, wäre ich doch früher gekommen.«
»Es ist erst seit kurzem so«, erwiderte Isabella traurig. »Ich glaube, ich lebe nicht mehr lang.«
»Isabella!« Ann warf sich vor der Schwester auf die Knie. »Isa-

bella, um Gottes willen, sag das nicht! Du bist erst vierundzwanzig Jahre alt.«
»Ich habe den Bluthusten«, gestand Isabella.
»Isabella!« Ann zitterte. »Isabella! Hat dir Georg etwas getan? Hat er dich geschlagen?«
Isabella schüttelte den Kopf. »Aber nein, Ann, über Georg beklage ich mich nicht. Er trinkt eben gern. Es ist die Königin, die mich verhext hat.«
»Bist du sicher?«
»Ja, wegen ihres Bruders Johnny. Aber Georg wird ihrer Rache zuvorkommen.«
Ann nickte beklommen. Sie mußte an den gefangenen Burdett denken, aber sie wagte es nicht, davon zu sprechen.
Doch im Sommer redete ganz London von Thomas Burdett, denn da wurde der Prozeß gegen ihn eröffnet, und auch Isabella erfuhr es. Wenn Ann die Schwester besuchte, saßen sie in der Halle auf der Bank und unterhielten sich darüber. Isabella war im Sommer schon ziemlich dick. Das Kind, das sie erwartete, würde im Herbst kommen. Sie konnte sich kaum bewegen, fühlte sich elend und matt, obwohl Ann ihr jede Woche ein anderes Mittel brachte, damit sich ihr Zustand bessere.
Ann war sehr betriebsam, seit sie in London war. Sie war ganz überrascht gewesen, wie rasch die Launen der Mode in der Stadt wechselten. Und alsbald beschäftigte sie ein halbes Dutzend Schneiderinnen, um die Kleider aus kostbaren Stoffen, die sie besaß, der Mode entsprechend umarbeiten zu lassen. Fast jeden Tag hatte Ann Gäste in Crosby-Haus, oder sie mußte ihrerseits Besuche machen. Alle Welt wollte die Herzogin von Gloucester sehen. Ann kam kaum dazu, an Rivers zu denken, der, wie sie hörte, inzwischen nach Burgund abgereist war. Richard verhöhnte ihn und meinte, er würde wohl wenig Glück bei Maria haben, auch wenn Elisabeth Woodville diese reiche Heirat für ihre Familie gut brauchen könnte. Für Maria sei eine Heirat mit einem Lord Rivers nicht standesgemäß.

Ann war nur einmal am Hofe gewesen und hatte dem König ihre Aufwartung gemacht. Eduard war sehr gnädig gewesen, hatte sie sofort aufgehoben, als sie vor ihm gekniet hatte, und einen Augenblick schien er sogar Lust verspürt zu haben, sie wie einst unter dem Kinn zu kitzeln. Er hatte verschmitzt gelächelt und sie war errötet. Wie dick er geworden war! Anstelle der Königin hatte der König seine Buhlin bei sich gehabt, Jane. Ann wußte schon vom Aufstieg ihrer einstigen Schulkameradin. Sie war die Geliebte des Königs! Ann konnte nicht begreifen, daß sie dem König gefiel. Ann versuchte mit Isabella darüber zu sprechen, aber die hörte kaum hin. Zu sehr beunruhigte sie der Prozeß gegen Thomas Burdett. Sie wußte genau, daß Georg den Mann dazu angestiftet hatte, das königliche Haus zu verhexen. Sie hatte es selbst gewollt. Aber das durfte sie Ann natürlich nicht sagen.

»Burdett ist ja schon lange nicht mehr in Georgs Dienst«, log sie mit ihrer matten, halb flüsternden Stimme. »Er hat sich mit Alchimie beschäftigt, weißt du, und das interessierte Georg eine Weile. Ich sage dir, Ann, dieser ganze Prozeß wird nur geführt, um Georg eins auszuwischen.«

Ann nickte. »Aber bis jetzt hat Burdett Georgs Namen ja überhaupt nicht genannt. Du fürchtest dich sicher umsonst.«

»Wenn man ihn der Folter unterwirft, wird er den Herzog von Clarence als Auftraggeber nennen!« rief Isabella plötzlich und schluchzte hemmungslos.

Ann redete mit Richard darüber, aber er wurde ärgerlich, wenn sie damit anfing. Er könne auch nichts dafür, wenn Georg dauernd Dummheiten mache. Eduard könne aber nicht wünschen, daß Burdett den Namen des königlichen Bruders laut hinausschreie. Wozu auch solle man die Folter anwenden. Durch Zeugenaussagen stehe Burdetts Schuld ja eindeutig fest. Er habe durch alle möglichen Manipulationen in seiner Hexenküche versucht, den Tod einer dem König nahestehenden Person herbeizuführen.

»Aber du hast doch einmal gesagt«, rief Ann, »daß vielleicht überhaupt kein Mensch hexen kann!«
»Gewiß«, nickte Richard, »das habe ich. Aber ob nun Burdett zaubern kann oder nicht, versucht hat er es jedenfalls, und darauf steht Strafe. Da kann ihm kein Mensch helfen. Oder soll ich mir die Finger an der Sache verbrennen? Für Georg?«
»Für Isabella«, sagte Ann zaghaft.
Aber Richard war der Ansicht, daß es nur gut für Isabella sein könne, wenn Georg durch den Prozeß zur Vernunft gebracht würde. »Dann hört er vielleicht auf, dauernd zu trinken und im Rausch Torheiten auszuhecken!«
Im Spätsommer ging der Prozeß gegen Burdett zu Ende. Er wurde zum Tod verurteilt und gehängt, ohne daß der Name des Herzogs von Clarence gefallen wäre, und Isabella atmete auf.
»Dem Himmel sei Dank! Hoffentlich läßt Georg sich das nur eine Warnung sein. Vielleicht redest du einmal mit ihm, Ann.«
Aber Ann hatte wenig Lust dazu. Nach der anfänglichen Freundlichkeit war Georg wieder mürrisch, so oft er Ann sah. Und Vernunft würde er ja doch nicht annehmen. Außerdem war er dauernd unterwegs.
»Er sucht Anhänger zu gewinnen«, erzählte Isabella. »Er will uns schützen. Und er behauptet, daß wir uns erst sicher fühlen können, wenn auch Eduard keine Macht mehr über uns hat.«
»Aber Georg kann sich doch nicht mit dem Gedanken tragen, Eduard von seinem Platz zu verdrängen!« rief Ann heftig.
»Er tut es aber, und Ludwig von Frankreich unterstützt ihn. Wir hoffen alle, daß Eduard bald stirbt. Er ist so dick geworden in letzter Zeit. Dann soll Georg König werden.«
»Aber Eduard hat doch zwei Söhne!«
»Georg behauptet, Eduards Kinder seien alle illegitim. Eduard sei schon mit Lady Eleanor Butler verheiratet gewesen, als er Elisabeth Woodville zu sich nahm. Bischof Stillington hätte es ihm gesagt. Aber wenn Georg das laut ausspricht, dann steckt Eduard ihn in den Tower. Bitte, erzähle es keinem Menschen, Ann!«

»Ich werde mich hüten«, entgegnete Ann. »Ich habe aber auch kein Verlangen danach, Georg auf dem Thron zu wissen. Seine erste Handlung würde sein, Richard alles Land in Yorkshire wieder wegzunehmen. Er ist wirklich ein Narr.«

Richard hatte eigentlich vorgehabt, im Herbst wieder nach Middleham zurückzukehren. Aber trotz ihrer Sehnsucht nach Pimpinell wollte Ann die Schwester nicht alleinlassen, bis sie ihre schwere Stunde hinter sich hatte. Pimpinell ging es ja Gott sei Dank gut, und die Mutter wollte auch, daß Ann in London blieb, bis es der Schwester wieder besser ging.

Im November gebar Isabella endlich einen Sohn. Die Geburt war leicht, aber dennoch erholte sich Isabella nicht.

Ann ging jeden Tag von Crosby Place herüber in Clarences' Haus und brachte etwas Gutes für Isabella mit. Aber diese verfiel wie das Licht der Dezembertage.

Georg rief der Reihe nach fünf Ärzte zu der Kranken. Zwei ließen Isabella zur Ader. Als der dritte dasselbe tun wollte, weigerte sie sich. Sie hätte ohnedies kein Blut mehr im Leibe. Sie hielt jetzt immer die linke Hand geschlossen unter der Bettdecke. Ann entdeckte, daß sie ein Fußknöchelchen darin barg. »Was ist das, Isabella? Eine Reliquie?«

»Ja, etwas Heiliges.«

»Woher hast du es?«

Aber Isabella antwortete nicht. Sie war jetzt so schwach, daß sie oft mitten in der Unterhaltung in Schlaf fiel.

Georg war verstört. Drei Tage blieb er zu Hause und trank keinen Tropfen. Er hockte auf dem Bettantritt und starrte auf sein junges Weib. Aber dann hielt er es nicht mehr aus und eilte davon.

Am zweiundzwanzigsten Dezember schneite es. Es war so dunkel, daß man den ganzen Tag den Kienspan brennen lassen mußte. Ann wischte den Schweiß von Isabellas Gesicht. Sie konnte doch noch nicht sterben müssen. Sie war doch noch nicht glücklich gewesen.

Isabella wachte auf. Sie lächelte. »Bist du schon glücklich gewesen, Ann?«
»Nein, aber irgendwann werde ich es noch werden. Ganz unerhört glücklich, eher sterbe ich nicht.«
Isabella lächelte. »Einmal«, flüsterte sie still, »bin ich glücklich gewesen.« Und sie barg auch die rechte Hand über dem Knöchelchen. Dann entfiel es ihr. Ein Hustenanfall krümmte ihren Körper, und ein Blutschwall quoll aus ihrem Mund.

*

Den Schmerz über Isabellas Tod überwand Ann rascher, als sie gefürchtet hatte. Was hätte die Schwester an Georgs Seite noch erwarten können? Nichts als Aufregungen, Kummer und Geburten. Endlos Geburten. Da hatte sie es jetzt viel besser.
Ann wollte Isabellas Kinder nach Middleham nehmen, aber Georg gab die beiden Ältesten seiner Mutter Cicely in Obhut, und das Baby wollte er behalten. Ankarette sorgte so hingebungsvoll dafür, und die Amme, die das Kind nährte, wollte nicht von London weg. Es war natürlich klar, daß Georg bald wieder heiraten würde. Er war kein Mann, der das Alleinsein lange aushielt.
Ann hätte nun nach Yorkshire zurückkehren können und nach dem Begräbnis und den Beileidsbesuchen begann sie zu packen. Sie hatte Sehnsucht nach Pimpinell. Aber im Januar war es bitterkalt. Schnee und Eis lagen auf den Straßen, so daß Richard meinte, nun käme es auf vierzehn Tage hin oder her auch nicht mehr an.
Mitte Januar ließ die Kälte nach, aber nun hielt der König Richard zurück. Denn eine furchtbare Nachricht war nach London gekommen und hatte alle erschreckt: Herzog Karl der Kühne von Burgund, der Verbündete König Eduards, der sich nach seinen schweren Niederlagen gegen die Eidgenossenschaft gegen Lothringen gewandt hatte, war vor Nancy gefallen. Ausgeplündert und nackt hatte man seine Leiche im Schnee gefunden, nachdem man zuerst geglaubt hatte, es wäre ihm die Flucht

geglückt. Als Graf Rivers im Februar wieder in London auftauchte, mußte er allen Leuten von diesem Unglück erzählen. Aber er war nicht an der Seite des Herzogs gewesen und konnte nichts anderes berichten, als daß der Tote am Waldrand gelegen habe, schon ein paar Tage, ehe ihn seine Leute fanden, und daß von den Bauern, die vorüberkamen, keiner ihn erkannte. »Für sie war er ohne das prächtige Gewand und ohne Gefolge ein Toter unter anderen Toten.«

König Eduard ließ Richard nicht fort. Es war klar, daß Ludwig von Frankreich sich den Tod des Herzogs von Burgund zunutze machen würde. Ludwig erklärte auch sofort, daß das Herzogtum Burgund als erledigtes Lehen an die französische Krone zurückgefallen sei, denn Karl hatte keine Söhne, und Maria galt ihm nicht als legitime Erbin.

Eduard berief den Staatsrat ein. Wenn man Burgund mit Truppen unterstützte und etwas gegen Ludwig unternahm, würde man den Tribut verlieren, den Ludwig an England zu zahlen verpflichtet war. Andererseits konnte man nicht tatenlos zusehen, daß Ludwig sich Burgund einverleibte. Es war nicht einfach, dahinter zu kommen, was man tun sollte.

Wenn Richard von den Ratssitzungen heimkam, erzählte er Ann davon. Nein, es war jetzt nicht die Zeit, nach Middleham zurückzukehren. Maria von Burgund mußte schnellstens einen Mann heiraten, der ihr Hilfe bringen konnte. »Rivers ist schon abgeblitzt«, lachte Richard. »Aber stell dir vor, auch Georg möchte um ihre Hand anhalten. Er soll der Herzogin, unserer Schwester, deswegen schon Briefe geschrieben haben.«

Ann war eifersüchtig auf Maria von Burgund, ohne sie je gesehen zu haben, weil Rivers sie schön genannt hatte. »Die reichste Frau Europas ist Georg wohl gerade reich genug«, höhnte sie. »Der versoffene Narr! Und mit ihrem Geld will er dann gegen Eduard losschlagen und König von England werden!«

»Natürlich«, lachte Richard, »aber Maria ist ja, Gott sei Dank, nicht dumm. Sie braucht einen Mann, der Burgund halten kann gegen den habgierigen Ludwig und nicht einen, für den sie einen Thron erkämpfen soll. Elisabeth will übrigens an Ostern ein Fest geben, draußen in Greenwich, in ihrem Sommerschloß. Sie hat halb England eingeladen, denn Ludwig von Frankreich soll nicht meinen, wir hielten hier vor Entsetzen den Atem an, nur weil er rüstet. Ich denke, wir werden hingehen.«

Ann tat es mit gemischten Gefühlen. Aber Pimpinell ging es ja gut, und ein großes Fest hatte sie lange nicht mehr erlebt. Sicher würde Rivers dabei nicht fehlen. Ann überlegte lange, was sie anziehen sollte. Wenn sie kostbarer gekleidet war als die Königin, würde es Aufsehen erregen.

Elisabeth gab sich jedoch sehr freundlich, bedauerte, daß man die Herzogin so selten am Hofe sähe, und erkundigte sich, ob Isabella einen leichten Tod gehabt habe.

Du Hexe, dachte Ann. Vielleicht hast du sie wirklich auf dem Gewissen.

An der Tafel saß Georg neben Ann, aber er aß nichts und zog, als man ihn nötigen wollte, bedeutungsvoll die Brauen hoch. »Lieber nicht«, brummte er grimmig. »Ich möchte noch länger leben als mein armes Weib. Und gewisse Kreise haben anscheinend gewisse Dinge noch nicht vergessen und möchten das Haus Clarence ausrotten. Ich bin gewarnt worden.«

Man lachte und hielt ihn für betrunken.

Cicely saß ziemlich weit unten an der Tafel und keineswegs an dem Platz, der ihr gebührt hätte, aber die Tischordnung stammte von Elisabeth Woodville. Es richtete auch niemand ein Wort an die Herzogin von York, und wenn sie ihrerseits versuchte, jemand anzusprechen, so überhörte man sie. Wie eine Aussätzige wurde sie behandelt am Hof des Königs, der ihr ältester Sohn war, und er wußte es genau.

Am Nachmittag fuhr man in kleinen geschmückten Booten auf dem Fluß, denn der Märztag war warm wie im Sommer. Alles schwatzte, lachte und scherzte. Man wollte von Rivers wissen, warum er es nicht fertiggebracht hätte, die reiche Maria zu

heiraten, und er erwiderte, daß er leider den Herzog von Clarence zum Konkurrenten gehabt hätte.
Georg knurrte daraufhin unwillig und erklärte den Insassen seines Bootes bissig: »Die gute Maria weiß, daß sie ihr Land gegen Ludwig nur verteidigen kann, wenn sie einen Helden zum Mann kriegt. Mit einem Feigling ist ihr nicht gedient.« Und er erzählte hinter der vorgehaltenen Hand, daß Rivers den Herzog von Burgund schmählich im Stich gelassen hätte, als dieser bei Murten von den Schweizern so fürchterlich geschlagen wurde. »In der Nacht vor der Schlacht ist er aus dem Lager auf und davon!«
Hastings fragte spöttisch, warum Maria dann nicht Clarence zu ihrem Helden erwählt hätte, worauf Georg erwiderte, das würde sie sicher getan haben, wenn Rivers ihn nicht dauernd bei ihr schlecht gemacht hätte.
»Und wen heiratet sie denn nun?« wollte eine der Hofdamen wissen, worauf man auf allen Booten lachte, weil sie noch nicht gehört hatte, daß Maria von Burgund sich vor kurzem entschieden und ihre Hand dem strahlendsten aller jungen Ritter zugesagt hätte: dem Habsburger Maximilian, Sohn des Römischen Kaisers.
»Der kann jetzt zusehen, wie er mit Ludwig von Frankreich ins Reine kommt«, lachte Rivers, »vorausgesetzt, daß England seinem alten Verbündeten nicht hilft.«
Alles sah jetzt zu Eduard hinüber, der unter einem Baldachin im größten Boot saß und die eine Hand ins Wasser hängen ließ. An seiner Seite thronte die Königin, aber hinter ihm kauerte Jane Shore und kicherte. Es war nicht sicher, ob er gehört hatte, was man auf den anderen Schiffen sprach. Ann neigte sich zu Richard und meinte, Eduard denke wohl noch angestrengt über das Problem nach.
Richard zog die Brauen hoch und streifte einige Wassertropfen von Anns Rock, die die patschenden Ruder der Knechte hochgeschleudert hatten. »Ich fürchte«, sagte er, »daß Eduard seine

fünfzigtausend Goldkronen nicht aufs Spiel setzen wird, die er jährlich von Ludwig bekommt, denn das macht ihn unabhängig vom Parlament, das selbst der König anbetteln muß, wenn er Mittel bewilligt haben will. Und dann ist Burgund verloren.«
»Aber Maximilian ist doch ein großer Feldherr«, meinte Ann, worauf Rivers herüberrief, daß ein Heerführer ohne Soldaten nicht gefährlicher wäre als ein Karnickel.
Der lachende Zuruf über das Wasser hinweg brachte Ann in Verwirrung. Seit sie in Greenwich angekommen und aus ihrer unerhört prächtigen Sänfte gestiegen war, angetan mit einem Schleppkleid, das so kostbar war, daß es selbst der Königin die Sprache verschlug, hatte Rivers noch keine Notiz von Ann genommen. Jetzt lachte er, daß man alle seine Zähne sah. Ann wagte kaum ihn anzusehen.
Nach der Bootsfahrt erging man sich im Park, und am Abend sollte es ein Feuerwerk geben. Nie hatte Ann etwas Derartiges gesehen, und auch die meisten anderen Gäste kannten diese neumodische Lustbarkeit noch nicht, weshalb alle sehr erwartungsvoll waren. Richard, der sich für Neuheiten immer interessierte, begab sich zu den Feuerwerkern, um die Sache vor dem Abbrennen in Augenschein zu nehmen. Ann unterhielt sich unterdessen mit der Herzogin von Suffolk, zog sich aber bald zurück. Von Rivers war nichts zu sehen. Er mußte weiter in den Park hineingegangen sein, unter die großen alten Bäume. Es war noch hell, aber die Sonne hatte ihre Kraft verloren, und man merkte, daß man sich noch zeitig im Frühjahr befand. Ann hatte ihren teuren Pelz über das ausgeschnittene Kleid geworfen. Den langen Schleier, der von ihrem spitzen Hennin fiel, schlang sie sich um den Hals.
Sie schlenderte an den Gruppen vorbei und verbarg sich halb hinter den Bäumen. Die Büsche hatten schon Knospen angesetzt und hie und da spitzten die Blätter heraus. Es gelang Ann, ungesehen in den Birkenwald einzutauchen, in dem kein Mensch mehr war. Sie ging sehr rasch. Am Ende des Parks war eine

Bank. Neben einem Teich, in dem es im Sommer Seerosen gab, das wußte sie. Zwischen den Birken hindurch sah man schon die Wasserfläche schimmern, schwarzgrün und verwunschen. Auf der Bank saß Rivers. Er war allein. Weit und breit kein Mensch. Wartete er auf jemand? Oder waren ihm die Gäste und ihre Unterhaltung zuviel geworden? Er hatte seine Hände zwischen den Knien und starrte aufs Wasser. Plötzlich hob er den Kopf. Er mußte das Rascheln des trockenen Laubes gehört haben, das noch vom Vorjahr auf dem Boden lag, und durch das Anns Schleppe wie ein Besen streifte. Er sah sie. Über eine kurze Entfernung begegneten ihre Augen den seinen. Anns Ausdruck war eindeutig. Sie war verliebt in ihn, maßlos, seit Jahren – und erfüllt von dem Begehren, von ihm umarmt zu werden. Sie wirkte wie aufgelöst. Der kostbare Pelz war von ihren Schultern gerutscht, so rasch war sie gegangen, und ihr Mund lächelte halb verzerrt, halb entrückt.

Da wandte Rivers den Kopf ab. Er erhob sich, und langsam ging er in Richtung auf die Mauer davon. Nach wenigen Schritten schob sich Buschwerk zwischen ihn und den Teich, und er war nicht mehr zu sehen.

Ann blieb stehen, als hätte sie einen Schlag bekommen. Ihr Herz hämmerte bis zum Hals. Sie hatte das Gefühl zu fallen. Er hatte sie kommen sehen und war fortgegangen! Es war ihr, als hätte er ihr ins Gesicht geschlagen. Sie war den Tränen nahe. Nie in ihrem Leben hatte sie ein solches Gefühl der Erniedrigung empfunden. Es war tausendmal schlimmer als in Calais.

Es kostete Ann Mühe, sich wieder in Bewegung zu setzen und bis zur Bank zu gelangen. Sie ließ sich auf den Sitz fallen. Das Schluchzen würgte sie in der Kehle. Zorn stieg in ihr auf. Nicht einmal aus Höflichkeit war er geblieben, nicht einmal ein paar belanglose Worte hatte er an sie gerichtet, etwa über das Buch, das soeben von ihm gedruckt wurde und von dem er allen Leuten erzählte. Denn es war noch nie in England ein Buch gedruckt worden. Er war aufgestanden und fortgegangen, obwohl er sie

auf sich hatte zukommen sehen! Wie mußte er sie verachten, daß er sich dies erlaubte!
Anns Hände zitterten. Sie hielt sie verkrampft im Schoß. Sie spürte, daß ihre Wimpern naß wurden und die Augen in Tränen schwammen. Es waren Tränen der Scham. Zusammengekauert saß sie da und starrte auf das Wasser. Dunkelgrün und verwunschen lag der Teich, aber sie sah ihn nicht. Sie rang nach Fassung. Wie ein Kind klammerte sie sich an das Verlangen, sich zu rächen. Demütigen wollte sie Rivers, wie er sie gedemütigt hatte. Aber es fiel ihr nicht ein, wie. Wenn sie nur Königin gewesen wäre, ja, Königin von England! War sie nicht einst nahe daran gewesen? Dann hätte er vor ihr knien müssen, den Nacken beugen, Dankbarkeit bezeigen für die geringste Huld. Warum nur war sie nicht Königin? Warum hatte das Schicksal genommen, was ihr doch zustand? Herzogin von Gloucester war sie. »Ich pfeif' drauf«, dachte sie wild. Die Frau eines häßlichen Mannes war sie, der nichts anderes konnte, als in Ergebenheit die Wünsche seines Bruders zu erfüllen. Das Haus Woodville lachte über den buckligen Gloucester. Wie sollte es da Respekt vor seiner Gemahlin haben?
Langsam versiegten die Tränen. Da raschelte das Laub. Ann sah erschrocken auf. über den Weg zwischen den Birken trippelte Jane Shore. Sie lachte schon von weitem.
»Ich habe mir doch gedacht, daß ich nicht allein sein werde auf der Bank am See! Oh, Ann, wie schön, dich hier zu treffen! Wer hat dir gesagt, daß man das Feuerwerk von hier am besten sieht? Es soll sich mit allen seinen Lichtern im Teich verdoppeln! Oh, verzeih, ich muß dich ja als Herzogin anreden.« Jane fuhr sich an den Mund.
Ann schüttelte hastig den Kopf. »Nein, nein«, stammelte sie verstört. »Nein, nein ...«
Jane nahm unbekümmert neben ihr Platz. »Das ist nett von dir, daß du nicht stolz bist. Einst haben wir im selben Bett geschlafen. Oh, Ann, seit du in London bist, hatte ich das Verlangen,

dich zu treffen und mit dir zu reden. Ich weiß nicht, was du über mich denkst. Dein Mann kann mich nicht leiden, das weiß ich. Er ist so tugendhaft, und in seinen Augen bin ich eine Hure. Aber Ann, du darfst nicht so von mir denken. Es wäre furchtbar, denn ich bin ja so glücklich.«

Ann hatte den Pelz um sich gerafft, als hätte sie Angst, mit Jane in Berührung zu kommen. Aber Jane merkte es nicht.

»Ann, ich liebe ihn. Du weißt, von wem ich spreche. Es ist nicht wahr, wie Elisabeth behauptet, daß ich nur seine Geschenke will. Eduard ist klug, ich bewundere ihn so. Die Böswilligen sehen immer nur seine Feste und die teuren Bauten, die er ausführen läßt, aber er arbeitet oft des nachts. Und was seinen Luxus angeht – ich sage dir, Ann, den treibt nur die Königin. Je häßlicher sie wird, desto mehr Glanz braucht sie um sich. Nächstens läßt sie sich ihre Gemächer mit Gold tapezieren, und dann müssen die Hofdamen sie anbeten.«

Ann wußte nicht, was sie sagen sollte.

Aber Jane redete schon weiter. Sie plapperte immer noch wie in der Jugendzeit. Ann sollte nur froh sein, daß sie nicht dauernd am Hof leben müßte. »Du glaubst nicht, wie man auf der Hut sein muß! Was das für ein ständiges Getuschel ist in den Gängen. Jeder macht jeden beim König schlecht. Und wenn Eduard auch nur die Hälfte von dem glaubt, was man ihm hinterbringt, es ist unmöglich, in seiner Gunst zu bleiben. Selbst deinem Gemahl Richard begegnet Eduard jetzt mit Mißtrauen, seitdem man ihm dauernd vorhält, es wäre vor zwei Jahren besser gewesen, Ludwig in Frankreich den Garaus zu machen, statt sich Pensionen zahlen zu lassen. Richard hätte damals schon recht gehabt mit seiner Ansicht.«

Ann hatte sich gefaßt. »Wer sagt das?« fragte sie erregt.

Jane machte eine Handbewegung über Büsche und Teich. »Ach, alle möglichen«, erklärte sie. »In erster Linie natürlich die Brüder der Königin. Anthony, zum Beispiel, Edward und Lionel, der Bischof. Außerdem die Männer ihrer fünf Schwestern, und ihre beiden Söhne aus der Ehe mit Ferrers, der Marquis von Dorset und Lord Grey.«

»Die haben es nötig, Richard schlecht zu machen!« fuhr Ann auf.

»Oh, sie machen ihn nicht schlecht, versteh' mich recht. Im Gegenteil, sie sagen dauernd, Richard hätte recht gehabt, als er Ludwig zerquetschen wollte wie eine Laus. Aber gerade das, daß er vielleicht recht gehabt hat, ärgert natürlich den König. Aber sei um Himmels willen unbesorgt deswegen, Ann. Der König braucht Richard. Er ist der einzig wirklich Zuverlässige, den er um sich hat, und das weiß Eduard. Er ist sich auch im klaren darüber, daß hinter allen Intrigen der Woodvilles Elisabeth steht.«

»Hast du nie Furcht vor ihren Künsten?« fragte Ann beklommen.

»Manchmal schon. Du kannst dir nicht vorstellen, wie sie mich anschaut. Es sprühen förmlich die Funken aus ihren Augen. Nachts betet sie stundenlang, daß Gott mich strafen möge wegen meiner Hurerei. Man hat es mir erzählt. Aber ich bitte dich, wie soll Eduard sie noch lieben? Sie ist häßlich wie die Nacht, und ihr Busen schlaff wie ein Sack.«

Ann nickte. Das Geplapper tat ihr gut.

»Kürzlich hat sie es beinahe fertiggebracht, Hastings den Boden unter den Füßen wegzuziehen. Sie haßt ihn, du weißt. Dabei ist der Lord ein so feiner Kerl. Seit zwanzig Jahren ist er Eduards Freund, aber Elisabeth hat behauptet, er mache sich über den König lustig. Eduard wollte Hastings nie mehr sehen. Es hat mich einiges gekostet, die Sache wieder ins Lot zu bringen.«

Ann bemerkte gepreßt, daß sie es schon erfahren hätte.

Jane räkelte sich auf der Bank. »Auf mich hört Eduard, weißt du. Ich glaube, er mag mich. Auch Hastings bat mich um Vermittlung.«

Ann nickte und zog den Pelz um sich. »Er soll dir ein Kleinod dafür geschenkt haben«, bemerkte sie.

»Ein Kleinod, Ann? Gewiß. Aber ich nahm es nicht an. Ich mache keine Geschäfte mit der Not der anderen. Helfen ist schön. Ich würde auch dir gern helfen, Ann...«
»Mir?« fragte Ann erschrocken. »Wieso mir?«
»Du hast doch Kummer, Ann. Wenn dir jemand weh getan hat – ich kann ihn beim König anschwärzen, wenn du willst.«
Ann lachte verzerrt. »Kannst du seine Gefühle so gängeln, daß er liebt, wen du willst, und haßt, wen du ihm vorschlägst?«
»Aber gewiß«, nickte Jane. »Er hört auf mich. Ich sagte es schon. Er mag mich – und die Nächte sind lang. Wir reden viel miteinander.«
Ann lachte. Leise zuerst, dann mußte sie husten. Plötzlich platzte sie los. »Dann bist du die ungekrönte Königin, Jane – und hast Elisabeth ausgestochen!«
Jane lachte mit. »Das kann man wohl sagen. Ach, beinahe wärst du Königin geworden auf Englands Thron, liebe Ann. Ich erinnere mich an die Zeit in der Klosterschule und daß du dieses Ziel immer erreichen wolltest. Aber die Wege Gottes sind unerforschlich. Wirklich, Ann, solltest du mich brauchen... ich helfe dir.«
»Danke«, erwiderte Ann hochmütig. »Ich habe keine Hilfe nötig.«

*

Am zweiten Tag nach der Rückkehr von dem Fest in Greenwich war Ann immer noch elend. Sie hatte Kopfschmerzen und fühlte sich wie zerschlagen. Richard meinte, das käme von dem kalten Abend. Man wäre zu lange im Freien gewesen wegen des Feuerwerks, und ihr Kleid sei so ausgeschnitten gewesen.
Ann lag im Alkoven und drehte sich zur Wand. »Geh'«, sagte sie übellaunig, »und laß mich in Frieden.«
Richard wollte an den Hafen hinunter. John Howard, der des Festes wegen nach London gekommen war, hatte von Hanse-Leuten eine Karacke erstanden mit einer sehr wirksamen Bestük-

kung, die Richard unbedingt ansehen mußte. Er bekleidete ja seit langem schon das Amt eines Admirals von England und hatte in White-Hall den tüchtigen William Godyer als Kommissar.
»Wenn ich mit Howard bis Ramsgate segle, komme ich vielleicht erst morgen wieder zurück«, erklärte er zögernd.
»So geh' doch schon«, stöhnte Ann. »Ich will nur allein sein.«
Ihre Unpäßlichkeit beunruhigte Richard. Er meinte, wenn sie sich sehr schlecht fühle, dann wolle er lieber da bleiben und Howard Nachricht schicken. Er hätte auch gern den Arzt gerufen.
»Bleib mir bloß mit dem Arzt vom Leibe!« stieß Ann hervor. »Ich brauche Ruhe, sonst nichts. Ruhe, Ruhe, hörst du nicht? So geh' doch schon. Geh' und bleibe meinetwegen acht Tage in Ramsgate!«
Ihr Ausbruch machte Richard betreten. Einen Augenblick stand er wie töricht da. Aber Ann kehrte ihm den Rücken zu. Da ging er schließlich. Frauen hatten Zeiten, in denen man sie nicht verstand.
Als Richard fort war und Ann ihre Laune nicht mehr an ihm auslassen konnte, wurde ihr langweilig in dem dunklen Alkoven, und sie stand auf. Das Wetter war schlecht geworden seit Greenwich, und es regnete. Richard würde naß werden im Hafen.
Ann setzte sich an den Tisch. Sie wollte an Pimpinell schreiben. Einen Brief, der mit einem Eilkurier nach Middleham gehen sollte, und in dem nichts anderes stand als: »Ich komme!« Aber sie stützte nur die Stirn in die Hände. Rivers ging ihr nicht aus dem Kopf, und dazu Jane Shore. Dieses dumme Frauenzimmer... die ungekrönte Königin!
Florence riß Ann aus ihren Gedanken. Ein Bote wäre da aus dem Haus des Herzogs von Clarence. Er wünsche Madam zu sprechen. Der kleine Sohn Herzogin Isabellas, Gott habe sie selig, wäre gestorben. Ganz plötzlich. Vor einer halben Stunde. Und der Herzog von Clarence bäte seine Schwägerin dringend, auf schnellstem Weg zu ihm zu kommen.

Ann fuhr aus ihren Gedanken. Um Gottes willen, wie konnte das sein?
Die ganze Woche hätte der Säugling schon Bauchschmerzen gehabt und sich in Krämpfen gewunden, erzählte der Mann, der einen kurzen Umhang um seine Schultern trug.
Ann schlüpfte in ihren Mantel und ließ den Wagen vorfahren. Bis die Pferde angespannt waren, überlegte sie, wie sie Georg trösten könnte. Sicher hatte Isabella Sehnsucht nach ihrem kleinen Kind gehabt und es zu sich nehmen dürfen durch Gottes Güte.
Aber als Ann das Haus des Schwagers betrat, sah sie, daß dieser keines Trostes bedurfte. Er tobte vor Wut. »Komm rein!« rief er seine Schwägerin an und zerrte sie fast über die Schwelle. »Rascher konntest du wohl nicht kommen? Zuerst haben sie Isabella gemordet und jetzt haben sie das Kind vergiftet. Du weißt, wen ich meine. Aber das lasse ich mir nicht gefallen. Komm mit.«
Ann wollte die kleine Leiche sehen, doch Georg zerrte sie gleich in sein Zimmer. »Was ist das?« fragte er, noch ehe sie saß oder den Mantel abgelegt hatte. »Kennst du das?« Er hielt Ann ein rotes Frauengewand hin, das mit einem Haufen anderer Kleidungsstücke auf dem Tisch lag.«
»Das ist Ankarettes Sonntagsrock, soviel ich weiß. Was soll das?« fragte Ann erstaunt.
»Woher hat sie den?«
»Den wird ihr Isabella geschenkt haben.«
»Aha. Und was ist das?«
»Ein Gürtel von Ankarette.«
»Mit einer silbernen Schließe. Woher hat sie den?«
»Ich glaube, den hat sie von unserer Mutter bekommen ... noch in Middleham.«
»Und das?«
»Eine Mantelspange. Die hat einmal mir gehört. Ich gab sie Ankarette zum Abschied in Frankreich, als sie mit euch zog.«
»Und was ist das?«

»Aber Georg, das weiß ich doch nicht. Das ist Geld.«
»Woher hat Ankarette das Geld?«
Ann hob die Schultern. »Ankarette hat doch Geschenke bekommen: von dir und Isabella und von Besuchern, die kamen. Sie hat sicher gespart. Sie will doch einmal heiraten.«
»Ich habe meine Dienerschaft angehalten, keine Geschenke anzunehmen außer von ihrer Herrschaft«, tobte Georg. »Ich kann keine Diener brauchen, die sich Geschenke geben lassen von Fremden, um dann dafür Geheimnisse auszuplaudern. Und was ist das?«
»Mein Gott, Georg, du hast ja Ankarettes ganze Truhe ausgeschüttet. Das ist eine Halskette. Die hatte Ankarette schon, als ich noch ein Kind war. Ich habe immer damit gespielt, wenn sie mich auf dem Arm herumtrug.«
»Und das? Das ist eine Brosche. Kennst du die auch?«
Ann hatte deutlich das Aussetzen ihres Herzschlags gespürt. Aber sie holte gleich wieder Atem. Wie konnte sie nur zusammenfahren beim Anblick dieser blauen, goldgefaßten Steine, die aussahen wie ein Vergißmeinnicht und die sie einst in einer Jugendtorheit dem Grafen Rivers geschenkt hatte für einen Sieg im Turnier. Vergaß man denn gar nichts im Leben? »Ach Georg«, stöhnte sie, »du machst mich ganz krank. Wenn dein Söhnchen tot ist, so war es Gottes Wille... wie es Gottes Wille war, daß Isabella...«
»Das war nicht Gottes Wille«, fuhr Georg auf. »Das war die Arbeit des Teufels. Isabella war vierundzwanzig Jahre alt und im letzten Frühjahr noch kerngesund. Aber plötzlich wurde sie immer weniger, als zehre jemand ihre Lebenskraft auf. Du weißt, man braucht nur ein Talglicht aufzustellen und einen Namen hineinzukratzen, und wenn man den gewissen Spruch weiß und den Teufel hinter sich hat, dann verbrennt das Leben, das man meint, wie Wachs.«
»Aber dein Kleiner ist doch nicht aufgezehrt worden wie Wachs!«

»Nein, der ist vergiftet worden«, erklärte Georg. »Daran gibt es keinen Zweifel. Und ich weiß auch von wem. Vergangene Woche war John Thuresby da, euer einstiger Knecht, der bei Ankarette immer in der Kammer lag und auch hier noch immer bei ihr liegen wollte, bis ich ihn gefeuert habe, den faulen Hund.«

»Oh, Georg!«

»Erinnerst du dich nicht an John Thuresby?«

»Oh doch, natürlich!« Ann sah sich in Exeter über eine glitschige Planke auf das rettende Schiff hasten, die stöhnende Isabella am Arm. Ankarette hatte vier Bündel geschleppt und der faule John Thuresby fast nichts. Sie hatte den Kerl nie leiden können. Und wenn er nun ein Mörder war, so wunderte es sie nicht.

»Und die Brosche hier kennst du auch«, sagte Georg. »Ich sehe es dir an. Du bist erschrocken. Warum?«

»Oh, Georg, das ist ja alles furchtbar.«

»Antworte mir und lenke nicht ab. Du kennst die Brosche hier. Woher hat Ankarette das Ding?«

»Woher sie es hat, weiß ich nicht, Georg. Aber daß sie einmal vor langer Zeit in den Händen von Graf Rivers war... Oh, Georg, mir schwindelt.« Ann ließ sich auf die Bank fallen.

Georg leckte sich über die Lippen. »Aha«, sagte er. »Das ist es. Mehr will ich nicht wissen. Oh, Ann, da haben sie den dummen Thomas Burdett gehängt, weil er in meinem Auftrag die Königin verhexen sollte, und in Wirklichkeit morden sie selbst heimlich und still.«

»Georg... das ist doch nicht möglich!«

»Und ob das möglich ist! Du wirst es gleich sehen. Den Beweis werden wir bekommen!« schrie er und stürzte davon.

Ann lag halb über der Bank. Sie zitterte, ohne es zu wissen. Vor dem Fenster hörte sie den Regen prasseln. Irgendwo lief eine Traufe und in der Gosse gurgelte es.

Dann näherte sich Gekreisch, und Georg kam herein. Er zerrte Ankarette an den Haaren. In der Hand hatte er eine Peitsche, mit der er Ankarette ins Gesicht schlug, daß die Striemen über ihre

dicken Backen liefen. »Rede!« schrie er. »Rede! Nur ein Geständnis rettet dir das Leben!«
Ankarette kreischte und wand sich. Wie ein Wurm, dachte Ann voll Entsetzen. Ein Bild aus längst vergangenen Tagen tauchte in ihr empor. Sie sah Ankarette wieder auf einen großen Regenwurm treten im schmalen Burggarten von Schloß Middleham. »Du tust ihm doch weh«, hatte Ann geschrien, aber Ankarette hatte nur blöde gelacht. Ankarette war schon als ganz junges Ding nach Middleham gekommen und selbst erst fünfzehn Jahre alt gewesen, als sie die Kinder der Lady Warwick erzog. Ann dachte: Sie hat mir immer weh getan, wenn sie mich gekämmt hat. Warum hing ich bloß an ihr, wenn sie so böse ist.
»Rede!« brüllte Georg und schlug auf das Weib ein, das sich am Boden wand. »Rede, rede, du Hure. Wofür hat er dir das Schmuckstück gegeben, der Hund?«
»Damit ich ihn einlasse, wenn einmal der Herr nicht da ist«, schrie Ankarette gellend.
»Wenn der Herr nicht da ist! Sehr gut! Sehr gut! Hast du gehört, Ann?« Georg trat Ankarette mit den Füßen. »Habe ich dir, du Hure, nicht eingeschärft, daß du keinen Menschen ins Haus lassen darfst, wenn ich nicht da bin, es sei denn, ich wüßte, wer da kommt? Habe ich dir das eingeschärft oder nicht? Mach dein Maul auf!«
»Oh, Euer Gnaden, habt Erbarmen. Er hat doch nur ein Knöchelchen mitgebracht. Ein Fußknöchelchen von einem Heiligen. Aus Rom. Weil er der hohen Frau Herzogin nicht gestattet hat, in Calais an Land zu gehen ... damals ... Ihr wißt es doch noch!«
Ein Knöchelchen! Von einem Heiligen! Georg stöhnte und ließ sich auf die Bank fallen. Er war erschöpft. »Ein Knöchelchen. Hast du gehört, Ann? Ein Knöchelchen! Ich habe es gesehen. Unter der Bettdecke hielt sie es versteckt. Und in Wirklichkeit war das ein Zauber! Ein Zauber, der das Leben verzehrt!«
Ann zitterte. Die Traufe gurgelte, und der Regen prasselte gegen die Fensterscheiben.

Ankarette versuchte auf die Füße zu kommen. »Herr, ich bin unschuldig«, stöhnte sie. »Bei meiner Seligkeit, ich bin unschuldig!« Aber sie konnte nicht zu Ende reden.

Georg hatte wieder Kraft gesammelt. Er rannte zur Tür und schrie nach zwei Knechten. »Bindet sie!« schrie er, als sie hereingestürzt kamen. »Bindet die Mörderin! Und zwei Wagen will ich auf der Straße sehen, noch ehe ich meinen Mantel anhabe. Und achtzig Reisige. Holt die Gäule aus dem Stall! Und den Hauptmann von der Pritsche!« Er wandte sich zu Ann. »Und du kommst mit, Schwägerin. Hier geht es um die Gerechtigkeit und den Tod deiner armen Schwester Isabella. Und um unsere Sicherheit. Auch du bist eine Tochter Warwicks.«

»Wohin willst du fahren? Oh, Georg, wie ist das entsetzlich.«

»In meine Grafschaft fahre ich«, erwiderte Georg schneidend. »Denn in London helfen die Richter der Königin. Aber in meiner Grafschaft tun sie nach meinem Willen!«

»Herr«, schrie Ankarette. »Ich bin unschuldig. Ich habe doch nicht gewußt, daß das Knöchelchen etwas Böses ist! Sonst hätte ich es der Kranken doch nicht gegeben, als sie es immer wieder haben wollte, kaum daß es ihr entfiel.«

Georg gab keine Antwort. Er verschwand und kam mit seinem Mantel wieder. Wenig später saß Ann an seiner Seite in einem mit Stoff ausgeschlagenen Wagen, mit einer Decke über den Knien und dicken Vorhängen vor den Fensteröffnungen.

»Wie eine Kerze ist sie verbrannt«, flüsterte Georg verzweifelt, »und hat nicht gewußt, daß sie den Tod selbst in der Hand hielt. Oh, Ann, oh, Ann!« Er schluchzte, dann schwieg er. Der Wagen rumpelte durch das Tor der Stadt, erreichte die Landstraße und schwankte über die ausgefahrenen Furchen. Im zweiten Gefährt kauerte die gebundene Ankarette, und die bewaffneten Knechte waren auf Vorhut und Nachhut verteilt, als könnten sie angegriffen werden. Ann war so verwirrt von allem, daß sie vor sich hinweinte, ohne es zu wissen, und nur der Vorhang am Fenster, dicht neben ihrem Kopf, trocknete ihre Tränen, wenn er über ihr

Gesicht fiel, so oft sich der Wagen auf den schlechten Wegen zur Seite neigte.
Es war schon seit Stunden stockfinstere Nacht, als man endlich anhielt. Ann blickte hinaus. Die Reiter standen vor einer Stadtmauer. Georg fuhr auf. »Sind wir da?«
Er mußte die letzten Meilen geschlafen haben.
Die Verhandlung mit dem Torwächter war kurz. Dann klapperten die Pferdehufe auf Pflaster. Der Wagen mit Ann und Georg hielt vor einer Herberge.
»Steig aus«, sagte Georg. »Ich muß die Mörderin noch ins Stockhaus schaffen und John Thuresby von seinem Lager holen. Hoffentlich wohnt er noch hier. Wenn du nicht auf mich warten willst, kannst du dich schon schlafen legen. Vor morgen früh tritt das Gericht nicht zusammen.«
Ann wankte ins Haus. Ein Weib mit einer Kerze lief vor ihr her und machte hundert Bücklinge. Was die hohe Frau denn speisen wolle? Bitte, hier herein! Die Schwelle ist ein bißchen hoch. Gleich ins Bett? »Wie Mylady wünschen . . . Dann bringe ich noch eine Nachtmahlzeit.«
Oh, Gott, oh Gott. Sie hatte überhaupt kein Gepäck dabei. Ann warf sich in Kleid und Mantel auf das Lager und zog nicht einmal die Schuhe aus. Sie war buchstäblich gerädert von der langen Fahrt. Die Schulter ihres Umhangs war naß. Denn es hatte unter dem Vorhang her durch das offene Wagenfenster geregnet, ohne daß sie es gemerkt hatte.
Ann schloß die Augen. Arme Isabella! Mit vierundzwanzig Jahren mußtest du sterben, und das Leben ist doch so schön. Wer mochte Rivers den giftigen Zauber gegeben haben, daß er ihn Isabella brachte? Nun, es gab keinen Zweifel. Schon Elisabeths Mutter war als Hexe angeklagt gewesen, und nur der König hatte sie vor dem Scheiterhaufen gerettet.
Die Wirtin brachte eine Nachtmahlzeit ins Zimmer: einen Becher Wein, Brot und Fleisch. »John Thuresby ist schon gefangen«, berichtete sie. »Daß der nichts taugt, das weiß der ganze

Ort. Vergangene Woche war er in London. Das kann er nicht leugnen. Er hat es mir erzählt. Aber der Herzog weiß das ja selbst. Was seine Lordschaft aber nicht weiß, ist, daß Thuresby mit soviel Geld heimkam, daß er seine ganzen Schulden im »Grünen Krug« bezahlen konnte.«

»Es ist schon gut«, nickte Ann. »Geh' und laß mich in Ruhe.«

Aber sie blieb nicht lange allein. Nach zwei Stunden kam Georg und stürzte in ihr Zimmer, ohne lange zu fragen, ob es gestattet sei. »Er hat gestanden!« schrie er. »Er hat gestanden! Er hat ihn vergiftet, meinen kleinen Sohn. Meinen armen kleinen Sohn ... vergiftet!« Er warf sich vor den Bettantritt und bohrte seinen Kopf in Annes Schoß, als wäre sie seine Mutter. »Ann, oh Ann, hilf mir in meinem Schmerz!« Sie strich über sein Haar. Es war rauh und borstig und nicht so glatt, dick und weich wie das von Richard. Aber Ann streichelte darüber hin, bis Georg sich beruhigte. Da setzte er sich auf.

»Zuerst hat er behauptet, das Geld, mit dem er hier seine Schulden bezahlte, hätte ihm Ankarette geschenkt. Aber dann haben wir ihn an die Wippe gehängt«, berichtete Georg eifrig. »Hier haben sie nicht viel Folterzeug, weißt du. Wir banden ihm die Hände auf dem Rücken zusammen, schlangen einen Strick um die Gelenke und zogen ihn zur Decke. Zuerst standen ihm die Arme hinten bloß bis zur Schulter. Er ist ein gelenkiger Tropf und schob den Rücken immer hoch. Aber als wir ihm ein schweres Eisen an die Füße hingen, zerrte es ihn in die Länge, daß ihm die Arme über dem Kopf standen. Doch dann mußten wir noch sechsmal den Strick rasch loslassen und wieder auffangen, daß der Lump ins Seil fiel. Es riß ihn auseinander, daß die Gelenke krachten. Da hat er endlich gestanden. Sonst hätte ich den Hund noch mit glühenden Eisen gezwickt. Und daß er merkt, wie weh es tut, hielt ich es ihm einmal unter die Achsel. Bei Gott, es stank, als hätte ich den Teufel selbst gebrannt.«

Ann zitterte. Sie konnte nicht sprechen und schluchzte nur vor Kummer und Entsetzen.

Georg stand auf. »Schlaf jetzt«, sagte er. »Isabella wird gerächt. Ankerette hat ja ohnedies schon gestanden. Und mit dem Urteil, das meine Schöffen morgen fällen, wird hoffentlich der Metze in London, du weißt, wen ich meine, soviel Angst eingejagt, daß sie sich zurückzieht in ihr Haus.«

Ann schlief keine Minute in dieser Nacht, und als der Morgen graute, war sie so elend vor lauter Weinen, daß sie nicht aufstehen konnte. Nein, sie wollte nicht zu Gericht. Sie wollte nichts hören. Nie hätte sie gedacht, daß Ankarette ein solch böses Weib sein könnte. Für eine goldene Brosche hatte sie das Leben ihrer Herrin verkauft.

Aber vielleicht hatte sie wirklich nicht gewußt, daß es etwas Böses war, das kleine Knöchelchen, das Ann der Schwester in den Sarg mitgegeben hatte, weil Isabella so daran hing?

Ann kletterte aus dem Bett und warf sich zu Boden. Sie barg das Gesicht in den Händen. An der Wand hing ein Kruzifix. Sie betete und betete, daß Gott die Herzen der Richter erleuchten möge, bis sie ganz erschöpft vor lauter Beten war. Kurz vor Mittag kam die Wirtin hereingestürzt. Die Gerichtsverhandlung sei zu Ende, berichtete sie mit fliegendem Atem. »Die Schöffen haben Thuresby zum Tode verurteilt! Und Ankarette Twynyho auch! Sie werden gehängt! Noch in dieser Stunde!«

Ann richtete sich auf. Gehängt? Ankarette gehängt? In der Kindheit war Ann auf ihren Knien geritten. Man konnte sie doch nicht einfach hängen! Vielleicht war sie unschuldig! Oh, Gott!

Gefolgt von einem Knecht, hastete Ann durch die kurzen Straßen der Stadt bis vor die Mauer. Der Galgenhügel lag im Regendunst. John Thuresby baumelte schon. Ankarette stand auf der Leiter. Ein Büßerhemd hatte sie an, das an den Enden ausgefranst war, als hätte man es schon oft benützt. Ihr Haar hing in Zotteln. Sie schrie, daß es über die Köpfe der Gaffenden hallte. »Ich bin unschuldig! Unschuldig! Oh Gott, warum hörst du mich nicht?«

Der Henker hatte Mühe, mit ihr fertigzuwerden, obwohl ihr die

Hände auf dem Rücken zusammengebunden waren. Denn sie biß um sich wie eine Furie. Am Fuße der Leiter stand ein Priester und betete so laut, als wollte er das Schreien der Verurteilten übertönen. »Oh, Maria, Zuflucht der Sünder, Mutter der Sterbenden, bitte für sie.«
Ann hastete näher, daß sie fast über die Steine am Wege fiel.
»Ich bin unschuldig!« schrie Ankarette. »Ich bin unschuldig! Oh, hört ihr denn nicht!«
Da hing sie am Seil. Der Henker hatte die Leiter weggestoßen. Ankarettes Körper drehte sich. Sie zog die Knie an und stieß die Beine wieder nach unten. Der Körper bäumte sich wie in den Verrenkungen eines wahnwitzigen Tanzes. Ann blieb stehen, zur Säule erstarrt. Der Schrei um Gnade erstickte in ihrer Kehle. Da hing die baumelnde Gestalt am Galgen still. Ganz lang war ihr Hals.

*

Wochen nach diesem Erlebnis war Ann immer noch krank. Sie bekam Fieber und einen entsetzlichen Husten, von dem sie sich nicht erholen wollte, so daß sich die Rückkehr nach Middleham hinauszog. Erst Anfang Juni konnte Ann wieder am sonntäglichen Kirchgang teilnehmen. Blaß und mager kauerte sie in ihrer Bank.
Richard, der auf der Seite der Männer in seinem Kirchenstuhl hockte, betrachtete die Königin, die ihm fast gegenübersaß. Sie hielt sich so aufrecht, daß sie wie ein Stein in dem Chorgestühl wirkte. Wenn ihre Augen nicht gerade zu Ann wanderten, hatte sie einen unangenehm zufriedenen Ausdruck darin, den sie jedoch mit ihren schweren Lidern zu verbergen suchte. Und dieser zufriedene Ausdruck war in einer ganzen Reihe von Gesichtern zu erkennen, die auf Gebetbücher und gefaltete Hände gesenkt waren. Denn ganz London wußte ja, daß Georg, Herzog von Clarence, verhaftet worden war.
Richard war nicht im Rat gewesen, als Georg, den der König vor

sich gerufen hatte, damit er sich für seine Eigenmächtigkeit im Falle der Ankarette Twynyho rechtfertige, endlich erschien. Dorset hatte Richard den Verlauf der Sache hinterher erzählt. »Daß Clarence die bestechliche Dienerin hängen ließ, hätte Eduard ja schließlich geschluckt, obwohl Ankarette Twynyho seiner Gerechtigkeit unterstand. Aber ich bitte Euch, kann sich der König gefallen lassen, wenn der Narr Clarence an allen möglichen Kirchentüren Anschläge anbringen läßt, Ankarette Twynyho und John Thuresby hätten gestanden, im Auftrag der Königin die Herzogin von Clarence und ihren kleinen Sohn vergiftet zu haben! Seid froh, Gloucester, daß Ihr nicht bei der Auseinandersetzung dabei gewesen seid. Eduard und Clarence haben sich angeschrien, daß die Türen wackelten. Clarence war natürlich betrunken, wie üblich. Ohne drei Kannen Wein im Bauch hat er sich nicht vor den König gewagt. Und als Eduard ihm vorhielt, daß er schon wieder in seinen Grafschaften Männer unter den Waffen hielte ohne ersichtlichen Grund, wurde er ausfällig. Da brüllte der König nach seiner Wache und setzte Clarence kurzerhand gefangen. Jetzt kann er im Tower ausnüchtern.«

Richard blickte zu Ann hinüber. Auch sie sah zufrieden aus. Sie schien nichts dagegen zu haben, daß Georg im Tower saß. Richard senkte den Blick, denn auch er war nicht sehr traurig über Georgs Los, er gab es zu. Eine Weile Enthaltsamkeit konnte dem Bruder nur gut tun. Und ein wenig Einsamkeit, so daß er darüber nachdenken konnte, wie gut es ihm eigentlich immer ergangen war. Jeder andere, der auch nur halb soviel Verrat und Umtriebe auf dem Kerbholz hätte, wäre längst geköpft worden. Aber dem Bruder verzieh der König stets. Er würde es auch diesmal wieder tun.

Richard hob den Kopf, als hätte ihn jemand unter der Kuppel gerufen und sah mitten hinein in ein paar flackernde Augen. Sie gehörten Vivian, Vivian Pomfret. Um ein Haar hätte er sie gar nicht erkannt. Sie lächelte, ohne das Gesicht zu verziehen, und

Richard erinnerte sich unversehens an den Sturm vor der Küste von Norfolk, als sie gesagt hatte: »Du solltest eigentlich nicht wünschen, daß Clarence sich mit dem König versöhnt...« Welch eine Torheit! Sie hatte natürlich auf die Thronfolge angespielt. Lieber Himmel! Heute war Richard so weit vom Thron entfernt, wie nur je der jüngste Bruder eines Königs. Eduard hatte zwei Söhne und Clarence einen und sie standen alle in der Thronfolge vor Richard. Georgs Sohn, der einmal den Titel des Grafen von Warwick erben würde, befand sich in der Obhut seiner Großmutter Cicely und war ein seltsames Kind. Mit verschleierten Augen pflegte er seinen Oheim anzustarren, wann immer er ihn sah. Vermutlich hatte Georg den Buben im Rausch gezeugt, und doch stand er auf den Stufen zum Thron vor Richard. Törichte Vivian!

Sie war jetzt mit einem kleinen Landedelmann verheiratet. Richard hatte ihre Mitgift bezahlt, nachdem sie ihm einen Sohn geboren hatte, den er öffentlich als den seinen anerkannte. Richard nannte den Jungen John und brachte ihn bei seiner Schwester, der Herzogin von Suffolk, unter. Dort drüben stand er unter den Kindern. Er war fünf Jahre alt und groß genug für die Heilige Messe. Richard blinzelte. Wahrhaftig, der Bub war groß, rotblond, derb und äußerst gesund. Man würde ihm eine anständige Erziehung geben müssen und später ein auskömmliches Amt. Ann mochte das Kind nicht. Wenn sie John sah, schien sie sich immer zu ärgern, daß Pimpinell dagegen so zart war. Aber die Söhne gerieten so oft nach den Müttern. Auch Eduards Ältester glich ganz seiner Mutter.

Richards Blicke glitten über die Gemeinde, bis er den Knaben gefunden hatte. Sieben Jahre wurde er alt im Winter. Dann kam er aus der Pflege der Frauen fort in eine fremde Umgebung. Zum Prinzen von Wales hatte man ihn schon ernannt, und der Streit, wer sein Erzieher werden sollte, setzte bereits ein. Richard hätte den Buben gern mit nach Middleham genommen, aber die Königin wehrte sich natürlich dagegen. Es war ja sehr wichtig, wer in den nächsten Jahren Einfluß auf das Kind gewinnen würde. Eines Tages sollte dieser Bursche König werden! Wie lange würde es noch dauern? Eduard war jetzt fünfunddreißig. Fünfzig Jahre alt würde er sicher werden. Dann war sein Ältester zweiundzwanzig Jahre alt. Wenn er erwachsen ist, dachte Richard, sieht er einmal aus wie der Marquis von Dorset. Auch der gleicht aufs Haar seiner Mutter. Richard spürte ein Unbehagen bei der Vorstellung, einmal vor diesem jungen König knien zu müssen, der aussah wie Elisabeth Woodville. Das würde anders sein, als wenn er vor Eduard kniete.

Ich muß zusehen, dachte Richard, daß ich den Jungen nach Middleham bekomme. Ich will ihm zeigen, wie es aussieht bei mir. Er soll mich Recht sprechen hören, meinen Schlichtungsausschuß kennenlernen, an den sich schon ganz Yorkshire und Northumberland wenden. Er soll mit mir gegen Schottland ziehen und merken, daß ich zu kämpfen und zu siegen verstehe. Er soll neben mir an der Tafel sitzen und spüren, daß ich Musik liebe, die Lieder der Troubadours und den Dudelsack. Er soll Einsicht in meine Rechnungsbücher nehmen und erfahren, wie ich den Ertrag meiner Güter verwalte. Und er soll an meiner Seite in York einreiten, wo mich die Bevölkerung mit Jubel empfängt. Er soll wie die Menschen in Middleham vergessen, daß ich häßlich bin und stattdessen mein Herz schauen, dann wird einmal alles gut. Aber Richard fürchtete, daß man dem Jungen einen Erzieher geben würde, der Woodville hieß. Und dann, dachte Richard, wird er mich später einmal für seinen Feind halten. Denn ich bin mit einer Warwick-Tochter verheiratet.

Die aufbrausende Orgelmusik schwemmte Richards trübe Gedanken fort. Die Wandlung kam, und er kniete nieder. Weihrauch wehte vom Altar, das Gewand des Priesters glitzerte mit goldenen Fäden.

Zu Pferd kehrte Richard nach der Messe nach Hause zurück, nachdem er sich vor der Kirche noch mit dem einen und anderen Lord unterhalten hatte. Clarence wurde dabei mit keinem Wort

erwähnt. Ann kehrte in ihrer Tragsänfte zurück. Der Gottesdienst schien ihr gut getan zu haben, und als sie sich zu Tisch setzte, lag eine leichte Röte auf ihren Wangen.
Beim Essen war man nie allein. Wenn auch Richards Haushaltung in London kleiner war als in Middleham, so speiste man doch auch hier stets mit Gästen, mit den Rittern, die zum engeren Gefolge gehörten, mit den jungen Leuten, die man zur Erziehung bei sich hatte, mit Hofdamen, Pagen und den höheren Chargen des Personals, daß die Halle von Crosby-Haus voll war. Und erst nach dem Essen, als Ann sich in ihr Zimmer im oberen Stock zurückzog, konnte Richard allein mit ihr sprechen.
Er erklärte ihr, daß man wegen Georgs Verhaftung die Reise nach Middleham wieder hinausschieben müsse. »Nicht lange, Darling, in ein paar Wochen weiß man gewiß weiter. Bis dahin hast du dich auch noch besser erholt. Du sahst doch noch reichlich mitgenommen aus in der Kirche.«
Ann hatte in den letzten Tagen schon wieder packen lassen und schürzte den Mund. »Wenn man diese ewigen Verzögerungen vorausgesehen hätte, wäre es wahrhaftig besser gewesen, Pimpinell nach London zu holen«, erklärte sie ärgerlich. »Wegen des gierigen Ludwig von Frankreich und seinem Griff nach Burgund hätten wir nicht hier zu bleiben brauchen. Du hast ja gleich gesagt, daß Eduard seine fünfzigtausend Goldstücke nicht verlieren will. Er unterstützt nicht einmal Maximilian, obwohl der wie ein Ertrinkender um Hilfe schreit. Wären wir gleich heimgeritten nach Isabellas Tod, wäre ich nicht krank geworden. Nun, es ist nichts daran zu ändern. Aber wegen Georg in London zu bleiben, das sehe ich nicht ein. Übrigens hat mich die Herzogin von York nach der Kirche angehalten, ehe ich in die Sänfte stieg.«
»Meine Mutter?« fragte Richard und runzelte die Stirn.
»Ja, Cicely . . . Wer sonst?«
»Was wollte sie?« Richard nahm in dem Faltsessel mit den roten Samtkissen Platz.

»Was sollte sie wollen?« sagte Ann schnippisch und zuckte die Achseln. »Sie jammerte wegen Georg, das ist doch klar. Sie hat, wie sie sagte, versucht, mit Eduard zu sprechen, um für ihren Liebling zu bitten, aber er hatte zu tun und wollte sie nicht empfangen. Ich habe ihr erklärt, daß Georg erst seit gestern gefangensitzt, und daß sie noch Zeit genug hätte, mit dem König zu reden.«

Richard erwiderte nichts. Seine Finger trommelten einen lautlosen Takt auf die geschnitzte Armlehne seines Stuhls.

Ann ging im Zimmer herum. Auf den Dielen lag ein Teppich. Die Polster auf dem Bettantritt waren blau und dick, der Baldachin mit Sternen bemalt, und der wallende Vorhang an seinen Seiten mit goldenen Sonnen bestickt. Plötzlich blieb sie stehen. »Hast du vielleicht Mitleid mit Georg?« fragte sie. »Ich glaube nicht, daß er mit dir Erbarmen hätte. Oder hat er je eines mit dir gehabt?«

Richard erwiderte nichts. Es war seltsam, daß der Mensch seine Kindheit nie vergaß. Ein Wort, ein Bild, der Geruch von brennendem Holz oder frischem Heu, und die Erinnerung stieg aus der Tiefe der Vergangenheit. Nein, Georg hatte nie Mitleid mit Richard gehabt.

»Deine Mutter ist natürlich außer sich«, sagte Ann geringschätzig. »Georg ist ja ihr Herzenskind, seitdem Edmund tot ist und seit sie Eduard an Elisabeth Woodville verloren hat. Na . . . und dich hat sie ja noch nie gemocht.«

Richard schwieg.

Ann fing an, ihr Mieder zu lösen. Eine Stunde wollte sie sich hinlegen. Sie war noch zu schwach, um den ganzen Tag auf den Füßen zu sein. »Das stimmt doch, Richard?« fuhr sie fort. »Und siehst du, wenn ich bedenke, daß sie dich nie leiden mochte und immer nur Georg über das Haar strich, als ihr beide noch Kinder gewesen seid . . ., angesichts dieser Tatsache finde ich es merkwürdig, daß sie nun erwartet, du solltest etwas für Georg tun.«

Richard lächelte schmal. »Wünscht sie das?«

»Ja, ich soll es dir ausrichten. Sie will auch selbst noch mit dir sprechen, aber heute hat sie Gäste in Baynard Castle. Lord Stanley und weiß Gott noch wen. Aber ich bitte dich, Richard, sie kann ja selbst mit Eduard reden. Eines Tages wird er sie schon anhören. Sie ist ja schließlich seine Mutter. Oder willst du dich einmischen in diesen Streit?«
Richard zuckte die Schultern.
»Genau genommen hast du keine Veranlassung, Richard. Wenn ich daran denke, was Georg dir für Schwierigkeiten machte wegen meiner Mitgift. Wenn ich an alle die Vorwürfe denke, die er Eduard machte, weil man deine Dienste belohnte! Du hättest doppelt so viel Besitz und Güter, wenn Eduard dir nicht auf die Vorhaltungen von Georg hin immer wieder etwas abgezwickt hätte, um es dem anderen in den Rachen zu werfen. Georg ist noch habgieriger als Ludwig von Frankreich.«
Richard lächelte immer noch sein schmales verkniffenes Lächeln.
»Lach nicht«, fuhr Ann ihn an. »Was mich betrifft, so hasse ich ihn. Wenn ich an Isabella denke! Jetzt will er ihren Tod den Woodvilles in die Schuhe schieben. Schon möglich, daß sie die Arme auf dem Gewissen haben. Aber sicher hätte der böse Zauber weniger gewirkt, wenn Isabella nicht so schwach gewesen wäre von den beständigen Aufregungen mit Georg. Wenn er betrunken war, hat er sie mißhandelt, ich weiß es. Sie hatte blaue Flecken am Leib. Ach, und an meinen Vater darf ich überhaupt nicht denken. Hätte Georg ihn seinerzeit nicht verraten, wer weiß, ob er dann nicht noch lebte.«
»Möglich«, sagte Richard leise. »Vielleicht hätte Warwick mit Georgs Hilfe bei Barnet gesiegt. Dann wärst du heute nicht mein Weib . . .«
»Nein, dann wäre ich Königin von England«, entgegnete Ann spöttisch. »Ich habe also nichts dagegen, daß Georg im Tower sitzt. Lange wird er ohnehin nicht sitzen. Was kann ihm schon geschehen. Schlimmstenfalls, daß der König ihn außer Landes schickt. Wenn er ihm etwas von seinen Gütern nimmt, dann

vergiß nicht, daß du Georg einst Schloß und Lehnsgut Richmond abtreten mußtest, um seinen Neid zu stillen, und daß du ihm mit dem Amt des Großkämmerers sein Einverständnis bezahlt hast, mich heiraten zu dürfen, obwohl er in Wirklichkeit gar kein Recht hatte, über mich zu verfügen.«

Richard lachte nun laut auf. »Einer Verurteilung Georgs, die über drei Jahre Verbannung hinausgeht, werde ich nicht zustimmen«, erklärte er kategorisch.

»Nicht zustimmen?« rief Ann und trat dicht vor ihn hin. »Aber ich begreife dich nicht!«

Richard erklärte langsam, daß eine Verurteilung und Kaltstellung des Herzogs von Clarence und damit seiner ganzen Anhängerschaft die Partei um Elisabeth Woodville derart stärken würde, daß dies nicht in seinem Interesse sein könne.

Ann starrte ihn mit offenem Mund an.

»Denn wenn es dem Woodville-Klüngel gelingen sollte, Clarence auszuschalten, könnte er auf den Gedanken kommen, sich auch noch des Herzogs von Gloucester zu entledigen. Er ist nicht ihr Freund und nebenbei mit einer Tochter Warwicks verheiratet. Man muß die Kräfte um sich im Gleichgewicht halten, mein Kind, das ist das uralte Rezept in der Politik. Deshalb verbündet man sich auch mit Leuten, die man nicht liebt und tauscht Küsse mit Menschen, die man verachtet.«

Ann ließ sich auf den Bettantritt fallen. Kind nannte er sie! Sie schnaubte verächtlich. »Willst du bei Eduard in Ungnade fallen? Ich habe dir gesagt, was ich gehört habe. Er ist zur Zeit schlecht auf dich zu sprechen. Willst du dein Verhältnis zu ihm noch weiter trüben? Ich bitte dich – für Georg! Er würde für dich nicht einen Finger krümmen!«

Nein, dachte Richard, das würde er nicht tun.

*

Im November war Clarence indessen noch immer im Gefängnis. Es stürmte, als wollte der Wind die Ziegel von den Dächern werfen. Elisbeth Woodville ging das Klappern der Fensterläden auf die Nerven. Wie schwarz die Wolken über den Himmel zogen! Man mußte schon am Nachmittag Fackeln und Kerzen anzünden. Sie verrußten die ganze herrliche, in Gold, Rot und Blau gemalte Zimmerdecke und den Gobelin an der Wand, den Elisabeth erst vor kurzem erstanden hatte. Apollo war darauf abgebildet, wie er dem an eine Fichte gebundenen häßlichen Silen Marsyas, der den Gott zum Wettkampf im Flötenspiel herausgefordert hatte, wegen seiner Vermessenheit bei lebendigem Leib die Haut abzog. Elisabeth hatte den Gobelin erstanden, weil Apollo so königlich aussah, aber Anthony hatte spöttisch erklärt, daß ihm der häßliche Marsyas lieber sei. »Der verkörpert die Freiheit, Elisabeth. Und nichts ist bewundernswerter als ein Mensch, der den Mut zur Freiheit hat.« Anthony hatte Gedanken, die immer ein bißchen ketzerisch waren.

Elisabeth ging unruhig in ihrem Gemach hin und her. Warum ließ Eduard sie nicht rufen? Sie hatte ihn um eine Unterredung gebeten, die Wohlfahrt des Kronprinzen betreffend. Der König schien der Absicht zu sein, daß wegen des Prinzen nichts weiter zu besprechen sei, nachdem zwei Tage zuvor endlich beschlossen worden war, den Jungen nach Weihnachten nach Schloß Ludlow zu schicken. Er war jetzt sieben Jahre alt, und es war Zeit, daß er anfing zu lernen. Es war ein langes Hin und Her gewesen, bis feststand, wer die Hofhaltung des Prinzen in Ludlow leiten und wer seine Lehrer sein sollten. Schließlich hatte Elisabeth es durchgesetzt, daß Eduard seinen Schwager Anthony Woodville, Graf Rivers, zum ersten Erzieher des Prinzen und Herrn über Ludlow bestimmte. Rivers war ohne Zweifel der klügste Kopf am Hofe, und er liebte seinen kleinen Neffen, der wiederum abgöttisch an seinem Oheim hing.

Elisabeth ging hin und her. Warum ließ der König sie nicht rufen? Sie hatte ihm doch sagen lassen, daß sie in einer wichtigen Angelegenheit seinen Rat erbäte. Da konnte er sich doch denken, daß sie nicht wieder wegen der Hunde anfangen würde, deretwegen sie kürzlich verschiedener Meinung waren. Sie hatte sich damit abgefunden, daß der Prinz nun auch noch die große, gefleckte Dogge mit nach Ludlow nahm, obwohl er das Tier nicht leiden konnte. Aber Eduard hing so an seinem Ältesten und Nachfolger, daß er ihm am liebsten Löwen zur Bewachung mitgegeben hätte. Es gab freilich Gefahren, gegen die man keinen Hund hetzen konnte, und das waren die schlimmeren.

Da ging die Tür auf, und die Hofdame vom Dienst kam hereingehuscht. »Mylady ... der König!« meldete sie atemlos, und da stand Eduard schon im Zimmer.

Elisabeth verneigte sich – nicht allzu tief, denn schließlich war sie sein Weib und hatte ihm sieben Kinder geboren. Die Hofdame trippelte wieder hinaus.

»Eine Ehre«, sagte Elisabeth Woodville, als sie sich aufgerichtet hatte, »eine Ehre, daß Ihr mich nicht rufen laßt, sondern selbst kommt. Ich weiß nicht, wie lange es her ist, daß ich dieses Glück täglich hatte.«

»Was willst du?« fragte Eduard lachend. »Was ist los mit meinem Sohn? Willst du noch mehr von deiner Familie in seiner Nähe wissen, wenn er drüben in Ludlow ist? Vielleicht gehst du am besten gleich selbst mit.«

Sie überhörte seinen Spott. »Ich wollte Euch etwas zu lesen geben«, sagte sie kühl. »Ich halte Euch nicht lange auf.« Sie nestelte an ihrem Kleiderausschnitt und brachte ein zerknittertes Stück Pergament zutage.

»Ein Brief? Von wem?« Eduard schob die Brauen zusammen.

»Ein Brief des Herzogs von Clarence an seinen Bruder, den Herzog von Gloucester.«

Eduard verzog abschätzig den Mund. »Schreibt er jetzt Briefe, der nüchtern gewordene Georg? Woher hast du das?«

Elisabeth erwiderte, daß sie Gott sei Dank dafür gesorgt habe, daß ausgesuchte Leute vor der Tür des gefangenen Clarence Wache standen. »Die lassen sich nur zum Schein bestechen, und bringen mir die Briefe, die sie besorgen sollen.«

Eduard lachte. »Dann hast du dort bessere Leute stehen als ich. Denn meine Spione bringen mir immer nur Harmloses zu lesen, Bitten um Fürsprache und ähnliches Zeug. Aber dies hier ist wohl etwas anderes. Du siehst aus wie die rachedurstige Medea.«

»Hier«, sagte sie.

Eduard las: »Richard, geliebter Bruder! Gehörst du auch zu denen, die frohlocken über meinen Sturz? Ich will es nicht glauben. Sie heißen alle Woodville, die mich lebendig verfaulen lassen in meinem steinernen Loch. In den Nächten fürchte ich mich, ich weiß nicht wovor, aber wenn der Tag kommt, hoffe ich wieder. Zehn Briefe habe ich bereits an unsere Frau Mutter geschrieben, aber die gute alte Cicely hat keinen Einfluß mehr auf Eduard, seitdem er von einer Hexe beherrscht wird. Richard, ich muß Dich nun in ein Geheimnis einweihen, das mir von Bischof Stillington anvertraut wurde. Eduard war schon mit Lady Eleanor Butler versprochen, als er Elisabeth Woodville zu sich nahm, und Elisabeth ist nicht mehr als die Hure Jane. Ihre Kinder sind illegitim. Wenn mir etwas zustößt, Richard, sollst du es wissen. Bastardsprößlinge haben kein Recht auf den Thron. Thronfolger bin ich. Und wenn ich sterbe, ist es mein und Isabellas Sohn. Richard, kannst du mich nicht in meinem Kerker besuchen? Komm, oh komm, daß ich wieder einmal einen Menschen sehe, nicht nur Kreaturen und Lurche. Komm zu deinem von Gott verlassenen Bruder Georg...«

»Was sagst du dazu?« fragte Elisabeth lauernd, als Eduard das Schriftstück sinken ließ und den Kopf hob. »Nun, was sagst du dazu?«

Eduard zerriß das Schriftstück in kleine Fetzen und warf sie in den Kamin. »Ich dachte, er wäre nüchtern geworden inzwischen, aber er ist immer noch betrunken«, erwiderte er. Dann lachte er. »Thronfolger! Das steckt in seinem Hirn wie eine fixe Idee! Na, lassen wir ihn. Eines Tages muß er ja klar im Kopf werden.«

»Darauf können wir nicht warten«, entgegnete Elisabeth Woodville erregt.

»Ich kann warten«, erklärte Eduard. »Ich bin nicht ungeduldig.«
»Das hat nichts mit Ungeduld zu tun«, rief Elisabeth schneidend. »Willst du Gefahr laufen, daß eines Tages ein solcher Brief wie dieser an seinen Bestimmungsort gelangt? Es scheint dir gleichgültig zu sein, daß du Kinder hast.«
Eduard ließ sich auf die Sitzbank fallen.
Elisabeth kam näher. »Du siehst, daß die Prophezeiung recht hat, die besagt, daß ein Mensch, dessen Name mit G beginnt, die größte Gefahr für deine Kinder bedeutet.«
Eduard fuhr auf. »Wenn man alle Prophezeiungen glauben will, müßte man ja verrückt werden.«
Elisabeth zuckte die Schultern. »Du kannst glauben, was du willst«, sagte sie leise. »Aber ehe er nicht tot ist, wird keine Ruhe sein. Solange er nicht tot ist, sind deine sieben Kinder Bastarde. Und er muß sterben, ohne Gelegenheit zu haben, nur ein Wort noch hinausschreien zu können von dem, was er weiß.«
Eduard stöhnte. »Da müßte ich ja auch Bischof Stillington hängen lassen.«
Elisabeth erwiderte, daß sie eine Gefangensetzung Stillingtons für erforderlich halte. »Aufhängen brauchst du ihn nicht. Das ginge auch schlecht. Wenn du ihn wegen Verbreitung unwahrer Gerüchte empfindlich strafst und schwören läßt, daß er fürderhin schweigt, wird er es tun. Er ist ein Mann der Kirche und hält einen Eid. Er selbst ist ja kein Thronfolger.«
Eduard sank ein wenig in sich zusammen. Aus seiner Miene sprach der Ärger. Merkwürdig alt sah er dadurch aus. In Elisabeth kroch die Angst hoch.
»Du bist nicht mehr so jung«, sagte sie atemlos. »Ich habe einmal gedacht, du liebst deinen Sohn. Du gibst ihm die gefährlichste Dogge nach Ludlow mit, damit er einen Beschützer hat, der sich nicht bestechen läßt. Was nützt das alles, Eduard, solange Clarence lebt und hinausschreien kann, daß dein Sohn ein Bastard sei, nicht wert, dir zu folgen auf Englands Thron. Hörst du mich? Was nützt das alles.«

»Er ist doch ein Narr!« schrie Eduard wütend.
»Ja, ein Narr. Aber ein gefährlicher. Ich weiß, Eduard, manchmal denkst du, ich hasse deine Brüder, weil sie mich eine Hexe nennen. Mein Gott, das ist mir einerlei. Ich bin alt, und mein Leben ist bald vorbei. Ohne deine Liebe ist es ohnedies schon halb zu Ende. Aber die Kinder, die ich geboren habe, lasse ich nicht in die Gosse hinausstoßen. Was wird aus Bess, deiner Ältesten? Glaubst du, daß Ludwig seinen Sohn mit ihr verheiraten wird, wie er versprochen hat, wenn es Leute gibt, die behaupten können, sie sei nicht ehelich geboren? Warum sagst du nichts?«
Eduard schwieg.
»Es gibt hundert Gründe«, fuhr Elisabeth fort, »die ein Urteil gegen deinen Bruder Georg rechtfertigen, Eduard. Er hat Hochverrat begangen in einem Dutzend Fällen. Du brauchst die Lords des Gerichts weder zu bestechen noch zu überreden. Du brauchst nur deine schützende Hand über Georg zurückzuziehen. Mein Gott, du weißt es ja selbst.«
Eduard schwieg.
Da fing Elisabeth wieder von vorne an. »Hast du nicht gelesen, was in seinem Brief stand? Ich weiß es auswendig, auch wenn du das Dokument verbrannt hast. Hör zu und überlege dir genau, was geschehen kann, wenn er zum zweitenmal einen solchen Brief schreibt, vielleicht das nächste Mal an eine andere Adresse. Mein Gott, mir zittern die Knie bei der Vorstellung, er hätte schon früher davon reden können. Aber gegen dich kann er ja nicht an. Sein Schwert zielt gegen deine Kinder, Eduard, du kannst siebzig Jahre alt werden, ich weiß. Aber was geschieht, wenn du morgen stirbst, übermorgen, nächstes Jahr?«
»Hör auf!« schrie Eduard. Er erhob sich und lief hinaus. Und krachend fiel die Tür hinter ihm ins Schloß.

*

Wenn Georg, Herzog von Clarence, nachts nicht schlafen konnte, hörte er den Fluß rauschen. Durch das kleine, hochsitzende Fensterloch seines Kerkers drang das Gluckern, Klatschen und Lecken des Wassers. Dann sah er die Wellen vorübergleiten. Schloß er die Augen, spürte er die Schiffe, vernahm er die Flüche der Ruderknechte, wenn sie ihre Boote an den Strudeln vor den dicken Mauern des Tower vorübertrieben, und ihre Rufe, die sich an den Bastionen, Wällen und Türmen der Zitadelle brachen.
Kam der Tag, vernahm Georg mehr die Geräusche in den Höfen: das Hufgeklapper der Pferde, wenn die Wachen ausritten, das Schimpfen der Kommandeure, das Hin- und Herrennen der Gewappneten. Sogar wenn die alte Vettel, mit der der Torwächter verheiratet war, hinter dem Waffenmagazin sang, konnte er es hören, und selbst das Gebimmel in der Kapelle, wenn der Kaplan die Monstranz hob. Das war jedoch Einbildung. Aber er kannte jeden Winkel, jeden Graben und jeden Turm des Tower so gut, daß er tief in seinem feuchten Loch miterlebte, wenn oben etwas geschah.
Der Gefängnispfarrer, der Georg jeden Tag besuchte, hatte ihm erklärt, daß er durchaus nicht in der schlechtesten Zelle säße, und Georg mußte zugeben, daß es sich in seiner Behausung leben ließ. Man konnte jedenfalls atmen, und ein Lager aus Stroh mit zwei Decken war auch da. Die zweite Decke hatte er sich allerdings durch Bestechung der Wache besorgen müssen. Auch die Kerzen für seine Beleuchtung mußte er selbst bezahlen, ebenso das Essen. Aber soviel er auch bettelte, man brachte ihm keinen Wein. Sein Körper fiel ganz zusammen durch diese Enthaltsamkeit. Er schrumpfte ein. Und der Durst wühlte so in seinen Eingeweiden, daß er wie ein Irrer tobte.
Und in endloser Gleichmäßigkeit gluckerte draußen das Wasser des Flusses vorüber wie ein Symbol der Ewigkeit. Lieber Gott, wie lange würde Eduard ihn noch hier eingesperrt halten?
Wenn die Sonne draußen schien, kam sie für eine kurze Zeit auch in Georgs Zelle. Sie fiel über das Lager und eine Ecke des

klobigen Tisches, und jeden Tag wanderte ihr Strahl um eine Winzigkeit weiter. Im Bettstroh waren Wanzen, und Georg hatte es sechsmal wechseln lassen mit Krach und Bestechung, mit Flehen und Toben. Aber die Wanzen waren auch beim sechsten Mal noch da, und da gab Georg es auf. Wenigstens hatte er keine Flöhe. Diesem Ungeziefer war es zu feucht und zu kalt hinter den Mauern am Fluß.

Die Tür des Kerkers war dick und schwer und die Riegel nicht verrostet. Die hielten noch viele Generationen. Selbst Eduards Urenkel würden hier noch ihre Feinde verfaulen lassen können. Georg schlug gegen die Tür, schlug mit Fäusten und Füßen, trommelte einen irrsinnigen Marsch. Nicht einmal das Echo antwortete. Nur die Dohlen flogen um den weißen Turm, und es war Georg, als höre er ihre Schwingen schlagen. Aber das war Einbildung. Vielleicht schlich der dicke Wächter Pickthorn auf seinen Schlappen die Treppe hinauf, um die Magd des Burghauptmanns in einem Winkel zu küssen, oder jemand hatte Dreck gekehrt in den Staatsgemächern, in denen zur Zeit kein Mensch wohnte, denn Eduard gefiel es im Westminster-Palast oder draußen in Windsor viel besser.

Auf dem Tisch lag eine Bibel. Georg warf sie wütend in die Ecke. Nach einer Weile hob er sie wieder auf. Sie war schon ganz zerfetzt von dieser sich wiederholenden Prozedur. Wenn der Beichtiger kam, pflegte er daraus vorzulesen und die lateinischen Worte zu übersetzen, als ob Georg nicht selbst Latein gekonnt hätte. Nun war der Deckel des Buches abgerissen. Aber Gott kümmerte das nicht. Christus, sein Sohn, hing aus Holz geschnitzt an der Wand mit einem sanften Gesicht und gemalten Blutstropfen unter der Dornenkrone. Warum war das Fensterloch nicht größer? Nur das Kruzifix hätte man hinauswerfen können. Es gab keine Möglichkeit, zu entkommen und die Wachen schliefen nie.

Als Weihnachten kam, wurde Georg ruhiger. Zu Weihnachten würde Eduard ihn begnadigen, dessen war er sich sicher. Sie hatten dieselbe Mutter und denselben Vater und waren vom selben Blut. Blut war stärker als alles andere. Und wenn Elisabeth Woodville auch hexen konnte, so war sie jetzt doch alt und lag schon lange nicht mehr in Eduards Bett.

Aber Weihnachten ging vorüber, und was die Zeit brachte, waren nur Kälte und Schnee. Er will mich frieren lassen, dachte Georg. Eduard will mich noch frieren lassen. Aber Ostern wird er mir die Freiheit schenken. Am Tag der Auferstehung darf ich seine Füße küssen. Elisabeth Woodville, nimm dich in acht. Ich bin viel jünger als dein Gemahl und nicht so dick. Rache ist süß.

In der ersten Februarwoche wurde es so kalt, daß das Gitter am Fenster den ganzen Tag mit Rauhreif bezogen war. Georg hatte sich noch Stroh beschaffen müssen und eine Schaffelldecke dazu. Trotzdem wurde er überhaupt nicht mehr warm. Wenn er wenigstens Wein gehabt hätte, heißen roten Malvasier. Ein ganzes Faß mit 126 Gallonen würde er austrinken, wenn er erst wieder frei war. Was für ein Unsinn übrigens, durch Gesetz vorzuschreiben, daß ein Faß Malvasier nicht mehr als 126 Gallonen fassen dürfe. Gute Dauben hielten viel mehr.

Der Riegel der Tür wurde zurückgeschoben, und jemand trat ein. Vor dem pelzigen Rauhreiffenster flog eine Möwe vorüber. Die Rufe der Ruderknechte auf der Themse klangen heiser. Der tote Wasserarm hinter den Lagerschuppen von Myers mußte schon zugefroren sein. Georg wandte sich um.

Ein Mann stand da, den er nicht kannte. Das heißt, er hatte ihn schon einmal gesehen, aber er erinnerte sich nicht mehr daran, wie er hieß. Er stand da in einer samtenen Robe, mit Schnabelschuhen und einem Barett auf dem Kopf. Das Barett nahm er ab, als er zu sprechen begann.

Er hat eine krächzende Stimme, fand Georg, eine Stimme ähnlich jenen der Möwen, die am Fenster vorüberflogen Tag für Tag mit grauen Flügeln, die scharf waren wie Sicheln. Wenn Georg sein Essen nicht schmeckte, warf er es ihnen immer hinaus. Was erzählt der Mann mit der krächzenden Stimme? Das Parlament

sei zusammengetreten? Die Lords seien vollzählig erschienen? Der König habe von Unverbesserlichkeit und von der Sicherheit des Reiches gesprochen? Der Großhofmeister von England habe das Urteil gefällt? Das Urteil habe auf Tod gelautet?
»Wie lautet es?« schrie Georg. »Was habt Ihr da gesagt?«
Der Mann in der samtenen Robe wiederholte, daß der kürzlich zum Seneschall ernannte Herzog von Buckingham das Todesurteil über Georg, Herzog von Clarence, gefällt habe. »Und ich bin beauftragt, Mylord, es Euch mitzuteilen. Euer Besitz und Eure Titel fallen an die Krone zurück.«
Georg starrte den Mann an. Es war ihm, als dehnten sich die Wände seines Kerkers, um gleich darauf wieder zusammenzuschnellen zu einem engen Schlund. Er wurde ganz klein unter den niedersausenden Mauern. »Aber das gibt es doch nicht«, stammelte er. »Das gibt es doch nicht. Seit wann ist Buckingham Großhofmeister? Ach so, kürzlich ernannt. Der Konnetabel ... Aber der Konnetabel von England ist doch Richard!« Er brüllte los. »Hört Ihr? Richard, mein Bruder!«
Der Mann in dem Samtgewand erwiderte, daß der Herzog von Gloucester bei der Abstimmung nicht zugegen gewesen wäre. Er habe sich gerade nicht wohlgefühlt. Der Nebel ... Was jedoch weiter nichts zu sagen hätte.
»Aber das ist doch nicht möglich«, stöhnte Georg fassungslos. »Das Ganze muß ein Irrtum sein, Sir!«
Der Samtgewandige zuckte die Schultern und drehte sich zur Tür. Seine Mission war offenbar beendet, und er hatte weder Zeit noch Lust, sich auf eine Diskussion mit dem Delinquenten einzulassen. Das Todesurteil ließ er auf dem Tisch zurück.
Georg sprang dem Mann nach wie ein Tier. »Aber ich kann doch um Gnade bitten, Sir?« schrie er. »Gnade! Um Gottes willen, bleibt hier. Ich habe doch noch Zeit!«
»Gewiß, Mylord«, erwiderte der Fremde. »Der Tag der Hinrichtung ist noch nicht festgesetzt. Es ist nur bestimmt, daß sie nicht öffentlich sein wird.« Er ging hinaus.

Georg sank auf sein Lager. Er will mir angst machen, dachte er zitternd. Er will mir Angst einjagen. Angst, denkt er, wird mich bessern. Angst, stellt er sich vor, wird mich gefügig machen. Aus Angst, glaubt er, werde ich alle Ansprüche vergessen, die ich habe. Ich muß ihm sagen lassen, daß ich schlottere vor Angst.
Er schrie nach dem Beichtiger. Pater Baldwin kam nach einer halben Stunde. Er lächelte sanft und ein bißchen schmierig. Georg fiel ein, daß der Mann ein Vetter von Sir Vaughan war. Vaughan wiederum war ein Günstling Elisabeths. Aber das war jetzt einerlei. Georg bat den Priester um Feder und Papier. Pater Baldwin half bereitwillig beim Aufsetzen des Gnadengesuches. Es wurde lang, leidenschaftlich und verzweifelt zu gleicher Zeit. Aber es kam nie in Eduards Hände.
Georg wußte das nicht. Er wartete. Er wartete auf die Begnadigung. Er wartete zehn Tage. Der Frost verging, am achtzehnten Februar des Jahres 1478 schien die Sonne. Bald würde der Frühling kommen. Man durfte doch nicht sterben, wenn der Frühling kam!
Aber er würde ja auch nicht sterben. Georg, Herzog von Clarence, würde nicht sterben! Er saß jetzt zehn Tage, nachdem er sein Urteil gehört hatte, und der König zögerte immer noch, es vollstrecken zu lassen. Er würde ewig zögern.
Er zögerte nicht ewig. Der Kommandant des Tower erschien und teilte dem Herzog von Clarence mit, daß er sich bereitzuhalten habe. Ein Sprecher des Unterhauses habe von den Lords die Vollstreckung des Urteils verlangt.
»Wer war das?« schrie Georg. »Hieß er Woodville?«
Aber er erhielt keine Antwort. Was sein letzter Wunsch sei, wurde er gefragt. Der König hätte in seiner Gnade bestimmt, daß Georg, ehemals Herzog von Clarence, die Art seiner Hinrichtung selbst wählen dürfe. Und es sollte ihm mitgeteilt werden, daß man für seine zwei Kinder sorgen würde. Dem Knaben wollte der König den Titel des Grafen Warwick übertragen, und die Tochter würde zu gegebener Zeit standesgemäß verheiratet wer-

den. Hinter dem Kommandanten des Tower stand Pater Baldwin. Fünf Knechte warteten in der Türöffnung. Die Sonne wanderte über die Tischkante. Es war kurz vor Mittag.
Langsam richtete sich Georg von seinem Lager auf. Als er stand, reichte er fast bis zur Decke. Sein borstiges Haar, ungepflegt im Kerker, war zerzaust. Er sah älter aus als die neunundzwanzig Jahre, die er zählte, und als der Sprecher fertig war, verfiel sein Gesicht, als wäre er uralt.
Pater Baldwin kam nach vorn geschossen und redete auf Georg ein, aber der verstand nur die Hälfte. Was meinte er? Das Meßgeld? Wenn Georg eine Totenmesse haben wolle, würde er sie wohl am besten selbst bezahlen, denn davon hätte der König nichts gesagt. Und dann wäre es ratsam, darüber nachzudenken, was an Unrecht gutzumachen war. Hatte nicht Georg, Herzog von Clarence, vor neun Jahren Johnny Woodville und dessen alten Vater ermorden lassen? Im Verein mit dem verstorbenen Grafen Warwick allerdings, aber immerhin. Die Verleihung von ein paar Rittergütern an die Erben des verstorbenen Johnny Woodville – er habe schon etwas aufgesetzt darüber – würde Gott vielleicht versöhnen.
Georg sah den eifrigen Mann an, als sähe er ihn nicht. Aber plötzlich war es, als hätte er begriffen. Er schrie auf. Wie ein Stier brüllte er. »In Malvasier will ich einmal ersaufen«, schrie er, »aber nicht, ehe die Hexe auf dem Thron zur Hölle gefahren ist und ihre Bastarde dazu . . . oh Gott, oh Gott!« Er fiel zurück auf sein Bett, daß es krachte. Stroh rieselte. Der Kommandant des Tower verließ mit seinen Knechten den Raum. Die Tür krachte zu. Nur der Beichtvater stand noch neben dem kantigen Tisch.
»Richtet Eure Gedanken auf Gott, Mylord«, sagte er leise. »Es bleibt nur noch wenig Zeit.«
Georg weinte. Unvermittelt kamen die Tränen. Stoßweise schluchzte er wie ein Kind. Aber es dauerte nicht lange, dann hatte er sich gefaßt. Der Sonnenfleck war jetzt über die Tisch-

kante hinunter auf den Boden gefallen. Er war rund wie ein Gesicht, ein sanftes, stilles Jungmädchengesicht: Isabella. Oh, Isabella, erwartest du mich?
»Bereut Eure Sünden, Mylord«, mahnte der Beichtvater. »Es ist nicht mehr viel Zeit.«
Georg hatte die Hand ausgestreckt. »Isabella ... oh, Isabella, wartest du auf mich?« Aber der Fleck auf dem Fußboden veränderte sich, und jetzt starrte ihn die dicke Ankarette an, deren runde Backen er mit der Peitsche geschlagen hatte. Ihr Hals wurde lang wie ein gedrehtes Seil ... Georg taumelte hoch vor Entsetzen.
»Bereut Eure Sünden, Mylord«, wiederholte der Beichtiger. »Es ist nicht mehr viel Zeit.«
Georg fiel auf die Knie. Er barg das Gesicht in den Händen. »Gott, Vater im Himmel, verzeih ... verzeih ...«. Auf den Knien unterschrieb er, was der Pater ihm vorlegte, auf den Knien bezahlte er sein Meßgeld. Von den Knien zerrten ihn die Knechte hoch, als der Kommandant des Tower zurückkehrte.
Man führte Georg hinaus. Man führte ihn durch einen langen Gang und um ein paar Ecken. Er dachte nichts. Wenn er dachte, brach er zusammen. Er wollte nicht sterben. Er hatte noch soviel Kraft in sich. Was hatte er schon verbrochen? Hatte er nicht nur um sein Recht gekämpft, nur um sein gutes und heiliges Recht? Als er das Weinfaß stehen sah, war er einen Augenblick verblüfft. Lieber Himmel, man erlaubte sich einen Scherz mit ihm. Einen üblen Scherz. Der ganze Hof würde über ihn lachen und über seine Angst. Jetzt bekam er zu trinken. Was hatte er an Durst gelitten, seit Monaten.
Georg merkte, daß man ihm die Hände auf den Rücken band. Drei Knechte stießen ihn auf einen Schemel. Er kniete darauf und begriff nicht. Doch, er begriff. In Malvasier wolle er ertrinken, hatte er geschrien, und er öffnete den Mund. Seine Augen quollen heraus vor Entsetzen. Er spürte Hände an seinem Haar, schmutzige Hände von Knechten. Er steifte den Nacken, wollte

ihn nicht beugen. Sein ganzer kräftiger Körper spannte sich, als könnte er die Fesseln zerreißen. Er schrie wie ein Tier. Da schmeckte er Wein. Er trank, er trank, als könnte er 126 Gallonen Malvasier trinken, ehe es den schmutzigen Knechtsfäusten gelang, ihm den Kopf unterzutauchen. Da schlug die rote Flüssigkeit über seinem Haar zusammen. Er spürte den Wein noch im Nacken. Seine Füße strampelten. Lust überfiel ihn, als vergewaltige man ihn. Fünf Männer mußten ihn halten, bis alles vorbei war.

*

König Eduard öffnete das rechte Auge. Das Lid des linken folgte nur zögernd. Er lag auf dem Rücken in seinem Bett, und was er sah, war eine große Sonne, eine kreisende, rote Sonne, sonst nichts.

Langsam kam er dahinter, daß es die Ampel sein mußte, die er sah, die Öllampe, die in einem bronzenen Gehäuse von der Decke hing. Rings um ihren roten Schimmer war es finster und schwarz. Es mußte Nacht sein. Nichts regte sich. Kein Laut war zu hören.

Das Licht unterhalb der Zimmerdecke breitete sich langsam aus wie eine Wasserflut. Es umspülte die Pfosten des Lagers, die Falten des Vorhangs, der vom Baldachin herabwallte, und einen unförmigen, dunklen Klumpen auf dem Bettantritt. Eduard erschrak. Das war ein Mensch.

Es dauerte eine Weile, bis der König Worte formen konnte. »Wer bist du?« fragte er undeutlich.

»Ich bin ein Mönch«, erwiderte die dunkle Gestalt.

»Woher kommst du?«

»Aus Westminster, Euer Majestät.«

»Was tust du?«

»Ich bete.«

»Wofür?«

»Um einen sanften Tod für Englands König.«

Eduard fuhr zusammen. »Muß ich sterben?« fragte er erschrokken.
Der Mönch erwiderte, das läge bei Gott. »Im Augenblick seid Ihr krank, Mylord.«
»Seit wann?«
»Seit acht Tagen, Mylord. Seit Ihr beim Fischen wart.«
Beim Fischen, richtig. Eduard erinnerte sich: Bald nach Ostern hatte er Lust verspürt, fischen zu gehen. Die Dunkelheit hellte sich auf, und er sah die braunen Märzwiesen am Ufer des Baches. Einen großen Hecht hatte er gefangen, und Georg half ihm die Angel hochzuziehen, die sich im Ufergestrüpp verfangen hatte.
»Wie geht es Georg?« fragte Eduard lachend. »Ist er vielleicht auch krank geworden beim Fischen?«
»Der Herzog von Clarence«, erwiderte der Mönch nachsichtig, »ist seit fünf Jahren tot. Er wurde ertränkt in einem Faß Malvasier.«
»Ach so ...« Das schiefe Lächeln auf Eduards Gesicht gefror. Er merkte, daß er die linke Hand nicht bewegen konnte. Fünf Jahre, natürlich. Warum gingen seine Gedanken so durcheinander? Die Ampel sah wieder aus wie eine kreisende Sonne in schwarzer Finsternis. Nach einer Weile fiel dem König Richard ein. Hatte er immer noch nicht geschrieben aus Schottland? Wozu hatte er dann den Kurierdienst eingerichtet bis hinauf zur Festung von Berwick, die man ewig belagern mußte.
Als Eduard fragte, erwiderte der Mönch leise, daß der Herzog Berwick längst erobert hätte. »Auch Edinburgh ist in seiner Hand. Ihr habt ihn großartig belohnt für seine Siege. Was er heute im Norden besitzt, ist fast ein Fürstentum.«
Eduard entsann sich langsam. Ja, er hatte ihn belohnt. Richard war treu. Der kleine, verwachsene Richard war immerzu treu. Was hätte er getan ohne ihn in all diesen Jahren?
Das rote Licht der Ampel verglomm, denn Eduard schloß wieder die Augen. Ja, er mußte sterben, er fühlte es. Er war einundvierzig Jahre alt und seit zweiundzwanzig Jahren König. Hatte er

nun gut regiert oder nicht? Oh, es war wohl gut gewesen. Man liebte ihn. Man jubelte ihm zu, wenn er durch die Straßen ritt. Er verstand es auch, mit den Leuten zu reden. Mit den Kaufleuten von London saß er am selben Tisch, wenn sie ihn zu ihren Banketten luden, und sie bewunderten ihn, daß er es noch besser als sie fertigbrachte, Wolle und Tuche mit Gewinn zu verkaufen. Oh, er war reich. Und mit dem Geld, das er vom König von Frankreich erhielt, hatte er seine Kassen noch weiter gefüllt, so daß er es sich leisten konnte, auf überhöhte Steuern zu verzichten, obwohl er natürlich die Zölle streng einzog. Er hinterließ geordnete Finanzverhältnisse und einen beträchtlichen Staatsschatz, und er hatte das Volk weniger ausgepreßt als mancher Vorgänger, wofür es natürlich nicht dankbar war. Das Volk war nie dankbar, und die Steuern waren ihm immer zu hoch. Überdies hatte er England, über das man zu Heinrichs Zeiten nur gelacht hatte, wieder zu einem gewichtigen Faktor in der europäischen Politik gemacht. Es war gut gewesen, daß er sich mit Herzog Francis von der Bretagne verbündet und zu Burgund gehalten hatte gegen Ludwig. Eduard schoß plötzlich ein Gedanke durch den Kopf, und er riß die Augen wieder auf. Das linke Lid öffnete sich nun. »Maria ...«, stammelte er. »Wie geht es Maria von Burgund? Weißt du das, Mönch? Hör auf zu beten.«
Der Mönch erwiderte sanft, daß die schöne Maria vor einem Jahr gestorben wäre. »Sie ist verunglückt, Euer Majestät, vom Pferd gestürzt bei der Falkenjagd.«
Eduard versuchte sich aufzurichten, fiel aber kraftlos zurück. Wie schrecklich, dachte er, so ein junges Ding. Dann fiel ihm Maximilian ein, Maximilian von Habsburg, den er nicht unterstützt hatte, um den Tribut von Ludwig nicht aufs Spiel zu setzen. »Maximilian ...«, stöhnte er.
Der Mönch glaubte darauf hinweisen zu müssen, daß Maximilian von Ludwig in die Knie gezwungen worden sei. »Vor drei Monaten, Euer Gnaden, im Vertrag zu Arras ...«

»Sei still!« schrie Eduard. »Ich weiß es.« Sein Schrei war mehr ein Röcheln, aber der Mönch verstummte. Eduards rechtes Augenlid fiel wieder zu, und das Licht der Ampel verglomm. Jetzt hatte er alles, was er wollte, der schlaue Ludwig. Eduard entsann sich genau. Ganz Burgund hatte er gewonnen. Und seinen Dauphin hatte er mit dem Töchterchen der verunglückten Maria verlobt, um auch noch deren Mitgift einzustreichen. Nun, es war noch nicht sicher, ob er die beiden wirklich verheiratete. Ludwig hatte ja auch einmal versprochen, daß Eduards älteste Tochter Bess den Dauphin ehelichen und Königin von Frankreich werden sollte. Dieser Hund, dieser Hund. Mit fünfzigtausend Kronen im Jahr und ein paar lächerlichen Pensionen an Hastings und andere hatte er sich England vom Leibe halten und Burgund schlucken können. Warum hatte Maximilian auch nicht gesiegt? Eduard stöhnte. Er hatte immer gehofft, daß der Habsburger allein mit Frankreich fertig werden würde! Fünfzigtausend Kronen in Gold. Waren sie nicht schon wieder fällig?«
Der Mönch erwiderte, daß Ludwig den diesjährigen Tribut noch nicht geschickt habe, soviel er wisse. »Und wahrscheinlich wird er ihn auch nicht mehr schicken, Euer Gnaden. Wozu denn noch?«
Wozu denn noch? Eduard knirschte mit seinen Zähnen. Wozu denn noch? Oh Richard, du hattest ihn durchschaut, den schlauen Fuchs. Herr des Himmels, strafe Ludwig! Herr des Himmels, strafe ihn!
Der Mönch erwiderte sanft, daß Ludwig sich zur Zeit nicht wohl fühle. »Er ist krank wie Ihr, Majestät. Er hat sich in der Feste Plessis-les-Tours eingesperrt und läßt niemand zu sich, außer die Heiligen des Himmels, die ihm helfen sollen, auch den Tod draußen zu halten. Aber der Tod kommt durchs Schlüsselloch.«
Eduard beruhigte sich nicht. »Wenn der Lump die Heiligen mit meinen fünfzigtausend Kronen besticht, werden sie ihm schon helfen!« Oh Gott, oh Gott, warum hatte er nicht auf Richard gehört? Schlaff fiel des Königs Kopf auf die Polster zurück. Das

Licht der Ampel verglomm. Die Stimme des Mönches verging. Es wurde still.
In der Stille klang eine ferne Musik auf. Waren es Fiedeln und Lauten, die zum Tanz aufspielten? Das Kichern von Frauen? Oder Fanfaren des Sieges? Trommeln und Trompeten, die zum Kampf riefen? Nein, es waren die Glocken der Kirchen von London, und was sie läuteten, war ein Trauergeläut. Das war ganz deutlich Sankt Paul auf Ludgate Hill. Das Sankt Olave von jenseits des Flusses. Das Sankt Peter in Cheap. Und das die Glocken von Westminster. Man läutete zu seinem Tod. Aber auch das mußte ein Irrtum sein. Es war kein Brausen in der Luft, nur ein leises Singen, das Lachen von Jane. Oder irrte er sich immer noch? Da war eine Knabenstimme. Sie rief nach Knechten, Hund und Gaul. Der Prinz von Wales! Eduard richtete den Oberkörper auf. Er war in Schweiß gebadet, keuchte. »Wie geht es meinem Sohn?«
Der Mönch erwiderte gemessen, daß es dem Prinzen zu Ludlow gut gehe. »Er lernt fleißig, Euer Gnaden, und er befindet sich wohl.«
»Wie kann es ihm gut gehen, wenn sein Vater stirbt!« röchelte Eduard.
»Er wird bald König sein«, entgegnete der Mönch gelassen.
»Mit zwölf Jahren?« ächzte Eduard. »Kann er schon wollene Tuche verkaufen? Kann er bei Barnet siegen, bei Towton und Tewkesbury? Kann er mit den Leuten auf der Straße reden? Kann er auch nur einen einzigen Peer dazu bringen, ihm Geld zu leihen oder zu schenken? Kann er seine Feinde töten?«
Der Mönch erwiderte, daß der Prinz Lehrer hätte, gute, tüchtige Lehrer. Und Verwandte, die ihm beistehen würden. »Eine energische Mutter, Euer Majestät. Hastings wird ihm helfen sowie alle Lords, die Euren Thron umstanden, so oft Ihr darauf saßet.«
Eduard verzog gequält das Gesicht. »Wie sollen sie dem Kind helfen, wenn sie untereinander nicht einig sind, wenn sie sich gegenseitig mehr hassen als den Teufel? Sie werden sich die

Augen auskratzen, wenn ich ihre Finger nicht mehr halten kann, und im Rausch des Streits das Kind unter die Füße treten. Oder weißt du einen Rat dagegen?«
»Ernennt einen Schirmherrn über Euren Sohn und das Reich, einen Protektor, und gebt ihm Vollmacht. Dann wird bis zur Mündigkeit des Prinzen Ruhe herrschen.«
Eduard lachte, glucksend und tief im Hals. Er schien sich zu erholen und sprach plötzlich deutlicher: »Und wen, mein Lieber, soll ich ernennen? Den strahlenden Rivers, der blendet im Turnier und Balladen verfaßt über die Vergänglichkeit des Glücks, aber davonläuft, ehe die Schlacht beginnt? Oder Hastings, dessen Flügel bei Barnet zerschmettert wurde und der die Nächte verbringt mit Wein, Weib und Gesang? Hat er Zeit, an das Wohl meines Kindes zu denken? Oder soll ich vielleicht einen Geistlichen nehmen? Den Bischof von Ely vielleicht? Er ist schlau und gerissen und bedient sich seines geistlichen Amtes mit Virtuosität, um in der Welt vorwärts zu kommen. Aber seine Treue galt Heinrich und den Lancasters, solange noch Aussicht bestand. Und was Elisabeths Bruder, den Bischof von Salisbury anlangt, so ist er ein Dummkopf.«
»Ihr habt einen Bruder«, sagte der Mönch leise. »Habt Ihr Richard vergessen, Majestät?«
Der König verfiel in Schweigen. Ja, dachte er verschwommen, ich habe ihn vergessen. Er war so lange nicht mehr da. Der Prinz kann seinen Oheim, der nie lacht, bestimmt nicht leiden. Und was Richard denkt, weiß kein Mensch.
»Er war Euch treu«, sagte der Mönch. »Er hat das Schwert für Euch geführt in allen Euren Schlachten und ja gesagt zu allen Euren Taten.«
»Zu welchen?« fragte Eduard.
Aber der Mönch gab keine Antwort darauf.
Die Kräfte verließen Eduard wieder. Er sank zurück in die Kissen. Die bronzene Ampel, die im Leeren zu schweben schien, wurde zu einem Gesicht, einem großen weißen Gesicht. Wer war

das? Das war der Herzog von Somerset mit dem Stiernacken, den die Bewaffneten aus der Abtei von Tewkesbury gezerrt hatten, kein Zweifel. Die Vision verging wie eine gefüllte Schweinsblase, die zerplatzt, und statt dessen erschien eine lächerliche Fratze, die sich hin und her wiegte und kicherte wie ein Tor. Heinrich, du Narr! Was hätte dir das Leben noch gebracht? Das Antlitz entschwebte gleich einer Seifenblase. Nun waren es zehn Gesichter, die da hingen, aber sie waren so verschwommen, daß sie nicht zu erkennen waren. Es war nicht wichtig. Nach jedem Aufstand, den man niedergeschlagen, hatte man richten müssen. Oberster Richter zu sein, war das Geschäft des Königs. Kein König durfte zimperlich sein. Eduard blinzelte. Das Zimmer füllte ein roter Nebel, die Ampel schwankte wie unter Sturm und Wind und hing wieder starr und still. Langsam bekam sie erneut zwei Augen und einen Mund. Kain, sagte der Mund. Kain ... Brudermörder Kain!
Eduard gurgelte. Zitternd hob er die Rechte, als müßte er sich schützen. »Elisabeth war es!« schrie er röchelnd. Da war der Spuk vorbei. Der Mönch erhob sich von seinem Sitz.
»Was ist, Euer Gnaden?«
»Nichts«, stöhnte Eduard. »Nichts. Gib mir Wasser.« Er trank, als müßte er ein ganzes Meer austrinken. Die Hand, die ihm den Becher hielt, war knochig und hart.
»Wer bist du?« fragte Eduard verstört. »Bist du der Tod?«
»Ich bin nur ein Mönch«, erwiderte der Fremde, »aus der Abtei von Westminster. Ich habe es schon einmal gesagt.«
»Wie heißt du?«
»Mein Name ist Owen, Euer Majestät.«
»Nie gehört. Wer war dein Vater?«
»Owen Tudor nannte er sich. Ihr habt ihn auf Eurem Wege zum Thron auf dem Marktplatz von Hereford enthaupten lassen. Vielleicht entsinnt Ihr Euch noch.«
Eduard dachte nach. »Hatte er ein rotes Samtwams an?« fragte er. »Ja, ich weiß es. Er wollte nicht glauben, daß es ans Sterben

ging, obwohl er schon den Block sah. Und selbst als ihm der Henker den Kragen abriß, hoffte er noch. Er hatte ein Gesicht wie ein Erzengel.«

»Er war sehr hübsch. Und er war noch schön, als sein Kopf auf der höchsten Spitze des Marktplatzes von Hereford stak.«

»Ich erinnere mich.« Eduard wurde eifrig. »Eine Verrückte wusch das Haupt und kämmte das Haar und setzte hundert brennende Kerzen ringsherum.«

»Sie entsann sich wahrscheinlich«, erwiderte der Mönch, »daß dieses Haupt einst im Schoß von Königin Katharina lag und oftmals von ihr geküßt wurde.«

»In wessen Schoß?« fragte Eduard, und er begriff plötzlich, daß nicht nur seine linke Hand, sondern auch seine Beine gelähmt waren. Mein Gott, er mußte sterben!

»Im Schoß der Königin Katharina«, wiederholte der Mönch. »der Tochter des wahnsinnigen Karl von Frankreich und Mutter des Narren Heinrich.«

»Aber der Mann ist doch nur Vorsteher ihrer Garderobe gewesen und vorher ein Diener des Bischofs von Bangor!« entgegnete Eduard.

»Gewiß, Euer Gnaden. Aber Katharina war Witwe. Sie war allein und traurig und lebte fern vom Hof, da ihre Schwiegertochter Margaret nichts von ihr wissen wollte. Mein Vater konnte walisische Lieder singen, Euer Gnaden ...«

»... und da sang er sich in Katharinas Bett«, warf Eduard ein und versuchte zu lachen. »Aber eine ordnungsgemäße Heirat war das nicht, mein Lieber. Trotz all der Spitzfindigkeiten wegen Verlobung und so: Du bist nicht ehelich.«

»Nein, aber König Heinrich, den Ihr ermorden ließt, hat mich als seinen Halbbruder anerkannt und meine beiden Brüder auch. Heinrich war großmütiger als Ihr.«

»Brüder? Hast du noch Brüder?«

»Zwei, Euer Gnaden. Ihr kennt sie doch. Der eine, mit Namen Jasper ...«

Eduard winkte schon ab. »Hör auf, hör auf. Margaret rannte wie eine Verrückte, um zu ihm nach Wales zu kommen, als ich sie bei Tewkesbury erwischte, ehe sie über den Severn war. Und dein zweiter Bruder, der Graf von Richmond, ist ja schon tot. Ein alter Hut ist das alles, was du da erzählst.«
»Sehr wohl, Euer Majestät. Der Graf von Richmond ist tot, aber sein Sohn lebt. Er ist mein Neffe.«
»Er hat einen Sohn? Von wem hat er einen Sohn?«
»Von Margaret Beaufort. Sie war dreizehn Jahre alt, als sie heiratete, und vierzehn, als sie das Kind bekam.«
Eduard versuchte, die Hand zu heben. »Hör auf, hör auf. Das Wappen der Beauforts trägt zwar königliche Farben, aber es hat Balken darüber, denn ihre Herkunft ist nicht ebenbürtig. Da war einmal eine Mätresse, und der Herzog von Lancaster, dem sie Kinder gebar wie ein Karnickel, war verheiratet wie sie selbst. Ein offener Skandal.«
Der Mönch erwiderte sanft, daß dies vor Gott nichts zu bedeuten hätte. Die beiden Menschen, die sich wirklich liebten, hätten geheiratet, als sie beide verwitwet waren, und die Beauforts wären legitimiert worden. »Es ist schon lange her, Euer Gnaden, und Ihr habt die Gräfin Richmond, meine Schwägerin, immer geehrt, seitdem sie in dritter Ehe mit Lord Stanley verheiratet ist.«
»Der meinem Bruder Richard die Fersen abhacken wollte, sofern er seinen goldenen Sporen Unehre machen würde. Der Kerl ist ja selbst nie treu. Ein Jongleur ist er, der sich in der Schwebe hält bei jedem Kampf und Streit, um am Ende an der Seite des Siegers zu stehen. Ah, ja, ich bewundere ihn sehr. Aber die Gräfin Richmond habe ich nie leiden können. Sie ist eine Betschwester.«
»Sie ist klug, Euer Majestät. Und ihr Sohn, Heinrich Tudor, Graf von Richmond, ist es nicht weniger. Übrigens geht es ihm gut, drüben in der Bretagne.«
»Dann müßte er eigentlich schon viel erreicht haben, wenn er so

klug ist, wie du sagst«, Eduard versuchte abermals zu lachen. »Aber bisher hat er meines Wissens nicht mehr fertiggebracht, als sich Graf Richmond zu nennen, obwohl ihn kein Mensch dazu gemacht hat, und den Leuten zu erzählen, daß sein Vater ein Halbbruder des Narren Heinrich war und daß seine Mutter auch eine Lancaster sei.«

»Sehr wohl, Euer Majestät. Und damit ist er der letzte Lancaster mit einem Anspruch auf den Thron. Ihr habt es Euch schon einiges Geld kosten lassen, um ihn in die Hand zu bekommen. Herzog Francis von der Bretagne ist zwar Euer Verbündeter, aber Heinrich Tudor ist ihm teuer.«

Eduard kicherte erstickt und zischte undeutlich. »Kosten hin oder her! Du wirst doch nicht annehmen, daß ich deinen Neffen Heinrich Tudor als eine Bedrohung für mein Haus ansehe? Wenn ich bezahlt habe für seine Überwachung, dann nur, damit Ludwig in Frankreich ihn nicht gegen uns ausspielen kann.«

Der Mönch erwiderte gelassen, daß ihn die Heiterkeit des Königs freue. »Lachen macht gesund, Euer Majestät. Wenn Ihr wieder gesund werdet, dann ist es nicht nötig, einen Protektor zu ernennen. Und wenn es keinen Protektor gibt, gibt es auch keine Partei, die ihn nicht mag – obwohl diese Partei sich der Verstärkung wegen wahrscheinlich mit meinem Neffen verbünden würde, was gut für ihn wäre. Er hat immerhin drüben auf dem Festland den Rest der geächteten Lancasters um sich geschart.«

Eduards Kichern verstummte. Den Rest der geächteten Lancasters? Kehrte dieses Gespenst nie in die Gruft zurück? Würde es auch seinen kleinen Sohn noch heimsuchen, quälen, foltern? »Töte sie!« ächzte er, als könnte seine Stimme bis Ludlow dringen. »Töte sie! Töte sie! Nur, wer seine Feinde töten kann, wird am Leben bleiben!«

Der Mönch unterbrach ihn scharf. »Ihr versündigt Euch, Euer Gnaden. Das Gebot Gottes heißt: Du sollst nicht töten!«

Eduards Körper erschlaffte wieder. Das Zimmer war voll von rotem Nebel. Er hob ein wenig die Rechte, ließ sie fallen. »Gott selbst tötet«, flüsterte er. »Und den Tieren hat er geboten, zu töten, um zu fressen und zu leben. ›Du sollst nicht töten‹, das ist ein Gesetz von Menschen. Wäre es ein Gesetz von Gott, hätte er mich an meinem Leibe strafen müssen.«

»Gott straft Euch! Ihr seid erst einundvierzig Jahre alt und müßt schon sterben!« rief der Mönch.

Eduard lächelte matt. »Ich habe die Genüsse von hundert Jahren getrunken und geliebt, als besäße ich zehn Lenden. Ich bin einundvierzig Jahre alt, aber ich bin satt bis zum Hals. Niemand kann so satt sein wie ich.« Der rötliche Nebel zersprang und wurde zu Sternen, die herniederrieselten gleich einem Feuerwerk. Herrlich war dieses Rieseln...

»Dann wird Gott deine Nachkommen strafen!« schrie der Mönch, den seine Ruhe verließ.

Aber Eduards Kopf war zur Seite gesunken, er hörte nichts mehr.

*

Nach der Hinrichtung des Herzogs von Clarence schwirrte das Gerücht durch London, daß nun auch die Herzogin von York gestorben sei. Aber Cicely lebte. Allerdings glich sie, wenn man sie sah, eher einer Toten als einer Lebenden. Mager, weißhaarig, eingefallen, bestieg sie nur noch manchmal ihre Sänfte. Und Besucher empfing sie kaum noch auf Baynards Castle. Sie betet den ganzen Tag, flüsterten sich die Leute zu, aber eine der Kammerfrauen erzählte hinter der vorgehaltenen Hand, daß die Herzogin von York keineswegs bete, sondern im Gegenteil das Kruzifix aus ihrem Schlafzimmer habe entfernen lassen. Sie lese seltsame Schriften und Bücher, und manchmal, in der Dämmerung, kämen vermummte Besucher, Magier vielleicht oder Kräuterweiber, die Bilsenkraut verkauften, genau wußte das die Kammerfrau natürlich nicht.

Einer der wenigen, die bei hellem Tag den Weg nach Baynards Castle fanden, war Richard. Er besuchte seine Mutter jedesmal, wenn er, vom König gerufen, nach London kam. Er saß dann immer ziemlich steif in der Halle und hoffte, daß die Zeit, die er schicklicherweise hier verbringen mußte, bald vorübergehen würde. Es waren ganz nebensächliche Dinge, die er mit Cicely besprach. Er erzählte von seinen Scharmützeln in Schottland, und was Pimpinell alles trieb. Cicely hörte immer aufmerksam zu. Einmal sprach sie von Bischof Stillington und Lady Eleanor Butler, aber nie erwähnte sie Georg, nie sprach sie über dessen Tod. Das war auch nicht nötig. Richard wußte auch so, was in der Mutter vorging. Er hatte sich nicht genügend für Georg eingesetzt, so dachte sie. Er hatte zugelassen, daß man den Herzog von Clarence des Hochverrats beschuldigte wegen seiner Verbindungen zum Grafen von Oxford und zu König Ludwig von Frankreich. Georgs Schicksal sei Richard gleichgültig gewesen. Cicely konnte vor Haß nicht einmal sterben, obwohl sie bald Siebzig war.

Als König Eduard dem Tod in die Arme sank, befand sich Richard im Norden des Landes, aber Cicely erfuhr davon nur Stunden später. Denn wenn sie auch nicht mehr am Hofe verkehrte, so hatte sie doch ihre Späher dort und nichts, was dort geschah, blieb ihr verborgen.

Nun war also Eduard tot. Er war so dick geworden in der letzten Zeit, so kurzatmig, er hatte viel zu üppig gelebt und geliebt. Cicely empfand nichts, als sie von seinem Tod erfuhr. Doch, natürlich empfand sie etwas. Jetzt, dachte sie triumphierend, jetzt ist sie ohne Schutz: die Hexe, die Hure . . . jetzt ist sie ohne Schutz!

Erst als ganz London vom Tod des Königs erfahren hatte, und alle Glocken längst verstummt waren, kam Hastings, um Cicely auch offiziell vom Tod des Königs zu unterrichten. Auch Hastings war fett geworden in den letzten Jahren, und ganz offensichtlich fühlte er sich jetzt nicht wohl. Er hatte dem König so viele Gespielinnen zugebracht, daß er nicht erwarten konnte, Elisabeth Woodville würde ihn nun ungeschoren lassen. Sie hatte ihm insgeheim schon oft Rache geschworen. Aber auch Richard war nicht gerade sein Freund. Wenn Hasting nur gewußt hätte, wie sich die Dinge nun entwickeln würden. Wer war mehr zu fürchten: die Woodvilles oder der Herzog von Gloucester? Jedenfalls war Richard von König Eduard zum Protektor ernannt worden, zum Regenten des Reichs. Das Testament war bereits geöffnet, und die Woodvilles waren allesamt ziemlich blaß geworden. Elisabeth hatte geradezu einer Statue geglichen. Nicht sie, die Königinwitwe und Mutter des neuen Königs, war Regentin, sondern der undurchsichtige Gloucester. Das war doch nicht möglich! Ihre Mundwinkel hatten gezittert, und Hastings war überzeugt, daß sie gleich vom Stuhl kippen würde. Aber sie faßte sich ziemlich schnell. Sie gehörte nicht zu den Menschen, die sich das Heft aus der Hand nehmen ließen. Was bedeutet schon ein Wort in einem Testament, schien sie zu überlegen. Wertloses Geschreibsel. Mit Regenten waren auch andere schon fertig geworden.

Cicelys harte Stimme riß Hastings aus seinen Gedanken. »Hat man Boten nach Middleham geschickt, um dem Herzog von Gloucester Mitteilung zu machen?«

»Bis jetzt noch nicht.« Hastings schüttelte den Kopf. »Wenigstens soviel ich weiß. Und ich habe sagen hören, daß man auch nicht vor hat, Richard so bald schon zu verständigen – auf keinen Fall, bevor der Prinz von Wales in London eingetroffen ist und in der Obhut seiner Mutter. Es sind schon Truppen nach Ludlow in Marsch gesetzt worden, um ihn zu holen.«

Cicely riß den Deckel ihrer Truhe auf und zog einen Beutel Gold hervor. »Ihr werdet einen Boten nach Middleham schicken, der schneller ist als der Wind. Jetzt geht es um unser Leben, Hastings, das wißt Ihr ja.«

Ums Leben, bei Gott! Wenn Hastings nur eine Ahnung gehabt hätte, wie der Tanz ausgehen würde, der jetzt begann. Lord Stanley pflegte sich immer neutral zu halten, um kurz vor Schluß eines Spiels auf die richtige Seite zu setzen. Der saß jetzt sicher auch wieder auf zwei Stühlen. Hastings beschloß, erst einmal ein paar Tage zu warten, bis er den gewünschten zuverlässigen Boten fand.

*

Nach der Hinrichtung von Clarence vor fünf Jahren, an die soviele in England bis zuletzt nicht glauben wollten, hatte Richard mit Ann London verlassen. Sie waren losgeritten, ohne sich von jemand in der Stadt zu verabschieden, und selbst das Gepäck mußte ihnen nachgebracht werden. Es war wie eine Flucht gewesen.

Ann hatte Georg gehaßt, aber sein Ende hatte sie entsetzt. Sie weinte noch auf dem Weg nach Middleham, bis Richard wütend wurde. Jetzt heulte sie, und zuvor hatte sie ihn immer davon abgehalten, sich für Georg zu verwenden.

Aber es hatte ihn wohl auch nicht sehr heftig danach verlangt. Die ganze Zeit, da Georg im Tower gesessen hatte, war Richard hin und her gerissen gewesen: Er wünschte Georgs wegen sein Verhältnis zu Eduard nicht zu trüben, aber er wollte auch nicht, daß die Woodvilles triumphierten. Und über seinem Schwanken waren die anderen zum Ziel gestürmt.

Der Heimritt von Richard und Ann nach Norden glich einer Flucht, aber es war eine Flucht vor Dämonen. Und auch die weite Landschaft der Moore, die festen Mauern von Middleham und das glückliche Jauchzen von Pimpinell vertrieben die Geister nicht.

In den folgenden fünf Jahren kam Ann nicht mehr nach London. Zwar hatte sie oft Sehnsucht nach der großen Stadt, nach ihrem wimmelnden Leben, den überquellenden Läden und den vielen Freunden, aber es ergab sich keine Gelegenheit zur Reise, denn Richard selbst hatte nicht das geringste Verlangen, seine Haushaltung bei den gegebenen Verhältnissen wieder nach Süden zu verlegen, nicht einmal für ein paar Monate. Er würde nicht standhalten können, wenn ihm die Woodvilles begegneten, so sehr er auch in seinem Leben gelernt hatte, sich zu verstellen. Vor Elisabeth zu knien, war Richard nach Georgs Tod unmöglich. Und der Gedanke, Rivers zu begegnen, der im Kampf um des Königs ältesten Sohn Sieger geblieben war, bereitete ihm Unbehagen.

Trotzdem war er in den vergangenen fünf Jahren dreimal beim König gewesen. Jedesmal hatte Eduard ihn gerufen, und Richard war gekommen, begleitet von ein paar Rittern, rasch und folgsam, um ebenso eilig wieder zu verschwinden, nachdem besprochen worden war, was zu besprechen gewesen war. Es war um Schottland gegangen, das, aufgestachelt von Frankreichs König Ludwig, den Waffenstillstand mit England gebrochen hatte. Ann hatte Richard zeitweise überhaupt nicht mehr zu Gesicht bekommen, so viel war er unterwegs gewesen, um Truppen anzuwerben, Berwick zu belagern, Edinburgh einzunehmen. Dazu waren das Wetter so schlecht und die Ernten so mißlich gewesen, daß die Menschen Hunger gelitten und Richard größte Mühe gehabt hatte, um Getreide für seine Heere aufzutreiben – ein ewig gehorsamer Diener des Königs.

»Nein«, sagte Richard zu Ann, wenn er in kurzen Nächten bei ihr lag. »Nicht für Eduard reite ich meine Pferde zuschanden, nur für uns: für dich und mich und für Pimpinell.« Und Richard setzte es durch, daß ihm vom Parlament in London alles Land zugesprochen wurde, das er von den Schotten eroberte. Ann begriff allmählich, daß Richard daran ging, sich im Norden ein Reich zu schaffen. Zwar mußten die Gebiete erst noch befriedet werden, aber eines Tages würde es Richard gelingen, die Herzen des Volkes auch dort zu gewinnen, wie er die Menschen in Yorkshire und Northumberland gewonnen hatte, so daß Graf Percy, der Richard unterstand, schon ganz mißgünstig war, weil alle seine Untertanen mit ihren Anliegen nur noch zum Herzog von Gloucester liefen.

Fünf Jahre nach Georgs Tod war es endlich ruhig geworden im Land, und Ann begleitete Richard auf seiner Reise durch die schottischen Marken, wo er Gerichtstage hielt. Auch Pimpinell war dabei, und die Reise verlief ohne Zwischenfall. Ann war beeindruckt, wie weit sich Richards Macht nun erstreckte. »Und wenn die Schotten auch weiterhin keine Ruhe geben sollten«, meinte sie lachend, »dann kannst du ja noch mehr Land von ihnen erobern, bis du eines Tages König bist hier oben.«

Richard lächelte. Man ritt unter einem zarten Frühlingshimmel nach Hause. Das frische Grün auf den Wiesen sproß schon dick durch das verwelkte Gras des Vorjahres, und Richard war guter Dinge. »Möchtest du noch immer so gern Königin sein?« fragte er.

Ann zuckte die Schultern. »Es wäre sicher keine schlechte Sache. Abgesehen davon würde Pimpinell dann einmal König werden.«

Ann war jetzt siebenundzwanzig Jahre alt, aber sie sah noch immer jung aus. Ihre Haut war die eines Mädchens geblieben, und nur die Sehnsucht in ihren Augen hatte sich ein wenig versteckt. Ann war vernünftig geworden. Die Träume ihrer Jugend waren an der Wirklichkeit zerschellt, und die Trümmer verbarg man. Wenn Ann jetzt nach Besitz und Sicherheit strebte, dann war es mehr für ihr Kind als für sich selbst. Pimpinell war in den letzten Jahren sehr gewachsen, und Ann liebte ihn noch immer mehr als alles andere auf der Welt. Er sah ihr sehr ähnlich.

Pimpinell ritt dicht hinter Ann, und sie hörte ihn mit dem jungen Percy plaudern, Ann machte es Freude, zu beobachten, daß sich die beiden so gut vertrugen. Wenn schon Richard mit dem Grafen von Northumberland trotz aller Bemühungen und aller Rücksichtnahme zu keiner wirklichen Freundschaft kommen konnte, dann würden die Söhne vielleicht einmal fest zueinander stehen. Jetzt allerdings fingen sie an, sich zu streiten. Pimpinell behauptete mit dem Eigensinn seiner zehn Jahre steif und fest, auf diesem selben Weg, den sie eben unter den Pferdehufen hatten, sei seinerzeit König Heinrich mit seiner Gattin Margaret nach Schottland geflohen, und kurz vor Berwick hätte man sie eigentlich erwischen müssen, während der junge Percy erklärte, sie wären viel weiter westlich über die Grenze gekommen. Es war ein Streit um des Kaisers Bart, und er verging auch gleich, als man einen winzigen Junghasen über das Feld hoppeln sah. Heinrich war längst tot, und auch Margaret war im vergangenen Sommer gestorben. In Frankreich hatte sie ihre letzten Jahre verbracht, nachdem Eduard sie gegen Lösegeld an Ludwig ausgeliefert hatte. Aber Ludwig hatte nichts mehr mit der gebrochenen Frau anfangen können. Sie war nur noch ein Schatten gewesen, und so gewährte ihr Ludwig eine kleine Pension, damit sie standesgemäß sterben konnte. Als sie tot war, zog er ihren ganzen Besitz ein zum Ausgleich für die Auslagen, die er für sie gehabt hatte, und sicher machte er dabei ein gutes Geschäft. Ann fragte sich, was besser war: auf der Höhe des Glücks aus der Welt gehen zu müssen oder im Elend. Wenn man im Elend war, fiel es sicher am leichtesten.

Als man über die Zugbrücke von Schloß Middleham ritt, verblaßte der Frühlingshimmel, und ein Regenschauer prasselte nieder. Ann hastete unter Dach. Pimpinell, der ihr folgte, zog ihren Umhang halb über sich. »Lauf, lauf«, drängte er, und außer Atem erreichten sie den nächsten Unterschlupf. Es war das Backhaus. Ann schloß Pimpinell in die Arme. »Bist du naß? Ach nein, kein bißchen. Es ist gleich vorüber.« Sie strich sich das Haar aus dem Gesicht. Auch andere hatten sich hereingedrängt. Richard jedoch war draußen gelieben mit James Tyrell und ein paar Knappen und Knechten. James Tyrell, der Burghauptmann und als solcher daheim geblieben war, schien eine Meldung zu machen. Richard sah merkwürdig fremd aus, während er da draußen im Regen stand, die Samtmütze tief ins Gesicht gezogen, daß es noch hagerer wirkte als sonst. War etwas geschehen, während sie fort waren? Richard eilte die Treppe zum Palas hinauf.

Als der Regenguß vorüber war und Ann sich zu ihren Gemächern begab, um das Reisegewand abzulegen, erfuhr sie es.

Richard kam aus seinem Arbeitszimmer. »Eduard ist gestorben«, sagte er rauh. »Der König ist tot.« Fünfzehn Minuten vor ihrer Ankunft sei der Bote auf Middleham eingetroffen, und da James Tyrell seinen Herrn schon kommen sah, hatte er ihm keine Meldung mehr entgegengeschickt.
»Wer ist der Bote?« fragte Ann. Nur einen Augenblick hatte sie den Atem angehalten. Es war ja nicht das erstemal, daß man eine Nachricht bekam, die man nicht erwartet hatte.
»Ein William Catesby. Hastings schickt ihn. Komm herein.«
Der Mann sah noch ganz abgetrieben aus. Er habe nur vier Tage gebraucht für den Ritt, berichtete er. Dabei sei er eigentlich Jurist und keineswegs ein Eilkurier.
»Wann starb der König?« fragte Ann.
»Am neunten April, Mylady. Der König hat in seinem Testament den Herzog von Gloucester zum Protektor ernannt und ihm seinen Erben und das Königreich anvertraut.«
Anns Gedanken überstürzten sich. Richard Protektor. Richard der erste Mann im Staat! Der König war also doch dankbar gewesen. Ann hatte für Eduard geschwärmt, als sie ein Kind war. Später war er ihr fremd geworden. Und seitdem er Elisabeth Woodville zum Weibe genommen und ihren Vater besiegt hatte, haßte sie ihn sogar. Jetzt hatte er Richard zum Protektor ernannt. Das war sicher nicht im Sinne der Königin. Ann war ergriffen, doch gleichzeitig überstürzten sich ihre Gedanken. Der Mann, der vor ihr stand, war in vier Tagen von London nach Middleham geritten. Aber es war zehn Tage her, daß Eduard gestorben war. Warum kam der Bote so spät?
Catesby erwiderte, daß es Sache des Hofes gewesen wäre, den Herzog zu unterrichten und ihn zu verständigen von den Bestimmungen des Testaments. Aber Elisabeth Woodville sei anscheinend der Ansicht gewesen, daß eine Nachricht nach Middleham nicht eile. »Weshalb mich Lord Hastings, im Auftrag der Herzogin von York, auf den Weg geschickt hat, Mylady.« Catesby wandte sich zu Richard. »Eure Lordschaft, ich wiederhole,

die Mitteilung meines Herrn lautet: Kommt sofort nach London und bringt den neuen König in Sicherheit! Die Familie Woodville hat sich bereits des Rats bemächtigt und ist dabei, die Leitung der Staatsangelegenheiten an sich zu reißen. Lord Hastings hat verzweifelte Anstrengungen machen müssen, daß das Geleit, das Eduard V. von Ludlow nach London bringen soll, auf zweitausend Mann beschränkt wird. Elisabeth Woodville hätte ihrem Sohn am liebsten zehntausend Mann mitgegeben, damit er sicher nach Westminster kommt. Am vierten Mai soll seine Krönung sein.«

»Was!« schrie Ann entrüstet. »Er soll gekrönt werden? Der Prinz von Wales ist zwölf Jahre alt und noch ein Kind! Man kann ihn doch nicht schon am 4. Mai zum König krönen!«

»Das ist in gut vierzehn Tagen.« Richard lächelte schmal. »Und nach seiner Krönung und Mündigkeitserklärung braucht kein König mehr einen Protektor. Ich verstehe. Danke, Catesby. Ich glaube, Ihr müßt Euch ein wenig erholen.«

Als Ann mit Richard allein war, mußte sie sich setzen. Ihr Herz klopfte bis zum Hals. Draußen ging ein neuer Regenschauer nieder. Wind wehte, und die Tropfen prasselten gegen die Fenster. »Was wirst du tun?«

»Es gibt zwei Wege«, sagte Richard, und die Falten auf seiner Stirn vertieften sich. »Erstens, ich lasse mir Zeit, packe in Ruhe und treffe zusammen mit dir zur Krönung in London ein. Dann huldigen wir Edwardus Quintus, erwähnen das Testament nicht und kehren nach einem ausgiebigen Festessen wieder nach Middleham zurück, um das, was wir uns hier geschaffen haben, weiterhin zu sichern und auszubauen.«

Ann fuhr auf. »Du wirst doch nicht glauben, daß der neue König, der neue königliche Rat und das neue Parlament dir dann noch deine Machtbefugnisse lassen!«

Richard lächelte dünn. »Sicher nicht. Ich wäre eine ständige Gefahr für sie. Sie müßten bei allen Sitzungen auf meine Stimme hören, mehr als auf andere, und hätten niemals freie

Hand. Es gibt also nur den zweiten Weg: Um das eigene Recht kämpfen! Schick den Pagen nach James Tyrell.«
Ann ging zur Tür. »Mit James allein«, meinte sie, »wirst du ja wohl nicht ausziehen wollen, um den König in deine Hand zu bringen. Er kommt mit zweitausend Mann aus Ludlow und hat sicher Rivers bei sich.«
Richard erwiderte, daß er in drei Tagen keine zweitausend Mann aufbieten könne. »Du weißt, daß unsere Truppen entlang der Grenze verteilt sind. In Schottland erfährt man auch, daß Eduard tot ist. Ich will den Schotten keinen Anreiz geben, durch Befestigungen, die keine Besatzung haben, auf dumme Gedanken zu kommen.«
»Dann laß dich von Percy begleiten. Er hat genug Gewappnete.«
»Der Graf von Northumberland untersteht mir zwar«, lächelte Richard, »und wir sind seit Jahren sehr höflich zueinander, wenn wir uns treffen, wie du weißt, aber ich glaube, es ist besser, diesmal lieber weniger Begleiter zu haben, dafür aber sichere. Ein Regierungswechsel scheidet noch allemal die Geister.«
»Aber Richard, auf wen kannst du dich verlassen?«
»Das weiß ich nicht«, entgegnete er und stieß das Fenster auf, als brauche er Luft. Der Frühlingsregen sprühte herein und näßte sein Gesicht. Es war hager und verschlossen und seltsam zerquält in diesem Augenblick, da er darangehen mußte, nachzudenken, auf wen er sich verlassen konnte. Hatte er auch nur einen einzigen Freund?
»Hastings hält zu dir«, sagte Ann und trat hinter ihn. »Er hat dir diesen Catesby geschickt und kämpft in London am Tisch der Räte für deine Rechte, obwohl ihn das sicher in Gefahr bringt.«
Richard starrte in den Regen hinaus. »Hastings war noch nie mein Freund«, sagte er düster. »Er weiß, daß ich ihn für ausschweifend halte, und er nennt mich einen Moralisten.«
»Aber er versucht doch in London den Rat für dich zu beeinflussen.«
»Das tut er im eigenen Interesse. Elisabeth hat kaum vergessen,

daß er Eduard am laufenden Band Buhlinnen zuführte, und wenn der Protektor erst ausgeschaltet und stattdessen die Königinmutter Regentin ist, wird Hastings kaum länger Lordkanzler sein. Und auch das Amt des Vorstehers der Münze wird er abgeben müssen – ein sehr lukratives Amt, wie du weißt.«

»Ja, das wird sich zweifellos der Marquis von Dorset aneignen.« Ann lachte kurz. »Aber Richard, es ist ja auch gleichgültig, aus welchen Gründen Hastings zu dir hält. Hauptsache, du hast ihn auf deiner Seite. Und auch auf Howard kannst du dich verlassen. Er hat dir soviel in Schottland geholfen, ist den Firth of Forth hinaufgesegelt, und ich verstehe mich so gut mit seiner Frau.«

»Vielleicht«, sagte Richard. Aber während sie der Reihe nach alle durchgingen, die in Frage kamen, wußte Richard schon, daß Treue ein seltenes Gewächs ist. Vielleicht war James Tyrell treu, aber der besaß nicht mehr als einen starken Arm. Und Ratcliffe oder Lovell waren gegen Bezahlung treu, aber die hatten nicht viel mehr. Sonst würden nur diejenigen zu ihm halten, die Vorteile von ihm erwarteten, und wenn es dann ans Entlohnen ging, würden sie nicht zufrieden sein mit ihm. Einen Augenblick hatte Richard das lähmende Verlangen, zu bleiben, wo er war, in den Armen seines Weibes, das er liebte. Aber gerade ihretwegen konnte er ja nicht bleiben. Um ihretwillen mußte er den Platz behaupten, den er sich erkämpft hatte. Für sie mußte er Rechte und Besitz wahren. Und für Pimpinell mußte er das Gebäude der Macht erhalten, das er errichtet hatte Stein um Stein. Wie konnte er nur einen Augenblick lang zögern und überlegen.

Ann legte plötzlich den Arm auf seine Schulter. »Richard«, sagte sie leise, »mit nur dreihundert Mann lasse ich dich nicht fort.« Er drehte sich um. War sie besorgt um ihn? Eine Welle der Zuneigung wollte in ihm hochsteigen, aber er schluckte es hinunter. Ann hatte natürlich Angst um sich und um Pimpinell, wenn ihm etwas zustieß. Er strich ihr übers Haar. »Sie werden mich nicht so einfach fangen und beseitigen können. Ich werde schon auf der Hut sein.«

»Mit dreihundert Mann«, wiederholte Ann hartnäckig, »lasse ich dich nicht fort.«
»Aber bis ich mehr beisammen habe, ist es zu spät, Kind! Dreihundert Mann reiten nicht so schnell wie Kuriere. Und von Middleham ist es weiter bis London als von Ludlow. Wenn ich zögere, stehe ich vor den verschlossenen Toren der Stadt, wenn drinnen die Fanfaren zur Krönung blasen.«
»Wenn dir etwas geschieht«, sagte Ann leise, »dann bin ich meines Lebens nicht mehr sicher. Und Pimpinell ertränkt man dann eines Tages auch in Malvasier.«
Richard wurde ärgerlich. »Ann, nun träumst du dummes Zeug. Bitte, beruhige dich jetzt. Ich weiß, worum es geht. Ich bin keine Zwanzig mehr, und den Machenschaften einer Elisabeth Woodville fühle ich mich durchaus gewachsen.«
Als am Abend ein staubbedeckter Reiter auf Schloß Middleham Einlaß begehrte, erübrigten sich weitere Überlegungen. Der Reiter, der aus dem fernen Brecon kam, trug die Farben des Herzogs von Buckingham, und die Zeilen, die er hervorzog, lauteten kurz und bündig: »Ich stehe dir zu Diensten, Richard. Wenn nötig, mit tausend Mann. Wo kann ich dich treffen? Henry.«
Henry! Alter Freund der Kinderzeit! Was brachte den Guten dazu, sich auf Richards Seite zu schlagen, eindeutig und ohne daß er erst wartete, was alles geschehen würde? Hatte er sich vielleicht an die Scherben einer roten Glasschüssel erinnert oder an die im gemeinsamen Bett verbrachten Nächte der Kindheit? Unwahrscheinlich! Auch an sein häßliches Weib, die Schwester Elisabeth Woodvilles, die Henry mit fünfzehn Jahren hatte heiraten müssen, hatte er sich inzwischen wohl gewöhnt, wenn ihm auch Katrin das Leben sauer machte. Keine Macht eines Protektors, nicht einmal die eines Königs, konnte Buckingham von dieser Fessel lösen. Aber vielleicht glaubte Henry jetzt den Zeitpunkt gekommen, sich an den Woodvilles zu rächen. Richard grübelte noch darüber nach, als er schon im Bett lag.

*

Ehe Richard von Middleham aufbrach, wo der Kaplan Seelenmessen für den König in der Kapelle las, schickte Richard einen Eilkurier nach Ludlow und teilte Rivers mit, daß er, um seinen jungen Herrscher ehren zu können, wünsche, mit Eduard V. zusammen in London einzuziehen. Welchen Weg der junge König zu nehmen gedenke.

Richard erwartete keine Antwort. Aber während er unterwegs war, kam eine Botschaft von Rivers, daß er mit seinem Neffen am 29. April in Northampton sein würde, und wenn es dem Protektor möglich wäre, könnte man sich dort ja treffen. Richard beschleunigte das Tempo. Der Brief beruhigte ihn, zumal da er vom Tod seines Bruders bisher immer noch keine offizielle Nachricht erhalten hatte.

Richard ließ Buckingham, der sich bereits auf den Weg gemacht hatte, mitteilen, daß er versuchen solle, ebenfalls am 29. April in Northampton zu sein. Das Wetter war wechselhaft. Bald schien die Sonne, bald gab es Regenschauer und Graupeln. Kurz vor Northampton schneite es sogar eine halbe Stunde. Und ständig drängte Richard zur Eile.

Was zur gleichen Zeit in London vor sich ging, wußte Richard nicht. Es kam keine Nachricht. Er hatte geschrieben, daß er unterwegs sei, aber ob Hastings inzwischen nennenswerte Kräfte auf die Seite des Protektors gebracht hatte, oder ob London zu Elisabeth und Dorset stehen würde, war unmöglich abzuschätzen.

Als sich Richard mit seinen dreihundert Mann am Spätnachmittag Northampton näherte, erfuhr er, daß Buckingham noch nicht eingetroffen sei. Wenn Rivers' Brief nun eine Falle war und er mit seinen zweitausend Gewappneten das Häuflein des Protektors und diesen dazu gleich festnahm unter irgendeinem Vorwand, dann erübrigten sich in London zweifellos einige Streitigkeiten.

Viel Volk stand unter den Türen und winkte ihm zu. Nicht so herzlich, wie es die Leute daheim in Yorkshire taten, aber hier kannte man ihn auch nicht so gut.

James Tyrell, der die Vorhut führte, kam angesprengt und meldete, daß Graf Rivers und der König schon am Vormittag durch die Stadt gekommen und weitergezogen wären.
»Danke«, sagte Richard. Da war es schon: Sie hatten natürlich nicht gewartet. Obwohl Rivers geschrieben hatte, man könnte sich in Northampton treffen, waren sie weitergezogen. Mit dreihundert Mann, die noch dazu müde waren, konnte man nicht einem Heer von zweitausend nachsetzen und ihnen einen zwölfjährigen Jungen entreißen, den sie nicht hergeben wollten. Richard beschloß, auf Buckingham zu warten. Er nahm Quartier im größten Gasthof und bestellte ein Abendessen. Der Frühlingswind rüttelte an den Läden. Richard erinnerte sich, daß Buckingham von dem verstorbenen Eduard zum Großhofmeister ernannt worden war, um das Todesurteil über Clarence fällen zu können. Das war sicher nicht Buckinghams Schuld. Er war erwählt worden, weil er nach Richard der nächste Peer des Landes war. Auch Richard hatte in seiner Eigenschaft als Konnetabel Todesurteile gefällt gegen Rebellen, nach des Königs Willen und ohne Rücksicht auf die eigene Überzeugung. Was, zum Teufel, brachte Buckingham nur dazu, dem Protektor mit tausend Mann zu Hilfe zu kommen? Doch nicht etwa das Verlangen, die restlichen Bohun-Ländereien zu erhalten, von denen er dauernd meinte, sie stünden ihm zu? Wenn es nur die Bohun-Ländereien waren, die sich Buckingham von Richard erhoffte, nachdem er sie von Eduard nicht erhalten hatte, konnte er sich weiteres Kopfzerbrechen sparen. Richard wünschte, daß es diese Rittergüter seien, die Buckingham an seine, des Protektors, Seite trieben. Denn Freundschaft um seiner selbst willen? Richard hatte Furcht davor, so wenig war er daran gewöhnt.
Hufschlag auf der Straße ließ ihn aufhorchen. Wen ließen die Wachen heran? War Buckingham eingetroffen? Unter der Tür stand Graf Rivers und verneigte sich.
Richard erwiderte den Gruß. Er war überrascht, aber in seinem verschlossenen Gesicht zeigte sich keine Regung. Er blieb höflich

und steif wie immer. Rivers redete ihn mit Protektor an, Mylord Protektor. Er käme auf Befehl des Königs, um sich nach dem Wohlbefinden des Oheims zu erkundigen.
»Ich hoffe, Mylord Protektor, Ihr habt Euch nicht allzu sehr geeilt wegen des 29. April. Wir wollten heute morgen in Northampton warten, aber unsere zweitausend Mann und Euer Aufgebot – wir hätten unmöglich alle Platz gehabt. Wir haben uns daher entschlossen, noch bis Stony Stratford weiterzureiten, nachdem wir noch nicht müde waren. Ich glaube nicht, daß Ihr etwas dagegen habt. Es ist ja nur ein Katzensprung bis dorthin.«
Richard nickte höflich. Vierzehn Meilen, dachte er. Vierzehn Meilen näher bei London. Warum kommt er überhaupt hierher? Weiß er, daß Buckingham mit tausend Mann unterwegs ist? Natürlich weiß er es. Er fragte, ob Rivers schon gespeist hätte, und als dieser verneinte, lud er ihn zu Tisch.
Sie setzten sich und begannen eine Unterhaltung. Rivers erklärte, der König hätte ein sehr hübsches Quartier in Stony Stratford. Der König würde morgen lange schlafen, und inzwischen könnte der Protektor angesichts der geringen Entfernung dort sein. »Die Straße ist gut, Mylord Protektor. Es ist ja nicht die Bucht von Wash, die mit ihren vierzehn Meilen dazwischen liegt. Erinnert Ihr Euch noch an unsere Bootsfahrt bei Nacht und Sturm? Damals waren wir noch jung, und der Teufel hielt uns am Hals, ohne daß wir es wußten. Was uns gerettet hat seinerzeit, weiß ich eigentlich heute noch nicht.«
Richard erwiderte mit unbewegtem Gesicht, daß es vielleicht das härene Hemd des Grafen gewesen wäre.
»Oder der Ginsterzweig, den Ihr am Schwertgehenk stecken hattet«, lachte Rivers. »Es ist schon möglich.« Seine Augen glitzerten, und seine Lustigkeit war ein wenig aufgesetzt. Vielleicht, dachte Richard, reitet in diesem Augenblick Eduard V. schon wieder aus Stony Stratford hinaus, um London zu erreichen. Aber ehe Buckingham da war, konnte man nichts tun, zum Teufel.

Rivers trank. Er erriet die Gedanken seines Gegenübers. Wenn Buckingham sich verspätet... dachte er. Wenn er sich nur verspäten wollte... Der Wein war gut, und es war Gott sei Dank kein Malvasier. Rivers wischte sich den Mund ab. Wenige Stunden zuvor hatte er noch eine fürchterliche Auseinandersetzung gehabt mit seinem Neffen Lord Grey. Grey war aus London herangaloppiert und wütend gewesen, weil der Zug von Ludlow noch nicht weiter war, und zweimal wütend, als er erfahren hatte, daß Rivers dem Protektor auf sein Schreiben geantwortet hatte.

»Wie könnt Ihr den Gloucester nach Northampton rufen und ihm den König in die Hand spielen, Oheim«, hatte er geschrien, so laut, daß der kleine Eduard, der so müde war vom Reiten, von seinem Lager hochfuhr.

Rivers hatte erwidert, daß seiner Meinung nach Greys Bruder Dorset ein Trottel sei und Elisabeth, ihrer beider Mutter, eine Närrin. »Du wirst doch nicht glauben, daß man den Protektor, der im Testament steht, einfach ausschalten kann. Wen habt ihr denn hinter euch in London? Ein paar Bischöfe und die ganze Verwandtschaft. Wenn du vielleicht glaubst, daß das genügt?« Sie gerieten sich fast in die Haare. Grey warf Rivers vor, daß er ein Verräter an der Familie wäre, wenn er nicht schleunigst dafür sorge, daß der junge König in London einträfe, ehe der Protektor ihn zu Gesicht bekam! Und so ritten sie noch nach Stony Stratford.

Ein Verräter an der Familie? Vielleicht, dachte Rivers. Ganz sicher verachtete er die einzelnen Mitglieder seiner Verwandtschaft, aber weshalb er Gloucester geantwortet hatte, wußte er selbst nicht. Vermutlich, weil er Zeit gewinnen wollte. Richard war nicht der Mann, der sich so dumm betrügen ließ. So wenig er sprach, so viel dachte er, und seine Taten pflegten Hand und Fuß zu haben. Rivers hatte eine heimliche und etwas törichte Zuneigung zu diesem einsamen Richard, der von den Menschen nicht für voll genommen wurde, weil er verwachsen und nicht

redegewandt war. Ich müßte es ihm sagen, dachte Rivers, während er trank. Aber Zuneigung schildern, wenn sie vor lauter Mißtrauen nicht gespürt wurde, war schwer. Jedes Wort darüber mußte unglaubhaft sein. Und wahrscheinlich war es ja auch das Ungeschickteste, was ein Mann mit dem Namen Woodville tun konnte, wenn er Zuneigung zu Richard empfand. Richard war mit Ann Neville verheiratet, und die Männer pflegten sich die Gefühle der Gattinnen zu eigen zu machen, besonders wenn die Gattinnen so lebhafte Geschöpfe waren wie Ann. Und daß Ann nicht gut auf ihn, Rivers, zu sprechen war, das konnte er sich denken. Er hatte sie ein paarmal vor den Kopf gestoßen. Aber Frauen, die ihm nachliefen, konnte er nun einmal nicht leiden.
Richard und Rivers waren noch beim Essen und unterhielten sich, als plötzlich Buckingham erschien. Wie ein Wirbelwind stürmte er herein. »Ah, da bin ich ja gerade rechtzeitig eingetroffen.«
»Gewiß, Mylord«, lächelte Rivers kalt. »Wenn Ihr eines guten Abendessens wegen gekommen seid, dann war es der richtige Zeitpunkt.« Und zu Richard gewandt, meinte er, es sei wirklich vorteilhaft gewesen, daß er den König und die zweitausend Mann bis Stony Stratford geführt habe. »Wir hätten ja alle aufeinander liegen müssen.«
Richard nickte höflich und mit unbewegtem Gesicht. Der kleine König, dachte er, hätte schon noch Platz gehabt in der Stadt. Aber weshalb sollte er es aussprechen? Rivers erriet ohnedies, was Richard dachte. Wenn nur auch er erraten hätte, was in Rivers vorging. Dieser schillernde Mensch mit seinen Widersprüchen. Wie kam er dazu, Woodville zu heißen?
Buckingham machte sich sofort über die Speisen her. Oh, er wäre hungrig wie ein herrenloser Köter. »Geritten bin ich, daß mir die Schenkel wund sind. Wie lange haben wir uns nicht mehr gesehen, Rivers? Mein Brecon liegt am Ende der Welt. Das heißt, es ist gar nicht so weit von Ludlow. Aber meine Katrin wird böse, wenn ich nicht bei ihr bin.« Er lachte aus vollem Halse

und wollte von Rivers wissen, wie es seiner jungen Frau ginge. Er habe doch kürzlich wieder geheiratet.
Rivers erwiderte, daß er mit der neuen Lady Rivers sehr zufrieden wäre. »Sie ist bescheiden, still und sanft. Im übrigen ist die Liebe nicht das Wichtigste im Leben, Buckingham.«
»Was dann?« fragte Henry arglos.
»Das Leben ist in erster Linie ein Ringen um die Existenz. Solange man lebt, muß man kämpfen, um zu leben. Alles andere ist Beiwerk.«
Buckingham lachte. »Eure Philosophie, Rivers, müßtet Ihr einmal niederschreiben und bei Caxton drucken lassen. Aber möglicherweise brächte sie Euch einen Prozeß wegen Ketzerei ein. War es auch Eure Philosophie, daß Ihr vor der Schlacht bei Murten aus dem Lager Karls dem Kühnen, Gott habe ihn selig, abgezogen seid?«
»Nur das«, erwiderte Rivers und lächelte rasch. »Ich hatte plötzlich erkannt, daß man einem Mörder nicht sein Schwert leihen darf. Ihr wißt, daß Karl von Burgund nicht lange vor Murten, bei Grandson, ein paar hundert gefangene Schweizer aufknüpfen ließ, wofür es keinen Grund gab. Die toten Freiheitskämpfer erschienen mir im Traum und erinnerten mich daran, daß Sünden bestraft werden – gelegentlich wenigstens ...«
»Keine schlechte Begründung«, grinste Buckingham. »Erschienen Euch wirklich die Toten im Traum? Ich dachte, es wäre Eure eigene Überlegung gewesen. Oder hat der Mensch keinen eigenen Willen?«
»Keinen freieren als ein Pendel, das von einer Hand an der Schnur gehalten wird«, entgegnete Rivers ernst. Er hob den Krug gegen Richard, der schweigend saß, seitdem Buckingham die Unterhaltung an sich gerissen hatte, und trank ihm zu. »Auf Euer Wohl, Protektor. Was der Mensch tut, tut er unter dem Schwung einer fremden Hand. Hoffen wir, daß sie Gott gehört.«
Richard tat ihm Bescheid. Er hob seinerseits den Krug, und sie tranken. Dann stellten sie die Gefäße wieder ab. »Ich nehme an«,

sagte Richard dunkel, »daß Ihr nicht vorhabt, in dieser Nacht noch die vierzehn Meilen bis Stony Stratford zu reiten. Es würde Morgen werden, bis Ihr ankommt. Der König ist sicher längst im Bett. Ich habe Euch ein Quartier besorgen lassen, drunten am Marktplatz im Roten Hahn.«

Rivers nickte und bedankte sich. Nein, er habe nicht vor, noch ein paar Stunden durch die Nacht zu reiten, wenn man hier Platz für ihn gefunden hätte. Ob die Herren schon zu Bett wollten?

Richard meinte, es wäre wohl das beste. Es sei schon spät. Er wolle morgen früh aufstehen, um bald seinem jungen Herrscher und Neffen seine Huldigung darbringen zu können. Sie verabschiedeten sich sehr höflich voneinander.

Rivers trat in die kühle Nacht hinaus. Auf dem Marktplatz vor dem Roten Hahn blieb er einen Augenblick stehen. Der Wind hatte sich gelegt, und zwischen zerrissenen Wolken glänzten die Sterne. Schweigend umringten ihn die paar Begleiter, die ihm von Stony Stratford nach Northampton gefolgt waren: ein paar Ritter und Knappen. Schweigend und unbeweglich wie das Marktkreuz standen sie unter den Sternen. Da hob Rivers die Hand, und sie gingen ins Haus.

Während Rivers sich auszog, mußte er lachen. Jetzt tuschelten sie wohl, die beiden Herzöge, beratschlagten, was sie tun sollten. Wenn nur Lord Grey in Stony Stratford inzwischen keine Dummheiten machte. Vielleicht, dachte Rivers, wäre es doch besser gewesen, ich wäre dort geblieben. Vierzehn Meilen näher bei London. Aber der Mensch hatte keinen freien Willen. Er konnte nicht einmal über seinen Schatten springen. Wie sollte da er, Rivers, der ein Mann der Träume war, handeln können, noch dazu richtig handeln? Er fand nicht einmal Gott, so sehr er ihn auch suchte. Rivers warf sich aufs Bett. Er verlor sich schon wieder im Nebel. Als er ausgestreckt lag, wußte er, daß er nicht nach Northampton hätte reiten dürfen. Trotzdem schlief er ruhig, bis er im Morgengrauen geweckt wurde. Sein Knappe zerrte an der Bettdecke.

»Herr, das Haus ist umzingelt. Draußen stehen die Leute des Herzogs von Gloucester. Wir sind gefangen.«

*

Grau und zögernd kam der Tag herauf. In den Ställen von London scharrten die Pferde, und die ersten Knechte schlurften halbangezogen über die Höfe der großen Stadt. Das Angelusläuten war schon verklungen, und in den Kirchen begannen die Frühmessen. Die Schiffe, die auslaufen wollten, setzten ihre Segel, und auf dem Markt sammelten sich die Bauern, nachdem die Tore geöffnet worden waren. Jane trippelte in der Küche des Schnittwarenhändlers Shore hin und her. Sie war denkbar schlechter Laune. Seit Jahren war sie nicht mehr so früh aufgestanden. Wie hatte Gott ihr nur das antun können! König Eduard sterben zu lassen und sie zurückzuwerfen in das Haus ihres Gatten. Nicht einmal ein Engel hätte es bei dem alten Shore ausgehalten. Nein, hier würde sie nicht bleiben. Nicht um alles in der Welt. Sie ließ sich doch nicht jeden Morgen aus dem Bett treiben, um ihm eine Suppe zu kochen. Sie hatte ihm soviel Privilegien verschafft, als sie in der Gunst des Königs stand, und Shores Wohlhabenheit so vermehrt, daß er nun wohl Rücksicht auf sie nehmen konnte. Aber er bildete sich ein, seine Schwester, die ihm den Haushalt geführt hatte, während Jane am Hof war, würde ihn nach und nach vergiften. Seit einigen Tagen erbrach er jedes Gericht, das sie ihm brachte, und er spürte Druck im Magen und immer Schmerzen. Jane nannte ihn einen alten Nörgler. Warum sollte Violet ihn vergiften? Was tat sie denn, wenn sie den Bruder nicht mehr hatte? Shore erklärte Jane, daß Violet gut rechnen könne. »Und so alt, wie sie ist, hat sie etwas mit dem Kommis. Wenn ich tot bin, denkt sie, kann sie das Geschäft bekommen. Denn du wirst ja doch wieder fortgehen, wenn sich die Möglichkeit bietet. Du bist jetzt ein höfisches Leben gewöhnt.«
Ja, das wollte Jane. Fortgehen, sobald als möglich. Wenn sie nur

gewußt hätte, wohin. Sie stocherte die Asche auf dem offenen Herd auseinander und blies die Glut an. Violet war in aller Herrgottsfrühe schon in die Straße der Schlachter gelaufen, um frisches Fleisch für Shore zu kaufen, hatte sie doch keine Ahnung, wessen sie der Alte bezichtigte, und die Magd war von Jane um Milch geschickt worden. Der Gehilfe kam aus seiner Kammer geschlurft. Ehe er im Gewölbe verschwand, in dem die Stoffe lagen, warf er einen Blick in die Küche. Er hatte lauter Schwären um den Mund. Er litt entweder an der Franzosenkrankheit, oder er hatte den Aussatz. Wenn Jane nur gewußt hätte, wohin, dann würde sie keinen einzigen Tag länger hier bleiben. Einst hatte der Marquis von Dorset sie umworben, und sie hatte zu tun gehabt, ihn abzuwehren, wollte sie doch dem König nicht untreu werden. Aber jetzt war der Marquis so beschäftigt, daß er nicht eine halbe Stunde Zeit für sie hatte. In seinem Haus gingen unentwegt irgendwelche Barone ein und aus, und in der Erwartung, bald der erste Mann im Reich zu sein, hatte er sich schon so aufgeplustert, daß Mistreß Shore nicht das geringste mehr für ihn bedeutete.
Jane hängte den Kupferkessel an den Galgen über dem Feuer. Aus dem Abtritt, der sich hinter einem Verschlag im Küchenwinkel befand, stank es. Auf der Straße mehrte sich der Lärm. Jeden Tag strömten die Menschen zur bevorstehenden Krönung nach London. Aus dem ganzen Land reisten Adelige in die Stadt, denen vom Hof eine Einladung zugegangen war. Dabei war der junge König bis jetzt überhaupt noch nicht eingetroffen.
Die Einlaßpforte im großen Tor quietschte, und Violet kam aus Leadenhall zurück. Ihre Hörnerhaube war verrutscht, und sie hatte ein rotes Gesicht. Sie hatte den Fuß noch nicht auf die Dielen der Küche gesetzt, als sie auch schon lossprudelte, daß die Krönung verschoben sei. Der König befände sich in der Hand des Herzogs von Gloucester, Rivers, Lord Grey und der Kämmerer Sir Vaughan seien verhaftet worden.
Jane fiel fast der Löffel aus der Hand. »Verhaftet? Von wem?«

»Vom Herzog von Gloucester«, rief Violet. »Die ganze Stadt ist voll von Gerüchten.«
»Aber Rivers hatte doch ein Geleit von zweitausend Mann bei sich!« rief Jane.
Violet machte sich daran, ihre Haube abzulegen. Sie wisse es auch nicht. An jeder Ecke würde etwas anderes erzählt. Zweifellos hätte sich Richard des jungen Königs durch einen Handstreich bemächtigt. »Als er erst einmal Rivers hatte, wußten die anderen wahrscheinlich nicht mehr, was sie tun sollten. Und dann wird Buckingham dem jungen König schon erklärt haben, daß sein Oheim nur sein Bestes will. Der kann ja reden wie ein Buch.«
»Und die Begleiter des Königs ließen sich das gefallen?«
»Grey und Vaughan sind gleich festgenommen worden, als sie aufmucken wollten. Warum sind sie auch nicht rascher gewesen? Beim ersten Morgengrauen wollten sie von Stony Stratford weiterreiten nach London, erzählen die Leute, aber ehe sie sich auf den Weg machten, war Gloucester schon bei ihnen. Und vor dem finsteren Menschen fürchten sich doch alle. Jetzt sollen die zweitausend Mann Bedeckung wieder nach Ludlow zurückgeschickt worden sein, und Richard marschiert mit Buckingham und dem jungen König auf London zu.«
»Das ist ja nett«, rief Jane. »Ausgerechnet Gloucester!«
Violet fletschte die Zähne. »Der wird keinen Platz für dich in seinem Bett haben«, grinste sie hämisch. »Da wirst du in Zukunft schon wieder mit Mister Shore vorlieb nehmen müssen. Im übrigen ist die ganze Stadt in Aufruhr. Überall laufen Männer in Rüstungen herum. Im Hof des Erzbischofs Rotherdam war ein Waffengeklirr zu hören, als würde da drinnen ein ganzes Heer aufgestellt. Und Boten in den Farben des Marquis von Dorset sollen schon die ganze Nacht unterwegs sein. Leute von Hastings auch.«
Es hielt Jane keine Minute länger im Haus. Sie mußte auf die Straße. Sie warf ihren Mantel über und hastete davon. Es war

immer noch nicht ganz hell. Aber die Unruhe konnte man schon überall spüren. Die Geschäfte öffneten nur zögernd, und an allen Ecken diskutierten Frühaufsteher. Die einen waren für den Herzog von Gloucester, und die anderen bedauerten Rivers. Der kleine König soll so verstört gewesen sein, als er sich plötzlich von seinen Lehrern und Vertrauten entblößt sah, daß er geweint hat. Armer Junge, dachte Jane.

Im Speicherviertel am Hafen war eine ganze Ansammlung von Stauern und Seeleuten, die die Ereignisse diskutierten. Mit einem Kind auf dem Thron kann kein Land etwas anfangen, ereiferte sich einer. Jedes Land ist zu bedauern, dessen König ein Kind ist. Unweigerlich wird es zum Spielball der Parteien. Das bedeutet Krieg zwischen Haus und Haus. Da können der Franzose und König Jakob von Schottland nur lachen!

Die Dachluken der Speicher grinsten herab. Die Tore hatten ihre Rachen aufgerissen, und die Kranbalken in den einzelnen Stockwerken warfen ihre Seile aus. Im Hafenbecken ragten die Masten empor wie Bäume eines Waldes, und das Tauwerk hing dazwischen wie Spinnennetze.

Jane lief weiter. Ein Bettler sprach sie an, aber sie gab ihm nichts. Aus dem St. James-Spital wurde ein Toter zum Kirchhof getragen und überall öffneten sich jetzt die Fensterläden. Wenn Jane nur gewußt hätte, ob Gefahr für sie bestand! Während der Trauerfeierlichkeiten für den verstorbenen König hatte Jane das Getuschel ganz deutlich gehört, das immer umging, wenn ein Fürst starb. »Vielleicht ist er vergiftet worden.« Wenn irgend jemand auf den Gedanken kam, Jane einer solchen Tat zu zeihen? War nicht schon einmal eine so hochgestellte Dame wie die Gemahlin von Herzog Humphrey zu lebenslänglichem Gefängnis verurteilt worden, weil sie sich mit der Schwarzen Kunst abgegeben hatte? Wenn man von Jane nun dasselbe behauptete? Sie hatte Buckingham einmal abgewiesen, als er sich ihr nähern wollte. Aber auch Elisabeth Woodville war zu fürchten, wenn sie das Heft in der Hand behielt. Jane hatte schon zu Lebzeiten

Eduards manchmal um ihr Leben gebangt. Vielleicht sollte sie fortgehen. Oder ein Asyl aufsuchen für alle Fälle.
Als Jane sich der Abtei von Westminster näherte, geriet sie zwischen hastende Dienerschaft, die Körbe und Kisten schleppte. Aha, da brachte schon jemand sich und seine Schätze in Sicherheit. Jane mußte sich an eine Hauswand drücken, als ein Karren mit zusammengerollten Wandteppichen vorüberrumpelte. Und jetzt folgte einer mit samtgepolsterten Armstühlen und Bettvorhängen. Großer Gott, das waren ja Möbel aus dem Palast, die in das Kloster gebracht wurden. Als Jane um die Ecke kam, sah sie, daß man das große Tor der Abtei ausgehängt und einen Türstock herausgerissen hatte, damit die Kisten und Ballen schneller hineingeschafft werden konnten. In der Eingangshalle saß Elisabeth Woodville zwischen Bergen von Geschirr und Silber auf einem Bündel Binsen, die man aus den Betten gerissen haben mußte. War denn Gloucester schon so nah? Als Jane die Königinmutter anstarrte, hob Elisabeth den Kopf.
Jetzt hätte sich Jane gern verkrochen, aber Elisabeth winkte ihr zu, und eine der Hofdamen kam angestürzt mit der Bitte, Mistreß Shore möge doch hereinkommen. Elisabeth war blaß und aufgelöst, als sie Jane bat, neben ihr auf den Binsen Platz zu nehmen. Sie war den Tränen nahe, und Jane verstand nur halb, was sie hervorstieß. Schließlich begriff sie, daß es Verwünschungen gegen Hastings waren und dann der Reihe nach gegen alle möglichen Männer, auf die man sich verlassen hatte und die sich jetzt zurückzögen wie Schnecken in ihre Häuser, weil der finstere Richard in Anmarsch sei.
»Oh, Mistreß Shore! Auf Witwen und Waisen reiten die Teufel. Auch Ihr müßt Euch doch als Witwe fühlen? Bess, laß einen Stuhl herbringen.«
Bess, die Älteste, rief in den Hof hinaus. Auch die anderen Töchter Elisabeths standen in der Unordnung herum, und ihr Jüngster, der kleine Herzog von York, der jetzt bald zehn Jahre alt war, turnte auf dem Fensterbrett.

»Oh, Mistreß Shore, wenn ich es nicht schon einmal durchgemacht hätte, hier Zuflucht suchen zu müssen, würde ich verzweifeln. Damals floh ich vor Warwick und Clarence. In diesen Wänden gebar ich meinen Sohn, der jetzt König ist. Warwick und Clarence sind tot, und Gott wird mir gnädig sein. Mistreß Shore, wenn Ihr nicht wißt, wohin – ich kann treue Herzen brauchen.«

Jane war ganz verwirrt. Aber noch ehe sie sich entscheiden konnte, ob sie in den Dienst der Königinmutter treten sollte, erhob sich ein Geschrei auf der Straße, und die Diener mit den Gepäckstücken fingen an zu rennen. Die Mönche schlossen hastig die Tore hinter ihnen. Man hörte fernen Jubel von den Mauern. Die Kirchenglocken begannen zu läuten, und Stadtväter in pelzbesetztem Scharlach hasteten vorüber, um dem neuen König entgegenzueilen.

Der Prinz von Wales ritt in einem blauen Samtgewand zwischen dem Herzog von Gloucester und dem Herzog von Buckingham, die Trauerkleider trugen, und die Ritter aus Wales und Yorkshire folgten ihnen.

Elisabeth Woodville weinte. »Mein Junge, mein Junge ... und ich kann ihn nicht einmal sehen.«

Der Marquis von Dorset und Elisabeths Bruder Lionel, Bischof von Salisbury, die aus den Amtsräumen auftauchten, führten die zitternde Frau ins Gästehaus hinüber.

Jane richtete sich im Asyl ein, so gut sie konnte. Es war ziemlich überfüllt. Aber im Laufe von vierzehn Tagen leerte es sich ein wenig, als die weniger Ängstlichen es verließen, nachdem der Protektor, der die Regierungsgeschäfte übernommen hatte, sich nicht als Ungeheuer entpuppte. Er hatte kaum Veränderungen im alten königlichen Rat vorgenommen und keinen der Lords verhaften lassen, auch wenn viele mit den Woodvilles gut Freund gewesen waren. Der Herzog schien zufrieden zu sein, daß der Rat ihn als Protektor und Verteidiger des Königreiches anerkannte und daß ihm unter Zustimmung des Parlaments die

Vormundschaft und Aufsicht über den kleinen Eduard bestätigt wurde. Manche waren so hoffnungsfroh, daß sie die Meinung äußerten, auch Elisabeth könnte das Asyl wieder verlassen, zumal der Protektor ihr Wohnsitz und Pension angeboten hatte.
Elisabeth Woodville schickte die Abordnung entrüstet fort. Sie war weder so alt noch so schwach, um ihre Zukunft auf einem verlassenen Witwensitz zu verbringen, so abseits wie einst die Mutter König Heinrichs, die sich in ihrer Einsamkeit den Garderobenvorsteher Owen Tudor hatte ins Bett holen müssen, um nicht zu verzweifeln. Sie, Elisabeth, war nicht zum erstenmal im Asyl von Westminster, und das Blatt konnte sich wieder wenden. Ihr Bruder Edward hatte schon mit dem halben Schatz aus dem Tower, den man Gott sei Dank rechtzeitig in Sicherheit gebracht hatte, eine ganze Flotte aufgestellt, die nun an den Küsten kreuzte, und der Marquis von Dorset, ihr Ältester, war vor zwei Tagen bei Nacht und Nebel mit Hilfe Jane Shores aus dem Asyl entkommen. Sie, Elisabeth Woodville, hatte doch nicht unter Schmerzen ein Kind geboren, damit es nun von anderen gegängelt wurde. Jane bewunderte Elisabeth und half bereitwillig, wenn es etwas zu tun gab. Sie suchte der Reihe nach Thomas Rotherdam auf und den Bischof von Ely, dann Lord Stanley und schließlich Hastings.
Hastings freute sich am meisten über Jane.
»Ich dachte schon, du hättest mich vergessen«, begrüßte er sie. Er duzte sie, denn ehe er sie König Eduard zugebracht hatte, war Jane kurz seine Geliebte gewesen.
Die legte den Kopf schief. »Wie sollte ich dich vergessen?« meinte sie. »Aber kann ich mich auf die Straße wagen, wenn der finstere Gloucester sie beherrscht? Er würde mich fassen lassen und zwingen, öffentlich Buße zu tun wegen Hurerei.« Sie lachte.
Hastings ließ Wein bringen und setzte sich am Tisch dicht neben sie. »Warum kommt sie nicht heraus aus ihrem Asyl, die verrückte Elisabeth?« fragte er. »Kein Mensch würde ihr ein Haar krümmen.«

Jane zuckte die Schultern. »Stört es den Protektor, daß sie in der Abtei sitzt?«
»Nun, es ist nicht gerade angenehm, in Westminster Hall zu tagen und nebenan die Verschwörerin zu wissen, die wie eine Spinne auf ihren fünf Töchtern und ihrem Jüngsten hockt. Was macht das für einen Eindruck auf das Volk.«
»Habt ihr deswegen beschlossen, den jungen König im Tower einzuquartieren, damit er nicht so nah bei seiner Mutter wohnt?«
»Natürlich. Eines nachts hätte sie ein paar Wände durchbrechen lassen und ihn in den Fingern gehabt«, Hastings lachte. »Schickt sie dich vielleicht?«
»Aber nein, William, ich komme von selbst. Ich kann doch nicht ewig im Asyl leben, und ich dachte, vielleicht kannst du mir irgendwie helfen.«
»Vor Richard brauchst du keine Angst zu haben. Er tut, was ich will.«
»Das ist großartig«, entgegnete Jane. »Ich hatte schon Angst, du wärest bei der neuen Regierung etwas an die Wand gedrückt worden. Buckingham, so sagt man, soll der erste Mann im Rat sein.«
Hastings Gesicht verfärbte sich ein wenig. »Er macht sich wichtig...« knurrte er.
»Und Howard stand dem Herzen des Herzogs ja schon immer sehr nah. Kein Wunder, nachdem sich die Herzogin von Gloucester mit Lady Howard so gut versteht.
»Howard hat Zeit seines Lebens unter mir gedient«, brummte Hastings ärgerlich. »Zu Weihnachten hat er mir noch eine Silberschüssel geschenkt, die mindestens zwölf Pfund gekostet hat.«
Jane lachte. »Ja, aber in Zukunft wird er seine Geschenke wohl dem Protektor machen. Man sagt, daß er damit rechnet, in Kürze Herzog von Norfolk zu werden, obwohl er noch ein paar Nebenbuhler auf diese Würde hat.«

»Um Howard zum Herzog von Norfolk zu ernennen, müßte der Protektor schon den neuen König überreden«, erwiderte Hastings. »Und da bin ich schließlich auch noch da.«
»Und wenn Richard es fertigbringt, den König nur noch allein zu beeinflussen? Schließlich ist er Vormund.«
»Er wird nicht ewig Vormund bleiben«, entgegnete Hastings verstimmt. »Der Bub wird älter, und eines Tages wird er für mündig erklärt. Der Rat hat ja einiges mitzureden bei dem, was der Protektor bestimmt.«
»Dann bin ich beruhigt«, meinte Jane leichthin. »Es würde mir schrecklich leid tun, wenn man dich zurückdrängen würde. Es gibt Leute, die sagen nämlich schon, daß nun die Herzogin von York alle Fäden in der Hand hielte. Sie soll aufgeblüht sein wie eine Rose und jeden Tag ihrem letzten noch verbliebenen Sohn Ratschläge geben. Ich habe gehört, daß dein Amt des Münzvorstehers demnächst an einen Mann aus der Familie Neville fallen soll. Die Familie Neville ist ja ziemlich umfangreich mit Vettern und Basen, mit Kindern und Kindeskindern, und alle, die einst von Eduard kaltgestellt wurden, weil sie zu Warwick hielten, kommen nun wie die Ratten aus ihren Löchern. Es sind ja nicht nur Verwandte von Cicely, sondern auch von Ann. Und alle soll Richard nun in Ämter und Würden setzen! Da muß er sie notgedrungen anderen wegnehmen. Bei den Woodvilles wärest du besser dran, Darling, da bin ich ganz sicher!« Jane lachte.
»Haben sie dich etwa zu mir geschickt, um mir das zu sagen?«
»Vielleicht«, Jane zuckte die Achseln. »Dorset meinte jedenfalls, ich sollte dich fragen, ob du den Verstand verloren hättest, Richards Partei zu ergreifen. Er hat doch viel zu wenig Anhänger hier. Übrigens ist Cicely böse auf dich. Du hast fast eine Woche gebraucht, um einen Boten nach Middleham in Bewegung zu setzen, obwohl sie dir einen Beutel Gold bezahlt hat. Sie mißtraut dir.«
»Sie ist eine alte Vettel.«
»Ja, so hast du sie immer genannt, und das weiß sie.«

»Blödsinn! Sag mir lieber, wo Dorset ist. Du hast ihm aus dem Asyl herausgeholfen. Wie hast du denn das gemacht?«
»Mein Geheimnis, Darling. Wo er ist, kannst du dir doch denken: Auf dem Festland drüben. Besuche machen – bei allen, die einst zu den Lancasters hielten, die Eduard davongejagt hat und die gerne zurückkehren würden. Aber ich muß jetzt gehen. Mein Gott, es ist ja schon spät. Ich hoffe, du hast eine Hintertür.«
»Natürlich. Durch die bist du ja auch hereingekommen. Wohin gehst du?«
»Ich weiß noch nicht. Vielleicht zu Buckingham. Richard hat dessen Wünsche noch nicht alle erfüllt.« Jane kicherte. »Weißt du übrigens, daß Buckingham einen Astrologen angestellt hat, der ihm jeden Tag weissagen muß?«
»Ja, Mister Thomas Nandick von der Universität Cambridge. Ein hochinteressanter Mann. Er hat mir gesagt, daß ich am dreizehnten Juni alle meine Geldsorgen loswerden würde. Ich müßte nur ein Wams ohne Kragen tragen. Bin neugierig, ob das eintrifft.«
»Elisabeth Woodville meint, wenn jemand Mister Nandick dazu bringen könnte, dem Herzog von Buckingham zu prophezeien, daß Leute wie der Protektor letzten Endes immer verlieren... na, ich will sehen, ob ich Mister Nandick mal sprechen kann.«

*

Ann war von tiefer Unruhe getrieben! Dabei waren die Nachrichten, die in Middleham eintrafen, gar nicht schlecht. Richard hatte den jungen König in seine Hand bekommen, und in London hatte man seine Rechte bestätigt. Ratcliffe, der den gefangenen Rivers sowie Grey und Vaughan nach Yorkshire brachte, erzählte Ann, wie es in Northampton zugegangen war: »Leider sind es nur die drei, die wir von der Woodville-Bande erwischt haben. Die anderen flüchteten, stecken in Asylen oder treiben sich auf dem Meer herum. Aber die drei werden wir so festhalten, daß kein Gott sie befreien kann, jeden an einem anderen Ort. Wollen Mylady Rivers in Middleham haben?«

Ann erschrak. Die Verliese in Middleham waren schon dreihundert Jahre alt, und der Gedanke, Rivers dort unten zu wissen, würde sie nicht schlafen lassen. Weiß Gott, sie hatte nun seit Jahren versucht, ihn zu vergessen, aber so oft sie seinen Namen hörte, ergriff sie eine seltsame Erregung. Ann bestimmte zitternd Lord Grey nach Middleham.

Als es geschehen war, bereute Ann ihre Handlung. Nun hätte sie doch gern Rivers in Middleham gehabt. Aber wie würde es aussehen, wenn sie Ratcliffe losschickte, um die Gefangenen wieder auszutauschen? Sie ging in ihrem Gemach umher und versuchte sich zu beruhigen. Was hätte sie denn mit Rivers getan, wenn er in der Burg gewesen wäre? Aus dem Keller geholt und zu Tisch gebeten? Er würde ihr kaum den Gefallen getan haben, unglücklich auszusehen oder etwa Angst zu zeigen. Und ganz bestimmt würde er sie nicht um Fürsprache bei Richard gebeten haben. Was war für ihn schon der Herzog von Gloucester? Ein Mann, der sich als Vormund über den jungen Herrscher aufspielte, indessen Rivers das Herz des kleinen Königs besaß. Wahrscheinlich hatte er überhaupt keine Angst. Vielleicht lachte er sogar insgeheim im Kerker. Immerhin kreuzte sein Bruder mit einer Flotte im Kanal, und Dorset war aus dem Asyl entkommen. Mit dem Geld des verstorbenen Eduard würden sie doch den buckligen Richard wieder vertreiben können. Ann riß aus Erregung ihren Haarschleier in Fetzen.

»Ich weiß gar nicht was du hast«, sagte Lady Warwick. Die Nachrichten aus London sind blendend. Du wirst am besten packen lassen. Denn bei der Krönung mußt du an der Seite deines Gemahls sein, des Regenten von England!«

Gattin des Regenten, dachte Ann höhnisch. Wie lange?

Nachts lag sie wach. Der Mond schien durchs Fenster, und sein Licht glitt an den Wänden entlang. In Ann stiegen Erinnerungen hoch. Sie mußte an Georg denken und dessen Kampf gegen die Woodvilles. Es war ein Kampf gegen Riesen gewesen, solange Eduard lebte, aber jetzt war Eduard tot, und seine Söhne waren

noch Kinder. Was hatte Isabella einmal erzählt? Mein Gott, dachte Ann, ich muß mit Richard reden.
Als ein Brief des Gatten kam, daß er sich freuen würde, Ann in London bei sich zu haben, die Stadt wäre ruhig und fest in seiner Hand, entschloß sie sich sofort mit Ratcliffe zu reiten.
Pimpinell war hocherfreut. »Dann kannst du mich gleich mitnehmen, Ma!« rief er aus. »Seit Jahr und Tag versprichst du mir, daß ich nach London darf.«
»Aber doch nicht jetzt, Liebling, wo immer noch alles drunter und drüber gehen kann. Eduard Woodville kreuzt mit weiß Gott wieviel Galeeren im Kanal. Wenn er nun plötzlich die Themse herauffährt?«
»Dann helfe ich ihn besiegen!« rief Pimpinell. »Ich bin mit meinem Schwert schneller als alle meine Kameraden.«
»Ja, mein Kind, aber die Streitaxt ist noch viel zu schwer für dich. Du darfst nicht so rasch wachsen, weißt du?« Sie lächelte und zog ihn an sich. Er war ständig blaß, und seine Schläfen waren so schmal – er müßte viel mehr essen.
»Immer versprichst du bloß, Ma! Soll ich denn nie in meinem Leben nach London kommen? Nie die große Brücke sehen, unter der man so schwer durchrudern kann, nie die großen Speicher, die zum Stalhof der Hanse gehören?«
»Aber ja, mein Kind, eines Tages wirst du das alles sehen.« Ann küßte Pimpinell und fuhr ihm durch das wirre Haar. »Vielleicht schon bald. Aber heute kann ich dich nicht mitnehmen. Das geht einfach nicht. Ratcliffe hat es schrecklich eilig, und er reitet wie der Wind. Ich werde zu tun haben, an seiner Seite zu bleiben.«
»Ich reite viel besser als du, Ma. Du holst mich nie ein, wenn wir jagen.«
»Gewiß, mein Junge, aber da reiten wir nur einen Nachmittag und nicht tagelang bis London. Wir können keinen Wagen mitnehmen für dich.«
»Aber ich brauche doch keinen Wagen!« rief Pimpinell ärgerlich. »Ich würde mich doch nicht in einen Wagen setzen!«

Ann streichelte über sein heißes Gesicht. »Darling«, sagte sie bewegt, »ich kann es dir nicht näher erklären. Aber ehe ich nicht ganz sicher bin, daß Elisabeth all ihrer Kräfte beraubt ist, will ich dich nicht in ihrer Nähe wissen. Ehe nicht alle Gefahren beseitigt sind, mußt du in Sicherheit bleiben. Du bist das Liebste, was ich auf der Welt habe. Wenn ich dich nicht mehr habe, sterbe ich auch. Soll ich sterben, Darling?«

»Du bist aber komisch«, sagte Pimpinell und verzog den Mund. Er war nicht zufrieden, aber sterben sollte Ma natürlich nicht.

Als Ann sich auf den Weg machte, verfiel sie plötzlich der Idee, über Sheriff Hutton reiten zu müssen. Wenn sie Rivers Gelegenheit gab, seine Treue und Loyalität gegenüber dem Regenten zu erklären, dann war das eine Freundlichkeit, hinter der niemand etwas finden konnte.

Ratcliffe meinte allerdings, diese Rücksichtnahme auf das Haupt der Familie Woodville wäre fehl am Platz. Aber er nahm den Umweg mit in Kauf.

Während in Sheriff Hutton der Hauptmann zu dem Gefangenen hinunterstieg, ging Ann im Hof auf und ab. Sie hatte ihr Haar sehr sorgfältig frisiert und mit Überlegung eine Kopfbedeckung gewählt, die ihr gut stand. Natürlich hoffte sie, daß Rivers die Bitte vorbringen würde, mit ihr selber sprechen zu dürfen. Sie wußte, daß sie noch immer jung war im Vergleich zu dem Grafen, der jetzt vierzig Jahre alt sein mochte. Vermutlich, dachte sie plötzlich, ist er gealtert in der Zeit seit dem Fest zu Greenwich. Sie blieb vor einer der Schießscharten stehen und starrte auf die Wiesen hinaus, auf denen sich die weißen Kerzen des Löwenzahns im Winde wiegten.

Da kam der Hauptmann zurück. Rivers ließe erwidern, daß es dem Grafen Warwick wenig Glück gebracht hätte, Johnny Woodville und dessen Vater zu ermorden. Das möge sie auch ihrem Gemahl in London ausrichten.

Die Röte stieg in Anns Gesicht. Doch Ratcliffe lachte: »Ein Mensch, der den Namen Woodville trägt, Mylady«, rief er, »der arbeitet nie mit dem Herzog von Gloucester zusammen. Es gibt nur eines: ausrotten mit Sumpf und mit Stiel, ausrotten, wie König Eduard es mit dem Haus Lancaster gemacht hat.«

Ann antwortete nicht. Sie ließ sich aufs Pferd heben und zog den Schleier über den breitkrempigen Hut. Und auf dem ganzen Weg nach London bewunderten Ratcliffe und seine Begleiter die Herzogin, die wie ein Mann ritt, nicht ein einzigesmal über das scharfe Tempo klagte und zu ihrem Gatten eilte, um ihm in seinem Kampfe beizustehen.

Ann war jedoch ziemlich erschöpft, als sie vor London eintraf. Es war kurz nach Mitternacht, und sie mußte bezahlen, damit der Einlaß für sie geöffnet wurde, da die Tore schon geschlossen waren. Ratcliffe ließ den größten Teil des Gefolges und das Gepäck bis zum Morgen in der Vorstadt. Er selber begleitete Ann bis Crosby Place. Nichts rührte sich in der Stadt. Die Menschen schliefen schon. Die Wache am Eingang ließ die Herrin ehrerbietig passieren. Nein, es war kein Besucher mehr da. Der letzte war vor einer halben Stunde gegangen. Der Protektor schlief wahrscheinlich schon.

Ann stand aufatmend im großen Saal mit der reichgeschnitzten Decke, den hohen Wänden und großen Fenstern. Die Empore, auf der bei Festlichkeiten die Musiker saßen, hielt die Dunkelheit fest. Ann warf ihrer Kammerfrau Florence, die ihrer Herrin gefolgt war, den Mantel zu. Hier hatte sich nichts verändert in den letzten fünf Jahren.

Richard schlief noch nicht. Als er Anns Stimme hörte, eilte er herunter. »Ich dachte, ich träume«, rief er noch auf der Treppe, »aber es ist Wirklichkeit.«

Ann ließ sich von ihm küssen, und während Ratcliffe seine Meldungen machte, ging sie die Treppe hinauf in ihr Zimmer. Sie war müde. Nun wollte sie schlafen wie ein Stein.

Ann war noch damit beschäftigt, sich den Staub abzuwaschen, als Richard heraufkam. Die Freude über ihr Kommen stand ihm ins Gesicht geschrieben. »Schön, daß du da bist. Du siehst mir sicher an, wie ich mich freue. Jeden Tag wimmelt das Haus von Leuten, die dem Protektor ihre Aufwartung machen wollen oder von Herren, die man zu Besprechungen laden muß. Ich weiß schon nicht mehr, wo mir der Kopf steht.« Er trat hinter Ann und küßte ihre nackte Schulter.

»War es gefährlich hier?« fragte sie.

»Nicht lange«, erwiderte Richard. »Aber jetzt habe ich den Rat und die Lords in meiner Hand. Hastings ist zwar eifersüchtig auf Buckingham, und Buckingham liegt mir dauernd in den Ohren wegen der Bohun-Ländereien, die er von mir haben will, die ich ihm aber nicht schenken kann, solange das Parlament nicht damit einverstanden ist, der Bischof von Ely intrigiert, und Lord Stanley wird von seiner Gemahlin daran erinnert, daß sie aus zweiter Ehe einen Sohn namens Heinrich Tudor in der Bretagne sitzen hat, der noch immer nichts geworden ist – aber ich werde mit den Querköpfen schon noch fertig werden.«

»Mein Gott, an Heinrich Tudor habe ich noch gar nicht gedacht!« Ann warf ein Tuch um ihren nackten Oberkörper. »Und Edward Woodvilles Flotte kreuzt vor der Küste von Kent. Wie willst du damit fertig werden?«

Richard erwiderte, daß er Heinrich Tudor nicht ernst nähme, und die Gefahr durch die feindliche Flotte sei beseitigt. Howard hätte die Sache in die Hand genommen. »Ich habe eine Amnestie verkündet, und ein paar verwegene Kerle haben sich in die Nähe der Galeeren gewagt. Daraufhin haben sich zwei der Genueser Karavellen für mich erklärt, kamen nach London gesegelt, und das Gros der Flotte folgte ihnen. Leider waren Elisabeths Bruder und der Marquis von Dorset nicht darauf. Die sind nach der Bretagne entkommen, und das Geld, das König Eduard hinterließ, haben sie mitgenommen. Aber lassen wir sie und alle Probleme. Wie gehts Pimpinell?«

»Ach, er war schrecklich unglücklich, weil ich ihn nicht mit nach London genommen habe. Aber ich hatte einfach Angst.«

Richard meinte, dazu gäbe es keinen Grund. Pimpinell könnte

ohne weiteres an den Krönungsfeierlichkeiten teilnehmen. Sie wären nun auf den 24. Juni festgesetzt worden.
Ann kämmte ihr Haar. »In drei Wochen schon?« fragte sie und ließ den Kamm sinken. »Braucht der König dann noch einen Protektor?«
»Ich bin Vormund bis zu seiner Mündigkeit«, Richard begann sich zu entkleiden. Die Kerzen im Leuchter flackerten, da das Fenster halb offen stand. Es war warm draußen.
Ann hob den Kamm und tauchte ihn wieder in ihr schimmerndes Haar. »Spätestens mit sechzehn wird er mündig sein«, meinte sie. »Keine sehr lange Zeit, Richard, um glücklich zu sein. Vier Jahre sind wie ein Hauch.«
»Was meinst du damit?« Richard setzte sich mit angezogenen Beinen aufs Bett und blickte bewundernd auf sein Weib. Niemand hatte so goldenes Haar wie Ann.
Die hatte den Spiegel vor sich hingestellt und blickte hinein. »Ist dir nicht auch eingefallen, daß der Vormund von König Heinrich, Humphrey von Gloucester – ein Vorgänger deines Titels und deines jetzigen Amtes – beseitigt wurde, als Heinrich mündig war? Und sein armes Weib hat man der schwarzen Kunst bezichtigt und lebenslänglich ins Gefängnis gesteckt.«
Richard schlang die Arme um seine Knie. »Das war das Werk Margarets und ihres Günstlings Wilhelm de la Pole. Sie hatten Heinrichs Ohr.«
Ann kämmte ihr Haar auf die rechte Seite. »Und du glaubst, daß Eduard V., wenn er erst mündig ist, niemand haben wird, der ihm ins Ohr flüstert?«
Richard erwiderte, daß man dabei nicht an Humphrey denken dürfe. »Schicksale wiederholen sich nicht in völliger Gleichheit.«
»Nein«, sagte Ann, »völlig gleichen sie sich nicht. Aber es genügt, wenn sie sich ähneln. Hat nicht auch Richard II. alle mit Haß verfolgt, die während seiner Minderjährigkeit regierten? Ich wollte ja nichts sagen, wenn dein Neffe dich liebte. Liebt dich der kleine König vielleicht?«

Richard lachte. Er nahm die Arme von den Knien, legte sich zurück, zog die Decke zum Hals und lachte.
Ann warf ihr Haar zurück. »Du lachst. Wieso sollte er dich auch leiden mögen. Du hast ihm den strahlenden Rivers genommen, seine Mutter ins Asyl gejagt, seinen Halbbruder Grey verhaftet und seinen Kämmerer Vaughan auch. Und außerdem mochte er dich schon vorher nicht. Als er noch ein Kind war, hat man ihn mit dir erschreckt, ich weiß es. Wenn du nicht artig bist, kommst du nach Middleham zum strengen Richard, hat man ihm gesagt.«
Richard schwieg und starrte zum Betthimmel empor.
Ann legte ihren Spiegel hin und trat näher. Sie kauerte sich auf die Stufe. »Was denkst du jetzt?«
»Was soll ich schon denken«, erwiderte er unwillig. »Unser Leben liegt in Gottes Hand.«
»Wenn das deine Ansicht ist«, sagte Ann, »dann frage ich mich, weshalb du überhaupt das Schwert hebst, wenn man einen Streich gegen dich führt im Kampf.«
Er zuckte die Schultern unter der Decke.
Sie legte ihren Kopf neben sein Kissen. »Du denkst dasselbe wie ich«, sagte sie leise. »Nachdem sich Elisabeth Woodville nicht deiner Regentschaft unterworfen hat und ihre Leute nicht auf deine Seite getreten sind, kannst du nicht der Vormund des Königs bleiben. Es wäre dein Tod in ein paar Jahren. Und der meine und der von Pimpinell auch.«
»Du übertreibst«, sagte Richard düster. »Was soll ich denn sonst werden.«
Ann glitt ins Bett und drückte sich eng an ihn. »In Wirklichkeit«, sagte sie leise, »hat Elisabeths Sohn kein Recht auf den Thron. Ihre Kinder sind unehelich. Dein Bruder Eduard war mit Lady Eleanor Butler versprochen, ehe er Elisabeth Woodville zu sich nahm, Bischof Stillington weiß es.«
»Hast du geträumt?« fragte Richard, aber er rührte sich nicht. Er wußte das alles ja schon längst.

»Ich habe es von Isabella. Sie hat es mir gesagt.«
Richard starrte zum Betthimmel. Es gab kein Gerücht um das Haus York, das ihm nicht schon einmal hinterbracht worden wäre. Er schwieg eine Weile.
»Glaubst du es nicht?« fragte Ann. »Als Isabella es erzählte, habe ich auch zuerst gedacht, Georg sei eben mal wieder verrückt. Aber als er tot war, habe ich begriffen, daß er nicht verrückt war.«
Richard starrte zum Betthimmel empor. Auch seine Mutter sprach seit Tagen nichts anderes als jetzt Ann. Er griff in ihr Haar, ließ es aber wieder los, nachdem er ein wenig damit gespielt hatte.
»Elisabeths Sohn ist ein Bastard«, flüsterte Ann erregt.
»Wenn er ein Bastard ist, hat er kein Recht auf den Thron«, erwiderte Richard langsam. »Und dann wäre Georg Thronfolger, wenn er noch lebte. Da er tot ist, ist es sein Sohn.«
»Aber Richard!« Ann fuhr hoch. »Was willst du denn mit dem kleinen Jungen. Er ist noch nicht einmal zwölf Jahre alt und so zurückgeblieben, daß er bis heute noch nicht lesen und schreiben kann. Georg war ja immer betrunken, so oft er zu Isabella kam. Der Junge ist im Rausch gezeugt. Soll Englands Thron einen zweiten Idioten tragen? Abgesehen davon kommt Georgs Sohn ja gar nicht in Frage. Da der Vater wegen Hochverrats verurteilt wurde, ist sein Sohn von der Thronfolge ausgeschlossen. Der nächste, der Anspruch hat, bist du!«
Richard lächelte. »Wie eifrig du bist. Und ich dachte, du wärst müde von der Reise.«
»Ich muß doch loswerden, worüber ich die ganze Zeit nachgedacht habe.«
Richard nickte und blies die Kerzen aus. »Einmal solltest du schon Königin werden«, sagte er. »Es ist nicht ungeschickt, wie du argumentierst. Die Ereignisse münden in der Tat in einem Punkt, auf dem der Ehrgeiz blühen könnte.«
»Bist du nicht ehrgeizig?« fragte Ann und sah ihn an. Es war

nicht sehr dunkel im Raum trotz der ausgelöschten Kerzen. Die Öllampe glomm, und draußen schien der Mond. Der Baldachin über dem Bett warf fast einen Schatten.
»Ein Mensch wie ich«, sagte Richard düster, »ist immer ehrgeizig. Menschen, die ihres Äußeren wegen nicht für voll genommen werden, haschen nach Reichtum, um durch Gold zu glänzen. Menschen, die niemand liebt, suchen Macht zu erhalten, damit man sie verehren muß. Ein Mann wie ich, der ein Weib hat, dem er die Welt zu Füßen legen möchte ... Ann, ich habe über diese Dinge längst nachgedacht. Glaubst du, daß Hastings damit einverstanden wäre, wenn der Protektor versuchen wollte, sich zum König zu machen?«
»Dann steig über ihn hinweg«, sagte Ann böse. »Was ist ein Mensch wie Hastings. Was gilt schon eine Handvoll Menschen, wenn du deine eigene Familie sicherst. Über wieviele Menschen ist Eduard hinweggestiegen? Buckingham ist auf deiner Seite. Und Howard. Und wenn du belohnst, findest du viele.«
Richard lachte. »Ich wäre ein Thronräuber, mein Liebling.«
»Aber mit mehr Recht als alle Usurpatoren vor dir«, rief Ann. »Und wenn du England so regierst wie das Land im Norden, wo man dich liebt und wo deine Gesetze in Jahrhunderten noch bestehen werden, muß selbst Gott den Thronraub durch dich segnen. Oder glaubst du, daß es England besser geht, wenn Elisabeth Woodville regiert?«
»Nein«, sagte Richard wehmütig, »das glaube ich nicht.« Ob sie ihn wohl lieben würde, seine kleine, lebhafte und von Phantasien erfüllte Ann, wenn er sie zur Königin machte? Nie hatte Richard geglaubt, daß sich ihm jemals die Möglichkeit bieten würde, nach dem Purpur zu greifen, daß Eduard sterben könnte zu einem Zeitpunkt, da seine Söhne noch Kinder waren. Es waren Eduards Kinder, und einen Augenblick stockte Richards Herz. Aber nein, dachte er gleich darauf, es sind die Söhne von Elisabeth, und wenn sie groß sind, sind sie Woodvilles. Plötzlich spürte er Ann an seiner Seite.

»Was hast du mit Rivers vor?« fragte sie atemlos.
Richard erwiderte steif, daß ihm einige seiner Ratgeber in den Ohren lägen, sich der drei Gefangenen zu entledigen. »Sie werden sich meiner Regentschaft kaum beugen, solange Elisabeth sich nicht unterwirft. Sie können mir nicht über deren Kopf hinweg den Treueid leisten. Andererseits wird sich Elisabeth erst unterwerfen, wenn ihr Widerstand aussichtslos geworden ist, das heißt, wenn ihre Anhänger schwinden. Lovell erinnert mich dauernd an Georg, den Elisabeth und die Ihren auf dem Gewissen haben.«
»Und wenn du mehr sein wirst als nur Regent und Vormund?« fragte Ann hastig.
»Damit«, sagte Richard hart, »wird sich ein Mann, der Woodville heißt, niemals abfinden solange er lebt.«
Ann ließ sich zurückfallen. Über ihr hing die Öllampe wie das Ewige Licht in der Kirche. Es ist gut, dachte sie.

*

Rivers' Hand glitt über die Wände seines Kerkers. Groß waren die Quaderblöcke, aus denen der Turm von Schloß Pontefract gemauert war, kühl und rauh fühlte sich der Stein an. Rivers Finger tasteten über das Lager aus Stroh, den klobigen Tisch und über den Schemel. Denn dies waren die letzten Dinge seines Lebens. Er starrte ins Kerzenlicht. Die letzte Kerze vor seinem Tod. Nein, sie würde nicht brennen die ganze Nacht, und man hatte ihm noch eine zweite danebengelegt, als er darum bat.
Es war Dienstag, der vierundzwanzigste Tag des Juni, und in wenigen Stunden war Mitternacht. Es war eine dunkle Nacht, und durch das kleine, vergitterte Fenster des Turms war kein Stern zu erkennen. Drunten im Dorf heulte ein Hund.
Am Morgen hatte man Rivers in Sheriff Hutton mitgeteilt, daß er wegen der Verschwörung seiner Schwester gegen den Protektor und Regenten des Reiches, an der er sich beteiligt hatte, zum Tode verurteilt worden sei, und daß er zusammen mit Lord Grey

und Sir Thomas Vaughan auf dem Richtplatz von Pontefract enthauptet werden würde. Ratcliffe, der aus London kam, hatte das Urteil verlesen, und Rivers nach Pontefract gebracht. Und jetzt war bald Mitternacht und der letzte Tag des Lebens vorüber. Er war voll Sonne gewesen und Lerchengesang am Morgen. Mittags hatte ihn Blättergeräusch im Sommerwind erfüllt, als man den Waldrand entlangritt, und ehe sie Pontefract erreicht hatten, war das Abendrot über den Himmel gezogen wie ein Teppich aus dem Orient. Aber jetzt strahlte kein Stern am Himmel, und wahrscheinlich verschlechterte sich bald das Wetter.

Rivers war nicht überrascht, als er erfuhr, daß er sterben mußte. Er hatte es gewußt, seit in Northampton seine Herberge umstellt war. Nachdem Elisabeth beschlossen hatte, sich dem Herzog von Gloucester nicht zu beugen und niemals dessen Protektorschaft anzuerkennen, konnte Richard gar nicht anders als sich der Feinde, die sich vor ihm aufbauten, zu entledigen, sobald er ihrer habhaft wurde. Die Wirksamkeit dieses Rezepts hatten ihm alle seine Vorgänger demonstriert, am meisten Eduard, und Bukkingham würde nur zureden. Es war seine, Rivers, eigene Schuld, daß Richard ihn erwischt hatte. Indes, es war müßig, noch einen Gedanken daran zu verschwenden. Das Ereignis des Sterben-Müssens trat nur einmal im Leben ein, und man konnte es nicht üben wie einen Gang im Turnier. Wenn dieses einzige wirkliche Ereignis im Leben des Menschen eintrat, mußte man Meister sein in der Absolvierung der Handlung. Rivers hatte sein Urteil sehr höflich entgegengenommen und noch in Sheriff Hutton sein Testament verfaßt. Als es dauerte, bis die Pferde im Hof standen, hatte er noch eine letzte Ballade niedergeschrieben, mit Gedanken, die ihm schon seit einiger Zeit im Kopf herumgingen. Eine Klage über die Vergänglichkeit der Welt. Jetzt, da er in Pontefract angekommen war, fand er die Verse wehleidig. Aber es war belanglos. Er war eben kein Dichter wie Chaucer geworden, so ehrgeizig er auch manchmal war.

Für den Ritt nach Pontefract war Rivers dankbar. Hier starben schon größere als er, und in Pontefract begraben zu liegen, war nicht das schlechteste. Es gab Kornfelder dort, die blühten, während Rivers mit gefesselten Händen und an die Steigbügel gebundenen Füßen über die gewundenen Wege ritt, argwöhnisch bewacht von einer Reihe Bewaffneter, als hätte er die Möglichkeit, sich wie ein Vogel in die Lüfte zu erheben.
Ratcliffe, dem der Auftrag, einen zum Tod Verurteilten seiner Hinrichtungsstätte entgegenzuführen, peinlich zu sein schien, bemühte sich während des Ritts um eine Unterhaltung. Aber waren die Neuigkeiten, die er aus London mitgebracht hatte, noch von Belang für einen Mann wie Rivers? Daß Hastings tot war, nachdem er den Worten der rührigen Jane Shore Gehör geschenkt hatte, wußte Rivers schon von der Wache in Sheriff Hutton. Angeklagt vor dem Parlament wegen einer Verschwörung zum Sturz des Protektors, war Hastings noch vom Ratstisch im Saal des Tower zum Tod geführt worden. Und so rasch hatte Richard den Mann, den der Neid auf Buckingham oder weiß Gott was in die Arme der Elisabeth Woodville trieb, hinrichten lassen, daß man nicht einmal ein Schafott aufstellte. Auf dem Anger vor der Kapelle des Tower fand sich ein Stück Bauholz, auf das er seinen Kopf legen mußte, wahrscheinlich so verwirrt von der Schnelligkeit des Vorgangs wie ein Knabe, den der Lehrer straft. Ratcliffe erzählte die Sache ausführlich.
»Als der Protektor, der den Vorsitz am Ratstisch führte, das Wort vom Verrat in die Runde schleuderte und auf seinen Wink die Wachen hereinstürmten, zog Hastings die Waffe. Aber er war rasch überwältigt. Eigentlich kam er kaum zur Besinnung. Und dem Kaplan, der aus der Kapelle heranstürzte, damit der Verurteilte noch die Sakramente empfange, hat er bestimmt nicht alle seine Sünden beichten können. Ich bitte Euch, Rivers, bei den vielen Weibergeschichten, die er hatte. Es blieb ihm gar nicht soviel Zeit, daß ihm alle einfallen konnten.«
Ein makabres Gespräch, fand Rivers, während er das Flattern

eines Turmfalken beobachtete, der hoch über den Feldern in der Luft stand und nach einer Maus spähte.

Ratcliffe erzählte lachend, daß in der Stadt eine kleine Unruhe entstanden wäre, aber nachdem die Ausrufer und Herolde die Proklamation des Protektors verlesen hatten, aus welchen Gründen Hastings den Tod verdient habe, beruhigte sich das Volk schnell wieder. »Der Bischof von Ely kam ins Gefängnis und Rotherdam auch. Stanley hielt man in seiner Wohnung fest, aber er hat sich schon wieder herausgeredet, daß er nur deshalb bei Hastings ein und aus ging, um hinter dessen Machenschaften zu kommen. Mistreß Shore sitzt meines Wissens noch im Turm. Sagt selbst, Graf Rivers, hatte Hastings das nötig?«

Rivers erwiderte nichts. Hastings war also der erste, den der krumme Richard nicht mehr nach dem Willen eines andern, sondern aus eigenen Stücken und für das eigene Wohl in den Hades schickte. Er, Rivers, war der zweite, Lord Grey der dritte und Vaughan der vierte. Vier Tote, dachte Rivers, sind keine große Woge Blut, und andere haben mehr gebraucht, um hochgetragen zu werden. Aber wahrscheinlich war das Kunststück nicht, sich hochtragen zu lassen, sondern an der Spitze zu bleiben. Doch das war Richards Problem.

Ratcliffe bemerkte, daß ein so rasches Durchgreifen wie im Falle Hastings Vorteile hätte. »Einige Leute sind dann immer dabei, denen die Angst in die Beine fährt. Jedenfalls hat es der Erzbischof von Canterbury nun fertiggebracht, Elisabeths Jüngsten aus dem Asyl zu holen.«

»Sie hat den kleinen Herzog von York herausgegeben?« fragte Rivers überrascht.

»Sie hat«, erwiderte er. »Richard ließ das Asyl umstellen, die Hälfte der Räte wartete in der Sternkammer, und die andere Hälfte begehrte Einlaß bei der hohen Frau. Als dann der Erzbischof von Canterbury sich noch den Mund fusselig geredet hatte, gab sie endlich nach. Schließlich will der junge König einen Spielgefährten haben.«

Rivers lächelte leicht. »Er hat den Bruder doch in Ludlow auch nicht bei sich gehabt.«
Ratcliffe zuckte die Achseln und gab zu, daß das mit dem Spielgefährten natürlich ein Spaß wäre. »Aber aus Gründen des Prestiges konnte der Rat nicht zulassen, daß Elisabeth die Kinder des verstorbenen Königs als Geiseln bei sich hält. Mag sie ihre Töchter um sich haben, aber ist das Leben des Jungen vielleicht gefährdet, daß er in einem Asyl leben muß? Alle Lords waren sich einig, daß man ein Kind, das ein Asyl nicht nötig hat, auch ohne weiteres daraus entfernen kann. Und schließlich gab eure Schwester dem Zureden des Erzbischofs von Canterbury nach. Weiß der Teufel, was sie sonst noch alles angestellt hätte mit dem Buben. Der Marquis von Dorset soll schon auf dem Festland Ausschau nach einem Bischof gehalten haben, der den Kleinen zum Gegenkönig krönen würde. Jetzt ist der Kleine bei seinem Bruder im Tower. Sie wohnen sehr schön und zertrampeln jeden Nachmittag den Rasen, wenn sie mit ihren Bogen auf Scheiben schießen.«
Rivers sah in Gedanken seinen Neffen vor sich, dem er in Ludlow hatte Wissen beibringen sollen. Der Junge war nicht sehr intelligent gewesen. Die Beschränktheit der Mutter hatte sich ebenso auf ihn vererbt wie ihre Herrschsucht. Vielleicht würde er einmal kein schlechter König werden. Sowohl von der Mutter als auch vom Vater her hatte er den nötigen Mangel an Mitleid, der einen Menschen befähigt, oberster Richter zu sein, Kriege zu führen, Steuern zu erpressen und den Terror auszuüben, den man braucht, um sich an der Macht zu halten.
»Übrigens«, sagte Ratcliffe und kniff die Augen vor der sinkenden Sonne zu, »übrigens sind die Kinder der Elisabeth Woodville ja ohnehin nicht legitim! Buckingham hat es dem Parlament dargelegt, und der bekannte Mönch Ralph Shaa, Bruder des Bürgermeisters von London, hat in Paul's Kreuz über den Bibeltext gepredigt, der da heißt: Bastardsprößlinge sollen nicht Wurzel fassen. Es ist schon möglich, daß der Rat bald eine Petition

verfaßt, um den Herzog zu bitten, den Thron zu übernehmen, der ihm zusteht. Das Reich kann doch nicht einen König über sich haben, der in Buhlschaft gezeugt wurde.« Ratcliffe grinste und sah aus, wie die Auguren im alten Rom ausgesehen haben mochten.

Rivers erwiderte nichts. Er wußte nicht, was er mehr bewundern sollte: die Beredsamkeit Buckinghams, der anscheinend ein neuer Königmacher werden wollte, oder die Dummheit der Menschen, die alles glaubten, was man ihnen erzählte. Das heißt, sie glaubten natürlich nichts von den Machenschaften, mit denen sich da in London ein Mensch auf den Thron schwingen wollte, der doch gar nicht aussah, wie ein König aussehen sollte, aber was konnten sie tun? Zwanzigtausend Mann sollten aus Yorkshire und Northumberland aufgebrochen sein nach Süden, für alle Fälle, und da schwiegen die Menschen besser. Auch die Lords hielten den Mund. Denn wahrscheinlich lag noch immer Bauholz auf dem Anger vor dem Tower, und ein rascher Tod wie im Fall Hastings war nicht jedermanns Sache. Dagegen konnte man, wenn man ja sagte zu den Geschehnissen, einiges erben.

Als Rivers in Pontefract untergebracht war, überkam ihn das Lachen. Aber war es noch sehr wichtig für ihn zu erfahren, daß der neue König aller Wahrscheinlichkeit nach nicht Eduard V., sondern Richard III. heißen würde? Die Erzählungen Ratcliffes hatten zwar den Weg abgekürzt, aber auch die Muße genommen, das blühende Korn zu betrachten, den roten Mohn, der Blutlachen gleich zwischen den langsam gelb werdenden Ähren stand, den Staren zuzusehen, die ihre Jungen im Fliegen übten, die Augen in den flimmernden Himmel zu richten, dessen Weite und Unermeßlichkeit nicht zu fassen war. Es war der letzte Tag gewesen, und nun glitt die letzte Nacht in Chronos' unersättliche Arme.

Die letzte Nacht – und er, Rivers, war noch so weit vom Ziel. Den Sinn des Lebens hatte er ergründen wollen und den Sinn des Todes, was natürlich dasselbe war. Aber noch nicht der Schim-

mer einer Erkenntnis war ihm zuteil geworden, und nun schlug man ihm den Kopf vom Rumpf.
Rivers ließ sich auf den Schemel fallen. Niemand wollte sterben, auch er nicht. Und der Gedanke, daß es vielleicht kein Jenseits gab, auch wenn die Pfaffen es behaupteten, jagte ihm einen Schauer über den Körper. Nein, es gab keines, er hatte es immer gefühlt. Es war ein Kindertraum, der Traum vom Paradies. Und wozu hatte er dann ein härenes Hemd getragen und war nach Compostela gewallfahrtet und hatte den Fischerring des Heiligen Vaters geküßt und dessen Zehenspitzen?
Nun, das härene Hemd hatte er getragen, weil er den Mut nicht gehabt hatte, das Gelübde seiner Jugendjahre zu brechen, obwohl er dessen Torheit erkannt hatte. Die Erziehung und die Dinge, an die die Umwelt glaubte, konnte man nur abstreifen mit Mut, und er, Anthony Woodville, Graf Rivers, war feige. Das sagten die Leute hinter der vorgehaltenen Hand trotz seiner Siege im Turnier. Nach Compostela war er gewallt, weil er die Welt sehen wollte, und den Fischerring des Papstes hatte er geküßt, weil ihn die Herrlichkeiten Roms zur Begeisterung hinrissen.
Nein, das meiste von dem, was er getan hatte in seinem Leben, war nicht verschwendet gewesen, trotz allem. Am wenigsten wichtig waren wohl die diplomatischen Missionen, die er im Dienste seines Schwagers Eduard ausgeführt hatte, und völlig verloren war die Spanne, da er Befehlshaber in Feldzügen gewesen war. Die übrige Zeit seines Lebens brauchte er nicht zu bereuen. Er war jetzt vierzig Jahre alt, und wenn er sein Leben auch nicht so voll ausgelebt hatte wie Eduard, so hatte er es doch im Gedanklichen intensiver gelebt. Leider hatte er einige kleine Fehler begangen. Er hatte nie die spröde Tugend von Frauen verletzt und sich dadurch den Rausch der Liebe versagt. Und er hatte nicht erkannt, daß es ihm einmal das Leben retten würde, wenn er die Fürsprache von Anna Neville, Herzogin von Gloucester, besäße. Obwohl ihm das Schicksal die Gelegenheit in die Hand gab, hatte er die kleine Ann wiederholt vor den Kopf

gestoßen. Was hätte er mit ihr reden sollen? Sie war doch ein Kind und würde bis zu ihrem Ende ein Kind bleiben. Er war hochmütig gewesen, und Hochmut hat keine Freunde. Und nun besaß er keine Fürsprecher. Doch diese Dinge waren nicht mehr zu ändern. Vielleicht hätte er auch der Abneigung folgen sollen, die ihn gegen die eigene Familie erfüllte, aber in dieser Beziehung ging es ihm wie mit dem härenen Hemd. Und nun würde er eben sterben in wenigen Stunden.

Die Kerze war schon heruntergebrannt, und Rivers mußte die frische aufstecken. Ganz krumm war sie, und entweder stammte sie aus einem billigen Wachszieherladen, oder sie hatte in der Hitze gelegen. Enthauptet zu werden war übrigens besser, als an der Pest zu sterben. Es war ein sauberer Tod, und man begann erst zu stinken, wenn man im Grabe lag. Außerdem ging es schnell. Er, Rivers, hatte so mancher Hinrichtung beigewohnt zu Eduards Zeiten. Der Schmerz war sicher unwesentlicher, als wenn man Zahnweh bekam. Vielleicht spürte man auch gar nichts. Er war einmal als Junge vom Gaul gestürzt und mit aller Wucht auf einem Geröllfeld gelandet. Die Schmerzen waren erst zehn Minuten später gekommen. Zehn Minuten würde es nicht dauern, bis sein Kopf auf der Erde lag. Wenn er die Augen schloß, sah er ihn bereits liegen: nicht ganz geschlossene Lider, den aufgeklappten Mund, das lange Haar und die blutige Gurgel. Richard, Herzog von Gloucester, König Richard III. von England ab morgen, bete zu Gott, daß es dir nicht erscheint im Traum, das blutige Haupt des Grafen Rivers.

Aber nein, wie sollte es. Wenn es kein Jenseits gab, gab es nur das Nichts, die Auflösung im Unendlichen. Was spielte es da für eine Rolle, woran und durch wen man starb? Was spielte es für eine Rolle, ob man überhaupt gelebt hatte? Und die Anstrengungen, die ein Mann machte, um König zu werden – waren sie nicht zum Lachen?

Übrigens würde der krumme Richard kein schlechter Herrscher werden, oh nein. Ein bißchen still würde er sein und ein bißchen moralisch. Aber gewissenhaft würde er die Pflichten erfüllen, die er sich selbst auferlegte. Die kleinen Leute würde er wahrscheinlich schützen und die Großen dadurch verärgern, wie er es im Norden handhabte, wo er Henry Percy aus diesem Grund nie zum Freund bekam. Er würde sich mit Leuten aus Yorkshire umgeben, die er kannte, und dadurch den Unwillen des Südens erregen. Und er würde alle seine Anhänger und Freunde viel zu hoch bezahlen aus Angst, sie könnten ihn nicht lieben, so daß sein Säckel meist leer sein würde, wenn er ihn voll brauchte. In seinen Kriegen würde er natürlich tapfer sein, tapferer noch als ein großer und kräftiger Mann, doch wenn es galt, raffinierte diplomatische Schachzüge auszuhecken, würde er versagen. Er würde das Althergebrachte lieben, und wenn es die Federbüsche der letzten Ritter waren, und nie begreifen, daß folglich auch Begriffe wie Lehenstreue nicht mehr ernstgenommen wurden. Was die Lords anbetraf, so würde er sie bitten, gerecht zu ihren Untertanen zu sein, anstatt sie dazu zu zwingen, wie er Sittsamkeit predigen würde und ehrenhaftes Leben, obwohl er doch nur durch Verfehlungen auf den Thron kommen konnte. Schillernde Irrlichter wie Buckingham würde er für wärmende Feuer halten, und in den Winkelzügen der auswärtigen Politik würde er sich seinen Bruder Eduard zum Vorbild nehmen. Aber auch Eduard war an den Hexenkünsten eines Ludwig gescheitert. Nun, die Erfolge eines Herrschers richteten sich immer nach den Gegnern, die gegen ihn standen, und hatte er Dummköpfe vor sich, wurde er groß. Hatte er jedoch einen Hexenmeister vor sich, mußte er zusehen, wie er sich behaupten konnte. Ob Richard sich behaupten würde? Rivers wünschte es ihm. Ja, er wünschte es ihm, trotz allem. Er spürte noch immer die versteckte, heimliche Zuneigung zu dem schwerfälligen Mann, in dessen Gesicht, wenn es unbeobachtet war, die Hilflosigkeit alles Lebendigen stand, die Einsamkeit der Kreatur und die Verlorenheit des Menschen unter der Gewalt des Schicksals. Auch Richard konnte nicht über seinen Schatten springen.

Als die Kerze heruntergebrannt war und der Morgen heraufkam, kam ein Priester in Rivers' Zelle, aber er schickte den Mann wieder fort. Er habe schon gebeichtet, erklärte er. Er hätte auch wirklich nicht gewußt, welche Sünde er bereuen sollte. Er hatte versucht, vorwärts zu kommen im Leben wie alle, und den Schwächen seines Charakters nachgegeben. Dies wußte Gott. Weshalb sollte Rivers es einem Fremden erzählen. Es war auch gar nicht in Worte zu fassen, und wenn es kein Paradies gab, überdies unnütz. Oder gab es doch ein Paradies? Plötzlich überfiel Rivers das atemlose Verlangen, es möge doch ein Paradies geben, ein Leben nach dem Tode! Und wenn es für ihn die Hölle war. Ewig konnte keine Strafe währen, da würde sich Gott selbst ins Unrecht setzen. Aber da ging wieder die Tür der Zelle auf, und man holte Rivers auf die Wendeltreppe hinaus. Drunten an ihrem Fuß standen Grey und Vaughan, und die drei Männer grüßten sich.
Auf dem Weg zum Richtblock lauschte Rivers auf den Laut seiner Schritte. Tapp, tapp... Zeit seines Lebens war er mehr geritten als gegangen. Tapp, tapp. Es waren Zuschauer da: ein kleines Heer von Soldaten aus York, die offensichtlich auf dem Weg nach London waren, um etwaige Unruhen niederzuschlagen, falls jemand nicht damit einverstanden sein sollte, daß Richard König von England wurde. Tapp, tapp. Die Krone auf dem Kopf mußte wohl doch die höchste Lust verschaffen, die es auf Erden gab, wie der Weg zum Schafott die grausamste Furcht erzeugte. Tapp, tapp... Rivers fühlte, wie ihm das Blut gerann. Er mußte weiß sein wie Kalk. Auf den Schläfen spürte er den Schweiß. Die Zunge klebte ihm am Gaumen. Es war neblig. Wie in Watte waren die Zuschauer gewickelt, in Watte bewegte sich der Scharfrichter. In Watte stand der Block.
Vaughan kam zuerst an die Reihe. Er war schon alt und zitterte. Der Henker schlug zweimal. Aber das zweite Mal galt nur noch dem Fleischlappen unten am Hals. Dann traf es Grey. Der Dreißigjährige hielt sich tapfer. Anthony Woodville erinnerte sich an

seinen Bruder John. Johnny hatte geweint. Und wenn Gott den Jungen nicht getröstet hatte in einer fernen Welt, dann sollte er verflucht sein. Verflucht sollte Gott sein von dem Menschen Anthony. Rivers kniete. Der Block war schmierig vom Blut der anderen, aber Rivers legte den Hals hinein. Er war sich plötzlich bewußt, daß man ihm zusah. Tausend Augen waren auf ihn gerichtet, als ritte er in die Schranken mit eingelegter Lanze, den Prunkharnisch am Körper, sein Wappen über dem Helm. Und in einem Wirbel von Angst und Beherrschung, von Verzweiflung und Hoffnung sah er die Füße des Henkers sich strecken. Herr... wollte er stammeln, aber es gelang ihm nicht mehr.

*

Vier Wochen war es nun her, daß Ann in Crosby Place eingetroffen war, vier Wochen, in denen London einem Bienenschwarm glich. Soviel Menschen waren in der Stadt, daß die Straßen wimmelten. In den Herbergen gab es Streit wegen der Quartiere, und immer wieder hörte man von Schlägereien zwischen bewaffneten Knechten, brachte doch jeder Edelmann ein ganzes Gefolge mit. In allen Häusern wurde geredet und getuschelt. In Crosby-Haus gingen die Besucher ein und aus, und in Baynards Castle am Fluß, wo Cicely, Herzogin von York, wohnte, drängten sich die Menschen. Buckingham empfing Gäste am laufenden Band in seinem Stadthaus, und in den Palästen der Bischöfe war ein ständiges Kommen und Gehen auch noch des nachts. Die Ausschüsse trafen sich im Rathaus, in den Räumen des Tower und in Westminster Hall. Und jeden Tag flogen Gerüchte durch die Straßen. Ann wurde ganz aufgeregt. Sie sah Richard kaum noch. Aber nachts strich er ihr über das Haar und beruhigte sie. Es stand alles zum Besten. Die Lords waren auf seiner Seite. Buckingham war sehr rührig, und er konnte so gut reden wie einst Georg von Clarence. Nicht einmal spucken mußte er, wenn er erst einmal angefangen hatte zu sprechen.
Henry Percy kam mit Mannschaft aus dem Norden, und anschei-

nend konnte man seiner nun doch sicher sein. Man hatte ja auch zehn Jahre lang auf ihn Rücksicht genommen. Auf Stanley war wie üblich nur halber Verlaß, aber er schwor eifrig Beistand, und man brauchte ihn nötig. Bischof Rotherdam war wieder in Freiheit gesetzt worden nach der Verschwörung von Hastings, aber den Bischof von Ely hatte man nach Schloß Brecknock gebracht, wo Buckingham ein wachsames Auge auf ihn haben wollte. In Brecknock konnte es der Gute aushalten.

Wenn Richard über Anns Haar strich, verging ihre Erregung. Auch andere hatten schon getan, was Richard zu tun im Begriff war, und Gott war mit ihnen gewesen. Durch drei Generationen hatte der wilde Bolingbroke sein Haus auf dem Thron gehalten, obwohl er ihn mit Gewalt und Mord an sich gerissen hatte. Und wenn Ann zurückdachte an das, was sie von früheren Zeiten wußte, dann hätte sie noch manchen nennen können. Gott würde auch mit Richard sein.

Rivers war nun tot. Ann wußte es, und da er nun tot war, würde sie ihn vergessen. Und soweit sie gesündigt hatte an ihm, würde sie Buße tun durch gute Werke. Allen Menschen wollte Ann Gutes tun.

Ihre guten Vorsätze gerieten allerdings ins Wanken, wenn sie ihr Weg an den Gebäuden des Tower vorüberführte. Einmal sah sie Elisabeths Söhne zwischen anderen Knaben auf dem Rasen spielen und mit Bogen schießen. Sie war entsetzt, wie die Burschen ihrer Mutter glichen.

Ende Juni überstürzten sich die Ereignisse. Es traten Redner an den Straßen auf, und Mönche predigten in den Kirchen. Ann flüchtete in ihre Zimmer. Lachten die Menschen schon hämisch, weil sie nun doch recht gehabt hatten, als sie schon vor vier Wochen behaupteten, der Protektor würde bald nach der Krone greifen? Nein, sie lachten nicht, jedenfalls nicht öffentlich. Der Rat und das Haus der Gemeinen, die Vorsteher der Zünfte und die Bürger der Stadt erklärten einstimmig, daß sie Richard zum König wollten und nicht die Bastardsprößlinge der Elisabeth

Woodville. Die Stände geleiteten Richard, nachdem er bereit war, ihrem Wunsch zu willfahren, nach Westminster Hall, damit er auf dem Marmorstuhl von King's Bench Platz nähme, den königlichen Eid leiste und zu ihnen spreche als König Richard III. Die Krönungsfeierlichkeiten wurden schon auf den 6. Juli festgesetzt. Die meisten Peers waren noch in der Stadt, und die Soldaten aus dem Norden konnten als Ordnungskräfte fungieren. Dann brauchte man keine Störungen befürchten, wie sie früher so oft bei Krönungen vorgekommen waren. Richard bedachte alles, und nachts strich er Ann über das Haar.

»Auch Eduard«, sagte er im Dunkeln, »ist vom Parlament auf den Marmorsitz gehoben worden, obwohl es viele Menschen gegeben hat, die weiterhin Heinrich zum König haben wollten. Und andere vor Eduard haben sich auf den Thron geschwungen, obwohl man auch an ihrer Legitimität Anstoß nehmen konnte. Es kommt darauf an, daß man durch eine gute Regierung rechtfertigt, was man getan hat, nachdem man durch die Umstände gezwungen wurde, es zu tun.«

»Vergiß jetzt«, sagte Ann leise. »Kaum einer hat mit so leichten Füßen und so wenig Blut an den Sohlen den Marmorsockel von King's Bench erstiegen.«

Richard nickte. Ja, sein Schritt auf den Sockel war verhältnismäßig leicht gewesen, aber Richard wußte, daß es schwieriger sein würde, darauf zu bleiben. Doch was sollte er Ann das Herz schwer machen. Auch Eduard hatte den Thron einem anderen weggenommen und war doch zweiundzwanzig Jahre bis zu seinem Tod König geblieben. Ann war so glücklich, daß sie wieder ganz jung wurde.

In der kurzen Zeit bis zur Krönung war Ann so beschäftigt, daß sie gar nicht mehr zur Besinnung kam. Während Richard daran ging, seine Anhänger zu belohnen, John Russell zum Kanzler zu ernennen, Catesby zum Schatzmeister, John Howard zum Herzog von Norfolk, und so der Reihe nach weiter und während Buckingham die Bohun-Ländereien zugesprochen erhielt unter der Voraussetzung, daß das Parlament damit einverstanden sein würde, außerdem zum Konnetabel ernannt wurde und zum Großkämmerer, so daß er nun mehr Macht besaß als einst der Königsmacher Warwick, war Ann nur mit ihren Kleidern beschäftigt. Richard schlug ja eine Reihe von Junkern zu Rittern, die Geschenke in Form von Gewändern erhielten, und am wichtigsten war natürlich, was Richard anziehen würde zur Krönung und Ann selbst.

Königin, dachte Ann, und ihre Hand strich über den purpurroten Samt, den sie tragen würde, und ihre Finger spielten mit den kleinen schwarzen Schwänzchen des Hermelinfutters. Königin von England! Oh, könnte nur der Vater das noch erleben!

Am Tag vor der Krönung, als Richard in einem feierlichen Aufzug von Prälaten, Lords und Beamten den üblichen Weg vom Tower nach Westminster Hall begleitet wurde, saß Ann in einem Kleid aus Goldtuch in ihrer Pferdesänfte, während die Damen, die zu Pferd neben ihr ritten, in karmesinrotem Atlas prangten und die Knappen in kurzen Gewändern aus blauem Samt. Das Volk an der Straße schrie so laut »Hoch« und »Es lebe der König«, daß das Geschrei die Hufe der Pferde übertönte, und Richard saß so aufrecht auf seinem mit einer bis zum Boden reichenden Schabracke geschmückten Roß, daß Ann ihn bewundern mußte. Wie herrlich würde es erst morgen sein.

In der Nacht vor der Krönung schlief Ann kaum eine Stunde, und sie stand viel zu früh auf. Trotz der frühen Stunde hörte man schon das Brausen auf den Straßen. Soviel Lords waren anwesend in der Stadt, daß man die Wenigen, die noch den Woodvilles anhingen und sich aus dem Staube gemacht hatten, kaum vermißte. Und das Volk war natürlich vollzählig auf den Beinen.

Lady Howard, nun Herzogin von Norfolk, half beim Schmücken der Königin, und auch Cicely, die Herzogin von York, war da. Aber Anns Schleppe würde die Gräfin Richmond tragen, Lord Stanleys Gattin, und darüber war Ann beinahe mit Richard in

Streit geraten. Wieso denn die Richmond, deren Sohn, Heinrich Tudor, drüben in der Bretagne saß und auf seine Chance wartete? War es wirklich nötig, Stanley so zu hofieren? Und welche Lords sollten ihre Insignien halten, wenn der Herzog von Suffolk das Zepter des Königs trug, sein Sohn, der Graf von Lincoln, das Kreuz mit der Kugel, der Graf von Surrey das aufrechte Schwert und der Herzog von Norfolk die schimmernde Krone. Ann hatte das Gefühl, daß alles drunter und drüber ging. Aber als ihre kleinen Füße auf den breiten Läufer traten, der die Straße von Whitehall nach Westminster bedeckte, fiel alle Aufregung von ihr ab wie Staub. Sie ging barfuß wie der König, der zu beiden Seiten von einem Bischof geleitet wurde, während fünf Gouverneure den Baldachin über ihn hielten, und Ann spürte die Wolle des Teppichs zwischen ihren Zehen. Schwer war der purpurne und mit Hermelin gefütterte Mantel auf ihren schmalen Schultern, aber ihr Blick haftete unbeweglich auf dem Kreuz, das dem Zug vorangetragen wurde, umringt von Priestern und Prälaten. Manchmal schwankte das Kreuz, dann sah Ann das von Henry Percy hochgehaltene Schwert der Gnade zum Himmel ragen, das stumpf war, während die Schwerter der Gerechtigkeit mit scharfen Spitzen emporstachen.

Vielstimmiger Gesang brandete auf, als der Zug allmählich die Kirche füllte und König und Königin Platz nahmen. Anns Gesicht war ganz bleich. Sie sah weder nach rechts noch nach links, wo die Herzogin von Suffolk und die Gräfin Richmond knieten, noch hinüber zu Richard, der von Buckingham und Howard flankiert war. Nur die Herzogin von Norfolk hörte Ann einmal hinter sich hüsteln, dann hatte sie ein Gefühl, als trüge der Weihrauch sie empor. Der Gesang der Chorknaben hüllte sie ein, und sie betete mit solcher Inbrunst um Kraft und Gnade für das hohe Amt, das sie an diesem Tag durch Gottes Güte erhielt, daß sie in einen wahren Rausch geriet und wie im Rausch schritt sie neben Richard zum Hochaltar, als der Gesang verstummt war. Blumen lagen auf dem Teppich, und ihre nackten Füße spürten die Kühle der welkenden Blüten. Ann hatte das Gefühl, von Engeln umgeben zu sein, von den Seelen Toter, die ihr wohl wollten. Vielleicht war der Vater da? Isabella ganz gewiß, und vielleicht sogar Margarets Sohn. Wie Richard wurde auch Ann ihres Obergewandes entkleidet, und nackt bis zu den Hüften standen sie vor dem Kardinal Bourchier, der sie salbte mit dem heiligen Salböl. Es war flüssig in der Sommerhitze, und es rann Ann zwischen den kleinen Brüsten herab, die erschauerten unter der heiligen Handlung, so daß die rosigen Warzen ganz steif waren. Goldenes Tuch umhüllte sie dann, und Ann spürte den Druck der Krone, die ihr aufgesetzt wurde. Ein Glücksgefühl ohne Maßen überwältigte sie, so daß sie weinen mußte. Einmal würde Pimpinell so stehen, nackt bis zu den Hüften, und gesalbt werden mit dem heiligen Öl und die Krone spüren und König sein über England.

Während das Hochamt zelebriert wurde, beruhigte sie sich wieder. Als das Pax-Täfelchen mit dem Bild des Gekreuzigten zum Kuß gereicht wurde und Richard und Ann zum Hochaltar zurückkehrten, um die Kommunion zu empfangen, waren ihre Tränen versiegt. Richard warf seine Opfergaben in die Teller vor den Reliquienschreinen, und die Orgelmusik ging über in Trompetengeschmetter und Hörnerschall. Die Mittagssonne schien so hell durch die bunten Fenster, daß die Säulen und das steinerne Filigran an den Altären Schatten warfen und dann war die Zeremonie vorüber.

Ehe das Bankett am Nachmittag begann, warf sich Ann in den am Vortag bezogenen Gemächern des Westminsterpalastes aufs Spannbett. Oh, nun war sie in der Tat erschöpft. Gott sei Dank, daß sie die Staatskleider los war. Wie schwer Purpur und Hermelin auf der Schulter lasteten! Nun würde sie nicht mehr den schweren Samt, sondern purpurne Seide tragen, mit Gold bestickt und mit Damast gefüttert. Bis in die Zimmer schien man Buckingham zu hören, der sich im großen Saal um die Aufstellung der Tafeln kümmerte. Ann hatte jetzt rechtschaffen Hunger.

Im Saal waren fünf Tische aufgestellt, vier unten und einer auf der Estrade. Die Gäste saßen streng nach Rang. An einem Tisch die Damen, an einem die Lords, an einem die Grafen und an einem die geistlichen Herrn. Auf der Estrade saß Richard mit Ann, und sie hatten einen Baldachin über sich. An den Wänden standen Ritter mit gezogenen Schwertern zur Wache und Pagen in Samt und engen Hosen. Auf goldenen und silbernen Schüsseln wurden die Gerichte aufgetragen, und gespeist wurde auf modische Art mit kleinen goldenen Gabeln. Am Spätnachmittag ritt Sir Robert Dymmock in weißer Rüstung auf seinem prachtvoll aufgeputzten Schlachtroß in den Saal und brüllte, daß er jeden zum Kampf fordere, der gegen König Richard sei, aber alles sprang auf und schrie so laut: »Richard! König Richard, er lebe!«, daß sich der Lärm an den Wänden brach und über den Platz verteilte, auf dem noch immer die Menge wogte. Daraufhin zog sich Sir Robert würdevoll zurück, nachdem ihm zum Lohn ein Becher gereicht worden war. Es galt als besondere Auszeichnung, bei Krönungen diese symbolische Herausforderung vortragen zu dürfen, und alle im Saal stimmten überein, daß die Antwort noch nie so laut und jubelnd erfolgt sei, wie an diesem Tag. Bei Eduards Krönung beispielsweise – zweiundzwanzig Jahre zuvor – habe der Jubel viel matter geklungen.
Als es dämmerte und die Fackeln in die Wandringe gesteckt wurden, schritten die Teilnehmer des Banketts einzeln zur Estrade, um ihren Herrschern zu huldigen, und als Mitternacht kam, verließen der König und die Königin unter Trompeten- und Hörnerschall den Saal.
»Bist du nun glücklich?« fragte Richard, als Ann in der Kemenate am offenen Fenster stand und auf das Rauschen des Flusses lauchte. Die Sommernacht war warm und überall in der Stadt schienen noch Fackeln zu brennen. Hinter der Schleife der Themse sah man den Himmel erleuchtet von ihrem Schein. Die Menschen feierten. London liebte das Haus York. Was freilich die Menschen außerhalb Londons dachten, wußte man nicht.

Ganz nah, hinter den Mauern der Abtei, so nah, daß man fast hätte hinüberrufen können, war Elisabeth Woodville mit ihren fünf Töchtern. Sicher lag sie noch wach. Betete sie zu Gott, der sie verlassen hatte? Oder rief sie den Teufel an, daß er sie räche? Und ein zwölfjähriger Junge in einem Zimmer des Tower hatte sicher Tränenspuren auf den Wangen. Ann dachte rasch an Pimpinell. Man hatte ihm geschrieben, daß seine Eltern heute gekrönt würden, und sicher war er schrecklich ärgerlich, daß er nicht hatte dabei sein können. Ann sah zum Mond empor, der über den Dächern der Stadt hing. Bald würde sie bei Pimpinell sein und ihm alles erzählen. Denn Richard hatte vor, sich nun dem Volk zu zeigen. Ja, es war schade, daß Pimpinell nicht hatte dabei sein können, an diesem herrlichen Tag. Aber zu warten wäre nicht ratsam gewesen. Ann drehte sich um. »Was sagtest du?« fragte sie. »Ob ich glücklich bin? Ja... sehr... unerhört glücklich. Aber ich werde nach Windsor hinausziehen, Richard, morgen schon. So nah bei Elisabeth bleibe ich nicht. Ich spüre ihre Gedanken bis hierher. Ihre bösen, haßerfüllten Gedanken. Sie dringen durch alle Wände.«

»Sie wird sich beruhigen«, sagte Richard. Er umfing Ann und nebeneinander standen sie am Fenster und hörten den Fluß rauschen. Ann schmiegte sich in seinen Arm. So groß hatte der kleine Richard auf dem Thron gesessen, und so dick war der Purpursamt gewesen über seiner Schulter, daß man den krummen Rücken gar nicht mehr gesehen hatte. Auch jetzt schien Richard noch verändert. Im Kerzenschimmer war sein knochiges Gesicht ganz weich. Seine Augen, die er oft zusammenkniff, wie ein Kurzsichtiger, schimmerten feucht, als hätte auch er geweint in der Kirche, und seinen Mund umspielte ein rätselhaftes Lächeln.

»Oh, Richard« rief Ann hingerissen, »Du siehst aus, als gäbe es keine Furcht auf der Welt. Wie lange werden wir König und Königin sein? Auch zweiundzwanzig Jahre wie Eduard? Oder noch länger?«

»Länger«, flüsterte Richard, »viel länger.«
»Und wir werden alle Untertanen glücklich machen?«
»Wie im Märchen.«
»Da müßten die Söhne Elisabeth Woodvilles schon sterben«, sagte Ann düster. »Denn solange sie leben, wird es Aufstände geben in ihrem Namen und für ihr vermeintliches Recht, und Kriege, um die Aufstände niederzuschlagen. Das wird jetzt werden wie beim Kampf zwischen York und Lancaster. Während des ganzen Banketts mußte ich schon daran denken. Ach, Richard, das Leben ist doch ewige Unsicherheit, was man auch tut, und ewige Angst. Ich hasse die Angst.«
Richard erwiderte, daß er hoffe, die Herzen der Menschen so zu gewinnen, daß auch diejenigen, die glaubten, man hätte dem Sohn Elisabeth Woodvilles Unrecht getan, sich eines Tages zu ihm bekennen würden. Er fürchte sich nicht.
»Trotzdem«, flüsterte Ann, »werde ich zu Gott beten, daß sie sterben. Es gibt so viele Kinder, die sterben. Es gibt so viele Krankheiten, an denen man sterben kann, nicht wahr? Wenn ich zwei Puppen mache und sie mit Nadeln steche ... Richard, halte mich fest, ich versündige mich.«
»Ja«, sagte Richard, »das tust du. Und ich versündige mich, wenn ich daran denke, daß erst Heinrichs Tod Ruhe vor den Lancasters brachte. Kirchhofsruhe ist keine Ruhe.«
»Doch«, widersprach Ann leise. »Es ist die einzige wirkliche Ruhe, und das wußten auch andere. Sonst hätte nicht Richard II. sterben müssen oder Eduard II., obwohl sie schon abgedankt hatten. Aber wir dürfen nicht daran denken. Richard!« Plötzlich schluchzte sie auf. »Halte mich fest! Richard, wir wollen beten: Führe uns nicht in Versuchung ... Führe uns nicht in Versuchung ... Aber vielleicht ist Gott uns gnädig. Dann läßt er Elisabeths Söhne sterben. Und in Frieden werden wir herrschen bis ans Ende unserer Tage ... Amen.«

*

Als Richard mit Ann und einem großen Gefolge zur Reise nach Norden aufbrach, versprach Cicely, in London die Augen offen zu halten und sofort Boten nachzusenden, falls etwas Verdächtiges geschah. Sie fühlte sich seit der Krönung, während der sie so dicht hinter Richard gegangen war und so nah bei ihm gesessen hatte, so wohl wie kaum je in ihrem Leben – trotz der siebzig Jahre, die sie nun bald zählte. Sie betete jetzt sogar wieder zu Gott, und manchmal hielt sie nachts Zwiesprache mit Warwick, der nun schon so lange tot war, denn nun mußte Warwick ihr vergeben, daß sie seinen Haß auf die Woodvilles angestachelt und einst Georg zum Verrat überredet hatte. Alles mußte Warwick nun vergeben, sie war ganz sicher, denn jetzt saß seine kleine Ann auf Englands Thron.
Einmal war Cicely bei ihren Kirchgängen am Tower vorübergekommen und hatte Elisabeths Buben spielen sehen. Da war ein Schatten auf ihr Gemüt gefallen. Wie sie aussahen, die Knaben, ganz wie die Mutter. Söhne schlugen ja so oft den Müttern nach. Von Eduard hatten sie gar nichts. Überhaupt waren sie Cicely ganz fremd, und sie entsann sich, daß sie keines der Kinder von Eduard und Elisabeth je in den Armen gewiegt hatte.
Natürlich hielt das Glücksgefühl, das sie während der Krönung von Richard empfunden hatte, nicht vor. Und als eines Tages ein Besucher die unpassende Bemerkung machte, daß es Leute gäbe, die Richard einen Thronräuber nannten, wurde sie böse und konnte zwei Nächte nicht schlafen. Wieviel Könige hatte es denn schon in England gegeben, die man Thronräuber hätte nennen können? An den Fingern waren sie sicher nicht mehr zu zählen. Als einst ihr Mann, der Herzog von York, daran gegangen war, den Narren Heinrich vom Thron zu stoßen, waren vielleicht Ehrgeiz, Machthunger und das Verlangen nach Recht im Spiel gewesen, Dinge auf die man natürlich auch hätte verzichten können, wenn man so demütig und bescheiden gewesen wäre, wie man eben nicht war. Aber wenn Richard jetzt nach der Krone griff, so war das eine Existenzfrage, eine Lebensnotwendigkeit

für ihn und alle, die ihm nahestanden. Wie die Dinge lagen, gab es für ihn nur siegen oder untergehen – und wer wollte schon untergehen?
Cicely fand es nicht gut, daß Elisabeths Buben so öffentlich auf dem Rasen spielen durften, und die Bürger von London sie sehen konnten. Wenn man sie in den Norden des Landes brachte, nach Middleham oder Schloß Pontefract, dann vergaß man sie rascher. Aber Cicely wußte natürlich auch, daß man Eduards Söhne nie vergessen würde, solange sie lebten. Dafür würden schon die Woodvilles sorgen. Und Cicely kniete in der Kapelle, so oft, daß ihr gutes Aussehen langsam wieder verfiel. Wie mochte sich das Volk verhalten, während Richard nach Norden zog?

*

Auf der langen Reise von London bis York standen die Menschen an den Wegen. Überall, wo der König durchkam, lief das Volk zusammen, ertönten die Hochrufe. In den Ortschaften bildeten sich Menschentrauben, wurden mehr oder weniger unbeholfene Begrüßungswörter gesprochen, mußte ein Willkommenstrunk geleert werden. Ann gefiel es, Königin zu sein. Sie war freundlich zu den Menschen, die sie angafften, wenn sie aus der Sänfte stieg oder vom Pferd gehoben wurde, denn in solchen Momenten liebte sie alle: die von der Arbeit gelaufenen schmutzigen Männer mit den zerrissenen Beinlingen und den Bundschuhen an den Füßen, die Weiber mit den Hauben und den schwangeren Bäuchen unter dem Rock und die barfüßigen Kinder im Hemd. Selbst die Ratsherren in den Städten gefielen ihr, die sich, prächtig gekleidet, in Servilität gegenseitig überboten, und auch die stolzen Kaufleute und Handwerker, die in Samt und Seide gingen und das Barett an einer Calotte aus goldenen Schnüren über dem Haar hängen hatten. Ann schloß alle Menschen in ihr Herz. Der König hatte seine Richter, die ihn auf dem Zug begleiteten und die, wo es nötig war, Gerichtstag hielten, angewiesen, milde zu sein, und er teilte selbst Gnaden aus, wo er konnte, verlieh Privilegien und Marktrechte. Und wenn ihm Geldgeschenke angeboten wurden in Landstrichen, denen man die Armut ansah, wies er sie zurück und sagte, die Herzen der Menschen wären ihm lieber. Ann hörte Lord Stanley einmal sagen, jetzt wundere er sich nicht mehr, daß ›Old Dick‹ den Norden so fest in der Hand hätte. Aber reich würde man bei einer solchen Handhabung der Geschäfte nicht. Ann konnte Lord Stanley noch immer nicht leiden, obwohl nun so viele Jahre vergangen waren, seitdem er ihren Vater im Stich gelassen hatte. Jetzt ritt er im Zug, während seine Gattin, die Gräfin Richmond, in London zurückgeblieben war und weiß Gott welche Intrigen spann. Wahrscheinlich wäre er auch gern zurückgeblieben, aber Richard hatte ihn ausdrücklich gebeten mitzukommen, und er wußte wahrscheinlich warum.

In Nottingham, wo man das Schloß auf dem Felsen bezog, kamen die ersten unangenehmen Meldungen. In Exeter hatte man geheime Zusammenkünfte ausgehoben, und in Devonshire war es zu Zusammenrottungen gekommen. Es zogen Redner herum, die von Eduards Söhnen sprachen und von dem Unrecht, das ihnen der eigene Oheim antat, indem er ihnen den Thron stahl. In Kent hatte ein nächtlicher Anschlag an einer Kirchentür gefordert, man sollte in den Tower von London einbrechen, die Söhne Elisabeth Woodvilles befreien, den älteren krönen und Richard zur Abdankung zwingen.

Ann hörte, wie Francis Lovell Richard zuraunte, wenn er König wäre, würde er die beiden Buben einfach beseitigen. Dann wäre den Leuten im Süden der Grund für ihre Aufregung entzogen. »Lieber zwei Kinder opfern als Tausende in einem Krieg.«

Richard hatte nicht geantwortet und statt dessen seinen Schreibern Anweisungen für Truppenwerbungen diktiert. Ann hatte ja geahnt, daß es eines Tages losgehen würde. Aber es war doch noch kaum Zeit vergangen seit ihrer Krönung. Der Marquis von Dorset war wohl doch sehr rührig.

In Pontefract schwand Anns Glücksgefühl noch mehr. Das Schloß sah so düster aus an dem regnerischen Tag, da sie einzogen, und ob sie wollte oder nicht; sie mußte an Rivers denken. Im Knarren der Turmfahne glaubte sie sein spöttisches Lachen zu hören.

Doch dann kam Pimpinell aus Middleham geritten. »Mein Junge! Mein guter Junge! Mein Liebling! Ich glaube, du bist in dem Vierteljahr, da wir uns nicht mehr gesehen haben, schon wieder gewachsen. Nein, du darfst doch nicht knien vor mir. Komm, Darling, komm!«

Pimpinell warf sich der Mutter in die Arme. Er hatte so viel zu erzählen. Der Bürgermeister und vier Ratsherren aus York waren in Middleham erschienen und hatten ihm, dem Sohn des Königs, gehuldigt und Geschenke gebracht: zwei Faß Wein, sechs Schwäne und vierundzwanzig Kaninchen! Und jetzt, auf dem Weg nach Pontefract, war Pimpinell durch York geritten, weil er sich eine Fibel kaufen wollte und Atlasstoff, um sie einzubinden. Überall würden die Straßen geschmückt in der Stadt für den Einzug des Königs. Noch nie hätte er so viel Teppiche aus den Fenstern hängen sehen und so viel Girlanden. Und Schauspiele würden vorbereitet, es sei ganz unerhört.

Ann strich ihrem aufgeregten Sohn über das Haar. »Du bist ja nun auch Prinz von Wales geworden, und wir wollen in York deine Ernennung feiern. Es soll so großartig werden wie unsere Krönung in London. Warst du böse, daß du nicht dabei sein konntest?«

»Ja, sehr«, lachte Pimpinell. »Ich habe den ganzen Tag auf dem Söller gestanden und nach Süden gestarrt, und nachts habe ich dem Mond aufgetragen, er soll euch grüßen. Hast du den Mond gesehen, in der Nacht? Da droben müssen sich unsere Blicke getroffen haben. Was ich sagen wollte, Ma: Jetzt will ich nicht mehr Pimpinell heißen. Jetzt bin ich erwachsen, nicht wahr?«

»Aber ja, Darling, im Frühjahr wirst du elf Jahre alt, da bist du natürlich erwachsen. Von nun an werde ich Prinz zu dir sagen und dich mit Euch anreden. Aber dann mußt du auch so förmlich mit mir verkehren und mich Madam nennen.« Sie lachte. »Du hustest ja?«

»Ach, das ist nichts.«

»Du hustest jetzt schon die ganze Zeit, seit du da bist. Immer wieder.«

»Aber das ist doch nichts!«

»Seit wann hustest du?«

»Ich weiß nicht, Ma. Wirklich nicht. Ich huste ja auch gar nicht.«

Peter Willibrord, der den Prinzen, dessen Lehrer er war, begleitet hatte, meinte, der Husten wäre ihm auch schon aufgefallen. Vor ein paar Wochen hätte er angefangen.

Pimpinell bohrte seinen Kopf in Anns bauschigen Ärmel. »Ich habe zu lange auf dem Söller gestanden, nachts«, gestand er, »und zum Mond hinaufgestarrt. Ich habe immer gemeint, vielleicht würde sich London darin spiegeln und der Krönungszug.«

Richard hatte kaum Zeit, seinen Sohn zu begrüßen. Eine Gesandtschaft aus Schottland war am Morgen gekommen mit einem Brief Königs Jakobs, und für Irland mußte er Erlasse diktieren, denn es ging ja nicht an, daß man dort so schlechte Münzen prägte. Die Kaufleute in England wurden arm daran. Auch Maximilian in Burgund, der sich mit seinen flämischen Untertanen stritt, wollte Antwort haben, und aus Devonshire waren auch schon wieder schlechte Nachrichten eingetroffen. Die Erhebung, die Eduard V. auf den Thron setzen wollte, wurde anscheinend immer größer. Mit dem Geld, das sie aus dem Tower gestohlen hatten, konnten die Woodvilles leicht Redner anwerben und Anhänger kaufen.

Am Abend sah Ann besorgt in Richards Gesicht. Es war noch magerer als sonst, und das kräftige Kinn wirkte hart unter den zusammengepreßten Lippen. Da wagte sie es nicht, ihn zu fragen, was geschehen würde, wenn man wirklich in London Elisabeths Sohn auf den Thron setzen und Richard zur Abdankung

zwingen würde. Sie wußte es ja auch so. Richard II., den Heinrich Bolingbroke zur Abdankung gezwungen hatte, war hier in Pontefract umgekommen. Wie, das wußten nur wenige. Es ging das Gerücht, man hätte ihm einfach nichts mehr zu essen gebracht, und andere meinten, man hätte ihn erdolcht, damit sich niemand mehr für ihn erheben könne. Als Eduard II. vom Thron gestoßen worden war, hatte man ihn mit einem glühenden Bratspieß getötet, damit seine Freunde nicht mehr für ihn kämpfen konnten. Als Jakob I. von Schottland aus englischer Gefangenschaft zurück kam, um den Thron zu gewinnen, ließ er Murdoch, der diesen eingenommen hatte, hinrichten mit allen seinen Angehörigen; seinem Weib, seinen kleinen Kindern und Anverwandten. Ann konnte nicht schlafen in Pontefract. Zahllos waren die Beispiele, die ihr einfielen, und immer neue Tote schienen aus ihren Gräbern zu steigen. Ihre Schatten verdüsterten Anns Leben. Als sie endlich einschlafen wollte, schreckte ein Traum sie hoch, und wieder lag sie stundenlang mit offenen Augen und starrte auf den Streifen Mondlicht, der durchs Zimmer wanderte, bis sie merkte, daß auch Richard wach war.
»Was grübelst du dauernd?« fragte er ärgerlich. »Genügt es nicht, daß ich über die Schwierigkeiten nachdenke?«
Sie erwiderte gequält, daß Gedanken sich nicht abschalten ließen. Sie hätte so schrecklich geträumt. »Der Marquis von Dorset hat dich besiegt mit Hilfe von Saint-Leger, und dann haben sie Pimpinell die Augen ausgestochen, damit man ihn nie mehr auf den Thron setzen kann. Oh, Richard, lieber soll Pimpinell sterben, als daß man ihm die Augen aussticht, wie man es durch Jahrhunderte gemacht hat mit Thronprätendenten. Und entmannt hat man sie früher auch.«
»Aber doch heute nicht mehr«, erwiderte Richard unwillig.
»Heute sperrt man sie ein und läßt sie lebendig verfaulen. Richard, lieber soll Pimpinell sterben, als ohne Freiheit leben.«
»Was redest du dauernd von Pimpinell«, versetzte Richard heftig. »Wer sitzt denn im Tower? Er oder die anderen?

Traust du mir nicht zu, daß ich deinen Sohn und dich schützen kann? Ich habe schon genug Kriege geführt!«
Ann sank zurück. Sie war es nicht gewöhnt, daß Richard sie anfuhr. Ihre Lippen zitterten. Stumm formten sie Gebete: Lieber Gott, laß Elisabeths Söhne sterben, betete sie. Laß sie sterben. Tot sein ist besser, als ohne Freiheit leben. Aber die Freiheit können wir ihnen nicht geben, du weißt es doch!
Am nächsten Tag nähte Ann zwei Puppen aus Stoff. Sie hatte so etwas noch nie getan und war sehr aufgeregt. Es kam Nachricht, daß Sir Thomas Saint-Leger der Hauptverschwörer in Exeter war. Er wollte seine Tochter mit dem Sohn des Marquis von Dorset verheiraten und warf nun all seine Macht für die Interessen der Woodvilles in die Waagschale. In Kent und Surrey stand Guildford an der Spitze der Erhebung.
Ann fürchtete, Richard könne sich nach Süden aufmachen, ohne den geplanten Feierlichkeiten in York beizuwohnen, von denen Pimpinell den ganzen Tag redete. In der großen Kathedrale würde man ihm einen goldenen Kranz um die Stirn legen, schwärmte er, und er würde einen goldenen Stab bekommen zum Zeichen seiner Würde als Prinz von Wales. Von den Schauspielen sollte eines an der Brücke stattfinden und eines beim Mikklegate-Tor. Und er wollte sie unbedingt alle sehen.
Ann freilich schauderte beim bloßen Gedanken an dieses Tor, hatte dort doch einst der Kopf von Richards Vater auf dem Pfahl gesteckt mit einer Krone aus Stroh und der seines Bruders Edmund, den die Lancasters erschlagen hatten, obwohl er um sein Leben gefleht hatte. Sie erinnerte sich mit Schaudern, daß sie den Tod des Sechzehnjährigen voll Vergnügen gespielt hatte, als sie ein Kind war. Auch Pimpinell würde man erbarmungslos erschlagen, und wenn er auf dem Bauch bettelte um sein Leben.
Nach dem Mahl in der großen Halle unterhielt sich der Schatzkanzler Catesby mit Königin Ann. Denn Richard war mit der schottischen Gesandtschaft beschäftigt. Wie unter Zwang mußte sie Catesby immer auf den Mund schauen, denn es fehlten ihm

zwei Zähne. Sie wußte nicht recht, was sie von dem Mann halten sollte. Er war Jurist und hatte früher in Hastings Diensten gestanden. Seitdem er nach Middleham gejagt kam, um den Tod Eduards zu melden, hatte er sich immer in Richards Nähe herumgedrückt. Zweifellos war er ein guter Kenner des Rechts, aber auch aller Winkelzüge, deren man sich bedienen konnte, um es zu beugen. Richard hatte Catesby zum Schatzkanzler ernannt. Das war ein sehr hohes Amt für einen Mann bürgerlicher Herkunft. Zweifellos hatte Catesby genügend Neider.
»Das einfachste meiner Ansicht nach«, sagte der Jurist schmierig, »ist es doch, wenn man die Söhne von Elisabeth Woodville opfert. Ich habe es auch dem König schon gesagt. Aber jetzt haben es schon so viele zu ihm gesagt, daß er wütend wird, wenn man nur davon anfängt. Gewiß, es klingt grausam, aber Euer Gnaden, grausam ist es, wenn sich dieser zwei Buben wegen das ganze Königreich spaltet und Tausende ihretwegen getötet werden. Oder glaubt Ihr, daß Elisabeths Söhne wichtiger sind als die Söhne von Bauern und Bürgern?«
»Weshalb erzählt Ihr mir das?« fragte Ann erregt.
»Weil ich dachte, Mylady...«, begann Catesby, aber er sprach den Satz nicht zu Ende, denn Lord Stanley trat zur Königin, und Catesby zog sich mit einer tiefen Verbeugung zurück.
Nachts in der Kemenate nahm Ann eine spitze Nadel und stach sie in den Leib der Puppen aus Samt. Sie stach und stach. Wie ein Fieber überfiel es sie, daß sie stechen mußte bis zur Erschöpfung. Da stand plötzlich Richard hinter ihr. Er packte ihre Hand, so daß die Nadel zu Boden fiel. »Was tust du da?« fragte er wild. »Willst du dein Seelenheil verwirken?«
Ann riß sich los, packte die Puppen, öffnete den Truhendeckel und warf sie hinein. Dann entkleidete sie sich stumm, warf sich aufs Bett und begann zu weinen.
Auch Richard sagte nichts mehr. Er blies die Kerzen aus, lag und starrte zur Decke. Im Dorf hörte man einen Hund heulen und um den Turm stürmte der Wind. Im Turm war Rivers herumge-

gangen die ganze Nacht vor seinem Tod, hatte Ratcliffe erzählt. Dem Tod ging der Mensch entgegen seit seiner Geburt. Es war der einzige wirkliche Weg, den er unter seine Füße nahm, und jeder mußte ihn gehen, den Weg in die offenen Arme des Todes. Richard lag und starrte. Ann weinte nicht mehr. Er wußte, daß sie betete, und sie würde beten die ganze Nacht, um einen Ausweg zu finden, wo es keinen Ausweg gab.

*

Es war ein paar Monate nach den Krönungsfeierlichkeiten als eine etwa vierzigjährige Frau in dunklem Gewand und mit einer weißen, gefältelten Frauenhaube in der Abtei von Westminster Einlaß begehrte. Da das Asyl bewacht wurde, seitdem entdeckt worden war, daß Elisabeth Woodville versuchte, ihre Töchter in verschiedenen Verkleidungen herauszuschmuggeln, um sie auf das Festland zu schicken, und nachdem schon der Marquis von Dorset entkommen war und einige andere auch, mußte die Frau in der weißen Haube ihren Namen nennen. Sie tat es mit Hochmut: Sie war die Gräfin Richmond, geborene Margaret Beaufort, und derzeit verheiratet mit Lord Stanley. Sie wünsche dem Prior einen Besuch zu machen. Man ließ sie höflichst passieren.

Es war ein regnerischer und kalter Herbsttag, und in den Bogengängen des Klosters nistete die Traurigkeit. Drinnen bat die Gräfin Richmond, nicht den Prior, sondern den Bischof von Salisbury sprechen zu dürfen.

Man fürchtete zwar, der hohe Herr liege im Augenblick zu Bett. Denn es war früher Nachmittag. Aber man würde nachsehen.

Die Gräfin Richmond nahm in einem Stuhl des Besuchsraumes Platz. Aus den Falten ihres Gewandes zog sie ein Gebetbuch, um die Zeit des Wartens zu nützen. Ihre lange Nase, deren Spitze sich dem Mund zuneigte, war von der Kälte gerötet. Ihr Kinn steckte halb in dem großen weißen Schulterkragen aus gesteiftem Leinen.

Als die Tür wieder aufging, stand ein junges Mädchen im Rah-

men. Siebzehnjährig und mit langem, goldblondem Haar, war sie eine Schönheit, – ein bißchen groß vielleicht für ein Mädchen und etwas schüchtern. Es war Bess, die älteste Tochter Elisabeth Woodvilles, und die Gräfin Richmond erinnerte sich, als das Mädchen grüßte, jählings an dessen Tauffeierlichkeiten: Elisabeth Woodville hatte ihre Hofdamen damals während des Banketts drei Stunden knien lassen. Nun stand dieses herangewachsene Geschöpf ein wenig schüchtern im Türrahmen. Ob Bess schon einmal verliebt war? Verlobt hatte man sie schon zweimal: das erste Mal, als sie vier Jahre zählte, mit dem Sohn des Marquis von Montagu. Mit Montagus Abfall von Eduard und seinem Tod in der Schlacht von Barnet hatte sich diese Verlobung natürlich erledigt. Und Bess' zweiter Bräutigam war der Dauphin von Frankreich gewesen, den sie überhaupt nie zu Gesicht bekommen hatte. Auch dieser Verlobung war natürlich keine Heirat gefolgt. Und nun wartete sie geduldig, an welchen Mann ihre Vormünder und ihre Mutter sie verschachern würden.
Bess verkündete nur leise, daß ihr Onkel Lionel, Bischof von Salisbury, gleich kommen würde. Ja, sie versorge ihn etwas. Ihre Mutter läge seit gestern zu Bett. Die vielen Aufregungen und das naßkalte Wetter täten ihr nicht gut. Sie dankte für den Gruß, den die Gräfin Richmond ihr für die Mutter aufgab, und zog sich zurück, als Lionel Woodville, der Bischof von Salisbury, eintrat. Die Gräfin Richmond küßte ihm die Hand. Der Bischof war groß und stattlich, sah aber ansonsten seinem schönen Bruder Anthony, dem seligen Grafen Rivers, wenig ähnlich. Er bat die Gräfin Platz zu behalten und setzte sich seinerseits auf die steife Bank. Er freue sich, daß die Gräfin gekommen sei, begann er gleich. Seitdem das Asyl bewacht würde, kämen kaum mehr Nachrichten aus der Welt herein. »Wie steht es draußen? Ist es ein Triumphzug, den der krumme Richard durch das Reich macht? Oder ist es ein Sich-Durchhauen mit dem Schwert?«
Die Gräfin Richmond erwiderte, daß der Zug des Königs weder das eine noch das andere wäre. Richard habe sehr wenig Bedek-

kung bei sich. »Aber er ist klug genug, nicht gerade dorthin zu gehen, wo gegen ihn gehetzt wird. In Oxford hat er sich dem College gegenüber freundlich gezeigt, am Severn traf er sich mit dem Herzog von Buckingham, ehe dieser seinen heimatlichen Gefilden zuzog, um ein Auge auf den Bischof von Ely zu haben, und in Tewkesbury kniete er vor dem Grab seines Bruders Georg, und seiner Schwägerin Isabella. Er ging auch an den Steinquadern vorüber, unter dem der erste Gemahl seiner Gattin Ann den ewigen Schlaf schläft. Natürlich stiftete er der Abtei einige hundert Pfund und teilte an allen anderen Orten, durch die er kam, Gnaden aus. Danach zog er über Coventry, Leicester und Nottingham nach seinem geliebten Yorkshire.«

»Also alles Gebiete, in denen nicht gerade seine Gegner sitzen«, meinte der Bischof. »Hielt er sich in Pontefract auf?«

»Ja, etwa eine Woche, wie jeweils an allen größeren Stationen seines Weges.«

»Ich hoffe«, sagte der Bischof, »daß ihn der Geist meines dort ermordeten Bruders Anthony nicht schlafen ließ.«

Die Gräfin Richmond zuckte die Schultern. Soviel sie gehört hätte, wäre dem königlichen Paar in Pontefract nichts abgegangen. Der Sohn sei ihnen aus Middleham entgegengekommen, ein spanischer Gesandter sei ebenso eingetroffen wie eine Abordnung aus Schottland sowie an die siebzig Ritter und Herren aus der Gegend, denen der König vermutlich die gleiche Moralpredigt über die Handhabung der Gerechtigkeit den Untertanen gegenüber gehalten habe, wie den Lords in London. Die Gräfin lachte. »Außerdem ist der kleine Pimpinell in Pontefract zum Prinzen von Wales ernannt worden. Sie soll so großartig gewesen sein wie die Krönung in London. An allen Ecken der Stadt gab es Schauspiele. Ganze Wagen voll von Gewändern sollen in die Stadt gefahren worden sein und jeder Mensch in York bekam das Abzeichen des Königs, einen weißen Eber, auf Stoff gestickt, das er sich anstecken konnte. Aber ich bin nicht gekommen, um über Richards Luxus zu lamentieren.«

»Das denke ich mir«, sagte der Bischof und stieß die Fingerspitzen gegeneinander.
Darauf berichtete die Gräfin Richmond, daß König Richard in York nicht nur die Nachricht vom Tod Ludwigs von Frankreich erhalten, sondern auch den Gesandten der Bretagne empfangen hätte. Georges de Mainbier...
Der Bischof hörte nicht auf, seine Fingerspitzen gegeneinander zu stoßen. Er sah aus, als warte er auf interessantere Dinge.
»Mein Sohn, Heinrich Tudor«, erzählte die Gräfin, »kennt Mainbier sehr gut.«
Der Bischof nickte. »Da Heinrich Tudor am Hof des Herzogs der Bretagne verkehrt, ist das kein Wunder«, meinte er freundlich.
»Gewiß«, erwiderte die Gräfin. Im übrigen solle, wenn ihre Informationen richtig wären, Mainbier von Richard eine Unterstützung in Form von ein paar tausend Bogenschützen gefordert haben, innerhalb von vier Wochen, zum Schutz gegen Frankreich.
»Aber Ludwig ist doch gestorben«, rief der Bischof von Salisbury, »trotz des heiligen Franz von Paula, den er sich aus Kalabrien hat kommen lassen, und trotz des heiligen Salböls aus Reims, von dem er mit Zustimmung des Heiligen Vaters einen Tropfen als Medizin einnahm.«
Die Gräfin erwiderte, daß der Einsiedler aus Kalabrien angeblich recht grob gewesen sei. »Er hat nichts anderes gewußt, als daß Ludwig auf Gott vertrauen müßte. Ich bitte Euch, Eminenz, das war doch vorauszusehen, daß ein Asket kein Arzt für Ludwig ist. Und warum sollte Ludwig am Leben bleiben? Auch Könige sterben, selbst wenn ihre Politik so erfolgreich war wie die seine. Natürlich werden seine Nachfolger alle Lehren befolgen, die er ihnen hinterließ, und zu denen gehört, daß man auch die Bretagne für die Krone erwerben müsse. Das kann Herzog Francis nicht sehr beruhigen.«
»Und hat Richard ihm die Bogenschützten gegeben?« fragte der Bischof.

»Ich wüßte nicht, woher er sie nehmen sollte, Eminenz. Er weiß ohne Zweifel, daß sich im Süden seines Reiches einiges zusammenbraut seit seiner Krönung, dort nämlich, wo er schon vorsorglich nicht durchgezogen ist. Eure Eminenz und der Marquis von Dorset sind ja sehr rührig gewesen in den letzten Wochen.«
Der Bischof erwiderte, daß es Gott sein Dank Menschen gäbe, die nicht bereit wären, das Unrecht zu dulden, das man seinem kleinen Neffen angetan hätte.
Die Gräfin schluckte ein wenig. »Ich weiß, Eminenz. In Kent und Devonshire häufen sich die geheimen Zusammenkünfte von Getreuen Eurer Familie und von Unzufriedenen, die bei der Verteilung von Ämtern durch König Richard ins Hintertreffen kamen. Aber ich glaube, daß diese Leute Verbündete brauchen könnten.«
»Habt Ihr welche anzubieten?« fragte der Bischof und stieß weiter seine Fingerspitzen gegeneinander, so daß die Gräfin langsam nervös wurde.
»Da der Herzog der Bretagne etwas verärgert ist wegen der verweigerten Bogenschützen«, meinte sie mit zusammengeschobenen Brauen, »gehe ich wohl nicht fehl, wenn ich annehme, daß er meinen Sohn, Heinrich Tudor, etwas unterstützen wird, falls sich dieser entschließen sollte, nach England zu segeln – nicht aus Liebe natürlich, der Herzog ist kalt wie eine Hundeschnauze. Aber er wird glauben, daß er, durch eine Unterstützung meines Sohnes, Richard vielleicht erpressen könnte. Schon von Eduard erhielt er laufend Geld, damit er ein Auge auf meinen Sohn habe.«
Der Bischof blickte gelangweilt drein. »Eine Unterstützung Eures Sohnes, Mylady, durch Herzog Francis, der selbst um Bogenschützen bettelt, kann allerhöchstens in ein paar wurmstichigen alten Schiffen bestehen.«
»Zugegeben, Eminenz, aber Heinrich, mein Sohn, hat ja ausreichend Leute, mit denen er sie bemannt. Alle geächteten Lancesters sind um ihn geschart.«

Das wären seines Wissens nicht sehr viele, versetzte der Bischof. Aber selbstverständlich könnte man Beistand immer brauchen, vorausgesetzt natürlich, daß er nicht zu teuer käme.
Gräfin Richmond erwiderte, daß der Beistand eines Heinrich Tudor überhaupt nicht hoch genug bezahlt werden könnte. Denn nicht nur die geächteten Lancasters auf dem Festland würden Heinrich folgen. Vielmehr würden auch alle alten Lancaster-Anhänger in England zu ihm stoßen, alle die, die nur nach außen hin loyal gegen Eduard gewesen seien und zu Richard schwiegen. »Wenn Heinrich Tudor nur erst landet!«
Der Bischof lächelte spöttisch. »Ich glaube nicht, daß sich in England noch viele finden.«
»Oh doch, Eminenz. Beispielsweise John Morton, der Bischof von Ely. Er hat nicht vergessen, daß er einst Margaret von Anjou nach Tewkesbury begleitet hat.«
»Soviel ich weiß, ist der Bischof von Ely in die Verschwörung von Hastings verwickelt gewesen und auf Schloß Brecknock gefangengesetzt.«
»Er befindet sich in sehr leichter Haft, Eminenz, und unterhält sich jeden Abend ausgezeichnet mit seinem Bewacher, dem Herzog von Buckingham.«
Lionel Woodville blinzelte. »In der Tat?« fragte er. »Und worüber?«
Soviel sie wisse, über Astrologie, entgegnete die Gräfin. »Für die Sterne interessiert sich Buckingham brennend. Wo er geht und steht, hat er seinen Astrologen bei sich.«
»Aha«, brummte der Bischof, »und Ihr meint, mein Kollege von Ely brauche nun lediglich den Astrologen etwas zu bestechen, und Buckingham würde sich mit seinem ganzen Gewicht in die Arme von Heinrich Tudor werfen? Es wäre phantastisch.«
»Es ist phantastisch, Eminenz!«
Lionel Woodville lachte, daß es schallte. »Will Buckingham noch einen König machen? Hat ihm Richard noch nicht genug bezahlt? Das ist doch nicht möglich!«

Sie wisse nicht, erwiderte die Gräfin Richmond, welche Aussichten der Astrologe aus Cambridge dem Herzog von Buckingham aus den Sternen gelesen hätte. Vielleicht stünden die Sterne in der Tat schlecht für Richard, aber gut für Heinrich Tudor. Möglicherweise denke Buckingham bei einer Unterstützung der Sache Woodville gar nicht so sehr an Heinrich, als an sich selbst. »Buckingham hat ja königliches Blut in den Adern, wie Ihr wißt, Eminenz. Sein Vorfahre war der fünfte Sohn des dritten Eduard, während die Yorks vom vierten abstammen. Vielleicht steht in den Sternen seine eigene Erhöhung geschrieben, falls das Haus York aussterben sollte, und vielleicht arbeitet er schon die ganze Zeit darauf hin.«

»Ohne Buckinghams Hilfe und ohne dessen eifrige Zunge wäre Richard überhaupt nicht König.«

»Das stimmt, Eminenz. Aber vielleicht hat Buckingham Richard nur zum König gemacht, damit er gestürzt wird.«

»Hört auf, Mylady, nun verliert Ihr Euch in Phantastereien. An Sterne zu glauben, ist außerdem Ketzerei. Sagt lieber, was Heinrich Tudor bezahlt haben will für seinen möglichen Beistand.«

Die Gräfin Richmond senkte die Augen. »Mein Sohn«, sagte sie leise, »hat Anspruch auf den Thron, Eminenz, das wißt Ihr. Sein Vorfahre war nicht der fünfte und nicht der vierte, sondern bereits der dritte Sohn des großen Eduard, und er hat mehr Rechte als Buckingham und alle Yorks.«

Der Bischof von Salisbury hörte auf, die Fingerspitzen gegeneinander zu stoßen. »Mylady«, sagte er sanft, »erlaßt mir bitte den Hinweis, daß diese Abstammung Schönheitsfehler aufweist. Gewiß, Euer Großvater war ein Lancaster, aber die Kinder, die den Namen Beaufort erhielten, den Ihr tragt, Mylady, sind im Ehebruch gezeugt worden. Und der Vater Eures ersten Gemahls war überhaupt nur ein Garderobevorsteher, wenn auch seine Mutter eine Königin war. Gewiß, ich weiß, daß die Kinder von beiden Seiten legitimiert worden sind, aber sie wurden nicht so weit legitimiert, daß sie des Thrones würdig sind. Und wenn Heinrich

Tudor das nicht einsehen will, verzichtet Elisabeth auf seine Hilfe. Sie würde ihrem Sohn ja nur eine Laus in den Pelz setzen. »Im übrigen, Mylady, sind die Freunde des legitimen Kronprinzen Eduards Freunde gewesen. Und diese Leute wollen seit zweiundzanzig Jahren nichts mit den Lancasters zu tun haben.«

Die Gräfin Richmond nickte. »Darüber bin ich mir klar, Eminenz«, sagte sie steif. »Da Heinrich Tudor durch die Verhältnisse gezwungen wurde, die meiste Zeit seines Lebens in der Bretagne zu verbringen, kennt ihn hier fast kein Mensch. Das ist schade, denn er hat wirklich gute Eigenschaften.«

»Zweifellos ist er gewandt im Umgang mit Menschen«, erwiderte der Bischof, »sonst könnte er sich kaum so lange behaupten und Anhänger um sich scharen. Ich glaube ohne weiteres, daß er liebenswürdig sein kann, wenn er will. Auch sein Geiz, von dem man hört, ist eine durchaus lobenswerte Eigenschaft, nachdem er ja noch große Pläne hat. Aber ich glaube nicht, daß dies genügt, um von den Freunden meines verstorbenen Schwagers geliebt zu werden.«

»Aber er könnte beispielsweise eine von Eduards Töchtern heiraten«, entgegnete die Gräfin Richmond beiläufig. »Dies würde das besagte Gefühl der Freundschaft sicher bei einer Menge von Leuten anregen. Bess, Eduards Älteste, ist bald achtzehn Jahre alt, und es wird allmählich Zeit, daß man sie verheiratet, meint Ihr nicht?«

»Bess? Meine Nichte Bess!« rief der Bischof von Salisbury und vergaß seine Zurückhaltung. »Ihr wollt die Hand von Elisabeths ältester Tochter für Euren Sohn? Eine absurde Idee!«

»Wieso absurd?« fragte die Gräfin Richmond und hob die Brauen. »Eine Vereinigung zwischen dem Haus Lancaster und dem Hause York – ist das nicht erstrebenswert? Damit wäre eine Feindschaft zu Grabe getragen, an der Tausende starben.«

»Aber Mylady«, unterbrach der Bischof sie heftig, »Eure Begeisterung entbehrt jeder Grundlage. Bess ist doch nicht das Haus York.«

Die Gräfin Richmond erwiderte, daß König Richard von Heinrich Tudor besiegt werden könnte, wenn man erst gemeinsam losschlagen würde. »Das ist ja das Ziel der Sache.«
»Aber Mylady«, rief nun der Bischof ärgerlich, »Ihr vergeßt die Brüder von Bess, die im Hof des Tower auf Scheiben schießen und zu deren Befreiung und Erhebung sich ganz Devonshire und Kent erheben werden. Für Eduard V. kämpfen wir, nicht für einen etwaigen Heinrich VII.«
Die Gräfin Richmond senkte den Blick ihrer grauen Augen in ihren Schoß. Darin lag noch das Gebetbuch, mit dem sie sich die Wartezeit verkürzt hatte. Es war kalt im Besuchszimmer, und die Steinfließen des Fußbodens machten den Raum nicht behaglicher. An den Fenstern rann der Regen herab, und der karge Raum unter der gewölbten, weißgekalkten Decke wirkte trostlos.
»Euer kleiner Neffe, Eminenz«, sagte die Gräfin tonlos, »lebt nicht mehr.«
Er verstand sie nicht gleich. Wovon redete sie plötzlich. Von seinem Neffen Grey, der nicht mehr lebte, weil er mit Rivers in Pontefract hingerichtet worden war? Wie kam sie auf den Armen. Aber als die Gräfin hastig und beklommen wiederholte, daß sie seinen anderen Neffen meinte, den Prinzen, den rechtmäßigen König, und dessen Bruder dazu, begriff der Bischof langsam. »Aber die lernen doch im Tower!« rief er verstört. »Ich weiß, man hat sie in die Innenräume gebracht, nachdem man ihnen ihre Rechte genommen hat. Ich verstehe, daß Richard nicht will, wenn man die Jungen an den Fenstern sieht. Aber man sieht sie gelegentlich hinter den Fenstern.«
»Man sah sie ...«, entgegnete die Gräfin Richmond heiser. »Seit einiger Zeit sieht man sie nicht mehr.«
»Mylady, Ihr erschreckt mich! Wenn man sie nicht mehr sieht, sind sie krank. Das naßkalte Wetter... Man bekommt einen Schnupfen davon.« Der Bischof zitterte mit einem Mal am ganzen Körper.
Die Gräfin erwiderte, sie hätte zuerst erzählen hören, die beiden

Knaben seien nach Sheriff Hutton gebracht worden, wo König Richard eine große Hofhaltung eingerichtet habe, der der Graf von Lincoln vorstand, und wo der Rat tagen sollte, der den Norden regieren sollte, wenn der König in London war. Der kleine Sohn des verstorbenen Herzogs von Clarence würde dort erzogen werden, aber die Buben aus dem Tower seien nicht bei ihm. Das habe sie aus sicherer Quelle erfahren. Wahr dagegen scheine das andere zu sein, was man munkelte, das Entsetzliche, das Furchtbare, daß nämlich James Tyrell die Söhne Elisabeth Woodvilles ermordet hätte. Die Gräfin blickte starr auf das Gebetbuch in ihrem Schoß, als gäbe ihr das einen Halt beim Reden. Der Bischof schluckte. »Wer ist James Tyrell?« fragte er heiser. Die Gräfin zuckte die Schultern unter dem gesteiften Kragen. »Ach, irgendein Mensch in Richards Dienst. Nach der Schlacht von Tewkesbury wurde er zum Ritter geschlagen, und seit einem Dutzend von Jahren ist er seinem Herrn treu, bald als Burghauptmann, bald als Bannerherr. Vor zwei Monaten, als Richard seine königlichen Gnaden verteilte, wurde Tyrell gut belohnt. Unter anderem machte ihn Richard zum Stallmeister und Meister der königlichen Edelknaben, und als solcher hatte er ja wohl auch die Neffen Richards unter sich.«

»Ich glaube es nicht«, flüsterte der Bischof. »Es wäre zu ungeheuerlich.«

Die Gräfin Richmond erwiderte, daß Tyrell König Richard nach Norden begleitet hätte. Aber Anfang September habe man ihn plötzlich in London gesehen. Er wäre nur kurz gekommen, hieß es, um aus der Kleiderkammer die Gewänder für die Einsetzung des Prinzen von Wales in York zu holen, und mit Ballen von Tuch wäre er auch wieder verschwunden – samt seinem stämmigen Pferdeknecht Dighton, der es getan haben sollte, das Entsetzliche. »Und einer der vier Wächter, der Eure Neffen bewachte, soll sich haben bestechen lassen.«

»Unmöglich«, flüsterte der Bischof, und seine Stimme röchelte.

»Man hat sie mit ihren Federbetten erstickt«, sagte die Gräfin mit den Augen auf dem Gebetbuch in ihrem Schoß. »Nachts, als sie schliefen.«

»Es ist nicht wahr!«

»Man hat sie in eine große Truhe gepackt und am Fuß einer Treppe vergraben. Ich weiß nicht, unter welcher. Kein Mensch weiß es. Gott strafe James Tyrell, auch wenn er nicht anders konnte als tun, was sein Herr verlangte.«

»Ihr lügt!« schrie der Bischof. »Ihr lügt! Ihr lügt!«

»Ich wollte, es wäre eine Lüge, Eminenz. Habt Ihr denn nie befürchtet, sie könnten sterben müssen, Elisabeths Söhne? Der Kleinere hat es ja nicht geahnt, aber der Größere wußte es. Er hat täglich gebeichtet, seit er erfuhr, daß der Oheim König geworden war. Er hat tagtäglich gebeichtet, seine kleinen, törichten Sünden, immer in Erwartung des Grauenhaften. Wie ein Tier, das zur Schlachtbank geführt wird, hat er es gefühlt, daß man ihn ermorden würde. Er war ja bald dreizehn Jahre alt und nicht dumm. Und jeden Tag hat er dem Räuber seiner Krone verziehen, wie Christus dem Schächer am Kreuz verzieh. Eminenz, er muß im Himmel sein. Eminenz, und da Gott die Sünder straft, wird er Richard vernichten müssen. Eure Nichte Bess und mein Sohn Heinrich Tudor...«

»Haltet ein!« schrie der Bischof. »Vielleicht habt Ihr selbst die Knaben ermorden lassen im Tower, denn sie sind Heinrich Tudor nicht weniger im Wege als Richard! Wenn Heinrich jemals Richard besiegen und den Marmorstuhl von King's Bench besteigen sollte, müßte er sie jedenfalls töten lassen, sofort und ohne eine Minute zu zögern, sonst wäre er seiner Ruhe nicht sicher!«

Die Gräfin fuhr auf. »Eminenz!« schrie sie, »habt Ihr den Verstand verloren!«

»Nein!« schrie der Bischof zurück. »Ich bin ganz klar im Kopf. Wenn Heinrich Tudor jemals Richard besiegen und auf den Thron gelangen würde, dann müßte es seine erste Tat sein, die Söhne von Eduard zu morden, und er würde es tun ohne Zögern und Zaudern, wie er den Sohn von Clarence ermorden wird, der mehr Recht auf den Thron hat. Selbst Euren Schwager wird Tudor hinrichten lassen, wenn er ihm im Wege steht, auch wenn Stanley ihm auf den Thron geholfen hat. Alle sind sie Mörder, die nach der Macht greifen, auch Richard. Richard hat Anthony getötet und Hastings und Grey... aber die Kinder Eduards? Das glaube ich nicht. Richard war seinem Bruder ergeben und treu wie ein Hund, zwanzig lange Jahre hindurch. Er mordet Eduards Kinder nicht. Außerdem ist Richard kein Idiot. Nur wenn man die Toten vorzeigen kann, brechen Rebellionen zusammen. Richard würde die Kinder an der Pest sterben lassen, er mordet doch nicht heimlich.«

»Aber er hat es getan«, rief die Gräfin schrill. »Ich glaube es, und alle Welt wird es glauben. Dafür sorgen wir schon!«

»Ja«, nickte der Bischof matt, »und wer am lautesten schreit hat recht. Aber vielleicht war alles nur ein Unfall. Vielleicht hat Richard vorgehabt, die Kinder heimlich wegzubringen, nach Norden, wohin unsere Hände nicht reichen. Vielleicht haben die Knaben geschrien, als Tyrell sie in der Nacht weckte. Der Älteste war immer schreckhaft und voller Angst. Vielleicht wollte Tyrell nur ihr Schreien ersticken...«

Da fuhr die Gräfin Richmond von ihrem Sitz auf. »Sie sind tot, und das allein zählt. Tot sind Eduards Söhne, tot! Tot!«

Da sank der Bischof über dem Tisch zusammen. Er war abgebrüht und hart, und weder über den Tod seines Vaters noch den Johnnys, noch über den Tod seines Bruders Anthony oder seines Neffen Lord Grey hatte er eine Träne vergossen, aber jetzt weinte er. Weil zwei unschuldige Kinder sterben mußten um der Macht willen, für die er selber sein Leben lang gekämpft hatte. Sein Schluchzen raubte auch der Gräfin Richmond die Fassung.

»Eminenz«, stöhnte sie verzweifelt, »ich kann es Elisabeth nicht sagen. Ich bin hierher gekommen... aber ich kann es nicht!«

Da hob der Bischof den Kopf aus den Händen. »Das überlebt sie nicht«, sagte er dumpf. »Das kann sie nicht überleben!«

*

Die Krönungsfeierlichkeiten für den Prinzen von Wales in York waren für Ann ein großartiges Fest, trotz ihrer Sorgen. Sie hatte sich sehr zusammengenommen, um Pimpinell nicht merken zu lassen, was in ihr vorging und wie sie sich vor der Zukunft fürchtete. Pimpinell war so glücklich gewesen. Er kam sich natürlich ungeheuer wichtig vor. Aber nachdem sich Ann in einer langen Nacht voller Gebete Gott anvertraut hatte, gelang es ihr, sich mit Pimpinell zu freuen. Sie hatte viel gesündigt in ihrem Leben, aber Gott würde ihr nun helfen. Sie wollte von nun an auf ihn vertrauen und holte deshalb die Puppen aus der Truhe und verbrannte sie. Sie wollte nun auch zu Richard nichts mehr in der Sache sagen.

Der König nahm an den Feierlichkeiten in York gottlob noch teil. Erst als alles vorüber war, und nachdem er der Stadt für ihre Dienste und Treue große Steuererleichterungen gewährt hatte, schickte er Ann und Pimpinell nach Middleham, damit er auf schnellstem Wege nach Süden ziehen konnte. Anscheinend war es jetzt höchste Zeit.

»Ich hoffe«, flüsterte Ann gepreßt, als Richard sie zum Abschied küßte, »du schreibst mir von unterwegs.«

Er nickte und meinte, es wäre kein Grund zur Besorgnis vorhanden. Für den Fall, daß etwas Unerwartetes einträte, hätte er dem Burghauptmann Instruktionen gegeben. In Scarborough lägen Schiffe für alle Fälle. Seine Schwester in Burgund würde die Schwägerin wohl aufnehmen. Aber er hoffe, Ann gute Nachrichten geben zu können, und bis dahin sollte sie getrost in Middleham bleiben.

Ann nickte. Sie wußte, daß es Henry Percy jederzeit möglich sein würde, ihr den Weg nach Scarborough abzuschneiden, wenn er wollte, aber wozu sollte sie das Richard sagen. Er zog wieder einmal ins Ungewisse, und wer zu ihm halten würde, das wußte er nicht. Bereits in Lincoln erhielt er die Schreckensmeldung, daß Buckingham ihn verraten hatte und auf die Seite Elisabeth Woodvilles getreten war.

Richards Briefe kamen unregelmäßig und waren schlecht, weil offenbar sehr hastig geschrieben. Er, der eine so schöne, gestochene Schrift hatte, schrieb nun krakelig und fast unleserlich. Was er schrieb, waren manchmal nur Sätze ohne Zusammenhang. Die Kuriere brachten immer einen Stoß davon. Sie trafen ein, während die Herbstregen über die Moore fielen und die Welt im Nebel ertrank. Alle Wege rings um Middleham waren grundlos geworden, und im Süden war es nicht besser.

»Wir waten durch knöcheltiefen Schmutz«, schrieb Richard. »Die Gäule bleiben stecken. Der klebrige Brei zieht ihnen die Eisen von den Hufen. Ich frage mich Tag und Nacht, was ich getan habe, um Buckingham zum Verräter zu machen. Habe ich ihm zu wenig bezahlt oder zuviel? Oder hat sein Astrologe meinen Untergang vorausgesehen und seinem Herrn geraten, sich zu retten?«

»Stanleys Sohn soll mit zehntausend Mann aus Latham kommen, aber soviel zugesagte Hilfe ist natürlich übertrieben, zumal die Gräfin Richmond in Westminster mit dem Bischof von Salisbury eine Unterredung gehabt haben soll. Wie üblich sitzt Stanley auf zwei Stühlen.«

»Man soll sich nie bei der Abfassung von Proklamationen helfen lassen. Warum nur habe ich die Laster der Rebellen erwähnt? Jeder Mensch hat welche. Und wenn er von den Lastern anderer hört, schämt er sich der eigenen, was seine Abneigung gegen lasterhafte Rebellen nicht erhöht.«

»Entschuldige, Geliebte, daß ich gestern von Lastern sprach. Ich wüßte nicht, welche Fehler du hättest. Ich habe Sehnsucht nach dir. Hustet Pimpinell noch immer?«

»Lovell hat an Stoner nach Oxford geschrieben, er soll mit allen verfügbaren Kräften zu uns stoßen. Er hat ihm einen Haufen Abzeichen geschickt, aber Stoner ist auf die andere Seite gefallen und wird mit den Abzeichen Feuer anmachen.«

»Lionel Woodville ist aus dem Asyl in Westminster entkommen. John Nesfeld, den ich zum Bewacher ernannte, ist ein Idiot.«

»Ich habe tausend Pfund auf Buckinghams Kopf gesetzt und Land, das jährlich hundert Pfund abwirft, für den Kopf von Dorset. Ich habe Geld geboten für den Bischof von Ely und für Salisbury und Geld für jeden Ritter dieser Schufte. Aber was soll ich mit all diesen Köpfen? Bekäme ich sie alle, könnte ich sie gar nicht bezahlen. Warum schmerzt es so, wenn man verraten wird? Es ist die verletzte Eitelkeit. Ich habe Sehnsucht nach dir.«
»Howard hat Gravesend besetzt und hält den Übergang über die Themse. Er hat die Verteidigung von London arrangiert und Reigate befestigt. Elisabeths Freunde, die schon vom Einzug in London träumten, mußten zurück.«
»Es kommt darauf an, zwischen Buckingham im Westen und dem, was im Süden hockt, einen Keil zu treiben. Gestern Nacht habe ich ein bißchen Chaucer gelesen: Troilus und Cressida. Stanleys Bruder William lieh es mir. Sie sind sehr bemüht um mich, die Stanleys. Sie scheinen Buckingham kaum Chancen einzuräumen. Sie rechnen natürlich damit, daß einiges herrenloses Gut anfällt, wenn der reiche Buckingham erledigt ist. Es regnet, daß die Zelte des Lagers schwimmen.«
»Heinrich Tudor soll von Herzog Francis Schiffe bekommen haben. Wie viele, ist nicht zu erfahren. Die Liebe des Troilus zu Cressida erscheint mir auf seltsame Weise töricht. Aber vielleicht ist jede Art von Liebe töricht.«
»Humphrey Stafford ist sehr rührig. Er zerstört alle Brücken, auf denen Buckingham von Brecon kommen könnte, und seine jungen Ritter gefallen sich darin, die Flanken der Aufständischen zu belästigen. Zwei Dutzend Männer, in einem Hohlweg verschanzt, bringen ein ganzes Heer in Verwirrung. Ich liebe das kühne Lachen der jungen Ritter. Warum wurde ich schon alt geboren? Welches Opfer hast du gebracht, einem alten Mann gefolgt zu sein? Im Lager gab es letzte Nacht eine Schlägerei zwischen den Söldnern einer Hure wegen. Ich werde die Schuldigen stäupen lassen. Aber schuldig ist wohl das Weib.«
»Der mächtige Herzog von Buckingham hat in Weobley Halt

gemacht. Sein Heer ist kleiner, als nach den Gerüchten zu vermuten war. Und es ist ein Haufen wasserscheuer Leute dabei. Immer mehr bleiben anscheinend im Dreck der Straßen stecken und kehren um, wenn niemand es sieht. Der Bischof von Ely, auf den Freund Henry aufpassen wollte wie auf seinen Augapfel und mit dem er sich so gut über Astrologie unterhielt, ist schon davon. Wenn ich das Moor um Ely so gut kennen würde wie das hinter Middleham, würde ich ihn suchen, den elenden Verführer. Ich habe nun Richtung auf Wiltshire genommen. Hustet Pimpinell noch?«

»Buckingham ist nach Shropshire geflohen. Ich weiß nicht, wo er ein Versteck suchen will. Ich habe mich in die Stadt Salisbury gewandt. Wir kommen daher wie ein Gewitter. Die Stanleys lachen im Vorgefühl der zu erwartenden Beute. Wie kommt es, daß sie immer auf das richtige Pferd setzen? Laß gut einheizen in Middleham, damit Pimpinells Husten vergeht.«

»Der Turm der Kathedrale von Salisbury ist ein in Stein gehauenes Gebet. Buckinghams Diener Bannaster aus Wem hat seinen schutzsuchenden Herrn preisgegeben. Man sollte den Burschen hängen, aber ich zahle ihm tausend Pfund. Ich sitze in den kostbaren Zimmern Lionel Woodvilles, derweilen mein Vize-Konnetabel dem Herzog von Buckingham den Prozeß macht. Zungenfertig wie stets, hat Henry seine Verfehlung zugegeben und bittet, mich sprechen zu dürfen. Er bittet und bettelt und schreit darum. Ich kann nicht mit ihm sprechen. Ich will ihn auch nicht sehen. Vielleicht würde er mich an eine rote zerbrochene Glasschüssel erinnern. Sie verfolgt mich bereits im Traum. Oder will er mir Vorhaltungen machen über Dinge, die seinen Abfall rechtfertigen könnten? Vielleicht ist ihm nachträglich eingefallen, daß ich Hastings nicht so rasch hätte opfern dürfen, obwohl er so froh darüber war. Vielleicht tut ihm auch Rivers leid, der uns in Northampton erzählt hat, weshalb er Karl den Kühnen vor der Schlacht von Murten verließ: weil der Herzog von Burgund dreihundert Schweizer hängen ließ ohne

Grund, und weil man Mördern nicht dienen soll. Das Kriegsgericht hat Buckingham zum Tod verurteilt. Das Gericht verkörpert den Willen seines Herrn. Ich wünschte, mit Milde zu regieren, aber die Wünsche der Menschen werden nicht erfüllt.«

»Zwei Schiffe waren es, mit denen Heinrich Tudor kam, um Buckingham zu helfen. Armer Junge, ganze zwei Schiffe! Allerdings waren es zuerst mehr, aber der Sturm hat sie zerstreut. Und so ist er rasch wieder umgekehrt, als er hörte, daß ich schon in Exeter bin. Kommst du nach London, wenn ich Ende November dort sein werde? In Surrey und Sussex gibts noch ein paar Widerstandsnester.«

»Saint-Leger ist gefangen worden. Sein Weib bietet mir Lösegeld. Ich verschenke Gnade, aber ich verkaufe sie nicht. Bei Saint-Leger sehe ich keinen Grund zur Barmherzigkeit. Du wirst sagen, ich bin schlecht gelaunt. Aber man muß Rebellion mit Gewalt unterdrücken, wenn sie sich nicht wiederholen soll. Dieses Rezept ist nicht von mir. Stanley bittet mich, die Gräfin Richmond zu schonen. Sie hat ihr Leben verwirkt, aber ich habe ihr nur ihre Titel genommen und ihr Vermögen ihrem Gatten Stanley geschenkt. Er hat über beide Ohren gelacht, während ich am liebsten geweint hätte. Das ist das Schlimmste an der Sache, die Stanleys belohnen zu müssen. Sie sind dick wie Schlangen, die zu viel gefressen haben. Auch Henry Percy muß ich bezahlen. Ich habe ihm das Amt des Großkämmerers gegeben und Land, Land, Land. Trotzdem wird er mir nicht seine Freundschaft schenken. Wo ist der Freund, der nichts will?«

»Die Ratsherren von London haben mich in Kensington empfangen und nach Westminster begleitet. Der Regen hat ihre scharlachroten Gewänder verwaschen und den blauen Samt der reichen Bürger. Ich bin müde und krank nach dir. Und trotz der eingezogenen Vermögen aller Rebellen bin ich knapp an Geld. Feldzüge kosten. Um die Geschenke kaufen zu können, die alle Welt zu Weihnachten von mir erwartet, werde ich eine Anleihe aufnehmen müssen, bis die Einkünfte sich wieder gesammelt haben. Es macht sich bemerkbar, daß die Woodvilles so viel vom Staatsschatz genommen haben. Kommst du im Dezember? Ein Kaufmann aus Genua will Juwelen in England einführen. Er sitzt im Hafen, und der Zoll läßt ihn nicht durch. Ich habe ihm eine Genehmigung zugesagt, wenn er mir seine Steine zuerst zeigt. Wenn sie schön sind, will ich sie erwerben. Für Dich! Warum kommst du nicht, wenn ich Sehnsucht nach dir habe? Aber warum solltest du auch kommen? Das Parlament hat sechsundneunzig Verschwörer zum Tode verurteilt und ihre Vermögen eingezogen. Aber alles in allem, mit Buckingham und Saint-Leger, hat es nur knapp ein Dutzend in seiner Gewalt. Die anderen sind fort, und die Ächtung von mindestens einem Drittel von ihnen werde ich wieder aufheben, wenn man mich darum bittet. Ich bin uralt, aber so jung, zu glauben, man könnte mich eines Tages doch noch lieben.«

*

Ann lachte. Nun war Richard einunddreißig Jahre und nannte sich uralt. Zehn Gerichtete nach einer Rebellion, die so viel Aufregung verursacht hatte und für deren Niederschlagung man so viel Geld hatte ausgeben müssen, fand Ann nicht viel. Warum hatten sich diese Törichten auch einfallen lassen, gegen den gekrönten König zu ziehen. Auch ihr Vater hatte bei einem solchen Unternehmen sterben müssen, ebenso Richards Vater und sein sechzehnjähriger Bruder. Hätte Buckingham gesiegt, würde Richard sein Leben verloren haben. Wer die Kraft hatte zu siegen, hatte das Recht, die anderen zu strafen. Letzten Endes stand hinter allem Gott: hinter der Erhöhung wie hinter dem Tod. Und Gott war diesmal mit Richard gewesen.

Pimpinell hustete noch immer. Da die Nächte kalt waren, nahm Ann den Jungen zu sich ins Bett. Er schlief so gern bei ihr. Ganz dicht kuschelte er sich an sie.

»Horch, wie der Sturm tobt! Jetzt müssen die Wellen auf dem Meer so hoch sein wie Türme«, flüsterte er.

Ann fühlte sich so wohl mit Pimpinell im Bett. Der Gedankte, jetzt während der Novemberstürme nach London reisen zu müssen, bereitete ihr Unbehagen. Und wenn die Stürme vorüber waren, kam die Kälte. Dann froren einem die Finger am Zügel fest und die Zehen an den Steigbügeln. Saß man aber im Wagen, wurde man am ganzen Körper steif und kam nicht voran. Das konnte Pimpinells Husten nicht gut tun. Aber ihn wieder in Middleham zurückzulassen, brachte sie nicht übers Herz. Sie würde mit der Reise einfach bis zum Frühjahr warten. Dann war gewiß auch Pimpinells Husten vorbei. Wie heiß er sich nachts anfühlte, wenn er schlief, und wie furchtbar er schwitzte. Er mußte sich schrecklich erkältet haben, als er im Sommer so lange auf dem Söller stand und nach London dachte. »War es denn windig, damals?« fragte Ann. Aber Pimpinell erwiderte, daß es eine wundersame Nacht gewesen sei, ganz still und der Himmel so weit, daß man fast bis London gesehen habe.
Florence, die Kammerzofe, die der Königin die Füße wusch, meinte, es wäre kein Wunder, daß der Prinz gerade seit jenem Tag immer husten müßte. Elisabeth Woodville habe ja nichts anderes zu tun in ihrem Asyl, als die Menschen zu verfluchen, die sie haßte. Auch Ann mußte unentwegt daran denken. Elisabeth wußte bestimmt auch den Zauberspruch, den man kennen mußte, damit die Flüche Erfüllung fanden. Ihre Mutter war wohl nicht umsonst als Hexe angeklagt gewesen. Ann schickte in den Dörfern herum und auf die Moore von Wensleydale hinaus. Es gab doch Gegenmittel gegen bösen Zauber. Und bald hingen die Gemächer voll von seltsam geformten Wurzeln und Beutelchen mit getrockneten Ingredienzien, die in ganz bestimmten Nächten gewonnen worden waren unter geheimnisvollem Gemurmel, von dem man besser nicht viel wußte.
Der Prinz lachte. »Ich bin doch gar nicht krank«, sagte er. »Das bißchen Husten. Weihnachten werde ich meinen Vetter einladen. Warum hat Tante Isabella ihren Jungen auch Eduard genannt? Ich heiße nur Pimpinell, weil alle Eduard heißen.«

»Du heißt doch jetzt Prinz, mein Liebling.«
»Ich glaube, er kann immer noch nicht schreiben, mein Vetter«, lachte Pimpinell. »Ich werde ihn mit einer lateinischen Ansprache begrüßen, dann wird er staunen. Was hat der Herr Vater gestern geschrieben? Du sollst nach London kommen zum Weihnachtsfest, nicht wahr? Er kann doch nicht allein auf dem Thron sitzen an Weihnachten. Wie sieht denn das aus? Alle Leute werden dann tuscheln, daß ich Husten habe. Ich huste doch gar nicht mehr.«
Anfang Dezember überkam Ann die Sehnsucht nach ihrem Mann. Sie wußte, daß sie Richard nicht allein lassen durfte in London. In der Tat, wie sah das aus, wenn sie ihn allein ließ während der Weihnachtsfeierlichkeiten?
»Ich weiß aber nicht, kleiner Prinz, ob ich dich mitnehmen kann«, begann sie, eingekuschelt in die Bettdecke, den Arm um Pimpinell. »Es ist schon so kalt, die ganzen Wege steinhart gefroren. Im Burggarten hat Harry den Spaten kaum in die Erde gebracht, als er den letzten Kohl herausnehmen sollte, hast du es gesehen? Wenn du reitest, gefriert dir der Atem vor dem Mund. Im Frühjahr ist London am schönsten.«
Der Prinz erwiderte, daß er auch gar nicht mit wolle um diese Jahreszeit. Es wäre ja das Kreuz noch nicht fertig geschnitzt, das er Pater Willibrord zu Weihnachten schenken wolle.
Ann fiel ein Stein vom Herzen, daß Pimpinell so vernünftig war. Oder fühlte er sich so schlecht, daß er kein Verlangen hatte, London zu sehen? »Sag mir, Pimpinell, wie dir ist? Sag' es mir ehrlich. Ich will nicht weg von dir, wenn dir nicht gut ist.«
»Rühr mich doch an, wie warm ich bin. Wenn ich krank wäre, wäre ich doch kalt. Mein Pony war ganz kalt, als es sterben mußte, weil es in den Graben fiel.«
»Wirst du auch auf dich achten, wenn ich fort bin?« fragte Ann. »Nach Weihnachten komme ich wieder.«
»Im Januar kannst du nicht reisen, Ma. Da erfrierst du im Wagen. Im März komme ich nach London, bis spätestens Mitte

April. Bleib ruhig dort bis dahin. Wohnt es sich hübsch in Windsor draußen? Schöner als das Moor ist der Park sicher nicht. Mit den Falken darf ich jagen, wenn du weg bist, nicht wahr? Buribu ist so in Form.«

»Ja«, flüsterte Ann. »Du darfst alles tun, was du willst. Du bist ja so vernünftig.«

»Das muß man auch sein«, erwiderte Pimpinell altklug. »Wenn man König wird, muß man sehr vernünftig sein, hat Pater Willibrord gesagt. Dabei ist er selbst überhaupt nicht vernünftig. Aber er wird ja auch nicht König«, Pimpinell lachte.

Ann streichelte den Knaben, um ihn zu beruhigen, damit er endlich einschlief. Wenn sie nur gewußt hätte, ob sie nach London reisen sollte? Selbst das Beutelchen mit den Krähenaugen, das Pimpinell auf der Brust trug, brachte keine Linderung, und die Ärzte waren ratlos. Doktor Scofield aus York kochte dauernd irgendeinen Sud aus Knöterichblättern, Eibisch- und Süßholzwurzeln, der überhaupt nicht half, und Doktor Burne, den Richard aus London geschickt hatte, verordnete nichts als rohe Milch. Der Prinz, erklärte Doktor Burne, leide an einer vorübergehenden Auszehrung, die sich bis zum Frühjahr wieder geben würde, wenn der Prinz viel Milch tränke. Es war nur gut, daß Pimpinell gern rohe Milch trank.

Als jedoch im Dezember die Kälte früher als sonst einsetzte, ging es Pimpinell sogleich viel besser. Er wollte unbedingt bei der Treibjagd dabei sein, die veranstaltet wurde. Es gelang ihm auch tatsächlich, zwei Hasen zu schießen. »Und wenn Denys nicht so lange gebraucht hätte, bis er meine Armbrust spannte, wären es bestimmt vier geworden. Soll ich dich nicht doch nach London begleiten, Ma? Vater hat vielleicht Sehnsucht nach mir.«

»Das hat er, Liebling. Aber was wirst du über London sagen, wenn es so grau und häßlich unter dem Winter liegt. Du würdest schrecklich enttäuscht sein und mich eine Lügnerin schelten. Wenn du es zum erstenmal siehst, soll es doch schön sein. Außerdem ist dein Gepäck nicht vorbereitet.«

Er nickte. Nachts bohrte er seinen wirren Haarschopf in Anns Leib. »Vergiß mich nicht, Mutter«, flüsterte er, »wenn du Hof hältst und alle Menschen dir huldigen.«
»Oh, Darling, wie könnte ich das? Du bist doch ein Stück von mir.«
Pimpinell lachte. »Dann könntest du ja gar nicht mehr leben, wenn dieses Stück von dir sterben würde. Oh, Ma, ich freue mich auf das Frühjahr. Ich bringe dir ein Dutzend junge Schwäne mit für den Park in Windsor. Und Wasserhühner aus dem Moor. Und vielleicht fangen wir einen Reiher. Im Wald von Nappa nisten sie. Wissen die Leute in London überhaupt, wie ein Reiher im Wasser steht? Ich glaube nicht. Und die Moorfrau haben sie auch noch nicht gesehen, die die Nebel braut.«
»Hast du sie schon gesehen?« fragte Ann beklommen.
»Ja«, flüsterte er leise. »Als ich auf den Söller stand im Juli, da winkte sie mir zu. Aus dem dünnen Nebel über den Wiesen. Du weißt ja, nachts, wenn er so niedrig liegt über den Tümpeln, daß die Baumkronen herausragen. Ich habe sie ganz deutlich gesehen.«
»Das hast du noch gar nicht erzählt«, fuhr Ann erschreckt auf, denn sie mußte plötzlich an Elisabeth denken. »Wie sah sie denn aus?«
Aber Pimpinell schlang die Arme um den Hals der Mutter und küßte sie auf den Mund. »Wie du«, sagte er lachend, »mit lauter goldenen Haaren«.
Pater Willibrord beruhigte Ann. Der Junge hätte des nachts wahrscheinlich irgendeinen Strauch, den das Mondlicht überfloß, mit einer Gestalt verwechselt. Er habe den Prinzen schon im Sommer getadelt wegen seiner Träumerei. Mylady brauchten keine Furcht zu haben. Der Husten Pimpinells habe sich ja jetzt gebessert. Und die wilde Phantasie des Jungen würde sich mit der Zeit legen. Pater Willibrord wollte schon dafür sorgen, denn mit Phantasien würde man einmal keinen Thron halten können. Gott sei Dank war König Richard kein Phantast.

Ann küßte Pimpinell zum Abschied, daß ihre Lippen schmerzten. Sie küßte sein ganzes schmales, blasses Gesicht. Und er warf sich in ihre Arme und lachte. »Moorfrau!« sagte er. »Jetzt hast du genau dasselbe Gewand an. Grüß meine Vetter im Tower. Im Frühjahr will ich mit ihnen turnieren. Für die Woche nach Ostern fordere ich Eduard zum Kampf heraus. Vergiß es nicht. James Tyrell soll es ihm sagen!«

Ann ritt fort. Sie hatte Pimpinells Stimme im Ohr und glaubte, seine feuchten Kinderhände zu spüren. Dann gab es für Monate nur noch seine sauber geschriebenen Briefe.

Richard riß Ann, als sie in London eintraf, wie ein Ertrinkender an sich. »Daß du doch gekommen bist!«

»Ja, ich habe es mir überlegt«, lächelte sie spitzbübisch und ordnete ihre Kopfbedeckung. »Es geht doch nicht an, daß du Weihnachten allein bist. Und wenn du bei den Seidenhändlern für volle zwölfhundert Pfund Schulden machen willst, um für alle Leute Geschenke einzukaufen, will ich wenigstens beim Aussuchen helfen. Sonst wird man dich schändlich betrügen. Was verstehst du schon von Seide.«

Richard brachte die Juwelen an, die er bei dem Genuesen gekauft hatte. »Sieh doch ... habe ich mich übers Ohr hauen lassen? Was für herrliche Steine. Wie sie glitzern unter der Wärme deiner Haut.«

Das Weihnachtsfest verlief mit den gleichen feierlichen Zeremonien und dem gleichen Glanz, wie zu Zeiten König Eduards. Auch die Herzogin von York nahm daran teil. Sie saß neben ihrer Schwiegertochter, der Königin. »Nun wird es Zeit«, meinte sie, »daß du dich erholst von all den Aufregungen in diesem Jahr und von der Reise. Du siehst aus, als hättest du überhaupt kein Blut in den Adern. Der Rubin auf deiner Brust wirkt, als hättest du dich besudelt. Man kann übrigens fast deinen ganzen Busen sehen, so weit ausgeschnitten ist dein Kleid. Zu meiner Zeit wäre das noch unschicklich gewesen.«

Ann lächelte. Schwiegermütter waren nun einmal so.

Kent war jetzt so weit befriedet, daß Richard für den Januar eine Rundreise durch die Grafschaft plante. Es verlangte ihn danach, sich den Menschen zu zeigen und ihnen zu sagen, wie er zu regieren gedachte. Für Ende Januar wurde auch das Parlament wieder einberufen.

Am ersten Tag des neuen Jahres kam die Nachricht über den Kanal, daß sich Heinrich Tudor in Rennes mit des verstorbenen Königs Eduard ältester Tochter Elisabeth verlobt habe. Ann wunderte sich. »Was will denn Heinrich Tudor mit Bess?«

»Sich wichtig machen«, erwiderte Richard kurz. »Zuerst muß er einmal hier sein, um ihre Hand zu kriegen.«

»Was verspricht er sich denn von dieser Heirat?«

»Ich weiß es nicht, Ann. Erinnere mich nicht an Heinrich Tudor. Ich muß seinetwegen mein ganzes Geld in Schiffe stecken.«

»Ja, es scheint, du hättest Herzog Francis die achttausend Bogenschützen geben sollen, um die er dich bat.«

»Ich werde Francis schon zum Friedensschluß zwingen und ihm klar machen, daß es besser für ihn ist, auf Heinrich Tudor aufzupassen, statt ihn zu unterstützen – auch ohne daß er Schützen von mir bekommt. Was schreibt Pimpinell?«

»Daß er einen Rehbock geschossen und gesehen hat, wo die Reiher nisten.«

»Schreib ihm, er soll sich schonen.«

Ann richtete sich auf Schloß Windsor ein. Windsor war zwar ein Stück von London entfernt, aber im Westminsterpalast wollte Ann nicht leben. Immer noch glaubte sie den Haß Elisabeth Woodvilles durch die Wände hindurch zu spüren. Richard war die meiste Zeit beschäftigt. Er zog durch Kent trotz der Kälte, um die Menschen zu gewinnen. Sein Bruder Eduard hatte zweiundzwanzig Jahre gebraucht, und erst als er starb, wußten die Leute, daß sie ihn mochten und daß er ein guter König gewesen war. Richard quälte sich ab, als müßte ihm das gleiche in zwei Jahren gelingen.

Die Räume in Windsor waren kalt. In Middleham war es viel

wärmer, wenn das Feuer in sämtlichen Kaminen brannte. Gut, daß Pimpinell dort geblieben war.

Im Februar schrieb Doktor Burne, er müßte Ihrer Hoheit der Königin mitteilen, daß die von seinem Kollegen Scofield verabreichten Mittel dem Prinzen von Wales nicht gut getan hätten. Der Prinz habe gestern nach einem Hustenanfall Blut gespuckt, etwa so viel, wie man in einer hohlen Hand halten könnte. Das wäre kein Grund zur Besorgnis, aber er halte es für seine Pflicht, die Königin zu verständigen. Der Prinz liege augenblicklich im Bett und lese Heiligenlegenden, was gut wäre zur Verdauung der Medizin.

Pimpinell hatte an den Rand geschrieben: »Doktor Burne übertreibt. Es war nicht mehr Blut, als wenn ich mich in den Finger geschnitten hätte.«

Ann zitterte am ganzen Körper. Sie hatte den Brief so rasch aufgerissen und überflogen, daß sie noch den Boten auf dem Gang tappen hörte. Nun mußte sie sich setzen. Pimpinell hatte Blut gehustet! Er hatte den Bluthusten wie Isabella. Sie hatte es gefürchtet die ganze Zeit. »Florence!« schrie sie. »Florence!«

Die Kammerfrau kam herbeigeeilt und rang die Hände, als sie die Neuigkeit erfuhr.

Ann schluchzte. »Florence, Florence, du bist doch in York daheim. Du kennst so viel Leute. Wird man wieder gesund, wenn man den Bluthusten hat?«

»Aber gewiß doch«, flüsterte Florence unsicher. »Ganz gewiß, Mylady. Man muß nur wissen, woher er kommt.«

»Wie meinst du das?« fragte Ann. Ihre Hände, die den Brief hielten, zitterten. Es ging gegen Abend. Es war schön gewesen am Tag, aber kalt. Auf den Rasen des Parks lag Schnee und in den Bäumen hockten die Krähen.

Florence hätte am liebsten mitgeweint. Sie wisse es auch nicht genau. Da Pimpinells Krankheit etwa um die Zeit ausgebrochen sei, als Elisabeth Woodville ins Asyl hatte fliehen müssen, gäbe das natürlich Anlaß, zu denken. Sie, Florence, habe in Middleham mit der ganzen Dienerschaft darüber gesprochen, und hier auch. »Es ist natürlich klar, daß sie sich rächt, nachdem ihre beiden Buben tot sind, Herrin. Das täten andere auch, hat Harry in Middleham gesagt. Und Denys hat gemeint, er würde der Woodville-Hexe die Hände abhacken, dann könnte sie nicht mehr zaubern damit, denn Ruhe gäbe die nie. Und nichts ist so leicht zu beschwören wie Tote. Sie braucht nur rufen um Mitternacht, dann steigen sie aus ihrem Grab unter der Treppe im Tower. Denn Ermordete haben das Recht zur Rache, meint Denys...«

»Was redest du da?« keuchte Ann. »Was redest du für Unsinn? Von welchen Ermordeten faselst du?«

Florence wich erschrocken zurück. »Ja, wißt Ihr denn nicht, hohe Frau?« fragte sie stammelnd. »Wißt Ihr denn nicht, daß sie nicht mehr da sind, die Buben, im Tower? Daß man sagt, sie seien ermordet worden im Auftrag des Königs? Mit Federbetten erstickt!« Gleich darauf schrie Florence schrill. »Aber ich war es doch nicht, die das sagt, Majestät. Ich erzähle doch nur, was ganz London spricht, und ganz England von Ost bis West...!«

Aber Ann, die auffahren wollte, war schon wieder auf ihren Sitz zurückgesunken. »Geh hinaus«, sagte sie dumpf. »Du bist eine Schwätzerin.«

Ann saß und rührte sich nicht. Die Krähen auf den Bäumen des Parks richteten sich zum Schlafen ein. Der Tag verging, und die weiße Dämmerung senkte sich über den Schnee auf dem Rasen. Ann dachte nichts. Es gab nichts zu denken. Sie hatte gewünscht, daß sie sterben sollten, die Söhne Elisabeths, aber so hatte sie es nicht gewollt. Erstickt mit Federbetten – es konnte nicht wahr sein! Tausend Gerüchte flogen jedes Jahr über das Land hin, und nur die Hälfte davon stimmte.

Ann saß und rührte sich nicht. Doch, sie hatte es gewollt. Wenn sie etwas anderes behauptete, dann log sie. Sie hatte den Tod der Prinzen gewünscht. Aber sie hatte nicht gewußt, daß es so schrecklich sein und daß die Strafe so rasch folgen würde. Ann

brach in Tränen aus. Sie mußte nach ihrem Pferd schreien, nach Dienern und Begleitern. Sie mußte nach London in rasendem Ritt und Richard fragen. Nein, sie konnte ihn nicht fragen. Nie konnte sie ihn fragen nach dem Entsetzlichen. Wenn er ihr die Hoffnung nahm, daß es nicht wahr sein könnte, starb sie daran. Doch was erregte sie sich so? Hatte nicht Catesby von Bauernsöhnen gesprochen, deren Leben wichtiger für das Land sei als das zweier überflüssiger Kinder? Draußen schwirrte ein Pfeil zwischen die Bäume, und eine Krähe fiel klatschend zur Erde. Ann sah den huschenden Schatten am Fenster wie ein Gespenst. Wenn sie tot waren, die Buben, würde sich niemand mehr für sie erheben. Jetzt begriff Ann, warum der Lancaster Heinrich Tudor in Rennes erklärt hatte, Bess heiraten zu wollen, um den Streit zwischen dem Haus Lancaster und dem Haus York beizulegen, warum Elisabeth Woodville dem landlosen Abenteurer die Hand ihrer Tochter versprochen hatte! Ja, konnte sie denn noch solche Pläne machen, dieses Scheusal?« Konnte sie noch atmen, wenn ihr Söhne erstickt waren?
Konnte sie noch die Hand heben zur Zauberformel? Sie konnte es. Ehe ihre Rache nicht vollendet war, würde Elisabeth nicht sterben. Ann begriff es, und wimmernd sank sie auf ihr Bett.

*

Die beiden Mädchen, die mit offenem Haar und raschelnden Röcken durch den Kreuzgang der Westminsterabtei liefen, hielten sich die Hand vor den Mund. Denn der Nebel lag so dick über London, daß man kaum atmen konnte.
»So warte doch, Bess!« rief die Jüngere. »Mit einem Mal hat dich der Nebel verschluckt, und ich weiß nicht, wo du geblieben bist.«
Bess blieb stehen, damit die Schwester nachkam. »Im Nebel kannst du dich auch getäuscht haben«, sagte sie finster. »Weiß Gott, wer die Dame war, die zu unserer Frau Mutter wollte.«
»Aber ich habe mich nicht getäuscht. Es war die Königin. Onkel Richards Frau. Ich kenne sie doch, wenn ich sie auch weiß Gott

wie lange nicht mehr gesehen habe. Sie sah furchtbar schlecht aus. Ganz mager ist sie geworden.«

»Ich möchte bloß wissen, was sie bei Mama will.«

»Vielleicht erklärt sie, daß du Heinrich Tudor nicht heiraten darfst.«

»Das paßt Richard freilich nicht«, rief Bess zornig. »Das ist doch klar. Aber solange wir im Asyl leben, sind wir frei, und er kann uns nicht zwingen zu tun, was er will.«

»Ach, Bess, hoffentlich kannst du bald Hochzeit feiern. Sonst wirst du eines Tages eine alte Jungfer. Und solange du nicht unter der Haube bist, kriegen wir auch keinen Mann«, seufzte die Schwester.

»Vielleicht ist es besser, einmal eine alte Jungfer zu werden, als Heinrich Tudor zu heiraten.«

»Aber Bess, du wirst ihn doch erst heiraten, wenn er Richard besiegt hat und König von England geworden ist! Unserem Rächer würde ich gerne Herz und Hand geben.«

»Er hat ganz dünnes Haar«, sagte Bess verdrossen. »Ich habe es gehört: dünn und blond. Und so ein listiges, dreieckiges Gesicht. Ich hätte einen dunklen Mann viel lieber.«

»Das kann man sich nicht aussuchen, Bess. Wenn du Königin von England bist, ist es doch egal, wen du neben dir hast. Oder meinst du, daß Königin Ann so glücklich neben ihrem krummen Richard ist? Aber sie geht in Samt und Seide! Weihnachten soll sie so herrlich gekleidet gewesen sein und mit Perlen und Juwelen behängt wie die Königin von Saba.«

»Heinrich Tudor ist geizig«, beharrte Bess. Aber da trat ein Mönch aus dem Nebel, und die beiden Mädchen raschelten davon.

Im Gemach Elisabeth Woodvilles stand Ann. Sie stand da und begriff nicht mehr, wie sie hierhergefunden hatte im Nebel. Das Zimmer war so dämmerig, daß es schien, als wäre der Rauch durch die Wände gedrungen.

Elisabeth Woodville hatte sich aus einem breiten Faltstuhl erhoben. Neben dem Stickrahmen, an dem sie wohl gearbeitet hatte, stand ihre häßliche Schwester Katrin, die ehemalige Herzogin von Buckingham, Nadel und Faden noch in der Hand.

Ann starrte ihre Schwägerin an. Lieber Himmel, wie alt war Elisabeth geworden. Ganz weiß war ihr Haar. Sie hatte immer noch die Stirn ausrasiert, und da das Haar schütter geworden war, sah es fast aus, als wäre Elisabeth kahl unter dem durchsichtigen schwarzen Schleier, den sie über dem Kopf trug. Ihr Kleid war hochgeschlossen und hatte Stulpen an den Ärmeln, aber sie trug eine große Kette um den Hals, die bis über die Brust fiel, die flach geworden war, und Ringe an allen Fingern. Ann bemerkte es, als wäre es wichtig, daß sie sich alles an ihrer Gegnerin einprägte. Zuletzt blieben ihre Augen an Elisabeths Ohren hängen. Noch nie war ihr aufgefallen, was für große Ohren die Todfeindin hatte.

Elisabeth Woodville war leicht verwirrt über den Besuch, aber sie hatte sich gut in der Gewalt. Sie stand da, hochmütig und starr, und preßte die Mundwinkel zusammen.

Anns Atem flatterte. »Ich sehe Euer Erstaunen, Lady Elisabeth«, begann sie gepreßt, »Eure Verwunderung über mein Kommen. Es erscheint mir selbst seltsam, daß ich hier stehe. Aber vielleicht hat Gott meine Schritte gelenkt. Lady Elisabeth, seid Ihr nicht müde des Streits? Habt Ihr nicht das Verlangen nach Ruhe und Aussöhnung? Richard hat Euch viele Angebote machen lassen, aber vielleicht haben die Männer, die kamen, nicht das richtige Wort gefunden. Nun bin ich selbst hier. Lady Elisabeth, ganz England lechzt nach Frieden!«

»England!« fragte Elisabeth hohl. »Ihr meint wohl Euch selbst, Madame. Ich habe gehört, daß Euer Sohn krank ist.«

Ann war weiß wie Kalk und hatte doch seltsame rote Flecken auf den Wangen. Unter ihren schimmernden grünen Augen lagen tiefe Schatten. »Ja, er ist krank, Lady Elisabeth, und ich weiß, was Ihr denkt. Aber ich bin gekommen, um Euch Genugtuung anzubieten.«

»Was heißt Genugtuung?« erwiderte Elisabeth erregt. »Ich habe Eurem Sohn keine Krankheit angehext. Wenn ich hexen könnte, wäre ich nicht hier. Es gibt wahrscheinlich keine Hexen, auch wenn Kardinal Giovanni Battista Cibo aus Genua, von dem man sagt, daß er den Heiligen Stuhl besteigen wird, wenn der kranke Sixtus gestorben ist, bereits die Gesetze gegen Hexerei erneuert. Auch meine Mutter war keine Hexe!«

»Lady Elisabeth, ich bin nicht hier, um Euch Unrecht zu tun oder Euch anzuklagen. Mißversteht mich bitte nicht. Vielleicht gibt es in der Tat weder Zauberei noch Hexerei. Aber wenn unsere Gebete bis zu Gott dringen, müssen unsere Gedanken Kraft besitzen. Ihr könnt nicht leugnen, daß Eure Gedanken Richard verfluchen und alle, die er liebt. Ihr könnt nicht leugnen, daß Ihr Gebete zum Himmel schickt, die Richards Tod erflehen und den Tod seines Sohnes.«

»Das kann man mir nicht verdenken«, erwiderte Elisabeth kalt. »Bei allen Himmeln, Madam, das kann man mir nicht verdenken!«

»Ich verstehe es«, sagte Ann hastig und leise, während das Herz ihr im Halse schlug. »Aber soll die Welt untergehen über dem Haß weniger Menschen? Auch Ihr könnt noch verlieren. Ihr habt noch Schwestern und Brüder!«

Katrin, die Witwe des hingerichteten Herzogs von Buckingham, die neben dem Stickrahmen stand, atmete so laut, daß man sie schnauben hörte. Die Nadel, die sie in der Hand hielt, fiel zu Boden. »Erinnert uns nicht an unsere Brüder«, rief sie dazwischen. »Wenn Ihr von den drei lebenden sprecht, sehen wir die Toten. Was hatte Anthony Euch getan? Oder der arme Johnny!«

»Über der Leiche von Johnny«, fuhr Ann auf, »habt Ihr nicht nur Steine, sondern Pyramiden von Haß errichtet. Soll ich von Georg reden? Von meinem Vater? Sind Tote Wechselgeld, mit denen man Schulden macht oder bezahlt bis in alle Ewigkeit? Ihr habt immer noch Töchter und Söhne, Lady Elisabeth! Wollt Ihr das alles verlieren?«

»Söhne?« fragte Elisabeth und trat einen Schritt näher. »Söhne?« schrie sie mit vorgestrecktem Kopf. »Wen meint Ihr, Madam? Sprecht Ihr von Thomas, Marquis von Dorset, der mein Ältester ist? Ja, sprecht von ihm, er wird Euch noch zu schaffen machen an der Seite Heinrich Tudors. Aber sagt nicht Söhne, wenn Ihr nur einen einzigen meint!«

Ann zitterte. »Ich bin nicht hier«, sagte sie stockend, »um mit Euch zu hadern. Ich stehe hier mit dem Wunsch, Verzeihung zu erbitten für ein Unrecht, falls wir eines getan.«

»Verzeihung?« fauchte Elisabeth. »Nie!«

Ann begann zu zittern. »Dieses Wort, Mylady, wäre hart. Aber ich kann nicht glauben, daß es Euer letztes ist. Elisabeth, der Mensch kann nur die Wege gehen, die vor ihm liegen. Ihr seid alt, zwanzig Jahre länger auf der Welt als ich, und Ihr müßtet noch besser wissen als ich, daß Taten ihre Gründe haben. Auch Ihr habt töten lassen. Wollen wir uns ewig zerfleischen? Verzeiht doch, verzeiht!«

»Ich kann nicht«, stieß Elisabeth hervor. »Ich kann nicht. Ich habe es mir geschworen. Der Gedanke an Rache ist das einzige, was mich am Leben hält. Ich will nicht sterben, ehe ich meine Rache habe, ehe nicht zertrampelt ist von Gottes Gericht, was seine Hände geliehen hat zum Mord an meinen Kindern. Zum Mord an meinen Kindern!« schrie sie schrill. »In der Nacht strecken sie ihre Arme nach mir aus, und ich höre sie keuchen in ihrer Not. Ich sehe ihre aufgerissenen Münder, ihre zerrissenen Lippen und ihre zappelnden Glieder. Ich sehe sie ineinander verschlungen und hineingepreßt in die Truhe, die zu klein ist, und verscharrt in einem Winkel, den niemand kennt. Und wenn Ihr dasselbe seht, könnt Ihr nicht von Verzeihung reden!« Elisabeth heulte auf, lang und anhaltend wie ein Hund, der seinen Herrn sucht oder den Tod kommen sieht.

Ann fuhr zurück. »Nein«, stammelte sie, »nein!«

»Geliebt habe ich sie mehr als mich selbst«, jammerte Elisabeth unter Tränen. »Ihre kleinen Hände, ihr seidiges Haar, ihre blauen Augen. Wenn Gott Euch für unschuldig hält, soll er Euch retten. Aber verlangt nicht von mir, daß ich mich gegen sein Schwert werfe, um es aufzuhalten im Schlag.«

Ann stand, und das Geheul der verzweifelten Frau ließ sie erstarren. Wie hatte sie nur hierherkommen können? Wie hatte sie durch den Nebel rennen können gleich einer Irrsinnigen, die den verlorenen Faden ihrer Gedanken sucht. Es lag doch nicht an Elisabeth Woodville, ob Pimpinell gesund wurde oder starb. Wie hatte sie das nur glauben können? Alles Leben lag nur bei Gott.

Elisabeth hatte die Hände vor das Gesicht geschlagen und weinte hemmungslos.

Ann spürte einen Druck in der Brust. Es war ihr, als ergösse sich eine warme Flüssigkeit drinnen in ihrem Busen. Plötzlich mußte sie husten, stoßweise und heftig, und sie hielt erschrocken die Hand vor den Mund. Verwirrt starrte sie auf das Einhorn im Stickrahmen, das über Blumen stapfte und erst den halben Körper besaß. Es sah aus, als wäre es geschlachtet worden und zerteilt. Über ihre Finger rann hellrotes Blut. Es war schaumig und mit Luftbläschen gefüllt, und es rann in den Ärmel ihres Kleides. Was ist mit mir, dachte Ann verstört. Hatte man ihr einen Dolch in die Brust gestoßen?

Die Herzogin von Buckingham schnellte hoch und stieß einen Schrei aus. Elisabeth Woodville nahm die Hand von ihren Augen. »Was habt Ihr?« schrie sie entsetzt.

Ann taumelte. Sie griff nach dem Schleier ihres spitzen Hennins und preßte ihn vor den Mund. Dann fiel sie.

Als sie wieder zu sich kam, lag sie auf zwei Stühlen unter dem Einhorn. Sie hatte zwei Kissen im Rücken und eine Decke auf den Füßen. Über der Brust war ihr Kleid geöffnet. Bess stand da und hielt eine Schüssel mit Schnee in der Hand, und Schnee lag auf Anns kleiner Brust. Er war mit roten Blutstropfen gesprenkelt wie ein Kiebitzei.

Elisabeth saß auf dem Stuhl mit den geschnitzten Löwenpranken. »Geht es jetzt besser?« fragte sie.

Ann hob den Kopf. Ihr Haar hatte sich gelöst. Das Eis auf der Brust war kalt. »Was ist mit mir?« fragte sie stockend.
»Ihr habt Blut gehustet«, entgegnete Elisabeth Woodville. »Der Arzt war da und hat Eis verordnet. Ihr habt es gar nicht gemerkt.«
Blut gehustet, ach so. Ann schloß die Augen. Sie sah Pimpinell vor sich, und eine tiefe Ruhe kam gleich einer Erlösung über sie. Nun hatte sie dieselbe Krankheit wie er. Dann war ja alles gut. Er und sie gehörten doch zueinander. Wenn er gesund wurde, würde sie auch gesund. Und wenn er sterben mußte, dann würde sie auch sterben. Es war kein Grund mehr zu Angst und Erregung. Jetzt war alles vorbei.
»Ich habe schon nach Eurem Wagen geschickt«, sagte Elisabeth Woodville. »Ihr werdet nicht liegen wollen unter meiner Pflege. Die Blutung hat aufgehört, wie es scheint.«
Ann nickte und erwiderte nichts. Jetzt war alles gut. Wie hatte sie nur so verzweifelt sein können.
Elisabeths Augen waren halb zugekniffen und hatten einen merkwürdigen Ausdruck. Triumph lag ebenso darin wie Grauen, bebende Erwartung und gleichzeitige Angst vor Gott. Erst als Ann sich taumelnd erhob, um zu gehen, stieß sie hervor: »Ich wünsche Euch gute Besserung.«
Ann lächelte und bedankte sich. Dann schaukelte sie durch den Nebel nach Windsor. Das Blut hatte aufgehört zu rinnen, aber es war Ann, als hätte sie nun keines mehr in den Adern. Es war nicht wichtig. Sie fühlte sich wunderbar leicht. Sie war zu töricht gewesen. Wie hatte sie einen Streit schlichten wollen, der so alt war wie die Menschheit: den Streit um die Macht. Was bedeutete es, wenn Elisabeth sich unterwarf oder wenn Richard abdanken würde? Andere würden aufstehen und sich die Macht streitig machen, und das würde nicht aufhören bis ans Ende der Welt.
Daheim legte sie sich ins Bett und schlief sofort ein. Acht Tage schlief sie fast ohne Unterbrechung. Wenn sie wach war, ließ sie sich Eis auf die Brust legen. Es tat ihr gut. Das Fieber ging

zurück. Florence pflegte ihre Herrin rührend. Dann kam Richard nach Windsor, und Ann stand auf. Es war jetzt März geworden, und der Schnee fing an zu schmelzen.

»Wenn er weg ist«, lachte Richard, »reiten wir nach Middleham.

»Wie geht es Pimpinell? Hat er geschrieben?«

»Es geht ihm gut«, sagte Ann.

»Und dir?« fragte Richard besorgt. »Du siehst zerbrechlich aus wie Glas. Ich habe dir gleich gesagt, daß es in Schloß Windsor zieht.«

»Ja«, nickte Ann. »Ich bin froh, wegzukommen. Ich verstehe jetzt, daß du lieber in der Welt herumreitest, als in London zu sitzen. In Westminster Hall zieht es sicher noch mehr.«

Richard setzte sich an den Kamin. Er war merkwürdig gut gelaunt. Er erzählte vergnügt, daß es ihm endlich gelungen sei, sich mit Elisabeth Woodville zu einigen. »Nun hat sie sich ergeben, was sagst du dazu? Aber ich habe ihr auch ein außergewöhnliches Angebot gemacht, als alles andere nichts half.«

»Und?« fragte Ann.

»Ich habe ihr zugesagt«, lachte Richard, »falls ich je Witwer werden sollte, ihre Tochter Bess zu ehelichen und zur Königin von England zu machen.« Er feixte. »Die Idee stammt von meiner Mutter. Seit sie aussieht wie eine Hexe, hat Cicely wahnwitzige Gedanken: die Gedanken einer Irren. Jeden Tag neue. Wenn ich Bess zur Königin machen würde, meint sie, würde man mit einem Schlag den Woodvilles das Schwert aus den Händen winden, aber ich habe ihr schon gesagt, daß ich nicht Witwer werde, auch wenn du Weihnachten schlecht ausgesehen hast. Und da meinte Mutter, man sollte wenigstens Elisabeth einen entsprechenden Vorschlag vorlügen, nur um zu sehen, was sie dazu sagt. Da Lovell, der mit ihr verhandelte, reden kann wie ein Buch, hat sie tatsächlich begriffen, daß dies eine bessere Chance für sie und ihr Haus wäre, als wenn sie ihre Älteste diesem Abenteurer Tudor verspricht, der nichts ist und nichts hat und in Frankreich erst um Unterstützungen betteln muß, ehe er daran denken kann, nach England zu kommen. Elisabeth weiß ja schließlich, wie oft ich gesiegt habe zusammen mit Eduard und allein an der schottischen Grenze. Sollte Tudor kommen, wird er zerquetscht wie eine Laus. Lovell hat erklärt, du wärest krank, und die Möglichkeit für Bess ... Ann, was ist mit dir? Du bist doch nicht krank?«

Ann schüttelte den Kopf. »Nein, ganz und gar nicht.«

»Du bist totenblaß.«

»Es ist nur ein wenig kalt. Ich fühle mich wohl. Wirklich, Richard.«

»Ann, du mußt mich verstehen. Das Abkommen mit Elisabeth ist geheim. Es gibt eine Menge Leute, die nicht damit einverstanden wären, weil sie um ihr Wohlergehen fürchten, wenn eine Woodville wieder Einfluß gewinnt. Aber ich mußte es tun. Es bleibt mir keine Wahl. Ich muß unsere Feinde verringern, auch um den Preis von Lügen, denn du wirst mich nicht zum Witwer machen. Nie werde ich Elisabeths Tochter ehelichen und auf den Thron heben ... Ann, warum bist du nur so blass.«

»Sei still«, sagte sie leise. »Ich verstehe dich doch. Wo ist Elisabeth jetzt?«

»Ihre Töchter sind im Augenblick bei Cicely. Wenn ich nach Norden reite, nehme ich sie mit nach Sheriff Hutton. Elisabeth selbst ist aufs Land. Vor einer Versammlung von Prälaten und Peers und vor dem Bürgermeister von London und den Herren des Rats habe ich geschworen: ›Ich, Richard, verspreche und schwöre, daß die Töchter von Elisabeth, die sich früher Königin von England nannte, nicht gefangengesetzt und keinen Schaden erleiden werden, daß ich sie vielmehr ernähren und unterhalten werde ... und verheiraten mit Edelleuten von Geburt ... und genannter Dame Elisabeth will ich für ihren Unterhalt zahlen bis an ihr Lebensende ...‹ Na, kurz gesagt, ich habe ihr siebenhundert Pfund im Jahr zugestanden, und damit kann sie standesgemäß leben. Freust du dich? Mit einem Mal war sie damit einverstanden, sich zu vergleichen. Es muß ihr langweilig geworden sein in dem öden Asyl, und ihre Töchter werden ihr auch zugesetzt haben. Sie wollen ja keine Nonnen werden. Und wenn ich jetzt noch ein Abkommen mit Herzog Francis zustande bringe, daß er Heinrich Tudor in Schutzhaft nimmt, beziehungsweise ein Auge auf ihn hat, damit er nichts anstellt, dann haben wir gewonnen. Und der Himmel war mit uns.«

Ann konnte es gar nicht mehr erwarten, nach Middleham zu kommen und Pimpinell ans Herz zu drücken, aber Richard hatte unterwegs viel zu tun, und sie hätte auch nicht ohne Pause nach Norden hetzen können. Sie fühlte sich immer noch schwach, saß im Wagen und war stets dankbar, wenn an einem Ort Halt gemacht wurde. In Cambridge blieben sie ein paar Tage, und Ann schenkte der Universität eine schöne Summe Geld, worauf eine Dankmesse gelesen wurde für das Wohl des Königs und der Königin. Auch auf dem Gut des Lordkanzlers blieben sie ein paar Tage. Hier war es besonders schön. Bischof Russell pflückte Veilchen für Ann am Wiesenhang, und es kam ein Brief von Pimpinell, daß es ihm besser ginge. Doktor Burne hätte sich das letztemal nur wichtig gemacht, schrieb Pimpinell. »Ich glaube, ich habe bloß Nasenbluten gehabt.«

Da erzählte Ann ihrem Mann, daß sie so schreckliche Angst um Pimpinell gehabt hätte. Aber von ihrem Besuch im Asyl sagte sie nichts.

Richard zog Ann an sich. »Angst«, sagte er, »ist das Element, in dem der Mensch schwimmt wie der Fisch im Wasser. Die Angst treibt ihn vorwärts und wirft ihn zurück. Wer seine Sünden bereut, kann nicht verworfen werden.«

»Nein, aber er muß Buße tun«, sagte Ann. »Wir müssen büßen.«

Richard erwiderte lachend, er verschenke ohnedies schon laufend sein Geld. Von den verwirkten Ländereien Buckinghams habe er schon so viel an die Gläubiger des Herzogs gegeben, daß kaum mehr etwas übriggeblieben sei. Aber er wolle nicht die armen Kerle ins Elend stoßen wegen Buckinghams Verrat. Auch sonst entwickle er sich langsam zu einer steten Almosenquelle für arme Leute, vergessene Diener, alte Weiber und die Hinterbliebenen der gerichteten oder geflüchteten Rebellen. »Die Herzogin von Buckingham bekommt ein Jahrgeld, nur um ein Beispiel zu sagen, ebenso Lady Oxford, obwohl ihr Mann sicher nur danach trachtet, aus seinem Gewahrsam bei Calais zu entweichen. Um Lady Rivers kümmere ich mich... aber wozu davon reden?«

Wozu davon reden. Die Sonne schien, und auf den Wiesen blühten die Schlüsselblumen. In Nottingham, wo das königliche Paar mit seinem Gefolge in dem großen Schloß auf dem Felsen Quartier nahm, pflückte Ann einen Riesenstrauß davon und legte sie in eine Schale. Sie schmückte die ganze Kapelle damit, so daß Richard sie schließlich tadelte: »Wozu denn, Liebes. In zwei Tagen sind sie verwelkt, und du bekommst nasse Füße in den Wiesen.«

»Das Gras ist ganz trocken«, widersprach Ann. »Was soll ich sonst tun? Ich muß mich doch um keine Gesandtschaft kümmern, nicht um Frieden mit Herzog Francis, nicht um Maximilian und seinen Streit mit Flandern, nicht um Frankreich und seine Politik. Ich brauche weder Schiffe bauen zu lassen in Scarborough, weil die Schotten unbelehrbar sind, noch mich über meinen Sekretär ägern und die Fehler der Schreiber. Meine Briefe an Pimpinell schreibe ich selbst. Ich brauche nur Sonne zu trinken und Blumen zu pflücken und Pimpinells Zeilen zu lesen. Ist er nicht fleißig? Schau, er hat schon wieder geschrieben. Jeden Tag schreibt er an mich. Sein ganzes Geld gibt er Kurieren. Er langweilt sich im Bett, das ist der Grund. Aber wenn ich erst bei ihm bin, wird er gesund werden.«

»Hast du immer noch Angst um Pimpinell?« fragte Richard besorgt. »Mit fünf Jahren war ich so schwach, daß sich jeder Besucher wunderte, wenn er mich noch am Leben fand. Und jetzt fühle ich mich so stark, daß ich die Welt bis zu den Türken hinunter besiegen möchte.«

Das Blumenpflücken hatte Ann gut getan. Sie schlief in der

Nacht, ohne nur einmal aufzuwachen, und der Traum, den sie hatte, war still und gut. Am nächsten Morgen ließ sie sich das Frühmahl ans Bett bringen, ohne die Messe in der Kapelle besucht zu haben. Sie lag und las den letzten Brief von Pimpinell, und ihr goldschimmerndes Haar lag über die Kissen gebreitet. »Heute Nacht«, schrieb Pimpinell, »habe ich die Moorfrau im Traum erblickt. Sie sah aus wie du. Nun bist du schon in Nottingham. Wenn du in Pontefract eingetroffen bist, reite ich dir entgegen.«

Richard kam nach der Morgenmesse in die Kemenate und kleidete sich um. Er wollte in den Ort hinunter, wo Gerichtstag war. Man hatte einen Dieb gefangen, ein Mann hatte üble Nachrede auf einen Nachbarn gehalten, und jemand war in den Schuldturm geworfen worden, obwohl er behauptete, bezahlt zu haben. Richard wollte zusehen, wie die Richter Recht sprachen. Und wenn sie nicht gerecht waren, wollte er eingreifen, um Gerechtigkeit zu schaffen.

»Was hast denn du geträumt?« fragte er Ann.

Ann verschränkte die Arme unter ihrem Kopf. »Von Godiva«, lachte sie leise. »Von meiner alten dicken Hündin Godiva, komisch nicht wahr? Du erinnerst dich sicher gar nicht mehr. Ich stahl ihr immer Brot aus dem Backhaus. Und heute Nacht lag ich mit ihr in der Wiese.«

»Zwischen Schlüsselblumen natürlich«, bemerkte Richard heiter und zog das Wams über den Kopf. Dann schrie er dem Kämmerer nach seinen Stiefeln.

»Ja, zwischen Schlüsselblumen«, nickte Ann. »Und Godiva fraß alle auf. Rings um mich fraß sie alles leer. Aber gleich wuchsen die Blumen wieder nach. Und soviel Godiva auch fraß, sie kamen immer wieder. Tod und Geburt, Richard, sind ewig.«

Als die Tür aufging, stürzte nicht der Kämmerer herein, sondern ein Mönch stand auf der Schwelle: Pater Willibrord aus Middleham. Seine schwarze Kutte war vom Dreck der Frühlingswege bespritzt, und die Kapuze hing über die strähnigen Zotteln. An

der zum Segen erhobenen zitternden Hand sah man die Spuren eines verkrampft gehaltenen Zügels, und der geöffnete Mund wollte sprechen, aber er fand kein Wort.
Richard hatte sich erschrocken umgedreht, und Ann hob den Oberkörper vom Lager. »Seid still, Vater«, sagte sie leise. »Ich weiß es, mein Kind ist gestorben ...«

*

Anfang Dezember schneite es zum erstenmal in diesem Winter. Ann fröstelte. Ganz eng zog sie den pelzgefütterten Mantel um sich, während sie langsam durch das hohe Schiff der Kathedrale von Westminster ging. Es war Abend, und Ann kam von ihrer Schwiegermutter, der Herzogin von York. Cicely war siebzig Jahre alt geworden, und Ann hatte ihr ein Geschenk gebracht. Nun war sie auf dem Rückweg für einen Augenblick in die dämmerige Kirche getreten. Draußen wartete ihre Pferdesänfte, und auch die Begleiter hatte sie warten geheißen. Sie wollte allein sein. Nie war die Kirche so schön, als wenn sie leer war. Dann hatte man das Gefühl, Gott allein für sich zu haben. Im Winkel kauerten jedoch ein paar alte Weiber, die scheu zur Königin herüberblickten. Ann blieb neben der Tür zur Sankt-Edwards-Kapelle stehen. Hier würde sie begraben werden, wenn sie einmal starb. Es war kein schlechter Platz. Der Stein war glatt wie Speck.
Cicely war ein wenig ärgerlich über Ann gewesen. »Wie siehst du aus?« hatte sie gesagt. »Nun nimm dich doch zusammen. Wieviel Kinder hat mir Gott genommen? Was habe ich alles durchgemacht? Glaubst du, daß dein Mann Freude an dir hat, wenn du herumgehst, als wärest du schon halb gestorben?«
Ann lächelte in der Dämmerung vor sich hin und nahm in Richards altem Kirchenstuhl Platz, der einst durch Helm, Federbusch und Schwert gekennzeichnet worden war, als man den kleinen Jungen zum Ritter des Hosenbandordens ernannt hatte. In der Tat, die Herzogin von York hatte so viel durchgemacht,

daß sie Ann wie eine Gestalt aus einer griechischen Tragödie erschien, wie sie jetzt so modern waren und überall gelesen wurden. Wie hatte Cicely leben können, siebzig Jahre lang, zwischen all den Toten, die sie auf ihrem Weg zurückließ. Von zwölf Kindern waren ihr fünf im Kindesalter gestorben. »Meinst du vielleicht, ich habe sie nicht geliebt?« fragte sie Ann. »Wenn ich bloß an all die Geburten denke! Bei Richard mußte ich beinahe aufgeschnitten werden: Er kam mit den Füßen voran zur Welt, und man zog und zerrte so, bis er mich losließ, daß er ganz krumm davon geworden ist.«

Ann dachte, während sie die Glasmalereien der Fenster betrachtete, daß diese schwere Geburt vielleicht der Grund dafür war, daß Cicely ihren jüngsten Sohn Richard weniger geliebt hatte, als die anderen Söhne. Edmund, der mit sechzehn Jahren sein Leben verloren hatte und dessen Kopf in York aufgespießt worden war, sollte Cicelys Liebling gewesen sein. Aber sie hatte seinen Tod überwunden, als Eduard ein so strahlender König geworden war. Indes, auch Eduard hatte ihr weh getan, und keinen Menschen auf Erden haßte Cicely Zeit ihres Lebens so sehr wie Elisabeth Woodville.

Ann lächelte vor sich hin. Etwas war immer noch zu erkennen von dem wilden Temperament, das Cicely einst gehabt haben mochte, obwohl sie jetzt so viel betete, für ihre Söhne, auch für Eduard, der Georg ermordet hatte. Wie hatte sie das überleben können, dachte Ann. Und was mußte sie gesündigt haben, daß Gott sie so lange leben ließ, bis alle ihre Söhne tot waren und die Söhne ihrer Söhne auch. Ann war überzeugt, daß Cicely erst sterben konnte, wenn auch Richard nicht mehr auf der Welt war. Sie würde neunzig werden.

Übrigens hatte sich die Herzogin auch nach John erkundigt, Richards Sohn, den ihm diese Konkubine Vivian geboren hatte. Der Bursche war gesund und kräftig und hatte einen wendigen Geist, aber er war ein Bastard. Richard konnte ihm zwar einen einträglichen Posten geben, aber er würde nie sein Erbe werden.

Warum hatte Gott nicht Pimpinell gesund und statt dessen John schwach und krank geschaffen? dachte Ann heftig, aber sie wußte, daß sie sich versündigte, wenn sie so dachte. Und sie stand hastig auf und verließ die Kirche.
Es hatte keinen Zweck, dauernd den Gedanken an die Toten nachzuhängen. Sie mußte sich zusammennehmen, Herzogin Cicely hatte schon recht. Wie sollte Richard Freude an einem Weib haben, das sich zwar den ganzen Sommer und Herbst hindurch mitschleppen ließ, wohin er auch ritt, das aber keinen Anteil mehr an seinen Freuden und Sorgen nahm?
Zwei Pagen halfen Ann in die Sänfte. Auf dem Polster lag ein Bittbrief, den man zwischen die Vorhänge geworfen hatte, während der Tragsessel leer stand. Er stammte von einem Mann, dessen Haus abgebrannt war und der um eine Genehmigung bat, Almosen zu erbitten. Ann rollte das Schreiben zusammen. Sie würde es Richard bringen. Bittbriefe kamen jeden Tag. Im raschen Schaukeln der Sänfte wehte der Vorhang vor den Fensteröffnungen links und rechts. Die Menschen draußen zogen die Köpfe ein vor dem Schneetreiben und der Kälte. gut, daß die Straße hier gepflastert war mit faustgroßen Steinen. Am Fluß in der Nähe von Baynard's Castle waren die Pferde fast steckengeblieben im Morast.
Plötzlich sah Ann auf der Straße Jane dahintrippeln. Am Arm eines reich gekleideten Mannes, nicht zu fassen. Monatelang hatte Jane im Gefängnis gesessen, nach der Sache mit Hastings, und dann hatte sie öffentlich Buße tun müssen wegen Hurerei. Ihr Mann war gestorben, aber sie hatte ihn beerbt. Wie hatte sie nur Jane bedauern können, sie war eine Katze, die immer auf die Füße fällt, und die Männer verfielen ihr, als verstünde sie in der Liebe Dinge, von denen Ann keine Vorstellung besaß. Jane hatte Buße getan, und nun war sie frei. Man mußte Buße tun für seine Sünden. Sie, Ann, hatte gesündigt. Sie hatte Richard vielleicht zu Taten getrieben, die er ohne ihre Wünsche nicht getan hätte, Taten, die sie nie erfahren wollte, an denen er aber zugrunde

gehen konnte. Sie war lebenshungrig gewesen, aber die bloße Reue darüber genügte nicht. Warum sprach sie nicht mit ihrem Beichtvater darüber. Fürchtete sie sich vor dem Büßerhemd und der Geißel des Priesters? Auch König Heinrich II. war mit nacktem Rücken um das Grab des Thomas Becket geschritten, während die Priester ihn schlugen, für den Mord seiner Ritter an dem heiligen Erzbischof. Aber Ann wußte, daß Richard nicht zulassen würde, daß sie Buße tat. Er würde sagen, es sei Strafe genug, Pimpinell verloren zu haben.

Ann sah Richard an, so oft er bei ihr war. Fühlte er selbst keine Bedrängnis? Veränderte er sich nicht? Sein Gesicht war verhärmt, sie irrte sich nicht, aber gleichzeitig war es voll Hartnäkkigkeit und eisernem Willen. Er hatte versucht, über seinen Schatten zu springen, und gab den Versuch nicht auf.

»Was willst du erforschen in meinem Gesicht?« fragte er heiser. »Suchst du das Ungeheuer in mir? Den ehrgeizigen Meuchelmörder? Den hinkenden Bluthund? Den Teufel im Purpur, den Heinrich Tudor dem französischen Hof in solch bunten Farben schildert, seitdem er aus der Bretagne entkam? Oh, der Tudor ist nicht dumm, und seitdem er Leute wie den Bischof von Ely in seiner Nähe hat, entwickelt er sogar Scharfsinn. Wenn es nicht immer wieder solche erbärmliche Verräter gäbe wie den ehemaligen Zeremonienmeister Colynbourne, wäre es Mister Tudor wahrscheinlich erst später zu Ohren gekommen, daß ich mich mit der Bretagne geeinigt habe. Aber so konnte er nach Frankreich entfliehen, ehe er in sorgfältige Bewachung genommen wurde, und nun werde ich mich malen lassen müssen, damit die Menschen der Zukunft das wahre Gesicht der Bestie Richard III. sehen können, die von Heinrich Tudor bekämpft wurde.« Er lachte und streichelte Ann. »Wird es nicht besser mit dir? Die Leute reden schon davon, daß ich dich langsam vergifte.«

»Richard! Wer sagt das?«

»Es ist unwichtig. Sei still. Es gab keinen König in irgendeinem Land, der nicht einen Feind hatte und von diesem verleumdet wurde. Verleumdung ist ein altes Mittel im Kampf. Lassen wir den Tudor. Hätte ich mich vor Jahren nicht gegen die Jahrespension von 50 000 Goldkronen für Eduard ausgesprochen, hätte Ludwig von Frankreich seinen Nachfolgern nicht hinterlassen, Richard sei ein Feind seines Landes. So werden sie natürlich keine Gelegenheit ungenützt lassen, mich in meinem Land zu beschäftigen und zu schwächen, wo es geht. Aber ich fürchte Heinrich Tudor nicht, auch wenn er im nächsten Jahr mit französischer Hilfe kommen sollte.«

Als Richard gegangen war, fragte Ann ihre Kammerfrau, ob tatsächlich das Gerücht umgehe, daß sie vergiftet würde nach und nach. Florence wand sich ein bißchen. »Ach, Herrin, es wird soviel geredet. Man sagt, König Richard wolle sich dann eine andere Frau suchen, die ihm wieder einen Sohn und Thronfolger gebiert. Ihr seht so schlecht aus, Herrin, da hat einer das Geschwätz angefangen, und Geschwätz rollt wie ein Stein, den man vom Dach gestoßen hat.«

Ann schüttelte den Kopf. In welche Tiefen waren sie gefallen, Richard und sie, seit sie sich vom sicheren Fels in Middleham gelöst hatten, um über den Rubikon zu schreiten.

In diesem Jahr hatte Ann Angst vor dem Weihnachtsfest. Sie war so schwach, daß jedes Ereignis sie aufs Schrecklichste erregte. Als während der Feiertage alles davon redete, daß der Graf von Oxford aus der Festung Hammes bei Calais entkommen sei, wo schon Eduard ihn in leichter Haft hatte festhalten lassen, weil er nach der Schlacht von Barnet keine Ruhe gegeben und im Verein mit Clarence Unruhen gestiftet hatte, fühlte Ann ganz deutlich, daß ihr Fieber stieg.

Richard tröstete sie. »Aber laß ihn doch«, sagte er. »Ob einer mehr oder weniger um Heinrich Tudor geschart ist, das spielt doch gar keine Rolle.«

»Aber du kannst doch Calais nicht verlieren«, jammerte Ann.

Richard erwiderte, das fürchte er nicht. »Die Besatzung von Hammes hat sich ergeben, als ich ihr wegen der Flucht ihres

Gefangenen Amnestie gewährte, und die Festung Guisnes habe ich James Tyrell unterstellt. Du bist ängstlich wie ein kleines Kind. In Middleham warst du doch immer guter Dinge, was sich auch an der Grenze nach Schottland abspielen mochte. Jetzt fürchtest du dich, weil ein Mann wie Oxford entkommen ist.«

»Er ist der einzige wirkliche Feldherr, den die Lancasters einst hatten.«

»Na ja«, meinte Richard spöttisch, »den kann der Tudor natürlich brauchen. Selbst hat er ja überhaupt keine Kampferfahrung. Er weiß nur, wie man Bücklinge macht am französischen Hof.«

Am Tag der Heiligen drei Könige gab Richard ein Fest. Auch König Eduard hatte an diesem Tag immer ein Fest gegeben, und Richard wollte nicht, daß jemand auf den Gedanken kommen könnte, er wäre beunruhigt. Allerdings hatte er bis zuletzt Angst, ob auch Ann daran teilnehmen könnte. Aber sie saß reich geschmückt auf der Estrade, mit einer Krone im Haar. Das Gold glitzerte und gleißte auf Anns Kopf wie nie zuvor, und Richard begriff plötzlich, daß dieser Glanz davon herrührte, daß ihr Haar stumpf geworden war. Ja, es war stumpf geworden, matt und wie tot. Das erschütterte ihn so, daß er ganz starr saß, sonst hätte er schreien müssen, brüllen, toben vor Schmerz und Verzweiflung. Warum durften alle anderen sündigen, nur er nicht?

Ann stieß ihn plötzlich an. »Schau, wie sie tanzen«, sagte sie leise, »wie Bess sich verneigt und hingeht und hergeht. Ist sie nicht hübsch?«

»Kein Wunder, nachdem Mutter sie kostbarer angezogen hat als sich selbst. Aber sie ist viel zu groß.« Richard befeuchtete den trockenen Mund mit Wein. »Schenk ein, Mundschenk, schenk ein!«

»Wenn ich sterbe«, sagte Ann leise, »wirst du Bess heiraten und zur Königin machen.«

»Du wirst nicht sterben«, entgegnete Richard hart.

»Heinrich Tudor wird sich dann ärgern.« Ann lachte leise. »Sie ist gesund und kann Kinder gebären.«

»Ann, schweig davon. Sie kann mich nur hassen!«
»Du mußt um sie werben. Ich werde Falken bestellen, dann gehst du mit ihr zur Falkenjagd. Falken sind ihre Leidenschaft.«
»Ann, schweig! Um Gottes willen, schweig davon.«
Da war Ann still, aber als das Fest zu Ende war, die Fackeln, die den Tanzenden geleuchtet hatten, erloschen, die Gäste heimgegangen, und Ann schon im Bett, dachte sie immer noch an Bess. Wenn Richard Bess heiratete, dann wurde etwas gut gemacht von dem Unrecht, das man Eduards Kindern angetan hatte. Ann glaubte, daß ihr das vielleicht angerechnet würde im Jenseits. Aber während sie sich noch ausmalte, wie Bess in Zukunft neben Richard sitzen würde, die Krone auf dem Kopf, die Pagen und Ritter hinter sich an der Wand, den Baldachin über dem Haupt, da stach mit einem Mal etwas durch ihr Herz. War das Eifersucht? Oh nein, wie konnte sie eifersüchtig sein? Aber es war doch Eifersucht auf die Junge, die Gesunde, die leben würde, während Ann wußte, daß sie sterben mußte, und unter den geschlossenen Lidern tropften ihre Tränen. Sie war neunundzwanzig Jahre alt. So müde war sie geworden von der Lustbarkeit, daß sie sich gegen Ende kaum mehr hatte aufrechthalten können. Aber dann fiel ihr Pimpinell ein, und ihre Tränen versiegten. Wie hatte sie ihn nur einen Augenblick vergessen können und sich an das Leben klammern wollen. Nun war ihr gut. Und die Müdigkeit tat geradezu wohl. Sie lag und hatte das Gefühl, langsam zu versinken in den tiefsten und herrlichsten Schlaf.
Richard war damit beschäftigt, sich zu entkleiden. Er war später ins Zimmer gekommen und zog langsam die vielen Ringe von den Fingern. Der Arzt hatte ihm gesagt, es wäre besser, er würde seine Gemahlin meiden. Ihre Krankheit sei ansteckend und gefährlich. Hatte sie nicht ihr Kind angesteckt? Aber Richard schlief neben Ann, als könnte er sie mit seinem Verlangen auf der Erde zurückhalten. Und doch wußte er längst, daß sie verloren war. Jeder wußte es, der sie ansah. Wie sie da lag auf dem

flachen Bett mit dem runden Kopfpolster und der Samtdecke, um die ein Laken aus weißem Leinen geschlungen war – als läge sie schon aufgebahrt auf ihrem Katafalk. Angst und Schmerz überfielen Richard wie ein Tier, so daß er zum Lager stürzte und Ann an seine Brust riß. »Ann! Ann! Warum gehst du von mir?«
Sie lächelte kindlich. »Hör zu«, sagte sie fast unhörbar, »du mußt Heinrich Tudor besiegen, wenn er kommt. Wenn er jemals kommt, mußt du ihn besiegen. Sonst verleumdet man dich bis in alle Ewigkeit. Denn alles, was du Gutes getan hast, wird Heinrich vertuschen, und nur deine Sünden wird er gelten lassen und sie aufbauschen und in die Welt hinausschreien bis in den fernsten Winkel.« Ihre Stimme wurde lauter. »Und Sünden, die du gar nicht begangen hast, wird er dir in die Schuhe schieben lassen, und ein solches Ungeheuer wird er aus dir machen, daß man seine eigenen bösen Taten darüber vergißt. Denn er wird hinrichten lassen einen jeden, der ihm gefährlich werden könnte, und jeden, vor dem er Angst hat, selbst die, denen er dankbar sein müßte. Und das Volk wird er aussaugen in seiner Habsucht, daß es schreien wird vor Hunger und Not, und auf einem Geldhaufen wird er sitzen in seinem Geiz und dich schlecht machen lassen. Hörst du, Richard!«, stöhnte sie. »Du mußt ihn besiegen. Sonst werden seine Dichter noch einen Bluthund aus dir machen in ihren Werken, eine Verkörperung des Bösen ...« Sie fiel erschöpft zurück.
Richard hatte versucht, ihre Erregung zu beschwichtigen. Nun hielt er sie an sich gepreßt. »Wie kann ich Heinrich Tudor besiegen«, sagte er leise, »wen du nicht bei mir bist? Wie soll ich Kraft haben zum Widerstand, wenn ich lahm geworden bin vor Kummer. Ann, du darfst nicht fortgehen von mir!«
Sie hatte die Augen geschlossen und lächelte ein wenig.
»Ann, du darfst nicht weggehen von mir!« schrie er noch einmal.
»Ich muß«, sagte sie leise. »Ich kann Pimpinell nicht allein lassen. Vielleicht fürchtet er sich ... drüben. Sicher wartet er auf

mich. Es kann doch sein, daß man ihm Vorwürfe macht, weil seine Eltern seinetwegen ... und was soll er dann sagen? Er ist so klein und hilflos, versteht du, Richard? Eines Tages wirst du ja auch nachkommen.«

»Ja, ich werde kommen«, erwiderte er dumpf. »Aber wo bist du dann? Wo finde ich dich? Wirst du warten, oder fliehst du vor mir bis ans Ende der Unendlichkeit?« Er schluchzte plötzlich. »Wirst du auf mich warten, Ann? Werde ich dich jemals finden drüben?«

Sie lächelte wie im Schlaf. Sie wußte mit einer Deutlichkeit ohnegleichen, daß sie auf ihn warten würde, wenn die Möglichkeit dazu bestand. Sie gehörten zusammen, sie und er, durch das gemeinsame Leben und Wollen und die gemeinsame Schuld – auch noch in der Ewigkeit. Und sie begriff in einer jähen Erschütterung, daß sie Richard geliebt hatte, ohne es zu wissen. »Ich stehe neben dem Tor...« flüsterte sie. »Mit Pimpinell an der Hand... Komm bald!«

Königin Ann starb am sechzehnten März 1485, elf Monate nach ihrem kleinen Sohn. Es war ein bemerkenswerter Tag, denn eine Sonnenfinsternis trat ein, und in London stürzten die Menschen auf die Straßen, weil plötzlich das leuchtende Gestirn am Himmel zu vergehen schien und zur Hälfte von einem Schatten verschlungen wurde.

Während der Begräbniszeremonie saß Cicely in der Kirchenbank fast ohne Gedanken. Als wäre sie mitgestorben mit ihrer Schwiegertochter, so wirkte sie. Bei Pimpinells Tod hatte sie noch unbeteiligt getan, war es doch eine natürliche Sache, daß Kinder starben. Aber als sie Ann im Sarg liegen sah, klein geworden wie alle Toten, so daß sie fast einem jungen Mädchen glich, da war etwas in Cicely zerbrochen, das so wichtig gewesen wäre in ihrem Leben: der Glaube an Gott. Dabei hatte sie doch schon seit Monaten gewußt, daß Ann sterben würde, und sie hatte sogar mit ihrem Tod schon gespielt. An diesem Tag wußte Cicely, daß Richard Bess niemals heiraten würde – Richard, der so reglos in der Bank saß, und dem Cicely so gern über das Haar gestreichelt hätte, wäre es für diese Zärtlichkeiten nicht zu spät gewesen. Auch Elisabeth würde Bess niemals in Richards Hände geben. Alle Zusagen von ihr waren nur eine Finte gewesen, um aus dem Asyl zu kommen. Niemals würde sich Elisabeth mit Richard einigen und ihn anerkennen – wie sollte sie auch? Inzwischen aber kam Heinrich Tudor immer näher.

Wenn Elisabeth Siegerin blieb in dieser kommenden Auseinandersetzung, die die letzte sein würde, das wußte Cicely genau, dann war Gott nicht gerecht. Oder war er gerecht? Hatte nicht auch Elisabeth Tränen geweint und sich in Schmerzen gekrümmt über Mord, Hinrichtung und Tod der Ihren?

Mitten in der heiligen Handlung vor dem Altar schrie Cicely auf, so laut, daß sich ihr Schrei unter dem Gewölbe fing. Dann brach sie zusammen. Zwei Edelleute mußte sie aus der Kirchenbank ins Freie tragen. Kaum jemand hob den Kopf.

*

Wenige Monate später, im Sommer schon, landete Heinrich Tudor mit französischer Hilfe an der Südküste von Wales. Richard befand sich um diese Zeit in Nottingham. In den Monaten seit Anns Tod hatte er eigentlich nichts anderes getan, als auf Heinrich Tudor zu warten. Nun war er da.

John Howard, Herzog von Norfolk, war betroffen, als er Richard in Leicester wieder sah, wo die aufgebotenen Truppen des Königs sich sammeln sollten. Wie sah Richard aus? Er konnte doch nicht Angst haben vor Heinrich Tudor. Richard hatte doch nie Angst in seinem Leben gezeigt und die Rebellion Buckinghams niedergeschlagen mit der linken Hand.

Heinrich Tudor war mit nur fünfzehn Schiffen gekommen, ein paar hundert Mann um sich geschart, die sich seit Eduards Kämpfen mit den Lancasters noch auf dem Festland befunden hatten, weil sie entweder keine Verzeihung von Eduard hatten erlangen können oder weil sie ihn nicht um Verzeihung hatten bitten wollen. Außerdem hatte Tudor die paar hundert Mann bei sich, die seit dem Aufstand Buckinghams geflüchtet waren. Dazu kamen zweitausend Söldner, die er von Frankreich als Unterstützung erhielt. Es waren zum großen Teil Sträflinge, denen man die Freiheit versprochen hatte, wenn sie das Abenteuer einer Landung in England mitmachen wollten. Eigentlich war es eine erbärmliche Unterstützung, wenn man bedachte, daß Tudor über seine Großmutter, die liebestolle Katharina, mit dem französischen Königshaus verwandt war. Natürlich hatte Heinrich, nachdem er in Wales gelandet war, wie üblich einen kleinen Zulauf bekommen, da er sofort unerhörte Belohnungen versprach, so daß sich Leute wie Rhys ap Thomas bereitfanden, die Truppen, die sie Richard zuführen sollten, in den Dienst Tudors zu stellen. Die Statthalterschaft von Wales konnte Rhys von Richard nicht bekommen, da dieser das Gebiet schon aufgeteilt hatte. Aber wenn Tudor siegte und alle von Richard vergebenen Posten neu besetzte, war für manchen etwas zu erben. Der Tudor war sehr großzügig mit seinen Versprechungen, besonders in Wales, wo er zunächst Fuß fassen mußte. Trotzdem war er nicht zu fürchten, wie Howard fand. Das Heer, das sich hier in Leicester einfand, die engen Straßen der Stadt überflutete und vor den Mauern auf den Wiesen lagerte, war doch ohne Zweifel beträchtlich größer. Howard, von seiner Leibwache begleitet, musterte die Truppen. Er fand keinen Grund für das schlechte Aussehen des Königs und konnte sich nicht enthalten, Ratcliffe darauf anzusprechen, als er ihn im Hof einer Meierei fand.

Ratcliffe war miserabel gelaunt, denn sein Schlachtroß hinkte, und er hetzte seine Knechte hin und her über den Hof, um dem Gaul Umschläge zu machen. »So eine Schweinerei«, schimpfte er, »ausgerechnet jetzt hinkt das Vieh, nachdem endlich feststeht, daß Mister Tudor nicht nach London zieht, wobei wir ihm so schön in die Flanke geraten wären, sondern sich entschlossen hat, hierherzukommen. Das bedeutet, daß spätestens übermorgen der Kampf losgeht. Und da hinkt das Biest!«

Howard meinte, mit Heinrich Tudor würde man doch im ersten Anprall fertig werden, aber Ratcliffe verzog das Gesicht. »Man muß mit allen Möglichkeiten rechnen, Euer Lordschaft, selbst mit einer nötigen Flucht. Ihr werdet verstehen, daß ich kein großes Verlangen habe, dem Tudor in die Hände zu fallen. Wenn auch der Marquis von Dorset in Frankreich zurückgeblieben ist, so spielt sich doch Mister Tudor als Rächer für gewisse Personen auf, und es soll Leute geben, die behaupten, ich hätte nicht nur das Hinrichtungskommando in Pontefract gegen Rivers und Konsorten geführt, sondern den König auch zu dieser Hinrichtung getrieben. Dabei habt Ihr ihm dasselbe geraten.«

Howard lachte und versprach Ratcliffe, ihm einen Gaul zu schikken. Wie sollte sich die Laune des Königs bessern, wenn seine engsten Ratgeber so aufgeregt und ängstlich waren.

»Ach, der König«, knurrte Ratcliffe abschätzig, »den heitert nichts mehr auf. Seit Stanley Nachricht geschickt hat, er habe einen Anfall von Schweißfieber gekriegt und könne deshalb nur langsam herankommen, spricht er kaum noch.«

Howard war der Ansicht, daß Stanley mit seinen sechstausend Mann schon noch rechtzeitig erscheinen würde. Richard hatte sich ja in weiser Voraussicht schon Wochen zuvor, als Stanley um Urlaub gebeten hatte, um auf seinen Gütern nach dem Rechten zu sehen, ausbedungen, daß dafür Stanleys Sohn beim König Dienst tat. »Stanley kann nicht gut seinen Sohn im Stich lassen«, lachte Howard.

Ratcliffe zuckte die Achseln. »Stanley ist immer noch mit der Gräfin Richmond verheiratet«, knurrte er. »Feststeht, daß Stanleys Bruder William sich mit Heinrich Tudor getroffen hat. Und William befehligt von Stanleys Heer beinahe die Hälfte.«

Howard lachte und ging weiter. Natürlich hatte sich Sir William mit Tudor getroffen. Es war von jeher Brauch bei den Stanleys, die Füße immer in beiden Lagern zu haben, um im letzten Augenblick den gefährdeten Fuß eilig zurückzuziehen. Aber ohne Zweifel hatte Sir William Heinrich Tudor erklärt, daß

Stanleys Sohn in Richards Lager wäre und daß der König natürlich ein Auge auf Strange haben würde. Nein, Howard war nicht ängstlich. Es war ein solcher strahlender, warmer Sommertag, daß seine Laune sogar immer besser wurde. Das Gewimmel von Kriegern begeisterte ihn. Die Wimpel und Standarten, das Blitzen der Rüstungen und Waffen, die Wappen und Farben der Ritter und Herolde, die stampfenden und schnaubenden Gäule wurden vor Howards Augen zu einem Symbol der Macht. Und wenn auch sonst seine Leidenschaft der See und den Schiffen gehörte, – der Lärm des Kriegsvolks war für Howard Musik, und Musik liebte er. Über der Musik von Dudelsackpfeifern war er mit Richard einst zur Freundschaft gekommen, damals, als sie gemeinsam gegen Schottland zogen. Er mußte mit Richard reden. Kein König konnte sich den Luxus leisten, im Nachhinein an seinen Taten zu zweifeln und in entscheidenden Augenblicken unsicher zu sein.

In der Lagergasse außerhalb der Stadt traf Howard auf den Schatzkanzler und Sprecher des Unterhauses, Catesby. Der hatte Rechnungslisten in der Hand und war noch schlechter gelaunt als Ratcliffe.

»Wenn man dauernd Geld verschenkt an lauter unwichtige Leute«, schimpfte er, »ist es kein Wunder, wenn man keine Söldner zahlen kann.«

»Wozu braucht König Richard Söldner?« fragte Howard vergnügt. »Er hat doch Lehnsmänner, die treu sind.«

»Hat er die?« fragte Catesby scharf.

Howard erwiderte, daß er das sehr wohl meine. »Könnt Ihr nicht sehen, Catesby?« lachte er. »Ich bin da, Stanley nähert sich, und Henry Percy ist heute auch eingetroffen.«

Catesby brummte, daß Percy allerdings erschienen wäre, aber er hätte gebeten, wenn es wirklich übermorgen schon zur Feindberührung käme, die Nachhut bilden zu dürfen. Seine Leute wären so hastig aus dem Norden herangeeilt, daß sie alle erschöpft wären. »Ich bitte Euch, Herzog, er hätte Zeit gehabt, früher zu

kommen und seinen Soldaten ausreichende Ruhepausen zu gönnen.«
»In York herrscht meines Wissens die Pest«, entgegnete Norfolk.
Catesby knurrte, daß nach den Erzählungen Henry Percys überall dort die Pest herrsche, wo Leute wohnten, die an König Richard hingen.
»Meint Ihr vielleicht, Percy wolle gar keine königstreuen Krieger unter seinem Banner haben?«
Catesby zuckte die Achseln. »Sollte Henry Percy noch immer Hoffnung haben, den Norden wieder allein regieren zu können, dann wäre der Tudor jedenfalls die letzte Chance für ihn. Aber ich habe nichts gesagt. Lehnstreue, Euer Lordschaft, ist ein Koloß auf tönernen Füßen. Aber wenn man das bißchen Geld, das nach der teuren Niederschlagung Buckinghams wieder eingelaufen ist, verschenkt... Habt Ihr gehört, was der Herzog von Suffolk geschrieben hat, als der König ihn bat, mit seinem Heer zu kommen? Ob das denn nötig wäre, jetzt im August, wo die Bauern mitten in der Ernte steckten, und nachdem schon Stanley, Percy und der Herzog von Norfolk sich auf den Weg gemacht hätten mit Tausenden von Gewappneten. Ich bitte Euch! Der Herzog von Suffolk, der mit König Richards Schwester verheiratet ist und dessen Sohn Thronfolger wird, wenn König Richard nicht mehr heiratet! Ist es da ein Wunder, wenn die Kleinen überhaupt zu Hause bleiben, da sie die Milch ja doch nicht mehr fett machen, wie sie meinen?«
Howard lachte, als er Catesby verließ. Wenn Richard nicht mehr heiratet, dachte er. Aber das wird er wohl. Denn ein Mann, der noch nicht dreiunddreißig Jahre alt war, konnte doch nicht allein bleiben für den Rest seines Lebens. Auch ein so liebenswertes Geschöpf wie Ann vergaß man mit der Zeit. Catesby war bei Gott noch aufgeregter gewesen als Ratcliffe. Der Gute fürchtete anscheinend um sein Leben. Und fürwahr, Heinrich Tudor würde den Mann hängen lassen, wenn er ihn in die Hände

bekam. Daran war kein Zweifel. Howard begab sich zu seinen eigenen Leuten zurück. Mustergültig stand das Lager.
Nein, er, Howard, hatte keine Furcht vor dem Tudor und ritt frohgestimmt an der Spitze der Vorhut, als am Sonntagmorgen zum Abmarsch aus Leicester geblasen wurde. Wenn es stimmte, daß die Rebellen schon nahe waren, würde man sie am Abend zu Gesicht kriegen.
Der Abend war hell und klar, und als es Nacht wurde, sah man weithin zwischen den Hügeln die Lichter aufflammen, Richard stand vor seinem Zelt und blickte umher. Da drüben lag der Marktflecken Bosworth, und in den Tälern zwischen den Hügeln hatten sich die Heere verteilt. Richard überblickte sie der Reihe nach. Dort im Schatten des Bergrückens, das mußte das Lager des Tudors sein, dessen Feldherr Oxford war. Links davon lagerte Stanley, der immer noch nicht bei Richard erschienen war. Ihm gegenüber sah man die Rundzelte von Stanleys Bruder William. Das Lager Norfolks war nah, ebenso das von Henry Percy, dessen Leute angeblich noch immer erschöpft waren. Während Richard in die Runde sah, umstanden ihn die Lords und Barone, mit denen er eben beratschlagt hatte. Etwas abseits hielten sich die achtzig Mann seiner Leibgarde auf, Ritter und Knappen, darunter Ratcliffe, aber nicht James Tyrell. James saß als Kommandant auf der Festung Guines und hielt Calais für seinen Herrn, und Richard dachte einen Augenblick, daß er ihn hätte dabehalten sollen, in seiner Nähe wie bei jeder Schlacht. Aber dann vergaß er ihn.
Die Nacht war warm und voll von Sternen. Als die Lords und Barone zu ihren Zelten zurückgekehrt waren, blieb nur noch Howard einen Augenblick zurück. Genau genommen war ja nichts mehr zu besprechen. Die Aufstellung für den morgigen Tag war festgelegt, und Stanley hatte erklären lassen, daß er sich morgen früh in das königliche Heer einreihen würde.
Howard knabberte an einer Waffel, die er aus seiner Tasche zog. Der Abend vor der Schlacht war immer erregend, so viele

Schlachten man auch schon mitgemacht hatte. Morgen würde es jedenfalls nicht so neblig sein wie damals bei Barnet.

Howard trat dicht vor den König. »Von hier bis Schloß Fotheringhay, auf dem du geboren wurdest, ist es ein Katzensprung«, sagte er halblaut, »und ein Katzensprung ist es auch von hier bis Lynn. Kein Tudor findet Unterstützung von hier bis Lynn, wenn er etwa Reiter einholen wollte, die der Bucht von Wash zustreben. Du kennst sie ja. In Lynn warten meine Schiffe.«

Richard erwiderte nichts.

»Eine verlorene Schlacht ist noch kein verlorenes Königreich«, fuhr Howard düster fort. »Auch Eduard ist von Lynn aus hinaus aufs Meer und wiedergekommen. Und den geizigen Tudor wird man bald über haben im Land, wenn er erst zu regieren beginnt. Nicht, daß ich fürchte, er könnte in London auf den Stuhl gelangen ... Richard, bist du krank?«

»Sehe ich aus, als wäre ich krank?«

»Du siehst aus ... ich weiß nicht wie.«

Richard lachte hohl. »Geh schlafen«, sagte er. »Es ist schon spät.«

»In Lynn«, fing Howard wieder an, »sind Schiffe. Wenn irgend etwas schiefgehen sollte – mit Stanley vielleicht –, dann treffen wir uns in Lynn, was sagst du?«

»Ich habe nichts gesagt«, erwiderte Richard. Er lächelte, und sein Lächeln war so seltsam, daß Howard ganz wirr davon wurde.

»Nun, meinetwegen«, brummte er, »dann antworte nichts.« Er griff nach seinem abgelegten Schwert. »Treffen werden wir uns auf alle Fälle. Wenn nicht zur Siegesfeier und nicht auf der grauen See, dann auf den Wassern des Styx. Gute Nacht, Richard, schlaf gut.«

»Schlaf gut«, antwortete Richard. Dann war er endlich allein, allein mit sich selbst, mit dem kleinen Mann, den die Menschen nicht liebten, der geglaubt hatte, über seinen Schatten springen zu können und dabei gestürzt war. Eigentlich war es ein unnötiger Weg gewesen, bis nach Bosworth zu reiten. Aber Gott hatte sich nun einmal diesen Flecken ausgesucht, um mit seinem Diener Richard zu reden.

Richard lag auf seinem Bett und horchte. Aber es war nur das Summen des Lagers zu hören, die Unruhe von Menschen, die nicht wußten, ob sie den morgigen Tag überlebten. Heinrich Tudor würde in seinem Zelt nichts anderes spüren, dieser Abenteurer, der die letzte Chance seines Lebens wahrgenommen hatte und in England eingefallen war, ehe er nie mehr würde einfallen können. Sein Grauen vor dem morgigen Tag konnte nicht kleiner sein als das aller anderen, und für ihn standen keine Schiffe in Lynn.

Das heißt – auch für Richard waren keine dort. Die Besorgnis Howards in Ehren, aber Richard hatte nicht vor, die Gegend von Bosworth anders zu verlassen, denn als Sieger und freigesprochen von Gott. Verurteilte ihn das Schicksal, dann hatte er nur noch das Verlangen, Heinrich Tudor mit hinunterzunehmen in die Hölle. Ob auch Ann in der Hölle war? Komm bald, hatte sie gesagt. Vielleicht kam er schon bald. Die Sehnsucht nach ihr überfiel Richard wie ein Sturm. Aber wie klatschende Wogen stürzte die Angst über ihn, sie könnte im Himmel sein, während er in die Hölle mußte. Dann würde er sie nie finden!

Als der Morgen graute und die Männer in ihren Zelten und an den heruntergebrannten Feuern erwachten, brachte man König Richard die Meldung, daß im Lager von Stanley alles ruhig blieb.

»Wie soll er auch über Nacht gesund geworden sein, der Hund«, zischte Ratcliffe.

Richard schickte einen Kurier zu Lord Stanley, daß sein Sohn Strange hingerichtet würde, wenn er nicht unverzüglich mit seinen Truppen beim König eintreffe. Dann erschienen die Befehlshaber noch einmal zum Kriegsrat. Wenn Stanley nicht käme, meinte Henry Percy, dann müßte er wohl mit seinen Truppen auf dem Bergrücken bei dem Dorf Sutton Cheney stehen bleiben, um ein Auge auf Stanley zu haben. Von Sutton Cheney geriete er jedenfalls genau in die Flanke Stanleys, wenn der etwa in verräterischer Absicht kommen sollte, und gleichzeitig wäre er, Percy, dort auf dem Hügel nahe genug beim König, um helfen zu können, wenn nötig. Richard nickte. Was hätte er auch sonst tun sollen.

Howard begann bereits aus dem Lager zu ziehen, um seine Schlachtordnung einzunehmen. Sein Banner mit dem silbernen Löwen blitzte in der aufgehenden Sonne. Richard ließ sich in seine schwere Rüstung helfen. Sein weißes Schlachtroß tänzelte ungestüm und wieherte. Catesby kam herangehastet und meinte, ob es nicht besser wäre, wenn der König nicht die Krone am Helm trüge, so daß ihn ein jeder walisische Dreckskerl gleich erkennen könnte. Aber Richard gab ihm keine Antwort. Auch Eduard hatte stets die Krone in der Schlacht getragen. Und wenn er, Richard, sterben mußte, dann starb er als König und nicht anders.

In diesem Augenblick kam der Bote von Stanley zurück. Der Lord hätte erwidert, er hätte noch mehr Söhne als nur Strange, meldete er.

Richard starrte den Mann an, als sähe er ihn nicht. Einen Augenblick stieg die Wut in ihm hoch. Dieser Hund Stanley, der sich zeitlebens auf zwei Stühle setzte und immer auf dem richtigen kleben blieb! Er befahl, Strange sofort hinzurichten. Aber als der Knappe losrannte, rief er ihn zurück. Wozu sich aufregen? Wenn er Strange jetzt köpfen ließ, ging Stanley sofort zu Tudor über. Wartete man, überlegte er es sich vielleicht noch – je nachdem!

Howard hatte seine Stellung erreicht. Da Stanley nicht kam und Percy bei Sutton Cheney stehenbleiben wollte, mußte er seine Truppen weit auseinanderziehen, als die Trompeten Heinrich Tudors zum Angriff schmetterten. Seine Söldner waren gut, aber ihre Reihen gefährlich licht an einigen Stellen.

Henry Percy, der auf dem Bergrücken stand, sah, daß König Richard von seinem eigenen Heer Verstärkung an Howard abgab. Von oben herab wirkte es wie die Figuren eines Tanzes, wenn Howard und sein Gegner Oxford versuchten, sich an ihren

Flanken zu umgehen, oder wenn sie Keile bildeten, um die Reihen des Feindes zu durchstoßen. Hörner und Trompeten gellten die Befehle an die Kämpfenden, sich zu formieren, vorzustoßen oder zurückzuweichen. Es war ein erregendes Schauspiel. Nun hatten sich die Formationen getrennt und verschnauften, nur wenige Schritte Raum zwischen sich. Dann schmetterten wieder die Hörner, und sie prallten aufeinander. Was hatte Richard nun vor? Percy sah, daß der König sich aufs Schlachtroß helfen ließ. Die achtzig Mann seiner Leibgarde scharten sich um ihn. Ein Mann machte dem König eine Meldung. Ah, Percy sah es schon. Howard war gefallen. Bei allen Heiligen im Himmel, der tapfere Seebär war gefallen, und die Reihen seiner Truppen begannen sich aufzulösen. Ein Bote hastete mit seinem Gaul den Hang herauf. Er brachte den Befehl des Königs an Percy, sofort zur Unterstützung vorzurücken und sich mit Howards Sohn Surrey zu vereinigen. Percy erwiderte, das könne er nicht. Er müsse stehenbleiben, um gegen Stanley zu sichern. Der Mann jagte davon.

Richard hatte keine andere Antwort erwartet. Gegen Stanley sichern, natürlich, der Lump! Jetzt konnte nur noch ein Handstreich Rettung bringen. Wenn Heinrich Tudor fiel, dann liefen dessen Leute auseinander, wie die seinen auseinanderlaufen würden, wenn er fiel. Er winkte seiner Garde. Längst hatte er ausgemacht, wo der Tudor stand. Auf der gegenüberliegenden Höhe saß er auf seinem Gaul, vor sich den Bannerträger, ein Stück weiter davor einen riesigen Kerl, und umgeben von einer berittenen Reserve von mindestens fünfhundert Mann.

»Und eine Leibwache hat er noch hinter sich«, schrie Ratcliffe, »aus Freisassen! Habt Ihr das schon einmal gehört? Eine Leibwache aus bezahlten Freisassen! Und schön sorgsam hält er sich aus dem Kampf. Das will ein König werden!«

Richard hob den Arm, und die achtzig Ritter und Knappen, die er in Jahren ausgewählt hatte, folgten ihm. Während der kleine Trupp allmählich Tempo gewann, bis er schließlich dahinstürmte

mit donnernden Hufen, dachte Richard nichts weiter, als daß er Heinrich Tudor haben wollte: Tudor! Tudor!
Die Stanleys standen immer noch, und Henry Percy hielt gegen die Stanleys. Tapferer Howard, nun kannst du keine Waffeln mehr essen. Tapferer Freund, wir treffen uns!
Tudor! Tudor! Die Hufe donnerten auf dem weichen Boden des Abhangs. Tudor! Rühr dich nicht vom Fleck! Wenn du zurückweichst vor mir, laufen deine Leute! Tudor! Tudor! In der Hölle wollen wir würfeln um Gottes Gunst.
An den staunenden Truppen William Stanleys vorbei donnerte das weiße Schlachtroß des Königs. Wie ein Affe in einer schwarzen Rüstung hockte Richard darauf und schwang die Streitaxt, während die Krone auf seinem Helm klapperte. Da hatte Heinrich Tudor die Gefahr erkannt. Ein Befehl gellte, und seine riesige Garde stürmte dem andringenden Häuflein entgegen.
Narrheit, dachte Henry Percy auf seinem erhöhten Platz, aber plötzlich überfiel ihn Scham vor den stürmenden Männern da unten, die ihrem Herrn folgten, obwohl sie doch wissen mußten, daß sie verloren waren, und er wandte sich ab.
Tudor, dacht Richard und spaltete dem riesigen Ritter, der vor ihm auftauchte, mit der Axt Rüstung und Schädel, daß er klirrend zu Boden plumpste. Tudor, dachte er und schlug den schweren Bannerträger nieder, daß das Tuch mit dem roten Drachen von Cadwallader sich um die Beine des stürzenden Rosses wikkelte. Tudor, dachte er und begriff plötzlich, daß er gegen etwas viel Größeres schlug als gegen Heinrich Tudor und dessen Leute, daß er gegen das Schicksal selber anstürmte.
Heinrich Tudor war nahe daran, zurückzuweichen. Dort auf dem weißen Roß saß der Teufel, und achtzig Teufel führte er, die fünfhundert Krieger erschlugen wie Fliegen. Oder war es der Tod selbst, der da kam? Heinrich Tudor riß sein Pferd hoch, daß es sich bäumte. Um Himmels willen, wenn er zurückwich, war alles verloren. Er durfte nicht feige sein. Dies war der entscheidende Augenblick seines Lebens und der schrecklichste dazu.

Doch da brandete Geschrei auf, wurde lauter und lauter. Schatten setzten sich in Bewegung, rote Wämser, und die Männer mit den Farben Sir William Stanleys stürmten den Hügel herauf und warfen sich gegen das Häuflein König Richards.
Verrat! Verrat!
Heinrich Tudor leckte sich die Lippen. Er war gerettet. Nicht umsonst hatte er gekniet an Englands Küste, als er landete, und hatte den Boden geküßt und einen Psalm angestimmt. Gott war mit ihm! Und es war ja auch gar nicht anders möglich.
Die spitzen Lanzen, die seine Rüstung durchstachen, spürte Richard nicht. Den Schlag, der ihm Helm und Krone vom Haupt riß, merkte er nicht. Er sah Männer um sich fallen und Funken sprühen und eine riesige Sonne am Himmel. Er begriff, daß die Getreuen um ihn gefallen waren und zerstampft lagen im Staub, aber immer noch hob er die Axt gegen die Unerbittlichkeit Gottes, bis sein törichtes und schuldiges Streben in einem roten Nebel verging.
Am Nachmittag dieses Tages versperrten die Franziskanermönche in Leicester erschreckt die Tore ihres Klosters am Fluß, als plündernde Franzosen durch die Stadt zogen. Aber dann erschien Heinrich Tudor, die zerbeulte Krone Richards auf dem Kopf, und unter den Hochrufen der Bevölkerung öffneten sie ihre Pforten wieder. Dicht hinter dem Tudor ritten die Stanleys, und am Ende des Zuges kam Henry Percy, begleitet von ein paar Waliser Herren, weil er die jämmerliche Angst hatte, seine eigenen Leute könnten ihn erschlagen. In der Stadt ging es zu wie am jüngsten Tag. Hier Hochgeschrei, dort zitternde Angst und das Wimmern Geschändeter. Aus allen Häusern wurde Geschirr zusammengeschleppt, um das Siegesmahl auftragen zu können, während an schnell errichteten Galgen die gefangenen Unterführer des unterlegenen Heeres gehängt wurden. Catesby baumelte mit vor Angst durchschwitztem Wams.
Nur wenige von Richards Heer waren entkommen, und Heinrich Tudor hatte Befehl gegeben, sie unverzüglich zu verfolgen. Lei-

der waren viele gefallen, die er gern in die Hände bekommen hätte. Ratcliffe beispielsweise und den Herzog von Norfolk wollte er doch köpfen lassen.
In der Dämmerung wurde der Pförtner der Franziskaner am Fluß noch einmal herausgerufen. Da standen drei Waliser und hatten einen Gaul bei sich. Auf dem Rücken des Pferdes hing ein nackter Leichnam mit einem schmutzigen Strick um den Hals. König Heinrich hätte Befehl gegeben, dieses tote Stück Mensch, das Richard III. gewesen war, auf den Fliesen des Vorplatzes zur Schau zu stellen, falls es Leute gäbe, »die das Schwein noch anschauen« wollten, berichteten die Krieger in den vom Kampf zerfetzten Kitteln, den dreckbespritzten Beinkleidern in den Farben Heinrich Tudors. »Nach zwei Tagen ist er zu verscharren in einem Loch ohne Stein und Kreuz und ohne Namen.«
Die Mönche, die herangeschlurft kamen, nickten gehorsam. Sie halfen, den zerschundenen Körper auf dem Vorplatz zur Kapelle niederzulegen, während der eine der Waliser berichtete, daß der Kopf nur deshalb so zerschrammt wäre, weil der Herold, der seinen einstigen Herrn nach Leicester reiten mußte, mit seiner Last gegen das Brückengeländer gedrängt worden sei. »Aber es ist schon der Richard mit seinem Buckel.«
Die Mönche sahen, daß er es war. Und mit demütigen Rücken zogen sie sich zurück. Sie würden tun in zwei Tagen wie befohlen.
Der eine der Söldner stieß die nackte Leiche mit dem Fuß an, ehe er ging und knurrte: »Thronräuber!«
Der Zweite spuckte auf den Boden und zischte: »Kindermörder!«
Der Dritte blieb eine Minute nachdenklich stehen und sagte: »Aber Mut hat er gehabt, verdammt ...« Dann gingen sie hinaus und schlugen die Tür zu.
Zurück blieb der blutbesudelte Körper des Toten. Und die Dunkelheit senkte sich über ihn.